insel taschenbuch 4957
Kathryn Miller Haines
Ein Schlachtplan für Miss Winter

Broadway-Starlet Paulette Monroe wurde erschlagen. Al, ein Muskelprotz im Dienst der Mafia, gesteht die Tat. Klar, dass ihm jeder glaubt. Doch Rosie Winter kennt Al und weiß, dass er kein Mörder ist. Als für die Show, in der Paulette die Hauptrolle hätte spielen sollen, noch Tänzerinnen gesucht werden, sieht Rosie ihre Chance. Zusammen mit ihrer Freundin Jayne macht sie sich daran, Als Unschuld zu beweisen.

Mit Witz, Verstand und dem Herzen auf der Zunge ermittelt Rosie Winter wieder in der kriegsgeplagten New Yorker Theaterwelt der 1940er Jahre.

Kathryn Miller Haines, aufgewachsen in San Antonio, Texas, studierte englische Literatur und Theaterwissenschaft. Sie ist Dramatikerin, Schauspielerin und Krimiautorin (Mitglied der US-amerikanischen Sisters in Crime). Mit Mann und Hunden lebt sie in Western Pennsylvania. Zuletzt erschienen: *Miss Winters Hang zum Risiko. Rosie Winters erster Fall* (it 4896)
Kirsten Riesselmann, geboren 1976, ist freie Autorin, Journalistin sowie Übersetzerin von Sachbüchern und Belletristik aus dem Englischen mit den Schwerpunkten Popkultur, Feminismus, Literatur und Krimis..

Kathryn Miller Haines

EIN SCHLACHTPLAN FÜR MISS WINTER

Rosie Winters zweiter Fall

Aus dem Amerikanischen von
Kirsten Riesselmann

Insel Verlag

Die amerikanische Originalausgabe erschien 2008
unter dem Titel *The Winter of her Discontent*
bei HarperCollins Publishers.

Klimaneutral
Druckprodukt
ClimatePartner.com/14438-2110-1001

Erste Auflage 2023
insel taschenbuch 4957
Insel Verlag Anton Kippenberg GmbH & Co. KG, Berlin, 2023

Umschlaggestaltung: Designbüro Lübbeke, Naumann, Thoben, Köln
Druck: CPI books GmbH, Leck
Printed in Germany
ISBN 978-3-458-68257-8

www.insel-verlag.de

EIN SCHLACHTPLAN FÜR
MISS WINTER

Für Rebecca Margot und Christopher Claude.
Tut Großes. Seid gute Menschen.

Und für Garrett, der immer noch liest,
obwohl es keine Drachen und Trolle gibt.

1 Gleich um die Ecke

März 1943

Manche Männer bringen einem Blumen mit; Al brachte Fleisch.

»Was zur Hölle ist das denn?«, fragte ich ihn. Er stand auf der Vordertreppe des George Bernard Shaw House und wiegte zwei in blutgetränktes Metzgereipapier gewickelte T-Bone-Steaks im Arm, als wären es Welpen, denen er gerade dabei geholfen hatte, auf die Welt zu kommen.

»Hab gehört, dass es dir nicht so gut geht«, sagte er. »Da hab ich gedacht, dass du eine Stärkung gebrauchen kannst.«

»Und du meinst, Fleisch wäre da genau das Richtige?«

»Nicht Fleisch, Rosie, Steak! Hier!« Er warf mir das Päckchen zu, als würde bei näherer Bekanntschaft meine Begeisterung für die blutige Masse deutlich steigen.

Ich hielt das Paket in sicherem Abstand zu meinem Mantel. Durch das Papier sickerte Blut und malte die Karte unbekannter Länder auf den Boden. »Das ist wirklich eine freundliche Geste, aber ich habe auch ohne Rindfleisch vom Schwarzmarkt schon genug Probleme am Hals.«

»Das Zeug ist astrein.«

Al war mit meinem früheren Chef befreundet gewesen, einem Detektiv namens Jim McCain. Außerdem arbeitete er als Eintreiber für Tony B., seines Zeichens einer der Vizes von Mafiaboss Vince Mangano. Was auch immer einer von ihnen anfasste, war mit Sicherheit illegal, unmoralisch oder zumindest ein direkter Verstoß gegen die Auflagen der Preisaufsichtsbehörde.

Seitdem rationiert wurde, blühte der Schwarzmarkt, weil eben nicht alle dauernd nur verzichten wollten und deswegen für Mangelware auch mal ein bisschen draufzahlten. Die *Times* war voll mit Geschichten über Mafiosi, die sich auf den Schwarzhandel in ähnlicher Weise verlegt hatten wie Backfische auf Bing Crosby. Wenn man sich dann einmal auf das Niveau der Mafia herabließ und ihre Waren kaufte, wurde das in den Zeitungen gleich so dargestellt, als habe man nicht nur das Gesetz gebrochen, sondern sei sozusagen schon zum Nazi geworden. Im Laufe des letzten Jahres war Rindfleisch derart knapp geworden, dass mittlerweile schon so darüber gesprochen wurde, als hätte es niemals wirklich existiert. Wie über Einhörner. Natürlich hätte ich nicht das Geringste gegen ein großes, saftiges Steak nur für mich alleine einzuwenden gehabt, aber im Grunde meines Herzens war ich eben doch ein gutes, rechtschaffenes Mädchen.

Außerdem gab es in meinem Wohnheim keinen für alle zugänglichen Kühlschrank.

»Davon mal abgesehen, Al, was soll ich denn jetzt damit machen? Soll ich sie auf meiner kleinen Kochplatte köcheln lassen oder auf die Feuerleiter stellen und hoffen, dass es kalt bleibt und die Katzen nicht drangehen?«

Er zuckte mit den Schultern und hob resignierend die Arme. Hinter seinem Kopf ging die Sonne unter. Al war eine kolossale Erscheinung mit der Größe und der Masse eines durchschnittlichen Wolkenkratzers. »Dann wirf sie halt weg«, sagte er. »Ist jetzt nicht mehr meine Angelegenheit.«

Ich legte eine Hand auf seinen übergroßen Bizeps und spürte, wie unter meiner Berührung ein Berg erbebte. »Jetzt hab dich nicht so. Mir gefällt dein Geschenk, wirklich, aber jetzt noch mal zum Mitschreiben: Strümpfe wären mir lieber gewesen.«

Wieder zuckte er mit den Schultern, und seine winzigen Äuglein hüpften von hier nach dort: vom Haus zum Bürgersteig zu einem Taxi, das gerade mit abgeblendeten Lichtern an uns vorbeifuhr. Er schien fest entschlossen, alles andere anzusehen, bloß mich nicht. »Wie geht's denn?«, fragte er dann.

»War schon mal besser.«

Er hob die Augenbrauen und erwartete, dass ich weitersprach, aber ich konnte mich nicht dazu überwinden, mehr Worte zu verlieren. Es war schließlich so: Der Krieg war jetzt auch bei uns angekommen. Er war nicht länger eine dieser ähnlich traurigen, aber fernen Angelegenheiten wie der Tod von Carole Lombard, über die man zwar las, die man dann aber nicht weiter ernst nahm, weil sie einfach zu weit weg waren, um einen wirklich etwas anzugehen. Ich konnte weder die Nazis noch die Japsen leiden. Genauso wenig wie die Eilmeldungen, die das laufende Radioprogramm mit Geschichten über versenkte Schiffe, abgeschossene Flugzeuge und Bomben über dem Himmel von London unterbrachen. Ich konnte es auch nicht ausstehen, dass wir alles, was früher selbstverständlich gewesen war, opfern sollten und jede Stunde mindestens einmal daran erinnert wurden, dass die Dinge, nach denen wir uns sehnten, *da drüben* von größerem Nutzen waren. Aber am allerwenigsten gefiel mir, dass mein Freund Jack (okay: *Ex*-Freund) vermisst wurde und ich keine Gelegenheit mehr bekommen würde, ihm zu sagen, dass ich ihn immer noch liebte.

Nein, das alles war für mich ohne Worte. Und selbst wenn ich welche gefunden hätte, über die Lippen gebracht hätte ich sie sowieso nicht. »Was gibt's Neues bei dir?«, fragte ich stattdessen.

»Alles in bester Ordnung.« Auf der Suche nach einem Päckchen Luckys klopfte Al seinen verdreckten Mantel ab. Seine von der Kälte geröteten Finger bewegten sich über den Stoff wie Krabben auf der hektischen Suche nach ihren Panzern. »Es soll wohl schneien.«

Wenn ich weniger mit mir selbst beschäftigt gewesen wäre, hätte ich vielleicht gemerkt, dass etwas nicht stimmte. Aber ich bekam ja kaum mit, dass es noch eine Welt jenseits meiner Gedanken gab.

»Stell dir das mal vor«, sagte ich mit dem Einfühlungsvermögen der SS, »Schnee im März.«

Er ließ die Fluppe fallen und trat sie mit der Schuhspitze aus. Die Sohle hatte sich abgelöst und gab den Blick frei auf Als zerschlissene braune Socken. »Lass dir das Fleisch schmecken.« Nachdem er sein Geschenk abgeliefert und ein dürftiges Gesprächsangebot gemacht hatte, drehte Al sich um und verschwand in der Straße.

Aus meiner Handtasche zog ich eine Ausgabe der *Variety*, um sie um die Steaks zu wickeln. Einige umkringelte Vorsprechtermine wurden dunkel vom Blut. Ich wohnte mitten im Village, 10. Straße, Ecke Hudson Street, im George Bernard Shaw House, einem Wohnheim für junge Frauen, die ihrer schauspielerischen Berufung folgten. Das Haus zeichnete sich durch günstige

Mieten und noch günstigeres Essen aus, mit den Dramen, die sich in seinem Inneren abspielten, hätte man locker die stundenlangen Sendepausen von Radio WNBC füllen können. Ich wohnte gern im Shaw House, aber noch lieber beschwerte ich mich darüber. Über eine Situation zu nörgeln, in die ich mich selbst gebracht hatte, fand ich überaus tröstlich. Immerhin war das eine der wenigen Konstanten in meinem Leben, auf die ich mich verlassen konnte.

Mein Fleisch und ich betraten das Haus und hielten vor den Messingbriefkästen an der Wand. Stumm sprach ich ein Gebet und betastete das kleine, mit Filigranarbeit versehene Türchen, auf dem WINTER, ROSALIND stand – als ob eine Berührung den Brief, auf den ich so sehnsüchtig wartete, wie von Zauberhand erscheinen lassen könnte. Aber so viel Glück hatte ich nicht. Einen Fluch murmelnd, der mir das Gewünschte ganz sicher am nächsten Tag bringen würde, warf ich den Briefkasten wieder zu.

Im Salon saß Norma Peate am Klavier und drehte »For Me and My Gal« durch die Mangel. Ella Bart spreizte auf dem Boden sitzend ihre langen Rockette-Beine zum Spagat und beugte ihren Rumpf so weit vornüber, dass sie das Manuskript lesen konnte, das vor ihr lag. Beide beachteten mich nicht weiter, als ich den Raum durchquerte und die Treppe hochstieg. Auf dem Absatz unterbrachen Minnie Moore und Ruby Priest, meine langjährige Erzfeindin, ihr Gespräch. Das Lächeln auf ihren Gesichtern hätte nicht künstlicher wirken können, wenn es auf Plastik aufgemalt gewesen wäre.

»Warum machst du denn so ein Gesicht, Rosie?«, fragte Ruby. Einen solchen Ton, voller Betroffenheit und aufrichtig zugleich, war ich von ihr nicht gewohnt. Ruby ohne die übliche Gehässigkeit war wie Abbott ohne Costello.

»Alles in bester Ordnung«, sagte ich. »Mir ging's nie besser.«

»Sicher?«, fragte Minnie, die hier neu und aus der ich bislang noch nicht wirklich schlau geworden war. Eigentlich machte sie einen netten Eindruck, aber in welche Gesellschaft sie sich begeben hatte, sagte eben auch etwas aus.

»Absolut. Aber danke der Nachfrage.«

So schnell ich konnte, ohne dabei wie auf der Flucht zu wirken, eilte ich in mein Zimmer. Jayne Hamilton, meine Zimmergenossin und beste Freundin, saß auf dem Bett und lackierte sich die Nägel rot, wozu sie das Radio mit »He Wears a Pair of Silver Wings« begleitete. Neben ihr lag Churchill, unser Kater. Um seinem Missvergnügen ob des Nagellackgestanks Ausdruck zu verleihen, kräuselte er die Nase und nieste, immer schön abwechselnd.

»Wie lief's?«, fragte sie, als ich hinter mir die Tür verriegelte.

»Jämmerlich. Ich gelte anscheinend ganz offiziell als berüchtigt.« Das letzte Stück, in dem ich gespielt hatte, war ein gefundenes Fressen für die Titelseiten geworden, nachdem der Autor ermordet worden war. Mein erster und einziger Auftritt in diesem Stück fand in der Nacht statt, als der Mörder Mord Nummer drei und vier begehen wollte. Und die Geschichte seines Wahnsinns verbreitete sich fast ebenso schnell wie die allgemeine Ansicht, dass die Inszenierung lahmer Mist war.

Normalerweise war ich dankbar für jede Form von

öffentlicher Wahrnehmung, aber irgendwie schienen seitdem alle zu glauben, dass mein Mitwirken bei einem Stück nicht nur den Ruin der Produktion, sondern auch den Tod für jede daran beteiligte Person mit sich bringen würde.

Jayne fuchtelte mit ihrer Nagelfeile herum wie mit einem Schwert. »Du warst doch nur bei einer Vorstellung dabei! Wie kommt es dann, dass alle davon wissen?«

»Was glaubst du denn?« In dieser letzten, schicksalhaften Vorstellung war ich die Zweitbesetzung für Ruby gewesen, aber während sie sich damit hätte zufriedengeben können, dass ich meine Karriere in Eigenregie in den Sand gesetzt hatte, hatte ich sie im Verdacht, alle Welt bei jeder sich bietenden Gelegenheit an das zu erinnern, was damals passiert und wer daran beteiligt gewesen war.

»Das würde sie doch niemals tun.« Jayne klang in etwa so überzeugend wie ein Reden schwingender Pantomime. »Du hast ihr doch praktisch das Leben gerettet.«

»Indem ich ihr *ihre* Rolle weggenommen habe.« Ich legte das Fleisch auf die Frisierkommode und schüttelte mir den Mantel von den Schultern. »Sie handelt nicht rational, Jayne. Sie weiß, dass ich einen guten Job gemacht habe. Hätte es den Mord nicht gegeben, würde ich jetzt vielleicht besser dastehen als sie. Die schiere Möglichkeit erträgt sie nicht.«

Jayne zupfte ein Katzenhaar von einem noch feuchten Nagel. »Irgendwann wird sie die Lust daran verlieren, dich zu schikanieren.«

»Natürlich, aber bis dahin bin ich alt, fett und vollkommen unbesetzbar.«

»Soll ich mal mit ihr reden?«, fragte Jayne.

Ich drehte das Magnavox leiser und ließ mich aufs Bett fallen. Mit Ruby würde ich schon auf meine Art fertig werden. Es machte keinen Spaß, andere die Drecksarbeit erledigen zu lassen. »Nein, du sollst nur das Thema wechseln.« Auf dem Rücken liegend bewegte ich die Arme, als ob ich einen Schneeengel in meine Bettdecke machen wollte. Jayne hatte entweder keine Lust, die Sache einfach fallen zu lassen, oder ihr fiel kein neues Gesprächsthema ein; auf jeden Fall hielt sie den Mund. »Was ist hier eigentlich mit allen los? Im Salon konnte mir keine in die Augen sehen, und Ruby und Minnie haben so getan, als ob ich gerade ein Beileidstelegramm bekommen hätte.«

Jayne setzte die Malerarbeiten fort und hielt sich, um meine Anwesenheit auszublenden, die Hand sehr nah vors Gesicht.

Ich schlug auf ihr Bett. »Hast du ihnen etwas gesagt?« Keine Antwort. »Hast du!«

»Sie haben sich Sorgen gemacht.«

»Weswegen?«

Sie sah mir in die Augen. »Wegen dir.«

Ich trat mir die Schuhe von den Füßen und zog einen Stapel Groschenromane unter meinem Bett hervor. Auf dem Cover der jüngsten Ausgabe der *Astonishing Stories* flogen Aliens mit schönen, ohnmächtigen Frauen in ihren Armen gen Heimat. Auch wenn das komisch klingt: Ich wünschte mir in diesem Moment, eine von ihnen zu sein. Schlafend unbekannten Kreaturen ausgeliefert zu sein schien mir einfacher, als in meinem Zimmer zu sitzen und das hier durchstehen zu müssen.

»Da habe ich so meine Zweifel«, sagte ich. »Aber sie

brauchen sich so oder so keine Sorgen zu machen. Mir geht's gut.«

»Rosie ...« Jaynes Stimme verkümmerte zu einem Wimmern.

»Wirklich.«

Churchill sprang von Jaynes Bett und lief zwischen uns eine Acht. Bei jedem seiner bedachtsamen Schritte überstreckte er eines seiner Beine, die in Sachen Eleganz denen der Ballerina Margot Fonteyn in nichts nachstanden. Auch wenn er den Teufel im Leibe trug: Seine Schönheit und Anmut musste man einfach bewundern.

»Sieht so aus, als ob immer noch kein Brief gekommen ist, oder?«, fragte Jayne.

»Stimmt.«

»Die Post ist langsam.«

»Ein Umstand, der oft überbetont wird, wenn einem sowieso niemand schreibt.« Dass Jack vermisst wurde, hatte ich aus dem Brief eines Matrosen namens Corporal Harrington erfahren. Ich hatte ihm zurückgeschrieben und um mehr Informationen gebeten, und jetzt machte mich das Warten auf die Feldpost halb wahnsinnig. Es war nicht auszuhalten, wie wenig man tun konnte. Jack war einer von Millionen verloren gegangener Soldaten in einem Krieg, der in mehr Ländern tobte als ich auf einem Globus mit Namen zu nennen imstande gewesen wäre. Ich konnte noch so entschlossen sein, ihn zu finden: Dieses Problem war zu groß, als dass ich es hätte bewältigen können.

Vor ein paar Wochen hatte die *Times* einen Cartoon gedruckt, in dem ein Mann hinter jeder Ecke, um die er biegt, das Ende des Krieges zu finden hofft. Und hinter jeder Ecke stößt er auf ein Pappschild, das eine gute Nachricht der letzten Monate verkündet: Rommels Rückzug, Sieg der Russen, Vormarsch der Russen. Aber trotz aller optimistischer Meldungen folgt auf jede Ecke eine weitere, bis der Mann ganz am Ende vor der schlechten Nachricht dieses Monats steht: Rommel geht in die Offensive. Die Botschaft war klar: Ein Ende war nirgendwo in Sicht. Es würde ewig so weitergehen – hinter jeder guten Wendung lauerte die Möglichkeit einer neuen Katastrophe.

Jayne klatschte in die Hände. »Runter, Churchill! Sofort!«

Der Kater stand auf meiner Kommode, die Schnauze nur Zentimeter über den Schlagzeilen der *Variety*. Ich schnappte mir eine braune Lederpantolette und warf sie nach ihm. Er hüpfte von der Kommode zur Heizung und beobachtete mit Freude, wie das Fleisch und mein Kosmetik-Chaos auf den Boden fielen.

Langsam näherte Jayne sich der blutigen Masse. »Was ist das?«

»Sogar Al hat schon mitbekommen, dass ich nicht so gut drauf bin. Das, meine Liebe, ist eine frisch geschlachtete Stärkung.«

»Er hat dir Steaks mitgebracht? Wer macht denn so was?«

»Ein Mann, der nicht die geringste Ahnung von Frauen hat.« Ich zog meinen Handkoffer unter dem Bett hervor, stopfte das Fleisch hinein und schloss die Schnallen. »Meinst du, die halten sich draußen?«

»Ich würd's auf den Versuch ankommen lassen.«

Ich bugsierte den Koffer durchs Fenster. Mit einem Knall, der einmal nach unten und wieder zurück hallte, landete er auf der Feuerleiter. Die Nacht brach schnell herein. Wegen der Verdunklung konnte man so viele Sterne sehen, dass man sich, wenn man die Gebäude, den Lärm und die Müllberge ignorierte, wie auf dem Land fühlen konnte.

»Vielleicht solltest du Jacks Familie anrufen«, sagte Jayne.

»Die haben bestimmt auch einen Brief von Corporal Harrington bekommen.« Ich ließ mich auf den Bauch plumpsen und versuchte, mich auf mein Groschenheftchen zu konzentrieren.

»Schon, aber vielleicht haben sie noch etwas anderes gehört, du weißt schon, irgendwas Offizielles.« Was sie sagen wollte, war, dass die Familie vielleicht ein Telegramm von der Armee bekommen hatte, das Jacks Schicksal vermeldete, ein Schicksal, von dem M. Harrington eventuell noch gar nichts gewusst hatte oder das er mir einfach nicht hatte mitteilen wollen.

»Ich gebe Corporal Harrington noch eine Woche«, sagte ich. »Dann schicke ich die Kavallerie.«

»Den Anruf könnte auch ich für dich übernehmen.«

Ich rollte mich auf die Seite und sah ihrem Gesicht an, wie gern sie mir helfen wollte, Erkundigungen einzuholen. Aber es ging ja nicht einfach nur darum, zu wissen, was mit Jack passiert war. Momentan war ich noch in einem Zustand seliger Ahnungslosigkeit und konnte mir einreden, dass es ihm gut ging. Und ich brauchte das, denn an dem Tag, an dem ich erfahren hatte, dass er vermisst wurde, hatte ich auch herausgefunden, dass er immer noch an mich dachte. Es war nämlich so: Seitdem er in See gestochen war, hatte Jack mir nicht ein einziges Wörtchen geschrieben, und ich war davon ausgegangen, dass ich nie wieder etwas von ihm hören würde. Aber in dem Brief von Corporal Harrington wurde mir nicht nur mitgeteilt, dass Jack etwas zugestoßen sein könnte. Darin hatte auch gestanden, dass Jack mich benachrichtigt wissen wollte, falls ihm etwas zustoßen sollte. So bizarr das klingen mag: An diese Tatsache klammerte ich mich wie an einen Strohhalm. Er liebte mich noch immer, und niemand, einfach niemand sollte dieses wunderbare Gefühl zerstören, indem er mir sagte, dass Jack tot war oder so schwer verletzt, dass er wünschte, er wäre tot.

»Ich möchte noch warten«, sagte ich zu Jayne. »Man hat mich informiert, dass er als vermisst gilt, also werde ich es auch mitbekommen, wenn es andere Neuigkeiten gibt.«

Als wäre der sehnsüchtige Klang in meiner Stimme nicht zu ertragen, drehte sie den Kopf weg. Sie hätte sicher noch weiter mit mir diskutiert, wenn nicht im selben Moment Ruby an die Tür geklopft und verkündet hätte, dass Al wegen Mordes verhaftet worden sei.

2 Der Gefangene

»Al ist im Hotel ohne Klinke?«, fragte ich Ruby.

»Im was?«

»Im Kittchen. Knast. Bau. Hinter schwedischen Gardinen.«

»Wenn das alles Bezeichnungen fürs Gefängnis sind, dann ja, da ist er wohl.« Ruby war wieder sie selbst, hochmütig und stolz trug sie das Kinn weit oben, ihre Stimme klang gepresst vor Ärger, weil sie sich dazu herablassen sollte, mit mir zu sprechen.

»Warum hast du uns nicht früher geholt?«, fragte Jayne.

Ruby wickelte sich eine dunkle Locke um den Finger, für deren Spitzen sie weitaus mehr Interesse aufbrachte als für uns. Sie trug ihre Haare vorne toupiert und hinten offen – eine Frisur, die die Hochglanzgazetten für den neuen Look hielten, die aber sogar Ginger Rogers unansehnlich gemacht hätte. »Ich wollte gerade selbst telefonieren, und er schien mehr als glücklich, nur etwas ausrichten zu lassen.«

»Wer er?«, fragte ich.

»Hat er nicht gesagt, und ich habe nicht gefragt.«

Jayne sprang vom Bett und schob Ruby aus der Tür. Auch ich trennte mich von den Science-Fiction-Geschichten und folgte ihr in den Flur hinaus, wo auf einem kleinen, wackeligen Marmortischchen unser Gemeinschaftstelefon stand. Jayne nahm den Hörer ab und bat die Telefonistin um eine Verbindung zu Tony B.

»Bist du dir sicher, dass du mit ihm reden willst?«, fragte ich sie.

Sie zuckte mit den Schultern. Tony war nämlich nicht nur Als Boss, er war auch Jaynes Freund. Vor ein paar Wochen hatte er ihr versprochen, sauber zu werden – zumindest so sauber, wie ein Gangster auf Lebenszeit werden konnte. Aber es wurde schnell offenkundig, dass er genau das ganz und gar nicht vorhatte, und Jayne zeigte ihm seitdem die kalte Schulter, weil sie dachte, so würde er am ehesten merken, was sie von seinem gebrochenen Versprechen hielt.

Sobald sie ihn am Apparat hatte, wurde ihre Stimme so leise, dass es unmöglich war, etwas von dem einseitigen Gespräch mitzubekommen. Ich ging also im Flur auf und ab und versuchte, mich zu erinnern, ob irgendetwas an Al komisch gewesen war. Klar, er hatte nicht viel geredet, aber das tat er nie. Er war ganz er selbst gewesen, grüblerisch und grobschlächtig.

Dann klatschte ich mir vor die Stirn. Was hatte ich da für eine Gelegenheit verstreichen lassen! Da hatte ich Al wochenlang nicht gesehen, und als er mit einem Geschenk in den Händen bei mir auftauchte und versuchte, mir etwas mitzuteilen, war ich zu schwer von Begriff. Und das, obwohl die Zeichen überdeutlich gewesen waren.

Jayne legte auf.

»Und, was sagt er?«, fragte ich.

»Tony sagt, dass es stimmt. Vor zwanzig Minuten hat die Polizei Al abgeholt und auf das 19. Revier gebracht.«

»Und wen soll er umgebracht haben?«

Jayne holte tief Luft. »Seine Freundin.«

»Al hatte eine Freundin?« Als ich Al kennenlernte, hatte er gerade drei Jahre wegen Scheckfälschung abgesessen. Er hatte sich dieses schmutzige Hobby zugelegt, weil er Geld brauchte, um irgendeinem Flittchen den Lebensstil bieten zu können, den es gewohnt war. Soweit wir wussten, war die Frau verschwunden, als Al zu drei bis fünf Jahren verurteilt wurde. »Mit wem war er denn zusammen?«

»Keine Ahnung«, sagte Jayne. »Aber sie wurde vorgestern Abend gefunden, zu Tode geprügelt.« Ich dachte an diese namenlose Frau, zermatscht und blutig wie das Fleisch, das er mir mitgebracht hatte, und fing an zu zittern. Das konnte nicht Al gewesen sein. Er mochte sein Geld damit verdienen, Leute aufzumischen, aber er war kein Killer.

Oder doch?

Auch wenn ich Al sehr mochte – ich kannte ihn nicht wirklich. Er war ein netter Typ, der mir einen Gefallen getan hatte. Damit konnte ich vielleicht als Leumundszeugin auftreten, zu seiner Verteidigung würde es kaum reichen.

»Was sollen wir tun?«, fragte ich.

Jayne schürzte die Lippen und kräuselte die Stirn. »Tony hat gesagt, wir sollen uns da raushalten.«

»Willst du mich vergackeiern? Soll das heißen, er ist schuldig? Oder dass Tony ihm hilft? Oder was?«

Jayne zuckte mit den Schultern. »Ich weiß es nicht – er hat nur gesagt, dass das Gefängnis gerade der beste Ort für ihn ist.«

»Unglaublich.« Tony hatte schon früher anklingen lassen, dass er keine besonders gute Meinung von Al hatte, aber ich konnte es nicht fassen, dass er ihn einfach so im Kittchen schmoren lassen wollte. Ich marschierte in unser Zimmer und schnappte mir den Mantel.

»Wo willst du hin?«, fragte Jayne.

»Al besuchen.«

»Und Tony?«

»Wie, Tony? Hör mal, Jayne, Al war nicht ohne Grund heute Abend hier. Er braucht meine Hilfe, und ich will verflucht sein, wenn ich noch ein zweites Mal die Gelegenheit verpasse, etwas für ihn zu tun.« Ich band mir mein rotes Kopftuch um und wickelte mir den Schal um den Hals. »Kommst du mit?«

Jayne trat von einem Fuß auf den anderen. Sie hatte erst vor kurzem damit begonnen, ihre eigenen Entscheidungen zu treffen, und man sah ihr noch an, wie in ihrem Kopf das Einfache ständig gegen das Richtige kämpfte. »Na gut«, sagte sie dann, »aber gib mir noch eine Sekunde, damit ich mir die Haare richten kann.«

Und so hat sich das alles ergeben: Vor einem Monat waren Jayne und ich bei dem Versuch herauszufinden, wer meinen früheren Boss – den Privatdetektiv Jim McCain – und den bereits erwähnten Schriftsteller ermordet hatte, ein bisschen zu tief in die Sache hineingeraten. Noch vor seinem Tod hatte Jim befürchtet, dass ich meine Nase in Angelegenheiten stecken würde, die mich nichts angingen. Er hatte Al, der ihm noch einen Gefallen schuldete, gebeten, sich an meine Fersen zu heften und zu verhindern, dass ich mich in Schwierigkeiten brachte. Ich schaffte es trotzdem – nicht, weil ich unbedingt besonders kompliziert sein wollte, sondern weil mir Schwierigkeiten einfach hinterherlaufen. Und anstatt mich während dieser schweren, gefährlichen Wochen als hoffnungslosen Fall abzuhaken, gab Al alles, um Jayne und mich zu beschützen – er schlief nicht, er aß nicht, er verzichtete sogar auf die wohlverdiente Zigarette. Angesichts dessen, was er für uns tat, zeigte ich mich nicht gerade dankbar. Ich sah nicht ein, weshalb er uns bewachen sollte, und versuchte dummerweise immer wieder, ihn loszuwerden. Al spielte mein Spielchen mit, war aber im entscheidenden Moment, als Jayne und ich als rote Flecken auf einer weißen Wand zu enden drohten, zur Stelle und rettete uns.

Anders gesagt: Wir schuldeten ihm etwas. Und zwar einiges.

Jayne und ich liefen zur Subway-Station Christopher Street und nahmen einen Zug nach Uptown. Die Rushhour war schon vorbei, in der Bahn herrschte eine gedämpfte, schläfrige Stimmung, die anderen Fahrgäste kauerten schweigend auf ihren Sitzen. Jemand hatte die aktuelle Ausgabe der *Times* liegengelassen. Wir hockten uns eng nebeneinander und überflogen die Seiten auf der Suche nach der Vermeldung eines Mordes. Solcherlei Meldungen gab es nicht zu knapp, allerdings waren die betreffenden Morde in Nordafrika, Europa und im Südpazifik passiert. Die neuen Gefallenenzahlen waren veröffentlicht worden: 435 für die Armee, 71 für die Marine. Allein die Liste mit den Toten und Verwundeten aus New York füllte eine ganze Seite, sieben Spalten Trauer nebeneinander.

Als Jayne merkte, was meinen Blick gefangen hielt, blätterte sie um und setzte sich so, dass ich nicht mehr über ihre Schulter hinweg mitlesen konnte. Ich starrte also auf die letzte Seite. Sogar das eigentlich immer so amüsante »Vermischte« war nicht so richtig amüsant. Orson Welles hatte seine Musterung mit Bravour bestanden. Metro-Goldwyn-Mayer setzten alles daran, dass Mickey Rooney nicht eingezogen wurde.

»Und, hast du was gefunden?«, fragte ich Jayne. Sie verschwand fast völlig hinter dem Politikteil und sah aus wie ein Kind, das erwachsen tut.

»Krieg hier, Krieg da. Obwohl, warte mal ...« Sie stach mit dem Zeigefinger in den Falz. »Schauspielerin zu Tode geprügelt aufgefunden in Haus auf der Upper West Side.« Jayne hielt sich die Seite näher ans Gesicht. »Sie hieß Paulette ...« Um den Nachnamen unter dem fettigen Fingerabdruck des vorherigen Lesers entziffern zu können, kniff sie die Augen zusammen. »Monroe.«

»Nein!« Ich klang wohl so entsetzt, dass sich die Leute zu uns umdrehten. Ich lächelte sie entschuldigend an und wandte mich wieder der Zeitung zu. Paulette Monroe war unsere Vormieterin im Shaw House gewesen, dann waren sowohl ihr Ego als auch ihre Karriere zu groß geworden für unser bescheidenes Heim. Sie hatte tolle Sachen gemacht auf dem Broadway, bevor sie schließlich nach Kalifornien zog und beim Film anfing. Bis jetzt hatte sie dort noch keinen allzu aufsehenerregenden Erfolg gehabt – aber natürlich immer noch hundert Mal mehr Grund zum Angeben als ich.

»Ich dachte, sie ist in Hollywood«, flüsterte ich.

Jayne wedelte mich weg und las weiter. »Sie ist gerade erst für Walter Fridays Stück gecastet worden. Er macht anscheinend ein neues Musical, *Nach Süden*. Offenbar ist sie deswegen zurückgekommen.« Walter Friday war mal ein Produzent gewesen, dessen Name für Erfolg stand. Es war immer allen egal gewesen, was für ein Stück er sich gerade vornahm und welche Schauspieler er engagierte – man wollte eben dabei sein, einfach nur, weil es sich um eine Walter-Friday-Produktion handelte. In letzter Zeit hatte er es aber nicht gerade leicht gehabt: Eine ganze Reihe von Vorfällen im Zusammenhang mit Alkohol, Frauen und Fehlinvestitionen hatte ihn aus dem Rampenlicht gerückt. Im letzten Herbst hatte es Gerüchte gegeben, dass er kurz vor einem Comeback stand, mit einer großen Show und noch größeren Geldgebern. Es gab niemanden, der nicht dabei sein wollte.

Jayne tauchte hinter der Zeitung auf und warf mir einen kurzen Blick zu. Es war hartherzig, aber wir dachten es trotzdem beide: Wenn Paulette tot war, würde Friday nach einer neuen Hauptdarstellerin suchen.

»Konzentrier dich«, sagte ich. »Erst Al, dann der Job.«

Als wir in der 67. Straße Nummer 153 ankamen, erzählten wir der Dame an der Anmeldung, dass wir Als Schwestern seien. Sie musterte uns eindringlich – ich groß und brünett, Jayne klein und blond – und fand dann wohl, dass wir, auch wenn wir logen, nicht weiter gefährlich wirkten. Wir sollten uns setzen, bis man das Personal aufgetrieben hätte, das uns zum Besuchszimmer geleiten sollte. Seit' an Seite sanken Jayne und ich in die von tausenden Hinterteilen ordentlich abgewetzten Sitze. Wir vertrieben uns die Zeit, indem wir die Gangsterbraut- und Gaunerparade des Abends und den neuesten Verbrechertypus bestaunten: den Wehrdienstverweigerer. Die Zeitungen waren voll von Geschichten über Männer, die religiöse und moralische Gründe vorschützten, um den Krieg auszusitzen. Einigen war es durchaus ernst damit, bei vielen anderen aber stellte sich heraus, dass ihr Glaube doch nicht stark genug war, um sie zu entschuldigen. Und es gab auch diejenigen, die zwar gern das Geld der Regierung einsteckten, das sie mit der Herstellung von Waffen verdienten, die aber fanden, dass man diese freiwillige Kriegsbeteiligung nicht auch noch auf das Schlachtfeld ausweiten müsse. Es war witzlos, sie wegen Lügen und Scheinheiligkeit einzusperren. Die Gesellschaft hatte ihren eigenen Weg gefunden, mit solchen Männern umzugehen.

»Mir gefällt's hier nicht«, flüsterte Jayne. Ein ungewaschener Gentleman, der mit Handschellen an die Wand gekettet war, leckte sich beim Anblick meiner Freundin die Lippen. Ihr Mantel, der noch vollkommen in Ordnung gewesen war, als wir das Haus verlassen hatten, war plötzlich zu klein, um sowohl Beine als auch Brüste zu bedecken.

»Dann kannst du dir ja denken, wie's Al geht.« Ich kämpfte immer noch mit der Vorstellung, dass Al jemanden umgebracht haben sollte. Natürlich war er ein imposanter Kerl, aber genau das war der Punkt: Er wurde losgeschickt, damit den Leuten klar wurde, was für einen Schaden er gegebenenfalls anrichten könnte, nicht, um ihn auch wirklich anzurichten.

Al würde schon Licht in die Sache bringen. Es musste für all das eine simple Erklärung geben.

»Hier entlang, die Damen«, sagte ein Bulle in blauer Uniform. Er heftete den Zettel mit unseren Namen an ein Klemmbrett und führte uns schweigend durch einen betonierten Flurtrakt. Schließlich landeten wir in einem kleinen Raum, der mit jeder Sekunde kleiner wurde. Der Gesetzeshüter wies uns an, an einer Seite des Tisches Platz zu nehmen, und gab mit mahnendem Zeigefinger Regel Nummer eins bekannt: Der Tatverdächtige sei unter keinen Umständen zu berühren.

Fünf Minuten später war Al bei uns.

Er trug noch immer seine Straßenkleidung, die jetzt aber zu groß an ihm wirkte – eigentlich ein Ding der Unmöglichkeit, immerhin reichte ein handelsüblicher Fallschirm nicht aus, um ihn von Kopf bis Fuß zu bedecken. Seine Hände lagen in Handschellen vor seinem Körper und sahen dadurch aus wie Flossen. Beim Betreten des Raums winkte er dem Wachmann zu – eine Geste, die unterstrich, dass er die Kunst der Bewegung in Fesseln bereits bestens beherrschte.

Ich war froh, ihn zu sehen, und erwartete, dass er über unseren Anblick genauso erleichtert war. Ich hatte ihn nicht hängen lassen. Auch wenn ich nicht angemessen reagiert hatte, als er am Vormittag vorbeigekommen war – jetzt war ich da.

Doch wenn Dankbarkeit Benzin war, dann fuhr Al auf Reserve. Er setzte sich zu uns an den Tisch und knurrte mehr als dass er flüsterte: »Was macht ihr denn hier?«

»Wir wollen dir helfen.« Ich passte meine Lautstärke der seinigen an und zog meinen Stuhl nah an den Tisch. »Tut mir leid, ich habe eben nicht begriffen, dass etwas nicht in Ordnung ist, aber jetzt bin ich da, um das wiedergutzumachen. Also, was können wir tun?«

Die Antwort war ein Schulterzucken. Ich hatte mir eine andere Reaktion erhofft.

»Das alles ist ein Irrtum, oder? Du bist hier, weil es eine Verwechslung gegeben hat.«

Mit einem langen Blick in die Augen ließ er mich wissen, dass der einzige vorliegende Irrtum mein Erscheinen war. Er gab dem Wachmann an der Tür ein Zeichen. Der Polizist steckte ihm eine Zigarette zwischen die Lippen und gab ihm Feuer.

Immerhin hatte er hier einen Freund. Das war gut zu wissen.

»Weiß Tony, dass ihr hier seid?«, fragte er, die Zigarette zwischen den Zähnen.

»Nein, der findet, dass wir dich besser nicht besuchen sollten – wir nicht und auch sonst niemand«, erklärte ich ihm. Auf diese Nachricht zeigte Al keinerlei Reaktion. Er war entweder einer Meinung mit Tony oder wusste es besser, um anderer Meinung zu sein. »Und habt ihr eine Ahnung, warum das so ist?«

Er fuhr einige Initialen nach, die in die hölzerne Tischplatte geritzt worden waren. »Wenn das Fleisch schon schlecht ist, dann lass es im Kühlschrank besser nicht neben der frischen Milch liegen.«

Ich musste lächeln. Es kam nicht gerade häufig vor, dass Al Metaphern gebrauchte. »Sollen wir jemanden für dich anrufen?«

»Tony kümmert sich drum.«

»Sollen wir dir Zigaretten holen? Zeitschriften? Ein Kartenspiel?«

»Hab alles, was ich brauche.«

»Jetzt komm schon, irgendwas gibt's doch sicher.«

Er hob eine Augenbraue, als ob er mich dafür tadeln wollte, dass ich mir einbildete, mehr tun zu können, als mich nachträglich für mein Handeln zu entschuldigen. »Was passiert ist, ist passiert. Ihr seid nicht für mich verantwortlich, ist das klar?«

»Wir sind auch nicht hier, weil wir uns verantwortlich fühlen.«

»Warum dann?«

»Weil wir deine Freunde sind. Du hast dich um uns gekümmert, jetzt kümmern wir uns um dich.«

Er lachte, griff mit den gefesselten Händen nach der Zigarette und aschte auf den Boden. »Ihr schuldet mir gar nichts. Wir sind quitt.«

»Wer war sie?«, fragte Jayne.

Die Augenbraue blieb oben, als er seinen Blick auf sie heftete. Ich hatte mich schon oft gefragt, ob Al auf Jayne scharf war, aber so wie er jetzt aussah, konnte man sich nicht vorstellen, dass er sich für irgendjemanden erwärmen konnte. »Niemand«, sagte er.

»Niemand?« Bei diesem Wort grollte mein Magen. Wenn es Al so leicht fiel, einem Mordopfer jegliche Individualität abzusprechen, konnte er sie dann nicht doch auf dem Gewissen haben? »Hast du es getan?«

Er sah mir nicht in die Augen. Sein Schweigen konnte ich hinnehmen, aber seine Weigerung, mich anzusehen, wirkte auf mich wie eine bewusste Täuschung. Was verbarg er vor mir? Ich griff über den Tisch hinweg an sein quadratisches Kinn.

»Hey!«, rief der Wachmann.

»Hast du es getan?«, fragte ich Al noch einmal.

Er hob den Kopf und starrte auf einen Punkt direkt über mir. Ein alter Schauspielertrick: Das etwas entfernt sitzende Publikum bekommt so den Eindruck eines direkten Blickkontakts. Seine Äuglein schauten trübe, jede Lebendigkeit war auf merkwürdige Weise aus ihnen gewichen. Ein Lächeln spielte ihm um die Mundwinkel, gleichermaßen hintergründig wie spöttisch. »Ich bin hier, oder nicht?«

Der Wachmann griff nach meinem Arm und riss ihn von Al weg. »Nicht anfassen, habe ich gesagt.«

Ich schnappte nach Luft. »Schon gut.«

»Und, gefällt dir mein Geschenk?«, fragte Al plötzlich.

Er log uns an und gab uns das Gefühl, unerwünscht zu sein – das sollte er jetzt mit gleicher Münze zurückbekommen. »Tut mir leid, aber ich wusste nicht, warum ich es hätte behalten sollen. Da ich keine große Freundin von Eigentum fragwürdiger Herkunft bin, hab ich's weggeworfen, sobald du um die Ecke gebogen warst.«

Der Bulle hielt mich weiterhin fest und zog mich vom Stuhl und weg vom Tisch, mit einer Derbheit, derer es noch nicht mal bedurft hätte, wenn ich doppelt so schwer gewesen wäre. »Ihre Zeit ist um.«

Jaynes Absätze klackerten hinter mir her. Als ich mich noch einmal umdrehte, sah ich Al in den Zigarettenrauch starren, ein trauriges Lächeln lag ihm auf den Lippen. »Passt auf euch auf, ihr zwei«, flüsterte er, als der Wachmann mich durch die Tür schob.

Diese Nacht konnten wir nicht schlafen. Besser gesagt: Ich konnte nicht einschlafen und ließ auch nicht zu, dass es Jayne ohne mich gelang. Deswegen saßen wir uns schließlich in einer mit rotem Vinyl ausgeschlagenen Fensternische bei Louie's gegenüber – einer Kneipe mit langen Öffnungszeiten und niedrigen Preisen – und nahmen alles, was wir gerade erlebt hatten, so lange auseinander, bis kein Stein mehr auf dem anderen stand.

»Ich versteh's einfach nicht«, sagte ich zum hundertsten Mal. »Das war doch nicht Al.«

Jayne seufzte und schaute mich abwesend aus ihren schlaftrunkenen blauen Augen an. Sie rührte Kondensmilch in ihre Kaffee-Zichorie-Mixtur, wohl in der Hoffnung, wieder munterer zu werden, wenn sie mit dem Löffel in der Tasse herumfuhrwerkte. »Wir kennen ihn doch kaum, Rosie. Klar, er hat uns mal geholfen, aber das heißt noch lange nicht, dass er nicht in der Lage ist, jemanden kaltzumachen.«

Das war eine beängstigende Aussage, der keine von uns weiter nachgehen wollte, vor lauter Furcht, was herauskommen würde, wenn wir sie auf unsere anderen Beziehungen übertrugen. Wenn Al ein Mörder war, welche dunklen Geheimnisse hütete dann erst Tony B.?

»Er ist für eine Frau ins Gefängnis gegangen«, überlegte ich. »Ein Mann, der für eine Frau ein Verbrechen begeht und dann brav seine Zeit absitzt, kann kein Mörder sein.«

Jayne hielt den Atem an und stürzte ihren Kaffee runter, als ob es sich um reines Rizinusöl handeln würde. Die leere Tasse stellte sie klappernd auf der Untertasse ab. »Warum nicht? Wenn er zum Dieb wird, damit sie ihn nicht verlässt, kann er ihr doch aus dem gleichen Grund auch etwas antun.«

Dazu fiel mir nichts weiter ein. Die Türglocke ging leise, und ein Soldat kam mit seiner grell zurechtgemachten Verabredung herein. Sie war mehr oder weniger Anfang zwanzig und hatte die Haare auf Rita-Hayworth-Art rot gefärbt. Das Kleid, das sie trug, war so eng, dass es einer Meerjungfrau gerade so gepasst hätte, und wenn sie sich bewegte, traten ihre Kurven in einer grotesken Parodie von Weiblichkeit hervor. Während der Soldat nur Augen für sie hatte, suchte sie den Raum schon wieder nach dem Nächsten ab, bei dem sie landen konnte, wenn sie diesen hier aufgebraucht haben würde.

»Aber wie gerät ein Typ wie Al an jemanden wie Paulette Monroe?«, fragte ich mich.

Jayne hob eine Augenbraue und beugte sich nervös zu mir herüber. »Wenn es stimmt, was ich gehört habe, dann hatte sie keinerlei Skrupel, alles zu tun, um ganz nach oben zu kommen.«

Na und, für welche berufstätige Frau gilt das nicht?

»Ist ja alles gut und schön, aber Al hat doch nicht ein Fitzelchen Ahnung vom Theater. Wie soll er ihr denn für ihre Karriere nützlich gewesen sein?«

Jayne wischte den Tisch mit einer Serviette ab, faltete diese dann sorgfältig zusammen und legte sie neben ihrer Tasse ab. »Vielleicht hat Al Verbindungen, von denen wir nichts wissen. Oder er hat sie angelogen, um ihr Interesse zu wecken.«

Ich versuchte, mir vorzustellen, wie er die Bekanntschaft mit uns als Aphrodisiakum einsetzte. *Ach ja, Schauspielerin? Zwei Bekannte von mir sind auch Schauspielerinnen.* »So was macht er nicht. Er ist … Al.«

Jayne blickte zur Decke, als könne sie nur so die Geduld aufbringen, mir weiter zuzuhören. »Wir sollten gehen«, sagte sie dann. Draußen schob schon die Sonne ihren Kopf über den Rand der Nacht, und ich fühlte mich plötzlich, als könnte ich direkt auf dem Tisch einschlafen. Aber ich hakte dann doch Jayne unter, wir traten aufs Trottoir und kamen ins Bett, als die Sonne gerade aufgegangen war.

Paulettes Bild hatte im Shaw House einen Ehrenplatz. Zwar hingen von uns allen Setkarten in der Diele, ihre Visage aber sah man als allererste, wenn man durch die Tür trat. Sie war mit Abstand die Hübscheste von uns, das aber auf eine Art und Weise, die einen immer an eine andere denken ließ. Mehr als nur einmal war jemand vor ihrem Foto stehen geblieben und hatte versucht, sich zu erinnern, woher er sie kannte. Hatte sie in »Moon Over Miami« mitgespielt? Nein, das war Betty Grable gewesen. Oder in »Skyline Serenade«? Nein, das war June Haver. Auch wenn man also nicht darauf kam, wer sie war, war doch eines sonnenklar: Falls dieses Mädchen noch kein Star war, dann würde sie mit Sicherheit noch einer werden.

Obwohl ich Paulette nie kennengelernt hatte, waren meine Gefühle ihr gegenüber schon seit längerem gemischt. Für einen Teil von mir war sie ein Vorbild, eine, deren Erfolg ich nacheifern sollte. Ein anderer Teil von mir nahm es ihr und ihrem blasierten Lächeln sehr übel, mich ständig daran zu erinnern, dass sie es aus dem Shaw House bis nach Hollywood geschafft hatte. Ich war schon so manchen Abend betrunken ins Haus gestolpert und hatte ihrem Foto eine höhnische Bemerkung mitgegeben, einfach nur, weil es mich still und leise immer wieder auf etwas stieß, womit ich mich nicht auseinandersetzen wollte: Sie war dabei, etwas aus sich zu machen, und ich war ein großes, fettes Nichts und würde das sehr wahrscheinlich auch immer bleiben. Paulettes Tod hatte daran nichts geändert. Es war auf gewisse Weise sogar noch schlimmer geworden. Wenn noch nicht mal jemand wie Paulette ein glückliches Ende nahm, wie konnte es da noch Hoffnung für den Rest von uns geben?

Am nächsten Tag wurden Jayne und ich von Rubys Freudenschreien geweckt. Normalerweise hätte ich diese Geräusche ignoriert, aber Ruby hatte sich dazu entschieden, sie in unserem Zimmer von sich zu geben, während sie die Vorhänge aufzog und die Nachmittagssonne hereinließ.

»Wacht auf, ihr Schlafmützen, es gibt Neuigkeiten.« Sie schlug mit einer zusammengerollten Zeitung gegen das eiserne Fußteil meines Betts.

»Und hier gibt es gleich Tote«, murmelte ich.

»Es ist ein Uhr«, sagte Ruby, und das Entsetzen darüber, dass wir so spät noch im Bett lagen, raubte ihrer Stimme fast alle Fröhlichkeit. »Während ihr beiden den ganzen Tag verpennt habt, habe ich gerade eine Rolle in Walter Fridays *Nach Süden* bekommen.«

Ich warf Jayne einen Blick zu, und stillschweigend dämmerte uns, was passiert sein musste: Während wir Als Schicksal beklagten, hatte Ruby Wind von Paulette Monroes Tod bekommen und sich deren Rolle geangelt, noch bevor der Leichnam unter der Erde war.

Rubys Schachzug war kaltherzig, berechnend und bar jeden Mitleids. Und ich konnte einfach nicht glauben, dass sie ihn getan hatte, bevor ich selbst dazu gekommen war.

»Ich dachte, du machst bei der Tournee mit«, sagte Jayne. Sie hatte in den letzten sechs Wochen gemeinsam mit Ruby in einem Stück gespielt, das das theatralische Pendant von Eis auf Apfelstrudel war: ein süßliches, furchtbar heimeliges proamerikanisches Machwerk, das ein leichtes Gefühl von Übelkeit erzeugte. Als es mit dem Krieg schlimmer wurde, rasten die Besucherzahlen schneller in den Keller als die Bomben im Blitzkrieg. Deswegen hatte der Verfasser befunden, sein Stück solle über Land und durch Kleinstädte touren, wo man dessen Botschaft besser zu schätzen wusste. Ruby hatte dann sehr viel mehr Presse bekommen als Jayne, und da meine Mitbewohnerin zu diesem Zeitpunkt noch in gutem Kontakt mit Tony und dessen finanziellen Ressourcen stand, war sie einfach ausgestiegen.

»Ich habe mich gegen die Tournee entschieden«, erzählte Ruby jetzt. »Mein Part war furchtbar klein und, mal ehrlich, ich konnte es mir absolut nicht vorstellen, vor Leuten zu spielen, die mit einer wirklich professionellen Produktion nichts anzufangen wissen.« Sie hatte sich aufgetakelt und steckte in einem grünen Wollkostüm. Churchill merkte, dass dieser Garderobe noch das gewisse Etwas fehlte, stieg vom Bett und rieb seinen Kopf an ihrem Bleistiftrock.

»Und was sagt Lawrence dazu?«, fragte ich. Lawrence Bentley, Dramatiker und ein Liebling des Broadway, war Rubys Mal-ja-mal-nein-Liebhaber. Ihr Gesichtsausdruck sagte deutlich, dass im Moment wieder mal nein angesagt war.

»Ist mir egal. Es ist höchste Zeit, dass ich diesen selbstverliebten Schmock nie mehr wiedersehe.«

Wenn ich die Kraft dafür gehabt hätte, hätte ich die Augen verdreht. »Hast du das nicht schon das letzte Mal gesagt, als ihr Schluss gemacht habt?«

»Dieses Mal gilt es.« Sie legte sich die Hände auf die Brust, ein Zeichen, dass sie gedachte, etwas Wichtiges von sich zu geben. »Ich habe jemand Neuen kennengelernt.«

Vor meinem inneren Auge tauchte das Bild einer Fliege auf, die sich in den seidigen Fäden ihres Netzes verfangen hatte. »Lawrence wird dich doch bestimmt nicht ungestraft ziehen lassen. Ob dir das gefällt oder nicht: Er hat eine Menge Einfluss in der Stadt.«

»So unglaublich viel Einfluss, dass sie ihn jetzt eingezogen haben.« Ruby stieß Churchill mit der Schuhspitze an, und der Kater schlich davon. »Ich bezweifle, dass er Zeit hat, sich über mich zu äußern. Und er weiß auch, dass ich nicht so blöd bin, auf einer Tournee zu versauern, wenn sich so viele andere Möglichkeiten für mich ergeben. Außerdem …«

»Ja?«, hakte ich nach.

Sie blinzelte auf eine gänzlich unvorteilhafte Weise. Ich dachte schon, sie hätte Verstopfung, als ich in ihrem Augenwinkel eine Träne glitzern sah. Besonders gerührt war ich nicht. Ruby konnte Tränen schneller hervorpressen als General MacArthur es schaffte, ein Taxi anzuhalten. »Es ist nur angemessen, dass eine Freundin für Paulette einspringt. Ich würde mir das auch so wünschen, wenn mich ein derart schreckliches Schicksal ereilen würde.«

»Wie taktvoll von dir.«

Mit einer zackigen Handbewegung wischte sie die Träne fort. »Mach dich nicht lustig. Immerhin werde ich bloß nach Tarif bezahlt.«

Das war allerdings wirklich eindrucksvoll. Normalerweise verdiente Ruby bei einer Produktion immer mehr Geld als alle anderen. Dass sie sich auf eine Gage nach Tarif eingelassen hatte, konnte nur zweierlei bedeuten: Entweder handelte sie tatsächlich im Gedenken an eine gute Freundin, oder sie wusste, dass ein Engagement bei Walter Friday ihrer Karriere einen Schub verpassen konnte, der einem Freifahrtschein nach Hollywood gleichkam.

»Ich wusste gar nicht, dass du Paulette gekannt hast«, sagte ich.

»Wir sind uns nie persönlich begegnet, aber wir haben viele gemeinsame Freunde. Und ich kann gar nicht mehr zählen, wie oft mich Leute mit ihr verglichen haben.« Das wunderte mich nicht. Genau wie Paulette war auch Ruby eine junge, aufstrebende Schauspielerin, die sich ihren jetzigen Erfolg mit einem ellenlangen Lebenslauf hart erarbeitet hatte. Sie würde noch ganz groß rauskommen, falls niemand sie vorher umbrachte.

Jayne warf die Hände in die Luft. »Na dann … Glückwunsch.«

»Denkt dran, auch Minnie zu gratulieren, wenn ihr sie seht.«

»Ist sie auch engagiert worden?«, fragte Jayne.

»Ja, für eine kleine Rolle«, sagte Ruby. »Aber wir müssen unsere Erfolge feiern, wie sie fallen.«

Darauf schnaubte ich wütend. »Über solche Hurrarufe von Herzen freut Minnie sich sicher sehr. Was für ein Stück ist das denn eigentlich?«

»Etwas Brandneues und sehr Aufregendes. Ein Musical über vier Schwestern, die eine Plantage neben einer Militärbasis in South Carolina erben. Die Lieder sind sehr clever, Friday hat vor, damit das Musical zu revolutionieren.«

»Und wie das? Lässt er die Musik weg?«

»Nein.« Ruby schnalzte verärgert mit der Zunge. »Er nimmt eine Ballettgruppe mit dazu.« Sie zog die Zeitung unter ihrer Armbeuge hervor und blätterte zu den »Neuigkeiten aus dem Rialto«. »Tatsache ist: Morgen Mittag gibt es ein offenes Casting für Tänzerinnen und Tänzer. Volle Gage für jeden Proben- und jeden Aufführungstag.« Sie warf die Zeitung auf mein Bett. »Ich bin natürlich sicher, dass ihr beide daran nicht interessiert seid – wäre ja deutlich unter eurer Würde.« Hätte es sich bei Ruby um eine Normalsterbliche gehandelt, wäre es nett und sogar großzügig gewesen, diese Information mit uns zu teilen. Aber wir kannten sie besser. Sie rechnete sowieso nicht damit, dass wir zu diesem Vortanzen gehen würden, aber sie hoffte, dass wir jetzt, nachdem sie uns davon erzählt hatte, den Rest des Tages mit der bangen Frage verbringen würden, ob wir wirklich nicht zu mehr als zu einem armseligen Part in einem Tanzensemble taugten. Man musste diese Dame schon bewundern: Es so beiläufig hinzubekommen, dass andere sich schlecht fühlten – dazu brauchte es schon eine Menge Schneid.

»Danke für den Hinweis«, sagte ich zu ihr. »Aber wir wollen dich ungern in den Schatten stellen.«

Ihre Antwort war ein höhnisches Lächeln. Dann scharwenzelte sie durch die Tür, der Saum ihres Rocks war voller Katzenhaare.

»Wie kommt sie bloß immer an diese Rollen?«, fragte ich Jayne.

Die setzte sich an den Frisiertisch und begann seufzend, ihre blonde Vogelnest-Frisur zu entwirren. »Du musst zugeben, sie hat Talent.«

»Nichts muss ich zugeben.«

Während Jayne sich fertig machte, lümmelte ich träge herum und hatte keine Lust, aufzustehen und einen Tag zu beginnen, der uns sowieso schon längst überholt hatte. Ich dachte an Al in seiner Vier-Quadratmeter-Zelle, mit einer einzigen Verbindung zur Außenwelt, nämlich einem Fenster in der Größe eines Esstellers. Wahrscheinlich drückte er sich in dem bisschen dort hindurchbrechenden Sonnenlicht herum – wie Churchill hier – und versuchte gierig, in den wenigen Stunden, in denen sich die Möglichkeit bot, ausreichend Wärme zu horten.

Mein Blick fiel auf die Zeitung, die Ruby liegengelassen hatte. Da stand es schwarz auf weiß: »Walter Fridays *Nach Süden* verliert Hauptdarstellerin.«

»Es könnte Spaß machen«, sagte ich.

»Was?«

»*Nach Süden.*«

»Es ist ein Ballettensemble, Rosie.«

Es war klar, worauf sie hinauswollte. Revue-Tanzgruppen waren eine Sache – fast jede Schauspielerin, die ich kannte, hätte sich dort durchmogeln können. Aber ein Ballettensemble? Das hatte nichts zu tun mit einer guten alten Tanzgruppe, der man einfach nur einen aufgeblasenen französischen Namen verpasst hatte. Hier waren seriöse Tänzerinnen gefragt, solche mit jahrelanger Ballettausbildung.

Ich hatte schon einigen Revuegruppen angehört, und obwohl ich sicherlich keinen Preis für mein Getanze bekommen würde, war ich einigermaßen passabel. Aber wenn ich versuchen würde, mich in einem Ballettensemble zu behaupten, sähe ich aus wie Mickey Rooney, der bei den Marines mitmachen will.

»Du sagst es«, meinte ich zu Jayne.

Auch wenn ich für ein Ensemble gänzlich ungeeignet war, war Jayne eine der wenigen, die es geschafft hatten, die unsichtbare Kluft zwischen Schauspielerei und Tanz zu überwinden. Sie war eine verdammt gute Tänzerin – was ihr oft genug auch zum Nachteil gereichte. Sie war so hübsch, dass wegen ihr Autos auf offener Straße anhielten, und sie hatte eine Menge naturgegebenes

Schauspieltalent. Aber ihr war eine derart hohe Stimme in die Wiege gelegt worden, dass die Hälfte von allem, was sie sagte, nur von Hunden gehört wurde. Daran arbeitete sie, so gut sie konnte, und viele Regisseure waren wegen ihres einnehmenden Wesens bereit, ihr trotz der stimmlichen Beschränktheit eine Chance zu geben. Sobald aber ein Regisseur Wind davon bekam, dass ihre Beinarbeit keine solchen Defizite aufwies, wurde sie gerne mal von einer Sprechrolle auf einen Tanzpart abgeschoben.

»Du hast doch im Moment nichts anderes«, sagte ich.

Jayne überlegte, die Bürste in der Hand. »Rosie …«

»Was?«

Als sie sich zu mir umdrehte, zerschnitt eine grimmige Falte zwischen den Brauen ihr Gesicht in zwei Hälften. »Ich ahne, was du vorhast. Du willst, dass ich mich bei der Show bewerbe, und zwar aus einem einzigen Grund: Al.«

»Es gibt noch einen zweiten Grund: Ruby ärgern.«

Die Produktion, aus der Jayne gerade ausgestiegen war, hätte eigentlich ihr großer Karrieresprung werden sollen, aber daraus war nichts geworden, weil sie von Ruby, der Lawrence Bentley noch in letzter Minute eine kleine Rolle auf den Leib geschrieben hatte, in den Schatten gestellt worden war. Anstatt Ruby das übel zu nehmen, reagierte Jayne, wie sie in solchen Situationen immer reagierte: Sie litt schweigend und war überzeugt davon, dass sie es sowieso nicht anders verdient hatte.

Trotzdem ließ sie die Aussicht auf Rache jetzt richtig lebhaft werden. »Wenn ich da allen erzähle, wie sie wirklich ist, wird ihr das gehörig auf den Wecker gehen, oder?«

»Das steht zu hoffen. Außerdem gibt's da ja auch noch Walter Friday, und es schadet sicher nicht, ihn mal kennenzulernen.«

Jayne grinste spitzbübisch. »Ich mach's ... aber nur unter einer Bedingung.«

»Rück raus.«

Ihr Lächeln verschwand. »Du kommst mit.«

»Du weißt, dass ich nicht den Hauch einer Chance habe. Warum also soll ich einen ganzen Tag verschwenden und mich bei so einem Massenauflauf mit in die Schlange stellen, hm?«

Jayne bürstete ihre Korkenzieherlocken in weiche Wellen aus. »Um mich bei Laune zu halten. Ich mache das schließlich für dich. Und ich brauche jemanden, der mir dabei hilft, die Zeit totzuschlagen.«

3 Frisch voran

Am nächsten Morgen waren wir schon um zehn Uhr auf den Beinen, was uns genügend Zeit ließ, etwas zu frühstücken, uns aufzubrezeln und immer noch so pünktlich am Theater zu sein, dass einerseits die Auswahlkommission noch keine müden Augen hatte, wir aber andererseits auch nicht wirkten, als suchten wir verzweifelt nach Arbeit. Die Aufführung sollte am Sarah-Bernhardt-Theater stattfinden, einem großen Gebäude im byzantinischen Stil, das westlich des Broadway auf der 45. Straße lag. Es war nach der gefeierten französischen Bühnenschauspielerin benannt, die außerdem als Vaudeville-Darstellerin und Stummfilmstar berühmt geworden war. Im Foyer hing über dem Künstlereingang ein in Stein gemeißeltes Zitat von ihr: »Leben zeugt Leben. Energie gebiert Energie. Reich beschenkt werden diejenigen, die zur Hingabe fähig sind.« Sie war wohl ein ziemlich handfestes Mädchen gewesen.

Das noch relativ junge Theater war genauso bekannt für die künstlerische Gestaltung des Foyers wie für seine Bühnenarbeiten. Es war eines dieser Theater, an dem sich jeder Schauspieler ein Engagement erträumte, in das aber kaum einer seinen Fuß setzte, weil er sich noch nicht mal den Eintritt zur Sonntagsmatinee leisten konnte. Ich war schon einmal da gewesen, weil ich Shirley Booth in »Meine Schwester Ellen« hatte sehen wollen. Die Hälfte der Vorstellung hatte ich dann allerdings gar nicht mitbekommen, da mich das Gefühl völlig übermannt hatte, dies hier sei richtiges Theater und alles, was ich tat, eine armselige Nachahmung dessen. Natürlich entschieden Größenordnung und Aufführungsort nicht automatisch über die Bedeutung der Stücke, in denen ich mitspielte, aber es war nicht einfach, sich wirklich für ein Stück zu begeistern, wenn man zu jedem Aufführungstermin schon im Kostüm erscheinen musste, weil man sich, wenn man das nicht tat, zum Umziehen in die Schlange vor den öffentlichen Toiletten einreihen durfte.

In der 45. Straße standen Männer und Frauen bereits in einer langen Reihe im Foyer. Sie waren sämtlich damit beschäftigt, die Dehnbarkeit ihrer Turnanzüge und Trikots zu testen, und spreizten unmenschlich lange Beine gen Himmel, während sie den Rücken derart durchbogen, dass sie mit den Köpfen fast zwischen den Pobacken klebten. Wir nahmen unseren Platz hinter den Schlangenmenschen ein, und ich besah mir ausführlich diese Körper, die hochwahrscheinlich zur gleichen Spezies gehörten wie meiner, aber trotzdem gänzlich andere Dinge vermochten als dieses große, unbeholfene Paket, in dem ich mich durch die Stadt schleppte.

»Ich würde einiges dafür geben, einen von ihnen in der Mitte durchbrechen zu sehen«, sagte ich zu Jayne. Als Antwort grummelte ihr Magen. »Ganz ruhig, Tiger. Erst die Arbeit, dann das Essen.«

»Riechst du das?«, fragte sie mich.

Jemand hatte eine der Foyertüren sperrangelweit offen gelassen. Kalte Winterluft kam herein. Über die sinnenfrohe Mischung aus Pariser Abend und Eau de Schweißtrikot legte sich ein Geruch, der mich an die Küche meiner Großmutter erinnerte. Sie war nie eine große Köchin gewesen und schaffte es, jedes schöne Stück Fleisch und herrlich frisches Gemüse mit ihrem antiken Eisenofen zu ruinieren, einem Gerät, mit dem ihrer Überzeugung nach kein neueres Modell mithalten konnte. Wenn man den Braten gern schwarz hat und die Kartoffeln bis auf die Schale zerkocht, hatte sie Recht.

Ich ortete den Ursprung des Gestanks. »Das kommt von dem Restaurant auf der anderen Straßenseite. Wenn das das Angebot des Tages sein soll, verzichte ich gern.« Es sollte unter Strafe stehen, Fleisch in Zeiten, in denen es so wenig davon gab, derart zugrunde zu richten.

Ich richtete meine Aufmerksamkeit wieder von meinem Magen auf die Menge vor uns. Alles an diesen Männern und Frauen sprach von Stärke und Kontrolliertheit, jede ihrer Bewegungen wirkte instinktiv und mühelos. Und auch wenn sie den anderen Tänzern meist nur bis an die Schulter reichte, war Jayne eindeutig eine von ihnen. Im selben Moment, in dem wir das Foyer betraten, nahm sie Haltung an, ihre Bewegungen bekamen etwas Bewusstes, Choreografiertes. Ich versuchte, sie so gut wie möglich zu imitieren, konnte mich aber abmühen, so viel ich wollte: Der Anmut, die in jeder ihrer Bewegungen lag, kam ich einfach nicht nahe. Unser beider Verrenkungen hatten eindeutig keinerlei Ähnlichkeit.

Zum Glück bemerkten die anderen den Eindringling in ihrer Mitte nicht. Um fünf nach eins betraten die Besetzungschefs das Foyer und gaben jedem Tänzer entweder ein Ja oder ein Nein, so schnell, dass sie mehrfach wiederholen mussten, was sie gerade gesagt hatten. Jayne und ich beobachteten mit wachsendem Schrecken, wie die Männer und Frauen, die wir für absolute Top-Kandidaten gehalten hatten (groß, geschmeidig, das Haar zum perfekten Nackenknoten gebunden), ihre

Entlassungspapiere bekamen, während die im engeren Sinne weniger nach Tänzer Aussehenden in der Reihe stehen bleiben sollten. Ich dachte schon, dass das Ganze ein grausamer Scherz war: Die Tänzer, die weggeschickt worden waren, wurden sicher gerade für das eigentliche Vortanzen auf Bühne Nummer zwei geführt, während die, die ein Ja bekommen hatten, gleich von der Kommission zu hören bekommen würden: »Ihnen fällt aber schon auf, dass wir uns gerade einen kleinen Spaß erlaubt haben, oder?«

Falls es irgendwo eine Pointe gegeben haben sollte – wir bekamen sie nicht mit. Bevor ich verkünden konnte, dass ich lediglich zur moralischen Unterstützung anwesend war, rauschten die Besetzungschefs auch schon an Jayne und mir vorbei und gaben uns beiden ein Ja, so schnell hintereinander, dass nur ein einziges Wort zu verstehen war. Es blieb keine Zeit, auf den Irrtum hinzuweisen. Kaum waren die Chefs aus dem Foyer, erschien ein elfenhafter Mann in einem grünen Turnanzug, verteilte Nummern, die wir uns an die Brust heften sollten, und wies uns an, unsere Siebensachen mit in den Probenraum im zweiten Stock zu nehmen.

Während die Menge die Treppe hinaufströmte, zog ich Jayne zur Seite.

»Was soll ich machen?«

»Was meinst du?«, fragte sie.

»Ich bin gerade durch die erste Phase eines Vortanzens gekommen, bei dem ich nicht vortanzen wollte. Findest du das nicht problematisch?«

»Nicht wirklich. Hast du denn heute noch etwas anderes vor?«

Punkt für sie.

Vortanzen war kein bisschen wie Vorsprechen. Bis auf jahrelanges Training oder vererbtes Können bereitete einen nichts auf ein Vortanzen vor. Und darum ging es auch. Die Regisseure wollten nicht nur sehen, was man schon draufhatte, sondern auch, wie schnell man etwas Neues lernen konnte. Man ging da nicht mit irgendeiner vorher eingeübten Choreografie rein, die man so gut auswendig konnte wie einen Monolog. Nein, man schaute zusammen mit den anderen armen Tölpeln einem sich mit der Geschwindigkeit eines zu schnell abgespielten Films bewegenden Vortänzer bei Schrittfolgen zu, die bei ihm lächerlich einfach wirkten, die aber wie von magischer Hand in der Sekunde, in der man sie selbst probierte, sehr viel komplizierter wurden. Das Schwierigste daran war, sich die Schrittkombination zu merken, denn der Vortänzer zeigte sie selten häufiger als zwei Mal. Manche Tänzer schienen ein spezielles Gedächtnis für Bewegungsabläufe zu besitzen, aus dem sie schlagartig alles abrufen konnten, was sie in welcher Reihenfolge gesehen hatten, und machten alles perfekt nach. Ich gehörte nicht zu ihnen.

Jayne zum Glück schon. Wir sollten uns in vier Reihen hintereinander im Probenraum aufstellen. Um mir bei meiner besten Freundin alles abschauen zu können, suchte ich mir schnell den Platz direkt hinter ihr. Ich dachte dabei nicht nur an mich. Wenn ich es versaute, stand sie als meine unmittelbare Nachbarin sicher besonders gut da.

Der Elfenmann baute sich direkt vor uns auf. In dem raumbreiten Spiegel hinter ihm war sein schmaler Rücken genauso zu sehen wie unsere gewöhnlichen Hungergesichter. Er legte ein kurzes, sehniges Bein auf die

Stange und dehnte sich, was nicht so aussah, als würde er sich auf das Kommende vorbereiten, sondern als wollte er lediglich seine Beweglichkeit vorführen. Sobald er sich ausreichend produziert hatte, nickte er der Korrepetitorin zu, einer steinalten, grauhaarigen Lady, die seit Urzeiten die Kunst zu beherrschen schien, gleichzeitig Klavier spielen und Kette rauchen zu können. Sie hob ihre knotigen Finger hoch in die Luft und ließ sie für ein misstönendes Vorspiel auf die Tasten herunterkrachen. Der Elf sprang und streckte, dehnte und reckte sich in einer Bewegungsabfolge, die ihm außerhalb dieses Raums einen langen Aufenthalt in der Klapse beschert hätte.

»Gut«, sagte er, nachdem er in seine Miniaturhändchen geklatscht hatte, »jetzt sind Sie dran.« Wir versuchten, seine Ausgangsposition einzunehmen, warteten, dass die Korrepetitorin ihre Lucky Strike abgeascht hatte, und stürzten uns in die ersten Takte wie Fallschirmjäger aus einem Flugzeug. Die eine Hälfte konnte sich erinnern, was sie gesehen hatte, und schaffte einigermaßen spielend, es nachzuahmen. Der Rest von uns fing ungefähr nach dem fünften Schritt an, einfach irgendetwas zu machen, das einigermaßen nah an dem dran war, was der Elf dargebracht hatte. Diese Bemühungen wurden eine nach der anderen mit einem scharfen »Nein!« quittiert, was unserem Gedächtnis aber auch nicht wieder auf die Sprünge half.

Das Stück kam zum Ende. Der Elf legte die Fingerspitzen an die Lippen, als müsste er seine nächsten Worte erst physisch verorten, bevor er sie aussprechen konnte. »Ich zeige es noch einmal. Schauen Sie diesmal aufmerksamer zu.« Er zeigte, ich schaute, aber es brachte nicht viel. Die anderen Tänzerinnen und Tänzer hatten diesmal ihre Lektion gelernt, aber ich schaffte es einfach nicht, die Sache ernsthaft anzugehen. Auch wenn ein Wunder geschehen sollte und ich es hinbekam, mir den Ablauf der Übung ins Hirn zu meißeln, irgendwo am Ende der Strecke würde ich doch wieder aus der Kurve fliegen. Das war der natürliche Lauf der Dinge.

»Sie da, großes Mädchen«, sagte der Elf, als die zweite Runde Demütigung vorbei war. Da diese Beschreibung auf die Hälfte aller Frauen im Raum zutraf, schauten alle umher, um die gemeinte Riesin ausfindig zu machen. »Nein, Sie«, sagte er und zeigte mit dem Finger in meine Richtung. Das war's, man würde mir endlich die Tür weisen. Gott sei Dank.

»Ich hole nur noch schnell meine Sachen.« So beschämt, wie ich es gerade vorgaukeln konnte, ließ ich den Kopf sinken.

»Nein, nein«, sagte er. »Wir versuchen es noch einmal – ich sage jeden Schritt an.«

Ich wurde nicht schlau aus dem, was der kleine Mann da tat. Wollte er mich als Rache an all den langen Lulatschen, die es in seinem Leben nicht gut mit ihm gemeint hatten, weiterquälen oder hatten meine schlappen Tanzversuche bei ihm eine Art Helfersyndrom ausgelöst?

Als die anderen Tänzer zurückwichen und mich allein in der Mitte des Raums stehen ließen, brach ich die Analyse seiner möglichen Motive ab. Ich stopfte meine Angst vor der Demütigung in die gleiche mentale Schublade wie den Krieg und meine Sorgen um Jack und wünschte mir von meinem Publikum nur, so leise zu lachen, dass ich es nicht hörte. »Und eins, zwei, drei, vier.«

Während Frau Lucky Strike im Takt wippte, rief der Elf die Namen der einzelnen Schritte. Mit knallrotem Gesicht führte ich sie alle wie gewünscht aus, bis mein Gedächtnis zu einer Form aufgelaufen war, dass ich sogar den jeweils nächsten Schritt im Voraus wusste. »Gut, gut«, sagte er schließlich. »Wir machen jetzt eine Pause, und in zwanzig Minuten verkünden wir die Namen für die nächste Runde.«

»Was zur Hölle sollte das denn?«, fragte ich Jayne, als wir uns nach einem Getränk und ein wenig Ungestörtheit umsahen.

»Ich glaube, der kleine Mann mag dich«, sagte sie.

»Na bravo. So weit ist es mit mir also schon gekommen: Ich flirte mit Männern, die mir schnurzpiepe sind, um einen Job zu ergattern, den ich nicht verdiene?«

Sie zuckte mit den Schultern. »Es könnte schlimmer kommen.«

Wir lehnten uns an die Wand vor dem Probenraum und reichten uns eine Coca-Cola hin und her, bis wir vom Zucker wieder munter wurden. Die anderen Tänzer rannten dauernd raus und rein und liefen auf und ab wie Wölfe, nur für den unwahrscheinlichen Fall, dass der Zettel mit den Namen entgegen aller Ankündigung doch schon ausgehängt worden war. Als sich plötzlich die Tür zum Treppenhaus öffnete, kam die Bewegung abrupt zu einem Halt und die Menge teilte sich. Ruby und ihre Entourage waren da.

»Da schau her«, murmelte ich, »die echten Schauspielerinnen.«

Während wir uns den entwürdigenden Torturen des Vortanzens unterzogen hatten, hatten diese Glücklichen, die Rollen mit Namen und Text abbekommen hatten, in einem anderen Raum geprobt. Ruby, den Kopf überheblich hochgereckt, war die Anführerin dieser Gesegneten. Hinter ihr her schlichen Minnie und drei weitere Frauen.

Soweit ich mir das bisher zusammengereimt hatte, ging es in *Nach Süden* um vier Schwestern – Stella, Sue, Ellen und Kate –, die ein Herrenhaus auf einer ehemaligen Plantage in South Carolina erben. Aus einer Laune heraus geben die Mädchen ihr Leben im Norden auf und fangen neu an, an einem Ort, den sie sich als Paradies im Süden vorstellen. Aber das Haus ist ein heruntergekommenes Desaster, und bald sitzen die Mädchen gar vor der Tür, weil die Armee für ein Manöver Ansprüche auf das Haus anmeldet. Natürlich verliebt sich dann eine der Schwestern, Stella, in den diensthabenden Sergeant und drängt darauf, dass er seine Männer lieber früher als später wieder abzieht. Nachdem das passiert ist, beschließen die Schwestern, das Haus in eine Tanzhalle für Soldaten zu verwandeln, was ihnen bald einen regelrechten Geldsegen beschert. Gerade, als alles rosig scheint, taucht aber eine Rivalin im Kampf um die Zuneigung des Sergeants auf – sie trägt den unglücklichen Namen Myra Pentall – und erzählt ihm, dass das Haus von den Mädchen nicht nur als Tanzlokal, sondern auch als Bordell genutzt wird. Der Sergeant stattet ihnen einen Überraschungsbesuch ab und deutet das, was er vorfindet, fälschlicherweise als kompromittierend. Er lässt das Haus schließen und trennt sich von Stella. Aus heiterem Himmel und ohne jeden Zusammenhang findet Stella im Anschluss daran heraus, dass ihre Zahnfüllungen Radiosignale feindlicher Flugzeuge empfangen. Sie gibt weiter, was sie abgehört hat, verhindert eine Invasion, rettet das Leben zahlloser Männer und heiratet in der letzten Szene den Sergeant unter den Blicken ihrer Schwestern und einer ganzen Horde von Verehrern.

Ich hatte gehört, dass der Autor ein harter Alkoholiker sein sollte.

Paulette war als Stella engagiert worden, und jetzt wurde Ruby diese Ehre zuteil. Die drei Frauen, die ihre Schwestern spielten, kannte ich nicht, aber Minnie hatte die Rolle der Myra, der sich ungebeten einmischenden Verehrerin des Sergeants. Carl Lumboldt, ein Schauspieler, der wegen seiner Kurzsichtigkeit nicht zum Militär musste, spielte den Sergeant. Das Ballettensemble sollte – neben der Darbietung einiger Tanzeinlagen – auch die Soldaten, die Mädchen in der Tanzhalle und diverse andere Figuren darstellen, die man brauchte, um die Szenen etwas zu beleben.

Ruby schnipste mit den Fingern, woraufhin sich Minnie an die vorderste Front schob und neben ihre Herrin stellte. Die sagte mit einem Lächeln, das wir nicht fassen konnten, etwas, das wir nicht hören konnten. Daraufhin wuselte Minnie geschäftig in unsere Richtung, wühlte in ihren Taschen, zog eine Münze hervor, warf sie in den Coca-Cola-Automaten und eilte mit dem eiskalten Rauschgift in der Hand zurück zu Ruby.

»Sie weiß schon, wie man mit Menschen umgeht«, meinte Jayne.

Der Elf platzte in unsere Beobachtungen. »Meine Damen und Herren! Wenn ich Ihre Nummer jetzt nicht aufrufe, sind Sie draußen.« Mit der Geschwindigkeit eines Auktionators verlas er Zahlen, von denen die meisten gar nicht mehr wussten, dass sie uns angeheftet worden waren. Ich las die Nummer auf Jaynes Brust und quietschte vor Freude, als sie aufgerufen wurde. Dann aber merkte ich, dass meine beste Freundin, starr vor Schreck, ihren Blick nicht von meiner Nummer lösen konnte.

»Du bist drin«, flüsterte sie.

Ich boxte mich durch die Menge, um zu der Auswahlliste zu kommen, die der Elf eilig an die Wand gepinnt hatte. Sie hatte Recht: Jemandem war ein schrecklicher Fehler unterlaufen.

Der Miniaturmann hielt einen Stapel vervielfältigter Partituren hoch und wies uns an, uns zu Achtergruppen zusammenzutun. Als Nächstes würden wir für die hohen Tiere singen und tanzen müssen, die dann die Endauswahl treffen würden.

Jayne schnappte sich zwei Frauen und vier Männer und zog mich mit aller Macht an der Hand in eine Ecke, wo ich mit ihnen üben sollte. Halbherzig probte ich noch einmal die Schritte, die wir schon kannten, und sang dazu einen Song mit dem Titel »Mein Zahn spricht wahr, wenn auch mein Herze bricht«, von dem ich hoffte, dass er als Scherz gemeint war. Lange bevor wir wirklich fertig waren, rief der Elf »das große Mädchen und ihre Gruppe« zu sich in den Probenraum.

Vorne war ein langer Tisch aufgestellt worden. Der Elf nahm am einen Ende Platz, in sicherem Abstand zu den drei neuen Gesichtern. Eines davon gehörte Walter Friday, einem leutselig dreinschauenden Mann mittleren Alters mit schlechter Perücke, Silberblick und immerwährender Bräune. Als wir hereinkamen, nickte er, als lieferten wir ihm die Bestätigung für etwas, das er bis zu diesem Moment nur mit sich selbst ausgetragen hatte.

Der Mann neben ihm war so umfangreich, dass seine Schenkel auf jeder Seite weit über die Stuhlkante hinausquollen. Trotz seiner Körpergröße und -masse trug er einen gut sitzenden, maßgefertigten Anzug, der sicherlich mehr gekostet hatte, als der ganzen Show an Budget zur Verfügung stand. Seine peinliche Sorgfalt galt offensichtlich nicht nur seiner Kleidung – dieser Mann lebte für Maniküren, Schaumbäder und wöchentliche Friseurbesuche. Er hatte eine noch nicht brennende Zigarre im Mund, die zu ihm zu gehören schien wie seine Nase und sein Kinn. Seine ineinander verschränkten und mit Edelsteinen geschmückten Hände lagen vor ihm, und ich musste unwillkürlich an Al im Kittchen denken, der gezwungen wurde, seine gefesselten Pranken vor sich auf den Tisch zu legen, um sicherzugehen, dass er nichts anstellte.

Der letzte Mann war etwas größer als der Elf, sah aber wegen seines Mangels an Muskelmasse nur halb so groß aus. Er trug eine schwere, schwarz gefasste Brille, war geradezu kränklich blass und richtete all seine Aufmerksamkeit darauf, irgendetwas, das er im linken Auge hatte, daraus zu entfernen. Das lenkte mich dermaßen ab, dass ich fast freiwillig zu ihm gegangen wäre und ihm geholfen hätte, damit er bloß endlich still saß.

Im Normalfall hätten wir unser Ding gemacht und wären gegangen, aber noch bevor wir damit anfangen konnten, bat Walter Friday darum, dass wir uns vorstellten und erläuterten, warum wir bei der Show dabei sein wollten. Die anderen sechs Tänzer taten wie gewünscht, wobei sie sich derart überschlugen mit Komplimenten für Fridays künstlerische Vision, dass er ihnen das wirklich nur abkaufen konnte, wenn er total blau gewesen ist. Was er höchstwahrscheinlich war. Mit einem komischen schiefen Lächeln grinste er einen nach dem anderen anzüglich an.

Jayne war vor mir dran, aber es war unwichtig, was sie sagte, da Friday nur einen Gedanken im Kopf zu haben schien: *guter Vorbau.* Sein überdimensionierter Genosse beugte sich hinüber und flüsterte ihm hinter vorgehaltener Hand etwas ins Ohr, woraufhin Friday etwas auf einem Zettel notierte.

»Und Sie?«, fragte Walter Friday.

Es gab kein anbiederndes Kompliment mehr, das noch nicht gemacht worden war. Ich hätte einfach alle noch mal wiederholen und mich so zum Champion der Arschkriecher krönen lassen können, ich konnte aber auch einfach die Tatsache akzeptieren, dass dieses Vorgehen so durchsichtig gewesen wäre wie Jaynes Trikot. »Ich heiße Rosie Winter und ... ähm ..., um ehrlich zu sein, fürchte ich, dass das hier eine schreckliche Verwechslung ist.«

»Was für eine Verwechslung denn?«, fragte der eitle Dicke. Er sprach nur mit der einen Hälfte seines Mundes, wie Humphrey Bogart. Oder wie ein Schlaganfallopfer.

»Ich bin keine Tänzerin. Den Shuffle bis nach Buffalo würde ich sicher nicht hinkriegen. Und um die Wahrheit zu sagen: In dieser Show will ich auch nicht mitmachen.«

Der Fette erstarrte und schien nicht sicher, ob er sich verhört hatte. Als so viel Zeit verstrichen war, dass ich bereits bereute, überhaupt etwas gesagt zu haben, brach er in so heftiges Gelächter aus, dass der Tisch erbebte und der kränkliche kleine Mann sich den Finger ins Auge stach. »Sie gefallen mir«, sagte er. »Sie haben mehr Mumm als ein strohdummes Kätzchen.«

Ich schätze, das war als Kompliment gemeint.

Bei einem Gruppenvortanzen sitzt du immer in der Zwickmühle: Du musst beweisen, dass du dich gut in die Gruppe einfügen kannst, gleichzeitig aber musst du als Einzelne so auffällig sein, dass man sich später trotz der sieben anderen Leute um dich herum genau an dich erinnert. Ich schaffte nur das Letztere. Die anderen wirbelten, ich walzte, die anderen stolzierten, ich stürzte. Es musste für die ganze Welt so aussehen, als hätte sich Unkraut ins Mohnfeld verirrt.

Als wir fertig waren, steckten Friday und der Dicke die Köpfe zusammen. Obwohl wir kein Wort verstanden, war offensichtlich, dass sich Streit anbahnte. Erst schien Friday die Oberhand zu behalten, aber dann lehnte sich der Dicke zurück und warf ihm einen Blick zu, wie man ihn von Nonnen kennt, die mit unanständigen Kindern zu tun haben. Wer die Angst vor der Hölle auf seiner Seite hat, gewinnt immer.

Als Friday diesem Blick begegnete, sackte er geschlagen auf seinem Stuhl zusammen. Er nuschelte etwas nicht zu Entschlüsselndes und sagte dann nur wenig lauter: »Danke. Brock Smith, Gary Tilsdale, Jayne Hamilton, Rosalind Winter – Glückwunsch. Probenbeginn ist am Montag. Die anderen sind entlassen.«

Niemand bewegte sich, als warteten wir auf die Pointe, aber der Elf holte schon die nächste Gruppe herein.

Jayne und ich gingen hinaus, schnappten uns unsere Sachen und schüttelten beide vor Verwunderung den Kopf.

»Was soll denn die krumme Tour?«, fragte ich sie.

»Friday wird schon wissen, was er will.«

»Zumindest sein fetter Freund weiß es. Vielleicht hat

Friday ja eine Wette verloren, und das ist jetzt die Strafe.«

Jayne zog sich den Mantel über und öffnete mir die Tür zum Treppenhaus. »Musst du immer alles analysieren, Rosie?« Sie sprach in demselben knappen, kurzatmigen Ton wie an dem Abend, nachdem wir Al im Gefängnis besucht hatten. »Vielleicht mochten sie dich einfach und wollen dir eine Chance geben. So was passiert.«

Das Halstuch wehte hinter ihr her, als sie die Treppe hinunterstapfte. Ihr Rücken war verkrampft, ihre Schritte schwer. Ihr stieß noch irgendetwas anderes auf als mein Gemeckere.

Ich beeilte mich, zu ihr aufzuschließen, was mir erst in dem Moment gelang, als wir durch die Vordertür auf die Straße traten. »Was ist los?«, fragte ich.

Sie verlangsamte ihren Schritt und biss sich auf die Unterlippe. Sie blickte nicht mich an, sondern den Boden. »Ich glaube, ich kenne ihn.«

»Wen ihn?«

Sie sah sich um und griff nach meinem Arm. Wir gingen Richtung 52. Straße. »Den Dicken. Er ist ein … Mitarbeiter von Tony. Er heißt Vinnie ›der Schlachter‹ Garvaggio. Ich habe ihn mal abends im Ali Baba kennengelernt.«

»Der Schlachter? Ich werde es bereuen, gefragt zu haben, aber warum wird er so genannt?«

»Das ist sein Familienname«, schnappte Jayne. »Was glaubst denn du?«

Spitznamen konnten gefährlich sein. Einer von Capones Männern, der jüngst verstorben war, hatte den Namen Wanzen-Wayne getragen. Ich fand diesen Spitznamen erst recht charmant, erfuhr aber später, dass er es sich zur Gewohnheit gemacht hatte, Bettwanzen in Theater zu kippen, deren Betreiber ihr monatliches Schutzgeld nicht bezahlt hatten. »Ich kann mir nicht vorstellen, dass einer von Tonys … Bekannten etwas mit Theater zu tun hat.«

Jayne zog eine Schnute.

»Glaubst du, er ist der Geldgeber?«, fragte ich.

»Was sonst?«

Ich nickte einem vorbeifahrenden Taxi zu. »Interessant.«

Es gefiel Jayne überhaupt nicht, wie ich das sagte – als würde Garvaggios Beziehung zu Tony ihn eindeutig als geisteskrank klassifizieren. Auch wenn sie Tony im Moment nicht besonders gut leiden konnte, überraschte sie mich immer wieder damit, wie sehr sie ihn noch verteidigte. Von den meisten Leuten, mit denen er verkehrte, hielt Jayne nichts, aber nicht deswegen, *weil* er mit ihnen verkehrte. »Er ist ja nicht der Einzige«, sagte sie jetzt. »Tony hat erzählt, dass eine ganze Menge Männer Theateraufführungen finanzieren. Es ist wohl einfach, damit Geld zu verdienen.«

Und zu verlieren. Dem Broadway ging es dieser Tage nicht besonders gut. Die Lichter auf dem Great White Way waren der kriegsbedingten Verdunkelungspflicht genauso zum Opfer gefallen wie die Kartenverkäufe und die Umsätze. Das war verständlich. Der Krieg hatte uns unser Publikum genommen. Die, die nicht in Übersee kämpften, schlugen sich mit der Benzin- und Gummirationierung herum sowie mit der Verzweiflung, im Kriegszustand zu leben. Wer hatte unter solchen Umständen schon Lust, ins Theater zu gehen?

Natürlich war es nicht das einzige Problem, die Leute in die Aufführungen zu bekommen. Ein Jahr zuvor hatte der Zirkel der Theaterkritiker keinen Preis für das beste amerikanische Stück vergeben, weil die Kritiker fanden, dass kein einziges Stück einen solchen verdient hätte. Brooks Atkinson versuchte noch, die kollektive Schreibblockade auf den Krieg zu schieben, weil der den normalen Gezeitenwechsel zwischen Erleben und Schreiben aufgehoben hätte, aber auch ihm war klar, dass diese Erklärung auf tönernen Füßen stand. Während das amerikanische Theater vor sich hindämmerte, gelang es den Briten ja trotz Bombardierung und Verdunkelung, ein boomendes Geschäft am Laufen zu halten und neue Kassenschlager wie *Fröhliche Geister* herauszubringen.

»Es wundert mich nur, dass Garvaggio so offen damit umgeht«, sagte ich zu Jayne. »Sind solche Leute sonst nicht eher stille Teilhaber?«

»Vielleicht will er eben ein bisschen mehr Einfluss nehmen. Vielleicht will er aber auch nur die Tänzerinnen begaffen.«

Oder aber er war eingeschleust worden, um den Frieden zu wahren, nachdem Al mutmaßlich eine von Walter Fridays Hauptdarstellerinnen ausgeschaltet hatte.

4 Quell unter Steinen

Ich überließ Jayne die Ehre, Ruby von unserer künftigen Zusammenarbeit zu erzählen, und sah mir auch deren Reaktion auf diese Neuigkeit nicht an, aber Jayne berichtete von Augenrollen und Beileidsbekundungen. »Ich denke ja nur an eure Karriere«, hatte Ruby gemeint. »Das ist für euch beide doch ein ganz schöner Rückschritt.«

Ich versuchte, nicht zu viel über mich nachzudenken. Ins Tanzensemble aufgenommen worden zu sein, hatte meine Laune rasend schnell kippen lassen. Das Gefühl, etwas zu bekommen, was ich nicht verdient hatte und nur bekam, weil zufällig die richtige Person an der Entscheidung beteiligt war, konnte ich einfach nicht ausstehen. Und zu wissen, dass ich dazu verdammt war zu versagen, gefiel mir genauso wenig. Schlechte Rollen in schlechten Stücken konnte ich aushalten, aber eine schlechte Leistung zu bringen – das würde nur schwer zu schlucken sein.

Natürlich war mein Ego nicht groß genug, um den Job abzulehnen. Ich brannte darauf, in diesem Theater so viel wie möglich über Paulette Monroe herauszufinden, vor allem vor dem Hintergrund, dass die Mafia bei der Show mit drinzustecken schien. Jayne hatte von Ruby erfahren, dass die Hauptrollen schon Wochen vor Paulettes Tod besetzt worden waren. Friday – oder eben Garvaggio – hatte genau gewusst, wen er für das Stück haben wollte, und sich die entsprechenden Leute gleich von Anfang an gesichert.

Das Wochenende vor Probenbeginn verging quälend

langsam. Den Samstagmorgen und fast den gesamten Nachmittag verbrachte ich im Bett und versuchte, nicht über verschwundene Jacks oder weggesperrte Als nachzudenken. Es war schon komisch: Ich bildete mir ein, einen unauffindbaren Mann endlich verstanden zu haben, während mir ein anderer Mann, der sich nicht von der Stelle rühren konnte, ein absolutes Rätsel geworden war. Um mich abzulenken, widmete ich mich abwechselnd der Zeitung und dem Radio. Claude R. Wickard, der Minister für Landwirtschaft, hatte die Sender dazu abkommandiert, ihn über seinen Gesetzentwurf sprechen zu lassen, der verhindern sollte, dass der Fleischmarkt zum Schwarzmarkt wurde. Ich verstand nicht immer den Kern dessen, was er sagte, bekam aber mit, dass er für alles Konzessionen erteilen wollte – für die Viehhaltung, die Schlachtung und den Fleischhandel –, um sicherzustellen, dass sich nur Unternehmer mit Genehmigung eine Scheibe von unserem Braten abschnitten. Der Preisregulierungsbehörde schienen diese Vorschläge nicht in den Kram zu passen, wahrscheinlich nur, weil sie den einzigen Aspekt, der diese Behörde interessierte, nicht weiter beachteten: den Preis nämlich. Die beiden Behörden kamen schließlich nur in einer Sache überein: Es musste Reformen geben, und die mussten zum 1. April greifen.

Dass wir alle Vegetarier werden würden, war wohl unausweichlich. Oder Kanadier.

»Du hast ja eine fürchterliche Laune.« Jayne drehte Minister Wickard den Ton ab und legte das Heftchen mit *Wahren Detektiv-Geschichten* zur Seite, in dem sie vorgeblich gelesen hatte.

»Welcher Fleischfresser hätte die nicht.« Ich wandte

meine Aufmerksamkeit der Zeitung zu. Die Nazis hatten eine arbeitsreiche Woche gehabt. Die alten Menschenfreunde hatten 360 polnische Gefangene in Myslowice vergast, um »die Ausbreitung von Typhus zu verhindern«. Außerdem hatten sie eine neuartige Bombe über London abgeworfen, eine, die weniger wog und leichter explodierte. Und sie hatten ihre Kriegsschiffe für die Invasion in Norwegen bereitgemacht.

Jayne griff sich Churchill, platzierte ihn auf ihrem Schoß und schnurrte ihn die ganze Zeit an, was für ein braves, kluges Kätzchen er doch sei. Zu ihrem Glück begreifen Katzen Sarkasmus nicht. »Worüber denkst du nach?«

»Ach, weißt du, so Zeugs.« Fünf Lastwagenfahrer waren in der Stadt verhaftet worden – sie hatten siebentausend Pfund illegales Fleisch geladen. Die Vermisstenliste der Armee war um 111 Namen verlängert worden. Ich fragte mich, wann die Marine ihre Liste auf den neuesten Stand bringen würde. Bis jetzt hatte Jacks Name noch nicht in der Zeitung gestanden, aber ich war mir nicht sicher, ob das ein schlichtes Versehen oder der Beweis dafür war, dass Corporal Harrington alles in den falschen Hals bekommen hatte. Der bloße Gedanke ließ mein Herz einen Trommelwirbel schlagen. Würde ich es spüren, wenn Jack tot wäre, so wie diese Paare, die behaupten, dass sie fühlen, wenn der andere in Gefahr schwebt? Und wenn ich es nicht spüren würde, würde das etwas darüber aussagen, was wir füreinander empfanden?

Gern hätte ich Jayne all das erzählt, aber ich konnte nicht. Sich monatelang zu fragen, ob man jemandem etwas bedeutet, und sich ab dem Moment, wo das geklärt ist, zu fragen, ob man ihm *genug* bedeutet, hatte etwas Demütigendes.

»Ich glaube, hier herumzuhängen ist keine gute Idee«, sagte Jayne.

»Ich denk mal drüber nach.« Ich drehte das Radio wieder lauter. Minister Wickard war von Dorothy Sells vom Amt für Rüstungstransporte abgelöst worden, die sich über Rüstungsarbeiterinnen aufregte, die fanden, dass Sexappeal und Glamour an den Arbeitsplatz gehörten. Enge Pullover und Veronica-Lake-Locken seien bei der Arbeit aber unziemlich, auch wenn noch so viele Anwerbeplakate des Office of War Information das genaue Gegenteil behaupteten.

»Wir haben noch gar nicht gefeiert, dass wir Arbeit haben«, sagte Jayne jetzt. »Das ist doch eine große Sache.«

»Für dich bestimmt. Die Etikette gebietet aber, Stillschweigen darüber zu bewahren, wenn man grob fehlbesetzt wurde.«

Sie warf ein Kissen nach mir. »Lass uns ins Kino gehen.«

»Es gibt nichts, was ich gern sehen würde.«

»Wie wär's dann mit Schlittschuhlaufen im Madison Square Garden?«

»Nein danke.«

»Sollen wir kucken, ob sie im Henry Miller Platzanweiserinnen brauchen? Ich würde *Harriet* unglaublich gern sehen. Helen Hayes soll wieder bei Stimme sein.« Die Diva war von einer Kehlkopfentzündung erwischt worden, weswegen sie und ihr Stück pausiert hatten. Helen Hayes war zu gut, um von einer Zweitbesetzung vertreten zu werden.

»Warum? Um an die Rollen erinnert zu werden, die wir nicht bekommen haben?«

Jayne hob ihr Kinn himmelwärts, und Churchill tat es ihr nach. »Dass Jack vermisst wird, tut mir leid, Rosie. Dass du bei einer Show engagiert worden bist, für die du dich eigentlich gar nicht bewerben wolltest, tut mir auch leid. Genauso leid tut es mir, dass Al jemanden umgebracht hat und dafür jetzt im Knast sitzt. Aber kannst du das jetzt nicht mal beiseitelassen? Trübsal blasen hat noch niemandem geholfen.«

»Keiner zwingt dich, hierzubleiben.«

Einen Herzschlag lang schloss sie die Augen, setzte sich dann auf, beförderte Churchill wieder auf den Fußboden und sah mich an. »Du hast Recht. Ich werde mich ein bisschen amüsieren.«

Sie ging, und meine Trübsal wuchs sich zur Verzweiflung aus. Erst dachte ich noch, dass sie mit einem freundlichen Wort und einer vollen Flasche zurückkommen würde, aber nach einer Stunde Warten wurde mir klar, dass ich sie in die Flucht geschlagen hatte. Churchill zog sich unter die Kommode zurück, und ich merkte, wie dringend ich mein Elend über jemandem ausschütten wollte. Da sich niemand freiwillig meldete, flüchtete ich mich in der Hoffnung, ein argloses Opfer für meine schlechte Laune zu finden, in den Salon.

Auf dem Sofa saß Minnie und blätterte im *Picturegoer* vom Vormonat, von dessen Cover Joan Crawford herabgrinste. Ich ließ mich Minnie gegenüber in den Ohrensessel fallen und klopfte den Rhyhtmus eines Benny-Goodman-Stücks, das aus dem Radio plärrte, auf meinen Schenkeln mit. Sie sah kurz auf und schenkte mir ein schmales Lächeln, das gleichermaßen Begrüßung wie Aufforderung war, meine lauten Hände stillzuhalten. Nachdem sie ihre Botschaft übermittelt hatte, vertiefte sie sich wieder in das Hochglanzmagazin, das sie jetzt hoch genug hielt, um vor jedem weiteren Gesprächsversuch geschützt zu sein.

Aus Benny Goodman wurden die Andrews Sisters. Deren mitreißende Version von »Bei mir bist du schön« zwang meine Füße, in den Takt der Hände einzufallen.

Mit einem Seufzen gab Minnie das Magazin auf. »Stimmt es, dass dein Freund vermisst wird?«

Das brachte mich so aus der Fassung, dass ich auffuhr. »Ähm … ja. Eigentlich ist er gar nicht wirklich mein …« Mich verließ die Stimme. Es war mir äußerst unangenehm, wie offensichtlich mein innerer Aufruhr war. Und ich hasste mich dafür, dass mir das peinlich war. Seine Privatsphäre schützen zu wollen war eine Sache, aber es schien mir nicht ganz fair, von der Neugierde anderer, an deren privaten Tragödien ich genauso viel Interesse gehabt hätte, genervt zu sein. Vielleicht war es das: Ich wollte nicht für ihre Unterhaltung herhalten, schämte mich aber gleichzeitig dafür, dass ich mir nicht zu schade gewesen war, sie genau dafür zu missbrauchen.

»Das tut mir leid«, sagte sie jetzt. »Muss schwierig sein.«

Die Untertreibung des Jahres kommentierte ich mit einem Nicken. Vielleicht lohnte es sich, ein bisschen mit diesem Mädchen zu reden. Sie könnte das machen, wozu Jayne nicht willens war: mich ein bisschen hätscheln.

Lächelnd beugte ich mich im Sessel etwas vor. »Es ist ein Künstlername, oder?«

»Was?«

»Minnie Moore.«

Diese Frage überraschte sie. »Nicht, wenn es nach meiner Geburtsurkunde geht.«

»Dann habe ich wohl eine Wette verloren.« Ich war eine der wenigen in meinem Bekanntenkreis, die keinen Künstlernamen benutzten. Aber ich hatte noch nie verstanden, worin der Reiz lag, ein individuelles Erkennungsmerkmal in etwas Einfältiges und Abgeschmacktes abzuändern. Außerdem mochte ich meinen Namen. »Schön zu wissen, dass ich nicht die Einzige bin, die bei ihrem Geburtsnamen bleibt.«

»Glaub mir, ich habe schon darüber nachgedacht, ihn zu ändern. Eigentlich hasse ich meinen Namen. Aber es ist nicht mehr so schlimm, seitdem ich nicht mehr zu Hause wohne.«

»Warum war es da so schrecklich?«

»Mein Zwillingsbruder heißt Mickey.«

Mir entwischte ein leiser Pfiff. »Mickey und Minnie Moore? Autsch. Jemand in deiner Familie muss ein großer ...«

Sie fiel mir ins Wort. Da sie selbst keine Witze machte, erlaubte sie das auch niemand anderem. »Das war Zufall. Nichts weiter.«

»Minnie Moore ist aber ein guter Name«, sagte ich. »Sehr stark.« Mit einem Nicken wandte sie sich wieder dem Magazin zu. »Wie kommst du denn sonst so voran?«

»Was meinst du?«

»Naja, wie findest du's hier, wie ist es in deiner ersten großen Show? Ist ja in kurzer Zeit eine ganze Menge passiert.«

»Oh, ich würde sagen, alles ist soweit gut.« Sie strich sich eine Haarsträhne aus dem Gesicht. Da sie ein reizloses Mädchen war, war ihre Angewohnheit, kein Makeup zu tragen, nicht wirklich vorteilhaft.

»Behandelt Ruby dich gut?«

»Sie ist sehr nett.« Reizlos *und* dumm.

»Du musst auf Wolke sieben schweben, dass du die Myra spielen darfst. Eine großartige Rolle.«

Sie betrachtete die abgebrochenen und abgeknabberten Nägel an ihrer Hand. Dem Drang, ihr eine gute Maniküre zu empfehlen, widerstand ich. »Stimmt. Aber sie haben mich schon vor Wochen engagiert, weswegen sich die Aufregung schon ein bisschen gelegt hat.«

»Aha.« Ich konnte mich nicht erinnern, ob Ruby mir das auch erzählt hatte. »Dann bist du also zur selben Zeit engagiert worden wie die … andere Frau? Die, die gestorben ist?«

Sie nickte ernst.

»Hast du ihr nahe gestanden?«

»Paulette? Nicht wirklich. Ich habe sie erst bei der Leseprobe vor ein paar Wochen kennengelernt. Sie machte einen netten Eindruck, aber sie und ihre Freundinnen sind unter sich geblieben.«

»Ihre Freundinnen?«

»Die anderen Hauptdarstellerinnen: Olive, Zelda und Izzie. Die vier waren wie Pech und Schwefel.«

Gedächtnisnotiz: Die würde ich ausfindig machen müssen. »Wie war Paulette so?«

Minnie strich mit der Hand über das Titelbild des *Picturegoer*. »So wie jedes Starlet, denke ich.«

Ich hatte keine Ahnung, was sie damit sagen wollte. »War sie denn gut?«

Minnies Antwort kam zögerlich. Sie schien erst einen stillen Kampf mit sich ausfechten zu müssen, ob sie Paulette als überbewertet abtun oder ihr ihre Ehre lassen sollte. Ich war also nicht die Einzige, die hinter die Fassade aus Bewunderung und Eifersucht geblickt hatte. »Sie konnte es sein. Sie hat sich ganz und gar hingegeben, weißt du?« Ich nickte. Wirkliche Hingabe war nicht allen Schauspielern gegeben – die Fähigkeit, völlig in dem aufzugehen, was man gerade tat. Die meisten bewahrten einen Rest Reserviertheit, vor allem, wenn eine Rolle ihnen abverlangte, etwas zu sagen oder zu tun, was sie im wirklichen Leben niemals guten Gewissens sagen oder tun würden. Hingabe war ausschlaggebend für ein so armselig zusammengeschustertes Stück wie *Nach Süden*.

»Was für ein Schock es gewesen sein muss, als sie ermordet worden ist.«

Endlich kam Leben in ihre Gesichtszüge. »Allerdings, das kann man sagen. Ich hatte schon befürchtet, sie würden die ganze Veranstaltung abblasen, als sie damit anfingen, uns alle im Theater zu befragen.«

»Kanntest du den Mann, den sie verhaftet haben?«

»Nein, hatte ihn noch nie gesehen.«

»Aber er war doch ihr Freund, oder nicht?«

»Falls ja«, sagte Minnie, »dann war er einer von vielen.«

»Und, was hast du gemacht?«, fragte ich Jayne, als sie ins Zimmer schlich. Es war kurz nach eins, und ich war drauf und dran gewesen, das Warten aufzugeben und mich dem Schlaf anheimzugeben.

»Mit Tony zu Abend gegessen, dann mit ihm einen

Film in der Radio City gesehen.« Sie warf die Handtasche auf ihr Frisiertischchen und schlüpfte aus dem Mantel.

»Das bedeutet also, du zeigst ihm nicht länger die kalte Schulter?«

»Ich habe für heute Abend einen Waffenstillstand ausgerufen. Hatte keine Lust, mit keinem von euch beiden mehr zu sprechen.« Sie setzte sich an das Ende meines Betts. »Tut mir leid wegen vorhin.«

»Schon gut.«

Sie schüttelte so heftig den Kopf, dass die Ohrringe klingelten. »Nein, ist es nicht. Du machst viel durch, und anstatt mich wie eine Freundin zu verhalten, tue ich so, als ob du aus freien Stücken im Selbstmitleid versinken würdest.«

»Ich glaube, genau das mache ich aber irgendwie.«

Sie legte ihre Hand auf meine. »Und wenn schon. Du hast im Moment alles Recht dazu. Wenn ich das noch einmal vergessen sollte, gib mir bloß rasch einen Tritt, ja?« Sie hatte Tränen in den Augen, was mich auch fast zu Tränen rührte. »Ich habe etwas für dich.« Sie zog einen Beutel aus der Handtasche und warf ihn mir zu.

Ich leerte seinen Inhalt auf mein Bett. »Eine Tafel Schokolade. Toll. Strümpfe. Noch toller. Natürlich alles legal besorgt.«

Jayne zwinkerte. »Natürlich.«

»Und was ist das?« Ich packte ein sorgfältig in Wachspapier gewickeltes kleines Rechteck aus. »Butter!« Ich hielt mir das Stück unter die Nase und atmete den süßen, sahnigen Geruch von verbotenem Fett tief ein. »Fändest du's schlimm, wenn ich gleich reinbeiße und ein Eckchen so esse, ohne alles?«

»Von mir erfährt keine Menschenseele etwas.«

Ich ließ die Geschenke auf dem Bett liegen und schubste einen allzu neugierigen Churchill von meiner Beute weg. »Du solltest Tony häufiger mal eine Zeit lang schneiden.« Ich wühlte ein bisschen in der Kommodenschublade und fand eine Schachtel Kräcker.

»Was hast du denn den ganzen Abend gemacht?«, fragte Jayne.

»Versucht, es mir gut gehen zu lassen und mich dabei unglücklich gemacht. Als das langweilig wurde, wollte ich meine Freude mit jemandem teilen und habe dabei unsere neue Mitbewohnerin kennengelernt.«

»Minnie?«

Ich nickte.

»Und wie lautet dein Urteil?«

Ich fand ein Messer und wischte es sauber. »Irgendwie nett. Aber um ihren Sinn für Humor freizulegen, bräuchte man einen Chirurgen.« Dick schmierte ich Butter auf zwei Kräcker und gab Jayne einen davon. »Aber alles außer Al ist gerade nicht so wichtig.« Ich umriss kurz, was ich von Minnie erfahren hatte.

»Paulette war noch mit einem anderen Kerl zusammen?«

»Mit mindestens einem anderen. Minnie glaubt, es könnten auch noch mehr gewesen sein. Wahrscheinlich war Paulette einfach scharf auf Männer in Uniform, die Minnie wiederum nicht besonders gut auseinanderhalten kann. Interessant, oder?«

»Sehr.« Jayne stand auf und ging zur Kommode. Sie pflückte sich die Klunker von den Ohrläppchen und wollte sie gerade in das Zigarrenkistchen legen, das ihr als Schmuckschatulle diente, als sie plötzlich innehielt. »Das heißt aber nicht, dass Al aus dem Schneider ist.«

Dass sie das sagen würde, hatte ich schon befürchtet. »Können wir nicht wenigstens so tun als ob?«

Mit einem Pling landeten die Strasssteine in der Cuesta-Rey-Schachtel. »Aber das ist immer noch ein Motiv, Rosie. Wenn die Frau, die du liebst, fremdgeht, scheint mir Mord doch eine ausgezeichnete Art und Weise zu sein, sie zu bestrafen.«

»Aber dann könnte es auch andersrum gewesen sein. Dann könnte außer Al genauso gut jeder ihrer anderen Freunde Paulette abgemurkst haben, weil sie untreu war.« Ich stand auf und holte unseren Alkohol aus dem Versteck im Schrank. Dieses Gespräch schrie nach einem Cocktail. »Was für einen Film habt ihr euch denn angeschaut?«

»*They Got Me Covered.*«

»Für jemanden, der seinen Abend mit Bob Hope und Dorothy Lamour verbracht hat, siehst du aber nicht gerade begeistert aus.«

»Wir sind früher gegangen. Tony musste zu einer Besprechung.«

Wenn man mit einem Mafioso zusammen war, gab es eben immer ein Problem: seinen unberechenbaren Terminkalender. »Dann ist der Waffenstillstand also schon wieder vorbei?« Auf ihr Feengesicht fiel ein düsterer Schatten. »Ich habe ihm klargemacht, dass ich will, was ich will, und dass wir uns eben nicht mehr sehen können, wenn er es mir nicht geben kann.«

»Du musst tun, was du tun musst.« Ich konnte mit dem Männergeschmack meiner besten Freundin noch nie viel anfangen – mal davon abgesehen, dass Tony ein Verbrecher war. Er rief sie nicht an, er vergaß ihren Geburtstag, und ein furchtbares Mal war sie sogar mit einem blauen Fleck nach Hause gekommen, den er dann tatsächlich mit einem dicken Ring vergessen machen wollte. Aber ich war keine Freundin, die ihr ständig sagte, wie sie ihr Leben leben sollte. Diese Entscheidung musste sie schon alleine treffen.

»Bevor ich ihm das gesteckt habe, habe ich ihn aber noch über Vinnie Garvaggio ausgefragt«, erzählte Jayne.

»Und was hat er gesagt?«

Zweifellos war ihr bewusst, dass sie mir keine Vorwürfe wegen künftiger Hilfsaktionen für Al mehr würde machen können, wenn sie jetzt weitersprach. Deswegen drehte sie sich sehr langsam zu mir um. »Er hat gesagt, dass Garvaggio zum ersten Mal in eine Theaterinszenierung investiert. Vinnie hat Walter Friday letzten Herbst kennengelernt und fand ihn so nett, dass er beschlossen hat, sein großes Comeback zu unterstützen. Anscheinend haben auch noch ein paar andere große Nummern Geld dazugelegt.«

»Tony auch?«

Jayne setzte sich auf ihr Bett und schwang die Beine auf das eiserne Fußteil. »Nein. Er meint, er kann Friday nicht leiden und glaubt nicht an sein Comeback.«

Ich hatte Tony nie für einen besonders urteilsfähigen Menschen gehalten, aber wahrscheinlich wurde man zwangsläufig zu einem, wenn man ständig zwischen dem Lauf der Geschäfte und dem Lauf eines Gewehrs unterscheiden musste. »Interessant. Warum kann Tony ihn nicht leiden?«

»Wollte er mir nicht sagen, aber wenn man bedenkt, was du mir gerade über Paulette Monroe erzählt hast, dann beschützt er Al vielleicht mehr als wir denken.«

5 Gefallene Engel

Am frühen Montagmorgen wachten wir gutgelaunt auf und wackelten zu unserer ersten offiziellen Ensembleprobe rüber ins Sarah Bernhardt. Dort angekommen wurden wir in den Raum gescheucht, in dem wir auch vorgetanzt hatten, und dieselbe Pianistin (die dieselben Zigaretten rauchte) unterhielt uns mit einem Stück aus Liszts »Faust«, während wir unsere Dehnübungen machten und uns für sechs mörderische Trainingsstunden aufwärmten.

Zum ersten Mal konnte ich mir die anderen zehn Männer und acht Frauen, die neben uns zum Tanzensemble gehören sollten, genauer ansehen. Es war eine ungewöhnliche Zusammenstellung. Die meisten Frauen waren für Tänzerinnen sehr üppig – zu groß, zu breit oder zu dick. Nur Jayne schien angemessen proportioniert, fiel aber aufgrund ihrer Winzigkeit auf wie ein Pinguin in der Wüste. Die Männer dagegen waren alle klein. Nicht einer von ihnen war groß genug, um mir direkt in die Augen schauen zu können, und ich hatte den starken Verdacht, dass sich ihre Wirbelsäulen beim Versuch, mich zu heben, wie die Feder eines Springteufels durchbiegen würden.

Der Elf war nicht der Choreograph der Show. Diese Ehre war Maureen O'Reilly zuteil geworden, einer Dame mittleren Alters, die trotz ihres irischen Namens einen starken deutschen Akzent hatte und stets so klang, als stünde sie kurz vor einem Hustenanfall. »In meiner Heimat ist Disziplin das Erste, das jeder Tänzer zu lernen hat. Heute werdet ihr tanzen, als wäret ihr in Dublin.« Wir warteten auf eine Erklärung für die Unstimmigkeit zwischen ihrem Namen und ihrem Akzent, aber es kam nichts. Wahrscheinlich war sie Kriegsflüchtling und musste ihre nationale Identität verbergen, um in New York in Frieden arbeiten zu können. In einem Land, in dem auf den Konserven neuerdings nicht mehr »Sauerkraut«, sondern »Liberty Cabbage« stand, war jeder willkommen – außer den Krauts.

Sie benutzte einen Gehstock, aber es war nicht ganz klar, ob sie den wirklich brauchte oder ob er nur eine affektierte Angewohnheit war. Und sie war furchteinflößend – nicht wegen ihrer möglichen Herkunft, sondern wegen ihrer Art, uns abschätzig zu mustern und uns dann ihr Urteil entgegenzuspucken, das sich deutlich von unserem Selbstbild unterschied. Wir standen Schulter an Schulter, und sie schritt die Reihe ab und benannte jeweils präzise den Grund, warum man uns nicht hätte engagieren dürfen. »Du bist zu fett«, teilte sie einer drallen Tänzerin mit. »Du hast einen zu großen Busen«, einer anderen. Zu Jayne sagte sie: »Du bist zu klein.« »Und du«, sagte sie zu mir, und nach ihrem Tonfall zu urteilen war ich die Schlimmste von allen, »bist noch nicht mal eine Tänzerin.« Nachdem sie unsere Gebrechen aufgezählt hatte, warf sie die Hände in die Höhe und seufzte. »Nun gut. Euch werde ich wohl nicht mehr los, deswegen werden wir doppelt so hart und doppelt so lang arbeiten müssen. Er wird nicht auch mich noch demütigen.«

Ich hatte keine Ahnung, wer *er* war, aber man brauchte kein Einstein zu sein, um darauf zu kommen, dass unser bunter Haufen einzig und allein zu dem Zweck zusammengewürfelt worden war, Maureen das Leben schwerzumachen. Um uns das heimzuzahlen, ließ sie uns zunächst die Schrittfolge proben, die der Elf uns beim Vortanzen gezeigt hatte. Wir waren noch nicht einmal halb durch, als sie schon mit dem Stock auf den Boden klopfte und uns unterbrach. »Es ist offensichtlich, dass ihr nichts vom Tanzen versteht. Wir werden uns deshalb heute darauf konzentrieren, gehen zu lernen.« Und das taten wir. Wir gingen nicht im herkömmlichen Sinne, sondern wie Tänzer, mit erhobenen Häuptern, gestreckten Gliedmaßen und mühelos geradem Rücken. Drei Stunden lang übten wir wie Primaten, die gerade erst begriffen hatten, was *aufrecht* bedeutet. Am Ende tat mir jedes einzelne Körperteil weh, und ich sehnte mich nur noch danach, mich zu Hause in die Ecke zu fläzen und den Boden anzustarren.

»Das war ja schrecklich«, sagte ich in der Mittagspause zu Jayne. Wir hockten in dem Imbiss auf der anderen Straßenseite über einer Doppelportion dessen, was auf der Karte »Roastbeef auf Roggenbrot« hieß, aber eher nach durchweichtem Schweinefleisch in brauner Tunke schmeckte. Wir hatten gerade noch vor den einfallenden Mittagshorden einen Ecktisch ergattert. Es war erstaunlich, dass ein Laden, der noch nicht mal Schweine- von Rindfleisch unterscheiden konnte, derart brummte. Vielleicht waren es die Preise, die mir trotz kriegsbedingter Rationierung ungewohnt niedrig erschienen. Oder es lag an dem Schild auf der Theke, das trotzig verkündete, diese Gaststätte beteilige sich nicht an dem freiwilligen fleischlosen Dienstag, zu dem die städtische Rationierungsbehörde aufrief.

»Was glauben die eigentlich, wie wir ohne Fleisch tanzen sollen?«, fragte ich Jayne. »Da werden wir doch viel zu schwach.«

»Du hast ja noch Als Geschenk.«

An die Steaks wollte ich nicht erinnert werden. Da konnte Fleisch noch so knapp werden – ich brachte die beiden dicken Scheiben einfach unweigerlich mit Paulettes leblosem Körper in Verbindung. Wie hungrig oder fleischgierig ich auch immer war, ich glaubte nicht, dass ich sie in nächster Zeit würde essen können. »War doch komisch, dass Maureen so getan hat, als ob wir nur ausgewählt worden wären, um ihr das Leben schwerzumachen, oder?«

»Die Gruppe ist schon ziemlich absonderlich«, meinte Jayne. »Die meisten scheinen zwar tanzen zu können, aber ...« Die Restauranttür ging auf, und Ruby und Minnie kamen herein. Während Ruby einen Tisch suchte, ging Minnie zur Theke und bestellte für sie beide. Jayne und ich sanken so tief in unsere Sitzecke, bis niemand mehr etwas anderes von uns sehen konnte als unsere Scheitel.

»Ich wette, sie zahlt ihr das Mittagessen«, flüsterte ich Jayne zu.

»Minnie?«

»Ganz sicher. Hast du jemals etwas so Kriecherisches gesehen?«

Von der Theke aus winkte Minnie Ruby zu, ihr Gesicht war ganz angespannt vor Sorge. Sie hatte Angst, nach Ansicht ihrer königlichen Hoheit zu lange zu brauchen. Ich suchte den Raum nach Anzeichen von Paulettes Freundinnen ab, trug ich mich doch mit der Hoffnung, sie alle einzeln ausquetschen zu können. Wenn sie so viel mit Paulette zu tun gehabt hatten, wie Minnie behauptete, dann würden sie sicher etwas Licht in das Dunkel von Paulettes Liebesleben bringen können.

»Wo essen wohl die anderen Schauspielerinnen zu Mittag?«, fragte ich Jayne.

Die klappte ihr Sandwich auf und inspizierte dessen Innereien wie ein Chirurg, der eine Wunde untersucht. »Wenn sie schlau sind, nicht hier.«

Ruby drehte den Kopf mal hierhin und mal dorthin und versuchte, den als Nächstes frei werdenden Tisch ausfindig zu machen. Nachdem sie einigen Anzugträgern, die in der Nähe des Fensters saßen, ein verführerisches Lächeln zugeworfen hatte, sah sie Jayne und mich. Das spielerische, aufreizende Grinsen verschwand. Fragend hob sie eine Augenbraue und glitt an unsere Seite.

»Ensembleprobe?«, säuselte sie süßlich lächelnd.

»Oh ja«, sagte ich und zog mich wieder in die Senkrechte. »Wie bist du denn darauf gekommen?«

»Wegen eurer Strumpfhosen und Turnanzüge. Interessante Kombination.« Weder Jayne noch ich hatten uns umgezogen, wir hatten einfach Röcke über unsere Tanzklamotten gezogen und gehofft, dass wir so schick genug waren. »Walter möchte Ende der Woche mit der Arbeit an der ersten Nummer beginnen. Ich hoffe inständig, dass ihr bis dahin so weit seid.«

Das war gut. Wenn sich vorher keine Möglichkeit für ein Gespräch mit Paulettes Freundinnen bieten sollte, so konnte ich wenigstens sicher sein, dass wir bald alle zusammen in einem Raum sein würden.

»Keine Sorge«, sagte Jayne. »Wir schaffen das.«

Hinter Ruby tauchte Minnie auf und räusperte sich. In den Händen hielt sie ein Tablett mit Essen für zwei.

Ruby warf einen Seitenblick auf unseren Tisch. Ich hatte mein Sandwich erst zur Hälfte aufgegessen und hatte nicht vor zu gehen. Also drehte ich mich zur Seite und platzierte meine Beine auf der Bank neben mir. »Lasst es euch schmecken«, sagte ich lächelnd. »Besonders der Braten ist geradezu … köstlich.«

Ihr fiel das Grinsen aus dem Gesicht. »Viel Spaß noch bei der Tanzprobe.« Sie und ihre Untertanin verzogen sich auf die andere Seite des Ladens, wo eine Vierergruppe gerade einen Tisch in Küchennähe räumte.

»Wir hätten sie schon fragen können, ob sie sich zu uns setzen wollen«, sagte Jayne.

»Verschone mich! Du weißt, wie furchtbar das geworden wäre. Außerdem muss sie lernen, bitte zu sagen, wenn sie etwas will. Sie kann nicht erwarten, dass ihr die Leute ihr ganzes Leben lang alles abnehmen.« Während ich den Rest meines Sandwichs verschlang, beobachtete ich Ruby und Minnie aus dem Augenwinkel. Ruby sezierte ihr Sandwich schichtweise, wobei ihr Minnie jeweils bestätigen musste, dass auch wirklich alles nach ihren Wünschen zubereitet worden war. Als dieser Punkt abgehakt war, widmete sich Ruby dem Essen und hielt gleichzeitig einen angeregten Monolog, der Minnie zweifellos zur Rekapitulation jedes einzelnen ihrer ruhmreichen Momente während der morgendlichen Probe zwang. Minnie hing ihr mit derart gespannter Aufmerksamkeit an den Lippen, dass sie sicher noch nicht mal im Fall einer Bombenexplosion mitten im Raum weggesehen hätte.

Wir beendeten unser Mittagsmahl und beeilten uns, zurück in den Probenraum zu kommen. Maureens Laune schien sich im Vergleich zum Vormittag gebessert zu haben. Wir mussten nicht länger unter ihrer strikten Anweisung herumgehen, sondern waren ihrer Ansicht nach so weit, es mit dem Tanzen zu versuchen. Wir stellten uns an der Stirnseite des Raums auf und ließen uns von ihr in eine Ordnung bringen, die sie für ästhetisch am gelungensten hielt. Mir wurde als Partner ein winziger Mann namens Delbert Rath zugeteilt, und wie die anderen turmhohen Frauen auch musste ich mich in die zweite Reihe stellen. Mrs. Fentswallow, die kettenrauchende Korrepetitorin, setzte sich ans Klavier, ihr Gesicht hellte sich in Vorfreude auf ihren Einsatz auf. Während sie zwischen die Tasten aschte, wurden wir von Maureen angewiesen, die Schritte zu wiederholen, die wir schon kannten. Für mein Gefühl legten wir einen durchaus eindrucksvollen Auftritt hin, aber gerade als wir von unseren Partnern nach links gewirbelt wurden, rammte sie ihren Stock in den Boden und kreischte: »*Nein!*«

Wir erstarrten mitten in der Bewegung. Es war unglaublich, wie viel härter ein Tadel klang, wenn er auf Deutsch geäußert wurde.

Maureen hob den Stock an die Stirn und tippte sich mit dem Knauf – einem Zinngreif mit roten Augen – leicht gegen die zarte Haut. »So geht das nicht«, sagte sie. »Die Bewegungen müssen aus einem Guss sein. Wir machen das Ganze noch mal schneller!« In die Hände klatschend gab sie das Tempo vor. »*Schnell, schnell, schnell!* Ihr werdet schon sehen.« Maureen ließ Mrs. Fentswallow das Tempo vervierfachen und belächelte unsere angsterfüllten Gesichter. Mit einem Fingerschnipsen hieß sie uns, die Ausgangsposition einzunehmen. »*Und fünf, sechs, sieben, acht!*«

Die Musik war rasend und bedrohlich wie ein Alptraum nach einem Freitagabendbesäufnis. Delbert und ich versuchten mitzuhalten, aber dass es machbar sein sollte, dieselbe Anzahl von Bewegungen in ein Viertel der Zeit zu packen, kam dem logisch denkenden Teil meines Gehirns unmöglich vor. Alle anderen waren schon bei der Drehung, als wir noch zwei Schritte zurückhingen. Etwas auszulassen war unsere einzige Möglichkeit, aufzuholen. Wir näherten uns einem Sprung, und ich verwendete all meine Energie darauf, ihn gleichzeitig mit den anderen zu vollführen und von da an alles zu geben, um bis zum Ende der Kombination mit ihnen gleichauf zu bleiben. Während die anderen Frauen aus dem Stand sprangen, musste ich aus der Hocke heraus hochspringen. Mitten in der Luft waren wir alle wieder synchron, und ich war stolz wie Oskar, als ich sogar gleichzeitig mit ihnen wieder unten ankam. Dummerweise hatte ich Delbert nicht von meinem Vorhaben unterrichtet. Anstatt in seinen Armen landete ich auf dem Fußboden.

Mir rutschten die Füße unter dem Körper weg, meine Stirn berührte den Boden, mein Mund stand offen, und während die anderen weiter unbeirrt um mich herumkreisten, prallte ich aufs Knie, immer noch in der Hoffnung, genug Schwung zu haben, um wieder hoch in den Stand zu kommen.

Die meisten Schauspieler wissen, wie man fällt. Das ist eine der praktischen Fähigkeiten, die man auf der Bühne entwickelt und die man im Alltagsleben gut gebrauchen kann. Das Problem war also nicht, dass ich gestürzt war, sondern dass ich vor kurzem schon einmal gestürzt war: Vor zwei Monaten erst war ich nach einem schampusreichen und von Selbstmitleid getränkten Abend auf einem vereisten Gehweg auf genau dasselbe Knie gefallen und hatte im selben Zuge noch eines von Rubys Kleidern kaputt gemacht. Bis jetzt hatte ich gedacht, dass mir von diesem Vorfall kein Souvenir geblieben war.

Um den Schmerz einzudämmen, atmete ich tief ein – und hatte sofort den vertrauten, süßen Buttergeruch in der Nase. War das eine Nahtoderfahrung? Halluzinierte man dann von seinem Lieblingsessen?

»Hast du dir wehgetan?«, fragte Maureen, als das Stück vorbei war.

»Ist Hitler ein Deutscher?«

»*Nein.* Er ist Österreicher.« Uuups. »Ihr habt einen ganzen Takt hinter den anderen hergehangen.«

Ich hob den Kopf und ließ sie wortlos wissen, was ich von ihrer mangelhaften Fürsorglichkeit hielt.

»Kannst du laufen?«

Delbert packte mich an den Armen und zog mich in die Senkrechte. Solange ich das verletzte Bein nicht belastete, war alles in Ordnung.

»Ich kann hüpfen.«

Sie seufzte und schüttelte den Kopf. Das war sehr unbedacht von mir gewesen. »Du kannst nicht tanzen, wenn du verletzt bist«, sagte sie, und ich hatte sie im Verdacht, dass sie den Zusatz über meine Verletzung lieber weggelassen hätte. »Geh nach Hause. Kühl dein Bein. Komm morgen wieder. Wenn es nicht besser wird …« Hier brach sie ab. Ich hatte verstanden. Wenn es nicht besser würde, wären ich und mein kaputtes Bein draußen.

Während die anderen fünf Minuten Pause bekamen, halfen Jayne und Delbert mir nach draußen und brachten mich die Treppe hinunter. Ich bedankte mich bei

Delbert für die Hilfe und schickte ihn wieder nach oben, dann humpelte ich nach draußen auf den Bürgersteig.

»Soll ich mit dir auf ein Taxi warten?«, fragte Jayne.

»Um Maureens Unmut auf dich zu ziehen? Nein, geh ruhig wieder hoch. Ich komme schon zurecht.« Dann tat ich so, als würde ich nach einem Taxi Ausschau halten. Die Tränen, die mir in die Augen schossen und die sich mit dem leichten Schneefall mischten, blinzelte ich weg.

»Tut es sehr weh?«

Der Schmerz war nicht stärker als bei den Tausenden von Verletzungen, die ich mir im Leben schon zugezogen hatte, weniger leicht zu verwinden war die Kränkung meines Egos. »Ist nicht so schlimm.«

»Du wolltest ja eigentlich gar nicht bei dieser Show dabei sein, Rosie.«

»Will ich auch immer noch nicht, muss ich aber.« Wenn ich nicht dabeiblieb, würde ich nie mit Paulettes Freundinnen ins Gespräch kommen, und wenn ich nicht mit ihnen sprach, würde ich nie herausfinden, was Al wirklich zugestoßen war.

Um mich aufzuwärmen und mir ein bisschen Selbstvertrauen zurückzugeben, rieb Jayne mir den Arm. »Das wird schon wieder«, sagte sie. »Ruh dich einfach den Rest des Tages mal aus.«

Bei so viel Feingefühl musste ich lächeln. »Mach ich. Geh jetzt. Ich mein's ernst.«

Sie ging ins Theater zurück, und ich setzte mich auf eine Bank unter dem Vordach des Sarah Bernhardt. Taxis waren nicht in Sicht. Dafür beobachtete ich eine Brünette, die einen halben Straßenblock entfernt einen Soldaten mit flammendroten Haaren zum Abschied küsste.

Dann fiel mein Blick auf ein Flugblatt, das, vom Schnee durchnässt, auf dem Boden klebte. Die New Yorker Einheit der Ersten Luftwaffenstaffel suchte für ihre Abfangjägerstationen dringend Frauen zwischen achtzehn und fünfzig. »Bleiben Sie nicht untätig!«, mahnte das Blatt. »Unsere Piloten brauchen Sie.«

»Und ich brauche die Piloten«, sagte eine mir unbekannte Stimme. Ich blickte auf. Die Brünette stand direkt neben mir. Von Nahem erkannte ich sie als eine der Hauptdarstellerinnen neben Ruby und eine von Paulettes Freundinnen. Sie war groß und dünn und trug ein Grinsen zur Schau, das wie gemacht war für Benson-&-Hedges-Reklame.

»Dafür werden sie dich aber wohl kaum bezahlen«, meinte ich zu ihr.

»Du glaubst doch nicht wirklich, dass sie dich fürs Auskundschaften feindlicher Flugzeuge bezahlen. Außerdem macht was ich anzubieten habe mehr Spaß.« Sie zog ein bronzenes Zigarettenetui hervor, auf dem zwei von einem Pfeil durchbohrte Emailleherzen prangten. »Rauchst du?«

»Nein danke.«

»Bist du eine von den Tänzerinnen?«

»War ich zumindest bis gerade, als ich es geschafft habe, über meine eigenen Füße zu stolpern.«

Sie zündete sich eine Virginia Round an und nahm einen tiefen Zug. »Falls es dich tröstet: Bei der anderen Probe stehen die Dinge auch nicht besser.«

»Aber Verletzte habt ihr noch keine, oder?«

»Nur ein Textbuch, das dringend jemand von seinem Leid erlösen sollte. Ich bin übrigens Zelda DeMarcos.«

»Rosie Winter.«

Sie schüttelte mir die Hand, als würden wir einen Vertrag besiegeln, und setzte sich neben mich. »Moment mal – Rosie Winter? Der Name sagt mir was … Hast du nicht bei *Im Dunkeln* mitgespielt?«

Ich blickte zu Boden. »Ich merke schon: Mein Ruf eilt mir voraus.«

»Ich habe das durchaus als Kompliment gemeint. Du warst fantastisch.«

»Woher weißt du das? Ich habe doch nur eine Aufführung gespielt.«

»Ja, aber genau die habe ich gesehen. Nimm's nicht persönlich, aber es ist eine Katastrophe, dass du jetzt im Tanzensemble gelandet bist.« Ich widersprach nicht. Sie hatte Recht – es *war* eine Katastrophe.

Ich grinste in mich hinein. »Solltest du nicht drinnen sein?«

»Wir machen gerade Pause, und ich wollte eine Runde spazieren gehen.«

»Und dabei hast du mal eben einen neuen Freund gefunden?«

Sie zwinkerte mir zu. »Ein alter ist mir über den Weg gelaufen. Soll ich ein Taxi für dich anhalten?«

»Ich wäre auch schon mit einem lahmen Pferd und einem klapprigen Wagen zufrieden.« Sie sah forschend die Straße hinunter. Ein besetztes Taxi fuhr an uns vorbei, und sie winkte dem rothaarigen Schemen des Fahrgastes zu. »Du warst doch mit Paulette befreundet, oder?«, fragte ich.

Ihr süffisantes Lächeln verschwand. In ihren Augen blitzte ein Funken Misstrauen auf. »Natürlich. Wie alle, die in der Show dabei sind.«

»Aber du und die beiden anderen, ihr wart doch besonders dicke mit ihr, oder nicht?«

Sie nickte.

Hektisch versuchte ich zu erklären, warum ich Paulette überhaupt erwähnt hatte. »Sie hat mal in meinem Wohnheim gewohnt und war für mich immer so eine Art … Idol. Was da passiert ist, hat mich einfach sehr traurig gemacht.«

Das reichte aus. Ihr Misstrauen verschwand. »Du wohnst auch im Shaw House?«

»Genau.«

Zelda lächelte. »Sie hat das Haus sehr gern gehabt.«

Anstelle einer Antwort summte ich zustimmend, was ihr sagen sollte, dass es mir genauso ging. »Immerhin haben sie den Täter gefasst. Auch wenn das natürlich ein geringer Trost ist.« Sie zuckte mit den Schultern, woraufhin mir bewusst wurde, wie dämlich dieser Kommentar gewesen war. Wenn dir jemand genommen wird, den du sehr gern hast, gibt es so etwas wie Trost nicht mehr. »Hast du den Typen gekannt, der das getan hat?«

Ein gelbes Fahrzeug näherte sich. Zelda sprang auf und winkte das Taxi an den Bordstein. »Ihr Wagen, Madame.«

»Danke«, sagte ich. Sie nahm meinen Arm und half mir hineinzuhüpfen. »Es war nett, mit dir zu sprechen.«

»Fand ich auch.« Sie sah mir mit einem Gesichtsausdruck nach, der nicht das geringste Anzeichen dafür preisgab, ob sie meine Frage überhaupt gehört hatte.

Das Taxi, das ich mir eigentlich nicht leisten konnte, hielt vor dem Shaw House. Ich warf dem Fahrer mein letztes Scheinchen hin und sah ihm nervös dabei zu, wie er die Banknote glatt strich, bevor er sie in seine Tasche steckte. Nachdem er das Geld verstaut hatte, setzte er das Taxameter auf Null und wartete schweigend auf … irgendetwas.

»Meine Dame, wir sind da.« Sein Akzent wies ihn als Brooklyner aus.

»Ich bräuchte ein bisschen Hilfe«, sagte ich zu ihm.

Er breitete die Arme weit aus und sah auf seine Brust hinunter. »Würde Ihnen gern helfen, habe aber ein Problem mit dem Rücken.«

»Was sicher nicht so schlimm wäre, wenn Sie nicht so ein volles Portemonnaie mit sich herumtragen müssten.«

»Vielleicht.«

Mit der Schulter warf ich mich gegen die Autotür und bekam sie ächzend auf. Der leichte Schneefall hatte sich zu einem Frühlingseissturm ausgewachsen. Mit dem gesunden Bein überprüfte ich den Gehweg, bevor ich mich traute, aufzustehen.

»Ich habe nicht den ganzen Tag Zeit«, sagte der Taximann.

»Das glauben auch nur Sie.«

Mit quietschenden Reifen fuhr er von dannen. Ich streckte ihm zum Abschied die Zunge raus.

Eine Million Jahre später hatte ich die Vordertreppe gemeistert und betrat das Shaw House. Das Foto von Paulette saß stumm über mir zu Gericht, als ich die Diele durchquerte und den Salon erreichte. Aus Gründen der Schadensbegrenzung wäre ich jetzt auf dem Sofa zusammengebrochen – wenn dort nicht schon jemand gesessen hätte.

Ein Mann nämlich, den ich für gutaussehend befunden hätte, wenn er nicht in einer Ausgehuniform gesteckt und einen so düsteren Gesichtsausdruck aufgesetzt hätte. Man war es seit Ausbruch des Krieges gar nicht mehr gewohnt, auf Männer unter fünfzig zu treffen, die nicht ausgemustert worden waren oder über vorteilhafte Beziehungen verfügten. Natürlich sah man jeden Tag Armeeangehörige, doch wer erst mal die Uniform angelegt und sich mit Leib und Leben verpflichtet hatte, bekam etwas von einem Trugbild. Wenn man ihnen nahe kam, wusste man, dass sie sich Stück für Stück in Nichts auflösen würden, bis nur noch eine Erinnerung von ihnen übrig blieb.

»Hallo«, sagte ich zu diesem Exemplar hier, nur für den Fall, dass er echt sein sollte. Er hörte kurz auf, seine Mütze in den Händen zu drehen, und nickte mir zu. Ich machte mich hopsend auf den Weg quer durch den Salon Richtung Treppe, blieb aber auf halber Strecke abrupt stehen und schaute mich nach Belle um, unserer Hausmutter. Normalerweise stand sie, sobald sich ein Mann auch nur auf hundertfünfzig Meter dem Haus näherte, Gewehr bei Fuß, um unsere kollektive Tugendhaftigkeit zu beschützen.

»Weiß Belle, dass Sie hier sind?«

Er nickte, ohne den Blick zu heben. »Sie wollte etwas holen gehen.«

Wäre ich nicht verwundet gewesen, wäre ich einfach meines Wegs gegangen, ohne noch lange über ihn nachzudenken. Vielleicht lag es daran, dass ich mich sowieso schon verletzlich fühlte oder dass ich mich mit einer Geschwindigkeit bewegte, die eigentlich Zweifingerfaultieren vorbehalten ist – egal: Mein Hirn schoss sich auf den Mann auf dem Sofa ein und dachte sich, anstatt hinzunehmen, dass er seine eigenen Beweggründe hatte, einen Anlass für sein Hiersein aus.

Das Problem bei jedem kreativen Beruf ist ja, dass man, wenn man gut ist in dem, was man macht, einen Muskel ausbildet, der Vorstellungskraft heißt. Wenn ich spielte, musste ich mich in alle möglichen absurden Situationen hineinversetzen und mich von ihrer Wirklichkeit überzeugen. Gelang einem das auf der Bühne, war es eine Gabe, ich aber konnte es auch im Alltagsleben nicht abstellen. Deswegen dachte ich mir dauernd Szenarios aus, die nichts mit der Realität gemein hatten, und entwickelte auch noch die entsprechenden Gefühle dazu – und das, obwohl ich ohnehin so dünnhäutig war, durch das ständige Bedürfnis, Freude oder Schmerz zu empfinden, ganz gleich, ob dazu Anlass bestand. Ich war in der Lage, mir einfach alles einzureden, nur war es eben meistens so, dass das, was ich für real hielt, nicht real war.

Und so kam es, dass ich mir, als ich das Wohnzimmer durchquerte, den Kopf darüber zerbrach, warum ein Mann in Ausgehuniform ins Shaw House gekommen war. Der einzige Grund, der mir einfiel, war: meinetwegen. Wenn das der Fall war, ergab sich die Frage: Wer war er? Und da kam eigentlich nur eine einzige Person in Frage – Corporal Harrington, der Matrose, der mich davon in Kenntnis gesetzt hatte, dass Jack vermisst wurde. Und da er hier und da er traurig war (was eindeutig der Fall war), konnte nur das Schlimmstmögliche passiert sein.

Ich atmete scharf ein und drehte mich schnell um, was mein Knie nur zusätzlich in Mitleidenschaft zog. Der Soldat wurde noch einmal gemustert, vom Scheitel bis zur Sohle, und ich versuchte mich zu erinnern, wie Marineuniformen aussahen und welche Abzeichen Corporals trugen. Er hier hatte kleine Flügel auf dem Kragen. Was war das denn, eine Möwe vielleicht? Warum hatte ich bloß so wenig Ahnung vom Militär! Warum bloß war ich nicht mit Jayne ins Kino gegangen, um mir »Das ist die Armee« anzusehen!

Ich versuchte, mich wieder zu beruhigen. Was auch immer er zu sagen gekommen war, ich würde ihn ausreden lassen. Ich würde gefasst und tapfer reagieren und ihn, nachdem er seine Nachricht überbracht hatte, zu einer Tasse Kaffee einladen. Er würde mir von Jack erzählen, und erst wenn er wieder gegangen wäre, würde ich weinen.

»Rosie.« Belle kam aus der Küche in den Salon. Sie trug eines der vielen Überbleibsel aus ihren Vaudeville-Tagen, ein knatschbuntes, mit Federn besetztes Samtkleid, das ihr einiges an Bewegungsfreiheit und jedem Besucher etwas zu viel Einblick auf Hängebrüste und quellende Oberschenkel bot. »Gut, dass du da bist.« Mein Blick wanderte von ihr zu Corporal Harrington, wobei ich abzuschätzen versuchte, wie schnell ich mit einem kaputten Knie würde rennen können. Wenn er nie erzählen würde, was er erzählen wollte, konnten wir dann nicht so tun, als ob gar nichts passiert wäre? Belle deutete auf den Mann, und er stand auf. »Das ist …« *Nein*, schrie mein Hirn. *Sag's nicht. Ich bin nicht stark. Ich bin nicht tapfer.* »Captain George Pomeroy.«

»Captain George Pomeroy?«, wiederholte ich.

»Ja«, sagte Belle. »Alles in Ordnung bei dir?«

Um wieder etwas Farbe ins Gesicht zu bekommen, hüpfte ich auf meinem gesunden Bein herum. »Bei der Probe hatte ich einen kleinen Unfall. Nicht so wild.«

George machte einen Schritt vom Sofa weg und bot

mir seinen Platz an. Er war höflich, dieser Soldat. Nein, nicht Soldat. Pilot. Die Flügel auf seinem Kragen waren Rangabzeichen der Luftwaffe.

»Schon gut, danke«, sagte ich. »Ich wollte gerade hoch in mein Zimmer.«

»Würde es dir etwas ausmachen, wenn wir dich begleiten?«, fragte Belle.

Wackelig blieb ich stehen, ein Bein angezogen wie ein Flamingo. Dass Belle mich darum bat, einen Mann in mein Zimmer zu lassen, war in etwa so, als würden die Alliierten England an Deutschland ausliefern. Das ging einfach nicht. »Habe ich richtig gehört?«

»Seine Verlobte hat mal hier gewohnt, und er möchte sich ihr Zimmer ansehen. Ich wollte ihn gerade hochbringen. Es geht um die 2B.«

Das war mein Zimmer. Und das ehemalige Zimmer von Paulette. »Natürlich«, sagte ich. »Bitte hier entlang.«

Belle stürmte als Erste die Treppe hoch, als Nächstes humpelte ich hinauf, hinter mir kam Captain Pomeroy. Obwohl er allen schicklichen Abstand wahrte, war ich mir sicher, dass er sofort reagieren und mich auffangen würde, sollte ich stolpern. Er war einer von denen, die Umsichtigkeit geradezu ausstrahlten.

»Warte«, sagte ich zu Belle. Der Schmerz in meinem Bein hatte mich anscheinend kurzzeitig verdummen lassen. Belle durfte nicht in mein Zimmer. Es befand sich viel zu viel in Kriegszeiten verbotene Ware darin, von dem Kater gar nicht zu sprechen.

»Was ist?«, fragte Belle.

Ich stützte mich schwer auf das Geländer. »Der Schmerz. Es ist wirklich schlimm. Hast du Schmerztabletten?«

»Kann das nicht warten?«

»Nein, kann es nicht.«

Belle seufzte und schaute an mir vorbei zum Captain. Ich hörte sie schon sagen, ich könne ihr den Buckel runterrutschen, aber George Pomeroy war ein Mann in Uniform. Und das bescherte ihm dieser Tage einen Freibrief für so manches, unter anderem für das Betreten eines Zimmers, in dem noch nie ein Mann willkommen gewesen war. »Ich schau mal nach, ob sich etwas auftreiben lässt.« Belle watschelte an uns vorbei, und ich legte meine Leidensmiene ab. Im Flur blieben der Captain und ich vor meiner geschlossenen Tür stehen.

»Hier ist es«, sagte ich. »Ich muss Sie warnen – meine Mitbewohnerin und ich sind nicht gerade bekannt für unsere … Sauberkeit.« Er musste lächeln. Glaube ich zumindest. Kann auch sein, dass er einfach nur eine Sekunde lang seine gerunzelte Stirn entspannte. Ich öffnete und bat ihn herein, dann humpelte ich zu Jaynes Bett und landete mit dem Po auf ihrem hingeworfenen Schlafanzug.

Captain Pomeroy ging im Zimmer umher und betrachtete die Wände, die Decke, den Boden und die Fenster, würdigte unsere Habseligkeiten dabei aber keines Blicks. Churchill krabbelte unter der Kommode hervor, näherte sich dem Captain mit dem sicheren Gespür, ein neues Opfer gefunden zu haben, und rieb sein Hinterteil an dessen Hosenbein.

»Es würde mich sehr freuen, wenn Sie das mit der Katze für sich behalten könnten. Tiere sind hier nämlich nicht erlaubt.« Ich schaffte es, lange genug stehen zu bleiben, um Churchill in den Schrank zu schubsen und die Tür hinter ihm zu schließen. In der Gegenwart des

Captains fühlte ich mich zunehmend unwohl. Nicht, dass ich mich von ihm bedroht fühlte, aber ich wünschte mir sehnlichst, dass er das peinliche Schweigen durchbrechen und etwas sagen würde, irgendetwas. »Und zu welcher Abteilung gehören Sie?«

Er war so freundlich, mich nicht als Idiotin zu bezeichnen. »Luftwaffe.«

Ich nickte. »Wann hat Ihre Verlobte denn hier gewohnt?«

Er blickte aus dem Fenster auf das neonleuchtende Hotelschild, das uns Sonne und Mond war. Sein kurz geschnittenes rotes Haar wirkte in dem fahlen Nachmittagslicht fast rosa, und die Sommersprossen auf seiner Nasenwurzel würden ihn wohl immer jünger aussehen lassen, als er wirklich war. »Vor ungefähr anderthalb Jahren. Dieser Ort scheint etwas sehr Besonderes für sie gewesen zu sein. Sie hat dauernd davon gesprochen.«

»Wie war noch ihr Name?«

»Paulette Monroe.« Er sah die Veränderung auf meinem Gesicht. »Haben Sie sie gekannt?«

»Sie war vor meiner Zeit hier, aber ich habe von ihr gehört. Sie ist hier so etwas wie eine Legende gewesen, wegen Hollywood und all dem. Ich habe mitbekommen, was ihr zugestoßen ist, es tut mir leid.«

Er verließ seinen Posten am Fenster und kam zu mir herüber. »Darf ich mich setzen?«

»Natürlich.«

Schwer landete er auf dem Bett, das er derart befremdet anstarrte, als habe er seit Tagen nicht mehr geschlafen. »Paulette hatte mir versprochen, mir alles zu zeigen, wenn ich das nächste Mal nach New York käme. Sie muss das Haus sehr geliebt haben, denn sie hat häufiger davon geredet als von ihren Eltern.« Jetzt, da er sich das mit dem Sprechen plötzlich anzugewöhnen schien, konnte ich einen leichten Südstaatenakzent heraushören. Seine Stimme klang sanft, wehmütig und dabei so fraulich, dass man sich nur schwer vorstellen konnte, wie er mit anderen Soldaten im Chor brüllte.

»Wie haben Sie Paulette kennengelernt?«

Er antwortete nicht mir, sondern der Wand. »In der Stage Door Canteen. Wir haben die halbe Nacht durchgetanzt und uns danach jeden Tag geschrieben.«

»Und dann kam die Verlobung.«

Er schaute nach unten auf seine roten, von Wind und Wetter ganz rissigen Hände und knibbelte an einem Stück sich abschälender Haut. »Ich habe es mit einer Schallplatte gemacht. Sie hätten die anderen Jungs brüllen und johlen hören sollen, als ich meinen Antrag aufgenommen habe. Hätte damals nicht gedacht, dass sie jemals wieder aufhören, sich über mich lustig zu machen. Sie wollte sofort heiraten, aber ich fand, dass wir bis zu meinem nächsten Urlaub warten sollten – wissen Sie, ich wollte gern unsere Familien dabeihaben. Ich habe ja nicht gedacht …« Den Satz beendete er nicht. Musste er auch nicht.

Ich wurde nicht schlau aus dieser Frau mit ihrem Gangstergeliebten und ihrem Luftwaffenverlobten. Wer war Paulette Monroe – und wieso hatte sie mehr Männer auf einmal gehabt, als ich wahrscheinlich ein Lebtag lang haben würde?

»Soviel ich weiß, haben sie jemanden verhaftet?«, fragte ich. Er nickte. »Hat Paulette diesen Mann vorher schon mal erwähnt?«

Er rieb weiter an seinem Daumen, offensichtlich eine

seiner Lieblingsbeschäftigungen. Die Haut war schon ganz rot und entzündet. »Nie.«

Natürlich nicht. Warum sollten ihre Männer auch voneinander gewusst haben?

»Danke, dass Sie mir das Zimmer gezeigt haben.« George stand auf und zog die Bügelfalten in seinen gestärkten Hosenbeinen gerade. »Es ist schön, gesehen zu haben, was sie täglich gesehen hat, als sie hier wohnte. Wissen Sie, es fühlt sich ein bisschen so an, als könnte man bei ihr sein, wenn man irgendwo ist, wo sie auch mal war.«

Ich nickte und stand schwankend auf. »Hat Ihnen die Airforce frei gegeben?«

»Ein paar Wochen.«

»Bleiben Sie die ganze Zeit über hier?«

»In New York bleibe ich nur bis Samstag. Am Freitag wird für sie ein Gottesdienst abgehalten, an dem ihre ganzen Schauspielerfreunde teilnehmen können. Danach nehme ich sie im Zug mit nach Hause, zur richtigen Beerdigung.« Das würde sicher eine lange, schwere Reise für ihn werden. Wahrscheinlich hatte er noch nie so viel Zeit am Stück mit Paulette verbracht.

»Wo wohnen Sie hier?«

»Im Hotel Endicott. Es ist auf der Columbus Avenue, Ecke 80. Straße.« Den Schuppen kannte ich. Er war kaum besser als eine Absteige und kostete 25 Cent die Nacht – wenn man keinen Wert auf ein eigenes Badezimmer legte, sogar noch weniger. »Meinen Sie, Sie könnten mich einen Moment allein hier lassen?«

»Sicher.« Ich verließ das Zimmer und schloss die Tür hinter mir. Auf dem Flur konnte ich sein leises Murmeln hören, als er mit einem Geist redete, von dem er hoffte, dass er zuhörte. Ich versuchte, etwas Zusammenhängendes zu verstehen, bekam aber nur einen einzigen Satz mit: »Es tut mir leid, es tut mir so leid.« Sein Tonfall gab keinerlei Auskunft darüber, ob er nur ihren Tod beklagte oder ob er etwas getan hatte, weswegen er eine tote Frau um Vergebung bat.

Er öffnete die Tür, und ich sprang zurück.

»Danke sehr«, sagte er. »Schön, Sie kennengelernt zu haben.«

»Ebenso.«

Er drehte sich noch einmal zum Fenster um, und ich stellte mir vor, dass er Paulette dort stehen sah, wie sie hinaus auf die Stadt schaute und sich fragte, wann sie endlich dieses Loch verlassen und etwas aus sich machen würde. »Wissen Sie, dass da ein Koffer auf Ihrer Feuerleiter steht?«

»Ja, aber danke für die Erinnerung.«

Er schüttelte mir die Hand, warf noch einen letzten Blick ins Zimmer, tippte sich an die Mütze und verschwand.

6 Eine spontane Frau

Sich auszuruhen schien unter den gegebenen Umständen eine dumme Idee zu sein. Sobald ich mir sicher war, dass Captain Pomeroy das Haus verlassen hatte, holte ich den Koffer von der Feuerleiter, hoppelte wieder runter in den Salon und machte Belle ausfindig.

»Was machst du denn hier?«, fragte sie. In der einen Hand hatte sie eine Schachtel Aspirin, in der anderen »The New York Sun War Time Cook Book«, ein Kochbuch für kaum essbare Dinge wie Victory-Schinken, Leber- und Wurstkuchen sowie Norwegischen Pflaumenpudding.

»Ich dachte, ich erspare dir eine Wanderung. Außerdem habe ich ein Geschenk für dich.«

Sie händigte mir das Aspirin aus und beäugte argwöhnisch den Koffer. »Danke, aber so einen habe ich schon.«

»Nicht den Koffer. Du musst reinschauen.«

Sie klappte ihn auf und fuhr beim Anblick des blutigen Fleischs zurück, als ob es sich nicht um Steaks, sondern um abgetrennte Gliedmaßen handeln würde. »Bist du völlig übergeschnappt?«

»Das sind Steaks, Belle. Ich habe sie von einem Freund bekommen und dachte mir, dass du und deine Kusine etwas damit anfangen könntet.«

Sie senkte den Blick. »Warum?«

»Warum was?«

»Warum solltest du mir etwas schenken wollen?«

Das war das letzte Mal, dass ich jemandem ohne konkreten Anlass etwas Gutes tat. »Weil du alles in allem ein

Pfundsmädchen bist und ich das Fleisch nicht in meinem Teekessel braten kann. Entweder du nimmst es, oder ich werfe es auf die Straße.«

»Ist es denn sauber?«

Ich legte die Hand aufs Herz. »Wie kannst du bloß so was fragen?«

»Wer auf dem Schwarzmarkt kauft, begeht Mundraub an Soldaten.«

»Ich lese auch, was auf den Plakaten steht. Diese Steaks sind einwandfrei. An deiner Stelle würde ich sie annehmen. Morgen geht es los mit den freiwilligen fleischlosen Dienstagen, und du weißt, das verheißt nichts Gutes.«

»Schon gut, ich nehme sie. Aber nur dieses eine Mal.«

»Braves Mädchen.«

Sie nahm die Steaks und ging damit Richtung Küche.

»Meinst du, du könntest mir eine Wärmflasche machen, wenn du da jetzt reingehst? Mein Knie könnte dringend eine brauchen.«

Der genervte Blick, den sie mir zuwarf, ließ mich wissen, dass sie sich aller Anteilnahme an meiner Verletzung zum Trotz nicht in der Pflicht sah, die Krankenschwester zu spielen. Aber sie ging in die Küche und erschien wenig später mit einer roten Wärmflasche und ein paar Geschirrtüchern, die mich vor einer Verbrennung schützen sollten. Ich hinkte zum Sofa und wickelte mir das Päckchen ums Bein.

Da ich nicht wusste, wie ich das Thema Paulette Monroe geschickt anschneiden sollte, ging ich einfach direkt vor.

»Paulette muss für Captain Pomeroy eine ganz besondere Frau gewesen sein, dass er den ganzen Weg nach New York auf sich nimmt. Kanntest du sie gut, als sie hier gewohnt hat?«

Belle verschränkte die Arme und legte den Kopf schief. Ihre wie üblich missmutige Miene gerann zu einer strengen Schnute. »Gut genug.« Es gehörte nicht zu Belles Gewohnheiten, sich mit den Bewohnerinnen des Shaw House anzufreunden. Nicht, dass sie hartherzig war, aber möglicherweise führte unsere Art, sie als Herbergsmutter zu sehen, sowie die Wahrscheinlichkeit, dass wir in kürzester Frist wieder ausziehen würden, dazu, dass beide Seiten nicht allzu versessen darauf waren, sich gegenseitig richtig kennenzulernen. Außerdem war Belle die Gesetzeshüterin und musste Distanz wahren, wollte sie sich nicht der Bevorzugung schuldig machen. Denn wenn Belle etwas war, dann gerecht.

»Wie lange hat sie hier gewohnt?«, fragte ich.

»Drei Jahre mit Unterbrechungen. Sie hat auch für Tourneetheater gearbeitet, ist aber nach Ende eines Engagements immer wieder zurückgekommen.«

Drei Jahre waren überdurchschnittlich. Die meisten Mädchen bleiben um die sechs Monate – gerade lange genug, um entweder auf die Füße zu kommen oder den Geist aufzugeben. Ich selbst war seit anderthalb Jahren da und fragte mich mittlerweile, ob ich die Gastfreundschaft nicht schon längst überstrapaziert hatte. Nicht, dass ich das Haus nicht mochte, aber es gibt einen großen Unterschied zwischen der freien Entscheidung auszuziehen und dem Zwang zu bleiben.

»Und dann ist sie nach Hollywood gegangen?«, fragte ich.

Belle drehte sich weg und stapelte konzentriert alte Zeitungen, die auf das Sideboard geworfen worden waren. »Eine Weile hat sie mit ein paar Freundinnen zusammengewohnt. Uptown. Und dann ist sie nach Hollywood.«

»Aber warum ist sie zurückgekommen?«

»Walter Friday ist doch eine große Nummer, oder nicht?«

»Vor fünf Jahren vielleicht. Aber heute würde ich mich nicht aus Hollywood abziehen lassen, nur um mit ihm zusammenzuarbeiten.«

Belle zuckte mit den Schultern. »Vielleicht hatte sie Sehnsucht nach New York. Sie hatte viele Freunde hier.«

»Männliche eingeschlossen?«

Sie rückte den Zeitungsstapel so zurecht, dass seine Kanten präzise rechte Winkel bildeten. »Was außerhalb des Hauses passiert, geht mich nichts an.«

So kam ich nicht weiter. Belle signalisierte mir, dass sie unser Gespräch für beendet hielt, als sie sich mit den Zeitungen in die Küche aufmachte. Der Stoß mit jeweils zwei Ausgaben pro Tag war aber mehr, als sie bewältigen konnte, und einige flügge gewordenen Exemplare landeten mit einem leisen Klatschen auf dem Boden. Diese aufzuheben, gab sie sich keine Mühe, sondern versetzte dem widerspenstigen Papier einen Tritt und trug den verbleibenden Stapel in die Küche.

Ich schnappte mir Wärmflasche und Handtücher, weil ich lieber oben weitergenesen wollte. Als ich an den Zeitungen, die Belle fallen gelassen hatte, vorbeihumpelte, fielen mir zwei Wörter einer Schlagzeile ins Auge: *Broadway* und *getötet*. Ich hüpfte näher und las den Vorspann: Johnny Levane, ein mutmaßlicher Mafiascherge, war tot in einer schmalen Gasse in Broadway-Nähe aufgefunden worden. Die Zeitung war vom 4. März, dem Tag, nach dem Al im Gefängnis gelandet war. Da die *Times* wie stets darum bemüht war, Gewalttaten in Mafiakreisen nicht zu verherrlichen, war der Artikel auf die letzte Seite geschoben worden. Es gab noch nicht mal ein Foto.

Ich hob die Zeitung auf und klemmte sie mir unter den Arm. Es war wahrscheinlich vergebene Liebesmüh – aber an einer Geschichte, in der gleichzeitig die Mafia und die Theaterwelt vorkamen, musste ich dranbleiben, für den Fall der Fälle.

Um Viertel nach fünf weckte mich Jayne. Ich lag mit dem Gesicht nach unten quer auf dem Bett und ertrank fast in einer Pfütze aus Sabber. Churchill hatte sich oben auf meinem Kissen ins Trockene gerettet und ließ den Schwanz im Rhythmus des Weckertickens hin- und herpendeln.

»Wie geht's dir?«, fragte Jayne.

Ich rollte mich auf den Rücken und beugte das Bein, das sich widerspenstig gab. Stundenlanges Nichtbewegen und die inzwischen kalte Wärmflasche hatten mich vollkommen steif gemacht. Mir tat zwar nichts mehr weh, aber ich konnte mir nicht vorstellen, wie ich mich jemals wieder mit Anmut bewegen können sollte. »Besser, glaube ich. Habe ich viel verpasst?«

»Nichts, was wir nicht gemeinsam nachholen könnten.«

Da hatte ich so meine Zweifel.

»Ich habe ein Geschenk für dich.« Sie reichte mir eine dünne Papiertüte. Darin steckte die neueste Ausgabe von *Harper's Bazaar* mit einem jungen Fotomodell namens Lauren Bacall auf der Titelseite. Miss Bacall stand vor einer Blutspendestation des Roten Kreuzes, schaute verloren in die Kamera und hatte ihre Lippen mit einem knallig patriotischen Rot bemalt. Ich blätterte das Magazin durch. Es war bereits die Ausgabe mit der Frühjahrsmode. Für diejenigen, die genug Bargeld und Bezugsscheine beisammenhatten, würde wohl der Tropenlook der letzte Schrei werden. Gab es einen besseren Weg, seinen Mann zu vergessen, der im Südpazifik sein Leben aufs Spiel setzte, als in kubanischen Plateauschuhen und mit bunten Plastikarmreifen behängt?

»Danke«, sagte ich zu Jayne. »Ich brauchte dringend neue Lektüre.«

»Hast du den ganzen Nachmittag über geschlafen?«

Langsam hob sich der schlummerbedingte Nebel. »Nein. Vor ein paar Stunden hatte ich noch interessanten Besuch.« Ich erzählte Jayne von meiner Begegnung mit Captain Pomeroy.

»Der Arme. In einer einzigen Woche zum Witwer und zum Hahnrei gemacht.«

»Zum Witwer nur fast«, sagte ich. »Sie waren ja noch nicht verheiratet. Und denk dran: Er hatte keine Ahnung, was Paulette so getrieben hat.« Ich setzte mich auf den Bettrand und beugte mein Knie. »Er hat mir wirklich leidgetan. Man hat gemerkt, dass er sie geliebt hat.«

»Vielleicht hat sie ihn ja auch geliebt.«

»Und Al. Und wer weiß, wen sonst noch.«

Jayne zuckte mit den Schultern. »Man kann mehr als nur einen Menschen lieben. Vielleicht war Pomeroy ja auch ihre große Liebe und Al nur …«

»Ein Karriereschritt?«

»Ist doch denkbar.« Dass wir uns nicht vorstellen konnten, dass auch Al die Liebe ihres Lebens hätte gewesen sein können, kam uns unfair vor. Er war ein feiner Kerl, oder nicht? Und nach dem zu urteilen, was er mir früher erzählt hatte, konnte er ein sehr hingebungsvoller Freund sein.

Jayne schälte sich aus Leggins und Turnanzug und warf alles auf den Boden. Dann nahm sie ihren Kimono vom Haken und rang eine Weile mit ihm, bevor sie ihn endlich um den Körper gewickelt bekam. »Was ist das?« Ihr Blick ruhte auf der *Times*, die ich aus dem Wohnzimmer hochgeschleppt hatte.

»Wahrscheinlich nichts, aber ich bin unten drauf gestoßen. Hast du mal von ihm gehört?«

»Johnny Levane? Da klingelt nichts bei mir.«

»Ja, bei mir auch nicht, aber ich dachte: Gangster, Broadway, Mord …« Mir blieben die Worte im Hals stecken. Ich griff nach allem, was Al vielleicht entlasten könnte, und Jayne wusste das.

Sie legte die Zeitung auf das Nachttischchen, wo sie liegen bleiben würde, bis die Seite voller Kaffeeringe und unlesbar war. »Naja, es wird ja wohl niemandem schaden, wenn wir an der Sache dranbleiben. Was macht Ruby so?«

Ich wäre weniger überrascht gewesen, wenn sie mich gefragt hätte, was ich von Frühstücksfleisch in Dosen halte (finde ich übrigens zu salzig und esse es nur auf Hawaii-Art mit Ananas und Avocado). Manche Themen schnitt Jayne eigentlich nicht freiwillig an. »Ruby? Ich schätze mal, sie ist griesgrämig und mit sich selbst beschäftigt. Das müsstest du aber besser wissen als ich.«

»Ist sie denn noch nicht nach Hause gekommen?«

»Wovon genau sprichst du? Ich war ohnmächtig, du erinnerst dich? Weih mich doch bitte mal ein!«

Jayne setzte sich neben mich. Sie zitterte förmlich vor Aufregung. »Entschuldige, dann hast du wirklich einiges nicht mitgekriegt. Ruby ist krank geworden und musste sich von der Probe verabschieden.«

»Wie krank?«

»Wohlgemerkt, ich war nicht dabei, aber anscheinend konnte bei der Anprobe jeder in der Kostümschneiderei bewundern, was sie zum Frühstück und zum Mittagessen hatte.«

Das war besser als gut. Das einzig Betrübliche daran war, dass wir das nicht mit eigenen Augen gesehen hatten.

»Wie auch immer, man hat sie nach Hause geschickt, und ich war mir sicher, dass sie gleich zu dir rennt und erzählt, wie furchtbar es ihr geht.«

Diese Vermutung war berechtigt. Wenn Ruby mich noch nicht besucht und mir unter die Nase gerieben hatte, um wie viel schlechter es ihr im Vergleich zu mir ging, dann konnte es dafür nur einen Grund geben: Sie war wirklich krank. Und wenn das der Fall war, dann wären Zeugen das Letzte gewesen, was sie brauchen konnte.

»Schaffst du den Gang über den Flur?«, fragte Jayne.

»Wenn nicht, krieche ich.«

7 Engelsgesicht

Wir klopften über eine Minute an Rubys Tür, bis sich eine schwache Stimme vernehmen ließ. Als ich öffnete, fanden wir ihre königliche Hoheit unter einem Stapel Decken vergraben vor, lediglich ein blasser weißer Arm lag quer über ihrem Magen.

Es fehlte nur noch die Geigenmusik.

Ruby hatte keine Mitbewohnerin, zum Glück, ich glaube nämlich nicht, dass man in ihren Ruby-über-alles-Schrein noch eine hätte hineinquetschen können. Während wir uns beim Einzug mit den vorhandenen Möbeln arrangiert hatten, hatte Ruby ihren eigenen Krempel mitgebracht, unter anderem ein Himmelbett, das bis knapp unter die Decke reichte. Alles war rosa und weiß, wie ein mit Glasur überzogenes Törtchen. An den Wänden hingen Fotos und Kritiken, die aber nicht, wie bei den meisten anderen Mädchen, mit Heftzwecken festgemacht, sondern geschmackvoll matticrt und gerahmt waren. Und natürlich waren überall dort, wo keine Fotos waren, Spiegel – der Blick auf die Wirklichkeit ist immer besser als der auf die Abbildung.

»Wir haben gehört, dass du krank bist«, sagte Jayne. Ich hatte keine Ahnung, wie sie es hinbekam, eine derart überzeugende Aufrichtigkeit in ihre Stimme zu legen, ohne sich vorher einen antrinken zu müssen. »Wir wollten mal nach dir sehen.«

Ruby veränderte ihre Haltung, so dass wir zuerst ihre zerzausten, nass geschwitzten Haare und anschließend ihr rotes, geschwollenes, von einem Ausschlag gesprenkeltes Gesicht sehen konnten.

»Wow«, entfuhr es mir, »du siehst ja furchtbar aus.« Das so zu sagen, hatte ich nicht beabsichtigt, aber wenn man hui erwartet und pfui antrifft, reagiert man manchmal zwangsläufig unüberlegt.

»Vielen Dank«, sagte Ruby und vergrub sich wieder unter den Decken. »Reden sie am Theater über mich?«

Ich hätte aus ihrer Malaise am liebsten eine richtige Misere gemacht, aber Jayne brachte mich mit einer Handbewegung zum Schweigen und ging zu ihr. »Alle sind in großer Sorge. Dass du so krank bist, tut allen fürchterlich leid.«

Als Rubys Kopf diesmal aus seiner Höhle auftauchte, drückte ihr Gesicht eine seltsame Mischung aus Dankbarkeit und Argwohn aus. Sie wusste, dass Jayne log, aber sie brauchte diese Lüge, wenn sie sich überhaupt noch einmal am Sarah Bernhardt blicken lassen wollte.

»Brauchst du irgendwas?«, fragte Jayne. Bevor Ruby antworten konnte, ging hinter uns die Tür und Minnie kam herein – in den Händen eine Karaffe und ein Glas. Als sie uns im Zimmer stehen sah, unterbrach sie abrupt ihre Mission, der Siechen den Durst zu löschen.

»Oh«, sagte sie. »Ich wusste gar nicht, dass du Besuch hast. Ich habe dir ein bisschen Wasser gebracht.« Dann stellte sie doch das Glas neben Rubys Bett und goss es voll.

»Haben sie die Probe abgebrochen, nachdem ich weg war?«, fragte Ruby.

Minnie wandte sich von ihrer Gebieterin ab und begann, Rubys hastig abgeworfene Kleider zusammenzulegen. »Nein. Walter wollte keine weitere Verzögerung riskieren, also haben wir weitergemacht wie geplant.«

»Oh.« Wäre Rubys Gesicht jetzt noch eine Note blasser geworden, hätten wir ihr den Puls fühlen müssen. »Wer ist für mich eingesprungen?«

Minnie wandte sich wieder an sie, und ihre sowieso schon unnatürlich großen Augen wurden noch größer. »Ich. Es war furchtbar, Ruby. Jedes Mal, wenn ich eine deiner Zeilen aufgesagt habe, hat jeder im Raum gedacht, was für ein miserabler Ersatz für dich ich doch bin.«

Rubys Wangen färbten sich leicht rosa, sie musste sich beherrschen, nicht zu lächeln. »So schlecht warst du bestimmt auch wieder nicht.«

»Oh doch, das war ich. Keine Ahnung, warum ich überhaupt schon mal gedacht habe, Schauspielerin zu sein.« Minnie blickte hinunter auf ihre abgekauten Fingernägel und zupfte dann an einem Fetzen, den sie bislang noch nicht verschlungen hatte.

Auf ihre Kissen gestützt setzte Ruby sich aufrecht hin. »Mach dir keine Sorgen, Minnie. Deine Qualen sind vorbei. Morgen komme ich zurück.«

Minnie hörte auf, ihre Finger zu lädieren. »Bist du dir sicher, dass das eine gute Idee ist?«

»Natürlich. Mir geht's gut. Ich habe nur auf irgendetwas allergisch reagiert.«

»Aber solltest du nicht wenigstens vorher noch mal zum Arzt? Nicht, dass es ansteckend ist.«

Jayne und ich traten schweigend einen Schritt zurück.

»Sei nicht albern. Wenn es ansteckend wäre, hätten es nach den ganzen Probentagen doch längst alle.«

Hilflos schaute Minnie zu Jayne und mir.

Ich lächelte Ruby an – ein deutliches Zeichen für sie, dass jetzt schlechte Nachrichten kamen. »Ich glaube, was Minnie sagen will – sehr viel taktvoller, als ich das kann: Du würdest allen einen Gefallen tun, wenn du dieses Zimmer eine Weile nicht verlässt. Ehrlich, Ruby, wenn Walter Friday dich so sieht, machst du dich bei ihm sicher nicht beliebt.«

»Das ist doch nur eine kleine Schwellung. Die ist doch morgen wieder weg.«

»Und der Krieg ist zu Ende, und es gibt massenhaft Butter, und ich bekomme einen Vertrag beim Film, der mich für die nächsten zehn Jahre reich und berühmt macht.« Ich nahm einen Handspiegel von ihrem Frisiertisch und brachte ihn ihr. »Nur für den Fall, dass all das in den nächsten vierundzwanzig Stunden nicht passieren sollte, kannst du dir ja schon mal einen Plan B ausdenken.«

Ruby starrte das Spiegelbild an, und ihre dünnen, blassen Hände zitterten dicht vor ihrem Gesicht. Gern hätte ich diesen Moment in vollen Zügen genossen, aber ich verspürte einen Widerwillen, mich über Rubys Situation zu freuen. Ich war Teil einer Aufführung, für die ich keinerlei Talent besaß, und sie saß in der Tinte, weil ihr bislang verlässlichstes Kapital ihr zeitweilig abhandengekommen war. Wir waren Leidensgenossinnen.

»Na gut«, flüsterte sie. »Sagt Walter Bescheid, dass ich auch morgen nicht kommen kann, und bittet doch Belle, Dr. Archway anzurufen.«

8 Erst die Arbeit, dann das Vergnügen

Gerade als Jayne und ich am nächsten Morgen zur Probe aufbrechen wollten, rief Ruby mit einer Stimme, die unbedingt freundlich klingen wollte: »Rosie, ich brauche deine Hilfe!«

Jayne ging schon vor, um auf das Taxi zu warten, das sie sich großzügigerweise mit mir teilen wollte. Vorsichtig näherte ich mich der Höhle der Zugeschwollenen. Die Nacht war nicht nett zu Ruby gewesen. Die Pusteln waren größer geworden, die Schwellung stärker und ihre Gesichtsfarbe changierte zwischen Feuerwehrauto und Tomatensuppe. Ich musste sehr an mich halten, um nicht zusammenzuzucken.

»Hallo, Ruby. Was kann ich für dich tun?«

Sie stieg aus dem Bett, wobei ihre natürliche Anmut und Grazie von dem Gewicht ihres enormen, ungestalten Kopfes zunichtegemacht wurden. Wenn jetzt noch die Kirchenglocken von St. Patrick geläutet hätten, wäre die Ähnlichkeit mit Quasimodo nicht von der Hand zu weisen gewesen. »Gehst du zur Probe?«

»Auf jeden Fall.« Um ehrlich zu sein: Mein Knie hätte noch einen Tag Pause gut brauchen können, aber den würde Maureen mir nicht gönnen, das war mir klar.

»Könntest du mir einen Gefallen tun?« Sie griff nach meiner Hand. Reflexhaft wich ich zurück. »Könntest du auf dem Weg das hier für mich bei der Post abgeben?«

In der Hand hielt sie einen Feldpostbrief, der an die Poststelle der Air Force gerichtet war. Ich nahm ihn an mich und steckte ihn in die Tasche, passte dabei aber auf, nicht mit ihrer Haut in Berührung zu kommen.

»Sicher.«

»Kümmerst du dich darum, dass er so schnell wie möglich abgeschickt wird?«

»So wahr mir Gott helfe.«

Da entspannte sie sich und sank wieder aufs Bett zurück.

Wir waren schon früh im Sarah Bernhardt. Während Jayne zum Aufwärmen in den Probenraum marschierte, ging ich Zelda suchen. Da es gut möglich war, dass Maureen mich nach der Probe feuerte, wollte ich meine letzte Chance nutzen und noch mit Zelda und ihren Freundinnen sprechen.

Die Schauspielerinnen probten ein Stockwerk über uns in einem Raum, der von einem mit Kaffee und Plundern beladenen Tisch beherrscht wurde. In einer Ecke des Raums war ein Modell des Bühnenbilds aufgebaut worden. Beim Warten auf Walter Friday hatte es sich das Ensemble an kleineren behelfsmäßigen Tischen bequem gemacht, man überflog seinen Text und frühstückte.

Paulettes Freundinnen saßen zusammen auf einem abgenutzten Sofa, alle das rechte Bein über das linke geschlagen. Aber in Sachen theatralisches Auftreten hatten sie noch mehr zu bieten: Sie trugen sämtlich gegürtete Wollkleider in aufeinander abgestimmten Blautönen und hatten sich die Haare – eine in Blond, eine in Braun, eine in Rot – gleich frisiert: die Stirnpartie schräg nach links, auf der rechten Kopfseite eng angelegte Locken. Jede von ihnen spiegelte sich in den knallig roten Lippen und Fingernägeln der anderen, und auch ihre braunen Riemchenschuhe hatten sie auf Hochglanz poliert. Sie hatten sich sogar ganz bewusst auf dem Sofa arrangiert: Die Blonde saß als die Kleinste in der Mitte und wurde von den beiden größeren flankiert.

Alles an ihnen strahlte Raffinesse und Kultiviertheit aus, was mich erheblich eingeschüchtert hätte, wenn Zelda mich nicht gleich entdeckt und mir ein Willkommenslächeln geschenkt hätte. *Hallo*, sagte ihr Grinsen. *Hab keine Angst. Wir sind wie du, nur besser angezogen.*

Ich wollte gerade zu ihnen gehen, als sich mir jemand in den Weg stellte.

»Hallo Rosie.« Direkt vor mir stand Minnie. Hilflos sah ich zu Zelda hinüber. Sie war schon wieder ins Gespräch vertieft. »Was machst du denn hier?«, fragte sie heimlichtuerisch. Ich war ein Eindringling und kein Gast.

»Ich … ähm … muss mal mit Walter Friday reden.« Suchend blickte ich mich im Zimmer um, als würde sich Walter hinter dem Sofa verstecken, auf dem Paulettes Freundinnen hockten.

»Der ist in seinem Büro und telefoniert.«

Ich schaute auf meine Armbanduhr. Wenn Minnie hier weiter die Anstandsdame spielte, würde sich keine Möglichkeit mehr ergeben, noch mit Paulettes Freundinnen zu sprechen. Denn wenn ich zu spät zur Probe käme, würde ich Maureen nur einen weiteren Grund liefern, mich rauszuwerfen.

»Hast du Ruby heute Morgen schon gesehen?«, fragte Minnie.

»Ich glaube schon. Sie war unter diesen ganzen Schwellungen nicht so einfach zu erkennen.«

»Die Arme. Ich wollte eigentlich vorher noch kurz bei ihr vorbeischauen, aber ich habe verschlafen. Jetzt fühle ich mich furchtbar, weil ich ihr nämlich versprochen hatte, einen Brief zur Post zu bringen, und völlig vergessen habe, ihn bei ihr abzuholen.«

»Mach dir keine Sorgen – sie hat ihn mir mitgegeben.«

Minnie wirkte überrascht. Konnte man ihr nicht verdenken. »Das ist nett von dir.«

»Was soll ich sagen? Mitleid fördert auch bei mir gute Seiten zutage.«

»Soll ich Mr. Friday etwas von dir ausrichten?«

»Schon gut. Ich versuche, ihn später zu erwischen.« Vorsichtig trat ich den Rückzug an, auf dem gleichen Weg, den ich gekommen war.

»Nimm doch die Abkürzung.« Sie ging zwei Schritte auf eine Tür auf der anderen Seite des Raums zu und lächelte mich breit und schief an. Ich hatte überreagiert. Nicht sie gab mir das Gefühl, nicht willkommen zu sein – das hatte ich mir selbst eingeredet.

»Danke«, sagte ich zu ihr und ging durch die Tür hinaus.

Minnies Abkürzung entließ mich auf den Flur vor den Verwaltungsbüros. Eine Schwingtür trennte ihn vom Trakt mit den Probenräumen. Ich hatte nicht den Eindruck, dass man sich hier wirklich aufhalten durfte, aber ich würde so tatsächlich schneller dort hinkommen, wo ich hinwollte.

»Wann machst du heute Abend Schluss?« Leise drang eine Stimme auf den Flur und ließ mich wie angewurzelt stehen bleiben. Der Sprecher lispelte leicht, als ob ihm ein Bleistift zwischen den Zähnen klemmte. Das musste Garvaggio mit seiner allgegenwärtigen Zigarre sein.

»Gegen fünf, spätestens um sechs.«

»Ich denke nicht, dass das reicht, Walt.« Er redete also mit Friday. So viel zum Thema Telefongespräch. »Meine Leute scheinen dir nicht mehr richtig zu trauen. Nach dem, was letztens ...«

»Das war ein Missverständnis, Vinnie. So was passiert.«

»Nicht in unserem Geschäft. Wenn ein Gebäude uns gehört, gehört es uns.«

»Können wir darüber nicht später noch sprechen? Ich muss zur Probe.«

»Wenn du mich nicht ausreden lässt, hat sich's mit der Show, kapierst du? Ich brauche das gesamte Gebäude donnerstags ab fünf – und keine Minute später.«

»Unmöglich. Heute sind die Tänzer mit dabei. Das dauert.«

»Dann müsst ihr eben woanders proben. Wenn wir donnerstags um fünf hier reinwollen, dann kommen wir donnerstags um fünf hier rein.«

Im Büro schlug etwas auf eine harte, metallisch klingende Oberfläche und hallte dumpf im Flur wider. Ich war mir nicht sicher, ob das Walter Fridays Hand oder sein Kopf gewesen war. »So kann es nicht weitergehen, Vinnie. Ich kann keine Show auf die Beine stellen, während deine Leute hier dauernd raus- und reinspazieren.«

»Wir haben eine Abmachung.«

»Das eine oder andere Mädchen wird sicher etwas mitbekommen. Deine Freunde haben letztes Mal nicht besonders gründlich sauber gemacht.«

»Wenn du dir so große Sorgen machst, Walt, dann sollten wir es mit der Show vielleicht einfach ein für alle Mal sein lassen.«

»Das kann ich nicht machen!«

»Aber ich, kapiert? Es ist nicht mein Job, dich bei Laune zu halten – es ist genau andersrum.«

Friday nuschelte sich irgendetwas in den Bart und kam dann durch die Tür geschlüpft. Ich drückte mich flach gegen die Wand und betete um Unsichtbarkeit. Zum Glück war er in derart heller Aufregung, dass ich ihm auch einen mit dem Vorschlaghammer hätte überziehen können – er hätte es nicht gemerkt. Sobald er den Korridor verlassen hatte, fing Garvaggio wieder an zu sprechen. Diesmal war das Gespräch aber einseitig. Er telefonierte.

»Wie geht's unserem Freund? Ach, es ist eine Schande. Hast du ihn wissen lassen, dass wir ihm einen Besuch abstatten, sobald er draußen ist? Gut. Gut. Nun, er soll ruhig Angst haben. Geh morgen einfach wieder hin und mach ihm das mit aller Härte doppelt deutlich.«

Der Hörer wurde auf die Gabel gehauen. Ich stieß mich von der Wand ab und hinkte meinem Ziel entgegen. Ich hatte es schon fast durch die Schwingtür am anderen Ende des Gangs geschafft, als eine Stimme hinter mir herrief.

»Hast du dich verirrt, Süße?« Da stand Vinnie Garvaggio in all seiner beleibten Pracht, die Zigarre immer noch fest zwischen den Zähnen. Trotz des Rauchrings, der ihn umwaberte, verströmte er einen süßlichen, frischen Geruch. Und nie zuvor hatte ich ein derart weißes Anzughemd gesehen.

»Mein Knie ist verletzt, und man hat mir gesagt, das hier sei eine Abkürzung zur Tanzensembleprobe.«

Er hatte eine Scheibe Brot in der Hand, die so dick mit Butter beschmiert war, dass sie in der Mitte durchhing. Mit ihr wies er mir die Richtung. »Durch die Tür da.« Dann zwinkerte er mir zu, verschwand wieder im Büro und schloss die Tür hinter sich.

Natürlich kam ich zu spät zur Probe. Anstatt mich zurechtzuweisen, begrüßte Maureen meine Rückkehr wie eine Unannehmlichkeit, mit der sie nicht gerechnet hatte. Sie war wohl davon ausgegangen, dass ich so klug sei, ein für alle Mal wegzubleiben. »Bein wieder besser?«

»So gut wie neu«, sagte ich, was zutreffend gewesen wäre, wenn *neu* schmerzend und unbeweglich bedeuten würde.

»Und trotzdem bist du zu spät.« Sie schnalzte mit der Zunge und legte beide Hände auf den Knauf des Gehstocks. Die anderen Tänzerinnen und Tänzer hatten sich bereits in Reih und Glied aufgestellt. Für mich war nirgends eine Lücke gelassen worden. Delbert gehörte jetzt zu einem Trio und versuchte angestrengt, jeden Augenkontakt mit mir zu vermeiden.

Maureen schenkte mir ein Lächeln, das sie sonst nur für Hänsel und Gretel parat hatte, wenn die ihrem Lebkuchenhaus einen Besuch abstatteten. »Vielleicht solltest du noch aussetzen und erst mal nur zusehen.« Das war keine Frage, das war ein Befehl, allerdings einer, dem ich freudig Folge leistete. Die Klavierspielerin begann mit einem mir unbekannten Stück, was bedeutete, dass die Gruppe am vorigen Tag, nachdem ich die Probe verlassen hatte, noch dazu gekommen war, etwas Neues zu lernen. Wie es aussah, hatte Maureen mir einen riesengroßen Gefallen getan. Während ich relativ bequem auf einem Klappstuhl ruhte, führten die Tänzer eine militaristische Schrittfolge vor, die ich nach hundert Stunden Üben nicht hätte nachmachen können. Sie sprangen, bogen und drehten sich und flogen durch den Raum mit der Anmut und der Exaktheit eines Spatzenschwarms am letzten Herbsttag. Und obwohl alles, was sie taten, vollkommen fehlerfrei war, seufzte Maureen, als sie fertig waren, und stieß den Stock im Rhythmus ihres ewigen *»Nein, nein, nein!«* aufs Parkett.

Ich wäre am Boden zerstört gewesen, aber die Tänzer schluckten die Kritik und wiederholten auf ihre Ansage hin das Stück, wobei sie das Ganze irgendwie noch größer, schneller, kompakter und zusammenhängender hinbekamen. Angesichts dieses Siegs der Beweglichkeit seufzte Maureen nur und verkündete: »Wir arbeiten später daran. Jetzt machen wir erst mal weiter.«

Für das nächste Stück stellte sie alle neu auf, die eine Hälfte der Paare auf die eine, die andere auf die andere Seite des Raums. Als offenkundig war, dass sie vergessen hatte, mich auch noch irgendwie unterzubringen, hustete ich, um auf mich aufmerksam zu machen. »Oh, du«, sagte sie. »Stell dich zu Delbert. Ganz nach hinten.«

Es wurde ein harter Morgen. Mein Knie mochte Erschütterungen gar nicht, meinem Ego gefiel es nicht, dass darauf eingedroschen wurde, und die Schwerkraft ließ nicht davon ab, bei jeder sich bietenden Gelegenheit ihr hässliches Haupt zu erheben. Gnädig richtete Maureen nur wenige Rügen direkt gegen mich – nicht, weil ich besser wurde, sondern weil sie zu schlau war, um auf jemanden einzutreten, der sowieso schon am Boden lag. Denn das macht ja auch keinen großen Spaß.

Nach der Mittagspause nahmen wir wieder die Positionen für die letzte Schrittfolge ein und versuchten mit neuer Energie, Maureen nicht zu enttäuschen. Wir machten unsere Sache gut – mich eingeschlossen –, bis Luke Piccolo, ein trollhafter Mann mit Silberblick, versuchte, seine Partnerin über den Kopf zu heben. Noch bevor er die Ellbogen auf Ohrhöhe hatte, rutschte er aus und beförderte Lily, seine Partnerin, kopfüber auf den Holzboden. Schockiert wichen wir zurück und warteten auf ein Lebenszeichen. Sie gab nur ein Stöhnen von sich.

»Kannst du aufstehen?«, fragte Maureen zum zweiten Mal in ebenso vielen Tagen. Lily schob sich in die Hocke und klammerte sich dankbar an Maureens als Stütze dargebotenen Arm. Langsam kam sie hoch, und ihr Gesichtsausdruck zeugte davon, dass jeder Quadratzentimeter ihres Körpers aus Schmerz bestand. Während Luke Entschuldigungen murmelte, die sich sowohl auf Lilys Gewicht als auch auf die Fehlkonstruktion seiner Ballettschuhe bezogen, starrte ich auf den Boden und war dankbar, dass nicht ich gestürzt war. Nur knapp neben der Unfallstelle glänzte der Boden besonders stark. Ich fuhr mit dem Ballettschläppchen darüber und fand meine Vermutung bestätigt: Hier war es glatt genug, um ein Nashorn ausrutschen zu lassen. Und ich hätte wetten können: Wenn ich jetzt an meinem Schläppchen roch, würde ich es mir verkneifen müssen, es auf einer Scheibe Toastbrot abzustreifen.

Da Lily außer Gefecht gesetzt war, machte Maureen Schluss für heute. Jayne bot mir an, dass sie sich noch mal ein Taxi mit mir teilen würde, aber nach sechs Stunden in Bewegung war mein Knie so taub, dass ich auch nach Hause hätte hüpfen können. Wir nahmen die Subway und stiegen an der Christopher Street aus.

»Schon komisch, oder?«

»Was?«, fragte Jayne.

»Zwei Unfälle in zwei Tagen? Als ich gestern gestürzt bin, habe ich noch gedacht, dass das purer Zufall war, aber jetzt bin ich mir nicht mehr so sicher.«

»Tänzer stürzen dauernd, Rosie.«

Sie meinte solche Tänzer wie Luke und mich, die in der Nähe eines Tanztrikots nichts zu suchen hatten. Nein, das war nur meine Meinung, nicht ihre. Ich versuchte, an etwas anderes zu denken. »Als ich gestern hingefallen bin, habe ich Butter gerochen, und heute habe ich bemerkt, dass der Boden an der Stelle, wo Luke ausgerutscht ist, wie eingefettet wirkt.«

»Glaubst du wirklich, jemand wollte dich sabotieren?«

»Nein, nicht mich im Besonderen. Das würde ich auch alleine hinkriegen. Ich glaube aber, dass jemand Maureen ein zusätzliches Problem aufhalsen möchte, indem er die Bedingungen für ihre Tänzer erschwert.«

»Vielleicht war es aber wirklich nur ein blöder Zufall«, meinte Jayne. »Vielleicht hat jemand etwas verschüttet, und Maureen hat es nicht mitbekommen, und dann hat niemand es weggeputzt.«

»Vielleicht.« Ich hatte schlechte Laune und wollte möglicherweise auch ein paar Probleme herbeireden.

»Morgen erzähle ich Maureen von den glatten Stellen«, sagte Jayne.

Ich bemühte mich ernsthaft, sie von meiner schlechten Laune zu verschonen, aber sie hätte in einer eisernen Lunge stecken müssen, um nichts davon abzukriegen.

Sie hatte einen guten Tag gehabt, hatte sie doch ein wenig von dem bisschen Lob abbekommen, das Maureen in diesem Jahr verteilen würde. Es war naheliegend, dass sie Maureen von dem glatten Boden erzählte. Wenn ich es tat, würde es so aussehen, als wollte ich unsichtbare Kräfte für mein mangelndes Können verantwortlich machen, und ich würde abgewiesen werden. Trotzdem witterte ich in Jaynes Vorhaben eine Arroganz, die es unmöglich geben durfte.

»Wird schon werden, Rosie«, sagte sie zu mir. Eine süße Lüge zwar, aber immer noch eine Lüge.

»Soll ich lieber freiwillig gehen oder mich rausschmeißen lassen?«

»Sie werden dich nicht rausschmeißen.«

»Wenn ich von selbst gehe, behalte ich immerhin noch meine Würde.«

»Und was ist mit Al?« Es war grausam von ihr, meine eigenen Motive gegen mich zu wenden. Das machte Jayne ganz clever.

»Wenn er schuldig ist, ist er schuldig. Und wenn ich mich hier noch einen weiteren Monat durchquäle, hilft das auch niemandem.«

»Du bist aber keine, die einfach kneift.«

»Ich bin aber auch keine, die einfach tanzt.« Außerdem war ich keine, die sich von Unsicherheit zerfressen lassen wollte. Zumindest nicht, was meine Karriere betraf. Diese neue, weinerliche Ausgabe von mir machte mir wenig Freude. Wo war die Frau geblieben, die das Publikum bei der Premiere von *Im Dunkeln* zu Begeisterungsstürmen hinriss? »Lassen wir das erst mal.« Ich senkte meine Stimme und erzählte ihr von dem Gespräch zwischen Walter und Vinnie. Nicht, dass es viel aussagte. Es bewies nur, was wir schon vermutet hatten: Vinnie steckte Geld in die Inszenierung und bekam im Gegenzug unter anderem das Recht, das Theater als Mafiastützpunkt zu benutzen.

»Aber wofür?«, fragte Jayne.

»Ich weiß nur, dass Vinnie niemanden dabeihaben will. Und dass er hinterher eine Putztruppe braucht.« Wir erschauerten beide. Es fiel uns nicht schwer, uns den Keller des Sarah Bernhardt als Zwischenlager für Leichen vorzustellen, bevor sie ihre letzte Reise im Hudson antraten.

Leichen wie die von Johnny Levane, dem Toten aus der Gasse, über den ich etwas in der *Times* gelesen hatte.

»Ich glaube, im Moment sollten wir uns keine Gedanken darüber machen, was genau die hier machen«, sagte ich. »Wir wissen jetzt auf jeden Fall, dass Friday derart tief in der Patsche sitzt, dass er seine Show nur über eine solche Abmachung finanziert bekommen hat.«

»Oder dass er etwas getan hat, was ihn zu dieser Abmachung gezwungen hat.«

»Habe ich das nicht gerade gesagt?«

Wir bogen um die Ecke des Shaw House und blieben davor stehen. »Nein«, sagte Jayne. »Bei dir klingt es so, dass er Probleme hatte, die Show überhaupt zu produzieren, und dass er sich deswegen an die einzigen Menschen gewandt hat, die ihm überhaupt noch Kohle geben wollten. Was ich meine, ist, dass er zu dieser Entscheidung auch gezwungen worden sein könnte.«

»Du meinst, sie haben ihn erpresst? Das wäre sogar möglich. Ich habe Vinnie belauscht, wie er mit jemandem telefoniert hat. Was ich aufgeschnappt habe, klang so, als würde Muskeleinsatz zu seinen liebsten Überzeugungstechniken zählen.« Wir gingen über die Vordertreppe ins Haus.

Gedankenverloren stellte Jayne die Zahlenkombination an ihrem Briefkasten ein, und ich tat es ihr nach. »Natürlich«, meinte sie dann, »ist die Finanzierung für die Show jetzt schon eine ganze Weile geklärt, weswegen das alles nichts mit Paulette zu tun haben kann.« Sie zog einen Brief aus dem Schlitz und schaute auf den Absender.

»Nein, aber was, wenn Paulette rausgefunden hat, was Friday mit der Mafia zu schaffen hat, und gedroht hat, ihn zu verpfeifen? Er könnte sie abgemurkst haben, um sie zum Schweigen zu bringen.« Aus meinem Briefkasten fischte ich zwei Briefe.

»Rosie …«

»Ich weiß, was du sagen willst: Wie passt Al da rein? Vielleicht hat Friday ihm die Tat angehängt. Oder alles wie einen Mafiamord aussehen lassen, und Vinnie hat's Al dann in die Schuhe geschoben.«

»Rosie …«

»Ich weiß, es ist weit hergeholt, aber …« Mit einer Handbewegung unterbrach sie mich, und ich folgte ihrem Blick auf den Umschlag, den ich in der Hand hielt: ein sorgfältig beschrifteter Feldpostbrief von Corporal Harrington.

9 Die Briefeschreiberin

In Rekordzeit waren wir oben. Während Jayne das Radio einschaltete und eine Dose Futter für Churchill aufmachte, versuchte ich, den Brief zu öffnen, ohne ihn zu zerreißen. Die Handschrift, die sich mir so sehr eingeprägt hatte, dass ich sie hätte fälschen können, zog sich im Zickzack über die Seite. Etwas anderes leider auch.

»Teufel auch.«

»Was?«

»Kriegszensur.« Mit dicken Strichen hatte der Zensurstift das Meiste von dem, was Corporal Harrington mir geschrieben hatte, geschwärzt. In der Hoffnung, die Worte, die dort einst gestanden hatten, noch durchscheinen zu sehen, hielt ich das Papier gegen das Licht, aber der Zensor hatte ganze Arbeit geleistet. Dieser Brief hier war verloren.

»Aber was steht in den unzensierten Absätzen?«

»Liebe Miss Winter. Danke für Ihren Brief. Gern hätte ich bessere Neuigkeiten für Sie, aber bislang hat man noch nichts herausgefunden. Ich kann mir vorstellen, wie schwer es ist, auf eine Nachricht zu warten, aber verlieren Sie bitte nicht die Hoffnung. Sie ist alles, was wir noch haben. Ich glaube, Sie sollten wissen, dass, kurz bevor Jack verschwand …«

Jayne fuchtelte mit der Katzenfutterdose vor mir herum. »Kurz bevor er verschwand was?«

»Hier hört der Brief auf und die Zensur fängt an. Das einzige andere Stückchen Text ist seine Unterschrift am Schluss.«

Sie nahm mir den Brief aus den Händen und hielt ihn

auch noch einmal gegen das Licht. »Die spinnen doch. Das ist ja grausam.«

Grausam traf es höchstens halb. Wenn ich mir bislang den Kopf nicht gerade darüber zerbrach, wo Jack war und wie es ihm erging, konnte ich ab jetzt auch noch zwanghaft darüber nachdenken, was er getan hatte, kurz bevor er verschwand. Hatte er Hühnchen gegessen? Mir seine unsterbliche Liebe erklärt? War er über ein deutsches Feldlager gestolpert und hatte unfreiwillig Geheimnisse des Dritten Reichs in Erfahrung gebracht?

Jayne wollte mir den Brief zurückgeben, aber ich wehrte ab. »Nimm ihn weg. Bitte.«

»Vielleicht solltest du ihm schreiben und berichten, was die Zensur veranstaltet hat. Sag ihm, er soll den Brief noch mal losschicken.«

»Und wieso sollte ein zweiter Brief durchkommen, wenn das beim ersten schon nicht geklappt hat?«

Sie schnipste mit den Fingern. »Du könntest ihn bitten, einen Code zu benutzen, damit die Zensoren nicht kapieren, worüber er schreibt.«

»Großartige Idee, nur wüsste ich dann ja auch nicht, worüber er schreibt.«

»Oh.« Sie sank aufs Bett. »War ja nur ein Vorschlag.«

Das Radio hielt mich dazu an, »das Positive zu be-tonen«. Ich lächelte Jayne schwach an. »War ein guter Vorschlag. Nur eben nicht besonders brauchbar.« Ich war kurz davor, frustriert loszuschluchzen, als Ruby an die Tür klopfte. Im Normalfall hätte ich an dieser Stelle meinem Zorn auf die Welt Luft gemacht und sie angeherrscht, bloß abzuhauen, aber nach einem Blick auf ihr aufgedunsenes, entstelltes Gesicht brachte ich nur noch einen kläglichen Verzweiflungsschrei hervor.

Jayne hielt sich besser. »Wie geht es dir?«

»Besser.« Ruby strich sich vorsichtig die Haare hinter die Ohren. »Sieht man das nicht?«

Wir nuschelten beide etwas, das sich hoffentlich wie »absolut, ja« anhörte, obwohl wir wohl vielmehr »wie ein Truthahn« sagten.

»Dr. Archway meint auch, dass es eine allergische Reaktion ist.«

»Auf was?«, fragte ich. Im Flur klingelte das Telefon.

Sie zuckte mit den Schultern. »Eigentlich bin ich nur gegen Senf allergisch, aber den meide ich wirklich wie die Pest. Er hat gesagt, dass es manchmal, wenn auch sehr selten, möglich ist, dass Menschen ganz plötzlich Allergien auf Dinge entwickeln, die sie bislang immer essen oder anfassen konnten.« Sie sagte das so, als wäre es etwas, worauf man stolz sein könnte. Ruby war eben so außergewöhnlich, dass sie jetzt sogar seltene Allergien entwickelt hatte. Wer konnte da schon noch einen draufsetzen! »Auf jeden Fall hat er mir eine Spritze gegeben und gemeint, dass ich morgen oder übermorgen wieder ganz die Alte bin.«

Ich konnte mir nicht im Entferntesten vorstellen, wie das möglich sein sollte, fand es aber netter, ihre Interpretation der ärztlichen Prognose einfach stehen zu lassen.

Sie wollte sich gerade mit der Hand durchs Haar streichen, als ihr einfiel, dass diese Haare nicht die gewohnte porzellanene Schönheit rahmten. Beim Gedanken an das, was aus ihr geworden war, zuckte sie zusammen und legte die Arme verkrampft an ihre Seiten. »Hast du meinen Brief eingeworfen?«

Am anderen Ende des Zimmers sah ich ihn noch oben aus meiner Tasche herausragen. »Natürlich.«

Da blätterte Rubys harte Schale sogar noch weiter ab, bis ich mir sicher war, dass wir in wenigen Minuten nur noch vor ihrem Skelett stehen würden.

Aus dem Flur rief Norma Peate, dass Jayne einen Anruf habe. Die stürmte aus dem Zimmer und ließ mich allein, mit einer schwermütigen Besucherin und einem verhängnisvollen Brief. Dieser Abend nahm eine durch und durch gelungene Form an.

»Hast du Post bekommen?«, fragte Ruby. Bevor ich antworten konnte, hatte sie den Brief an sich gerissen und einen Blick auf die Marke geworfen. In den Augen der meisten Mädchen bemaß sich der Wert eines Briefschreibers an der Entfernung, die der Brief zurückgelegt hatte.

»Ja.«

»Besonders glücklich siehst du aber nicht aus.« Ich sah, dass sie diese Worte bereute, sobald sie ausgesprochen waren, und war beeindruckt. Üblicherweise bekam Ruby so viel mit wie ein Blinder in einem Stummfilm. »Ist es wegen John?«

»Jack.«

»Stimmt. Schlechte Neuigkeiten?«

Ich drehte den Brief um, damit sie die dicken, schwarzen Balken sehen konnte. »Keine Ahnung. Die Zensur fand sie zumindest interessant genug, um sie vor mir geheim zu halten.«

»Wie gemein ist das denn.« Sie seufzte schwer. »Es muss wirklich hart für dich sein. So gar nichts zu wissen.« Ich hatte kaum Zeit, ihr Mitgefühl zu registrieren, so schnell wechselte sie wieder das Thema. »Ich habe auch dauernd Angst um meinen Freund. Er ist Pilot bei der Luftwaffe.«

Rubys neuen Liebhaber hatte ich ganz vergessen. Vielleicht reagierte ich deswegen nicht mehr ganz so abweisend auf ihre Anwesenheit. Die Liebe hatte sie gezähmt. »War der Brief für ihn?«

Sie nickte.

»Wo hast du ihn kennengelernt?«

»In der Stage Door Canteen. Izzie, Olive und Zelda arbeiten dort ehrenamtlich und haben mich einen Abend mal mitgenommen.«

»Die Freundinnen von Paulette?«

»Und von mir. Ich kenne sie schon ewig, und als sie Wind davon bekommen haben, dass es mit Lawrence und mir vorbei ist, wollten sie, dass ich mal mitkomme. Olive hat gesagt, dass es den Jungs einen Kick gibt, wenn sie Schauspielerinnen kennenlernen. Außerdem fand ich es an der Zeit, mich auch mal ehrenamtlich für den Krieg zu engagieren.«

Ich biss mir auf die Zunge, um nicht zu sagen, dass Blut spenden oder Socken stricken vielleicht sinnvoller wäre.

»Er heißt Donald J. Montgomery der Dritte und kommt dieses Wochenende auf Urlaub in die Stadt.«

»Wann hast du ihn kennengelernt?«

»Ich weiß nicht genau, vielleicht vor anderthalb Monaten.«

»Da war Paulette also noch nicht wieder zu Hause?«

»Nein. Das war, bevor wir wussten, dass sie zurückkommen würde. Eigentlich wollte ich sogar bei den dreien einziehen, aber dann hat Paulette eben das Angebot für Walters Show angenommen.« In ihrer Stimme schwang eine leichte Bitterkeit mit. Paulette hatte mit ihrer Rückkehr Rubys Flucht aus dem Shaw House zunichtegemacht. Hätte es sie nicht gegeben, würde Rubys Leben jetzt in ganz anderen Bahnen verlaufen.

»Du könntest jetzt doch immer noch einziehen«, meinte ich. »Natürlich würde es Minnie das Herz brechen, wenn du sie hier sich selbst überlassen würdest.«

»Sie würde darüber hinwegkommen. Irgendwann.« Ein dünnes Lächeln spielte ihr um die Lippen. Sie wusste, dass Minnie sie verehrte, und mochte es. So schnell, wie das Lächeln gekommen war, war es auch wieder verschwunden. Ein grimmiger Blick verzerrte ihre Züge. »Ach übrigens, ich fand es nicht besonders toll, was du Walter gesagt hast.«

»Wie bitte?«

»Er hat mich heute hysterisch angerufen, weil ich anscheinend ›verheerend entstellt‹ sei, wie er es ausdrückte.«

»So gern ich die Verantwortung für diese kleine Übertreibung übernehmen würde – ich habe heute nicht ein einziges Wort mit Walter Friday gesprochen.« Und wenn ich ihm das nicht erzählt hatte – und Jayne kam definitiv auch nicht in Frage –, dann konnte es nur eine andere gewesen sein. »Hast du Minnie mal gefragt? Vielleicht hat sie gepetzt.«

»Sie war doch diejenige, die gesagt hat, dass du es warst. Wie auch immer, ich habe ihn beruhigt, aber ich werde wohl definitiv morgen zur Probe gehen müssen.«

In einer Welt, in der Äußerlichkeiten keine Rolle spielen, wäre das ein kluger Schachzug gewesen. In Rubys Fall war es blanker Selbstmord.

»Ruby, ich meine es wirklich nur gut mit dir: Wenn du Friday beweisen willst, dass es dir besser geht, als er jetzt glaubt, dann kannst du morgen nicht zur Probe gehen. So nicht.«

»Aber es geht mir besser!«

»Sicher. Und Frankenstein hat eine Braut gefunden, aber sie waren beide Monster. Glaub mir: So wie Walter tickt, erträgt er noch nicht mal einen winzig kleinen Schönheitsfleck an dir.«

»Aber wenn ich eine ganze Woche lang fehle ...«

»Das wirst du schon aufholen. Lern deinen Text und reiß ihn nächsten Montag vom Hocker.«

Kurz blitzte Zynismus in ihren Augen auf, dann aber holte die Wirklichkeit sie ein. Ihre Schultern fielen ein und ihr Kopf kippte nach vorne, bis ihr Gesicht nicht mehr zu sehen war. »Ich denk drüber nach.«

Das würde sie. Wahrscheinlich würde sie auch noch Minnies Meinung einholen, die aber zweifelsohne meiner entsprechen würde. Schließlich ermuntert eine Schauspielerin, die sich von der Abwesenheit einer anderen etwas verspricht, diese nicht, wieder bei der Probe zu erscheinen.

10 Beste Freundinnen

Wie ich vermutet hatte, entschied sich Ruby dazu, den Rest der Woche auszusetzen. Ich wiederum stolperte während der nächsten beiden Tage durch die Proben und wartete darauf, dass Maureen das Offensichtliche feststellte und mich freigab. Stattdessen ignorierte sie mich wie einen lockeren Zahn, von dem man hofft, dass er von alleine wieder festwächst. Ich beschloss, ihre Geduld auf die Probe zu stellen, und vermasselte absichtlich das Wenige, das ich tatsächlich beherrschte. Aber obwohl ich wirklich die Einzige in der Gruppe war, die nicht vorankam, sagte sie kein Wort zu mir. Ich glaube, sie hatte eine Methode gefunden, mich völlig auszublenden.

»Du machst das falsch. Schau mal, wie ich es mache.« Während unserer gewerkschaftlich vorgeschriebenen Pausen hielt Jayne mich dazu an, mit ihr zu üben, was das Letzte war, worauf ich Lust hatte. Jedes Mal, wenn sie anmutig durch die Schrittfolge glitt, die ich kurz zuvor versaut hatte, interpretierte mein Hirn ihr Hilfsangebot als einen Schlag ins Gesicht. *Du wirst nie so gut sein wie ich*, sagte mir jedes ihrer perfekten Pliés. *Du gehörst hier nicht hin.*

»Jayne, ich bin ein hoffnungsloser Fall. Warum akzeptierst du das nicht endlich – ich habe es schon längst getan.«

»Du bist nicht hoffnungslos. Du brauchst einfach nur mehr Training.«

»Was ich brauche, ist ein Drink und ein Partner, der es nicht als Strafe empfindet, mit mir arbeiten zu müssen.«

»In zwei Stunden kommen die Schauspielerinnen dazu.« Es war Donnerstag, der Tag der Abrechnung. Trotz Garvaggios Drohungen hatte Friday die gemeinsame Probe nicht verschoben.

»Und?«, fragte ich.

»Friday wird auch da sein.« Was Jayne meinte, war Folgendes: Wenn ich es heute Abend nicht brachte, würde mich Walter Friday morgen bestimmt abservieren. Aber Angstszenarien funktionierten bei mir nicht mehr. Ich glaubte allmählich, dass ich immun dagegen war, meinen Job zu verlieren. Falls Friday mich also wirklich rausschmeißen sollte, würde der Schreck mich wahrscheinlich umbringen. »Ich weiß, dass du das kannst, Rosie. Du willst nur nicht.«

»Halt den Mund. Ich habe vor lauter Wollen schon Blasen auf meinen Blasen.«

»Du musst noch stärker wollen.« Sie stemmte die Hände in die Hüften und legte den Kopf in den Nacken, um mir in die Augen sehen zu können.

»Du hörst dich an wie Delbert. Was soll das? Ich werde es nie können. Ich wollte ja noch nicht mal bei dieser lausigen Show dabei sein. Ich bin mitgegangen, um dir beizustehen, du erinnerst dich?«

»Du gibst also einfach auf?«

»Maureen ist es egal, warum dann dir nicht?«, fauchte ich sie an.

»Ich glaub's einfach nicht! Wie, meinst du, lässt das den Rest von uns dastehen?«

»Ziemlich gut, schätze ich.«

Jayne stotterte, bis sie den Satz zusammenhatte, den sie sagen wollte. »Wie kannst du nur so egoistisch sein?«

Ich hielt ihr meine leeren Handflächen hin. »Ich bin

eine Schauspielerin und keine Tänzerin, weißt du noch? Vor zwei Monaten hatte ich noch eine Hauptrolle. Wie kannst du da erwarten, dass mir dieses blöde Tanzensemble irgendetwas bedeutet?«

»Weil es *mir* etwas bedeutet.« Jayne drehte sich um. Mit dem Rücken zu mir blieb sie stehen. »Und du hattest keine Hauptrolle. Du warst die Zweitbesetzung, die eben Glück gehabt hat. Erinnerst du dich, wie sich das angefühlt hat?«

»Jayne ...«

Sie ging weg. Ich war nicht in der Stimmung, ihr hinterherzulaufen und um Vergebung zu bitten. Immerhin war ich hier diejenige, die leiden musste – warum sollte ich mich also entschuldigen müssen?

Maureen rief uns in den Saal und verkündete, dass wir da weitermachen würden, wo wir aufgehört hatten. Ich nahm meinen Platz in der hinteren Reihe neben Delbert ein und betete, dass sich der Boden auftun und mich zur Gänze verschlingen würde.

Als wir um sechs eine Essenspause machten, klangen mir immer noch Jaynes Worte in den Ohren. Ich war diejenige, die die gesamte Gruppe aufhielt. Ich war ihre Achillesferse. Da ich keinen Appetit hatte, blieb ich die Stunde über im Theater, wo der Inspizient die Bühne für unsere erste gemeinsame Probe vorbereitete. Als ich müde wurde, ihm beim Herumwirbeln zuzusehen, schlich ich wieder nach oben und ging noch einmal für mich die Schritte durch. Es war vergebene Liebesmüh. Was würde passieren, wenn ich bei der Probe einfach nicht auftauchte? Würde es überhaupt jemandem auffallen? Und wenn, würde Jayne mich suchen kommen oder wäre sie dankbar dafür, dass ich endlich die Flinte ins Korn geworfen hatte?

Ich habe es letztendlich nicht herausgefunden. Stattdessen war ich auf die Sekunde genau um sieben bei der Probe, nahm meinen Platz ein und tanzte die erste Nummer, eine Art Ballett-Stadtbild, das das Gewühl und Gewusel der Großstadt illustrieren sollte, welches die Schwestern bald für ein Leben auf der Plantage aufgeben sollten. Neben Friday war auch Garvaggio anwesend, was unsere kollektive Angst nur noch größer machte. Aber wir fürchteten uns umsonst. Zwischen den einzelnen Szenen flüsterten Walter und Vinnie aufgebracht miteinander, und es war stark anzunehmen, dass sie nicht über die Show sprachen. Man hätte eine Herde Elefanten über die Bühne jagen können, es wäre ihnen nicht aufgefallen.

Da Jayne sich weigerte, mir in die Augen zu blicken, schaute ich mir in der Zeit zwischen den Tanznummern eben an, was die echten Schauspielerinnen zu bieten hatten. Weil Ruby noch fehlte, durfte Minnie die Stella spielen, und der Inspizient las den Part der Myra. Minnie meisterte ihre Sache erstaunlich souverän. Auch wenn sie optisch nicht zu der Rolle passte, hatte sie dennoch eine starke, klare Stimme und bekam es gut hin, so zu tun, als ob sie eine schöne Frau wäre. Ich versuchte herauszufinden, ob sie es genoss, in Rubys Schuhe zu schlüpfen, aber in den Szenenpausen hielt sie sich abseits und war viel zu schüchtern, um einen Annäherungsversuch an die anderen Stars zu wagen. Falls sie hier wirklich eine Chance für sich witterte, verbarg sie das gut.

Paulettes Freundinnen legten die Art energetischer Bühnenpräsenz an den Tag, die man zur Stromgewinnung nutzbar machen könnte. Wenn sie nicht dran waren, saßen sie lachend und schwatzend nebeneinander in der ersten Reihe des Zuschauerraums. Ich war neidisch auf sie. Auch ich wollte Teil einer hübschen kleinen Clique sein, die zusammen zur Probe und im Anschluss daran in einer nahe gelegenen Bar noch einen trinken geht. Ich wollte mit Frauen zusammen sein, die freundliche Dinge sagen und denen es nicht darum geht, ihre besten Freundinnen runterzumachen.

Als es um neun eine Pause gab, ging ich in der Hoffnung, Jayne ausfindig zu machen, von der Bühne. Stattdessen fand ich mich Aug' in Auge mit Minnie wieder.

»Du hast das ganz schön gut gemacht«, meinte ich.

»Danke.« Sie rang nach Worten. »Du auch.«

»Hat deine Mutter dir nicht beigebracht, dass du nicht lügen sollst?«

Sie hob die Schultern, sie wusste, dass man die Leistung des Tanzensembles nur knapp vor der Katastrophe einordnen konnte.

»Wo wir gerade dabei sind …« Meine beste Freundin hatte ich bereits abgehakt; warum sich nicht noch jemand anderen zur Feindin machen? »Weshalb hast du Ruby gesagt, dass ich Walter von ihrem Gesicht erzählt habe?«

»Hast du denn nicht?«

Ich stemmte die Hände in die Hüften. »Nein.«

»Oh.« Sie knibbelte an ihrem Daumennagel. »Ich bin einfach davon ausgegangen, dass du geredet hast, immerhin hattest du nach ihm gesucht und er hatte sie dann darauf angesprochen.«

Ihre Schlussfolgerung war naheliegend. Aber ich war nicht in der Stimmung, es dabei bewenden zu lassen. »Tja, ich habe aber nicht geredet. Vielleicht solltest du beim nächsten Mal zuerst die Fakten klären? Das Letzte, was ich gerade brauchen kann, ist eine Ruby, die glaubt, dass ich hinter ihrem Rücken Märchen erzähle.« Ich wandte mich zum Gehen.

»Tut mir leid, Rosie. Wirklich. Ich wollte dir keine Schwierigkeiten machen. Ruby war aufgebracht und wollte wissen, wer so etwas erzählt haben könnte. Ich war mir wirklich sicher, dass du es warst.« Sie sah aus, als würde sie gleich in Tränen ausbrechen. Jemand wie Minnie hielt es nicht aus, nicht gemocht zu werden.

Ich dagegen hatte es zu meiner Profession gemacht. »Schon in Ordnung.«

»Wenn du willst, rede ich noch mal mit Ruby.« Ich war es nicht gewohnt, mit so viel Aufrichtigkeit konfrontiert zu sein, und suchte nach einem Hinweis, dass Minnie eine besondere Absicht verfolgte, aber nichts an ihrem Gebaren ließ darauf schließen.

»Lass gut sein. Wenn Ruby in noch einem Punkt schlecht über mich denkt, macht das den Kohl jetzt auch nicht mehr fett. Und ich an deiner Stelle hätte dasselbe vermutet.«

»Du bist mir also nicht böse?«

»Natürlich nicht.«

Sie neigte den Kopf wie zum Gebet.

»Hast du Jayne gesehen?«, fragte ich sie.

Sie wies mit einem Ohr Richtung Foyertüren. »Vor ein paar Minuten ist sie rausgegangen.«

»Oh.«

Nervös blickte sie sich im Theater um. »Ich könnte sie mit dir suchen gehen.«

Wenn Ruby nicht in ihrer Nähe war, hatte Minnie offensichtlich ein starkes Bedürfnis nach Gesellschaft.

Wenn es zwischen Jayne und mir besser gestanden hätte, wäre ich vielleicht auf ihren Vorschlag eingestiegen, aber so, wie die Dinge lagen, konnte ich Gesellschaft nicht so richtig brauchen.

»Danke, aber ich sollte das lieber alleine machen.«

»Ist gut.« Im Weggehen stieß sie mit einer der anderen Hauptdarstellerinnen zusammen, die hinter ihr gestanden hatte.

»Minnie«, sagte diese knapp und kühl, und es hörte sich mehr nach Abfuhr als nach Begrüßung an.

»Entschuldigung«, sagte Minnie. »Ich habe nicht darauf geachtet, wo ich hinlaufe.« Sie senkte den Kopf und ging weg. An der Tür blieb sie zögernd stehen. Ich hatte das sonderbare Gefühl, dass sie mich vor dieser Frau beschützen wollte, und nachdem ich Zeugin von der frostigen Begrüßung geworden war, hatte ich auch eine Ahnung, warum.

»Ich bin Izzie«, sagte die Frau.

»Rosie.«

»Was macht Ruby?« Sie war klein und blond – sie hätte mit Jayne verwandt sein können –, und beim Lächeln zeigte sie doppelt so viele Zähne wie nötig, was allerdings weder merkwürdig noch irgendwie unnatürlich aussah, sondern einen umwerfenden Effekt zeitigte. Dieses Lächeln schlug jeden dahergelaufenen Bären aus dem Feld.

»Ist aufgedunsen«, sagte ich. »Der Arzt sagt, eine allergische Reaktion.«

»Kommt sie bald zurück?« Sie hatte eine von jahrelangem vorsätzlichem Trinken und Rauchen tief und rauchig gewordene Stimme. Diese Art Hingabe an ihr Handwerk verdiente Bewunderung.

»Geplant ist Montag.«

»Gott sei Dank.« Sie senkte die Stimme. »Keine Ahnung, wie lange ich die da noch ertragen kann.« Sie verdrehte die Augen in Minnies Richtung. »Richte Ruby doch meine besten Grüße aus, ja?«

»Auf jeden Fall.«

Izzie wandte sich ab. Dass Ruby Freundinnen hatte, war eine eigenartige Feststellung, aber es war noch eigenartiger, dass sie sich mit Minnie angefreundet hatte, mit der offensichtlich keine der anderen etwas zu tun haben wollte. Hatten wir Ruby die ganze Zeit über falsch eingeschätzt? Richtete sich ihre Feindseligkeit vielleicht nur gegen Jayne und mich?

Izzie hielt inne und kam dann zurück. »Willst du mit mir und den anderen eine rauchen?«

Unsere Pause war bald vorbei. Auch wenn ich Jayne jetzt noch finden würde, Zeit zum Reden hätten wir sowieso keine mehr. Außerdem würde sich keine bessere Möglichkeit mehr ergeben, um etwas über Paulette herauszufinden. »Klar, sehr gern.«

Die anderen hatten sich im Foyer ausgebreitet und beherrschten den Raum, als würde er ihnen nicht nur gehören, sondern als hätten sie sogar noch die Nägel spendiert, die die Wände zusammenhielten. Zelda begrüßte mich lächelnd, während Izzie mich der Dritten im Bunde vorstellte – Olive Wright.

Selbst wenn sie nicht in Aktion waren, kam man nicht umhin, die drei dauernd anzuschauen. Sie waren nicht einfach nur hübsch – jede ihrer Bewegungen war von einem Selbstvertrauen und einer Präzision durchdrungen, als hätten sie irgendwann akzeptiert, dass alles, was sie taten, immer auch für die Öffentlichkeit bestimmt war.

»Ich habe keine Ahnung, wie du das hinkriegst«, sagte Olive zu mir, eine blasse Rothaarige, deren Gesicht übersät war mit schemenhaften Sommersprossen, die sie unter einer Unzahl von Cremes und Kosmetikprodukten zu verbergen suchte. »Ich könnte niemals in einer Ballettgruppe mitmachen.«

»Da hast du Recht«, sagte Zelda. Sie warf ihre langen dünnen Beine über eine Sessellehne und blies einen perfekten Rauchring in die Luft. »Ich habe auch zwei linke Füße.« Die fraglichen ach so entstellten Quanten steckten in Pumps aus Eidechsenleder, die aussahen, als gehörten sie in ein Schuhmuseum. Ich versuchte, meine abgewetzten Ballettschläppchen hinter einem Sessel zu verstecken.

»Du bist Schauspielerin und keine Tänzerin, oder, Rosie?«, fragte Izzie.

»Ist das so offensichtlich?«

Sie tätschelte mir den Arm, als ob wir alte Freundinnen wären. »Ach, halt den Mund. Ich habe nur gemeint: Du schaffst es, die Sache durchzuziehen, obwohl es wahrscheinlich das Letzte ist, wofür du ausgebildet worden bist.«

»Noch hat das Gericht nicht entschieden, ob ich die Sache wirklich durchziehe.«

»Rosie hat bei *Im Dunkeln* mitgespielt«, sagte Zelda.

»Hör auf!« Olive ließ Zeldas Zigarettenetui aufschnappen und nahm sich einen Glimmstängel. »Die Inszenierung hat mir wahnsinnig gut gefallen. Es ist eine Schande, dass sie so schnell wieder abgesetzt worden ist.«

»Kannst dir ja denken, wie es ist nach einem Mord«, sagte ich.

»Du warst herzzerreißend«, meinte Olive. »Im Grunde war das gesamte Ensemble ziemlich atemberaubend. Was bei der grottenschlechten Vorlage wirklich bemerkenswert ist.«

So etwas von Frauen zu hören, die bestimmt nicht wahllos Komplimente in der Weltgeschichte verteilten, fühlte sich ziemlich gut an.

»Wo wir schon bei schlechten Textvorlagen sind«, sagte Izzie. »Es muss doch absolut furchtbar für dich sein, bei dieser Show hier mitzumachen.«

»Du weißt ja, wie es ist«, erwiderte ich. »Man muss immer der Arbeit hinterher.«

»Wie wahr, wie wahr«, sagte Zelda.

Ich mochte diese Frauen, nicht nur, weil sie mir ein bisschen Selbstwertgefühl zurückgaben. An Olives Hand glänzte ein schmaler goldener Ring.

»Bist du verheiratet?«, fragte ich.

Sie blickte fast überrascht auf das kleine Schmuckstück an ihrer Hand. »Ja. Morgen seit zwei Wochen. Er hat versprochen, in seinem nächsten Urlaub einen besseren Ring zu besorgen. Dabei habe ich ihm gesagt, dass ich völlig zufrieden mit diesem hier bin, solange mein Finger nicht grün wird.«

»Welchem Heeresteil gehört er an?«

»Luftcorps. Luftwaffe. Keine Ahnung, wie sie das gerade nennen«, sagte Olive. »Er ist Pilot, in Deutschland stationiert.«

»Autsch«, sagte ich.

Olive seufzte und hielt den Ring ins Licht. »Das kannst du laut sagen.«

»Stimmt es, dass ihr Rubys jüngste Liebschaft eingefädelt habt?«

»Don Montgomery?«, fragte Izzie. »Ist sie noch mit ihm zusammen?«

»Nach unserem Gespräch gestern hatte ich den Eindruck, dass sie praktisch verlobt sind.«

»Schön für sie«, sagte Olive. »Er ist ein richtiges Herzchen.«

»Auf jeden Fall hundert Mal besser als Lawrence Bentley«, sagte Zelda. Die drei wechselten einen Blick, den ich nicht richtig deuten konnte.

Ich beschloss, das Thema zu wechseln. Man konnte nicht wissen, ob diese Frauen noch ein zweites Mal mit mir reden würden. »Stimmt es, dass morgen ein Gottesdienst für Paulette stattfindet?«

»Oh ja: große schwarze Hüte und viel Unehrlichkeit von der Broadway-Crème-de-la-crème«, sagte Izzie. »Ich kann's kaum erwarten. Hast du sie gekannt?«

»Ich war befreundet mit …« Fast hätte ich erzählt, dass ich Paulettes mutmaßlichen Mörder kannte, riss mich aber gerade noch am Riemen.

»Rosie wohnt im Shaw House«, sagte Zelda. »Da kennt jeder jeden.«

Ich nickte. »Als ich eingezogen bin, war Paulette zwar schon in Hollywood, aber es hat immer noch jeder über sie gesprochen. Und gestern habe ich ihren Verlobten kennengelernt. George Pomeroy.«

»Wie ging's George?«, fragte Izzie.

»Er war traurig. Er war am Boden zerstört. Kannst du dir aussuchen.«

»Da ist er in bester Gesellschaft. Es ist alles andere als einfach, damit zurechtzukommen. Sie war ein toller Mensch«, sagte Olive.

»Ein großartiger Mensch«, ergänzte Izzie.

»Wie lange kanntet ihr euch schon?«

»Ewig«, sagte Olive.

»Zumindest fühlt es sich jetzt so an«, setzte Izzie hinzu.

Olive tippte die Zigarette über einem silbernen Standaschenbecher ab und beugte sich zu mir. »Izzie, Paulette und ich waren vor ungefähr fünf Jahren mit *Private Ryans Frau* zusammen auf Tournee. Seitdem sind wir Busenfreundinnen.« Das Stück kannte ich. Es war achtzehn Monate lang gelaufen. Wenn man so lange gemeinsam durch die Weltgeschichte tourte, kam man sicher nicht umhin, eine Beziehung aufzubauen.

»So war das damals«, sagte Olive. »Keine Kürzungen, keine Benzinrationierung. Wir wurden in schicken Hotels untergebracht.«

»Und es gab noch Männer«, sagte Olive. »Vergiss das nicht.«

Ich grinste in mich hinein, als sie so die guten alten Theatertage vor dem Krieg Revue passieren ließen. Es war eine andere Zeit gewesen. Mit Kriegsbeginn waren die Budgets der Häuser drastisch zusammengestrichen worden, Tourneetheater gab es fast gar keine mehr, und sogar die Aufführungen der Sommertheater – das kleine bisschen Sodom und Gomorrha für Upstate New York – verschwanden langsam, weil niemand mehr an das Benzin rankam, um dorthin zu fahren. Natürlich gab es in der Stadt noch Arbeit, aber die hatte beträchtlich an Glamour eingebüßt. Die Shows taten sich schwer mit der Finanzierung, auf der politischen Bühne war mehr als genug los, und die Schauspieler wanderten Richtung Westen ab, nach Hollywood. Sogar die wiederholten Bemühungen waren gescheitert, vor den Theatern mehr Straßenlaternen aufstellen zu lassen, als Ersatz für die ausgeschalteten Fassadenflutlichter. Früher hatte man an den Tagen »Es ist dunkel« gesagt, an denen es an einem Theater keine Aufführung gab. Heute war dieser Ausdruck dank der Verdunkelungspflicht eine Beschreibung für den Dauerzustand des Broadway.

Angesichts eines Mordes war das alles aber keine große Sache. Ich war mir sicher, Paulettes Freundinnen hätten den ganzen Theaterkram sofort hingeworfen, wenn sie dafür Paulette zurückbekommen hätten.

»Und woher kanntest du Paulette?«, fragte ich Zelda.

»Als Paulette in den Westen gegangen ist, bin ich bei Olive und Izzie eingezogen. Sie selbst habe ich erst kennengelernt, als sie vor einem Monat in die Stadt zurückgekommen ist.«

Das überraschte mich. Ich hatte gedacht, dass alle drei Paulette und einander schon eine ganze Zeit lang kannten.

Zelda aschte in den silbernen Aschenbecher. »Ich hatte fest damit gerechnet, dass sie mich rausschmeißen würde, als sie wieder nach New York kam, aber sie war so großzügig, mich dort weiter wohnen zu lassen. Sie hat auch das Vorsprechen bei Walter für mich eingefädelt. Ich glaube nicht, dass er mir einen zweiten Blick geschenkt hätte, wäre er nicht von ihr darum gebeten worden.«

»Ihr müsst sie alle schrecklich vermissen«, sagte ich. »Und so schnell danach gleich mit einer Neuen weiterproben zu müssen …«

»So ist das Showbiz«, sagte Izzie.

»Nein, so ist Walter Friday«, korrigierte Olive. »Du weißt, er kann es sich nicht leisten, auch nur einen Tag zu verlieren. Seine Mutter könnte in der ersten Reihe sterben – wir würden um die Leiche herum weiterproben, damit die Premiere auch ja pünktlich stattfindet.«

Gedankenverloren grinsend freuten sie sich einen Moment über diese schwarzhumorige Vorstellung, dann wurden sie wieder ernst und auf ihren Gesichtern erschien ein grimmiges Lächeln. »Es ist auch einfacher so«, sagte Izzie. »So haben wir wenigstens kaum Zeit, über das, was passiert ist, nachzudenken.«

»Und Ruby ist wirklich eine Hilfe«, sagte Olive. »So wie sie hier einmarschiert, als wäre sie die Königin von England, und dabei unsere ganze Aufmerksamkeit fordert. Sie ist auf Zack. Ich wusste, dass sie hier gut reinpassen würde. Gott sei Dank ist Walter meinem Rat gefolgt.« Ruby war der Job also angetragen worden. Das war mir nicht klar gewesen.

»Eine Paulette ist sie aber trotzdem nicht«, sagte Izzie.

»Das wäre niemand«, meinte Olive dazu.

Sie verstummten, und der Geist ihrer toten Freundin schwebte über ihnen.

»Es tut mir leid«, sagte ich.

Izzie legte ihre Hand auf meine. »Braucht es nicht, Rosie. Ab und an ist es gut, über sie sprechen. Zu verdrängen, was passiert ist, macht es auch nicht besser. Eines Tages müssen wir einfach mal aufwachen und begreifen, dass sie nicht zurück nach Hollywood gegangen ist und uns nur deswegen nie zurückruft, weil sie viel zu beschäftigt damit ist, zu tollen Partys zu gehen. Sie ist tot.«

Aus den Weiten des Gebäudes erscholl eine Trillerpfeife, und die Stimme des Inspizienten schraubte sich in eine Tonlage, in der sie Glas zum Splittern hätte bringen können: »Zwei Minuten noch.«

Die Frauen drückten ihre Zigaretten im Foyeraschenbecher aus, und schweigend ging ich hinter ihnen her zurück in den Saal.

11 Einsam marschieren sie

Nach der Probe war Jayne so schnell weg, dass ich noch nicht mal dazu kam, daran zu denken, dass sie nicht mit mir redete. Als ich im Shaw House eintraf, war sie nicht da, und es sah auch nicht so aus, als sei sie bereits da gewesen und schon wieder weg. Ich entledigte mich also der Tanzklamotten und ging unter die Dusche. Während das Wasser Pein und Schmerz hinwegspülte, dachte ich an Paulettes Freundinnen und die Trauer, die sie in sich trugen. Wie würde es mir gehen, wenn Jayne ermordet worden wäre? Einen derartigen Verlust hatte ich noch nie hinnehmen müssen, und es kam mir auch schier unbegreiflich vor. Und wie furchtbar wäre es, wenn sie gerade jetzt ermordet würde und ich keine Möglichkeit mehr haben würde, mich zu entschuldigen.

Wie es sich anfühlt, wenn man bedauert, wie man jemanden behandelt hat, wusste ich bereits. Eigentlich musste ich diese Erfahrung nicht unbedingt noch einmal machen.

Ich spielte durch, was ich zu Jayne sagen würde. Ein bloßes »Entschuldigung« reichte nicht. Was ich geäußert hatte, war kein Ausrutscher gewesen, den sie einfach so vergessen würde. Ich hatte mir in letzter Zeit eine ganze Reihe von Fehltritten geleistet, und ich war es ihr (und auch mir selbst) schuldig, herauszufinden, was eigentlich mit mir los war.

Als ich ins Zimmer zurückkam, lag Churchill bäuchlings auf meiner schmutzigen Wäsche. Seinen Schwanz ließ er tanzen wie ein Schlangenbeschwörer seine Schlange – als wollte er mich damit hypnotisieren. Ich widerstand seinem Voodoo und setzte mich auf das Fußende meines Betts.

»Problem Nummer eins«, sagte ich zu dem Kater. »Jack.« Was ihn anging, befand ich mich in einem Schwebezustand: Ich war mir erstens nicht im Klaren über den Status unserer Beziehung und wusste zweitens nicht, wo er steckte – und ob er überhaupt noch lebte. Sollte ich aufgeben und trauern oder hoffen und beten? Im Moment tat ich beides gleichzeitig, was aber zu rein gar nichts führte.

Churchills Schwanz tanzte im Rhythmus meiner Überlegungen, seine schläfrigen Bernsteinaugen waren kurz davor, zuzufallen. Was sollte ich tun? Corporal Harrington schreiben und noch einmal den schwarzen Zensurbalken ins Gesicht blicken? Oder …

Ich fuhr vom Bett hoch und warf mir den Bademantel über. Mit Corporal Harringtons zensiertem Brief in der Hand lief ich über den Flur. Durch die Tür hörte ich ein Radio knistern, das sich abmühte, Nachrichten von der anderen Seite des Ozeans zu empfangen.

Ich klopfte nur ein Mal. »Harriet? Rosie hier.«

Harriet steckte ihren Kopf durch die Tür und lächelte. »Lange nicht gesehen. Komm doch rein.«

Zu Harriet Rosenfeld ging man im Shaw House wegen allem, was mit dem Krieg zu tun hatte. Als talentierte Schauspielerin mit linksradikalen Neigungen hatte sie, je länger der Krieg dauerte, ihr Interesse am Theater immer mehr verloren. Das lag zum einen daran, dass sie Jüdin war und ihre Besorgnis über das Geschehen im Ausland immer weiter zunahm. Zum anderen hatte ihr Verlobter Harold Leventhal Schuld daran, ein Soldat, der auch für *Stars & Stripes*, eine unabhängige Militärzeitung, schrieb. Vermutlich weihte er sie in Aspekte des Krieges ein, zu denen wir anderen keinen Zugang hatten. Die Ungeheuerlichkeit dessen, was wirklich vor sich ging, war wohl zu gewaltig, als dass Harriet noch vorgeben konnte, für andere Dinge Interesse aufzubringen.

Sie schloss schnell die Tür hinter mir, und ich sah mich um. Ihr Zimmer, das einmal voller Zeitungsausschnitte, Bücher und anderem Kriegszeug gewesen war, war jetzt leer. Harriets Habseligkeiten steckten in einem Koffer und zwei Kisten, fein säuberlich unter dem Fenster gestapelt.

Früher war man aus dem Shaw House ausgezogen, weil man die Karriere aufgab oder heiratete (oder beides). In Zeiten wie diesen war das plötzliche Auftauchen eines Koffers meist die Folge eines Anrufs oder eines unerwünschten Telegramms, das die Empfängerin darüber in Kenntnis setzte, dass ihr Bruder, Vater oder Geliebter nicht mehr zurückkommen würde.

Harriet war seit letztem Dezember verlobt, und die Vorstellung, dass ihr schnuckeliger Harold tot war, verschlug mir den Atem.

»Rosie. Was ist los?«

Der Tod rückte einem einfach zu nah. Er konnte jeden kriegen.

»Setz dich«, sagte sie zu mir. »Du siehst blass aus.« Sie hieß mich auf dem Bett Platz nehmen und drückte mir den Kopf nach unten zwischen meine Beine. »Tief einatmen.«

»Mir geht's gut«, sagte ich und versuchte mit Mühe, mich wieder aufrecht hinzusetzen. »Die Frage ist eher, wie es dir geht?«

Ihr Blick glitt über die Zimmerdecke, als suchte sie nach dem Hintersinn meiner Frage.

»Auch gut. Warum?«

Mit dem Kinn wies ich auf das Gepäck.

»Oh, ich bin nicht … Harold ist nicht … Ich habe nur ein Engagement bei einer Wanderbühne, das ist alles. Belle hat gesagt, dass sie meine Sachen verwahrt, das Zimmer aber solange braucht.«

Ich benötigte eine Minute, um meine Stimme wiederzufinden. »Glückwunsch. Solche Jobs sind dünn gesät.«

»Danke.« Sie bemerkte den Brief in meiner Hand. Man konnte sehen, wie sie die dicken schwarzen Balken geradezu aufsaugte. »Die Kriegszensur?«

»Was sonst.« Ich reichte ihr den Bogen, und sie überflog die wenigen unversehrten Worte. Nicht nur, dass sie informierter war als der Kriegsberichterstatter Edward R. Murrow, Harriet hatte auch ein Händchen für das Entziffern zensierter Briefe. Nicht wenige Mädchen im Haus kamen deswegen regelmäßig zu ihr.

»Hier hat jemand gute Arbeit geleistet.« Sie hielt das Blatt gegen das Licht und schüttelte den Kopf. »Tut mir leid, Rosie, es ist hoffnungslos, noch etwas zu erkennen. Es geht um deinen vermissten Freund, stimmt's?« Ich nickte. Ich hatte Harriet zwar nichts von Jack erzählt, aber das hatte ich Ruby oder Minnie gegenüber genauso wenig.

»Ich habe auch nicht damit gerechnet, dass du etwas entziffern kannst. Aber ich dachte, du hast vielleicht eine Idee, wie man um die Zensur herumkommt. Ich muss wissen, was da drinsteht.«

»Es gibt da einige Möglichkeiten, aber alle brauchen ein bisschen Vorbereitung. Am einfachsten ist es, sich einen Code auszudenken. Harold und ich machen es auch so.«

Und Jayne hatte das ja ebenfalls schon vorgeschlagen. Ungefähr zumindest. »Aber wie soll der andere denn den Code kennen?«

»Die meisten Briefe nach draußen werden nicht gelesen, die Regierung hat größere Angst vor dem, was in die Staaten hineinkommt. Ich würde Folgendes machen: Schreib ihm einen Brief, der so unverfänglich wie möglich klingt, am besten tust du so, als wärst du eine neue Brieffreundin. Solche Briefe werden massenhaft verschickt, und ich kann mir nicht vorstellen, dass sie wirklich sorgfältig unter die Lupe genommen werden. Wenn man sie überhaupt öffnet. Im Brief selbst schilderst du das Problem und machst einen Lösungsvorschlag.«

»Meinst du, das funktioniert?«

»Ganz sicher. Im schlimmstmöglichen Fall bekommt er deinen Brief eben nicht, und du stehst wieder da, wo du angefangen hast.« In meinem Kopf überschlugen sich die Möglichkeiten der Verschlüsselung. Zahlen anstelle von Buchstaben? Das erste Wort eines jeden Satzes ergibt die eigentliche Nachricht?

»Und, was für ein Engagement hast du da genau?«, fragte ich sie.

»Feldlager-Aufführungen der United Service Organizations.«

»Wirklich? Wie die mit Bob Hope?«

»Wenn ich Glück habe, ja.« Sie rollte eine Hose zu einer strammen Rolle und stopfte sie in die kleine Reisetasche auf ihrem Bett.

»Wundert mich, dass du da mitmachst«, sagte ich. »Ich habe dich eigentlich nicht so für den Wandertheater-Typ gehalten.«

»Ich finde einfach, ich sollte mal etwas Nützliches

tun. Um zum Frauen-Hilfscorps zu gehen, habe ich weder den Mumm noch die Geduld, und da dachte ich, dass das dann noch das Beste ist.« So also klang die offizielle Version für zufällige Bekannte, die nach ihrem Vorhaben fragten. Sie kam näher und sagte mit gesenkter Stimme: »Wir arbeiten immer noch an unserer Geschichte über die United Service Organizations.« Sie hatte schon vor ein paar Monaten mit einer Recherche für Harold begonnen. »Mir schien es sinnvoll, jetzt mal ein bisschen Feldforschung zu betreiben.«

»Na dann … wünsche ich dir viel Glück.«

»Danke.« Ihre braunen Augen tanzten hinter den dicken Gläsern der Katzenaugenbrille. »Du wirst sicher enttäuscht sein, Rosie.«

»Worüber?«

»Wenn ich eine Sache in diesem Krieg gelernt habe, dann die, dass das Militär Informationen nicht gern teilt. Sogar wenn du erfahren solltest, was in dem Brief steht, heißt das noch lange nicht, dass du weißt, was mit Jack passiert ist.«

»Aber ich habe keine andere Wahl, oder? Dieser Brief ist im Moment meine einzige Verbindung zu ihm.«

»Wenn ich du wäre …« Sie unterbrach sich, als sie merkte, wie unangemessen es war, jemandem in einer Krisensituation vorzuhalten, dass er sich nicht so verhielt, wie man selbst es täte.

»Sag, was du sagen wolltest.«

Sie sah mich über den Brillenrand hinweg an. »Wenn es nur die Entfernung ist, die dich davon abhält, ihn zu suchen, dann solltest du dir vielleicht überlegen, wie du *dieses* Problem aus der Welt schaffst.«

Es war aber eben nicht nur die Entfernung. Ich hätte

gleich morgen in ein Flugzeug springen und von Angesicht zu Angesicht mit Corporal Harrington reden können und hätte trotzdem nicht erfahren, wo Jack sich aufhielt. Das wusste ja noch nicht mal die Marine, und die gehörten immerhin zum Militär.

»Ich glaube, ich halte mich erst mal an den Brief.«

Sie zuckte mit den Schultern. »Du kannst mir immer schreiben, wenn du etwas brauchst. Ich weiß, es ist hart.« Ihr blieb jetzt noch, das Bild von Harold einzupacken. Wie auf ein Polster legte sie es mit dem Gesicht nach unten auf ein rosafarbenes Abendkleid und schloss den Koffer. »Und falls du hier mal rauskommen und ein bisschen reisen willst: Die USO-Shows sollen der Hammer sein.«

»Danke«, sagte ich zu ihr, »ich werd's mir merken.«

Für den Brief an Corporal Harrington brauchte ich zwei Stunden. Ich schlug ihm einen möglichst einfachen Code vor, zu meiner eigenen Sicherheit, damit ich mich auch bestimmt selbst daran erinnerte: Der erste Buchstabe von jedem Wort sollte die eigentliche Botschaft ergeben. Ich bat ihn des Weiteren darum, Jacks Namen lieber nicht zu erwähnen. Und den neuen Brief sofort abzuschicken.

Nachdem eine Lösung für wenigstens eines meiner Probleme gefunden war, ging es mir geringfügig besser. Die anderen blieben mir ja weiterhin erhalten. Ich hatte Jayne verletzt. Ich wusste immer weniger, was zwischen Walter Friday und Vinnie Garvaggio ablief, und mit dem, was ich wusste, konnte ich Al nicht freikriegen. Wenn mein Leben ein Baseball-Match gewesen wäre, wäre ich kurz davor gewesen, out zu sein.

Churchill hörte auf, sich zu putzen, und horchte Richtung Tür. Als wären wir Gefangene, die sehnsüchtig auf den Gefängniswärter warteten, sahen wir zu, wie sich der Türknauf drehte.

»Hallo«, sagte Jayne. Sie hatte geweint – das war offenkundig, denn verlaufene Wimperntusche hatte ihr Spinnennetze unter die Augen gemalt. »Ich dachte, du würdest schon schlafen.«

»Du meinst, du hast es gehofft.«

Ertappt zuckte sie mit den Schultern, dann schlüpfte sie ins Zimmer.

»Wo bist du gewesen?«

»Bei Tony. Wo soll ich denn sonst hin?« Das war die traurige Wahrheit unseres Daseins. Ohne einander hatten wir praktisch nichts.

»Ich war eine blöde Kuh vorhin. Ich habe einfach völlig ausgeblendet, dass dieses Stück, auch wenn es mir nichts bedeutet, für dich alles ist.«

Sie zuckte zusammen.

»Und jetzt bin ich anscheinend schon wieder ins Fettnäpfchen getreten.«

»Naja, du tust eben so, als ob es total dämlich von mir wäre, mich so in die Sache reinzuhängen. Wie soll ich denn noch glauben, dass bei der Show noch etwas einigermaßen Gutes rauskommt, wenn du dir sicher bist, dass es eine Katastrophe ist?«

»Es ist keine Katastrophe. Die Katastrophe bin ich.« Ich hatte es gesagt – das, was ich nicht hatte formulieren können, seitdem ich für die Ballettgruppe besetzt worden war. »Ich hasse es, zu versagen, Jayne. Ich habe Jack im Stich gelassen. Jetzt lasse ich Al im Stich. Und ich komme nicht mehr aus einer Rolle raus, die ich nicht verdiene und in der ich das gesamte Ensemble runterziehe, und obwohl das jeder weiß, tut niemand etwas dagegen.« Seitdem ich auf der Bühne stand, hatte ich mich immer als einen zukünftigen Star gesehen, an dessen Erfolge niemand in meiner Umgebung – Jayne, Ruby, wer auch immer – jemals ganz heranreichen würde. Es war einfach egoistisch und peinlich. Und wie ich ganz selbstverständlich davon ausgegangen war, dass mir schon nichts Schlimmes zustoßen würde, hatte ich in dem Film meines Lebens meine Freunde einfach in die Nebenrollen gesteckt und mich selbst als alleinige Hauptdarstellerin gesehen. Fridays Veranstaltung hatte dieses ganze Konstrukt auf den Kopf gestellt, und jetzt sah ich mich mit der sehr realen Möglichkeit konfrontiert, dass mein Leben immer nur enttäuschend und mittelmäßig sein würde.

»Rosie, du bist doch nicht die Einzige, die eigentlich nicht in ein solches Ensemble gehört. Das ist doch alles Kraut und Rüben.«

»Ja, danke.«

»Ich sage doch nur, dass du einfach keine Tänzerin bist. Das wissen wir beide. Zumindest nicht so eine Tänzerin, wie sie in einer solchen Show gebraucht wird. Das bedeutet aber nicht gleich, dass du eine Versagerin bist. Ich werde niemals als Lady Macbeth besetzt werden oder die Chance bekommen, Hedda Gabler zu spielen. So ist das eben mit unseren Begabungen. Ist ja auch irgendwie gut so. Stell dir vor, wir könnten beide genau dasselbe gleich gut und müssten bei jedem Casting gegeneinander antreten.«

»O Gott.« Ich atmete tief ein und drückte fest ihre kleine Hand. »Meinst du, ich sollte aussteigen?«

Sie strich mir eine lose Haarsträhne hinters Ohr. »Das ist deine Entscheidung. Aber falls jemand diese Show absichtlich vor die Wand fährt, dann wäre es nur recht und billig, wenn du herausfinden würdest, warum.«

Ich nickte mit gesenktem Kopf. Al war wichtig, nicht mein Ego. Churchill lief uns auf Zehenspitzen einmal quer über die Oberschenkel, umrundete uns und machte es sich schließlich Rücken an Rücken mit Jayne bequem.

12 Ein Ehemann zu viel

Am nächsten Morgen stand der Gedenkgottesdienst für Paulette an. In einer seltenen Anwandlung von Menschlichkeit hatte Walter Friday die Probe auf den frühen Abend verschoben, damit wir alle vorher unsere Anteilnahme zeigen und im Anschluss zur Gedenkfeier der Theatergewerkschaft in den Winter Garden gehen konnten. Ganz schön viel Trauerarbeit auf einen Schlag. Halten verboten!

Jayne und ich zogen uns so gut es ging wie Trauernde an und kamen zehn Minuten zu spät zum Gottesdienst in St. Mark's in the Bowery auf der 10. Straße, Ecke Second Avenue. Die Kirche war perfekt für die Beerdigung einer Schauspielerin. In den letzten Jahren waren hier Isadora Duncan und Martha Graham aufgetreten, Ben Hecht und Edna St. Vincent Millay hatten hier gelesen und sogar Harry Houdini hatte hier schon auf der Bühne gestanden. Die Gemeinde bemühte sich aber nicht nur um die Kunst. Sie war auch bekannt als eine der New Yorker Zweigstellen von »Pakete für Britannien«. Überall im Vestibül standen Schachteln und Kisten, und die darangeklebten handbeschriebenen Zettel sagten einem, welche Spenden wo hineingehörten. Größere Schilder an den Wänden waren mit Regeln und Ermahnungen beschriftet: »Wir benötigen Schuhe und Babykleidung.« »Diese Sachen sind für unsere englischen Freunde bestimmt.« »Wenn Sie selbst Hilfe brauchen, nehmen Sie nichts weg, sondern wenden Sie sich an uns.« Im Vorbeigehen sah ich, dass auf dem Grund der fast leeren Sammelkisten nur ein paar magere Gaben lagen. Dauerte der Krieg schon so lange, dass die Leute so gut wie nichts mehr zum Spenden übrig hatten, oder fiel es einfach schwer, sein Hab und Gut über den Ozean zu schicken, wenn man wusste, dass Menschen in der näheren Umgebung es genauso dringend benötigten?

Im Kirchenschiff waren die Bankreihen proppenvoll, ein Beleg für Paulettes erfolgreiche Karriere. Es war ein wildes Durcheinander aus Familie, Schauspielern und Leuten, die in unserer Branche hinter den Kulissen die Fäden zogen. Zusammen mit den anderen Zuspätgekommenen blieben wir hinten stehen.

Der Gottesdienst dauerte viel viel länger, als wir erwartet hatten.

Nicht, dass ich meinen Kollegen eins auswischen müsste. Aber es gab Momente, in denen ich mir wünschte, dass Schauspieler ihren Drang, immer im Zentrum der Aufmerksamkeit zu stehen, auch mal zügeln und einfach nur da sein könnten. Aber leider wurden wir genau dazu nicht ausgebildet, weshalb Anlasse, bei denen eigentlich jemand anderes im Mittelpunkt stehen sollte – sagen wir eine Braut oder ein Leichnam –, im Regelfall zu peinlichen Spektakeln gerieten, die von denjenigen, die sich einigermaßen im Griff hatten, nur als »unangebracht« bezeichnet werden konnten. Genauso war es auch bei der Trauerfeier für Paulette. Hundert enge Freunde und zweihundert entfernte Bekannte, die alle ein wenig Ruhm und Verrufenheit abstauben wollten, gedachten ihrer drei Stunden lang mit Reden, Liedern, Gedichten und einem wenig salonfähigen Improvisationstanz. Ich hatte keine Ahnung, wer das Ganze organisiert und dabei gedacht hatte, die Beerdigung sei ein guter Anlass für eine solche Art des Tributs, aber es war recht schnell klar, dass diejenigen, die der Verstorbenen ihre Ehre bezeugten, nicht nur die Trauergemeinde rühren, sondern auch etwas für ihr berufliches Fortkommen tun wollten. Paulette war anscheinend mit einer ganzen Reihe von Regisseuren und zwei bekannten Agenten befreundet gewesen.

Jayne und ich ertrugen die Veranstaltung, wie wir schlechte Theaterstücke ertrugen: mit verschränkten Armen, den Blick auf den Ausgang gerichtet und die Ellbogen angewinkelt, um uns gegenseitig anzustoßen, falls doch noch etwas Lustiges passieren sollte. Gerade hatte Jayne während einer gelispelten Darstellung von Julias Tod meinen unteren Brustkorb mit blauen Flecken übersät, als ich Paulettes Verlobten vorn im Kirchenschiff sitzen sah. Neben Captain George Pomeroy saßen Olive, Zelda und Izzie, jede in einem geschmackvollen schwarzen Kleid. In der Reihe hinter ihnen ortete ich Ruby unter einem derart stark verschleierten Hut, dass sie ihn auch zum Imkern hätte benutzen können. Während alle anderen Interesse an den Darbietungen vorschützten, schauten Paulettes Freundinnen und ihr trauernder Verlobter ungläubig auf den glänzenden weißen Sarg, der mit Rosen und Efeu geschmückt war.

Ich stieß Jayne an und wies mit einer Kopfbewegung auf die Hinterbliebenen. Schlagartig verging uns der Spaß, und für den Rest des Gottesdienstes schauten wir zu, wie sie mitten in diesem grotesken Karneval bitteren Abschied nahmen.

Als der Zirkus endlich vorbei war, versuchten wir, uns nach vorne durchzukämpfen. Die Menschenmenge hinderte uns allerdings am Vorwärtskommen. Ich presste mich platt gegen die Wand, während Jayne von einer Welle menschlicher Anteilnahme hinfortgetragen wurde. Als ich die Menge nach ihrem kleinen, platinblonden Kopf absuchte, rempelte mich eine Frau von der Statur der *Hindenburg* an.

»Entschuldigung«, sagte sie mit einem betretenen Lächeln. Ihre Haare hatten eine seltsame Farbe, eher rosa als blond. Es tat in den Augen weh. »Wäre ich doch noch ein bisschen sitzen geblieben. Ich hätte nicht gedacht, dass es so voll wird.«

»Paulette hatte anscheinend viele Freunde.« Als die Leute um uns herum in Bewegung kamen, saßen wir in der Falle und taten, was zwei Menschen, die in ungewollte körperliche Nähe zueinander geraten, eben tun: Wir plauderten.

»Woher kannten Sie sie?«, fragte mich die Frau.

Ein Mafioso, den ich für einen Freund gehalten habe, hat sie umgebracht. Und Sie? »Ich bin Schauspielerin. Wir sind ja eine große Familie. In welchem Verhältnis standen Sie zu ihr?«

»Ich war ihre Schwägerin.«

Ich versuchte, eine Spur von George Pomeroy in ihr zu entdecken. Vielleicht waren ihre Haare doch nicht rosa. »Das tut mir sehr leid. Das alles muss sehr schwer für Sie sein. Und für Ihren Bruder ...« Ich schaute mich suchend nach Jayne um.

»Ja, es war wirklich nicht einfach. Ich habe Paulette zwar nur ein einziges Mal getroffen, aber man sah, dass die beiden sehr glücklich waren. Dass sie jetzt wieder zusammen sind, ist da natürlich nur ein geringer Trost.«

Ich war mir nicht sicher, ob ich richtig gehört hatte, und setzte ein fragendes Gesicht auf. »Wie bitte?«

»Ich glaube fest daran, dass Paulette und Michael im Jenseits wieder zusammen sind.«

»Ist Ihr Name denn nicht Pomeroy?«

Die Frau legte ihr fleischiges Gesicht in Falten und schüttelte den Kopf. »Sicher nicht. Ich heiße Phyllis Dewey.«

»Und Ihr Bruder war Michael Dewey. Paulettes Ehemann.«

»Ja.« Sie betrachtete mich aus großen Augen, als wüsste sie nicht genau, ob ich etwas langsam war oder einfach jemand, der gern alles wiederholt. »Stimmt etwas nicht?«

»Nein, alles in Ordnung. Ich hatte nur Paulette eine ganze Weile nicht gesehen und gar nicht mitbekommen, dass sie verwitwet war. Wann ist Ihr Bruder denn gestorben?«

»Letzten März. Er war Bomberpilot.«

Ich schlug mir gegen die Stirn. »Stimmt ja. Jetzt erinnere ich mich. Es war so ein tragischer Verlust. Wir waren uns nicht sicher, ob Paulette ihn jemals würde verwinden können.«

Skeptisch legte sie ihren Kopf schief. »Haben Sie nicht gesagt, dass Sie es gar nicht gewusst haben?«

»Wie könnte man so etwas vergessen!« Auf der anderen Seite des Gangs tauchte Jayne auf, und mit einer ruckhaften Halsbewegung flehte ich sie an, mir zu Hilfe zu kommen.

Sie kämpfte sich zu mir durch und legte mir fest die Hand auf den Arm »Da bist du! Ich habe überall nach dir gesucht!«

Ich sah auf die Uhr. »Warum bist du auch weggelaufen? Du weißt doch, dass wir um eins im Theater sein müssen.«

Wie eine Standardtänzerin folgte Jayne meiner Führung. »Meine Uhr ist stehen geblieben«, sagte sie. »Ich wusste gar nicht, wie spät es schon ist.«

»Bitte entschuldigen Sie uns«, sagte ich zu Phyllis Dewey. Zum Abschied schenkte sie mir ein knappes Lächeln, das ich in gleicher Weise zurückgab. Dann zog ich Jayne durch die Kirchentür hinaus.

»Du wirst es nicht glauben«, sagte Jayne, als wir in die Second Avenue einbogen. »Mir hat Paulettes Schwiegermutter ein Ohr abgekaut.«

»Lass mich raten: eine Mrs. Dewey?«

»Nein. Sie hieß Boatwright. Ihr Sohn Edward ist vor sechs Monaten in Nordafrika gefallen. Da waren Paulette und er erst wenige Wochen verheiratet.« Jayne hob eine Augenbrauc. »Und wer ist Mrs. Dewey?«

»Die Mutter dieser dicken Dame mit den schlecht gefärbten Haaren. Die wiederum Paulettes Schwägerin war. Ihr Bruder Michael war zum Zeitpunkt seines Todes offensichtlich ebenfalls Paulettes Ehemann.«

Jayne rümpfte die Nase, als hätte ich ihr gerade ein Stück schlechten Fisch vorgehalten. »Also war Paulette …«

»Extrem beliebt und ein Pechvogel. Ich fass es einfach nicht: zwei Männer, einen Verlobten und einen Freund? Wollte sie den Weltrekord brechen?«

»Was fangen wir jetzt damit an?«, fragte Jayne.

Ich hoffte, die vor uns liegende Straße wüsste darauf eine Antwort. Es war ein grauer Tag, der Himmel sah aus wie aus Stahl geschmiedet, der Boden war voller schmutziger Pfützen. »Wir gehen Al besuchen.«

13 Der Schuldige

Von der Dame an der Anmeldung auf dem 19. Revier bekamen wir dieselben Anweisungen wie beim letzten Mal. Wir mussten aber nur fünf Minuten warten, bevor wir in den kleinen Raum am Ende des Gangs geführt wurden.

Al wartete schon auf uns. Seine Straßenkleidung hatte er gegen einen gestreiften Schlafanzug eingetauscht.

»Neue Klamotten?«, fragte ich anstelle eines Grußes.

Als wir hereinkamen, verdüsterte sich sein Gesicht. Man konnte sich mittlerweile kaum noch an Zeiten erinnern, in denen er uns gemocht hatte. »Was wollt ihr? Ich dachte, ich habe euch gesagt, dass ihr nicht wiederkommen sollt.«

»Wir sind aber trotzdem da.«

Der Wärter lungerte im hinteren Teil des Raums und schenkte seine Aufmerksamkeit zu gleichen Teilen uns und dem Sportteil. Die Kommentatoren überschlugen sich fast vor Aufregung wegen des Boxkampfs heute Abend im Madison Square Garden. Der Schwergewichtler Tami Mauriello wollte noch Jimmy Bivins schlagen, bevor er zur Grundausbildung eingezogen wurde.

»Wir haben ein bisschen in der Vergangenheit deiner früheren Freundin gegraben«, sagte ich, »und haben ein paar Fragen.«

»Fragt jemand anderen«, brummte er. »Ich hab dafür keine Zeit.«

»Also ich würde sagen, Zeit ist das Einzige, was dir noch geblieben ist.«

Seine Schultern rollten nach vorn wie bei einer Bulldogge, die zur Einschüchterung von Angreifern die Muskeln spielen lässt. »Ich habe euch beiden gesagt, dass ihr mich in Ruhe lassen sollt. Was passiert ist, ist passiert.« Er wandte sich Jayne zu, weil er wusste, dass sie sich eher von ihm abschrecken lassen würde als ich. »Weiß Tony, dass ihr hier seid?«

»Das geht Tony gar nichts an«, quietschte sie.

»Ich wette, das sieht er anders. Ich wette sogar, er wäre nicht besonders glücklich, wenn er wüsste, dass ihr euch hier rumtreibt.« Das war als Drohung gemeint, aber vor Tony hatte Jayne längst keine Angst mehr.

»Nicht besonders glücklich – warst du das auch, wenn Paulette sich mit anderen Männern getroffen hat?«, fragte ich ihn.

»Wer?« Sein Gesicht blieb ausdruckslos. Wenn das eine Masche war, um verräterische Zeichen zu vermeiden, dann machte er das grandios.

Jayne klackerte mit ihren rot lackierten Nägeln auf den Tisch. »Paulette Monroe. Das Mädchen, das du umgebracht hast.«

»Das war eine Sache zwischen ihr und mir.«

»Und zwischen ihren beiden toten Ehemännern und ihrem am Boden zerstörten Verlobten«, sagte ich. Der Wärter tat nicht mehr länger so, als würde er Zeitung lesen. Mord und Bigamie waren sehr viel interessanter als Schwergewichtsboxen. »Sie war ein sehr gefragtes Mädchen, Al. Das kann kann dir doch nicht gleichgültig gewesen sein. Gesetzt den Fall, du wusstest davon.«

»Natürlich.«

Ich zog eine Augenbraue hoch. »War sie dir gegenüber offen?«

Er legte seine Hände zusammen und zeigte mit den

Zeigefingern auf mich. »So offen wie ein aufgeschlagenes Buch.«

»Und es war dir egal, dass sie fremdgegangen ist?«

Er lehnte sich zurück, und seine Schultern wirkten nicht mehr ganz so massig. Es versuchte, niedergeschlagen zu wirken. »Natürlich hat mir das was ausgemacht. Aber Paulines Angelegenheiten waren Paulines Angelegenheiten.«

»Sie hieß Paulette.«

Er setzte sich wieder auf, vielleicht, weil er merkte, wie vergeblich seine Anstrengungen waren. »Was wollt ihr von mir? Warum seid ihr hier?«

»Weil ich zwei Dinge überhaupt nicht leiden kann: schlechtes Theater und schlechte Schauspielerei, und du, mein Freund, hast dich in beiden Fällen schuldig gemacht.«

»Sagst du. Willst du vielleicht mein Geständnis sehen? Oder die Fotos vom Tatort?« Er senkte das Kinn und ließ seinen Blick lodern. »Ich hab's ihr richtig gegeben, Rosie. Hab ihr mit einer Lampe den Schädel eingeschlagen. Die Typen unten mussten sie anhand der Zähne identifizieren.«

Meine Nackenhaare richteten sich auf. Das war nicht wahr, das konnte nicht wahr sein. »Ich glaube dir nicht, Al. Du könntest auch ihre Leiche ausbuddeln und sie gleich noch mal umbringen – ich würde dir immer noch nicht glauben.«

»Ist mir egal. Jimmy!« Der Wärter an der Tür war gleich ganz Ohr. »Bring sie hier raus. Und lass sie nicht wieder rein. Verstanden?«

»Wie du meinst, Al.« Jimmy stand auf und kam zu uns rüber. So hatte ich mir das Verhältnis zwischen Gefangenem und Wärter nicht vorgestellt, aber es war ja sowieso nichts mehr so, wie ich es mir immer vorgestellt hatte.

»Ganz ruhig, Jimmy«, sagte ich zu ihm. »Wir sind schon große Mädchen. Wir finden alleine raus.« Ein letztes Mal schüttelte ich den Kopf in Als Richtung und ging dann zur Tür. Jayne blieb hinter mir stehen.

»Ich bin enttäuscht von dir«, sagte sie zu ihm.

»Ach ja?«, sagte Al. »Dann geht es dir wie mir.«

Wir legten einen kurzen Zwischenstopp ein, um uns zu Hause etwas anderes anzuziehen, anschließend teilten wir uns einen Teller Spanische Spaghetti bei Schrafft's auf der Christopher Street. Von unserem Fensterplatz aus sahen wir Frauen in langer Schlange vor einem Schuster anstehen. Die verschärfte Schuhrationierung schien jedes Weibsbild im West Village dazu zu bewegen, seine besten Pumps zur Reparatur zu tragen.

»Ich gäbe was drum, deine Gedanken lesen zu können«, sagte Jayne. »Wie wär's mit einem Penny?«

Sogar die Pennys hatte der Krieg verändert. Man hielt uns an, die Kupfermünzen in Umlauf zu bringen, damit die Regierung sie durch eine andere, weniger wertvolle Metallsorte ersetzen konnte. »Sie haben uns die Schuhe weggenommen und die Strümpfe. Was rationieren sie wohl als Nächstes?«, fragte ich Jayne. »Büstenhalter?«

Sie antwortete nicht. Wir waren beide nicht besonders hungrig. Über den Teller legte sich Als falsches Bekenntnis, das aus der appetitlichen roten Sauce etwas Entsetzliches werden ließ. War viel Blut geflossen? War Paulette während des Angriffs noch lange bei Bewusstsein gewesen? Oder war sie in eine gnädige Ohnmacht gefallen, als der erste Schlag sie traf, und hatte niemals erfahren, wer sie da attackierte?

Ich schüttelte mir die Fragen aus dem Kopf. »Ich wette, dass Paulettes Freundinnen Bescheid wissen.«

»Al nimmt unsere Hilfe nicht an«, sagte Jayne.

»Meinst du, das weiß ich nicht?« Ich trank einen Schluck heißen Tee mit Zitrone. »Ich kann ihn aber nicht einfach so abschreiben, Jayne. Er kann mir ein dutzend Mal sagen, ich soll verduften, es ändert nichts an der Tatsache, dass er an jenem Tag zu mir gekommen ist und irgendetwas wollte.« Ich hatte riesengroße Angst, dass die Gelegenheit einfach verstrichen war und dass Al um die Sinnlosigkeit wusste, mich weiter um Unterstützung zu bitten. Den Gedanken, dass ich die Chance, ihm zu helfen, verpasst hatte, konnte ich nicht ertragen.

»Und wenn er doch schuldig ist?«

»Und wenn nicht?« Ich kratzte mich am Kinn, um Jayne zu signalisieren, dass sie etwas Sauce an ihrem hatte.

»Und wenn doch? Tony würde ihn doch nicht ohne Grund im Knast sitzen lassen. Das weißt du.«

Seufzend fischte ich den Teebeutel aus der Tasse. Der Tee hatte zu lange gezogen und war schon ganz trüb geworden. »In diesem Fall müsste ich wohl zugeben, dass ich falschlag und der ganze Aufstand umsonst war. Aber an dem Punkt bin ich noch nicht. Ich brauche mehr Zeit.« Mit dem Löffel versenkte ich die Zitrone. »Was hältst du denn von Paulettes Vergangenheit?«

»Merkwürdig, aber auch nicht vollkommen ungewöhnlich.«

»Du glaubst also, dass sie einfach Pech in der Liebe hatte?«

Jayne stocherte auf der Suche nach Fleisch in der Sauce herum. »Was sonst? Dass sie diese Typen erst geheiratet und dann die Flugzeugabstürze eingefädelt hat?«

»Stimmt, das ist irgendwie unwahrscheinlich.«

Darauf sagte sie nichts mehr. Ich wusste, wie albern ich mich benahm, aber einem verzweifelten Mädchen passiert so was eben. Außerdem hatte ich das Gefühl, dass George Pomeroy Glück gehabt hatte. Der Tod von Paulettes erstem Ehemann hätte noch als Schicksalsschlag durchgehen können, aber der des zweiten wirkte wie ein Beweis dafür, dass Paulette eben für ein Leben in Einsamkeit bestimmt war. Vielleicht hatte sie diesen Gedanken nicht ertragen und sich mit George verlobt, um zu sehen, ob ihre Pechsträhne nicht auch einmal abreißen könnte. Wenn sie erst verheiratet gewesen wären und George überlebt hätte, hätte sie den Tod von Michael und Edward als unglücklichen Zufall verbuchen können. Und wenn nicht …

Jayne schob den Teller von sich und faltete die Serviette zusammen. »Möchtest du wirklich noch zu dieser Sache im Winter Garden?«

»Du musst nicht mitkommen.«

»Ich glaube nur, dass es sehr … deprimierend wird.«

»Das ist der halbe Shakespeare auch, und da hältst du trotzdem durch.« Ich zog den Mantel an und streifte mir die Handschuhe über. »Ich bin dir aber nicht böse, wenn du schwänzt.«

»Nein, ich komme mit. Aber sobald jemand anfängt zu weinen, sind wir da weg.«

Wir liefen zum Winter Garden, wo dieses kleine, lustige Festival stattfinden sollte, das die Kriegsdienstabteilung der Theatergewerkschaft »Theaterleute engagieren sich für einen guten Zweck« getauft hatte. Die Veranstaltung war eine Art Versammlung der Theaterwelt zum Gedenken an die Menschen aus unserer Branche, die im Krieg geblieben waren. Nirgends wäre ich weniger gern gewesen, aber ich fühlte mich verpflichtet hinzugehen. Es war meine Art, für Jack zu wachen.

Ungefähr dreihundert Menschen waren um drei Uhr zu einem düsteren Gedicht- und Musiknachmittag zusammengekommen. Lawrence Tibbetts sang das Vaterunser, Lynn Fontane las »Shakespeares Abschied von der Bühne«, und die Fred Waring Choral Group weckte uns mit der »Schlachthymne für die Republik« wieder auf. Zwischen den Darbietungen klärte uns der Vorsitzende der britischen Schauspielergewerkschaft über die Rolle von Schauspielern im Krieg auf. Es kam heraus, dass wir schon eine Menge taten, aber noch mehr tun mussten.

Während er sprach, blätterte er durch Listen mit den Namen derer, die schon tot waren. Schauspieler, Schriftsteller, Regisseure, Tänzer, Bühnenbildner und Techniker – sowohl Männer als auch Frauen – hatten das Theater in New York gegen das in Europa getauscht und feststellen müssen, dass diese neue Art Drama einen anderen Schluss hatte als die alte. Es würden noch mehr sterben, gemahnte uns der Sprecher. Wir sollten alles in unserer Macht Stehende tun, damit dieser Krieg ein schnelles Ende fände.

Doch nicht alle waren dem Schlachtfeld zum Opfer gefallen. Vor einem Monat war das Pan-Am-Flugboot *Yankee Clipper* über Lissabon abgestürzt und hatte eine ganze Reihe Unterhaltungskünstler, die mit den United

Service Organizations unterwegs waren, mit in den Tod gerissen. Ein paar Namen auf der Liste waren mir geläufig, aber die meisten davon kannte ich nicht. Das machte mich fast noch trauriger, als wenn ich jeden einzelnen gekannt hätte. Im Spaß hatte ich immer behauptet, in New York gebe es unendlich viele Schauspieler. Aber vorgeführt zu bekommen, wie viele von ihnen bereits tot waren, machte mir ganz schrecklich deutlich, dass ihre Zahl doch viel kleiner war, als ich immer gedacht hatte – und mit jedem Tag kleiner wurde.

In der Hoffnung, unseren Trauertag mit einem ähnlich aufreibenden Abend mit Maureen beschließen zu können, gingen wir vom Winter Garden zum Sarah Bernhardt.

Wir hatten kein Glück.

Als wir ankamen, war es im Theater völlig still, und weder das Geschnatter der eintrudelnden Schauspielerinnen noch der Lärm der Bühnenbauer waren zu hören. Ein Blick auf meine und auf Jaynes Armbanduhr zeigte, dass wir weder zu früh noch zu spät dran waren, auf meine Nachfrage hin bestätigte Jayne außerdem, dass wir uns nicht in der Zeit vertan hatten.

»Sechs«, sagte sie. »Ich schwöre es beim Leben meiner Mutter.«

Wir gingen nach oben zu den Probenräumen, die wir ebenfalls leer vorfanden – abgesehen von einer noch glimmenden Zigarette im Aschenbecher auf dem Klavier.

»Das ist ja merkwürdig«, sagte Jayne.

Meine Nackenhaare fanden das auch. In den *Amazing Stories* hatte ich eine Geschichte gelesen, in der der eifrige Held feststellen muss, dass während seines kurzen Mittagsschlafs die ganze Welt um ihn herum hopsgegangen ist. Was, wenn alle Regisseure, Tänzer und Schauspielerinnen verschwunden waren? Würde ich dann endlich eine vernünftige Rolle bekommen?

»Lass uns mal zu Fridays Büro gehen«, meinte ich.

Jayne folgte mir durch den Probenraum der Schauspielerinnen zu der Tür, die Minnie mir gezeigt hatte, und in den Flur des Verwaltungstrakts. Fridays Tür war geschlossen, aber durch den Türschlitz unten sickerte Licht. Zwei in ein Gespräch verstrickte Stimmen waren zu hören: Die eine Fridays Bariton, die andere ebenfalls männlich, aber sehr hoch und nervös.

»Wer ist denn der zweite Knilch?«, fragte ich Jayne leise.

Sie beugte sich zum Türknauf hinunter und schaute durchs Schlüsselloch. Eine Sekunde später richtete sie sich wieder auf und zog mich zur Seite. »Der nervöse Typ vom Vortanzen. Weißt du noch, der, der irgendwas im Auge hatte?«

Den hatte ich ganz vergessen. »Was macht der denn hier?«

Jayne legte einen Finger an die Lippen und beugte sich hinab. Ich tat es ihr gleich, wobei ich meinen Kopf auf ihrem ablegte – wir müssen wie ein Totempfahl ausgesehen haben.

»Es tut mir leid, Mr. Friday. Aber dafür haben wir kein Geld.«

»Nie gibt's Geld, verdammt noch mal! Ich werde hier ausgequetscht wie eine Orange, aber den Saft trinken dann andere.«

»Sir, Sie wissen, wie teuer die Show ist.«

»Glauben Sie, ich hätte noch nicht an allen Ecken und Enden gespart? Und was bekomme ich dafür? Eine Kastastrophe nach der anderen. Und jetzt hat auch noch die Presse Wind davon gekriegt.« Zeitungspapier raschelte. »Hat Vinnie schon die Zeitungen von heute gesehen? Sie sagen jetzt schon voraus, dass die Show ein Reinfall wird, dabei wissen sie das mit Olive ja noch gar nicht.«

»Mr. Garvaggio hat gesagt, dass er sich darum kümmert.«

»Ja, ich kann mir schon denken, wie er sich kümmert. Danke nein. Wir sollten die ganze Show abblasen. Sofort. Auch, um unsere Einbußen in Grenzen zu halten.«

»Sie müssten dann aber trotzdem bezahlen ...«

»Das weiß ich, Sie Idiot. Wir sind doch alles schon durchgegangen, tausend Mal sind wir das doch schon durchgegangen.« Bewegung war zu hören, dann ein gedämpftes Stöhnen. »Machen Sie sich vom Acker«, sagte Friday. »Ich will Ihre Visage heute nicht mehr sehen.«

Jayne und ich huschten auf die andere Seite des Flurs und drückten uns gegen die Wand. Sekunden später kam der nervöse Mann mit der riesigen Brille aus Fridays Büro. Er drückte ein Kontenbuch an die Brust und hatte die Stirn in so tiefe Falten gelegt, dass sie seinem Gesicht als Regenschutz getaugt hätte.

»Buchhalter?«, meinte ich zu Jayne.

»Was sonst?«

Wir schauten uns an, darauf wartend, dass eine von uns einen Vorschlag machte, wie wir weiter vorgehen sollten. Jayne atmete tief ein, wobei sie ihren Busen zu nahezu skurrilen Proportionen aufblähte, und ging dann zur Tür.

»Mr. Friday?«

Seine Stimme klang immer noch gedämpft. »Was ist denn?«

Ohne auf eine Einladung zu warten, drehte Jayne den Knauf, und wir gingen hinein. Friday saß am Schreibtisch, eine halbleere Literflasche Scotch vor sich. Um ein Glas hatte er sich gar nicht erst gekümmert – brauchte man ja auch nicht, wenn man sowieso vorhatte, die ganze Flasche zu leeren. »Wir sind's, Sir, Jayne Hamilton und Rosie Winter. Wir dachten, dass wir um sechs proben, aber es sieht nicht so aus, als ob jemand da wäre.«

»Wurden Sie denn nicht angerufen?«

»Wir waren den ganzen Tag unterwegs«, sagte Jayne.

»Die Proben sind bis auf Weiteres abgesagt. Geht nach Hause, Mädchen.« Mit roten Augen blickte er wieder auf die Flasche und griff mit geschwollener Hand danach. Mit der Zunge fuhr er sich schnell über die Vorderzähne und machte dazu ein saugendes Geräusch.

Wir wechselten einen irritierten Blick und drehten auf dem Absatz um.

»Warten Sie.« Die Flasche führte einen taumelnden Tanz auf dem Schreibtisch vor. Mit zitterndem Finger deutete er auf mich. »Was haben Sie für eine Kleidergröße?«

Ich versuchte, meinen Oberkörper so gut wie möglich mit den Armen abzuschirmen. »Warum wollen Sie das denn wissen?«

Er stand unsicher auf und blieb schwankend stehen. »Verstehen Sie's nicht falsch. Aber können Sie eine 36 tragen?«

Das war das Gute am Armsein: Man hatte nie genug Geld, um sich zu überfressen. »Sicher. Warum?«

»Können Sie spielen?«

Ich stemmte die Hände in die Hüften und blickte streng auf ihn herab. »Was glauben Sie, was ich hier gerade mache?«

Er kam so nahe, dass ich die roten Äderchen, die seinen Augapfel durchzogen, erkennen konnte. »Wir wissen alle, dass Sie eine lausige Tänzerin sind. Wie sieht's mit Ihrer Stimme aus?«

»Soll ich sechzehn Takte singen oder glauben Sie mir auch so?«

Als wir das Zimmer betreten hatten, war mir nicht aufgefallen, wie mitgenommen er wirklich aussah. Sein Anzug war zerknittert, das Hemd hing heraus und die Hose hatte er eindeutig einem sehr viel fülligeren Mann geklaut. »Es könnte klappen«, sagte er jetzt. »Es könnte definitiv klappen.«

»Würden Sie uns vielleicht einweihen, um was es hier gerade geht?«, fragte Jayne.

»Olive Wright ist im Krankenhaus.«

Das hatte er also gemeint. »Aber wir haben sie heute Morgen doch noch gesehen«, sagte ich. »Bei der Beerdigung von Paulette.«

»Ja, aber kurz darauf ist sie von einem Auto über den Haufen gefahren worden. Sie hat sich beide Beine, den Hüftknochen und das Schlüsselbein gebrochen.«

»Wow.« Ich machte ein paar Schritte rückwärts und sank in einen Sessel. Teilnahmsvoll begannen jetzt auch meine Beine zu schmerzen. »Die arme Olive.«

»Die arme Olive? Ich Armer! Das ist der Todesstoß für diese Produktion! Bevor Sie hier reingekommen sind, habe ich gedacht, ich kann ein für alle Mal dichtmachen.«

»Und was haben wir jetzt daran geändert?«, fragte Jayne.

»Ich brauche eine neue Sue Kane. Rosie hier hat genau die richtige Größe, wir sollten es also einfach mal ausprobieren.« Er nahm mich an der Hand, zog mich hoch und drehte mich um meine eigene Achse. Während ich um ihn herumwirbelte, bekam ich einen Hauch seiner Nachmittagsfahne ab.

Ich befreite mich aus seinem Griff und wich vor seinem Mundgeruch zurück. »Nichts für ungut, Mr. Friday, aber verstehe ich das richtig? Ich bekomme eine Rolle, weil ich in das Kostüm passe? Wollen Sie nicht lieber ein neues Vorsprechen veranstalten?«

»Das wird er nicht erlauben. Ich kenne ihn. Und die Kohle, um neue Kostüme anfertigen zu lassen, wird er mir auch nicht geben. Nein, nein, Sie sind perfekt, und als Bonus wird sich die Tanz-Frau einen Ast freuen, Sie los zu sein.« Sein Gesicht verfärbte sich vor Freude und Alkohol dunkelrosa. »Seien Sie ein Schatz! Die meisten Mädchen wären sehr gern bei einer meiner Inszenierungen dabei, und außerdem bekommen Sie ja nicht einfach nur eine Rolle: Sie bekommen eine Hauptrolle!«

Es gab nichts, worüber ich hätte nachdenken müssen. Natürlich würde ich das machen – mit der Rolle hätte ich sehr viel leichteren Zugang zu Paulettes Freundinnen. Außerdem konnte ich mir so die Demütigung in der Ballettgruppe ersparen.

»Sie haben Recht«, sagte ich zu Friday. »Diese Gelegenheit darf ich mir nicht entgehen lassen.«

14 Mach's gut, Mädchen

Friday nannte mir den nächsten Probentermin und drückte mir ein Textbuch in die Hand sowie einen betrunkenen Kuss auf den Süden meiner Nase. Da wir dort nichts weiter zu tun hatten, verließen Jayne und ich das Theater und marschierten zu Horn and Hardart, wo wir unsere Taschen ausleerten, bis wir genügend Kleingeld für zwei Tassen Kaffee zusammenhatten. Sobald wir an einem Tisch saßen, wendeten wir uns der drängendsten Frage des Tages zu: Was war los am Sarah Bernhardt?

»Friday ist eindeutig in einer verzweifelten Lage«, sagte Jayne.

Ich schüttete mir Kondensmilch in den Kaffee und schob das Kännchen zu Jayne hinüber. »Du hast natürlich Recht, aber könnten wir, um mein Ego zu erfreuen, nicht so tun, als ob er eine kluge Entscheidung getroffen hätte?«

»Ich meine ja nicht, weil er dir die Rolle gegeben hat. Ich meine nur, dass er die Produktion unter allen Umständen am Laufen halten will.«

»Das ist wahr.«

»Überleg mal, was in der letzten Woche passiert ist.« An ihrem Besteck zählte Jayne die Unglücksfälle ab. »Erst wird seine Hauptdarstellerin ermordet und er steht mit einer Schauspielerin zu wenig und in der Presse schlecht da.«

»Korrekt.«

Sie schob ihr Messer nach vorne. »Sein Tanzensemble wird zusammengestellt, allerdings eindeutig nicht so, wie er es sich vorgestellt hat.«

»Immerhin bist du da drin, oder? Du bist doch alles andere als eine Niete.« Jayne hob eine Augenbraue, und endlich verstand ich, warum jemand eine richtig gute Tänzerin mit einem Haufen Trottel zusammensteckte. Jayne war nur dafür da, die anderen noch schlechter aussehen zu lassen. Sogar das tumbste Publikum würde merken, dass sie allen anderen um Längen voraus war. »Maureen hat ja anklingen lassen, dass jemand sie absichtlich hereingelegt hat. Aber wer?«

»Was glaubst du denn?« Jayne beugte sich zu mir herüber und senkte die Stimme. »Garvaggio.«

»Aber warum? Er hat doch alles ganz prächtig für sich eingefädelt: Er hat ein Gebäude, das er nutzen kann, wie es ihm beliebt, und einen verzweifelten Produzenten, der ihm die Taschen mit Geld füllt.«

Jayne zeichnete meine Denkfehler auf ihrem Platzdeckchen nach. »Er wird sein Geld nicht zurückbekommen, wenn die Produktion kein Geld einspielt. Vielleicht hat er das Manuskript erst jetzt gelesen und gemerkt, wie hoffnungslos die ganze Sache ist.«

»Dafür hätte er aber auch vorher schon mehr als genug Zeit gehabt. Diese Sabotageakte haben erst vor kurzem angefangen. Es muss etwas anderes vorgefallen sein, um ihn dazu zu bringen.«

Wir brachen vom Automatenrestaurant auf und gingen die Seventh Avenue Richtung Times Square hinunter. Es war kurz vor halb acht, und vor dem Paramount Hotel standen Kinder in einer langen Schlange, die vor Aufregung summte. Über die Aushänge in den Schaukästen erfuhren wir die beiden Gründe für ihre Vorfreude: Der Baseballspieler Babe Ruth sollte höchstpersönlich in Erscheinung treten, um Jugendliche zur Unterstützung der Kriegsanstrengungen zu animieren, außerdem sollte es eine Abendvorstellung des Metro-Goldwyn-Mayer-Technicolor-Zeichentrickfilms *Who Killed Who?* geben. Wenn man sich die Plakate ansah, konnte man für Babe Ruth nur hoffen, dass er als Erster dran war: In dem Film kamen nämlich ein sprechender Hund *und* der Weihnachtsmann vor.

Jaynes Blick schweifte auf die andere Straßenseite. »Kennen wir die nicht?«

In der einbrechenden Dämmerung suchte ich nach der Gemeinten. »Wen, die?«

Sie zeigte auf eine große Braunhaarige, die ihren Arm um einen blau gekleideten Mann geschlungen hatte. Es war Zelda. Als ich ihr zuwinkte, winkte sie zurück. Sie schaute nach links und nach rechts, und erst als sie sicher war, dass die Straße frei war, zog sie den Soldaten hinter sich her über die Straße und begrüßte uns.

»Du bist Jayne, oder?«, fragte Zelda. Meine Freundin nickte, woraufhin Zelda sich vorstellte und ihr eine schwarz behandschuhte Hand hinstreckte. Das Komplet, das sie bei der Beerdigung getragen hatte, hatte sie durch einen wadenlangen schwarzen Nerzmantel und einen lustigen kleinen Hut ergänzt, dem recht wahllos Netzchen, Bändchen und Blümchen entsprossen. »Du leistest Fantastisches im Ensemble. Es ist eine Schande, dass du kein Solo bekommst.«

»Danke«, sagte Jayne, die versuchte, von Zelda nicht allzu beeindruckt zu sein, aber schon dabei war, diesen Kampf zu verlieren. »Das ist ja mal ein Mantel.«

»Das alte Ding?« Zelda zwinkerte und streckte anmutig einen Arm nach ihrem Begleiter aus. »Übrigens, das hier ist Captain …«

»George Pomeroy«, beendete ich den Satz für sie. Paulettes Verlobter stand in Habachtstellung da, sah aber insgesamt sehr viel weniger verdrießlich aus als am Morgen noch.

»Richtig.« Zelda legte die Stirn in Falten. »Kennt ihr euch?«

»Wir sind uns in Paulettes Wohnheim begegnet«, sagte der Captain.

»Natürlich. Das hatte ich ja ganz vergessen. Ich zeige George ein bisschen die Stadt. Wir wollten gerade auf einen Happen zu Longchamps.« Die Vertrautheit, die die beiden auf der anderen Straßenseite noch an den Tag gelegt hatten, war verschwunden. Sich bei ihm unterzuhaken schien das Letzte zu sein, wonach ihr der Sinn stand. »Habt ihr schon das mit Olive mitbekommen?«

Ich nickte. »Wir kommen gerade vom Theater. Walter hat's uns erzählt. Hast du sie schon besucht?«

Zelda kam einen Schritt näher und senkte die Stimme. »Ich war bei ihr, als sie angefahren wurde.«

»Wie ist das denn passiert?«, fragte ich.

Zelda strich sich ein Stückchen Tüll aus den Augen. George schaute dieser Handbewegung mit einem merkwürdig sehnsüchtigen Ausdruck zu. Musste er an Paulette denken oder wäre er gern dieser kleine grelle Hut? »Es war äußerst komisch. Nach dem Gottesdienst sind wir aus der Kirche raus und auf der Suche nach einem Taxi Richtung Uptown gegangen. Die Ampel war grün und wir überquerten gerade die Third Avenue, als plötzlich wie aus dem Nichts dieses Auto auftauchte und in sie reinfuhr.«

»Da hast du aber Glück gehabt, dass du nicht auch noch erwischt worden bist.«

»Das kannst du laut sagen. Dafür kann ich mich bei meinen Schuhen bedanken.« Sie streckte mir einen schwarzen Pump von Ferragamo entgegen. Das T-Lederriemchen, von dem ein Teil oder mehrere fehlten, war nicht geschlossen. »Die Schnalle ist abgegangen, kurz bevor wir über die Kreuzung wollten, und ich habe mich hinuntergebeugt, um sie wieder festzukriegen. Wer weiß, was passiert wäre, wenn ich weiter neben ihr hergegangen wäre.«

»Diesen Schuhen solltest du treu bleiben«, sagte Jayne.

Zeldas Fuß stellte sich wieder in Reih und Glied neben den anderen. »Du sagst es. Man muss sich das mal vorstellen: Wenige Sekunden vorher war ich außer mir vor Wut, dass ich doch tatsächlich fünfzig Dollar in kaputte Schuhe investiert hatte.«

Ich glaube, mir stockte wegen des Preises hörbar der Atem. Für fünfzig Dollar könnte ich mir fünf Paar Schuhe kaufen und hätte immer noch genug übrig, um mir ordentlich die Kante zu geben.

Jayne bügelte meinen Fauxpas wieder aus. »Hat das Auto denn angehalten?«, fragte sie.

»Um Himmels willen, nein. Wer auch immer da dringesessen hat, ist weitergefahren. Gott sei Dank war George gerade in der Nähe. Er war der Einzige, der die Ruhe bewahrt hat – er hat sie von der Straße getragen und den Krankenwagen gerufen.«

George betrachtete mit Hingabe den Bürgersteig. Sich durch Heldenmut auszuzeichnen, gefiel ihm gar nicht. Schade nur, dass er beim Militär gelandet war.

»Kommt Olive wieder in Ordnung?«, fragte Jayne.

»Wahrscheinlich. Aber sie muss für mindestens sechs

Wochen ruhig liegen. Sie ist draußen im New York City Hospital.«

»Auf Welfare Island?«, fragte ich. Das war eine ganz schöne Tour. Es überraschte mich, dass sie nicht irgendwo in der Nähe untergebracht war.

»Ihr Vater arbeitet da draußen, und er hat darauf bestanden, dass sie sich dort erholt, wo er ein Auge auf sie haben kann.« Deswegen also sah Olive immer so picobello aus: Sie kam aus einer Bonzenfamilie. Vielleicht verteilte sie ihren Reichtum ja auch ein bisschen auf ihre Freundinnen um. »Keine Ahnung, was Walter jetzt macht. Ich habe schon munkeln hören, dass er Minnie in Olives Rolle steckt und die Myra neu besetzt.«

Jayne gab mir mit dem Ellbogen einen Stoß in die Rippen. Als ich auf diesen Fingerzeig nicht reagierte, räusperte sie sich und lächelte Zelda von unten an. »Es sieht wohl so aus, als ob Rosie für Olive einspringt.«

»Wirklich?« Zeldas Stimme klang hoch und piepsig, so ähnlich wie der Kinderpulk, an dem wir eben vorbeigekommen waren. »Das ist klasse, wirklich richtig klasse. Olive wird sich einen Ast freuen, dass du sie vertrittst.«

»Besser als in der Tanzgruppe werde ich mich schon schlagen«, sagte ich.

Wir gingen zum Shaw House zurück, um uns dort zu überlegen, was wir mit einem unserer zweifellos letzten freien Abende anfangen wollten. Ich tendierte dazu, zu Hause zu bleiben. Jayne wollte unbedingt auf die Bowlingbahn in der Radio City. Weil aber eine einzige Kegelrunde schon einen Vierteldollar kostete, trug mein Vorschlag den Sieg davon.

»Meinst du, sie ist auf ein Abenteuer aus?«, fragte ich Jayne.

»Wer?«

»Zelda. Sie und Captain Pomery schienen ja schon ganz schön dicke zu sein. Und als sie das Bein ausgestreckt und uns ihren kaputten Schuh gezeigt hat, ich sage dir, da sind ihm fast die Augen aus dem Kopf gefallen.«

Jayne machte den Reißverschluss ihres schwarzen Kleides auf und schob es über den Hüfthalter. »Und wenn schon? Wenn ich mit jemandem verlobt gewesen wäre, der sich nebenher noch mit so vielen anderen Männern vergnügt, würde ich auch die erste sich bietende Gelegenheit zum Fremdgehen beim Schopfe packen.«

»Ich stelle ja nicht seine Moral infrage, sondern ihre.«

Jayne schnitt eine Grimasse und machte ihren Hüfthalter los. »Eine Frau, die fünfzig Dollar für Schuhe übrig hat, spielt nicht in derselben Liga wie du und ich.«

»Da hast du Recht.« Ich breitete die Zeitung auf dem Bett aus und wappnete mich für meine tägliche Dosis furchtbarer Neuigkeiten. Die neue Gefallenenzahl der Marine war draußen: 24 271 Tote seit Pearl Harbor. Die Stadt kaufte Viehbestände auf, um die Fleischzufuhr für öffentliche Einrichtungen zu gewährleisten. Wir hatten vierzehn japanische Flugzeuge, die Neuguinea bombardieren wollten, außer Gefecht gesetzt. Und die New Yorker Einwanderungsbehörde hatte ein Dutzend französische Matrosen in Gewahrsam genommen, denen von der französischen Kriegsmarine Fahnenflucht zur Last gelegt wurde.

Ich blätterte vor zu den Theater-Nachrichten. Am

Morosco Theatre war das neue Kriegsdrama *Männer im Schatten* angelaufen. *Wir sind noch einmal davongekommen* würde als Benefiz-Matinee zugunsten des Bühnenhilfsfonds einmalig aufgeführt werden. Und dann war da noch ein Dorn für Walters Auge: ein Artikel, der unter der Überschrift »Mord und Totschlag: Sollte *In den Süden* nicht besser *Ins Ungewisse* heißen?« die jüngsten Probleme katalogisierte, die seine Produktion heimgesucht hatten.

»Was glaubst du, wofür Garvaggio das Bernhardt braucht?«, fragte ich Jayne.

Sie tauschte ihr Kleid gegen den Kimono und begutachtete den Zustand ihrer lackierten Fingernägel. »Als Lager wäre das einzig Sinnvolle.«

»Wie kommst du denn da drauf?« So war das mit Jayne: Man musste nur ihre Stimme und ihren Körperbau ignorieren, dann sah man, dass sie blitzgescheit war.

»Das Gebäude ist riesengroß«, antwortete sie. »Wenn man in dieser Gegend ein Haus von dieser Größe braucht, dann will man etwas hineintun.«

Die Vorstellung, dass man den Keller des Bernhardt vielleicht in einen Männerclub oder ein Casino verwandelt hatte, hatte mir besser gefallen – nicht, dass eine dieser Unternehmungen illegal gewesen wäre, aber eben doch sehr viel aufregender als Kisten voller Hehlerware.

»Und was lagert er da?«, fragte ich weiter. »Es muss etwas Besonderes sein, etwas, das er nirgendwo sonst lagern kann. Also etwas, für das man eine Räumlichkeit entweder von der Größe des Bernhardt oder eben genau an diesem Ort braucht.«

Jayne zuckte mit den Schultern. »Keine Ahnung.«

»Ich wette, Tony weiß es.«

Darauf antwortete sie nicht, sondern konzentrierte sich voll und ganz darauf, lose Haare aus Churchills Rückenfell zu klauben.

»Meinst du, er würde es dir sagen?«

»Fraglich.« Etwas Faszinierenderes als Knäuel aus Katzenhaaren war ihr offenbar noch niemals untergekommen. Anders konnte man sich ihr Verhalten nicht erklären.

»Darfst du darüber nicht reden?«

»Doch, aber über Vinnie Garvaggio nicht.« Sie hörte auf, Churchill zu striegeln, und versuchte, an ihren Fingern klebende Katzenhaare wegzuschnipsen. »In Tonys Anwesenheit darf ich seinen Namen nicht mehr erwähnen.«

Ich fühlte mich, als wäre ich erst nach der Hälfte des Films ins Kino gekommen. Eines deutschen Films. Im Original ohne Untertitel. »Seit wann?«

»Seit dem Abend, an dem wir uns *They Got Me Covered* angesehen haben.«

Kein Wunder, dass sie schlechte Laune gehabt hatte. Nicht nur sie hatte an diesem Abend ein Ultimatum gestellt.

»Das klingt nicht gerade sehr fair. Ich meine, du tanzt immerhin in einer Produktion von dem Kerl. Tony kann doch nicht erwarten, dass du darüber überhaupt nicht sprichst.«

Churchill rückte wieder in den Mittelpunkt ihrer Aufmerksamkeit. Wenn das so weiterging, würde ich ihn kahl rasieren müssen. »Du weißt doch, wie Tony ist«, druckste sie.

»Nicht wirklich. Nein.« Tony B. – groß, imposant und Teil eines großen illegalen Netzwerks – hatte noch nie zu meinen Lieblingen gehört. Aber wenn sich die beste Freundin verliebt, stellt man ihren Männergeschmack nicht in Frage, jedenfalls nicht, wenn man nicht vorhat, ihr eine Freikarte dafür auszustellen, dasselbe auch umgekehrt zu tun. »Jayne, was bekomme ich hier nicht mit?«

Sie ließ ihren Kopf sinken und redete mit Churchills Hinterteil. »Er weiß gar nicht, dass ich bei der Show mitmache.«

»Aber du hast doch gesagt, dass du ihn über Garvaggio ausgefragt hast.«

Sie hob den Kopf und sah mir widerstrebend in die Augen. »Er hat geredet, ich habe zugehört. Er hat gesagt, dass Garvaggio eine ganz schlechte Nachricht sei und ich den Job nicht annehmen dürfe. Ich sollte mich so weit von ihm fernhalten wie nur menschenmöglich.«

»Aber warum hast du den Job dann trotzdem angenommen?«

Vor Entrüstung klappte Jayne die Kinnlade runter. »Ich gehöre ihm doch nicht, und er hat nicht das Recht, mir zu sagen, was ich tun und was ich lassen soll!«

Geschlagen hob ich die Hände. »Schon gut. Sagt ja niemand, dass es so ist. Aber wenn du das so siehst, warum hast du ihn dann angelogen und ihm gesagt, dass du das Engagement abgesagt hast?« Sie brauchte mir ihren Beweggrund nicht zu nennen. Es war offensichtlich. Jayne wollte zwar ihren Kopf durchsetzen, aber nicht die Konsequenzen dafür tragen, vor allem, weil eine der Konsequenzen geheißen hätte, Tony ein für alle Mal zu verlieren. Ihn anzuschmieren war eine Sache, von ihm den Laufpass zu bekommen, eine ganz andere.

»Er wird es herausbekommen«, sagte ich.

Jayne stand auf und ging zu ihrem Schminktisch. »Ich werde einen Künstlernamen benutzen.«

»Wird er es nicht ein bisschen verdächtig finden, wenn du ganz plötzlich an keinem Wochenende mehr Zeit hast?«

»Bevor das losgeht, werde ich es ihm sagen.«

»Wirklich?«

Daraufhin lächelte sie schmallippig in den Spiegel. Ohne eine Antwort darauf würde ich sie später schlecht zur Verantwortung ziehen können.

»Es ist dein Leben«, meinte ich deshalb nur.

Am nächsten Vormittag machte ich mich schon vor Jayne auf den Weg zur Probe, um mich noch in Ruhe sammeln zu können. Die anderen Schauspielerinnen waren schon alle am Theater, nur Friday war noch nicht aufgetaucht. Zelda machte in einer Ecke Stimmübungen zum Aufwärmen. Izzie saß im Zuschauersaal und strickte.

Als sie mich kommen sah, winkte sie. Ich grinste sie an und ließ mich in den Sessel neben ihr fallen. »Zelda hat gesagt, du bist die neue Olive«, meinte sie.

»Wenn Friday inzwischen keine bessere Idee gekommen ist, scheint das der Fall zu sein.« Krampfhaft suchte ich nach einem fluffigen Übergang zum Thema Paulette. »Diese Trauerfeier gestern war ja was.«

Izzies Stricknadeln bewegten sich mit bemerkenswerter Geschwindigkeit und machten aus einem marineblauen Garnknäuel einen schmalen Schlauch. »Schon, oder? Den ganzen Morgen über habe ich eine solche Nähe zu Paulette gefühlt. Ich hatte den Eindruck, dass sie richtiggehend anwesend war.«

»Es ist erstaunlich, wie viele Freunde sie gehabt hat.«

»Ich weiß. Habe ich auch schon zu Zelda gesagt: Wenn ich morgen abtreten würde, könnte ich froh sein, wenn gerade mal ein Dutzend Leute kämen, um sich zu verabschieden.« Auf der Bühne stieg Zeldas Stimme zum Do-Re-Mi in höchste Höhen und fiel in tiefste Tiefen.

Die nächsten Worte wählte ich mit Bedacht. »Ich wusste gar nicht, dass Paulette zwei Mal verheiratet gewesen ist. Und verwitwet. Das muss ja furchtbar für sie gewesen sein.«

Izzies Nadeln verharrten. »Sie hat nicht gern darüber geredet. Paulette konnte mit ihrer Trauer nicht besonders gut umgehen.«

Wer konnte das schon? Ich nickte weihevoll. »Ist sie deshalb nach New York zurückgekommen?«

Zelda hatte aufgehört zu singen und versuchte sich jetzt an einem Zungenbrecher: Zwanzig Zwerge zeigen Handstand, zehn im Wandschrank, zehn am Sandstrand. Zehn am Sandstrand, zehn im Wandschrank zeigen zwanzig Zwerge Handstand. »Paulette brauchte Leute um sich, die sich um sie kümmerten. Sie fühlte sich sehr ... allein, nachdem das alles passiert war. Ich glaube, sie hat irgendwann gedacht, dass ein Fluch auf ihr lastet.«

Ich hatte also richtiggelegen. Was wäre passiert, wenn nicht sie, sondern George gestorben wäre? Hätte sie den Männern abgeschworen oder hätte sie weiter ihr Schicksal herausgefordert, bis sie verrückt geworden wäre?

Was würde ich tun, wenn Jack für tot erklärt werden sollte? Würde ich das jemals verwinden, oder würde ich davon ausgehen, dass jede künftige Beziehung auf ähnliche Weise verdammt wäre?

»Alles in Ordnung, Rosie?«

Mit einem Kopfschütteln holte ich mich in die Realität zurück. »Entschuldigung. Ich bin in Gedanken abgeschweift. Es muss unglaublich schwer für sie gewesen sein, nach jedem Todesfall wieder weiterzumachen.«

»Was hat man schon für eine Wahl? Wenn jemand dich liebt – *wirklich* liebt –, dann würde er sicher nicht wollen, dass du bis ans Ende deiner Tage unglücklich bist.«

Interessanter Gedanke. Ich war immer davon ausgegangen, dass die Toten Treue genauso einforderten wie die Abwesenden. »Was machst du da?«

Izzies Stricknadeln kamen wieder in Bewegung. »Socken.«

»Für einen Freund?«

»Für alle, die sie haben wollen. Ich stricke jede Woche einige Paare und schicke sie nach Übersee.«

»Wow. Ich würde im ganzen Jahr nicht einen einzigen Socken fertig kriegen.«

»Ich stricke schnell. Ist aber auch das Mindeste, was ich tun kann. Im Ersten Weltkrieg hatte mein Vater Fußbrand. Er hat immer gesagt, was für ein himmelweiter Unterschied es gewesen wäre, wenn er ein zusätzliches Paar saubere, trockene Socken gehabt hätte.«

Ich wusste nicht, was Fußbrand war, aber es war eindeutig etwas, was es zu vermeiden galt.

»Letztes Jahr zu Weihnachten haben wir zu viert drei Dutzend Paar gemacht. Danach hatte ich mir geschworen, nie wieder etwas zu stricken, aber im Vergleich zu vielem anderen ist es doch nur eine Kleinigkeit, weißt du?«

Und ob ich das wusste. Wenn ich von der Gedenkveranstaltung im Winter Garden auch sonst nichts mitgenommen hatte, so wusste ich jetzt doch, dass ich absolut nichts Nützliches tat.

»Was machst du sonst noch so?«, fragte ich. »Um zu helfen, meine ich.«

»Sicher nicht genug, das kann ich dir sagen. Wir spenden natürlich alle Blut. Und wir haben alle Brieffreunde. Wenn es wieder wärmer wird, möchte ich einen Kleingarten anlegen. Bevor ich hier in dieser Show angefangen habe, habe ich noch bei der Theatergewerkschaft mitgeholfen, Essen auszufahren, aber jetzt habe ich dafür keine Zeit mehr.«

»Ruby hat erzählt, dass ihr auch in die Stage Door Canteen geht?«

Sie unterdrückte ein Gähnen. Blutunterlaufene Augen legten Zeugnis ab von einer langen Tanznacht. »Das kann man aber kaum Arbeit nennen. Wir bereiten dort zwar ein bisschen Essen zu, gehen aber eigentlich aus Spaß hin.«

Vor Jahren schon hatte ich mir geschworen, dass ich, um die mit unserem Beruf einhergehende Selbstbezüglichkeit auszugleichen, ein guter Mensch werden würde, sobald ich berühmt war. Ich würde freiwillig für die Bühnenhilfe arbeiten, Geld spenden und meinen Namen sowie mein Gesicht für wohltätige Zwecke hergeben. Natürlich war ich von alldem noch weit entfernt – es war ein hypothetisches Versprechen gewesen, das ich nie einlösen musste, falls aus mir nicht mehr werden sollte als bislang. Und es war einfach, ein Versprechen an Bedingungen zu knüpfen, die sich höchstwahrscheinlich nie einstellen würden.

Izzie, Zelda und Olive mussten keine leeren Versprechungen machen. Sie führten schon das Leben, das auch ich hätte führen sollen. Sie unterhielten die Soldaten in der Stage Door Canteen. Sie strickten Socken für sie. Sie schrieben Brieffreunden und spendeten Blut. Und was machte ich? Klagte über zensierte Briefe, einen armseligen Tanzjob und einen Mann im Gefängnis, der wahrscheinlich genau das bekam, was er verdiente. Von der Heiligsprechung war ich noch sehr, sehr weit entfernt.

»Rosie?« Izzie hatte aufgehört zu stricken und legte mir eine Hand auf die Schulter. »Geht's dir gut?«

»Ich möchte auch helfen«, sagte ich. »Was kann ich tun?«

Als Antwort auf meine Bitte, einen Beitrag zu den Kriegsanstrengungen leisten zu dürfen, drückte Izzie mir das Wollknäuel in die Hand und bat mich, den Faden straff zu halten. Es war nicht wirklich das, was mir vorgeschwebt hatte, aber man musste wohl irgendwo anfangen. Eine Heilige wurde man nicht von einem Tag auf den anderen.

Der Strumpf war um acht Zentimeter gewachsen, als Walter Friday endlich erschien. Die dunkelgrauen Flecken unter seinen Augen sprachen Bände – entweder hatte er mit dem Boxen angefangen oder das Schlafen aufgegeben. Er trug denselben Anzug wie am Vortag, und obwohl er das Hemd wieder in die Hose gesteckt und die Krawatte gerade gerückt hatte, sollten alle sehen, dass er die Kleider, die er im Moment des Kollapses getragen hatte, bis zum Letzten tragen würde.

»Guten Morgen, die Damen.« Er lallte. Wie viel Whiskey er wohl schon in seinen Frühstückskaffee gekippt hatte? Ob ich wohl etwas davon abhaben könnte? »Sie wissen sicher schon alle, dass ab jetzt Rachelle für Olive einspringt.«

Ich schaute mich nach dieser mysteriösen Rachelle um, die mir meine Rolle wieder abgeluchst hatte, aber Friday kam auf mich zu.

»Rosie«, flüsterte ich. »Ich heiße Rosie.«

»Habe ich das nicht gerade gesagt?«

Ich schüttelte den Kopf. Zelda verbiss sich ein Lachen. Izzie blickte gen Himmel, und Minnie sah aus, als hätte ihr jemand in den Hintern gekniffen.

Trotz meiner nicht ganz idealen Einführung verlief die Probe erstaunlich gut. Auch wenn ich keineswegs nahtlos in Olives Rolle schlüpfte, waren Zelda und Izzie doch derart hingebungsvolle Schauspielerinnen, dass sie mich, wenn ich mir unschlüssig war, was ich als Nächstes tun sollte, buchstäblich an die Hand nahmen. Minnie war nicht so entgegenkommend. Wie ich bereits festgestellt hatte, war sie nicht schlecht, spielte aber wie in einer Blase, so dass ihre Worte nie ganz die Person erreichten, an die sie sich richteten.

Man erzählte sich, dass Friday zu seiner Glanzzeit ein monomaner Regisseur gewesen war, einer von der Sorte, die in ihrem Büro vor einer Bühnenattrappe sitzen und Schachfiguren als Schauspielerersatz so lange herumschieben, bis sie exakt die Position eingenommen haben, die sie haben sollen. Man erzählte sich auch, dass er manchmal sogar auf die Bühne geklettert war und die Darsteller so lange unsanft herumgeschubst hatte, bis sie genau das taten, was er wollte. Heute aber hing er, während wir arbeiteten, in einem Sessel und schützte die Augen mit einer Sonnenbrille vor dem Bühnenlicht. Man konnte unmöglich sagen, ob er mit unserem Tun zufrieden war oder ob er die Gelegenheit ergriffen hatte, etwas notwendigen Schlaf nachzuholen.

»Ist er immer so?«, fragte ich Izzie. Wir machten zu dritt Mittagspause in dem Imbiss auf der anderen Straßenseite und aßen, was die Karte als Pfeffersteak angepriesen hatte, was aber verdächtig nach Hühnchen schmeckte.

»Nein«, sagte Izzie. »Die ganze Sache mit Olive hat ihm fürchterlich zugesetzt.«

»Weil er nicht glaubt, dass die Inszenierung das aushält?«, fragte ich.

»Nimm's nicht persönlich, Rosie«, meinte Zelda. »Du machst das großartig. Er hat einfach innerhalb von zwei Wochen drei Schauspielerinnen aus seiner Traumbesetzung verloren. Als Ruby neu dazukam, war er genauso.« Ich hatte Ruby ihre Behauptung, dass sie eine lebende Legende sei, immer so selbstverständlich abgekauft, dass es mich geradezu schockierte zu hören, wie wenig glücklich Friday zunächst gewesen war, als sie einsprang.

»Was haltet ihr denn von alldem?«, fragte ich in die Runde. »Wart ihr jemals an einer Produktion beteiligt, bei der es so viele … Probleme gab?«

»Das ist der Euphemismus des Jahres«, sagte Zelda. Sie zündete sich eine Zigarette an und starrte auf deren Spitze, als sei sie überrascht, dass sie brannte. »Als Paulette ermordet wurde, sah alles noch nach unglaublichem Pech aus, aber dann sind Ruby krank und Olive angefahren worden …«

»Im Ballettensemble hat es auch Probleme gegeben«, sagte ich. »Sowohl ich als auch ein anderer Tänzer sind auf etwas ausgerutscht. Und falls es euch noch nicht aufgefallen sein sollte: Die allereindrucksvollste Tanzgruppe waren wir von Anfang an nicht.«

Izzie und Zelda wechselten einen Blick und grinsten sich an. Natürlich war ihnen das aufgefallen. Es wäre auch zwei Blinden mit Krückstock aufgefallen.

»Glaubt ihr, dass die Show sabotiert wird?«, fragte ich.

Endlich nahm Zelda einen ersten Zug von ihrem Glimmstängel. Beim Inhalieren schloss sie die Augen und genoss jedes giftige bisschen Rauch. »Klar, das ist möglich, aber warum sollte jemand das machen?«

Ich weihte sie in Jaynes und meine Theorie ein und informierte sie in Sachen Vinnie Garvaggio. Dass die Produktion durch Mafiageld finanziert wurde, überraschte sie beide nicht. Es war ihnen noch nie jemand untergekommen, der so offensichtlich ein Gangster war wie Garvaggio, und sie arbeiteten schon lange genug am Broadway, um zu wissen, dass man hier Geld von jedem nahm, der bereit war, es herzugeben, ganz egal, wie viel Dreck an dessen Händen klebte.

»Nehmen wir mal an, du hast Recht, und Garvaggio versucht, die Aufführung platzen zu lassen«, sagte Izzie. »Was hat das dann mit Paulette zu tun?«

»Weiß ich nicht genau.« Jemanden umzubringen war keine Sabotage mehr. Das war der letzte Ausweg. Vielleicht war Paulettes Tod ja gar nicht Garvaggios erste Tat, um die Produktion zu untergraben, sondern der Auslöser für seine Entscheidung, sich zurückzuziehen?

Ich klappte mein Sandwich auf und untersuchte das Innenleben auf seine Bestandteile hin. Meiner Meinung nach bestand es aus zu viel Mayonnaise. »Was wisst ihr eigentlich über diesen Knaben, der Paulette umgebracht hat?«

»In den Zeitungen stand, dass es ein Gangster war«, sagte Zelda. »Wahrscheinlich ein Mafioso wie Garvaggio.« Mein Magen zog sich zusammen. Al auf ein Stereotyp zu reduzieren, gefiel mir nicht, egal, wie sehr es auch zutraf.

»Was meinst du mit ›in den Zeitungen‹? Kennt ihr ihn gar nicht?«

Izzie schüttelte den Kopf. »Wir haben seinen Namen zum ersten Mal gehört, als Paulette schon tot war.«

»Dann hat Paulette ihn also nie erwähnt?«

»Natürlich nicht«, sagte Zelda. »Warum sollte sie?«

Immerhin hatte ich jetzt die Bestätigung, dass Al ein unverfrorener Lügner war. »Ich habe gehört, das Paulette mit ihm ausgegangen ist. Dass das Ganze eine üble Beziehungsgeschichte war.«

»Wo zur Hölle hast du das denn gehört?«, fragte Izzie.

Zuzugeben, dass meine Informationen aus erster Hand kamen, war wohl keine besonders gute Idee. »Daran kann ich mich nicht mehr erinnern, ich weiß aber noch, dass es ziemlich glaubwürdig geklungen hat.«

»Paulette war verlobt«, sagte Zelda. »Sie hatte es nicht nötig, sich auch noch mit einem Radaubruder einzulassen.«

Ich schluckte diese Beleidigung. »Was ist in der Nacht, als sie ermordet wurde, passiert?«

»Wir wollten eigentlich in die Stage Door Canteen, aber sie hat in letzter Sekunde noch einen Rückzieher gemacht«, sagte Izzie.

»Wieso?«

»George war in der Stadt«, ergänzte Zelda.

Hatte ich das schon gewusst? Eigentlich war bei mir der Eindruck hängengeblieben, dass George erst in die Stadt gekommen war, nachdem er von Paulettes Tod erfahren hatte, aber vielleicht hatte ich das auch nur voreilig angenommen. »Stimmt«, meinte Izzie. »Wie auch immer. Olive war hundemüde, und ich hatte grauenvolle Kopfschmerzen, also hat Zelda uns nach Hause geschickt und gesagt, sie würde sich um die Küche kümmern. Wie viel Uhr war's da, Zel?«

»Ich glaube, ihr beiden seid so gegen zehn aus der Canteen raus.«

»Als Olive und ich nach Hause gekommen sind, haben wir uns noch eine Flasche Irgendwas geteilt. Dann haben wir uns verquatscht, und das Nächste, an das ich mich erinnere, ist, dass Zelda auch nach Hause kam. Wir sind dann alle nach oben gegangen, und Olive ist aufgefallen, dass das Licht im Wohnzimmer noch an war. Sie hat nach Paulette gerufen. Als sie nicht geantwortet hat, ist Zelda rein, um das Licht auszumachen.«

»Und dann hast du sie gefunden?«, fragte ich.

Zelda nickte und fixierte ihr Sandwich. »Wir hatten diese Lampen mit großen Füßen aus Porzellan, und eine davon war zerschlagen. Die Scherben lagen überall um sie herum. Es war offensichtlich, dass sie damit erschlagen worden war. Sie blutete am ganzen Körper. Ich vermute, er hat sie erst bewusstlos geschlagen und ist dann richtig über sie hergefallen. Ich konnte sie kaum noch erkennen.«

»Die Polizei hat gesagt, dass sie mindestens drei Stunden so dagelegen hat. Die ganze Zeit, die Olive und ich palavernd in der Küche saßen, lag Paulette tot im Wohnzimmer«, sagte Izzie.

»Du konntest es ja nicht ahnen.« Zelda drückte Izzies Hand. »Du bist davon ausgegangen, dass sie bei George ist.«

»Und was sagt er dazu?«, fragte ich. »Wann hat er das Haus verlassen?«

»Weiß ich nicht genau«, meinte Zelda.

»Habt ihr ihn denn nicht gefragt?«

Zelda zwirbelte ihre Serviette so fest zusammen, dass sie riss. »Er war so aufgebracht. Waren wir alle. Er kann damit einfach nichts zu tun haben. Ich wollte ihn nicht wie einen Verdächtigen behandeln.«

»Aber die Polizei hat das schon gemacht, oder?«

Einen Moment lang verstummten sie beide. Izzie schob ihren Teller weg und legte die zerfetzte Serviette obenauf. »Die Polizei hat ihn nie befragt.«

»Warum das denn nicht?«

»Es gibt Regeln in der Canteen«, sagte Zelda. »Keine Verbandelung außerhalb. Einem Mädchen wird der Mitgliedsausweis abgenommen, wenn sie außerhalb des Clubs mit einem Soldaten gesehen wird, mit dem sie dort getanzt hat.«

»Paulette ist tot. Es wird ihr wohl kaum noch etwas ausmachen, wenn herauskommt, dass sie mit jemandem zusammen war, den sie in der Canteen kennengelernt hat.«

Keine von beiden sagte etwas, aber man konnte ihnen ihre Gedanken von den Gesichtern ablesen. Paulette würde es nichts mehr ausmachen, ihnen aber schon. Wenn herauskam, dass Paulette die Regeln verletzt hatte, würde man vielleicht annehmen, ihre Freundinnen hätten das genauso gehandhabt, woraufhin sie möglicherweise ihre Canteen-Privilegien verlieren würden.

»Wie haben sie denn Paulette mit dem Mann, den sie verhaftet haben, in Verbindung gebracht?«, fragte ich.

»Er hat gestanden«, meinte Izzie. »Zwei Tage später ist er auf der Polizeistation aufgetaucht und hat gesagt, dass er der Täter ist.«

Diese Geschichte unterschied sich derart von dem, was ich mir vorgestellt hatte, dass ich nicht wusste, wie ich reagieren sollte. Ich war davon ausgegangen, dass Al, kurz nachdem er bei mir gewesen war, aufgegriffen worden war, nicht, dass ich seine letzte Anlaufstelle gewesen war, bevor er sich selbst ausgeliefert hatte. Und dann die zerbrochene Lampe. Warum sollte er mit so einem Ding zuschlagen? Er hätte Paulette mühelos überwältigen können, ohne sie vorher bewusstlos schlagen zu müssen. »Gab es Fingerabdrücke, irgendetwas, das ihn mit der Tat in Verbindung gebracht hat?«

»Er hat Handschuhe getragen«, sagte Zelda. »Es war sehr kalt in dieser Nacht, er hat sie wahrscheinlich gar nicht erst ausgezogen.«

Ich kannte Al jetzt seit drei Monaten, und es waren drei Monate eines der kältesten Winter gewesen, die wir jemals gehabt hatten. In dieser ganzen Zeit hatte ich ihn noch nicht ein Mal mit Handschuhen gesehen.

15 Ein idealer Gatte

Um fünf war die Probe zu Ende. Zelda und Izzie luden mich zum Abendessen ein, aber ich wollte unbedingt mit Jayne reden und sagte ihnen, dass ich ein andermal auf ihr Angebot zurückkommen würde.

Als ich zu Hause eintraf, war Jayne schon da und hielt ihre Füße in eine Schale mit heißem Wasser und Bittersalz. Im Radio lief WMCA, blechern schallten die neuesten Schlagzeilen heraus. Die Deutschen waren in Kharkov einmarschiert. Die Franzosen sollten alles in ihrer Macht Stehende tun, um die Nazis an der Rekrutierung von Arbeitskräften für Fabriken im Reichsgebiet zu hindern. Das Außenministerium verfügte über bislang unbestätigte Berichte, dass Hitler einen Nervenzusammenbruch erlitten hatte.

Das allerdings wäre ein allzu unwahrscheinlicher Glücksfall.

»Hat Maureen mich vermisst?«, fragte ich.

Jayne streckte ihre Beine aus und hob kurz ihre blasenübersäten Füße aus dem Wasser. »Ob du's glaubst oder nicht, ich habe den Eindruck, das hat sie wirklich. Deine Nachfolgerin hat ihr klargemacht, dass sie mit dem, was sie hatte, schon ganz zufrieden sein konnte.«

»Es gibt schon eine Nachfolgerin für mich?« Ich warf das Textbuch aufs Bett und löste meinen Hut.

»Ja. Sie heißt Gloria Abatrillo. Und sie hat mir in der Pause erzählt, dass sie zum allerersten Mal überhaupt auf einer Bühne steht.«

»Autsch. Wo hat Friday die denn aufgetrieben?«

»Nirgendwo. Ihr Freund Vinnie Garvaggio hat sich

wohl gedacht, dass sie mal zeigen soll, was sie so draufhat.« Churchill näherte sich der Schale und knickte die Vorderbeine ein, als wollte er daraus trinken. Der salzige Fußeintopf schien ihm allerdings nicht zu behagen, er nieste und schlich von dannen.

»*Gesundheit*. Die arme Maureen.« Immerhin hatten wir jetzt eine Erklärung dafür, warum Friday mich so schnell in Olives Rolle gesteckt hatte. Wenn er nicht gleich gehandelt hätte, wer weiß, wen Garvaggio dann angeschleppt hätte.

»Eher ich Arme.« Jaynes Stimme schwankte zwischen Belustigung und Hysterie, mit einer deutlichen Tendenz zu Letzterem. »Mir sind schon einbeinige Veteranen aus dem Ersten Weltkrieg begegnet, die sich anmutiger bewegt haben als sie. Maureen hat beschlossen, dass Gloria nur dann etwas dazulernen wird, wenn wir uns alle für ihre Fehler verantwortlich fühlen. Jetzt müssen wir ihr jedes Mal, wenn sie etwas versemmelt, alle zusammen vortanzen, wie es geht. Leider ist Gloria nicht das hellste Licht am Weihnachtsbaum, weswegen sie es nach einem Mal Zuschauen noch lange nicht draufhat. Nein, wir mussten es ihr sieben oder acht Mal vormachen, bis durch ihre postnatale Depression gesickert ist, dass wir das alles nicht zu ihrer Unterhaltung tun.«

Ich verkniff mir ein Glucksen. Ich wusste, wann Jayne über eine missliche Lage lachen wollte und wann nicht. Gerade wollte sie nicht. »Brauchst du einen Drink?«

»Musst du da noch fragen?«

Ich holte unsere verbotene Ware aus den Tiefen des Schranks und mixte uns Martinis. »Warum macht Garvaggio das?«

»Macht was?«

»Seiner Freundin Hoffnungen, indem er sie in eine Show steckt, die er sowieso einstellen will.«

»Rosie.« Jayne legte den Kopf schief und lächelte mich an, als wäre ich die größte freundliche Idiotin, die ihr je über den Weg gelaufen war. »Warum machen Männer so etwas? Garvaggio ist verheiratet und will, dass Gloria glücklich ist. Zumindest so glücklich, dass sie seiner Ehefrau nicht erzählt, was er jeden Abend zwischen zehn und zwölf wirklich tut. Und um ihr das Stillschweigen ein bisschen schmackhafter zu machen, hat er ihr den Part angeboten. Glaub mir: Wenn er es schafft, die Show wieder abzusetzen, wird sie nicht in der Lage sein, zwei und zwei zusammenzuzählen.«

Ich gab ihr ein Glas und die Zusammenfassung meiner mittäglichen Unterhaltung mit Zelda und Izzie. Als meine Geschichte zu Ende war, hob sie die Füße aus der Schale auf ein bereitliegendes Handtuch.

»Das ergibt keinen Sinn«, sagte sie dann. »Warum sollte Al ein Geständnis ablegen?«

»Keine Ahnung, aber genau das werde ich ihn ganz sicher fragen.«

Jayne rubbelte ihre Füße trocken und zog sich ein Paar Socken über. »Ich weiß, du willst, dass das alles für seine Unschuld spricht, Rosie, aber du weißt: Niemand, und erst recht niemand, der früher schon mal im Knast gesessen hat, gesteht ein Verbrechen ohne guten Grund.«

Ich fischte die Olive aus dem Glas. »Und ein guter Grund wäre, dass er es tatsächlich war?«

»Klar, das wäre einer.«

»Verstehe.« Ich zerkaute die Olive und spülte sie mit einem Schluck Feuerwasser hinunter. »Aber du musst zugeben, dass George Pomeroy sich schon irgendwie auffällig verhält. Mir gegenüber hat er so getan, als ob er Paulette seit dem Abend, an dem sie sich verlobt hatten, nicht mehr gesehen hat.«

»Wenn sie trauern, tun Menschen die seltsamsten Dinge. Das weißt du doch.«

Ich hockte im Schneidersitz auf dem Bett. »Und was ist mit Tony? Er und seine Freunde haben gute Beziehungen. Sie hätten Al leicht mit einem Alibi aus der Patsche helfen können. Man hat keine Fingerabdrücke gefunden, und Paulettes Freundinnen hatten keine Ahnung, wer er ist. Warum dann ein Geständnis ablegen? Er hätte völlig unbehelligt aus der Sache rauskommen können.«

»Schuldgefühle?«, fragte Jayne.

»Wenn man zu derart tiefen Schuldgefühlen neigt, fängt man doch gar nicht erst damit an, Leute umzubringen.« Seufzend vergrub ich meine Finger in Churchills Rückenfell. Er versteifte sich, unsicher, ob er sich diesem seltenen Genuss hingeben oder in Sicherheit bringen sollte, bevor meine Berührung in einen Angriff auf sein Leben ausartete. »Ich frage mich, ob uns diese Gloria nicht irgendwie nützlich sein könnte.«

»Bestimmt, solange wir sie nicht tanzen lassen.«

Churchill entspannte sich und drückte sich gegen meine Hand. »Du bekommst ja auch das ein oder andere über Tonys Geschäfte mit. Vielleicht hat sie eine Ahnung, was Garvaggio wirklich vorhat.«

Jayne verdrehte die Augen. »Ich glaube, die weiß noch nicht mal, dass wir gerade Krieg haben.«

Weil Jayne durchaus wusste, wie weit es eine Frau aufgrund eines großen Busens, kurzen Rocks und schüchternen Lächelns bringen konnte, spielte sie im richtigen Augenblick gerne mal die nicht so helle. Vielleicht war das bei Gloria nicht anders. »Trotzdem«, sagte ich, »sollten wir mal mit ihr reden. Falls Vinnie sie für genauso dumm hält wie du, dann gibt er sich vielleicht nicht allzu viel Mühe, seine Geschäfte vor ihr zu verbergen.«

Um mir klarzumachen, wie ermüdend dieses Ansinnen werden würde, seufzte Jayne dramatisch. Die Vorstellung, sich mit jemandem gutzustellen, mit dem man kein Wort wechseln würde, wenn man nicht unbedingt etwas von ihm wollte, brachte mich auf eine andere Dame, der ich eher aus dem Weg ging.

»Hast du Ruby gesehen?«, fragte ich.

»Nein. Ich glaube, das hat niemand.«

Ein Bild blitzte vor meinem inneren Auge auf: Ruby, die bewegungsunfähig in ihrem Zimmer liegt und wegen ihres jüngsten Verhaltens von niemandem – noch nicht einmal von Minnie – besucht wurde. Anstatt mich an dieser Vision zu erfreuen, fühlte ich mich irgendwie in die Pflicht genommen. Ich stellte mein leeres Glas auf dem Nachttisch ab und machte mich von dem Kater los. Es musste ein trauriger Tag sein, wenn ich Rubys Gesellschaft der seinigen vorzog. Eigentlich war er es gewohnt, immer das kleinere von zwei Übeln zu sein. »Ich werd mal nach ihr sehen. Kommst du mit?«

Jayne starrte ihre geschwollenen Füße an und wog schweigend ab, welche Vorzüge es barg, sie bis zur nächsten Probe noch einmal zum Einsatz zu bringen. »Macht's dir was aus, wenn ich weiter quelle und schmolle?«

»Nicht im Geringsten.«

Ich verließ das Zimmer und klopfte an Rubys Tür. Während ich auf eine Reaktion wartete, machte ich mich gefasst auf die nächstgrässliche Entwicklungsstufe ihres Erscheinungsbilds. Wie schrecklich es auch sein würde – ich würde nicht schreien. Nicht, bevor sie sich wieder von mir abgewandt hatte.

»Herein«, hörte ich sie.

Ich öffnete die Tür und sah mich nicht in der Lage, das Vorhaben, meine Gefühle zu verbergen, in die Tat umzusetzen. Keuchend wich ich in den Flur zurück.

Ruby stand direkt vor mir, und zwar in einem wadenlangen marineblauen Kleid, das über und über mit Fransen besetzt war, die zum Leben erweckt würden, sobald die Trägerin die Tanzfläche betrat. Die Haare waren aufwändig hochgesteckt, so gekonnt, dass nirgendwo eine Haarnadel herausstand, und Locken rahmten in sanften Wellen ihr Gesicht. Und dieses Gesicht hatte seine alte Herrlichkeit wieder, eigentlich sogar noch mehr als das, hatte sie doch die letzte Stunde damit verbracht, mit sorgfältiger, geübter Hand Elizabeth Ardens neueste Kosmetiklinie darauf aufzutragen.

»Du siehst großartig aus«, brachte ich zu guter Letzt heraus.

»Danke.« Ausnahmsweise klang das nicht arrogant. Es muss ihr selbst klar gewesen sein, wie gründlich sie den Heilungsprozess hinbekommen hatte, aber ich war immerhin die Erste, die unerschrocken genug war, ihre Transformation und deren Erfolg zu bezeugen. »Die Medizin hat ihre Pflicht getan, und da bin ich wieder, so gut wie neu.«

»Kommst du dann wieder zur Probe?«

»Natürlich. Ich habe aber, was das betrifft, weder

Walter noch Minnie etwas gesagt. Ich will am Montag einen großen Auftritt hinlegen und sie beide überraschen.«

»Es wundert mich, dass Minnie noch nicht da gewesen ist, um das Wunder mit eigenen Augen zu sehen.«

Sie öffnete einen goldenen Apfel aus Glas und entnahm ihm ein Parfumfläschchen mit dem Duft »Apple Blossom«. »Als sie nach mir sehen wollte, habe ich sie weggeschickt.«

»Warum?«

Sie tupfte sich den Duft hinter die Ohren. »Ich habe keine Lust mehr darauf, dass sie sich so an mich ranhängt.«

Das war eiskalt, sogar für Rubys Verhältnisse. »Seid ihr zwei nicht so was wie Busenfreundinnen?«

Mehr Parfum landete auf ihrem Dekolleté. »Als sie eingezogen ist, hat sie mir leidgetan, aber, mal ehrlich, wir haben wirklich nichts gemeinsam.«

Ich hatte das Gefühl, acht Takte zurückzuhängen, und versuchte, wieder den Anschluss zu finden. »Du meinst, jenseits der Tatsache, dass ihr beide Schauspielerinnen seid und beide in demselben Stück auftretet?«

Sie setzte den Flakon wieder in den Apfel zurück. »Ihren Part kann man wohl kaum als Hauptrolle bezeichnen.«

So war das also: Jetzt, da Ruby eine große Rolle in einem großen Stück an der Seite von Leuten hatte, die ihr ähnlicher waren, brauchte sie Minnie nicht länger.

Es fiel mir schwer, mich zu erinnern, warum ich sie jemals bemitleidet hatte.

»Und was hast du jetzt vor?«, fragte ich.

Im Spiegel über dem Frisiertischchen begutachtete

sie die Fransen auf dem Rückenteil des Kleides. »Ich bin mit Captain Montgomery verabredet, was ich aber sicher nicht euch verdanke.«

»Bitte?«

»Donald hat letzte Woche jeden Tag hier angerufen und jedes Mal zu hören bekommen, dass ich nicht da sei. Zum Glück war ich gestern als Erste am Telefon. Wer weiß, wann ich sonst wieder von ihm gehört hätte.«

»Hast du schon mal daran gedacht, dass diejenige, die ihn am Apparat hatte, wirklich gedacht haben könnte, dass du nicht zu Hause bist?«

»Rosie, ich bitte dich. Alle wussten, dass ich krank bin.«

Das stimmte. Niemand hätte sich getraut, das nicht allen im Haus kundzutun. »Und was unternehmt ihr zwei Turteltäubchen?«

»Er führt mich zum Essen und zum Tanzen aus.«

»Schön für dich.« Ich trat weiter ins Zimmer hinein und setzte mich auf eine Ecke des rosa bezogenen Betts. »Hast du schon von Olive gehört?«

Hatte sie natürlich noch nicht. Da Minnie nicht mehr vorbeigeschaut hatte, konnte sie gar nicht mitbekommen haben, was in den letzten Tagen vor sich gegangen war. Ich brachte sie auf den neuesten Stand. Man muss ihr zugutehalten, dass sie wirklich tief betroffen wirkte. Nicht so tief zwar, dass sie sich deswegen das Haar zerrauft oder das Make-up zerstört hätte, aber zumindest wandelte sich ihr aufgemaltes Lächeln für einen Augenblick zu einem Ausdruck der Bestürzung.

»Und du bist jetzt für sie eingesprungen?«, fragte sie in einem Tonfall, aus dem ich nicht schlau wurde – doch ich wollte ihr nicht unterstellen, dass sie nicht besonders begeistert darüber war, zukünftig mit mir zusammenarbeiten zu dürfen.

»Richtig. Apropos, ich würde gern noch etwas wissen. Im Laufe dieser Produktion passieren unheimlich viele Unfälle, und wir können nicht ausschließen, dass auch deine Krankheit dazugehört. Hast du irgendeine Ahnung, warum jemand diese Show vor die Wand fahren möchte?«

»Nicht die geringste.« Sie war mit ihrer Geduld am Ende. Ihr Lächeln wurde schmaler. »Brauchst du sonst noch etwas, Rosie?«

»Nein«, erwiderte ich. »Hab einen tollen Abend.«

Als ich in unser Zimmer zurückkam, war Jayne bereits eingeschlafen. Ein besockter Fuß lag auf einem Kissen aufgebahrt, aus ihrem offenstehenden Mund kamen Geräusche, die man normalerweise mit betrunkenen Seemännern in Verbindung bringt. Im Radio lief ein anderer Sender, und sonnabendliche Dinnermusik erfüllte den Äther. Im Rhythmus mit Dinah Shore, die »Blues in the Night« sang, hob und senkte sich Jaynes Brustkorb.

Da ich sie nicht bei ihrem Nickerchen stören wollte, füllte ich mein Glas nach, nahm mir eine Ausgabe des *Detective Fiction Weekly* und zog mich auf den Heizkörper am Fenster zurück, wo das schwindende Tageslicht von dem neonblauen Hotelschild auf der anderen Straßenseite Unterstützung bekam. In diesem gedämpften aquamarinblauen Licht versuchte ich zu lesen, wurde aber von der Betriebsamkeit auf der Straße unten abgelenkt. Leute streunten übers Trottoir, Straßenverkäufer gingen mit verführerischen Nahrungsmitteln hausieren und Kinder schoben Wagen und Karren vor sich her, auf denen sich Bücher stapelten, die sie im Rahmen der Sammlung für Soldaten zusammenbekommen hatten. Die Treibstoffrationierung war in den letzten Tagen etwas gelockert worden, weswegen auch ein paar Autos am Haus vorbeifuhren, aber trotzdem fand der Verkehr mehrheitlich in der Fußgängervariante statt. Nun ja, und dann gab es noch ein merkwürdiges Pferdegespann, ein Überbleibsel aus Zeiten, als Kraftstoffrationierung höchstens bedeutete, dass der Herr des Hauses nicht genug Bier gebraut hatte.

Die Geschichte, die ich zu lesen versuchte, war typische Krimikost: Dame in Notlage ist nicht, was sie zu sein scheint; Detektiv findet im letzten Augenblick heraus, dass sie ihm von Anfang an etwas vorgespielt hat. Wie es sich für einen Groschenroman gehört, war die fragliche Dame natürlich wunderschön, hatte Augen klar wie Teiche (was auch immer das bedeuten sollte) und Haare wie Kornseide (dito). Die Moral von der Geschicht': Immer unter die Oberfläche blicken! Beziehungsweise: Nichts ist, wie es scheint! Beziehungsweise: Vertrau keiner gutaussehenden Frau in engen roten Kleidern! Vielleicht gab es auch keine Moral, was natürlich auch eine ganz eigene Moral gewesen wäre.

Ein Taxi hielt vor dem Shaw House. Die Hintertür ging quietschend auf und beförderte einen Mann in Luftwaffenblau nach draußen. Wie immer, wenn ich mit einem Armeeangehörigen konfrontiert wurde, stockte mir kurz der Atem. Ich fand diese Männer, die so bereitwillig in die Schlacht zogen, einfach eindrucksvoll. Selbst wenn man sie schon kannte, schien das Militär aus ihnen vollkommen neue Geschöpfe zu machen. Sie waren plötzlich nicht länger Freunde, Väter oder Brüder, sondern Soldaten.

Dieser spezielle Soldat (oder Pilot oder wie diese ganzen Heeresunterabteilungen auch immer heißen) verschwand mit dem Kopf noch mal im Taxi und gab dem Fahrer irgendeine Anweisung. Mit einem Strauß Blumen in der Hand tauchte er wieder auf, warf die Tür zu, lüftete den Hut, strich sich das Haar glatt und nahm die Treppe zum Haus mehr im Sprung, als dass er ging. All das hatte etwas Bezauberndes, Verspieltes, und ich wäre dahingeschmolzen, wenn es James Stewart gewesen wäre. So wie die Dinge lagen, konnte ich den armen Kerl aber nur bedauern. Nicht nur, weil ihm eine Verabredung mit Ruby bevorstand. Vielleicht genoss er gerade auch zum letzten Mal in seinem Leben einen Moment der Freude.

Ich konnte nicht anders. Ich schlüpfte in meine Sattelschuhe, schoss aus der Tür und kam just in dem Moment unten an, als er hereintrat. Da sonst niemand anwesend war, musste er mich wohl oder übel ansprechen.

»Guten Abend, gnädige Frau.« Er nahm den Hut ab und beugte den Kopf zum Gruß. Ich hatte mit meiner Einschätzung vom oberen Stockwerk aus richtiggelegen: Er war ein gutaussehender Mann.

»Guten Abend. Suchen Sie Ruby?«

Unbeholfen hielt er einen Strauß gelber Rosen in der Hand. Er wusste nicht, wohin damit. »Woher wissen Sie …?«

»Nur geraten.«

»Ja, stimmt. Leider bin ich etwas zu früh.« Das würde ihm nicht noch einmal passieren. Ruby hatte große Auftritte für ihr Leben gern, was bedeutete, dass sie immer eine Viertelstunde später kam als man selbst.

»Ich gehe sie holen.« Ich machte kehrt und ging die Treppe hoch. Noch bevor ich auf dem ersten Absatz angekommen war, rief er mich zurück.

»Fräulein?«

Ich summte ein »Mhm?« und drehte mich zu ihm um.

»Ist sie immer noch hübsch?«

Ich war mir nicht sicher, ob ich die Frage richtig verstanden hatte. Da ich ihren Brief nie abgeschickt hatte, konnte er nicht wissen, wie schlimm sie dran gewesen war (vorausgesetzt, sie hatte ihm das geschrieben). Vielleicht hatte er Angst, dass die Frau, die er spätabends in einem schummrigen Club kennengelernt hatte, doch nicht so überwältigend war, wie er sie in Erinnerung hatte. »Ja, sie ist sehr hübsch.«

Er tat so, als würde er sich den Schweiß von der Stirn wischen. Diese Geste geriet ihm erstaunlich schnuckelig, als ob er wüsste, wie unangemessen seine Bedenken wegen ihres Äußeren waren – war es doch ihre Persönlichkeit gewesen, die ihn überwältigt hatte. »Es ist einen Monat her. In dreißig Tagen kann einem das Gedächtnis eine Menge Streiche spielen.«

»Beim Hereinkommen sind Sie an einem Foto von ihr vorbeigegangen.« Ich deutete mit dem Finger Richtung Diele, wo Ruby direkt neben Paulette von der Wand lächelte. »Ich werde Sie nicht verraten, wenn Sie noch mal schnell spicken gehen.«

»Nein, schon gut«, meinte er. »Ich lasse jetzt einfach meiner Fantasie freien Lauf. Hat ihr das Kleid gefallen?«

»Marineblau mit Fransen?«

Er nickte.

»Sie hat es heute Abend an.«

»Das hatte ich gehofft.« Er atmete tief durch und setzte sich aufs Sofa. »Gut. Ich glaube, ich bin jetzt so weit.«

Ich überließ ihn seinen Gedanken und stieg die verbleibenden Stufen hoch. Höflich klopfte ich bei Ruby, um sie über den wartenden Mann in Kenntnis zu setzen, und verzog mich dann in mein Zimmer.

Zehn Minuten später sah ich durchs Fenster, wie die Königin und ihr Prinz das Shaw House verließen und auf dem Weg zum Taxi ein paar leichtfüßige Sätze wechselten. Dass er von Ruby entzückt war, war offensichtlich – damit hatten sie zumindest schon mal etwas gemeinsam. Er öffnete ihr die Taxitür und half ihr mit dem Mantel. Dann stieg er auf der anderen Seite ein, und sie fuhren davon, zwei Köpfe, die auf dem Rücksitz den größtmöglichen Abstand wahrten.

Etwas an Rubys Verabredung gab mir keine Ruhe. Er war aufrichtig, nervös und sehr süß gewesen – der Typ Mann, den die Zynikerin in mir als ›zu gut, um wahr zu sein‹ abstempelte. In letzter Zeit hatte es allerdings fast eine Epidemie solcher Männer gegeben. Männer wie George Pomeroy.

Das war's. Während Zelda, Izzie und Olive sicher zu sein schienen, dass George mit Paulettes Tod nichts zu tun hatte, gab es für mich keinen Grund, ihre Zuversicht zu teilen. Immerhin wusste ich, was sie nicht wussten: Die Polizei hatte den falschen Mann. Auch wenn er nicht Paulettes Mörder war, könnte George immer noch etwas gesehen haben, das bestätigte, ob und wie Al an der Tat beteiligt gewesen war.

Ich verließ das Zimmer und ging in den Flur. Eine halbe Minute später hörte ich das Summen in der Leitung, als die Telefonistin mich mit dem Endicott Hotel verband.

»Guten Abend«, meldete sich eine muntere Frauenstimme. »Mit wem wünschen Sie zu sprechen?«

»Mit einem Ihrer Gäste, einem Captain George Pomeroy.«

»Einen Moment, bitte.« Die Leitung verstummte eine geschlagene Minute lang. Ich dachte schon, dass sie mich vergessen hatte, als die Empfangsdame endlich wieder dran war. »Tut mir leid, Captain Pomeroy ist schon abgereist.«

Stimmt. Er hatte gesagt, dass er nur bis zu Paulettes Trauergottesdienst in New York bleiben wollte. »Können Sie mir sagen, wann?«

Durch den Hörer hörte ich Papier rascheln. Sie blätterte anscheinend das Gästebuch durch. »Am Montag, dem 8. März.«

»Danke. Hat er eine Nachsendeadresse zurückgelassen?«

»Nein.«

Er hatte das Hotel also an dem Tag verlassen, an dem er mir zum ersten Mal begegnet war, war dann aber noch mindestens eine Woche in der Stadt geblieben. Die Frage war nur, wo.

16 Eine gloriose Wiederkehr

Wir boten Ruby an, sie zu ihrer ersten Probe am Montag zu begleiten, aber offensichtlich hätten wir als Eskorte den Überraschungseffekt geschmälert, den sie erzeugen wollte. »Geht schon mal ohne mich«, ermunterte sie uns. »Und kein Wort zu irgendjemandem.« Nach einem Tag Pause waren Jaynes Füße wieder in besserer Verfassung, weswegen wir die Subway Richtung Uptown nahmen und die restliche Wegstrecke zum Bernhardt zu Fuß gingen. Wir trennten uns und verabredeten, während der Mittagspause gemeinsam mit Vinnie Garvaggios Freundin Gloria zu sprechen.

Als ich eintrat, war Walter Friday schon im Theatersaal. Die kränkliche Blässe und der zerknitterte Anzug waren verschwunden und von etwas Optimistischerem ersetzt worden. Als ich in den Saal kam, grüßte er mich und erinnerte sich sogar an meinen Namen. Er wies mich an, mich zu den anderen auf die Bühne zu stellen – wo wir einen ganzen Durchlauf probieren wollten.

Gerade, als wir unsere Markierungen für die Eröffnungsszene suchten, öffneten sich die Türen und Ruby rauschte herein, als ob wir uns bereits im letzten Akt befänden und sie den fälschlich Angeklagten mit eigenen Händen vor dem elektrischen Stuhl retten müsse. »Ich bin zurück!«, verkündete sie und breitete die Arme aus, als ob sie diese Neuigkeit gleich noch singen wollte. »Habt ihr mich vermisst?«

Der Ernst verschwand aus Zeldas und Izzies Gesicht. Grinsend begrüßten sie Ruby. Minnie lächelte kraftlos und tauschte ihr Textbuch gegen dasjenige, das der Inspizient benutzt hatte. Sie war degradiert worden, sowohl auf der Bühne als auch in Rubys Herz.

»Bist du wieder genesen?«, fragte Friday.

»Vollständig.« Ruby nahm sich den pelzverbrämten Wollumhang von den Schultern und schlug ihn anmutig um die Rückenlehne eines Theatersitzes.

»Und ich habe meine Zeit gut genutzt und den Text gelernt. Es wird so sein, als wäre ich nie weg gewesen.«

»Ich könnte dich küssen«, sagte Friday. So euphorisch Ruby war – so blöd war sie auch wieder nicht. Schnell trat sie außerhalb seiner Reichweite und machte sich steif. »Dann lasst uns mal loslegen. Alle auf ihre Plätze!«

Persönliche Gefühle mal beiseite: Es war gut, dass Ruby wieder da war. Auch wenn Minnie ihre Rolle passabel gespielt hatte, machten die Charakterzüge, die Ruby zu einer wenig liebenswerten Person werden ließen, sie zu einer anziehenden Bühnenerscheinung. Ihre Rückkehr förderte auch bei Zelda und Izzie etwas Neues zutage. Zweifellos waren sie so überzeugt wie ich, dass die Produktion dem Untergang geweiht war, aber Ruby wieder bei bester Gesundheit zu sehen, schenkte den beiden neue Hoffnung, was die Überlebenschancen der Show anging.

Nach dem ersten Akt machten wir zehn Minuten Pause. Minnie verschwand, und wir restlichen vier zogen uns ins Foyer zurück. Die Annahme, dass ich mich in Rubys Anwesenheit völlig fehl am Platz fühlen würde, erwies sich als falsch: Anstatt mich aus dem Gespräch auszuschließen (wovon ich fest ausgegangen war), versuchte Ruby, mich einzubinden. Ich konnte allerdings nicht beurteilen, ob das daran lag, dass ich ihr geholfen hatte, als sie krank gewesen war, oder ob sie nicht wollte, dass Zelda und Izzie ihr wahres Wesen kennenlernten. Ich war auf jeden Fall sehr erfreut über den Wandel.

»Und, wie geht's ihm?«, fragte Zelda. Sie hielt ihr bronzefarbenes Zigarettenetui in der Hand und schien bestürzt, als sie feststellte, dass sich nur noch eine Zigarette darin befand.

»Wie geht's wem?«, fragte Izzie zurück.

»Donald Montgomery«, sagte Zelda. »Du erinnerst dich? Ein kleiner Vogel« – sie wies neckisch mit dem Kopf in meine Richtung – »hat mir erzählt, dass er Urlaub hat und in der Stadt ist.«

Schüchtern lächelnd wartete Ruby, bis sich das Geplapper legte. »Es geht ihm gut, danke.«

»Ein bisschen mehr musst du schon rausrücken«, beschwerte sich Izzie.

Ruby tat so, als verschlösse sie ihre Lippen und werfe den Schlüssel weg.

»Ich kann zumindest berichten, dass er kein Problem damit hat, das Taxameter laufen zu lassen«, sagte ich.

Izzie legte sich die Hände auf die Knie und beugte sich zu mir. »Du hast ihn getroffen?«

»Am Samstag. Ich habe ihn im Salon in Empfang genommen.«

Zelda drehte Ruby den Rücken zu. »Was hältst du von ihm?«

»Sehr groß. Freundliches Auftreten. Und überaus erleichtert, als ich ihm sagte, dass ihn seine Erinnerung nicht täuscht und Ruby das ist, was einige Männer für attraktiv halten.«

Ruby zog die Brauen nach unten. Der kleine Vogel

bewegte sich auf schlüpfrigem Boden. »Wie kann man so etwas sagen.«

»Ich wiederhole nur, wie es war. Er hatte Angst, dass er dich in falscher Erinnerung hat. Außerdem war er sehr erfreut, als ich ihm sagte, dass du das Kleid trägst, das er dir gekauft hat.«

»Er hat dir ein Kleid gekauft?«, fragte Zelda.

»Nicht einfach nur ein Kleid. Eines, das in der März-Ausgabe der *Vogue* abgebildet ist.« Das war mir heute Morgen aufgefallen, als ich während des Frühstücks Jaynes Exemplar durchgeblättert hatte.

»Er hat mir also ein Kleid gekauft und ein Parfum. Na und?«

Izzie schnalzte mit der Zunge. »Klingt nach was Ernstem.«

Sie zogen sie auf, und Ruby wusste das, aber anstatt mit derselben Feindseligkeit zu reagieren, die sie mir entgegenbrachte, lächelte sie nur und gab Izzie spielerisch einen Klaps.

»Es ist nichts Ernstes. Noch nicht. Wir haben zwei bezaubernde Abende miteinander verbracht. Er ist sehr nett. Ein wahrer Gentleman. Und sehr intelligent. Wisst ihr eigentlich, dass er einen Doktor hat?«

»In was?«, fragte Izzie.

Ruby unterdrückte ein Gähnen. »Irgendwas Naturwissenschaftliches. Ist nicht so wichtig. Aber heute Abend gehen wir wieder aus.«

In meinem Magen stieg ein vertrautes Unwohlsein auf, das ich sofort als Neid identifizierte. Auf Ruby neidisch zu sein, war nichts Neues. Sie bekam mehr Jobs, sie hatte bessere Klamotten, und sie schaffte es, nie Opfer einer Intrige zu werden, obwohl sie selbst das größte

Lästermaul von allen war. Nur auf ihre Beziehungen war ich bislang noch nicht eifersüchtig gewesen. Ihr Exfreund Lawrence Bentley war die Art Mann, wie man sie Ruby wünschte: So selbstverliebt, dass er es noch nicht mal merken würde, wenn man zu einer Verabredung gar nicht käme. Aber ich konnte jetzt schon sagen, dass ihr Soldat da anders war.

Izzie klopfte Ruby auf den Rücken. »Schön für dich, Ruby. Ich hatte gleich den Eindruck, dass das funktionieren könnte.«

»Ich glaube, als Nächstes müssen wir Rosie verkuppeln«, sagte Zelda.

»Rosie hat einen Freund«, sagte Ruby. Das Wort *Freund* presste sie derart zwischen den Zähnen hindurch, dass es eine ganz andere Bedeutung bekam und sich eher wie *Hasenscharte* oder *Typhus* anhörte.

»Nein, habe ich nicht«, sagte ich. Groß hing Rubys erschrockenes Gesicht vor mir. Was war nur los mit mir? Ich schaffte es nicht, Jack seinem Schicksal zu überlassen, aber genauso wenig hielt ich es aus, Ruby über meine Zukunft entscheiden zu lassen. »Was ich sagen will, ist, dass er nicht mehr wirklich mein Freund ist«, stammelte ich. »Streng genommen haben wir uns getrennt, bevor er in See gestochen ist.«

»Du hättest also Interesse daran, jemanden kennenzulernen?«, fragte Izzie.

Ich warf Ruby ein liebreizendes Lächeln zu. »Möglich. Ich meine, wenn man mich jemandem wie Don Montgomery vorstellen würde, könnte ich kaum Nein sagen.«

Ich erwartete, sofort vom Blitz getroffen zu werden. Was war ich für ein fürchterlicher Mensch! Aber wer konnte mir das schon vorwerfen. Ruby zu ärgern machte einfach viel zu viel Spaß. Und außerdem war es etwas ganz anderes, jemanden kennenzulernen als mit jemandem auszugehen.

Wir probten bis kurz nach zwölf und gingen dann alle auf die Suche nach einem Mittagessen. Izzie hatte mich gefragt, ob ich mit ihr kommen wolle, aber ich lehnte ab und suchte nach Jayne. Sie wartete schon mit langem Gesicht im Foyer – ihre morgendliche Probe war anscheinend ein größeres Ärgernis gewesen.

»Schlechter Tag?«, fragte ich.

»Schlecht ist gar kein Ausdruck. Ich hätte nicht gedacht, dass es noch schlimmer werden könnte als am Samstag, aber ich sage dir, Wunder geschehen.«

»Sollen wir was essen gehen?«

Jayne wies mit dem Kinn zur Damentoilette. »Ich habe Gloria gefragt, ob sie mitkommen mag. Sie macht sich noch frisch.«

Wie aufs Stichwort kam eine Frau von der Toilette. »Da bin ich«, sagte sie. Gloria war eine regelrechte Amazone. Im Vergleich mit ihr kam ich mir winzig vor. Das ingwerfarben getönte Haar umrahmte ihr breites Gesicht mit Ringellöckchen, was sie wie eine Rummelplatzversion von Shirley Temple aussehen ließ.

»Du hast dich ja umgezogen«, meinte Jayne. Gloria trug einen Satin-Hosenanzug, der im letzten Herbst der letzte Schrei gewesen war, eine Aufmachung, die zu Cocktails im Delmonico's gepasst hätte, aber zu Aufschnitt im Imbiss um die Ecke sicher nicht. Jayne versuchte gar nicht erst, ihre Bestürzung über das Komplet zu verbergen. Es war offensichtlich, dass Gloria weniger mitbekam als eine Tasche voller Katzenbabys auf dem Grund des Hudson.

»Wer ist deine Freundin?«, fragte Gloria jetzt.

»Ich bin Rosie Winter. Jaynes Zimmergenossin.«

»Sehr erfreut.« Als sie mir die Hand reichte, nahm mich der Anblick eines Edelsteins von der Größe einer mittleren Großstadt gefangen.

»Hübscher Ring.«

Gloria ließ meine Hand los und streckte den Klunker so weit von sich, wie es ihr Arm zuließ. Ich bin mir sicher, dass sie das machte, weil sie den riesigen Stein anders gar nicht am Stück erfassen konnte. »Danke. Vinnie meinte, er passt zu meiner Augenfarbe.«

Wer von den beiden farbenblind war, konnte ich nicht beurteilen, aber der fragliche Edelstein war eindeutig ein Diamant, und Glorias Augen waren blau.

»Sollen wir?«, meinte Jayne.

Wir gingen über die Straße zu Mancuso's Deli und bestellten nacheinander an der Theke. Jayne wollte Eiersalat, und ich entschied mich für das Roastbeef, das nicht wirklich Roastbeef war, während Gloria die Vorzüge jeder unserer Bestellungen länger abwägte, als Hitler gebraucht hatte, um Frankreich zu erobern. Schließlich entschied sie sich auch für das Rindfleisch. Wir suchten uns einen Tisch und winkten eine Kellnerin heran, um Kaffee zu bestellen.

»Und wie gefällt dir die Show, Gloria?«, fragte ich.

Sie ließ ein Lächeln aufblitzen, das mit »Orange Flame«-Lippenstift verschmierte Zähne freilegte. »Oh, es ist fast zu viel. Ich hätte nicht gedacht, dass es am Broadway so aufregend ist.« Wenn sie redete, lispelte sie etwas, aber ich war mir nicht sicher, ob das angeboren war oder nur ein Tick, den sie sich angeeignet hatte, um ihre kindliche Wirkung zu unterstreichen.

»Wie lange tanzt du schon?«

»Erst, seitdem ich so groß bin.« Sie beschrieb die Größe, indem sie ihre Hand auf Sitzhöhe hielt. »Ich habe natürlich nie gedacht, dass ich mal eine Profitänzerin werden würde, aber Vinnie findet, dass ich für die Bühne wie gemacht bin. Und für den Film.«

Und wie, dachte ich. Für den Stummfilm.

»Wie hast du Vinnie kennengelernt?«

»Mein Vater hat uns vorgestellt. Vinnie arbeitet manchmal für ihn.« Gloria kam also aus einer Mafiafamilie, einer hochstehenden noch dazu.

»Wie lange ist das her?«

Sie fasste sich an die Finger, um nachzuzählen. »Ich glaube, drei Jahre.«

»Dann ist es ja etwas richtig Festes«, meinte ich.

»Ach, du weißt schon.«

Ja, ich wusste schon. Fest war gar nichts, wenn der Freund schon eine Frau hatte.

»Es ist toll, dass er diese Inszenierung finanziert«, sagte ich. »Ich wette, Walter Friday hat Freudensprünge vollführt, als er einen Partner gefunden hatte, der so ein begeisterter Theaterfreund ist.«

Jayne sah mich von der anderen Tischseite aus mit offenem Mund an.

»Oh, Vinnie liebt die Kunst. Er steckt auch jedes Jahr Geld in die Eisrevue der Amateure im Winter Garden.«

»Obwohl man damit doch sicher nicht allzu viel verdienen kann, oder?«, fragte ich. »Ich meine nur, man weiß ja, wie Walter kämpfen musste. Und man muss einfach mal festhalten, dass Theater heute niemanden mehr reich macht.«

Gloria fiel die Kinnlade herunter. Als hätte ich ihr gerade erzählt, dass es keinen Weihnachtsmann gibt. »Wirklich?«

Jayne räusperte sich und stieg in das Kreuzverhör ein. »Rosie will damit nur sagen, dass die meisten heute nicht mehr ausschließlich in Theaterproduktionen investieren, sondern auch noch andere Sachen laufen haben.«

Jayne sprach ihre Sprache. Glorias Gesicht entspannte sich wieder. »Ach so, ja, Vinnie macht auch dieses und jenes. Aber am Theater hängt sein Herz, wisst ihr? Wahrscheinlich muss er die anderen Sachen machen, um es am Laufen zu halten.«

Der Mensch hinter der Theke rief die Nummer unserer Bestellung, und während der nächsten Minuten waren wir mit der Beschaffung von Gewürzen und Besteck beschäftigt. »Klingt, als ob Vinnie ein cleverer Typ ist«, sagte ich dann.

»Wie kommst du da drauf?«, fragte Jayne.

»Er setzt nicht nur auf ein Pferd. Wir sollten es genauso machen. Vielleicht könnten wir das Geld, das wir bei dieser Show verdienen, auch irgendwo investieren.«

»So was wie Aktien?«, fragte Jayne.

»Nein. Denk dran, was 1929 passiert ist.« Ich bekam es sehr gut hin, die Augenbrauen so zusammenzuziehen wie mein Papa, wenn er über Geld sprach. »Was macht Vinnie denn sonst noch so, um seine Moneten zu verdienen?«

Gloria antwortete mit einem Mund voll kaltem Rinderbraten, der kein Rinderbraten war: »Er ist Händler.«

Da ich in dieser Fertigkeit selbst sehr gut war, merkte

ich, wenn jemand ausweichende Antworten gab. Gloria war in Bezug auf Vinnies sonstige Berufung nicht ausgewichen. Sie glaubte fest daran, dass es sich so verhielt, wie sie es sagte.

»Mit was handelt er?«, fragte Jayne.

Gloria lächelte ihr Sandwich an. Es lächelte nicht zurück. »Er redet mit mir nicht wirklich über seine Geschäfte. Ich glaube, er verkauft schwer zu beschaffendes Zeug. Ich weiß nur, dass er mir alles, was ich will, besorgen kann.« Sie schnippte mit den Fingern. »Einfach so.«

In der Sonntagszeitung hatte ich die Karikatur eines Stiers gesehen, auf dem »Schwarzmarkt« stand und der Leute auf offener Straße angriff. Am unteren Rand der Zeichnung schrie Onkel Sam: »Ist ein Stierkämpfer anwesend?« Als ich noch eine gute Patriotin war, wusste ich, dass man keine Kekse stibitzt, wenn einem die Mutter gerade gesagt hat, dass die für Gäste da sind. Aber ich wusste auch, welche wahnwitzigen Aufschläge Vinnie und seinesgleichen uns armen Schluckern aufbürdeten, die wir es keinen weiteren Tag ohne eine Tafel Schokolade und eine Packung Luckys aushielten. Man musste keinen Hehl daraus machen: Wir füllten die Taschen des organisierten Verbrechens. Während der Krieg für viele eine Übung in Angst und Schrecken war, war er für andere ein unglaublich gewinnträchtiges Geschäft. Dieser Gedanke machte mich krank.

Gleichzeitig aber lebten wir eben in einer Welt, in der man in der Bäckerei an der Ecke noch nicht mal mehr Brot in Scheiben bekam und in der die köstliche Bananenfüllung meiner *Hostess Twinkies* zusammen mit der Abbildung der herrlichen gelben Frucht auf der Packung ausgemerzt worden war. Dauernd ermahnte man uns, etwas aufzubrauchen, aufzutragen, in Ordnung zu bringen oder ganz ohne auszukommen, und trotzdem hatte uns das noch so gut wie keinen Nutzen gebracht. Wir hatten das alles doch schon in den Dreißigern mitgemacht – mussten wir da tatsächlich noch einmal durch? Opfer bringen zu müssen, ohne entschädigt zu werden, war ein scheußlicher Zustand. Wir brauchten einfach etwas, um immer wieder weiterzumachen.

Wenn der Krieg einmal vorbei wäre, würde ich im Rückblick auf meine erbrachten Opfer wahrscheinlich merken, wie klein sie gewesen waren. Aber jetzt, mitten im Schlachtengetümmel, brauchten wir alle etwas Verbotenes. Nicht, weil wir gierige Schweine waren, die sich nicht um unsere Jungs im Ausland scherten, sondern weil wir die Erinnerung an ein normales Leben brauchten, um zu wissen, wofür wir uns abrackerten – nämlich für ein Leben, in dem Butter alltäglich, Brot in Scheiben gewöhnlich und ein Mann an deiner Seite so natürlich war wie die Luft zum Atmen.

»Das muss ja sehr praktisch sein«, sagte ich zu Gloria. »Ich würde einiges geben für ein Paar Seidenstrümpfe und ein Pfund Butter.« Ich wandte mich an Jayne. »Wie ist der Eiersalat?«

»In Ordnung. Und das Roastbeef?«

»Ekelhaft.«

»Wieder aus Schinken?«

»Wenn es wenigstens Schinken wäre. Aber das ist etwas anderes. Rind ist es auf keinen Fall, vielleicht noch nicht mal Fleisch. Wie schmeckt deins?«, fragte ich Gloria. Sie hatte schon die Hälfte ihres Sandwichs verputzt. Ihr Appetit war Beweis genug, dass nur eine von uns beiden bei der Aufschnitt-Lotterie eine Niete gezogen hatte.

»Köst-lich. Roastbeef kann ich einfach immer essen. Steak auch. Vinnie sagt, dass ich eine ganze Kuh verdrücken würde, wenn ich könnte.«

Ich schob meinen Teller zur Seite. »Ich kann das nicht aufessen.«

»Das hast du letztes Mal auch schon gesagt«, meinte Jayne. »Warum bestellst du es dir trotzdem immer wieder?«

»Weil die Hoffnung alles ist, was ich noch habe. Außerdem: Wenn wir aufhören, Fleisch an den Tagen zu bestellen, an denen es noch welches gibt, denken sie vielleicht, dass wir es gar nicht merken, wenn sie ihre fleischlosen Mittwoche und Donnerstage einrichten.« Die Sonntagszeitungen hatten uns schon vorsorglich vor den Problemen gewarnt, die die angekündigte Fleisch-, Butter-, Käse- und Fettrationierung ab dem 1. April mit sich bringen würde. Nicht nur warnte uns das Amt für Preiskontrolle vor dem unhygienischen Zustand von Schwarzmarktfleisch, es legte uns auch mit Nachdruck nahe, in Erwartung der eintretenden Knappheit nicht mit dem Horten von Fleisch anzufangen.

»Dann werde ich also Schuld daran haben?«, fragte Jayne.

Ich zuckte mit den Schultern. »Du bist diejenige, die Eiersalat bestellt hat.«

Jayne aß die letzten Bissen ihres Sandwichs – bis auf die Krusten, die sie in der Mitte des Tellers liegen ließ. »Da esse ich doch lieber überhaupt kein Fleisch mehr, als dass ich es bestelle und dann enttäuscht bin.«

Ich warf meine zusammengeknüllte Serviette nach ihr. »Halt den Mund.«

»Nein wirklich. Ich habe die Schnauze voll von Dosenfleisch und Hackschinken. Wenn ich Fleisch esse, soll es schon ein Steak sein. Ein gutes Steak.«

»Du musst mal mit Vinnie reden«, sagte Gloria. »Er kann dir alles besorgen, was du willst.«

»Steak eingeschlossen?«, fragte ich.

»Sicher«, sagte Gloria. »Er versorgt die Hälfte aller Restaurants in Manhattan damit.«

17 Botschaft vom Mars

»Wenigstens wissen wir jetzt, warum er ›Der Schlachter‹ genannt wird«, sagte ich. Es war kurz nach sechs, und Jayne und ich waren nach einem aufreibenden Nachmittag bei unseren jeweiligen Proben auf dem Weg zur Subway. »Es ist in gewisser Hinsicht eine Erleichterung, dass es nur Fleisch ist, das er in Stücke schneidet.«

»Da können wir nicht hundertprozentig sicher sein«, meinte Jayne. »Immerhin fand Gloria auch das Roastbeef von Mancuso's ganz fabelhaft.«

Wir quetschten uns in der Bahn zwischen die anderen Fahrgäste. Ein Veteran mit einem Holzbein bot uns seinen Platz an, aber wir lehnten lächelnd ab und nickten ihm nur ein Dankeschön zu. Ich suchte über mir nach einer Schlaufe, an der ich mich festhalten konnte, während Jayne nach einer Stange in Reichweite griff.

Leise setzten wir unser Gespräch fort. »Gloria hat also keinen Feinschmeckergaumen, na und?« Die Frau links von mir roch nach Shalimar von Guerlain. Der Geruch war so überwältigend, dass ich mich gezwungen sah, durch den Mund zu atmen. »Immerhin haben wir das fehlende Puzzlestück. Wahrscheinlich benutzt Garvaggio das Bernhardt, um da sein Fleisch abzuladen.«

Es war der perfekte Ort dafür. Downtown, inmitten aller guten Restaurants. »Und ich wette, dass Als Geschenk ein Zeichen war.«

»Die Steaks?«, fragte Jayne. »Wie kommst du denn da drauf?«

»Er konnte wahrscheinlich nicht einfach damit herausrücken, dass Garvaggio derjenige ist, der Paulette kaltgemacht hat, also hat er mir etwas gegeben, was mich zu ihm führt.«

Jayne sah auf ihre Füße und schüttelte den Kopf. »Das ist doch reine Spekulation, Rosie. Manchmal ist ein Geschenk auch einfach nur ein Geschenk.«

»Aber in der Frage, wofür Garvaggio das Gebäude braucht, stimmst du mir doch zu?«

Jayne fasste nach. »Die Theorie ist gut, aber wir müssen sie noch beweisen.«

»Kein Problem – wir werden uns mal den Keller des Bernhardt genauer anschauen.«

Jaynes blonder Kopf hüpfte im Takt mit dem Zug. »Gesetzt den Fall, wir machen das, überleben dieses Abenteuer und finden Beweise für sein Tun: Eine Antwort auf deine Fragen hast du dann immer noch nicht. Wenn Garvaggio das Bernhardt für sein Fleisch braucht, warum sollte er dann die Produktion abblasen wollen? Und warum sollte er Paulette etwas antun wollen? Oder Olive?«

Ich hatte nicht den Schimmer einer Ahnung. Schaukelnd kam die Bahn zum Halten. Ich griff nach Jaynes Arm und zog sie zur Tür.

»Wohin willst du?«

»Nach Welfare Island. Wir statten Olive einen Besuch ab.«

Wir stiegen um und fuhren bis zur 78. Straße. Dort wechselten wir auf die Fähre, die uns zu der anderthalb Kilometer langen Insel brachte, auf der eine ganze Reihe der New Yorker Krankenhäuser untergebracht war: das Krebsinstitut, das Neurologische Zentralkrankenhaus sowie das neue Wohlfahrtskrankenhaus für Chronische Krankheiten. Auch die vielen Bedürftigen von

New York – Alte, Blinde und Mittellose – verlebten hier wie in einer eigenen acht Hektar großen Stadt ihre Tage.

Auf den ersten Blick kam einem die Idee, all diese Anstalten des Gesundheitswesens zusammenzulegen, genial vor, aber man merkte schnell, wie abgeschieden man hier war und wie entmutigend das für die Patienten sein musste. Als Welfare Island noch Blackwell's Island geheißen hatte, hatten hier einige der städtischen Gefängnisse gestanden. Ich wurde das Gefühl nicht los, dass die Kranken und Alten heute genauso behandelt wurden wie die Gefangenen damals – man schipperte sie weg und vergaß sie dann.

Wir gingen vor dem New York City Hospital noch schnell in einen Blumenladen und legten unser Geld zusammen für einen Strauß aus roten Nelken, blauen Kornblumen und Schleierkraut. Die Frau an der Anmeldung gab uns Olives Zimmernummer und zeigte uns den Weg zum Aufzug einen Flur weiter. Auf der Station war gerade Abendessenszeit, und um uns herum gaben Krankenschwestern in knackigen weißen Uniformen Tabletts aus, auf denen sich Suppenschüsseln befanden, die mit einer nach dreckigen Socken riechenden, dampfenden Flüssigkeit gefüllt waren. Trotzdem begann mein Magen beim bloßen Anblick von Essen zu rumoren.

Olive lag im Frauenflügel in einem großen Zimmer, das wahrscheinlich einige Ähnlichkeit mit einem Feldlazarett in Übersee hatte. Uns war eine Bettnummer mitgeteilt worden, nach der wir Ausschau hielten, während wir den breiten Gang hinuntergingen, der die Kranken von den Verletzten trennte.

»Olive?« Wir blieben vor Bett Nummer 39 stehen. Hinter dem Vorhang versuchte eine Mumie, sich einen Löffel voll roter Gelatine in den Mund zu schieben.

»Rosie? Wie nett von dir, dass du mich besuchen kommst!« Olive war von Kopf bis Fuß in breite weiße Bandagen gewickelt. Ein Bein war mit einem Band an der Decke aufgehängt, ein Arm lag in einer Schlinge vor ihrer Brust.

»Das ist Jayne Hamilton«, sagte ich. »Sie ist eine der Tänzerinnen in der Show.«

»Natürlich«, sagte Olive. »Schön, dich kennenzulernen.«

Jayne begrüßte sie und kümmerte sich dann darum, die Blumen in ein überzähliges Wasserglas auf Olives Nachttisch zu stellen.

»Wie geht es dir?«, fragte ich.

»Besser, als ich aussehe. Ich soll mir auf keinen Fall eine Infektion einfangen, und deswegen haben sie jedes Fleckchen, das aufgeschürft, geprellt oder zerschrammt ist, in Mull gewickelt.«

»Da hat bestimmt dein Vater seine Hände im Spiel gehabt.«

»Er hat dieses Vorgehen sicherlich befürwortet.«

Ich wies mit dem Kinn auf ihr praktisch unberührtes Abendbrot. »Wie ist das Essen?«

»Ungenießbar, finde ich. Entweder das, oder der Unfall hat etwas Furchtbares mit meinen Geschmacksnerven angestellt.«

»Weißt du schon, wann du wieder entlassen wirst?«

Sie zuckte mit den Schultern, und sofort zeichnete sich Bedauern auf ihrem Gesicht ab. Jede Bewegung schien weh zu tun. »Zelda und Izzie haben mir erzählt, dass du für mich einspringst.«

»Friday wusste sich anscheinend nicht anders zu helfen.«

»Quatsch«, sagte Olive. »Du machst das bestimmt großartig. So etwas passiert nicht ohne Grund.«

»Haben die beiden dir sonst noch was erzählt? Zum Beispiel, wie komisch ich es finde, dass so viele Leute, die für unsere Produktion arbeiten, Unfälle haben?«

»Sie haben es erwähnt.« Ein quietschendes Geräusch kam von der anderen Seite des Vorhangs. Ein Mann im blauen Overall steckte den Kopf herein und winkte Olive zu. »Komm rein«, sagte sie. »Ich stelle dich meinen Freundinnen vor.«

Er verschwand wieder im Gang und das Quietschen kam näher. Dann schob sich ein Pflegewagen herein, gefolgt von dem Mann, den wir gerade gesehen hatten.

»Rosie, Jayne – das ist mein Papa, Kenneth Wright.«

Er gab uns die Hand und lachte uns zahnlos strahlend an. Sein einst gutaussehendes Gesicht war von Falten zerfurcht, seine Haut hatte dieselbe aschgraue Farbe wie seine Haare.

»Ist mir eine Freude, meine Damen. Is' immer schön, Freundinnen von der Olive kennenzulernen.« Er legte grüßend den Zeigefinger an den Mützenschirm, gab Olive einen Kuss auf die Wange und ging zusammen mit seinem Wägelchen wieder hinaus.

Soviel zu meinen Vermutungen. Olives Familie hatte sicher nicht das nötige Kleingeld, sie in hübsche Klamotten und teure Schühchen zu stecken. Sie konnte ja froh sein, dass sie ihre Zähne noch hatte.

»Hast du irgendeine Idee, wer dich angefahren hat?«, fragte Jayne jetzt.

»Überhaupt nicht. Es ging alles viel zu schnell.«

Zwei Betten weiter fiel jemandem das Tablett hinunter. »Erinnerst du dich an die Farbe des Autos?«, fragte ich.

»Zelda sagt, dass es schwarz war und die Fenster dunkel.«

»Abgetönt?«

»Genau.« Seufzend schaute sie auf die Zehen ihres hochgezogenen Beins. Voller Mitgefühl wackelten sie ihr zu. »Es war auf jeden Fall so, dass ich in dem einen Moment noch die Straße überquere und im nächsten von einem Martinshorn geweckt werde.«

»Das ist alles?«, fragte ich. »Du bist über die Kreuzung gegangen, und das Auto ist in dich reingerast?«

Die Bandagen auf ihrer Stirn bewegten sich. »Nicht ganz. Zelda ist der Schuh kaputt gegangen – schon zum zweiten Mal an einem Tag –, und ich habe mich umgedreht, um ihr etwas zu sagen. Ich habe sie wegen ihrer lächerlichen Schuhe aufgezogen, seitdem sie sie gekauft hat. Vielleicht bin ich sogar noch einen Schritt auf sie zugegangen, aber in diesem Augenblick hat mich das Auto auch schon erwischt. Es ist schon lustig, wie dankbar ich diesen blöden Schuhen jetzt bin. Sie haben nicht nur Zelda gerettet, sondern wahrscheinlich auch mich, wenn man den Ärzten Glauben schenkt.«

»Wie das?«, fragte Jayne.

»Das hat wohl etwas damit zu tun, wie ich von dem Auto abgeprallt bin. Hätte ich nur einen Schritt weiter auf der Kreuzung gestanden, wäre ich wohl vom Gegenverkehr erfasst worden.«

»Wer auch immer das war: Er wollte sie umbringen«, sagte ich. Jayne und ich waren noch einen Block vom

Shaw House entfernt und trugen eine Schachtel mit chinesischem Essen heim. »Das war kein Unfall, der sie einfach nur aus der Show hinausbefördern sollte. Man wollte, dass sie ein für alle Mal verschwindet.«

»Es könnte ein Zufall gewesen sein.«

»Dass eine Frau ermordet und eine ihrer besten Freundinnen fast umgebracht wird, innerhalb einer Woche? Das glaube ich nicht. Es muss da ein Verbindungsglied geben. Und ich glaube, wir können sicher sein, dass dieses Verbindungsglied nicht Al heißt.«

Wir gingen ins Haus und hielten vor den Briefkästen. Ich verjagte alle Gedanken aus meinem Kopf. Ich würde mir gar nicht erst einen Brief wünschen. Ich würde keinen herbeizwingen. Er würde schon ganz von alleine kommen müssen.

Das Messingtürchen schwang auf und gab den Blick frei auf etwas sehr Schönes: Feldpost!

»Er hat zurückgeschrieben«, sagte ich zu Jayne.

»Corporal Harrington?«

Ich inspizierte den Absender. »Der und kein anderer. Sollen wir?«

Wir gingen nach oben, und ich verzögerte die unvermeidliche Brieflektüre, indem ich mir erst einen gemütlichen Pyjama anzog, uns dann einen Drink mixte und zu guter Letzt Churchills Futternapf nachfüllte.

»Jetzt reicht's aber«, sagte Jayne.

Wir setzten uns nebeneinander auf ihr Bett, und während sie uns ein Picknick aus Reis, Schweinefleisch und Gemüse herrichtete, öffnete ich den Brief mit dem Stiel eines Kamms.

»Keine schwarzen Linien«, stellte ich fest. Ich las langsam und kostete die Zeilen aus, als wären sie eine

Tafel Schokolade. Eine ranzige Schokolade allerdings, gespickt mit Wurmlöchern.

Das konnte nicht stimmen. Ich musste mich verlesen haben.

»Er ist tot.«

Jayne keuchte und hielt sich eine Hand vor den Mund. »Jack?«

»Corporal Harrington.« Der Brief war knapp und auf den Punkt. Mein einziger Kontaktmann in Jacks Einheit war gefallen, zwei Tage, bevor ich seinen letzten Brief erhalten hatte. Jemand aus dem Feldlazarett hatte es sich zur Aufgabe gemacht, mir zu antworten, als mein Brief ankam. Den letzten Absatz las ich laut vor: »Ich-weiß nichts Näheres. Yämmerlich rohes Unwissen. Freundinnen erwiderten Briefe, aller Leichtsinn dringlich! Auf Nächstesmal. Paul.«

Um sicherzugehen, dass ich nicht halluzinierte, rieb ich mir die Augen. »Ich bin weit entfernt davon, jemanden zu kritisieren, der für unsere Freiheit kämpft, aber sehe nur ich das so, oder schreibt dieser Typ wie Tarzan?« Ich überflog den Brief ein zweites Mal. »Er hat's auf jeden Fall auch mit der Rechtschreibung. Augenscheinlich bringt dir die Marine nicht bei, dass man *jämmerlich* mit *j* schreibt und manche Wörter nicht zusammengeschrieben werden.«

Jayne nahm mir den Brief aus den Händen und las ihn auch noch einmal. »Was ist das denn für ein Knilch, der ein Beileidsschreiben noch zum Anbaggern nutzt? Er muss doch davon ausgehen, dass du Corporal Harringtons Freundin warst und von der Nachricht seines Todes schmerzlich getroffen bist.«

Ich hatte zahllose Filme gesehen und unermessliche

Berge von Büchern gelesen, in denen Frauen vorkamen, die in Tränen ausbrachen. Im Film ging es ihnen immer im einen Moment noch gut, im nächsten vergruben sie schon den Kopf in der Armbeuge und zogen mit ihrem Schluchzen die Aufmerksamkeit aller Umstehenden auf sich. Für mich war das immer das gewisse scheußliche Bisschen zu theatralisch – man wusste einfach jedes Mal genau, wann sie zu weinen anfingen. Dabei ist das doch ein allmählicher Prozess, der damit beginnt, dass einem Tränen in den Augen brennen und die Muskulatur rund um den Mund zuckt, ob man will oder nicht. Das ist weder hübsch anzuschauen noch kommt es von jetzt auf gleich. Dachte ich zumindest. In diesem Augenblick zerbrach etwas in mir. Gern würde ich behaupten können, dass es an der Trauer über den Tod dieses mir unbekannten Soldaten lag. Vielleicht war es auch ein bisschen deswegen. Aber vor allem anderen überwältigte mich das Gefühl absoluter Hilflosigkeit.

»Schhhh, Rosie. Ist ja schon gut.« Jayne versuchte, meine Schluchzer mit besänftigenden Worten und behutsamen Berührungen zu ersticken. Es half aber nichts. Ihre Liebenswürdigkeit führte nur dazu, dass ich noch heftiger heulte. »Jack ist nicht tot.«

»Das wissen wir nicht«, flüsterte ich.

»Jetzt komm schon. Alles wird gut werden. Er wird wieder nach Hause kommen.«

Da waren sie wieder, diese schrecklichen Worte, die ich selbst verwendet hatte, als ich erfuhr, dass Jack vermisst wurde. Sie waren zu einer Art Nationalhymne geworden: Er wird wieder nach Hause kommen. Glaubten wir das wirklich, oder würden wir eines Tages feststellen müssen, dass viele Frauen das zwar erhofften, aber trotzdem würden erfahren müssen, dass er eben nicht wieder nach Hause kam – zumindest nicht lebendig?

Hatte Corporal Harringtons Frau auch daran geglaubt? Verfluchte sie jetzt ihre Naivität?

»Rede doch mit mir, Rosie. Sag, was los ist.«

Ich schüttelte den Kopf. »Alles. Einfach ... alles.«

Churchill kam zu uns, angezogen vom Schweinefleisch und den starken Gefühlsregungen. Jayne schob ihn vom Essen weg, und der Kater ließ sich gekränkt auf seine Keulen nieder und knabberte eine Ecke des Briefes an. Soll er ihn doch auffressen, dachte ich. Soll er diese Nachrichten doch verschlingen und genau die gleichen Bauchschmerzen davon bekommen wie ich.

»Warte mal.« Jayne fasste den Brief an einer anderen Ecke und versuchte, ihn Churchill vorsichtig aus dem Maul zu ziehen. Davon wollte der Kater aber nichts wissen. Als sie stärker zog, riss die Ecke ab, in die er biss, dafür war jetzt aber der Rest des Blattes frei. »Hast du nicht gesagt, dass du Corporal Harrington gebeten hattest, einen Kode zu benutzen?«

Mit einem Blusenärmel wischte ich mir übers Gesicht. Warum erinnerte sie mich jetzt daran? Um mir zu zeigen, wie erfolglos ich damit gewesen war? »Ja. Und?«

»Vielleicht sollten wir uns den letzten Absatz noch einmal anschauen. Für jemanden, der am Anfang des Briefes noch alles andere als unbeholfen formuliert, kommt er am Ende wirklich ein bisschen doll in die Tarzan-Sprache.«

Ich saß da wie ein Ölgötze, während ihre Worte in meinem Gehirn Karussell fuhren. Vielleicht war ja doch noch gar nicht alles verloren. »Lies es mir noch einmal vor.« Ich kramte eine Schachtel mit Briefpapier und Stift unter meinem Bett hervor. Als Jayne mir den letzten Absatz noch einmal langsam vorlas, schrieb ich den ersten Buchstaben eines jeden Wortes mit: I N N Y R U F E B A L D A N. »Du bist ein Genie!«

»Ich werde dich noch mal daran erinnern, dass du das gesagt hast.«

Durch die letzten verbliebenen Tränen musste ich lächeln. Sie fielen auf mein Gekritzel und verwischten die Tinte. »Ehrlich. Da wäre ich nicht drauf gekommen. Er ist kein Analphabet, er ist nur ganz schön schlecht darin, Sätze in meinem Kode zu bauen.« Paul kam also in die Stadt und wollte mich sehen. Warum? »Soll ich ihm zurückschreiben?«

»Würde ich tun. Du solltest ihn wissen lassen, dass du verstanden hast, dass er verstanden hat, was hier los ist.«

Während Jayne uns das Abendessen auftat, putzte ich mir die Nase, nahm einen Stift zur Hand und schrieb auf einen frischen Feldpost-Vordruck: »Lieber Paul, keine andere Nachricht nagt so kummervoll an uns. Meine ergebensten, rührseligsten Wünsche an Risikobewusste! Trauernd, etwas noch. Rosie.«

18 Ein Zimmer ganz in Rot

Eigentlich hätte ich erleichtert darüber sein sollen, dass mein Kontakt zu Jacks Schiffskameraden nicht völlig abgebrochen war, aber meine rationale Hälfte erinnerte mich daran, wie schrecklich egoistisch es war, beim Tod eines Menschen nur an mich zu denken. Corporal Harrington war gefallen, und auch wenn ich ihn nie getroffen oder wenigstens seinen Vornamen erfahren hatte, war es sehr liebenswürdig von ihm gewesen, mich über Jacks Verbleib in Kenntnis zu setzen. Zweifelsohne gab es jetzt irgendwo eine Mutter, eine Frau oder eine Schwester, die sich über sein Fehlen in den Schlaf weinte und immer noch nicht glauben konnte, dass er nie wieder nach Hause kommen würde. Hatten sie vor kurzem noch etwas von ihm gehört? Oder hatte er seine knapp bemessene Freizeit dazu verwandt, mir zu schreiben?

Ich war nicht in der Lage, mich zu trösten und zur Ruhe zu kommen, und wälzte mich die ganze Nacht schlaflos im Bett. Spätestens als die Sonne aufging, war klar, dass ich nicht mehr einschlafen würde, also versuchte ich, mich stattdessen mit einer alten Ausgabe *Photoplay* vom Krieg abzulenken. Das Hochglanzmagazin brachte ein Interview mit Bette Davis, die sich über Männer-Frauen-Beziehungen ausließ. Sie war ganz begeistert davon, dass Männer und Frauen zunehmend gleichberechtigt waren, sorgte sich aber, ob beide Seiten im Zuge dessen auch genügend auf ihren guten Ruf achteten. »Kerle, die Spaß verstehen, haben jeden Abend eine Verabredung – prüde Zicken werden für besondere Termine aufgespart. Bei Kerlen, die Spaß verstehen, klingelt dauernd das Telefon – bei den prüden Zicken klingelt nur der Ehering am Finger.« Ganz offensichtlich hatte sie das alles schon gesagt, bevor wir in den Krieg eingetreten waren. Prüde Zicken gab es heutzutage nicht mehr, ausschließlich Frauen, die es bereuten, dass ihnen ihr guter Ruf wichtiger gewesen war als die Menschen, die sie liebten.

Neben mir schlief Jayne friedlich mit offenem Mund – sie würde den Morgen mit einem Quietschen begrüßen. Zum ersten Mal seit Monaten hörte ich draußen Vögel gurren, keine Blauhäher und Rotkehlchen zwar, dafür aber vom Leben auf der Straße abgehärtete Tauben, die wie Bären Winterschlaf gehalten hatten. Der Frühling war also nah. Aus irgendeinem Grund kam es mir aber so vor, dass er dieses Jahr einfach an uns vorbeigehen würde.

Ich zog mir einen Bademantel und Hausschuhe an und nahm eine Ausgabe der *Weird Tales*, die ich gegen *Photoplay* getauscht hatte, mit nach unten in den Salon. Nur halb angezogen im Haus unterwegs zu sein, verstieß gegen die Regeln, aber es war meiner Meinung nach noch zu früh, als dass Belle sich hätte beschweren können. Zu meiner Überraschung lief im Esszimmer schon Kaffee durch den Filter. Ich goss mir eine Tasse ein und machte es mir mit dem Heftchen vor dem Kamin gemütlich.

»Kannst du nicht schlafen?«

Die Stimme kam vom Sofa im Salon. Dort saß Minnie, ebenfalls noch in Nachtwäsche, mit einer Brille auf der Nase und dem Buch *Amber, die große Kurtisane* in der Hand.

»Ich habe schlechte Nachrichten von einem Freund erhalten«, erzählte ich ihr, »und beschlossen, dass Schlafen nicht den Aufwand lohnt.«

»Tut mir leid, das zu hören.«

»Danke.« Rubys gelbe Rosen standen in einer Vase mitten auf dem Kaffeetisch und verströmten einen erdrückend süßlichen Geruch. »Und du?«

Minnie legte die Stirn in Falten und schob ihre Brille die Nase hoch. »Ruby ist bis jetzt nicht nach Hause gekommen. Ich glaube, ich habe mir zu viele Sorgen gemacht, um schlafen zu können.«

Ich hatte fürchterliches Mitleid mit ihr. Ruby hatte sie abserviert, und sie hatte es entweder nicht bemerkt oder wollte es nicht einsehen. »War sie denn nicht verabredet?«

»Schon. Um acht Uhr gestern Abend.«

»Soldaten auf Fronturlaub sind doch gern bis in die Puppen unterwegs und quetschen so viel Spaß wie möglich in die kurze Zeit. Ich würde mir da keine Sorgen machen. Ruby kann schon auf sich selber aufpassen.«

Minnie sah wenig überzeugt aus. »Sie kennt ihn doch kaum.«

»In neun Stunden kann man sich eine Menge voneinander erzählen. Außerdem finden Zelda und Izzie, dass er ein richtiges Herzchen ist.«

Sie sah aus, als würde sie das gerne ausdiskutieren, es sich aber gerade noch verkneifen können. »Was für schlechte Nachrichten hast du denn bekommen?«, fragte sie stattdessen.

»Ein Freund von mir ist im Feld gefallen.«

»Dein Freund?«

Alles in mir versteifte sich. »Nein. Jemand anderes.«

Ich hatte schon Angst, dass sie mich über mir nicht bekannte Einzelheiten ausfragen würde, aber ihr schien die Auskunft zu genügen, denn sie nickte nur und schaute dann wieder in ihr Buch. Ich hielt unser Gespräch für beendet und wandte mich auch wieder den *Weird Tales* zu. Endlich überfiel mich die Erschöpfung. Ich würde noch für fünf Seiten bleiben und dann einen weiteren Einschlafversuch unternehmen.

»Ich habe letztes Jahr meinen Bruder verloren.«

Nicht einmal eine halbe Seite hatte ich geschafft, als sie wieder zu reden begann.

»Das tut mir sehr leid, Minnie.«

»Er ist über Frankreich abgeschossen worden.«

Wenn irgendwann irgendwer ein Handbuch mit den Dingen für den Umgang mit Hinterbliebenen von Kriegsgefallenen herausbringen sollte, wäre ich die Erste, die es kaufen würde. So, wie die Dinge aber lagen, fiel mir nur ein, mich zu entschuldigen, als ob ich persönlich Verantwortung für seinen Tod getragen hätte. »Mein Beileid. War das dein Zwillingsbruder? Mickey?«

Sie sprach zu einem Kissen, das mit der amerikanischen Flagge bestickt war. »Genau.« Sie schüttelte den Kopf, als wollte sie ihre Gedanken aus Fesseln befreien. »Ich möchte nur, dass du weißt, dass ich nachvollziehen kann, was du gerade durchmachst. Wenn du reden willst, sag einfach Bescheid.«

»Danke. Das ist sehr lieb von dir.« Ich wollte noch mehr sagen – dass es nicht fair war, wie Ruby mit ihr umging, dass ich es furchtbar fand, wie ausgegrenzt sie im Ensemble war –, aber ich hatte keine Ahnung, wie ich diese Themen anschneiden sollte.

»Glückwunsch übrigens«, sagte sie. »Toll, dass du Olives Rolle bekommen hast.«

Ich hatte ganz vergessen, dass sie auch mal als Anwärterin für diesen Part gehandelt worden war. »Danke. Friday war verzweifelt und ich gerade in der Nähe.«

»Oh, das stimmt so sicher nicht. Wenn er verzweifelt gewesen wäre, hätte er ja auch mich nehmen können.«

Wir grinsten uns unbehaglich an und wussten beide nicht, wie man das Gespräch von diesem Punkt aus weiterführen konnte. Ich vertiefte mich also wieder in die *Weird Tales*, kann aber nicht behaupten, auch nur ein einziges Wort auf der Seite wirklich gelesen zu haben. Mir stieß etwas unangenehm auf.

Da wir keine anderen Beweise hatten, waren wir bis jetzt davon ausgegangen, dass Garvaggio *Nach Süden* sabotierte, sein Vorgehen aber nichts mit dem Mord an Paulette und Olives Unfall zu tun hatte. Aber was war mit Rubys Krankheit? War sie ein weiterer Beleg dafür, dass jemand die Produktion vereiteln wollte, oder hatte Ruby einfach nur zufällig zeitgleich mit all den anderen Vorkommnissen ihren Allergieanfall erlitten? Steckte vielleicht etwas noch viel Bedrohlicheres dahinter, hätte sie eventuell gar nicht nur krank werden, sondern sterben sollen?

Verstohlen warf ich einen Blick auf Minnie. Sie hätte am meisten davon profitiert, wenn Ruby aus dem Rennen gewesen wäre. Und wenn man Rubys Verhalten ihr gegenüber betrachtete, hätte sie auch eindeutig ein Motiv gehabt: Rache. Aber war sie in der Lage, so etwas zu tun?

Mir blieb keine Zeit, weiter darüber nachzudenken. Kratzgeräusche kündigten an, dass jemand versuchte, die Tür von außen aufzuschließen. Mit einem dumpfen Knall flog sie dann auch auf, aber wer da kam, konnten wir beide erst mal nicht sehen. Dafür konnten wir hören, wie jemand einem Begleiter betrunken mitteilte, dass sie nun gehen müsse. Darauf folgte ein Geräusch, wie Churchill es machte, wenn er sich säuberte. Minnie und ich schauten uns an, ihr Gesicht war rot vor Scham, meines starr vor Belustigung. Draußen ging das Geschlabber weiter, und ich fragte mich schon, ob man die Beteiligten daran erinnern müsse, Luft zu holen. Aber ein Ratschlag erwies sich als unnötig. Ruby machte sich von ihrem Verehrer los, verabschiedete sich ein weiteres Mal, schloss die Tür und schwebte lauthals singend ins Wohnzimmer – ihre Version von »My Devotion« klang für jemanden, der eine Hauptrolle in einem Musical hat, erstaunlich schief. Vaughn Monroe musste sich keine Sorgen machen.

»Guten Morgen«, sagten Minnie und ich wie aus einem Munde.

Sie verharrte mitten im Walzerschritt, schaute uns an und brach in lautes Gelächter aus. Keine Ahnung, was so lustig war, ich glaube, sie wusste es selbst nicht, sie hörte mit dem Lachen nämlich auf, sobald sie wieder zu Atem gekommen war, und runzelte die Stirn. »Warum seid ihr schon auf?«

»Ich konnte nicht schlafen«, sagte ich. »Und Minnie hat sich Sorgen um dich gemacht.«

Ruby versuchte, ihre Trunkenheit zu überspielen, indem sie den Rücken durchdrückte und die marineblauen Handschuhe auszog. Es funktionierte nicht. »Wie ihr seht, geht es mir gut.«

»Schönes Rendezvous gehabt?«, fragte ich.

Entweder lag es am Alkohol oder an der frühen Stunde oder an ihren ehrlichen Gefühlen für diesen einen

Soldaten, aber anstatt mir zu sagen, ich solle mich um meinen eigenen Kram kümmern, lächelte sie dämlich und schlang sich die Arme um die Brust. »Ganz wunderbar. Er war mit mir essen und tanzen und ist ein vollkommener Gentleman.« Sie seufzte dramatisch und starrte einen Punkt direkt über meinem Kopf an. »Er hat gesagt, ich würde ihn an Gene Tierney erinnern. Habt ihr je ein reizenderes Kompliment gehört?«

Hatte ich natürlich schon, aber jetzt war wohl nicht der Zeitpunkt, das zu erwähnen. Ihr Lippenstift hatte sich tapfer geschlagen, aber letzten Endes den Kampf um das Recht, dort zu bleiben, wo sie ihn aufgetragen hatte, verloren. Das Victory-Rot hatte sich rund um ihren Mund verteilt, was aussah, als sei ihr Ausschlag zurückgekehrt. Ihren Soldaten hatte vermutlich dasselbe Leiden befallen.

Ruby schloss die Augen und schwankte von einer Seite zur anderen. War sie betrunken, blöde oder empfand sie etwa endlich einmal wahre Zuneigung für jemanden? Man konnte sich nur schwer vorstellen, dass Ruby neben sich selbst noch andere Menschen lieben konnte, aber schwer vorstellen konnte man sich auch die Hälfte dessen, was zurzeit so in den Zeitungen stand. Wir lebten im Zeitalter des Unmöglichen.

»Dann triffst du dich bestimmt noch mal mit ihm?«, fragte ich.

Ihre Antwort kam gesungen, zu einer mir unbekannten Melodie. »O ja. Er bleibt eine Woche auf Durchreise hier, und ich habe vor, so viel Zeit wie möglich mit ihm zu verbringen.« Sie machte ihren Hut los und fuhr sich mit der Hand durch die Haare. »Ich sollte wohl einen kleinen Schönheitsschlaf halten.« Im Gehen hielt sie inne. »Euch beiden würde ich dasselbe empfehlen. Ihr seid so lange aufgeblieben, dass ihr geradezu … verhärmt ausseht.«

Die Beleidigung hätte schlimmer ausfallen können, aber sie war immer noch schlimm genug. Ruby Priest war zurück.

Ich ging schließlich wieder ins Bett und kratzte noch drei wenig erholsame Stunden Schlaf zusammen, bevor Jayne mich aufscheuchte und daran erinnerte, dass ich zur Probe musste.

»Das schaffe ich im Leben nicht.« Schnell schlüpfte ich in eine graue Wollhose, eine weiße Seidenbluse und eine Strickjacke. Diese Sachen waren nicht gerade modisch – und wahrscheinlich nicht einmal sauber –, aber so praktisch, dass das alles nicht zählte.

»Nimm ein Taxi«, sagte Jayne.

»Klar, warte, ich reiß mir nur noch schnell einen Goldzahn raus, dann kann ich es auch bezahlen.« Ich fuhr mir mit der Bürste durch die Haare und stopfte alles, was ich eventuell brauchen würde, in die Handtasche. »Küsschen«, sagte ich zu Jayne und war durch die Tür.

Izzie, Zelda und Ruby hockten auf der Bühne und rekapitulierten Rubys Rendezvous bis ins kleinste Detail. Während sie sich fast zwanghaft damit beschäftigten, was sie gegessen (geschmorte Ochsenzunge in Rosinensauce) und wozu sie getanzt hatten (Ruby schwor, sich an kein einziges Lied zu erinnern – ab der ersten Berührung hatte sie nur noch ihr eigenes Herz schlagen hören), saß Minnie im Zuschauersaal und studierte mit wütender Konzentration ihr Textbuch. Ich wollte mich gerade zu ihr setzen, als Zelda meinen Namen rief.

»Rosie! Da bist du ja. Wir hatten schon fast gedacht, dass du nicht mehr auftauchst.« Ich warf meine Habseligkeiten auf einen Zuschauersitz und zog mich auf die Bühne hoch.

»Ich habe verschlafen und hatte außerdem vergessen, dass heute nur einer garantiert pünktlich kommt, und zwar J. P. Morgan.« Die Beerdigung des mürrischen Bankiers sollte an diesem Vormittag stattfinden, und dem Verkehr nach zu urteilen wollte sich jeder in der Stadt von ihm verabschieden. Ich wartete auf Rubys unausweichlichen, bissigen Kommentar, aber es kam keiner. Sie schien auf der Hut zu sein, als wüsste sie nicht mehr genau, was sie in den frühen Morgenstunden von sich gegeben hatte, und als fürchtete sie jetzt, ich würde es an ihrer Statt erzählen. Als ich mich neben sie setzte, stand sie auf und entschuldigte sich. »Wo ist Walter?«, fragte ich.

Izzie zuckte mit den Schultern. »Keine Ahnung. Zelda und ich sind schon eine Stunde hier, und er hat sich noch nicht blicken lassen.«

»Ach übrigens«, sagte Zelda, »ich habe etwas für dich.« Sie warf mir ein kleines Büchlein zu. Mit einem Platschen landete *Das Freiwilligen-Handbuch für die Stage Door Canteen* in meinem Schoß.

»Danke, jetzt habe ich aber leider gar nichts für dich.«

»Izzie und ich gehen übermorgen wieder hin. Wir dachten, du könntest ja mal mitkommen. Die können da immer zwei weitere Hände gebrauchen.«

Ich legte den Daumen auf eine Ecke des Buches und

ließ die Seiten an mir vorbeifliegen. »Donnerstagabend passt mir nicht so gut.«

»Warum nicht?«, fragte Izzie.

Ich konnte auf keinen Fall zugeben, dass Ruby Recht hatte: Ich wollte keinen neuen Mann kennenlernen. Ich wollte, dass der alte heil zurückkam. »Ich habe höchstwahrscheinlich etwas zu erledigen.«

Izzie und Zelda wechselten einen ihrer patentierten Blicke. Es war nicht schwer, diesen hier zu deuten. Er war voller Verachtung.

»Naja, wenn es etwas Wichtigeres ist«, sagte Zelda.

»Was könnte schon wichtiger sein?«, setzte Izzie nach.

Zelda stieß Izzie mit dem Knie an. »Pscht, Izzie.«

Izzie stand auf. »Nein, ganz ehrlich. Ich möchte wissen, was wichtiger ist als einen Abend damit zu verbringen, ein paar Männer zu unterhalten, die morgen vielleicht schon tot sind. Es tut mir wirklich leid, aber ich habe diese Mädchen, die sich ständig an die Brust schlagen von wegen sie möchten auch mal etwas Gutes tun, wirklich so was von satt. Dann haben sie mal die Möglichkeit, aber plötzlich doch kein Interesse mehr, weil es ihnen nicht so gut passt. Das Einzige, was nicht gut passt, ist der Krieg, und ich wette, jeder Mann in der Canteen würde liebend gern woanders sein als im Krieg. Die haben aber keine Wahl, und ich finde, wir sollten auch keine haben. Das ist ja wohl das Geringste, was wir tun können.«

Diese mitreißende, zornige Rede ließ mich sofort zusammenschrumpfen. Natürlich würde ich hingehen. Von mir wurde ja nichts anderes verlangt als das, was ich freiwillig schon seit Pearl Harbor hätte tun sollen. »Du hast ja Recht«, flüsterte ich. »Ich glaube, der Abend ist gerade frei geworden.«

Izzies Antwort war ein strahlendes Lächeln.

Nachdem wir die Einzelheiten besprochen und entschieden hatten, was ich anziehen sollte (etwas Passendes sowohl zum Tanzen als auch zum Geschirrspülen), dauerte es immer noch eine Viertelstunde, bis Walter Friday erschien. Er kam in den Zuschauerraum gestürmt, als sei der Leibhaftige hinter ihm her, und als er wieder zu Atem gekommen war, wandte er sich mit einem ernsten Kopfschütteln an uns. Man brauchte kein Einstein zu sein, um zu merken, dass wieder etwas schiefgelaufen war.

»Entschuldigen Sie die Verspätung, meine Damen. Wir hatten ein Problem in der Bühnenbildwerkstatt.« Das Problem, so erfuhren wir, war ein Wasserrohrbruch, der den Großteil der schon fertig gemalten Kulissenteile zerstört hatte. Die Umstände dieses »Unfalls« waren eine Geschichte für sich: Die Kulissen hatten überhaupt nicht in der Nähe der Rohrleitungen gestanden. »Es ist wirklich kriminell«, sagte er schwer atmend. »Man hätte für Fälle wie diesen Vorsorge treffen müssen.«

Während des Probendurchlaufs verhielten wir uns so vorsichtig wie verängstigte Kinder, die jeden Moment damit rechnen, dass Papa sie wegen irgendetwas zu sich ruft. In der Mittagspause gingen die anderen zusammen raus, während ich noch herumbummelte und auf Jayne wartete. Ich stellte mich vor den Probenraum, in dem Maureen die Tänzer weiterhin quälte, indem sie alles gerade Erarbeitete noch einmal mit ihnen durchging, bevor sie sie in die Pause entließ. Durch das kleine Fenster in der Tür schaute ich ein bisschen zu, aber die Darbietung von Gloria, die über ihre eigenen Füße stolperte und ihren Partner gleich mit zu Fall brachte, war mehr, als ich ertragen konnte. So froh ich auch war, nicht mehr zur Tanzgruppe zu gehören, es hieß trotzdem nicht, dass ich die anderen leiden sehen wollte.

Ich trat von der Tür weg und vertrieb mir die Zeit mit dem Handbuch, das Zelda mir gegeben hatte.

»Was ist das?«, fragte Jayne, die mit einem vom Tanzen ganz erhitzten Gesicht neben mir aufgetaucht war.

»*Das Freiwilligen-Handbuch für die Stage Door Canteen.*«

»Lass mich raten: Zwischen der Frau und dem Mann muss ein Abstand von zehn Zentimetern gewahrt werden, Röcke müssen mindestens fünf Zentimeter übers Knie reichen.«

»Eher so: Niemand ist treu im Schützengraben, aber ohne Treue keine Tugend.« Ich wies mit dem Kinn auf den Probenraum. »Ist es besser geworden?«

»Ich habe nur eine halbe Stunde Zeit zum Mittagessen. Was sagt dir das?«

Wir gingen durch die Tür ins Treppenhaus. Zwei Absätze weiter unten hörte man gedämpft Rubys Stimme. »Ich bin ja nur überrascht, dass du sie gefragt hast. Rosie ist nicht besonders verlässlich, und auf dem Parkett ist sie eine Niete – davon, wie sie ihren Exfreund behandelt hat, rede ich erst gar nicht. Wusstest du, dass sie ihm nicht ein einziges Mal geschrieben hat, nachdem er auf das Schiff gegangen ist?«

Ich biss die Zähne zusammen, bis ich Blut schmeckte. Ich war nicht wirklich in der Stimmung, mir ihre Kommentare darüber anzuhören, wie unpassend meine Entscheidung sei, mit zur Canteen zu gehen. Und ihre Meinung über mein Verhalten in der Vergangenheit konnte ich erst recht nicht ertragen. Ich griff nach Jaynes Arm und dirigierte sie in Richtung des anderen Flurs, auf dem auch Walter Fridays Büro lag. Wir würden einfach durch den anderen Probenraum zur Treppe gehen, die Ruby zu diesem Zeitpunkt gerade wieder verlassen haben würde.

Wir traten durch die Tür in den menschenleeren Gang, in dem noch der muffig-männliche Geruch von Zigarren hing. Garvaggio war vor kurzem hier gewesen. Der Duft war nicht das einzige, was er hinterlassen hatte. Die Kellertür stand ebenfalls offen, und es sah so aus, als sei niemand mehr in der Nähe.

»Das ist doch mal ein erstaunlich glücklicher Zufall«, sagte ich. »Sollen wir mal nachsehen, wohin es hier geht?«

»Und wenn Garvaggio zurückkommt?«, fragte Jayne.

»Es geht wohl weniger um das Wenn als um das Wann. Vielleicht sollte eine von uns hier oben Schmiere stehen.«

Am anderen Ende des Flurs wurde es laut. Jayne und ich pressten uns flach gegen die Wand, um für diejenigen, die wir gleich zu Gesicht bekämen, unsichtbar zu bleiben. Diese Maßnahme war überflüssig. Das Keifen wandelte sich zu einem Seehundbellen.

»Gloria«, wisperte Jayne.

»Sicher?«

»Glaub mir: Dieses Lachen würde ich überall heraushören.«

Wir verharrten an Ort und Stelle, während sich der

Flur mit Glorias kläffendem Gegacker füllte. Dann verebbte es, und sie lispelte: »O Vinnie, willst du mich denn gar nicht tanzen sehen? Ich bin richtig gut geworden.«

Garvaggio grunzte etwas Unverständliches, was aber mit Sicherheit das Vorspiel zu etwas war, das wir zum Glück nicht mit ansehen mussten. »Klingt so, als ob Vinnie sein Mittagessen heute im Büro einnimmt«, sagte ich. »Sollen wir runtergehen?«

»Ich bleibe oben«, sagte Jayne. »Falls er ein schneller Esser ist, wirst du mich brauchen, damit ich dir den Weg zurück frei halte.«

Ich zog die Schuhe aus und ging lautlos die Treppen in die Eingeweide des Gebäudes hinunter. Die Boiler ächzten und rülpsten und füllten den Raum mit einer Hitze, von der oben im Theater nichts zu spüren war. Der Geruch, den ich bislang dem Imbiss von gegenüber zugeschrieben hatte, war hier unten stärker: Es roch verbrannt und beißend, abstoßend und gleichzeitig so verführerisch, dass mein Magen grummelnd um Nahrung bettelte. Nackte Glühbirnen baumelten von der Decke und spendeten gerade genug Licht, um nicht ständig irgendwo anzustoßen. Ein großer Raum zu meiner Linken war voller Pinsel und Farbtöpfe. Der nächste war voller Werkzeuge, die ich größtenteils nicht zuordnen konnte. Ein zur Hälfte zusammengesetztes Kulissenteil lehnte an der Wand und wartete noch auf Beine, die ihm erlauben würden zu stehen. Zeichnungen des Bühnenbildners waren auf eine Anschlagtafel geheftet, jede von ihnen von Bleistiftstrichen durchzogen, die anzeigten, wie hoch und wie breit etwas im Verhältnis zu etwas anderem sein sollte. Von hier kam ich in die Unterquerung, einen langen Gang direkt unter dem Bühnenboden, den die Schauspieler zum unbemerkten Seitenwechsel nutzen konnten, wenn einen auf der Bühne selbst mal nicht genügend Stoffe oder Vorhänge vor den Blicken der Zuschauer schützten.

Sie war ein einsamer, unheimlicher Ort, diese Unterquerung. Ausgemusterte Möbel und Requisiten warteten hier auf ihren nächsten Einsatz, aber je tiefer ich in den Tunnel hineinging, desto unwahrscheinlicher schien es mir, dass diese Gegenstände noch einmal zum Leben erweckt werden würden. Sie waren hier beerdigt und vergessen worden. Ich kam auf der anderen Kellerseite heraus, wo die Katakomben sich zu Räumen hin öffneten, in denen Vorräte und Werkstoffe gelagert wurden. Der größte dieser Räume beherbergte die Kostümschneiderei, die die gesamte Menschheitsgeschichte in Form von Bekleidung enthielt. Römische Tuniken hingen neben elisabethanischen Roben, die wiederum Bekanntschaft mit einem aufreizenden, troddelbesetzten Kleid eines Zwanzigerjahre-Flappers gemacht hatten. Hunderte Hosen waren nach Farbe und Größe geordnet, außerdem gab es genügend weiße Hemden, um eine ganze Armee damit auszustatten. Daneben fanden sich Schuhe, Hüte, Korsagen, Perücken und Dosen, in die Theaterschmuck sortiert worden war – Ringe, Armreifen, Ketten und Kronen.

Der Nebenraum war voller Beleuchtungszubehör. An einem Pfosten hingen Dutzende von Ascheneimern und warteten darauf, dass jemand sie ihrer Bestimmung zuführte. Kabel waren säuberlich zusammengerollt und aufeinandergestapelt worden – der enorme Kabelturm sah im Dämmerlicht aus wie ein Nest schlafender Vipern.

Alles war so, wie es sein sollte. Das Bernhardt war ein gut ausgestattetes Theater mit großen Lagerbeständen.

Nur nicht, was die Bauten für unsere Produktion anging. Die zwölf Kulissenteile, die der rätselhafte Rohrbruch zerstört hatte, lehnten an der Wand des Gangs, die Leinwand war durch die plötzliche Überschwemmung wellig geworden, die Farbe war verlaufen. Realistische Landschaftsbilder der Südstaaten hatten sich in Salvador-Dalí-Gemälde verwandelt. Zu Füßen dieser Aufsteller standen immer noch Pfützen, die in dem fluoreszierenden Licht ölig und buntscheckig aussahen. Vergebens versuchte ich herauszufinden, woher das Wasser gekommen sein mochte. Das hier war das Ergebnis eines nicht unbeträchtlichen Aufwands: Jemand hatte einen Schlauch anschließen und ausrollen sowie einige Male mit einem Eimer hin- und herlaufen müssen.

Ich ging immer weiter in die Katakomben hinein. Hatten die Kellerräume bisher alle sperrangelweit offen gestanden, waren die nun kommenden geschlossen und trugen keinerlei Hinweis auf das, was sich hinter ihnen verbarg. Ich rüttelte an einer Türklinke, aber die Tür war verriegelt. Auch die nächste ließ sich nicht öffnen. Von innen hörte ich ein unausgesetztes, mechanisches, vertrautes Summen. Ich näherte mich einer dritten Tür und rutschte aus. Der Boden war glitschig. Ein antiseptischer Geruch hing in der Luft. Bleichmittel vielleicht? Jemand hatte hier saubergemacht, und das, wollte man Walter Friday Glauben schenken, nicht besonders gründlich. Ich folgte der feuchten Spur auf dem Boden bis zur letzten Tür und erwartete, dass sie sich so unnachgiebig zeigte wie die anderen. Sie ließ sich allerdings gleich beim ersten Versuch öffnen, und ich starrte in eine undurchdringliche Dunkelheit. Mir schlug ein Geruch entgegen, den ich nur allzu gut kannte: Es war derselbe wie der, von dem ich damals würgen musste, als ich die Leiche meines ehemaligen Chefs gefunden hatte. Im Dunkeln tastete ich nach einem Lichtschalter. Ich fand einen, der sich kalt und nass anfühlte. Als ich ihn umlegte, passierte nichts. Ich trat in den Gang zurück und wusste zunächst nicht weiter. Gab es hier irgendwo eine Taschenlampe? Eine Kerze? Da fiel mein Blick auf meine Hand. Sie war rot von Blut.

19 Der Frauenheld

Beim Anblick meiner roten Hand keuchte ich und stolperte rückwärts. Ich untersuchte jeden einzelnen Finger, um herauszufinden, woher das Blut kam. Meins war es auf jeden Fall nicht. Bevor ich den Raum ein zweites Mal betreten konnte, wurde ich von einem Geräusch ähnlich einer zuschlagenden Autotür abgelenkt. Es kam vom Liefereingang, einem überdimensionierten Tor zu meiner Rechten. Eine Männerstimme dahinter bellte unverständliche Anweisungen. Dann fing der breite Riegel, der die Tür geschlossen hielt, an zu beben. Von draußen hörte man das Klingeln eines Schlüsselbunds.

Ich wich zurück in die Unterquerung und rannte hinüber auf die andere Kellerseite. Die Männer waren jetzt im Gebäude, aber solange sie nicht in meine Richtung kamen, war ich in Sicherheit. Auf der Kellertreppe nahm ich immer zwei Stufen auf einmal. Die Kellertür kam in Sichtweite. Und mit ihr das kleine Fenster in ihrer Mitte, durch das mir allerdings nicht das gedämpfte Licht eines leeren Flures entgegenschien. Ein Schatten versperrte mir die Sicht. Ich wurde langsamer und schlich mich an das Fenster heran, so dass mich von der anderen Seite niemand sehen konnte: Garvaggio war zurück, doppelt so dick, wie ich ihn in Erinnerung gehabt hatte.

Ich hockte mich hin, wie eine Henne, die gerade ein Ei legt, und suchte nach einem überzeugend guten Grund, warum ich gerade diese Treppe hier hochkam. Verirrt? Unwahrscheinlich, wenn man kein totaler Depp war. Jayne bekam das Große-Augen-große-Brüste-Spiel vielleicht gut hin, aber ich war dabei wenig überzeugend. Könnte mich irgendjemand hinuntergeschickt haben, um etwas zu holen? Das könnte klappen, allerdings müsste die dazugehörige Geschichte glaubhaft klingen und nicht allzu einfach zu überprüfen sein.

»Das ist ja unglaublich«, ließ sich eine Stimme vernehmen. Es war Jaynes. »Ich hätte nie gedacht, dass es so viel Arbeit macht, eine einzige Zigarre herzustellen.« Ich stand wieder auf und schaute vorsichtig aus dem Fenster. Garvaggio drehte mir den Rücken zu und demonstrierte ihr irgendwas an seinem Zigarrenstummel. Ich schaffte es, Jayne auf mich aufmerksam zu machen und sie mit flatternden Handbewegungen zu beschwören, Garvaggio von der Tür wegzukriegen. Sie nickte ihm – und mir – mit diesem strahlend koketten Lächeln zu, mit dem sie ohne Weiteres Fleisch zu Hackfleisch und Brotscheiben zu geschmierten Butterstullen werden lassen konnte.

»So eine wollte ich schon immer mal probieren«, sagte sie. »Meinen Sie, es ist etwas Falsches daran, wenn eine Frau eine Zigarre raucht?«

»Da ist überhaupt nichts falsch dran, Schätzchen.« Garvaggios Gesicht konnte ich zwar nicht sehen, aber der Klang seiner Stimme sprach Bände: Die Vorstellung einer Zigarre rauchenden Jayne war für ihn ähnlich aufregend wie die einer den Siebenschleiertanz aufführenden Salome. »Wollen Sie einen Zug von dieser hier?«

»Das ist Ihre. Das kann ich nicht annehmen.«

»Ganz wie Sie wollen.« Er steckte sich die Zigarre wieder in den Mund.

»Aber wenn Sie noch eine andere hätten, hätte ich schon Lust.«

Garvaggio drehte sich so, dass ich sein Gesicht im

Profil sehen konnte. Er schob seine juwelenbesetzte Hand in die Reverstasche und zog eine in Zellophan gewickelte Zigarre hervor. Er grinste schief, weil es für ihn wohl so aussah, dass Jayne genau das tat, was er von ihr wollte, während es ja eigentlich so war, dass er derjenige war, der hier manipuliert wurde. »Ja tatsächlich, ich habe hier noch eine.« Er wickelte sie aus der Umhüllung und hielt sie sich unter die Nase. »Das ist mal was anderes als Zehn-Cent-Rauchware. Feinster kubanischer Tabak. So eine gute Zigarre bekommen Sie so schnell nicht wieder.« Er hielt sie Jayne hin, als würde er einer Königin ihr Zepter reichen. Sie nahm sie an und betrachtete sie. Seine Hand verschwand wieder im Mantel und kam mit einem Feuerzeug aus Sterling-Silber wieder zum Vorschein. »Feuer?«

»Aber sicher doch.« Jaynes Augen wanderten zum Fenster, sie zuckte die Schultern. Das sollte alles gewesen sein? Er würde sich nach vorn beugen, um ihr die Zigarre anzuzünden, und ich sollte in dieser Zeit eine quietschende Tür öffnen, durch den gesamten Flur rennen und verschwinden, ohne dass er das mitbekam? Ich schüttelte den Kopf, um ihr mitzuteilen, dass dieser Plan unbefriedigend war. Keinen Millimeter würde ich mich von der Stelle bewegen, bevor Garvaggio sich nicht aus dem Staub gemacht hatte.

Er bediente den Feuerstein und beugte sich mit schützend um die Flamme gelegter Hand zu ihr hinunter. Sie steckte sich die Zigarre in den Mund und streckte sich ihm entgegen. Gerade als die Flamme die Zigarrenspitze berühren wollte, richtete sie sich aber abrupt wieder auf und nahm die Havanna wieder aus dem Mund. »Vielleicht ist das doch keine gute Idee.«

»Was ist denn los?«, fragte er auf seine merkwürdig schlüpfrige Art.

Jayne redete zu schnell, ihre Stimme brach fast vor Nervosität. »Was, wenn Mr. Friday kommt und mich rauchen sieht? Ich fürchte, darüber wäre er nicht sehr glücklich.« Das war eine schlappe Ausrede, und Jayne wusste es. Walter Friday war keiner, der Frauen von allem fernhalten wollte.

»Machen Sie sich um Walter mal keine Sorgen.«

Sie schwenkte die Zigarre vor Garvaggios Gesicht. Diese Geste schien Garvaggio derart zu reizen wie der Anblick eines nackten Oberschenkels. »Trotzdem. Ich würde mich in einer etwas privateren Umgebung wohler fühlen. Gibt es hier keinen Ort, wo wir hingehen könnten?«

Er lächelte sie wissend an. »Wie wär's mit meinem Büro? Privater geht's nicht.«

Mit einem Nicken stimmte Jayne zu und warf einen panischen Blick in meine Richtung, bevor sie ihm den Gang entlang folgte. Ich wartete, bis ihre Schritte verklungen waren und die Tür sich hinter ihnen geschlossen hatte, dann schlüpfte ich durch die Kellertür in den Flur. Auf Zehenspitzen schlich ich zum Probenraum, stieß knallend die Tür auf und ging zurück in den Büroflur, als wäre ich gerade erst dort angekommen.

»Jayne? Bist du hier?«, rief ich. »Du hast gesagt, wir treffen uns um eins unten.« Ich pfiff und rief weiter auf mehrere verärgert klingende Arten. Als das alles nicht zu ihrer Freilassung führte, ging ich von Tür zu Tür, klopfte und rief ihren Namen, um wenigstens den Eindruck zu erwecken, nicht zu wissen, wo sie steckte.

In Garvaggios Büro war es still, aber der Geruch, der

ihm entströmte, verriet, dass jemand darin rauchte. Um ihm keine Gelegenheit zu geben, nicht zu antworten, klopfte ich gar nicht erst, drehte den Türknauf und trat ein.

»Oh, Entschuldigung«, sagte ich.

Jayne saß auf dem Schreibtisch. Beziehungsweise sie kauerte darauf. Garvaggio stützte die Hände links und rechts von ihr ab und lehnte über ihr, weswegen sie, jeder Fluchtmöglichkeit beraubt, praktisch schon auf dem Schreibtisch lag. Die Zigarren lagen vergessen vor sich hinkokelnd in einem Kristallaschenbecher, seitdem Garvaggio wohl befunden hatte, dass etwas noch Schmackhafteres auf der Speisekarte stand.

»Gibt's ein Problem, Süße?« Garvaggio richtete sich auf und steckte sich die Zigarre wieder in den Mund.

»Es tut mir fürchterlich leid, Sie zu stören, Sir, aber ich suche Jayne.«

»Im Ernst?«

Jayne setzte sich ebenfalls auf und versuchte, ihren offensichtlich panischen Gesichtsausdruck mit Verärgerung zu überdecken. »Nun, jetzt hast du mich ja gefunden. Was willst du denn?«

In der Hoffnung, dass den abgetretenen Eichendielen eine gute Erklärung entwachsen würde, blickte ich zu Boden. Da sah ich meine Hand, die immer noch rot vom Blut eines anderen war. Ich hielt den Arm hoch und ließ die Hand abgeknickt herunterhängen. »Ich habe mich geschnitten und dachte, du hättest vielleicht was zum Verbinden.«

Vinnie ging einen Schritt zurück, für den Fall, dass ich beschließen sollte, seinen Anzug als Verband zu benutzen. Schneller als es die Verletzung – wäre sie echt gewesen – verlangt hätte, sprang Jayne vom Schreibtisch und nahm meine verwundete Hand in ihre. »Oh, du Arme. Klar. Wir kümmern uns um dich.« Sie warf Vinnie ein liebreizendes Lächeln zu. »Danke für die Zigarre. Schade, dass ich nicht bleiben kann.«

»Das heißt nur, dass Sie noch mal wiederkommen müssen.« Er zwinkerte ihr zu. »Sie wissen ja, wo Sie mich finden.«

Als Vinnie sich anschickte, eine Rauchwolke auszustoßen, flohen Jayne und ich über den Korridor in den Probenraum. Für den Fall, dass er immer noch in Hörweite war, zog Jayne mich durch das öffentliche Treppenhaus hinunter ins Foyer, wo wir im Damenklo verschwanden.

»Danke«, sagte ich, als die Luft rein war. »Für das, was du gerade erleiden musstest, werde ich dir ewig dankbar sein.«

Sie drehte den Hahn auf und gurgelte gute dreißig Sekunden mit einer Handvoll Wasser, bevor sie in den Abfluss ausspuckte. »Ich fühle mich, als ob ich ein Kamingitter abgeleckt hätte.«

»Hoffentlich ist sonst nichts in die Nähe deines Mundes gekommen.«

Jayne wischte sich das Gesicht mit einem Handtuch ab. »Ich habe ihn ein Mal geküsst. Wenn ich das nicht getan hätte, hätte ich weiterrauchen müssen.«

»Du hast eine weise Entscheidung getroffen. Von Treue hält er also nicht besonders viel?«

»Ich dachte, so weit seien wir schon gewesen, von wegen Frau und Geliebte.«

»Du weißt, was ich meine: Wenn er mit dir Zigarren raucht – wer weiß, wie vielen anderen er schon einen ähnlichen Gefallen getan hat.«

Aus ihrer Handtasche zog Jayne einen Lippenstift und setzte ihr Gesicht wieder instand. »Sprichst du von Paulette?«

»Warum nicht? Wir wissen, dass sie sehr beliebt gewesen ist und es ihr auf Verbindlichkeiten nicht allzu sehr ankam. Außerdem wissen wir, dass sie zu allem bereit war, wenn es sie nur voranbrachte. Vielleicht hat Garvaggio sie auch zu einer privaten Rauchrunde zur Seite genommen, und sie war dann wenig erfreut über sein Benehmen.«

»Möglich ist alles.«

Ich hielt meine blutverschmierte Hand unter den Wasserhahn.

»Was hast du denn da eigentlich gemacht?«, fragte Jayne.

»Ich gar nichts, aber jemand anderes hat etwas gemacht und dann vergessen zu putzen.« Ich erzählte ihr von dem dunklen Raum im Ostteil des Kellers, dessen Boden zwar sorgfältig geschrubbt, der aber mit einem merkwürdigen Wandanstrich zurückgelassen worden war.

»Unheimlich.«

»Allerdings. Ich war froh, dass das Licht nicht funktioniert hat. Das Schwarzmarktlager können wir jetzt wohl ausschließen.«

Jayne verzog das Gesicht. »Bedeutet das, dass wir wieder der These vom Bernhardt als Garvaggios Mord- und Leichenbeseitigungsstätte nachgehen müssen?«

Ich machte mit meiner immer noch roten Hand eine bestätigende Bewegung. »Scheint doch naheliegend zu sein.«

Draußen läuteten die Kirchenglocken von St. Mary

the Virgin ein Uhr. Zeit, wieder zur Probe zu gehen. Mit leerem Magen. Nicht, dass das Berühren einer blutigen Wand meinen Appetit hätte größer werden lassen.

»Sei vorsichtig«, sagte Jayne.

»Mach dir um mich keine Sorgen. Aber ich an deiner Stelle würde einen großen Bogen um Gloria machen.«

»Warum?«

»Weil ich sie für jemanden halte, der nicht allzu nachsichtig ist, wenn ein anderer Weibsrock nach den Zigarren ihres Freundes riecht.«

An diesem Nachmittag zog die Probe schnell an mir vorbei. Wir Schauspielerinnen probten zum letzten Mal alleine. Vom kommenden Tag an würde das Tanzensemble die ganze Zeit über mit dabei sein, was unsere vertraute Kleinfamilie erheblich vergrößern und verändern würde. Und in nur zwei Wochen sollte Premiere sein.

Während alle anderen sich darauf konzentrierten, die Probenzeit möglichst effektiv zu nutzen, stellte ich mir vor, was sich in dem Kellerraum befinden mochte. Wie Lady Macbeth bekam ich das Bild vom Blut an meiner Hand nicht aus dem Kopf. Wer war da unten gestorben, und wer waren die Männer, die in den Keller kamen, als ich den Rückweg angetreten hatte? Waren sie gekommen, um das Saubermachen abzuschließen?

Es passte einfach alles nicht zusammen. Garvaggio war ein Profi – er schaffte es, um vier jemanden umzubringen und um fünf zum Abendessen aufzutauchen, ohne das Hemd wechseln zu müssen. Was auch immer dort unten passiert war, musste von einer ungeheuren Gewalttätigkeit geprägt gewesen sein, ein so fehlerhaft geplanter oder grotesk ausgeführter Mord, dass trotz umsichtiger Reinigung immer noch Blutreste übrig geblieben waren. Oder der Täter hatte einfach nicht gemerkt, was für eine Schweinerei er veranstaltet hatte.

Nein. Es musste um mehr gehen. Buchstäblich um mehr. Da unten war nicht nur ein Mensch gestorben, sondern mehrere. Das war die einzige Erklärung für den Zustand des Raums. Wenn man mehrere Menschen umbringt, kommt man um eine Schweinerei nicht herum. Vielleicht hatte auch einer versucht zu fliehen, während die anderen ihren Tod fanden.

Vor diesem Bild musste ich die Augen verschließen und öffnete sie erst wieder, als ich mich in die Probe einzuschalten hatte, weil eine meiner Szenen dran war. Ich war noch nicht so weit, den ganzen Text auswendig zu können, weswegen ich mich stark konzentrieren musste, um ihn aus jenen Hirnwindungen hervorzuholen, in die er sich verkrochen hatte. Also stolperte ich mal hier über ein Wort, mal dort über eine Melodie, und während Friday die Tatsache, dass die Neue noch etwas hinterherhinkte, gelassen hinnahm, war Ruby dazu nicht bereit.

»Du weißt aber schon, dass wir in zwei Wochen Premiere haben, oder?«, zischte sie mir leise zu.

»Und du weißt doch sicher auch, dass ich das Manuskript erst seit zwei Tagen habe«, gab ich zurück. Ihr Tonfall ärgerte mich, nicht nur, weil es ungerecht war, von mir zu erwarten, jetzt schon mit den anderen gleichauf zu sein, sondern weil sich ihre Einstellung mir gegenüber seit der Woche, in der sie krank gewesen war, so drastisch geändert hatte.

Konzentration, sagte ich zu mir selbst. *Spiel sie einfach an die Wand. Zeig ihr, dass du nach zwei Tagen Probe schon mehr drauf hast als sie nach zwei Monaten.* Ich gab alles. Aber anstatt die beste Schauspielerin der Welt zu sein, wurde ich ihre unglaubwürdigste: Ich übertrieb es bei jeder Zeile derart, dass nicht viel gefehlt hätte, und den Wörtern wären Füße gewachsen und sie hätten einen eigenen Mitgliedsausweis der Schauspielergewerkschaft bekommen. Ich war mit der Selbstdemütigung schon weit fortgeschritten, da erhielt meine Unbeholfenheit auch endlich Walter Fridays ungeteilte Aufmerksamkeit.

»Lass es laufen, Rosie«, sagte er, was hinter mir ein schnatterndes Gekicher auslöste. Zelda und Izzie bereuten sicher schon, dass sie mal nett zu mir gewesen waren, und wie Minnie sich angesichts meiner talentfreien Darbietung fühlen musste, daran wollte ich gar nicht erst denken. »Spiel, wie du gestern gespielt hast. Das war perfekt.«

Wir setzten noch mal am Anfang der Szene ein, und ich versuchte, mich nur auf meinen jeweiligen Text zu konzentrieren und auf sonst nichts. Aber mir ging es erst besser, als ein Klappern unter uns es unmöglich machte, die Probe fortzusetzen.

»Ach verdammt noch mal«, sagte Friday. »Die wissen doch, dass sie die Laderampe nicht während der Proben benutzen dürfen. Ich kann mich ja noch nicht mal mehr denken hören.« Seufzend schaute er auf die Uhr. »Na gut – lassen wir's gut sein für heute. Morgen Nachmittag geht's los mit dem ganz großen Zirkus. Alle Lieder, alle Tanzszenen. Seien Sie pünktlich.«

Wir packten unsere Sachen, und ich sauste davon, bevor Ruby mich mit noch mehr schlauen Sprüchen über meine Fertigkeiten behelligen konnte. Vor Jaynes Probenraum schlug ich die Zelte auf und las im *Canteen-Handbuch*, während Maureen drinnen die Tänzer quälte.

»Noch Fragen?« Zelda blieb vor mir im Gang stehen.

»Ich finde es ziemlich leicht verständlich.« Von meinem Ausflug in den Keller völlig verängstigt und wegen der Probe tief beschämt, hatte ich Izzies Vortrag vom Vormittag schon wieder ganz vergessen. Jetzt fiel er mir wieder siedendheiß ein. »Ich würde das wegen heute Morgen gerne erklären. Warum ich mich vor der Canteen drücken wollte. Ich bin aber nicht wie diese anderen Frauen, von denen Izzie gesprochen hat. Hoffe ich zumindest. Aber ich stecke ein bisschen in einer … Zwickmühle.«

»Warum das?«

Ich klappte das Handbuch zu. »Der Freund, den Ruby erwähnt hat. Mein Exfreund. Er wird vermisst.«

»Das tut mir leid.«

»Als er einberufen worden ist, war mir nicht ganz klar, wo wir mit unserer Beziehung gerade stehen. Und jetzt … Auch wenn es sehr wahrscheinlich ist, dass er nicht zurückkommt, fühlt es sich trotzdem falsch an, einfach …« Mir fielen die treffenden Worte nicht ein, und so ließ ich den Satz einfach abbrechen.

Zelda setzte sich neben mich auf den Boden. »Schon gut, Rosie. Weiterzumachen ist eben schwierig. Es muss noch viel schwieriger sein, wenn man nicht sicher ist, was überhaupt passiert ist.« Sie legte eine Hand auf meine und drückte sie leicht. »Du solltest es dir nicht so vorstellen, als ob du ihn betrügst. Du gehst einfach nur in die Canteen, um mal für einen Abend auszuhelfen. Izzie hat schon Recht: Die Jungs brauchen uns. Vielleicht hilft es ja auch, dir vorzustellen, dass man diesen Exfreund von dir …«

»Jack.«

»Wie du dir wünschst, dass man Jack behandelt, weit weg von zu Hause, ohne etwas, worauf er sich freuen kann.«

»Danke.«

Umständlich stand sie wieder auf. »Bis morgen.«

Eine halbe Stunde später hatte auch Jayne endlich Feierabend. Wir gingen gemeinsam zur Subway-Station auf dem Broadway, Ecke 46. Straße, und ich weihte sie in den neuesten Stand meiner Überlegungen zu den Geschehnissen im Keller ein.

»Du glaubst, es ist so etwas wie ein Hinrichtungsort?«, fragte sie.

»Warum nicht?«, meinte ich. »Wenn Garvaggio das Theater nach Betriebsschluss nach Gutdünken benutzen darf, dann wüsste ich nicht, warum Morde ausgeschlossen sein sollten.« Eine Tafel zu unserer Linken wies uns darauf hin, dass Kabeljau-Frikadellen bei Longchamps heute nur fünfundachtzig Cent kosteten.

»Aber warum?«, fragte Jayne. »Was hat man davon, jemanden just hier umzubringen?«

»Vielleicht wird man hier nicht so schnell entdeckt. Vielleicht entsorgt die Mafia hier in der Nähe ihre Leichen.« Das klang ja langsam wie eine schlechte Immobilienanzeige: »Effizienz im Theater-Viertel. Nah am Hudson River. Wie gemacht für Mitglieder des Mangano-Clans.«

»Ja, aber die Wahrscheinlichkeit, dass es Zeugen gibt, ist doch ziemlich hoch. Überleg doch mal, wie viele Leute am Tag in einem Theater ein und aus gehen.«

Wir kamen an einem Zeitungskiosk vorbei, der die Hälfte seiner Ladenfläche zum Verkauf von Kriegsanleihen bereitgestellt hatte. Auf der Theke hatte man einen Phonographen platziert, über den uns Bugs Bunnys Stimme fragte: »Heute ein paar Anleihen für Sie?« Der ganze Stand war mit unheilvollen Anweisungen zugepflastert: BRIEFMARKEN GEGEN DIE ACHSENMÄCHTE! AMERIKA, WACH AUF! AUCH DU MUSST HELFEN! Auf dem erschütterndsten Plakat stand: KAUFEN SIE MEHR KRIEGSBRIEFMARKEN!, wobei man unter dem Wort *Krieg* immer noch das Wort *Verteidigung* durchscheinen sehen konnte. Die guten alten Zeiten, als wir noch dachten, es würde reichen, uns nur zu verteidigen.

»Ich kann mir nicht vorstellen, dass Garvaggios Leute das, was sie tun, tagsüber tun«, meinte ich. »Während der Probe hat jemand die Laderampe geöffnet, und es gab ein fürchterliches Scheppern. Das regelmäßig während der Probenzeiten zu machen, ist ausgeschlossen.« Mir spukte noch im Kopf herum, was Jayne gerade gesagt hatte. Zeugen. »Vielleicht ist mit Paulette ja genau das passiert.«

Jayne zog sich ein Paar graue Wollhandschuhe über. »Sie ist zu Hause umgebracht worden.«

»Nein, ich meine, warum sie ermordet worden ist. Was, wenn sie in irgendwas da unten reingeplatzt ist und Garvaggio sie dann lieber loswerden wollte als das Risiko einzugehen, dass sie zur Polizei geht?«

»Aber warum haben sie sie dann nicht gleich wie die anderen auch da unten umgelegt? Warum haben sie das bei ihr zu Hause gemacht?«

»Sie war Fridays Star und viel zu bekannt, um einfach

so zu verschwinden. Das hätte viel zu viele Fragen aufgeworfen. Also lässt Garvaggio sie in ihrem Haus umbringen und sorgt dafür, dass es so aussieht, als sei sie überfallen worden.« Meine Gedanken überschlugen sich förmlich ob der vielen Möglichkeiten. »Und weil Garvaggio sich Sorgen darüber macht, dass sie doch schon irgendjemandem etwas erzählt haben könnte, bevor er sie zur Strecke gebracht hat, lässt er sicherheitshalber noch alles aus dem Theater schaffen, bevor die Behörden Wind davon bekommen.«

»Und wie passt Al da jetzt rein?«, fragte Jayne.

»Er könnte auch herausgefunden haben, was da unten wirklich vorgeht, und sie haben ihm deswegen den Mord an Paulette angehängt. Dann glaubt ihm niemand, falls er doch plaudert.«

Einen halben Block lang ließ Jayne sich das alles schweigend durch den Kopf gehen. »Rosie, so läuft das nicht bei diesen Typen. Wenn Al etwas gesehen hätte, was er nicht hätte sehen sollen, dann wäre er jetzt tot. Ein derartiges Risiko würden sie nicht eingehen.«

Als sie das sagte, war mir klar, dass sie Recht hatte. Für Garvaggio war Al ein Nichts, und für die Bullen sogar noch weniger. Wenn er morgen einfach von der Bildfläche verschwände, würde das wahrscheinlich nur Jayne, mir und Tony auffallen – wobei er mindestens einem von uns mittlerweile auch schon völlig egal war.

»Ich glaube, wir müssen noch eine andere Möglichkeit in Betracht ziehen«, sagte Jayne.

»Und zwar?«

»Wie du gesagt hast: Paulette hat etwas gesehen, was sie nicht sehen sollte, und Garvaggio hat jemanden zu ihr geschickt, der sich um sie kümmert. Das ist auch geschehen, nur hat dieser Jemand seine Spuren nicht gut verwischt und ist deshalb im Knast gelandet.«

»Du willst also sagen, dass Al erstens ein Mörder ist und zweitens Tony hintergangen hat?«

»Wäre doch logisch«, sagte Jayne. »Ich kann mir keinen anderen Grund vorstellen, warum Tony sich sonst von ihm abwenden sollte.«

20 Zu zweit auf einer Insel

Den ganzen Abend über büffelte ich meinen Text mit dem festen Vorsatz, am nächsten Tag alle in Erstaunen zu versetzen. Als mir der Kopf rauchte, ging ich ins Wohnzimmer hinunter und blätterte in den Zeitungen der letzten Woche, die Belle neben dem Kamin gestapelt hatte. Ich suchte nach Meldungen über vermisste Personen und gefundene Leichen, die normalerweise auf den letzten Seiten standen, weil weder die Vermissten noch die Gefundenen von Bedeutung waren. Hier und da stieß ich auf einen Namen – ein verschwundenes Kind, ein verwirrter älterer Herr, ein Taschendieb, der zuletzt in Hell's Kitchen gesehen worden war –, aber keiner von ihnen schien mir jemand gewesen zu sein, der im Keller des Bernhardt für ein Vergehen gegen die Mafia hätte bezahlen müssen. Vielleicht kamen auch nur Nicht-New-Yorker in den Keller, weil man sie, um Spuren ihrer Herkunft zu verwischen, extra nach New York gebracht hatte. Vielleicht bat ja die Chicagoer Mafia ihre Kollegen von der Ostküste hin und wieder um einen Gefallen. Machten fremde Kartelle so etwas?

Ich blätterte um und brachte mich auf den Stand der Nachrichten, die ich verpasst hatte. Das Landwirtschaftsministerium und das Amt für Preiskontrolle hatten bei den Preisobergrenzen für Vieh einen Kompromiss erzielt. Vom 1. April an würde es zwei neue Gesetze zur Begrenzung des Schwarzmarkts geben: Alle Viehhändler würden eine Erlaubnis brauchen, um ihre Geschäfte fortsetzen zu können, und jede Schlachterei würde eine Genehmigungsnummer zugewiesen bekommen, die sie auf jedes einzelne Fleischstück stempeln müsste.

Mit der Fleischrationierung auf der einen und den neuen Gesetzen auf der anderen Seite würde es schwieriger werden, an Fleisch zu kommen als an einen Untauglichkeitsschein von der Einberufungsstelle.

Ich drehte die Zeitung um und landete im Anzeigenteil. Lächelnde Paare posierten vor der Kamera, kurze Textblöcke daneben taten deren Heiratsabsichten kund. Jeder der Männer war ein Armeeangehöriger, jede der Frauen festen Willens, schnell noch seinen Namen anzunehmen, bevor der Krieg ihm das Leben nahm.

Ich warf die Zeitung in den Kamin, wo jemand (höchstwahrscheinlich Belle) ein Feuer entfacht hatte.

Jaynes Erklärung für die Vorgänge im Bernhardt ging mir mit derselben Beharrlichkeit durch den Kopf wie einzelne Textzeilen, die ich auswendig zu kennen glaubte. Zugegeben: Ihre Theorie war die erste, die einen Sinn ergab. Al war geldgierig – das war er schon immer gewesen – und hatte mit Garvaggio einen Deal ausgemacht: Er arbeitete nebenher für ihn, war aber bereit, alles auf seine Kappe zu nehmen, falls irgendetwas schiefgehen sollte. Aber warum? Hatte Garvaggio ihm genug Kleingeld geboten, dass er bereit gewesen war, die Verantwortung zu übernehmen, falls er aufflog? Aber was war dann bei dem Mord an Paulette schiefgegangen? Soviel wir wussten, hatte es keine Zeugen gegeben, und niemand aus Paulettes Umfeld hatte auch nur die geringste Ahnung gehabt, wer es gewesen sein könnte. Er wäre ziemlich sicher ungeschoren davongekommen. Blieb also nur noch sein Gewissen. Oder …

Vielleicht war ja gar nicht ein Zeuge Als Problem, sondern Tony. Wenn der herausbekommen hatte, was Al tat, und ihn hatte wissen lassen, was er von seinem

Seitensprung hielt, war Al vielleicht gezwungen gewesen, den Mord an Paulette zu gestehen, um Tony bei Laune zu halten. Aber das ergab überhaupt keinen Sinn. Sie waren beide Verbrecher aus Überzeugung, warum also sollte es Tony etwas ausmachen, wenn Al sich als Killer anheuern ließ? Jetzt war Al schachmatt gesetzt, und Tony fehlte einer seiner Männer, ein guter Mann, der seiner Freundin das Leben gerettet hatte. Das konnte also wirklich nicht der Grund sein.

Auf der anderen Seite: Als Al im Auftrag von Jim McCain auf mich aufgepasst hatte, hatte er eine Mordsangst davor gehabt, dass Tony das herausfinden könnte. Er hatte zu mir gesagt: »Wenn du für Tony B. arbeitest, arbeitest du nur für Tony B.« Dass die Verletzung dieses Gesetzes unweigerlich bestraft würde, hatte er unausgesprochen gelassen. Loyalität bedeutete Tony alles, und ich konnte mir gut vorstellen, dass ihm ein toter Freund immer noch lieber war als ein lebender Verräter, nachdem er herausgefunden hatte, dass Al für Vinnie Garvaggios Bande arbeitete. Und Al, der das wusste, tat das einzig Mögliche, um sein Leben zu retten. Er gestand den Mord an Paulette und ging ins Gefängnis, um vor Tony sicher zu sein.

Die Probe war erst für zwei Uhr mittags angesetzt worden, aber ich verzichtete auf den Schlaf, den ich bis dahin hätte nachholen können, und entschied mich für einen Besuch bei Al.

»Soll ich mitkommen?«, fragte Jayne.

Noch hatte ich keinen Beweis dafür, dass Tony Al ins Kittchen gebracht hatte, und solange das so war, würde ich meine Theorie lieber nicht mit Jayne teilen. »Ich glaube, ich möchte alleine gehen. Jedes Mal, wenn wir zusammen da waren, hat er dichtgemacht. Vielleicht spuckt er mehr aus, wenn ich ihm alleine gegenübersitze.«

Gegen zehn Uhr war ich auf dem 19. Revier und alles nahm denselben Gang wie bei unseren vorherigen Besuchen. Nur dass mir die Dame an der Anmeldung diesmal sagte, dass ich vergeblich käme.

»Warum?«, fragte ich.

»Er hat uns verlassen, Schätzchen.«

Wir lebten in einer Zeit, in der *verlassen* eine euphemistische Umschreibung für *tot* war. Ein Dutzend mir bekannte Soldaten hatten uns verlassen, und Jack war auch schon auf halbem Wege, es zu tun. »Wie?«

»Sie haben ihn mit dem Bus abgeholt.«

Ich schüttelte mir den Kopf frei. »Ich meinte, wohin. Wohin haben sie ihn gebracht?«

»Nach Rikers Island. Wissen Sie, das ist hier kein Hotel. Keiner bleibt hier für immer.«

»Kann ich ihn denn dort besuchen?«

»Natürlich. Genauso wie Sie auch Ihre Hand in kochendes Wasser halten können. Was aber nicht heißt, dass Sie das auch tun sollten.« Seufzend durchsuchte sie einen Stapel Papier auf dem Tisch. »Um auf die Fähre und dann auf die Insel zu kommen, brauchen Sie einen Besucherausweis. Wann möchten Sie hin?«

»Heute.«

»Ich rufe für Sie an und kümmere mich um den Papierkram. An Ihrer Stelle würde ich den Mantel schön zugeknöpft lassen. Nichts reizt einen Gefangenen mehr als ein Paar Beine, die unter einem kurzen Rock hervorschauen.«

Ich bedankte mich für ihre Offenheit und hielt vor der Wache ein Taxi an. Als ich mein Ziel nannte, gab der Fahrer ein glucksendes, asthmatisches Lachen von sich, das mehr nach Zeldas Stimmübungen als nach Belustigung klang. Auch wenn er sich die gesamte Fahrt lauthals lachend darüber ausließ, dass ein Mädchen wie ich es doch hinkriegen sollte, sich einen netten Kerl an Land zu ziehen, der nicht gerade einsitzt – er brachte mich hin. Er sagte mir noch, dass ja die Soldaten bald heimkämen – als ob mich die Sehnsucht nach einer Romanze auf Abwege geführt hätte. Warum mit einem Verbrecher anbandeln, wenn man auch einen Helden haben konnte? Aber gab es da wirklich einen Unterschied? Unterschieden sich Garvaggios Straftaten im Keller wirklich so sehr von dem, was auf dem Schlachtfeld geschah? Aber ich hielt lieber meinen Mund. Ich brauchte den Fahrer noch für die Rückfahrt.

Als wir die 134. Straße in der Bronx erreicht hatten, ging ich zu dem Wachmann am Fähranleger und sagte ihm, wer ich war. Wie versprochen hatte die Dame vom 19. Revier den Weg für meine Reise geebnet. Ich ging an Bord und erlebte eine graue, neblige Fahrt über den East River bis zu der Insel, die seit neuestem die modernste Strafanstalt der Stadt beheimatete.

Auf den ersten Blick war Rikers Island ziemlich eindrucksvoll. Die Insel erstreckte sich über etwa anderthalb Quadratkilometer, das Meiste davon waren Schutt vom Bau der Subway sowie anderer Aushub. Jahrelang hatten unter der Erdoberfläche Brände geschwelt, und die Leute hatten behauptet, dass nichts außer Ratten auf der Insel überlebte. Die Nager waren heute meistenteils verschwunden, aber es passte, dass diese Insel – vor kurzem noch ein einziger Schwelbrand und Heimat für allerlei Ungeziefer – jetzt eine andere Art Hölle auf Erden war: unser Zuchthaus.

Für einen Miniaturhades war die Insel auf trügerische Weise reizvoll. Mehrere Dutzend Morgen Land gehörten zu einer Schweinefarm, die ein gerüttelt Maß des Fleischbedarfs des Staates New York produzierte (schade, dass sie hier keine Rinder hielten). Die Grünflächen waren mit einer Sorgfalt gestaltet, wie man sie eigentlich nur von königlichen Gärten kennt. Die Gebäude waren neu und modern, entworfen als einzigartiges Berufs-, Bildungs- und Freizeitzentrum für Gefangene. Man schien hier in vielerlei Hinsicht besser zu leben als in Manhattan.

Das Gefängnis war aber auch nicht für lange Haftstrafen gedacht. Die meisten Männer auf Rikers Island hatten zwei oder drei Jahre abzusitzen. Ich hatte noch nie davon gehört, dass jemand hier auf seinen Prozess wartete, aber natürlich konnte das die übliche Praxis sein und ich hatte, bei dem, was ich über Gefängnisse wusste, einfach nur nichts davon mitbekommen. Auf jeden Fall freute sich ein Teil von mir, dass Al jetzt hier war – dieser Ort hier verströmte mehr Optimismus als das 19. Revier.

Bei meiner Ankunft musste ich durch eine weitere Sicherheitskontrolle. Ich erzählte einem Furcht einflößenden Wärter am Haupttor, wer ich war und wen ich sehen wollte. Er fragte nicht, in welchem Verhältnis ich zu Al stand, sondern nur, ob ich dem Gefangenen irgendetwas mitgebracht hatte. Ich versicherte ihm, ich selbst sei das einzige Mitbringsel, und er führte mich in einen anderen Raum, wo ich mich bei einem weiteren Wärter anmelden und dann warten musste, bis der Gefangene bereit war, mir gegenüberzutreten.

Dieser Raum ähnelte mehr einem Arztwartezimmer als einem Strafvollzugsfegefeuer. In einer Ecke vermeldete ein Radio summend die Ergebnisse des Rangers-Spiels. Eine Handvoll Leute saß auf gemütlich wirkenden Sofas und las die Tagespresse oder veraltete Magazine. Ich nannte dem stiernackigen Typen am Schalter meinen Namen, und er machte auf einer Art Liste, die er vor sich liegen hatte, ein Kreuzchen.

»Al ist heute ja sehr gefragt. Es ist gerade schon jemand bei ihm. Dauert wahrscheinlich noch ein paar Minuten. Setzen Sie sich doch so lange, ich gebe Ihnen Bescheid, wenn Sie rein können.«

Al wurde sicherlich von seiner leidgeprüften Mutter besucht, einer Frau, der ich noch nie begegnet war, die ich mir aber klein und runzlig vorstellte, mit immer tränennassen Augen, die Schuldgefühle in dir wachrufen für Dinge, die du gar nicht getan hast. Ich beschäftigte mich mit einer Ausgabe des *Life*-Magazins, dessen Titelbild weibliche Notdiensthelferinnen im Marineausbildungszentrum von Oklahoma zeigte. Im Innenteil gab es noch eine lange Fotoreportage, die sich in allen Einzelheiten in den Verdiensten der Notdiensthelferinnen und Reservesoldatinnen erging, diesen tapferen jungen Frauen, die sich freiwillig Uniformen anzogen und im Krieg mitkämpften. Sie wirkten richtig glücklich, wie sie so bei ihren Feldübungen posierten. Die Uniformen waren weiblich geschnitten, als ob sie sich noch deutlicher von ihren männlichen Pendants abheben sollten.

»Rosie Winter. Lange nicht gesehen.«

Erschrocken schlug ich das Heft zu. Vor mir stand ein

Mann im Nadelstreifenanzug und verstellte mir die Sicht auf den Wärter an der Tür.

»Hallo Tony. Gut siehst du aus.« Ich stand auf, so als wäre er die Queen, und wusste plötzlich nicht, wohin mit meinen Händen. Er umarmte mich und platzierte einen Kuss auf meiner Wange, was mich aus dem Gleichgewicht brachte. »Was machst du denn hier?«, fragte ich. Ganz so blöd war diese Frage nicht. Tonys Branche ließ es durchaus zu, dass er mehr als nur einen Insassen auf Rikers kannte.

»Ich wollte mir mal ansehen, wie unser Junge in seinem neuen Quartier so zurechtkommt. Und du?«

»Dasselbe«, sagte ich.

Darauf nickte er. Ich fühlte mich sehr klein. Er hätte mich zwischen Daumen und Zeigefinger zerquetschen können. »Hast du Jayne dabei?«, fragte er.

»Nein. Nein. Sie wollte nicht mit. Schien es für eine schlechte Idee zu halten.«

»Das ist mein Mädchen.« Tony war ein massiger Typ. Nicht so massig wie Al und sicher nicht vom Format eines Vinnie Garvaggio, aber umfangreich genug, dass man sich gut überlegen musste, auf welchem Weg man an ihm vorbeikommen sollte. Ich hatte mich noch nie von ihm einschüchtern lassen, aber ich wusste, dass man vor ihm, seinem Job und seinen Beziehungen durchaus Angst haben konnte. Die Menschen, die Tony vielleicht umgebracht hatte (und ich war mir nicht ganz sicher, ob es sie gegeben hatte), stellte ich mir wie Karikaturen von Jimmy Durante vor – wie Gangster aus dem Comic-Buch, deren Tod vorherbestimmt war und die dieses Schicksal absolut verdient hatten. Jetzt aber, wo mir nicht mehr aus dem Kopf ging, warum Al wirklich im

Gefängnis saß, konnte ich Tony nicht mehr länger als harmlosen Kraftmeier ansehen. Er konnte echten Menschen echten Schaden zufügen. Mich eingeschlossen.

»Wie kommt's, dass du das nicht auch so siehst wie Jayne?«, fragte er jetzt.

»Al ist mein Freund, Tony. Für das, was er für Jayne und mich getan hat, schulde ich ihm eine Menge.«

Ich rechnete damit, dass er mich am Blusenkragen packen und mir bedrohlich ins Ohr flüstern würde, warum ich mich ab jetzt von Al fernzuhalten hätte. Seine Körpersprache würde dabei derart unverfänglich sein, dass die Leute im Raum uns für zwei alte Freunde halten würden, die sich umarmen. Aber es kam anders. Er beugte sich zu mir und sagte leise: »Sag ihm, er soll das Richtige tun.«

»Wie bitte?«

»Wenn du ihn siehst. Sag ihm, er soll tun, was das Beste ist.«

»Was heißt das?«

»Das wird er schon wissen.« Er zog den Mantel an, den er über den Arm gelegt hatte, und setzte einen grauen Filzhut auf. »Du, ich und Jayne, wir sollten uns mal wieder treffen.«

»Ja, das wäre toll.«

Tony ging, und der Wärter rief meinen Namen und sagte, ich könne meinen Gefangenen jetzt sehen. *Meinen Gefangenen*, als hätte ich irgendeinen Anspruch auf Al. Der Stiernackige brachte mich in eine weite, offene Halle, in der grüppchenweise Tische und Stühle herumstanden. Überall saßen Männer in gestreiften Overalls, auf denen Nummern standen, die sie im Tausch für ihren Namen bekommen hatten. Einige rauchten, andere waren in ruhige Gespräche mit gut gekleideten Anwälten oder zurückhaltend angezogenen Frauen vertieft.

Der Wärter führte mich zu einem Tisch, der mit 21 beschriftet war. »Al wird gleich bei Ihnen sein«, sagte er mit einem Zwinkern. »Er brauchte eine Pinkelpause.«

Ich setzte mich auf eine Holzbank und fühlte mich, als ob ich in einer Metzgerei gerade frisch in die Fleischauslage gelegt worden sei. Männer blickten in meine Richtung, nicht mit Argwohn oder Begierde in den Augen, sondern mit einer merkwürdigen Sehnsucht. Vielleicht hatte ich Ähnlichkeit mit ihren Frauen oder Freundinnen, vielleicht verkörperte ich aber auch einfach nur etwas, was sie seit ihrem Haftantritt nicht mehr gesehen hatten. Aus welchem Grund auch immer – sie sahen mich an und zwangen sich dann wegzuschauen, als würde ich in ihnen eine allzu schmerzhafte Erinnerung an etwas wachrufen, in dessen Genuss sie vielleicht niemals wieder kommen würden.

»Rosie.«

Plötzlich stand Al mir gegenüber. Er klang so, als ob er nicht mit mir gerechnet hätte und sich über die Überraschung nicht besonders freute. Aber bis ihn der Wärter wieder abholte, saß er nun mal fest.

»Hallo Al.« Ich stand zu schnell auf, und die Bank kippelte lautstark. Mit einer Handbewegung hieß Al mich wieder hinsetzen, und wir nahmen gleichzeitig Platz. »Du siehst gut aus.« Das tat er tatsächlich. Die Erschöpfung, die sich auf dem 19. Revier in sein Gesicht gegraben hatte, war verschwunden. »Wie behandelt man dich hier?«

»Ich hab's schon schlechter getroffen.«

»Ich wusste gar nicht, dass man hier auch reinkommt, wenn man noch auf seinen Prozess wartet.«

Er verschränkte die Hände und legte sie auf den Tisch. »Es wird keinen Prozess mehr geben, Rosie. Ist alles schon gelaufen.«

»Aber …« Ich unterdrückte mein Bedürfnis zu protestieren. Ging das auf Tonys Konto? Hatte er hinter den Kulissen einen Urteilsspruch für Al erwirkt, und war er gerade da gewesen, um Al voller Häme mitzuteilen, dass das die Strafe für Umtriebe hinter seinem Rücken sei? Wenn ja, warum hatte er mir dann aufgetragen, Al dazu zu drängen, das Richtige zu tun?

»Ich habe Tony im Besucherraum gesehen«, sagte ich. »Schätze, er kam gerade von dir.« Al nickte, und ich merkte, dass diese Einleitung kaum dazu geeignet gewesen war, mehr aus ihm herauszulocken. »Kommt er dich häufig besuchen?«

»Sooft er kann. Niemand ist gerne hier, vor allem nicht, wenn er schon mal auf der anderen Seite vom Tisch gesessen hat.«

Dass Tony schon mal im Gefängnis gewesen war, hatte ich nie mitbekommen. Es war zwar gut vorstellbar die meisten seiner Geschäftspartner hatten einen Eintrag im Strafregister , aber es beunruhigte mich trotzdem. Das war der erste hieb- und stichfeste Beweis dafür, dass er in der Vergangenheit schon Übles verbrochen hatte, was wiederum für die Gegenwart hieß, dass er das ohne Weiteres wiederholen konnte. »Er hat mir aufgetragen, dir zu sagen, du sollst das Richtige tun. Hast du eine Ahnung, was das heißt?«

»Nicht die geringste«, sagte er.

»Behandelt er dich gut?«

»Er war doch hier, oder?«

Aber wozu?, fragte ich mich. Um Al zu ermahnen, den

Mund zu halten? Um ihn zu einem Racheakt an Vinnie zu drängen und damit seine Loyalität unter Beweis zu stellen?

»Warum bist du hier, Rosie? Ich hab dir doch gesagt, dass du nicht mehr kommen sollst.«

»Das war auf dem 19. Revier. Ich dachte, die Regeln ändern sich noch mal, wenn man dich hier rausbringt.« Ich biss mir auf die Lippe und beschloss, wenn ich schon mal hier war, so viel wie möglich aus meinem Besuch herauszuholen. Wahrscheinlich war es das letzte Mal, dass Al mit mir redete. »Wenn du nicht gewollt hättest, dass ich komme, hättest du dem Pförtner ja sagen können, dass ich eine Persona non grata bin.«

»Damenbesuch ist gut für den Ruf.«

»Dann habe ich wohl etwas bei dir gut, und das kannst du jetzt sofort begleichen. Ich will wissen, warum du gestanden hast, Paulette umgebracht zu haben.«

»Sind wir wieder an dem Punkt?«

»Wir waren noch nie woanders. Jemand wie du kommt mit so einer Tat doch locker durch oder hat zumindest genug Leute an der Hand, die ihm noch einen Gefallen schulden und jede Spur verwischen. Paulettes Mitbewohnerinnen wussten rein gar nichts von dir – bis die Bullen sich bei ihnen gemeldet und gesagt haben, sie hätten den Mörder gefasst. Also: Warum bist du zur Polizei gegangen, bevor sie überhaupt auf den Gedanken gekommen ist, zu dir zu kommen?«

»Wenn du was Schlimmes gemacht hast, lastet das auf dir.«

»Du hast schon viele schlimme Sachen gemacht, Al. In deiner Branche kann man es sich doch wirklich nicht leisten, sich allzu sehr von seinem Gewissen leiten zu lassen.«

»Vielleicht habe ich mich verändert. Vielleicht bin ich dieses Mal zu weit gegangen.«

»Aber wer hätte dir das schon vorgeworfen – immerhin hat doch Vinnie Garvaggio dahintergesteckt.«

Sein Gesichtsausdruck veränderte sich. Er beugte sich nach vorn und senkte die Stimme. »Wovon redest du da?«

»Von Garvaggio.« Al forderte mich mit einer Handbewegung auf, leiser zu sprechen. Ich gehorchte. »Jeder weiß, dass du für ihn gearbeitet hast.«

»Dem Typen würde ich noch nicht mal ein Glas Wasser bringen, wenn er gerade ertrinken würde.«

»Da habe ich aber etwas anderes gehört.«

»Dann nimm die Tomaten von den Ohren.« Sein Schädel schwang von rechts nach links. »Und brüll hier drin nicht diesen Namen rum.«

»Ist ja schon gut.« Ich entschied mich, meine Taktik zu ändern. Wenn man ihn mit der Aussicht auf Entlastung nicht aus der Reserve locken konnte, musste man eben an sein Schuldgefühl appellieren. »Wie geht es denn deiner Mutter damit? Die wird sich ja nicht gerade freuen, dass du schon wieder hier drin bist.«

Er sah auf seine rissigen roten Hände hinab. Chemische Verbrennungen. Wahrscheinlich musste er in der Waschküche des Gefängnisses arbeiten. »Sie weiß nicht, dass ich hier bin, und ich will, dass das so bleibt.«

Kurz überlegte ich, ob ich das als Druckmittel verwenden konnte, aber selbst ich würde nicht derart unter die Gürtellinie zielen und der Mutter eines Mannes erzählen, dass er im Kittchen saß.

»Ich kenne deine Mutter nicht, Al, und werde dich nicht auffliegen lassen. Aber wird sie sich denn nicht fragen, warum du an den Feiertagen nicht mehr aufkreuzt?«

»Sie glaubt, ich bin nicht in der Stadt. Wenn mein Aufenthalt länger dauert, dann bleibt es halt dabei.«

Ihn aufzuziehen brachte genauso wenig wie ihm ein schlechtes Gewissen zu machen. Ich entschied mich für die Geradeheraus-Strategie.

»Ich glaube, du sagst nicht die Wahrheit, Al. Und damit meine ich nicht das mit deiner Mutter, sondern diese ganze vermurkste Angelegenheit. Ich glaube nicht, dass du Paulette umgebracht hast, aber ich glaube, dass du die ganze Sache für jemand anderen auf dich nimmst, um deinen Kopf zu retten. Du musst mir nicht antworten, ich an deiner Stelle würde das auch nicht tun, aber glaub mir: Ich bin über dich im Bilde. Vielleicht bin ich eine Idiotin – Jayne findet das übrigens auch –, aber die einzelnen Puzzleteile passen einfach nicht zusammen. Ich glaube nicht, dass du zu einer solchen Tat in der Lage bist, und das wird sich erst ändern, wenn mir jemand ein Foto zeigt von dir mit der Leiche in der einen und einer Waffe in der anderen Hand.«

»Bist du deswegen alleine gekommen? Weil Jayne deine Theorie falsch findet?« Zum allerersten Mal, seitdem diese ganze schreckliche Sache ins Rollen gekommen war, hörte ich einen Anflug von Bedauern in seiner Stimme. Im Gefängnis zu sitzen oder seine Mutter anzulügen machte ihm nichts aus, aber den Gedanken, dass Jayne ihm seine Geschichte abgekauft hatte, konnte er nicht ertragen.

»Sie sagt, dass du ein Dreckskerl bist, der hinter Gitter gehört. Tony hat da natürlich auch seinen Teil beigetragen. Du hast deinen Ruf nicht ganz alleine ruiniert.«

Er stieß sich vom Tisch ab und stand abrupt auf. »Tja, dann solltest du vielleicht lieber ihr zuhören. Klingt, als ob Jayne die Einzige mit einem Funken Verstand im Kopf ist. Du bist hier nicht willkommen. Begreifst du das? Wenn du hier noch mal auftauchst, komme ich nicht raus.«

Mir brannten Tränen in den Augen. Ich hatte Jack verloren, und jetzt verlor ich auch noch Al. »Mach dir bloß keine Sorgen«, presste ich hervor. »Mich siehst du nur noch von hinten.«

21 Der Schuldige II

Ich schaffte es noch raus in den Wartebereich, wo ich auf dem Block, auf dem ich mich eingetragen hatte, meinen Namen wieder durchstrich. Gerade, als ich mir den Mantel schnappen und mich aus dem Staub machen wollte, griff jemand nach meinem Ellbogen.

»Wie isses gelaufen?« Es war Tony. Er war immer noch da. Er hatte auf mich gewartet.

»Ich denke, das war für eine Weile mein letzter Besuch. Al war nicht gerade froh darüber, mich zu sehen.«

Tony ließ meinen Ellbogen los und streifte sich Handschuhe über. »Weißt du schon, wie du in die Stadt zurückkommst?«

»Mit der Fähre und dem Taxi.«

»Was hältst du davon, wenn ich dich 'n Stück mitnehme? Um eins geht die Parade los, und dann geht für niemanden nix mehr.«

Es war St. Patrick's Day, ein Tag wie gemacht, um auf die Freundlichkeit eines Gangsters mit eigenem Auto angewiesen zu sein. Ich konnte mich von Tony aber nicht bis zum Theater fahren lassen. Jayne durfte nicht in Garvaggios Show mitmachen, also würde auch ich keinen Blumenstrauß gewinnen, wenn ich preisgab, dass ich es tat. »Wenn du mich am Times Square rauslassen könntest, wäre das großartig. Ich bin dort mit einer Freundin für ein spätes Mittagessen verabredet.«

Tonys Fahrer wartete am Fähranleger, und ich stieg gemeinsam mit Tony in den Schlitten ein. Ich saß an meine Tür gelehnt, Tony an seine. Eine Wolke aus Zigarrenqualm stellte die Verbindung her zwischen seiner Seite und meiner.

»Hat er etwas gesagt?«, fragte er.

»Nichts Brauchbares. Das Ganze war weniger ein Gespräch als der Versuch, ihn zum Reden zu bringen. Ich habe ein bisschen darüber geplappert, was bei Jayne und mir so ansteht, aber er hat nur dagesessen und ein langes Gesicht gezogen, bis ich es nicht mehr ausgehalten habe.«

Tony ballte die rechte Hand und ließ die Fingerknöchel hervortreten. »Das hört sich ganz nach Al an.«

»Ist er bei dir genauso?«

Tony kurbelte sein Fenster so weit herunter, dass er die Zigarrenasche draußen abklopfen konnte. »Absoluuut.« Er drehte das Fenster wieder hoch und begutachtete die Spitze seiner Havanna. »So also will er das drehen.«

»Was drehen?«

Nickend führte Tony ein stummes Selbstgespräch, an dem ich nicht würde teilhaben dürfen.

»Ich kann einfach nicht glauben, dass er auf einen Prozess verzichtet hat«, sagte ich. »Hat wenigstens jemand versucht, ihm das auszureden?«

Tonys Augen waren von Natur aus übergroß und traten stark hervor, es sah fast schon komisch aus, aber er schaffte es, das zu kaschieren, indem er die Lider auf Halbmast stellte. Das ließ ihn verführerisch und mysteriös aussehen und machte es außerdem oft unmöglich mitzubekommen, wo er gerade hinschaute. »Das ist seine Sache. Wenn er sich für die Freiheit entscheiden sollte, weiß er, was er zu tun hat. Wenn ein Mann eine Entscheidung getroffen hat, kann nur er diese Entscheidung wieder rückgängig machen.«

Ich stehe auf philosophierende Mafiosi.

Tony ließ mich in der Nähe des Times Square raus. Als er garantiert außer Sichtweite war, schlug ich den Weg zur 45. Straße ein. In einiger Entfernung hörte ich eine Dudelsackgruppe wegen des Feiertags »The Wearing of the Green« spielen. Früher hatte mir die Parade immer sehr gefallen, aber dieses Jahr kam mir der Klang einer Blaskapelle eher kriegslüstern als lustig vor. Die Dudelsackspieler hätten auch zu einem Naziaufmarsch gehören können, der in Paris Einzug hielt.

Ich war die Sache mit Al falsch angegangen und hatte meine letzte Chance vertan. Falls er unschuldig war, wollte er meine Hilfe eindeutig nicht annehmen – wahrscheinlich, weil ihm klar war, wie aussichtslos das sein würde. Und falls es an Tony lag, dass Al eingesperrt war, dann konnte meine Begegnung mit ihm für Al nur den Schluss zugelassen haben, dass ich mit seinem Feind unter einer Decke steckte. Ich hatte uns beide enttäuscht. Wieder mal.

Durch die erste Probenhälfte quälte ich mich missmutig. Niemandem schien meine üble Laune aufzufallen, zumindest sagte niemand etwas dazu. Düstere Blicke und Stirnrunzeln waren aber auch an der Tagesordnung. Die Tänzer hatten sich zu uns gesellt, waren aber – ganz wie Jayne schon vorgewarnt hatte – noch lange nicht so weit, zur Musik zu tanzen, geschweige denn, sich in den Rest des Ensembles einzufügen. Walter Friday sah ihnen mit amüsiertem Gesichtsausdruck zu. An seiner Seite kaute sich Vinnie Garvaggio im Takt der Musik durch seine Zigarre. Bei jeder Unterbrechung machte er Gloria lautstark Komplimente für ihre Tanzkünste. Was ihre Leistung aber auch nicht besser machte.

Wenn Garvaggio nicht gerade damit beschäftigt war, Glorias Selbsttäuschung zu befördern, warf er Jayne anzügliche Blicke zu. Meine beste Freundin reagierte auf sein andauerndes Gezwinkere und vieldeutiges Genicke, indem sie jeden Augenkontakt vermied, aber seine Zuwendung machte sie so nervös, dass sie Schritte vergaß, aus dem Takt kam und Landungen verpatzte, die sie normalerweise blitzsauber meisterte. Sogar Maureen fiel Jaynes Unkonzentriertheit auf, woraufhin sie ihrer Starschülerin Ermahnungen zurief. »Du hast schon ein Problem, wenn zwei Zuschauer im Saal sind? Wie soll das werden, wenn es mehr sind, hä? Und ich habe gedacht, du wärst meine Rettung!«

Wir anderen – also Zelda, Izzie, Ruby, Minnie und ich – kamen mühelos durch unsere Szenen und versuchten, die Übergänge zu den Tanznummern so butterweich hinzubekommen, dass Friday keinen Grund hatte zu unterbrechen. Trotz meines furchtbaren Vormittags auf Rikers Island hatte ich den Großteil meines Textes noch im Kopf und bekam sogar noch zusammen, wann ich ihn wo anbringen musste. Diese Hürde hatte ich also überwunden, als Ruby mich zur Seite nahm und mich wegen meines, wie sie sagte, »unmusikalischen Gesangs« anging.

»Ich weiß, dass du kein Solo hast, Rosie, aber das ist keine Entschuldigung dafür, dass sich das Publikum die Ohren zuhalten muss.«

In der Pause suchte ich nach Jayne, aber Garvaggio hatte sie bereits für eine private Unterredung zur Seite genommen. Sie hielt ihren Oberkörper mit beiden Armen fest umschlungen und wich bei jedem Annäherungsversuch zwei Schritte zurück. Gerade wollte ich ihr zur Rettung eilen, als mir Gloria auf der anderen Seite des Raums auffiel. Sie beobachtete die beiden genauso aufmerksam wie ich.

»Morgen Abend ist es so weit.« Ich wirbelte herum. Zelda und Izzie standen direkt hinter mir. Sosehr ich sie mochte – ihre Art, sich anzuschleichen, war gemein. Ich überlegte kurz, ob ich sie bitten sollte, zukünftig Glocken um den Hals zu tragen, damit sie mich nicht immer so erschreckten.

»So weit wofür?«, fragte ich. »Für *Amos 'n' Andy* im Radio?«

»Für die Stage Door Canteen«, sagte Izzie. »Du erinnerst dich?«

Tat ich nicht. Nach allem, was passiert war, war mein Versprechen, mit ihnen in die Canteen zu gehen, das Letzte, woran ich gedacht hatte. »Ist es irgendwie möglich, das auf nächste Woche zu verschieben?«

»O nein«, sagte Zelda. »Versprochen ist versprochen. Mach dir nicht ins Hemd. Ich garantiere dir: Das macht höllisch viel Spaß.«

»Für Fertigkeiten in der Küche bin ich nicht gerade berühmt.«

»Keine von uns ist das«, sagte Izzie. »Und nichts ist den Männern weniger wichtig. Die kommen wegen der hübschen Mädchen und nicht wegen des guten Essens.«

Aber dieses hübsche Mädchen hier wollte für keins von beidem herhalten.

Die Probe ging an diesem Abend bis weit nach acht. Als Jayne und ich uns auf den Heimweg machten, gähnten wir so häufig, dass ein Gespräch praktisch unmöglich war. In der Subway zwang ich sie dann, mit mir zu reden, weil ich Angst hatte, dass wir beide einschlafen und unsere Haltestelle verpassen könnten.

»Al hat mir ziemlich deutlich zu verstehen gegeben, dass ich ihn nicht noch einmal besuchen soll«, erzählte ich ihr.

»Überrascht dich das etwa? Das hat er dir bei deinem letzten Besuch doch auch schon deutlich zu verstehen gegeben.« Die Bahn hielt, und eine Gruppe St.-Patrick's-Day-Zecher strömte herein. Mit ihnen kam der Übelkeit erregende Geruch nach Zigaretten und Whisky.

»Tony war da«, sagte ich.

Da wurde Jayne sofort wieder munter. »Wirklich? Du hast ihm aber nichts über ...«

»Über die Show gesagt? Natürlich nicht. Du hast sogar eine Goldmedaille von ihm verliehen bekommen, weil du so klug warst, nicht mit nach Rikers zu fahren.«

Jayne lehnte den Kopf gegen das Fenster. »Hast du irgendetwas von Al erfahren?«

»Nein, nicht wirklich. Er besteht weiter darauf, schuldig zu sein, obwohl es ihn ganz schön zu bekümmern schien, dass du in dieser Hinsicht seiner Meinung bist. Etwas sagt mir, dass wir besser dich als mich hingeschickt hätten. Ich glaube langsam, dass es ihm egal ist, was ich denke.«

»Rosie ...«

»Es ist aber so. Er hat sich heute aufgeführt, als ob ich der Staatsfeind Nummer eins wäre.« Und noch ein Gedanke gewann in meinem erschöpften Hirn Konturen. »Vielleicht ist auch das wichtig: Er hasst Garvaggio.«

»Dieses Gefühl kenne ich.«

Ich rutschte näher an sie heran, um die mit großen Ohren lauschenden Iren auf Abstand zu halten. »Nein, er hasst ihn wirklich. Als ich ihm vorgehalten habe, für ihn zu arbeiten, hat er reagiert, als ob ich seine Mutter geohrfeigt hätte. Hat eine schiefe Metapher benutzt und alles.«

»Würdest du das nicht tun? Ich meine ja nur: Al sitzt vielleicht wegen Garvaggio im Gefängnis.«

»Aber warum erzählt er mir, dass er ihn nicht ausstehen kann? Das kann mir doch im Grunde egal sein.«

Auf der anderen Seite des Gangs war auf einem Poster ein Chinese abgebildet. DIESER MANN IST IHR FREUND, wurde da behauptet. ER KÄMPFT FÜR DIE FREIHEIT. Wenn nur jeder, der auf unserer Seite stand, so klar benennbar gewesen wäre.

Jayne versuchte, ein Gähnen zu unterdrücken. »Vielleicht hat Al Angst, dass Tony doch noch rausbekommt, dass er für Garvaggio gearbeitet hat.«

»Meinst du nicht, dass Tony schon längst das Wie und Warum kennt, wenn er Al im Knast besuchen geht?«

Jayne rieb sich die Augen und dachte nach. »Stimmt ... Ich soll morgen nach der Probe mit ihm einen trinken gehen.«

»Mit Tony?«

Sie legte ihren Kopf nach links. »Nicht mit Tony, du Dummerchen. Mit Vinnie.«

»Ich hoffe, du hast das Richtige getan.«

Stolz hob sie den Kopf. »Ich war bestimmt, aber höflich.«

»Du hast ihn abgewiesen?«

»Natürlich habe ich ihn abgewiesen! Kannst du dir vorstellen, was Tony macht, wenn er das herausfindet? Vinnie Garvaggio ist für ihn so koscher wie ein Zwei-Dollar-Schinken!«

Ich signalisierte ihr, etwas leiser zu sprechen. »Hier geht's nicht um dein Liebesleben. Meinst du nicht, ein Abend allein mit Vinnie wäre die perfekte Gelegenheit, mehr über ihn herauszufinden?«

»Was denn zum Beispiel? Wie kalt seine Hände sind?« Ich warf ihr einen Blick zu, der sie wissen ließ, dass sie mich nicht für dumm verkaufen sollte. Daraufhin drehte sie die Handflächen gen Himmel und gab auf. »Er hat ja noch nicht mal Gloria etwas erzählt – warum sollte er mir mehr verraten?«

»Weil du nicht Gloria bist. Weil du etwas hast, was sie nicht hat.«

»Du hast sie noch nicht in ihrem Balletttrikot gesehen.«

Ich schlug ihr leicht gegen den Arm. »Ich meine, dass du eine gewandte Gesprächspartnerin bist. Du weißt, wie der Hase läuft. Ich würde meine letzten Donuts verwetten, dass Vinnie nach zehn Minuten in deiner Gesellschaft alles ausplaudert.«

»Was, wenn Tony das rausfindet?«

Ich dachte an meine erste Theorie – dass Al da war, wo er war, weil er Tony hintergangen, und nicht, weil er wirklich jemanden umgebracht hatte. Ging Jayne dasselbe Risiko ein, falls sie in Vinnie Garvaggios Begleitung erwischt würde? Ich wollte das nicht glauben, aber wenn man grundsätzlich davon ausgeht, dass jemand gefährlich ist, tut man gut daran, auch unter allen Umständen an dieser Annahme festzuhalten.

Trotzdem … er war immer noch Tony. Auch wenn ihre Beziehung gerade etwas unstet war, hatte er Jayne immer noch gern. Außerdem kam es furchtbar ungelegen, sich gerade jetzt Sorgen wegen Tony machen zu müssen.

»Mach dir keinen Kopf wegen Tony. Wenn er schon nicht mitbekommt, dass du in der Show tanzt, kriegt er ganz sicher auch nicht mit, wenn du mit Garvaggio einen bechern gehst.«

Seufzend schlug Jayne den Kopf gegen die Rückenlehne.

»Na gut. Gehe ich eben mit ihm aus. Auf einen Drink. An einem öffentlichen Ort.«

»Dagegen habe ich keinerlei Einwände.«

»Kommst du mit?« Sie machte ihre müden Augen so groß wie irgend möglich.

»Jayne, ich habe zurzeit nicht gerade eine Glückssträhne, wenn es darum geht, Informationen aus Leuten herauszubekommen. Das Einzige, was Garvaggio ausspucken würde, wenn ich mit dabei wäre, wäre sein Drink. Er möchte alleine sein. Mit dir.«

Sie wickelte sich den Mantelsaum um den Finger und zog den dicken, karierten Wollstoff so fest, dass sich ihre Fingerspitze unter dem Nagel blau verfärbte.

»Außerdem habe ich schon was vor. Morgen habe ich meinen ersten Freiwilligeneinsatz in der Canteen. Ich kann doch die Männer in Blau nicht hängen lassen.«

»Klar, aber eine Blonde in Ballettschläppchen schon.«

Ich tätschelte ihr den Kopf. »Das wird schon gut gehen. Wir treffen uns einfach im Anschluss. Wir vereinbaren eine Zeit, ich tauche da auf, wo ihr zwei gerade steckt, und setze den Feierlichkeiten ein Ende. Wie klingt das?«

Sie atmete so tief aus, dass das Fenster beschlug. Außerhalb des Waggons schien alles wie ausradiert. »Das klingt so, als ob du mir nach morgen Abend einen großen Gefallen schuldest.«

22 Die Nacht der Nächte

Die Donnerstagsprobe raste an uns vorbei, nur hin und wieder durchbrochen von Pausen, die halb so lang waren, wie sie hätten sein sollen. Ich war den gesamten Tag ein nervöses Wrack und nutzte die wenigen Auszeiten nur dazu, mich noch mehr zu quälen und zu sorgen. Da Jayne der unbestreitbar unerfreulichere Abend bevorstand, konnte ich nicht genau feststellen, welcher Bedrohung ich mich ausgesetzt fühlte. Gern hätte ich geglaubt, dass ich einfach eine mitfühlende Freundin war, die Jaynes Ängste mit ihr teilte, aber als sie nach Probenende ihre Nase pudern und ihren Mut aufpäppeln ging, wurde ich mitleidlos daran erinnert, dass ich selbst Grund genug zur Sorge hatte.

»Fertig, Rosie?«, fragte Izzie.

»Wofür?«

»Du gehst mit uns aus, weißt du noch?«

Gerade als ich genügend Courage aufgebracht hatte, einen falschen Grund anzugeben, warum ich nicht mitkonnte, erschien Ruby zu Izzies Linken.

»Es macht dir hoffentlich nichts aus«, sagte Izzie. »Aber Ruby möchte auch mitkommen. Ich dachte mir, es ist bestimmt lustig, wenn wir mal alle zusammen was unternehmen.«

Ruby schenkte mir ein Lächeln – das erste an diesem Tag. Es hatte allerdings nichts Gewinnendes, sondern war eine zähnefletschende Erinnerung daran, dass sie mein Leben nach Gutdünken ins Unglück stürzen konnte.

»Ich dachte, du bist heute Abend verabredet«, sagte ich. »Mit deinem Piloten, wie hieß er noch gleich?«

»*Captain* Montgomery und ich treffen uns später. Er muss noch etwas für seine Familie erledigen.« Ruby durchbohrte mich mit ihrem Blick und befahl mir wortlos, meine Pläne aufzugeben und sie in Frieden zu lassen. Mein Bedürfnis, diesen Abend abzublasen, löste sich in Rauch auf. Wenn Ruby mich nicht dabeihaben wollte, dann ging ich auf jeden Fall mit.

»Ich bin so weit, und ihr?«, sagte ich. Wir gingen zur Tür, als Jayne von der Toilette kam. Tonlos formte sie die Worte *zehn Uhr*, um mich daran zu erinnern, wann ich sie am vereinbarten Ort zu retten hatte. Jayne wollte Vinnie dazu drängen, sie in den Tap Room auszuführen, einen exklusiven Nachtklub, der so weit von Tonys angestammtem Revier entfernt war wie der Mond von der Sonne. Darüber hinaus war der Schuppen auch schön hell, weil der Eigentümer glaubte, dass schummriges Licht von Taschendieben und anderem Gesindel nur als Aufforderung verstanden werden könnte.

Als wir durch die Tür auf die Straße traten, fiel mir auf, dass Minnie die uns entgegengesetzte Richtung eingeschlagen hatte. Sie ließ den Kopf traurig zwischen den Schultern hängen, und die Art, wie sie lief, legte den Gedanken nahe, dass sie sich zwar bewegte, aber nicht genau wusste, wohin.

»Was meint ihr, sollen wir Minnie nicht auch fragen?«, sagte ich.

»Sie würde sowieso nicht mitkommen«, sagte Zelda. »Ich habe sie schon tausend Mal wegen etwas gefragt, und sie hat sich noch nie darauf eingelassen.«

»Sie tut mir leid. Es wirkt immer so, als stecke sie während der Proben in ihrer eigenen kleinen Welt.«

»Sie hat sich das selbst so ausgesucht«, sagte Izzie.

»Wir wollten schon mit ihr ausgehen, und wir haben versucht, mit ihr zu reden, aber jedes Mal hat sie ein genervtes Gesicht gemacht und eine faule Ausrede gehabt. Das Leben ist zu kurz, um sich Freundschaft zu erbetteln.«

»Ich wette, sie würde mitgehen, wenn du sie fragen würdest«, wandte ich mich an Ruby.

»Da bin ich mir sicher, aber ich habe keine Lust, sie zu fragen.«

»Weil sie als Krankenschwester gut genug war, aber als Freundin nicht?«

Ruby blickte mich finster an. Sie wollte nicht an die Zeit erinnert werden, als nicht nur ihr Ego, sondern auch die Pusteln in ihrem Gesicht aufgebläht gewesen waren. »Nein, weil man mit ihr keinen Spaß haben kann.«

»Da hast du Recht«, sagte Izzie. »Sie ist hochnäsig. Und ein bisschen prüde noch dazu.« Das konnte ich kaum glauben. Immerhin hatte Minnie *Amber, die große Kurtisane* gelesen, eines der gewagtesten Bücher auf dem Markt. »Ich habe ihr angeboten, ihr einen Brieffreund zu besorgen, und sie hat so getan, als ob ich ihr vorgeschlagen hätte, sie zu einem Herrenfilmabend mitzunehmen. Ich glaube, mit Frauen wie uns will sie nichts zu tun haben.«

Wir kamen an einer Gruppe Frauen vorbei, die für das »Frauenaktionsbündnis für Sieg und stabilen Frieden« warb. Jede von uns nahm einen der Handzettel mit, die sie verteilten, und schob ihn sofort in die Tasche. »Und was für Frauen seid ihr?«, fragte ich.

»Keine V-Girls, falls du dir deswegen Sorgen machst«, sagte Izzie.

»Würde ich vielleicht, wenn ich wüsste, was das ist.« Der Krieg hatte dem Buchstaben *V* eine ganz neue Prominenz beschert – er wurde vor alles Mögliche geklebt, um eine Verbindung mit dem Siegeswillen der Alliierten herzustellen.

»Du weißt nicht, was ein V-Girl ist?«, fragte Zelda. Ich schüttelte den Kopf.

»Denk dir eine Hure, die kein Geld nimmt.«

Izzie gab ihr einen leichten Schubs. »Zel!«

»Stimmt doch. V-Girls sind junge Mädchen auf Soldatenjagd. Die machen für jeden in Uniform die Beine breit.«

»Ich kann mir nicht vorstellen, dass Minnie glaubt, eine von euch wäre so«, sagte ich. Für mein Gefühl war Minnie eher mir ähnlich: Sie trauerte so sehr um einen Mann, dass sie sich nicht vorstellen konnte, sich mit einem anderen zu treffen. Konnte man ihr wirklich vorwerfen, dass sie sich nicht darum riss, dem erstbesten Fremden, der auf eine Romanze aus war, Briefe zu schreiben? »Ich habe mich mal ein bisschen mit ihr unterhalten«, meinte ich. »Sie hat erst vor Kurzem ihren Bruder verloren. Ich weiß auch nicht, ob ich an ihrer Stelle meine Abende in der Canteen verbringen wollte.«

»Und trotzdem kommst du mit«, murmelte Ruby.

»Wir haben alle Tote in unserem Bekanntenkreis«, sagte Izzie. »Das ist keine Entschuldigung. Jeder der Männer in der Canteen hat schon einen Kameraden verloren, und ich finde, Mitgefühl ist in solchen Zeiten nützlicher als Selbstmitleid. Schau dich doch an: Dein Freund wird vermisst, und anstatt deswegen Trauer zu blasen, tust du etwas Wertvolles.«

Tat ich das? Ich war mir da nicht mehr so sicher.

»Was machen wir, wenn wir da sind?«, fragte ich.

»Tanzt du gern?«, fragte Izzie.

»Solang mir keine Deutsche, die sich als Irin verkleidet hat, Schrittfolgen zubrüllt, ja.«

»Nachdem wir das Essen vorbereitet haben, gehen wir raus und tanzen mit den Soldaten. Es gibt immer tolle Bands und viel zu viele Männer. Es wird dir gefallen – es ist, als wäre man das hübscheste Mädchen auf dem Ball.«

Die Stage Door Canteen war ein Gemeinschaftsprojekt der United Service Organizations und der Theatergewerkschaft. Zur Hälfte Tanzhalle, zur Hälfte Nachtklub, war sie zu *dem* Anlaufpunkt für Soldaten geworden, die unsere schöne Stadt besuchten. Die besten Restaurants vor Ort spendeten Lebensmittel, und die schönsten Broadway-Schauspielerinnen servierten ehrenamtlich das Essen und schwangen das Tanzbein. Sogar wirklich große Stars machten mit, zweifellos im Bewusstsein dessen, was für eine tolle PR es war, für unsere Jungs in Blau Schinken in Scheiben zu schneiden. Prominente wie Tommy Dorsey und Glenn Miller veranstalteten in der Canteen auch Aufführungen, und es fanden »Showlets« statt, Auskopplungen von ein, zwei Szenen aus den jüngsten Broadway-Produktionen, die die Soldaten ins jeweilige Theater locken sollten. Der Laden wurde Woche für Woche von tausenden männlichen – und auch weiblichen – Mitgliedern der Streitkräfte überflutet, und seine Beliebtheit wuchs zurzeit noch einmal deutlich: Die RCA drehte gerade einen Kinofilm über die Canteen, und Bette Davis hatte in Hollywood einen ähnlichen Schuppen eröffnet.

Als wir an der berühmt-berüchtigten blauen Tür ankamen, standen schon hunderte Soldaten davor und konnten es kaum erwarten, dass es fünf Uhr wurde und die Canteen aufmachte. Ein Schild begrüßte sie mit den Worten EIN DURCH UND DURCH AMERIKANISCHER ORT FÜR DURCH UND DURCH AMERIKANISCHE JUNGS. Natürlich waren nicht nur Amerikaner willkommen; auch ausländische Soldaten waren eingeladen. Als wir an ihnen vorbeigingen, johlten und schrien sie in Akzenten, die auf Geburtsstädte in England, Australien und sogar Frankreich schließen ließen. Zelda, Izzie und Ruby blühten auf, versprachen jedem, mit ihm zu tanzen, und bliesen Luftküsse in die Gegend, die die Soldaten begierig mit den Händen auffingen. Auf den Bühnen New Yorks waren sie noch junge, aufstrebende Schauspielerinnen, in der Canteen waren sie bereits Superstars.

Die Canteen lag westlich des Broadway im Keller des 44th Street Theatre, wo zurzeit *Rosalinda* (eine Neuinszenierung der *Fledermaus*) die große Bühne in Beschlag nahm. Ein korpulenter Türsteher begrüßte Izzie lächelnd und hörte zu, als sie mich vorstellte. Er ließ uns ein, und wir gingen eine enge Treppe hinunter in einen überraschend kleinen Raum, der vollgestopft war mit Cocktailtischen, die um eine winzige Tanzfläche herum aufgestellt waren. Unser Himmel war eine schräge Decke voller Rohrleitungen und Holzbalken. Auf der Bühne wuselte ein bunter Haufen Musiker herum und war mit Aufbau und Stimmen der Instrumente beschäftigt. Stark geschminkte junge Frauen mit beneidenswerter Figur hatten sich weiße Schürzen vor ihre asymmetrisch geschnittenen Kleider gebunden, die sie angezogen hatten, weil sich die Röcke beim Tanzen so schön auffächerten. Sie trugen Servierplatten mit gespendetem Essen herum und legten Coca-Cola-Flaschen auf Eis. Alkohol wurde in der Canteen nicht ausgeschenkt, aber es sah nicht so aus, als ob das irgendjemanden störte. Die Männer kamen nicht, um ihre Sorgen wegzutrinken – sie kamen, um sie tanzend vergessen zu machen.

Die Canteen war ein Überbleibsel aus dem Ersten Weltkrieg und hatte eine eindrucksvolle Ahnentafel: Lee Schubert hatte die Räumlichkeiten (eine ehemalige Flüsterkneipe aus der Prohibitionszeit) zur freien Verfügung gestellt und die Heizkosten übernommen; Irving Berlin hatte das Klavier gespendet. Der ganze Laden war gespickt mit Beweisen der Großzügigkeit anderer Leute: lebhafte Bühnenbilder, die die besten Kulissenmaler des Broadway beigesteuert hatten, von Theaterschreinern gezimmerte Möbel und eine von der Elektrikergewerkschaft kostenlos installierte Beleuchtung, die in Sachen Theatralik mit jeder großen Bühne auf der 44. Straße mithalten konnte. Das Ganze war ein verblüffendes Zeugnis für den Zusammenhalt in einer Branche, deren Angehörige nicht dafür bekannt waren, etwas anderes zu fördern als sich selbst.

Natürlich gab es für Frauen wie uns noch andere Gründe, hierher zu kommen, als nur seinen Beitrag zu leisten. Außer den Schauspielerinnen, die in der Küche und am Buffet arbeiteten, investierten noch eine ganze Menge anderer Broadway-Gestalten Zeit und Arbeitskraft in die Canteen. Agenten, Produzenten, Regisseure und Kritiker arbeiteten mit uns kleinen Lichtern zusammen, trugen ebenfalls Teller hin und her, füllten Gläser nach, gaben Essen aus und rührten Bowle um.

Zelda ging zu einer älteren Frau mit Bulldoggenwangen hinüber und erklärte, wen sie im Schlepptau hatte und dass wir überall einspringen würden, wo Hilfe vonnöten war. Ihr Name war Elaine DeVincent, ihr Status Canteen-Wirtin. Sie war die letzte schiedsrichterliche Instanz darüber, wer in die Canteen reinkam und wer abblitzte. »Schön, dich wiederzusehen, Ruby«, sagte Elaine. Aus Ruby quoll eine unehrliche Antwort. »Ich habe kein einziges Handbuch mehr – kennt die Neue die Regeln?« Zelda sagte, sie habe mir ihr Exemplar geliehen, und ließ mich mit einem Zwinkern wissen, dass sie mir die Feinheiten noch verklickern würde. Wir wurden in die Küche geschickt, und jede bekam eine Schürze. Schulter an Schulter arbeiteten wir dann mit einem Dutzend weiterer Männer und Frauen, spülten Geschirr, trockneten ab, schnitten Schinkenscheiben, kochten Kaffee, bestäubten Donuts mit Zucker, teilten Kuchen in Stücke und machten Sandwichs, falteten Servietten und tratschten darüber, wer heute Abend noch erwartet würde (vor wenigen Minuten waren bereits Dinah Shore und Charles Coburn gesichtet worden).

»Und so läuft das hier.« Zelda wechselte neben mich, schmierte Mayonnaise auf Brote und sprach leiser. »Du kannst natürlich tanzen, mit wem du willst, aber es wäre gut, wenn du niemandem einen Korb gibst. Wir sind dazu angehalten, den schwarzen Jungs besonders viel Aufmerksamkeit zu schenken – Elaine möchte, dass sich hier alle willkommen fühlen, egal welche Hautfarbe sie haben.«

»Verstanden.«

»Gib nichts Persönliches preis. Frag keinen Soldaten, wo er gewesen ist oder wo er als Nächstes hinkommt.

Und unter keinen Umständen darfst du dich mit jemandem verabreden, den du hier kennengelernt hast.«

Ich konnte nicht fassen, dass ich mir Sorgen gemacht hatte. Die Angst, dass ich hier nach Ersatz für Jack suchen könnte, war völlig unbegründet gewesen. Auch wenn ich wollte: Ich durfte mich ja noch nicht mal mit jemandem verabreden, den ich hier kennengelernt hatte.

Als ob sie meine Gedanken gelesen hätte, knuffte Izzie mich in den Rücken und stieß zu uns. »Der letzte Teil ist natürlich ein ganz großer Quatsch. Alle verabreden sich hier; sie lassen sich nur nicht erwischen. Stimmt doch, oder, Ruby?«

Darauf antwortete Ruby nicht. Stattdessen nahm sie dieselbe Farbe an wie der Schinken und sägte an ihm herum, als ob er ein Baum wäre, den sie zu fällen beabsichtigte.

»Izzie will nur sagen«, meinte Zelda, »Diskretion ist alles. Wenn du dich mit jemandem noch mal außerhalb der Canteen treffen willst, dann tust du das besser weit weg von hier, wo dich keins der anderen Mädchen sehen kann. Das ist hier ein ziemlich neugieriger Haufen, und wenn sie dich im Verdacht haben, etwas Unerlaubtes zu tun, verpfeifen sie dich gleich bei der Wirtin. Dann bist du deinen Hausausweis los und kommst nur noch rein, wenn du auch Soldatin wirst.«

»Warum also das Risiko eingehen?«, fragte ich.

»Wegen der Männer natürlich«, meinte Izzie. »Alles, was wir tun, und jedes Risiko, das wir auf uns nehmen, soll sie glücklich machen.«

Draußen vor der Küche erscholl jetzt ein schauerliches Rumpeln. Man wusste nicht, ob man rennen oder irgendwo Schutz suchen sollte. Zelda zeigte auf die Uhr über dem Herd. »Punkt fünf Uhr. Ladys, der Spaß geht los.«

Sobald wir mit der Vorbereitung des Essens fertig waren, schleppten Zelda und ich die schweren Geschirrstapel in den Hauptraum und stellten sie auf den Buffettisch. Nachdem diese Aufgabe erledigt war, blieben wir an dem hölzernen Geländer stehen, das die Tische von der Tanzfläche trennte. Während der nächsten anderthalb Stunden wurde der übervolle Club von Ensemblemitgliedern der Revue *New Faces of 1943* unterhalten, im Anschluss gab es noch drei Nummern aus der Dorothy-Fields- und Cole-Porter-Show *Let's Face It!*. Von beiden Aufführungen erzählte man sich, dass sie bald abgesetzt werden sollten.

Mich fesselten sie. Nicht, dass die Darbietungen selbst außergewöhnlich gewesen wären, aber die Reaktionen der Männer waren es. Sie sahen mit offenen Mündern zu, lachten lauter, als die Witze es verdienten, und klatschten, bis die Hände rot waren.

»Das hat schon was, oder?«, flüsterte Zelda.

»Absolut. Ich bin froh, dass ich mal dabei sein kann.« Als ich mich zu ihr umdrehte, sah ich, dass ihr Tränen in den Augen standen. »Alles in Ordnung?«

Zelda wischte sich mit dem Handrücken übers Gesicht. »Manchmal überwältigt mich der Laden einfach. Ich habe einen Bruder bei der Marine, und heute Abend scheint einfach jeder Matrose hier drin sein Gesicht zu haben.«

»Das Gefühl kenne ich.«

Zelda lächelte. »Das kann ich mir denken.« Sie durchsuchte ihre Taschen, bis sie ein Taschentuch fand. »Tut mir leid, dass Izzie dich letztens so hart angegangen ist.«

»Muss es nicht. Manchmal brauche ich das.«

»Du musst hier nichts tun, was du nicht tun möchtest. Izzie und Olive können sehr hartnäckig sein, aber wenn du dich bei irgendetwas unwohl fühlst, bist du nicht verpflichtet, auf sie zu hören.« Einer der Sänger trat ins Scheinwerferlicht, die Musik wurde lauter. Zeldas Lippen bewegten sich noch, aber ich konnte sie nicht mehr hören. Sie stieß mir den Ellbogen in die Rippen und schrie: »Los, Toilettenschicht!«

Mit den Vorbereitungen zum Essen war unser Job noch nicht getan. Wir mussten uns auch um die Sauberkeit der Klosetts kümmern. Zelda ging zur Tür des Männerklos und klopfte. Als keine Antwort kam, schickte sie mich hinein. »Ich mach die Damen. Schließ einfach hinter dir ab, sieh nach, ob noch Papier da ist, und wisch das Becken aus. Wenn du dafür länger als zwei Minuten brauchst, hast du zu viel getan.«

Ich machte alles wie geheißen. Obwohl der Abend erst seit einer Stunde lief, sah das Örtchen bereits ganz schon mitgenommen aus. Ich sammelte Müll auf, wischte durch den Waschtisch und ordnete die verschiedenen Flugblätter und Handzettel, die für die Soldaten hier ausgelegt worden waren. Die meisten warben für günstige Gelegenheiten in der New Yorker Gegend, zum Beispiel für Sonderangebote, die die Soldaten während ihres Urlaubs doch in Anspruch nehmen sollten. Ein illustriertes rotes Prospekt mit einer aufreizenden Blondine auf dem Deckblatt lockte den Leser mit dem Titel *Sex und Der Krieg*. Es stellte sich als nicht ganz so schwül heraus, wie ich erwartet hatte. »Trinken Sie nicht zu viel«, wurde darin gewarnt. »Nehmen Sie sich vor leichten Mädchen in Acht. Es wäre ein Schande, den Sieg wegen einer Geschlechtskrankheit zu verpassen.«

Der Krieg war offensichtlich nicht das Einzige, das Soldaten zu fürchten hatten.

»Was gelernt?«, fragte Zelda, als ich fertig war.

»Männer zielen schlecht, und Syphilis ist gefährlicher als der Südpazifik.«

Zelda warf lachend den Kopf zurück. »Stimmt, das Böse, das wir Frauen in die Welt bringen, ist die jüngste Sorge der Armeeführung.«

»Und was machen wir dann hier?«

»Ach, weißt du ...« Mir blieb keine Zeit herauszufinden, was ich eigentlich wissen sollte. Die Leute sprangen auf die Füße und gaben den Künstlern Standing Ovations.

»Und was jetzt?«, fragte ich.

»Jetzt ist die Arbeit getan und das Vergnügen beginnt.«

Nachdem Darsteller und Sänger sich verbeugt hatten und von der Bühne gegangen waren, nahmen die Musiker ihre Plätze ein und stimmten ohne großes Vorspiel den Irving-Berlin-Song an, der zur Hymne des Clubs geworden war: »I Left My Heart at the Stage Door Canteen«. Die Leute strömten massenweise auf die Tanzfläche, und mit Erstaunen nahm ich wahr, wie Paare, die sich vor wenigen Sekunden noch nicht gekannt hatten, plötzlich so eng standen, dass sie gegenseitig ihren Herzschlag spüren konnten. Offiziere, die stolz ihre Rangabzeichen auf der Schulter, und frisch Eingezogene, die ihr Herz auf der Zunge trugen, tanzten Seit' an Seite. Obwohl hier jeder seine ganz eigenen Erfahrungen gemacht hatte, machten sie alle gleichermaßen große Augen und schauten sich die bescheidene Örtlichkeit ehrfürchtig an, als wollten sie sich all das fürs Nachleben einprägen. Dieses Mädchen, dieses Lied, dieser Moment würden mitgenommen werden in einen Schützengraben, in ein Flugzeug, unter eine Bootshaut und würden helfen, durch eine dunkle, schreckliche Nacht zu kommen.

»Mach dich bereit: Wenn das Lied vorbei ist, kommt eine ganze Flut Männer auf dich zu«, sagte Zelda.

»Und dann tanze ich einfach?«

»Und redest. Ehrlich gesagt sind die meisten Kerle hier mehr an Konversation interessiert als an ausgefallener Beinarbeit.«

Ich fühlte mich für viele Dinge im Leben gewappnet, aber mit mir fremden Männern zu reden gehörte nicht dazu. »Worüber soll ich denn reden?«

»Worüber sie reden wollen.« Sie ließ das Kinn aufs Brustbein sinken. »Du hast doch schon mal mit einem Mann geredet, oder?«

»Ha ha. Ich will nur wissen, über welche Themen ich reden soll.«

»Familie. Haustiere. Die neue Glenn-Miller-Platte. Was dir so einfällt.«

Wie vorhergesagt trennten sich mit der letzten Note die gerade noch so intimen Pärchen, und man ging auf die Suche nach neuen Tanzpartnerinnen. Bestimmt blieben einige auch bei denen, mit denen sie schon getanzt hatten, aber für mich sah es eher so aus, als ob alle nach einer besseren suchten als der, die sie gerade noch im Arm gehalten hatten. Oder sie versuchten, an einem einzigen Abend so viele Romanzen zu haben, wie sonst nur in ein ganzes Leben passen.

»Wollen Sie tanzen?« Ein Mann in einer blauen Marineuniform stand vor Zelda und mir. Ich dachte, er würde mit ihr sprechen, bis Zeldas Ellbogen mich vom Gegenteil überzeugte.

»Ich?«, fragte ich.

Er nickte und reichte mir die Hand. Für den Bruchteil einer Sekunde dachte ich darüber nach, ihn abzuweisen und nach jemandem Ausschau zu halten, der nicht demselben Truppenteil angehörte wie mein Ex. Aber ich wollte nicht gleich zu Beginn des Abends eine schlechte Note kassieren, weswegen ich ihm auf die Tanzfläche folgte. Wir begannen einen vorsichtigen Foxtrott zu »Somebody Else Is Taking My Place«.

»Sie sind eine gute Tänzerin«, sagte er.

»Darf ich Sie zitieren? Es gibt da eine gewisse Choreographin, die schockiert wäre, wenn sie das hören würde.« Die Luft wurde schnell heiß und feucht. Zigarettenrauch legte sich vor die Beleuchtung, bis es mir vorkam, als ob wir unter einem Schleier tanzten.

»Haben Sie einen Namen?«, fragte er.

Ich weiß nicht, warum ich log. Vielleicht glaubte ich, dass ich mit einem falschen Namen Jack nicht betrog. »Delores.«

»Delores wie?«

»Das reicht erst mal«, sagte ich. »Wir haben unsere Anweisungen wegen der Nachnamen. Wie darf ich Sie nennen?«

»Meine Freunde nennen mich Pfirsich.«

»Sie machen Witze, oder?« Ich war ja schon eine große Frau, aber Pfirsich überragte mich haushoch. Dabei war er aber nicht drahtig, sondern so kompakt gebaut, dass er mir fast wie ein Vertreter einer anderen Gattung vorkam.

»Warum sollte ich darüber Witze machen?«, fragte er.

»Weil Sie mir nicht wie jemand vorkommen, zu dem dieser Spitzname passt.«

»Wir haben alle Spitznamen, die etwas mit unserem Heimatort zu tun haben. Ich bin aus Georgia.« Seine Sprache hatte eine hübsche Südstaatenmelodie, die nicht, wie bei diesem Akzent üblich, alles, was er sagte, abschwächte, sondern runder und gehaltvoller klingen ließ.

»Und weil Georgia schon vergeben war, standen Sie plötzlich mit Pfirsich da?«

»Nein, aber es erschien mir nicht ratsam, mich von meinen Männern mit einem Frauennamen rufen zu lassen.«

»Da haben Sie Recht – Pfirsich ist wirklich sehr viel männlicher.«

Seine Schritte wurden immer selbstbewusster. Er musste schon viel Zeit auf Tanzflächen verbracht haben, wahrscheinlich sehr viel mehr als ich.

»Ich habe Sie hier noch nie gesehen«, sagte er jetzt.

»Das liegt daran, dass ich heute zum ersten Mal da bin.«

»Ich Glückspilz.« Auf eine schlichte Art und Weise war er gutaussehend, ein Mann, den die eigene Frau schön fand, der aber niemals von der Leinwand herab Herzen höher schlagen lassen würde. Nicht dass ich in dieser Disziplin selbst Preise hätte gewinnen können. »Und was bringt Sie her?«, fragte er.

»Ein paar Freundinnen, die regelmäßig hier sind.«

»Sie sind also gegen Ihren Willen hier?«

»So würde ich das nicht sagen.« Von jetzt auf gleich

verlor ich die Fähigkeit zum Plaudern. Ich dachte an die Gesprächsthemen, die Zelda vorgeschlagen hatte, aber die Vorstellung, auch nur eines davon anzuschneiden, kam mir fürchterlich vor. Stattdessen lockerte ich meinen Griff und legte den Kopf auf Pfirsichs Schulter. Für ein paar Takte tanzten wir so weiter, und einen wunderbaren Moment lang schloss ich die Augen und versetzte mich ins Nick's auf der Seventh Avenue, Ecke Grove Street, den besten Swing-Club der Stadt, in den Jack und ich oft gegangen waren.

»Ich bin bei der Marine«, sagte er.

Mein Kopf fuhr ruckartig hoch. »Weiß ich. Hätte ich das fragen sollen?«

»Die meisten Mädchen tun es.«

Erster Punktverlust für mich. Ich stellte nicht mal die richtigen Fragen. »Und was machen Sie bei der Marine?«

»Vor allem bin ich Bomberpilot.« Er zwinkerte mir zu. »Das ist wahnsinnig gefährlich.«

Ein Bomberpilot, der Pfirsich hieß. Na großartig. »Muss ich jetzt beeindruckt sein?«

»Die meisten Mädchen sind es.«

Auch wenn es sich so anhörte, als verhöhnte er mich, weil ich nicht die richtigen Fragen stellte und seinen Antworten nicht das erforderliche Maß an Ehrfurcht entgegenbrachte, hatte ich doch den Eindruck, dass es Pfirsich gefiel, dass ich mich nicht wie *die meisten Mädchen* verhielt. Das machte mich neugierig. Und vorsichtig.

»Ich bin vor einem Monat abgeschossen worden«, sagte er.

»Wie kommt's dann, dass wir hier miteinander tanzen?«, fragte ich.

»Ich habe wohl Glück gehabt. Der Absturz hat mich zwar so weit außer Gefecht gesetzt, dass sie mir zwei Wochen Freiheit auf dem Festland gegönnt haben, aber ich kann trotzdem noch das eine oder andere Tänzchen auf die Dielen legen.«

»Zwei ganze Wochen. Was muss man anstellen, damit man einen Monat bekommt?«

»Das wollen Sie lieber nicht wissen«, sagte er. »Was machen Sie so?«

»Wenn ich nicht gerade mit merkwürdigen Männern mit Obstnamen das Tanzbein schwinge, bin ich Schauspielerin.«

»Beim Film?«

»Warum fragen bloß immer alle dasselbe?«

»Ist das eine falsche Frage?«

»Nein. Ja.« Langsam fühlte ich mich wieder wie ich selbst. »Es ist nur so: Ich bin eine Bühnenschauspielerin und wollte auch nie etwas anderes sein, aber alle tun so, als sei es ein höheres Ziel, in Filmen mitzuspielen – als ob wir auf dem Broadway nur die Zeit aussitzen, bis Hollywood endlich anklopft.«

Er schüttelte den Kopf und schnalzte mit der Zunge. »Es ist genau dasselbe, Marinepilot zu sein. Alle fragen sich, warum ich nicht zur Luftwaffe gegangen bin.«

»Wirklich?«

Er verzog den Mund zu einem strahlenden Lächeln. »Nein, aber ich wollte, dass Sie sich besser fühlen.«

Dafür bekam er einen spielerischen Klaps.

»Spielen Sie gerade irgendwo mit?«, fragte er.

»Lediglich beim größten Desaster in der Geschichte des Broadway.«

»Wow, Sie müssen tatsächlich gut sein. Ich würde Sie gern mal zum Abendessen ausführen.«

Diese ungeschickte Überleitung zu einer Einladung warf mich aus der Bahn. Mein Selbstvertrauen wich so schnell, wie es gekommen war. »Das könnte schwierig werden. Wie man hört, seid ihr Jungs doch ganz gut eingespannt bei diesem Kriegsding. Oder wollten Sie vorschlagen, dass ich warte, bis das vorbei ist?«

»Würden Sie?«

Ich schaute mich nach Zelda und Izzie um. Jede von ihnen war mit einem Soldaten beschäftigt und kämpfte ihre eigene Schlacht um genügend Gesprächsstoff. »Ich bin eine sehr ungeduldige Frau.«

»In diesem Fall: jetzt gleich.«

»Denken Sie nicht schlecht von mir, Pfirsich, aber das ist mein erster Abend hier, und ich will aus dem Schuppen nicht sofort wieder rausgeschmissen werden, weil ich die Regeln nicht einhalte.«

»Sie haben also einen Freund?«

Nichts auf der Welt wäre einfacher gewesen, als ja zu sagen, aber ich schaffte es nicht. Nicht, weil es eine Lüge gewesen wäre oder weil die Möglichkeit bestand, dass Pfirsich und Jack sich einmal begegnet waren, sondern weil ich das Gefühl hatte, den Anspruch auf Jack an dem Tag verloren zu haben, als ich beschlossen hatte, ihm nicht zu schreiben. »Nein, ich habe nur ein sehr ausgeprägtes Bewusstsein dafür, was richtig ist und was falsch.«

Er wirbelte mich herum und ließ mich an seinem Arm nach hinten kippen. »Regeln sind dazu da, dass man sie bricht.«

Ich kam wieder in die Senkrechte. »Herzen auch, aber das heißt trotzdem nicht, dass ich bereit bin, deswegen eines zu opfern.«

»Wollen Sie denn nicht Ihren Beitrag für die Rot-Weiß-Blauen leisten?«

»Ich dachte, das tue ich bereits.«

Er zog mich nah zu sich heran, wobei seine Hand die nackte Haut meines Nackens streifte. »Ein einziger Tanz wird uns wohl kaum zum Sieg treiben.«

»Aber eine ganze Mahlzeit schon?«

»So steht es doch auf den Plakaten: ›Essen hilft uns, den Krieg zu gewinnen.‹«

»Sie sind ein Mann mit Überzeugungskraft.«

»Deswegen bin ich auch Offizier. Wenn Sie nicht mit mir essen gehen, können Sie mir ja wenigstens sagen, wann Sie wieder mal hier sind. Dann könnte ich immerhin etwas in Ihrer Gegenwart essen und vielleicht noch eine Runde auf der Tanzfläche mit Ihnen drehen.«

Es war schwer, zu einem Mann in Uniform nein zu sagen. Nicht, dass ich seiner Verkleidung erlegen wäre, aber es war, wie Zelda gesagt hatte: Der Gedanke, dass er an irgendeinem gottverlassenen Flecken stationiert war, wohin er demnächst zurück musste, und vielleicht niemals mehr einen Fuß auf amerikanischen Boden setzen würde, war Grund genug, ihm zu geben, was er wollte. Ich konnte mich ja nicht mein ganzes Leben lang weigern, anderen Leuten eine Freude zu machen.

»So weit im Voraus habe ich noch gar nicht geplant«, sagte ich. »Warum nennen Sie mir nicht einen Abend, und ich sehe zu, dass ich dann da bin?«

»Samstag«, sagte er mit einem Grinsen.

Ich tanzte noch ein weiteres Mal mit Pfirsich, diesmal zu »The Boys Will See Us Through«. Vielleicht hätte ich auch noch ein drittes Tänzchen gewagt, wenn Elaine mir nicht auf die Schulter getippt und gesagt hätte, dass es Abwasch gebe. Ich entschuldigte mich und steckte die nächste halbe Stunde bis zu den Ellbogen in Spülwasser. Gerade als ich für die anstehende Runde zur Tanzfläche zurückgehen wollte, fiel mein Blick auf die Uhr über dem Herd. Es war Viertel vor zehn. Wenn ich Jayne nicht wie vereinbart abholen kam, würde sie einen Anfall kriegen. Ich ging aus der Küche, schaffte es, Zeldas Blick quer durch den Clubraum auf mich zu lenken, und machte die auf der ganzen Welt gleich aussehende Kopfbewegung für *Ich muss hier raus. Sofort.*

»Hatte mich schon gefragt, wo Sie sich versteckt haben, Delores.« Pfirsich.

»Leider mehr dreckiges Geschirr als Hände.«

»Sie scheinen die Einzige hier drin zu sein, die wirklich arbeitet.«

»Ich bitte Sie: Hedy Lamarr schneidet Schinken, und ich glaube, ich habe Leslie Howard die Bowle zusammenrühren sehen.«

Er hielt mir eine Hand hin. »Zeit für ein weiteres Tänzchen?«

»Leider nein. Ich habe einer Freundin versprochen, sie um zehn von einer Verabredung zu erlösen. Hat mich sehr gefreut, Sie kennenzulernen.«

»Das hört sich an, als ob es das letzte Mal gewesen sei. Vergessen Sie den Samstagabend nicht.« Er zählte die verbleibenden Wochentage auf einem unsichtbaren Kalender ab, der vor ihm in der Luft hing. »Und zwar diesen Samstagabend. Übermorgen.«

»Samstag ist der Tag vor Sonntag, oder?« Ich schlug mir gegen den Kopf. »Keine Sorge – wenn ich erst mal etwas begriffen habe, vergesse ich es nicht mehr so schnell.«

»Und denken Sie ja nicht daran, wieder so früh zu gehen. Das verträgt mein Herz nicht.«

»In Ordnung.« Ich drückte ihm fest die Hand und salutierte kurz, dann ging ich zu Zelda an die Garderobe. »Ich muss los«, sagte ich zu ihr. »Ich habe Jayne versprochen, sie um zehn auf einen Drink zu treffen.«

»Du kannst nicht gehen, ohne mir zu erzählen, wie es gelaufen ist.«

Auf der gegenüberliegenden Seite sprach Pfirsich gerade ein anderes Mädchen an, eine Blondine in einer hautengen rosa Strickjacke, die nicht einen Tag älter aussah als achtzehn. »Ich habe getanzt. Wir haben geredet. Es war nicht so schlimm.«

»Wirst du ihn wiedersehen?«

»Wenn ich ja sage, ist das gegen die Regeln.«

»Also nein?«

Ich zwinkerte ihr zu, bevor ich die Treppe hochflitzte und auf die Straße rannte.

23 Nichts als die Wahrheit

Dummerweise hatte der Tap Room mit dem Beginn der Verdunkelung seine Politik des grellen Scheins aufgegeben. Stattdessen gab es jetzt schwer verhängte Wandleuchter und ein paar Kerzen, die gerade genug Licht verbreiteten, damit die Kellnerinnen auf dem Weg zu den Tischen nicht die Getränke verschütteten, aber auch nicht so viel, dass sie in der Lage gewesen wären, Bestellungen aufzuschreiben. Ich war zehn Minuten zu spät, stellte mich an den Eingang des Restaurants und blickte mich suchend um. Jeder New Yorker schien eine Frau ausgeführt zu haben, die exakt wie Jayne aussah. Als ich eine nach der anderen aussortiert hatte, entdeckte ich Garvaggio, in eine Ecknische gequetscht, mit dem Rücken zur Wand. Jayne saß in sicherem Abstand zu ihm, der Tisch war übersät mit leeren Gläsern und halbvollen Aschenbechern.

Ich hatte sie ausfindig gemacht, jetzt brauchte ich nur noch einen Plan. So zu tun, als würde ich ihr zufällig über den Weg laufen, war zu amateurhaft – sogar in Kriegszeiten ging man als Frau nicht alleine in einen Nachtclub. Zu behaupten, dass man mich geschickt habe, um sie zu holen, weil ihre Mutter krank sei, schien mir zu offensichtlich und würde nur zu weiteren Nachfragen führen, die Jayne später Probleme bereiten könnten. Ich entschied mich für »verzweifelte beste Freundin braucht eine liebevolle Schulter, um sich auszuweinen«.

Ich verzog mich in die Damentoilette, wo ich mich in einer Kabine einschloss. Dort rief ich mir Greta Garbos

Sterbeszene in der *Kameliendame* ins Gedächtnis und schaffte es, ein Tränchen rauszudrücken, das allerdings so schnell verschwand, wie es gekommen war. Als Nächstes beschwor ich die letzten Tage von Pip herauf, einem Terrier, den ich als Kind sehr geliebt und der an einem heißen Sommertag unter den Rädern eines Eiswagens ein unglückliches Ende gefunden hatte. Aber auch der arme Pip zeitigte nicht den gewünschten Effekt – der Abstand zwischen meiner Erinnerung und meinen Emotionen war einfach zu groß. Es war an der Zeit, die großen Geschütze aufzufahren. Ich schloss die Augen und ließ Jacks letzte Worte an mir vorbeiziehen, als er in den Bus zum Marinestützpunkt stieg, von wo aus er dann an Bord einer Fregatte kletterte und in See stach. Zweifellos wollte er mir an diesem Tag meine eigene frostige Reaktion auf die Ankündigung seiner Abreise heimzahlen und war kalt und gemein zu mir. Als der Bus abfuhr, wurde mir klar, wie lächerlich mein Groll gegen ihn gewesen war, nur weil er sich hatte anwerben lassen. Denn jetzt war es zu spät. Er war weg.

Das reichte. Ich heulte. Anschließend warf ich mir vor, dass ich eine so furchtbare Erinnerung für einen billigen Trick missbrauchte, und das, nachdem ich den Abend in den Armen eines anderen Mannes verbracht hatte. Das ließ mich noch heftiger schluchzen. Ich war ein schrecklicher Mensch. Noch nicht mal meine Erinnerungen behandelte ich mit dem Respekt, den sie verdienten.

Vielleicht war das ja das Böse, das wir Frauen laut Zelda in die Welt brachten.

Bevor ich ganz die Nerven verlor, verließ ich die Toilette und ging am Eingang vorbei zurück ins Restaurant.

Weil ich dringend noch ein Requisit brauchte, zog ich Rubys Brief, den ich nie abgeschickt hatte, aus meiner Handtasche und umklammerte ihn. In wachsender Hysterie näherte ich mich Jaynes Tisch und stellte Blickkontakt mit ihr her.

»Rosie? Was tust du hier?«

»Er hat's getan«, sagte ich und knüllte den Brief zu einem Ball zusammen. »Gerade habe ich einen Abschiedsbrief bekommen. Er hat noch nicht mal bis zu seinem Urlaub gewartet, um mit mir Schluss zu machen.«

»Nein!« Sie stand auf und umarmte mich. Während ich mein Schluchzen intensivierte, flüsterte sie mir im Schutz des Lärms ins Ohr: »Das wurde aber auch Zeit. Ich war kurz davor, einen Fieberschub vorzutäuschen.«

Ich stellte weiter mein Leiden zur Schau. »Es tut mir so leid, euch zu stören. Ich wusste einfach nicht weiter. Und wenn ich alleine zu Hause geblieben wäre, hätte ich mir vielleicht etwas … etwas …« Noch mehr Tränen. Ich wurde immer besser.

»Ist ja schon gut. Schsch …« Sie klaubte mir den Feldpostbrief aus den Fingern und hielt ihn so, dass ich nicht mehr drankam.

»Das sind seine letzten Worte an mich!«

»Und das ist jetzt auch das letzte Mal gewesen, dass du sie gelesen hast. Das ist er doch nicht wert.«

»Ich hatte gedacht, wir bleiben für immer zusammen! Keine Ahnung, wie ich ohne ihn weitermachen soll.« Ich schlug mir gegen die Brust. Ich heulte und jammerte. Ich war Medea, die sich an die Leichen ihrer Kinder klammert. »Und jetzt habe ich auch noch euren Abend kaputt gemacht. Ihr müsst mich hassen.«

»Tun wir nicht. Oder, Vinnie?« Jayne stieß Garvaggio den Ellbogen zwischen die Rippen, wobei man nur raten konnte, wie sie das durch all die Schichten aus Wabbelspeck schaffte.

»Kein Problem, Schätzchen«, sagte er. Es sollte wohl tröstend klingen, aber sein schauspielerisches Talent reichte offenbar ausschließlich nur dazu, so zu tun, als sei Gloria begabt. »Warum setzt du dich nicht zu uns?« Er versuchte, mir auf der Bank Platz zu machen, schaffte es aber nur, mit dem Bauch immer wieder gegen den Tisch zu stoßen. Die leeren Gläser tanzten und kamen dann wieder zur Ruhe.

»Oh, das kann ich euch nicht antun. Ich bin heute eine erbärmliche Gesellschaft.« Übersetzung: Ich hatte keine Lust. Viel lieber wollte ich mir Jayne schnappen, mit ihr zusammen abhauen und hören, was er ihr vor meiner Ankunft so alles anvertraut hatte.

»Ich bestehe darauf«, sagte Garvaggio. »Auf einen Drink. Danach sieht alles nur noch halb so wild aus.«

Es war schlichtweg unmöglich, Männern wie Garvaggio etwas abzuschlagen. Nicht, dass er so überzeugend gewesen wäre, aber in allem, was er tat und sagte, schwang immer eine gewisse Drohung mit. Ein Phänomen, das mir an Tony auch schon aufgefallen war – und in einem geringeren Ausmaß auch an Al. Ein Mitglied der ehrenwerten Gesellschaft konnte sich so sanft geben wie ein Häschen, aber weil er war, was er war, dachte man immer, dass man tun sollte, was er wollte – nur für den Fall.

Meine Mutter war genauso, und sie war noch nicht mal Italienerin.

»Du solltest dir mal einen auf die Glocke gießen«, sagte er.

Er bot mir wohl einen Drink an. »Na gut.« Ich rutschte auf die Bank neben Jayne und griff nach ihrer Hand. »Ich nehme einen Martini. Trocken.«

Daran, wie schnell ein Mann die Bedienung an den Tisch holen kann, sieht man, wie mächtig er ist. Wenn Tony den Arm hob, war die Kellnerin binnen Sekunden zur Stelle. Garvaggio musste nur mit dem kleinen Finger wackeln.

Nachdem mein Getränk bestellt war, saßen wir drei schweigend da. Auch wenn meine Tränen versiegt waren – die Gefühlsaufwallung, die sie hatte aufsteigen lassen, war noch nicht abgeklungen. Jacks Abschied lastete auf meinem Gemüt. Nervös suchte ich nach einem Gesprächsthema, das mich ablenken würde.

»Was halten Sie denn von der Show?«, fragte ich. »Sind Sie zufrieden damit, wie's läuft?«

Vinnie lächelte. Einer seiner vorderen Backenzähne war deformiert, was unfreiwillig Furcht einflößend aussah – wie bei einem eigentlich lieben Hund, der mit ungeheuren Reißzähnen ausgestattet ist. Normalerweise saß an dieser Stelle seine Zigarre. Einerseits war dort Platz, andererseits konnte er den Stumpen leicht unter dem missgebildeten Zahn festklemmen.

»Läuft großartig, finde ich«, sagte er durch die eine Mundhälfte. »Ich bin vollauf zufrieden.«

»Ist das die erste Show, bei der Sie dabei sind?«

»Nein. Ich habe mein Geld schon in alles Mögliche gesteckt.« Er schwenkte einen Tumbler voller Whisky.

»Könnte man von dem einen oder anderen schon mal gehört haben?«

»Kaum. Das meiste liegt schon eine ganze Zeit zurück.« Seine Hand glitt zu Jaynes und berührte sie vorsichtig. Ich merkte, wie sie an meiner Seite erstarrte, und machte das Einzige, was ihr vielleicht helfen würde: Ich fing wieder an zu weinen. Diesmal kamen keine echten Tränen, sondern nur laute, falsche Schluchzer. Für einen Mann, der fand, dass unsere Produktion großartig lief, würde ich meine Erinnerungen an Jack nicht weiter anzapfen.

»Rosie.« Jayne befreite sich aus der Berührung und legte – außerhalb seiner Reichweite – beide Arme um mich.

»Jetzt geht das schon wieder los.« Ich schnäuzte mich in eine Cocktailserviette. »Ich kann es einfach nicht ertragen, euch beide so … und ich bin allein … das ist einfach so …« Den Kopf in den Händen vergraben veranstaltete ich schlichtweg ein filmreifes Spektakel.

»Wir sollten gehen«, sagte Jayne. »Danke für die Einladung, Vinnie. Und die Unterhaltung.«

Er versuchte aufzustehen, war aber viel zu fest eingeklemmt, um sich bewegen zu können. »Soll ich euch fahren? Ich hab vorne einen Wagen stehen.«

»Danke, aber ich glaube, Rosie braucht ein bisschen frische Luft, um sich wieder einzukriegen. Bis morgen.«

Jayne blieb fest bei mir untergehakt und spielte die Betroffene, bis wir auf dem Subway-Bahnsteig standen. Erst hier hoben wir mit einem Ruck die Köpfe und grinsten uns an – wie zwei Kleinkinder, deren untröstlicher Kummer von der Aussicht auf einen Lutscher wie weggewischt ist.

»Für einen Mann, der mehr als dreihundert Pfund wiegt und dem ein Zahn fehlt, ist er überraschend charmant«, sagte ich.

»Und schnell. Falls ich noch mal irgendwo mit ihm alleine sein sollte, ziehe ich mir Hosen an.«

Wir stiegen in die Bahn und schoben uns an Obdachlosen, Fabrikarbeitern und Lebedamen vorbei, die zu dieser Uhrzeit den Großteil der Fahrgäste ausmachten.

»Sehr überzeugende Darbietung übrigens«, sagte Jayne. »Als du aufgetaucht bist, hatte ich wirklich Mitleid mit dir.«

»Wenn ich es nicht so gemacht hätte, hätte ich ihm erzählen müssen, dass deine Mutter gerade gestorben ist.«

Sie sah sich im Abteil um und klopfte auf etwas, was sie für Holz hielt.

»Hast du irgendwas herausgefunden?«, fragte ich.

»Ein bisschen. Ich habe Paulette angesprochen. Hab ihn gefragt, was er von ihr gehalten hat. Es war merkwürdig: Er wusste natürlich, wer sie war, aber ich hatte nicht den Eindruck, dass sie ihm jemals aufgefallen ist. Und ganz bestimmt hat er sich nie mit ihr nach Probenschluss verabredet.«

Ich zeigte auf zwei freie Plätze, die ich entdeckt hatte. »Vielleicht hat er genügend Abstand aufgebaut, damit es so wirkt.«

»Vielleicht. Ich habe ihm gesagt, dass ich ganz schön Angst hatte, bei der Produktion anzufangen – nach dem, was mit ihr passiert ist. Er hat mir versichert, dass mir nichts geschehen kann und dass hinter den Kulissen eine ganze Menge Schutzmaßnahmen ergriffen werden, von denen ich nichts wüsste.«

Jemand hatte auf einem Platz eine Zeitung liegen lassen. Ich nahm sie und versuchte, sie zusammenzufalten. »Der ist ja lustig.«

»Warum?«

»Paulettes vermeintlicher Mörder sitzt im Gefängnis,

etwas, das er sicherlich mitbekommen hat. Meinst du nicht, er hätte dir eher sagen sollen, dass es keinen Anlass mehr gibt, sich Sorgen zu machen, weil der böse Bube ja schon hinter Schloss und Riegel ist?«

Jayne runzelte die Stirn. »Vielleicht war ihm aber auch mehr daran gelegen, meine Furcht als Vorwand zu benutzen, um mir näher zu kommen. Du weißt schon, à la: Mach dir keine Sorgen, der große starke Mann hier beschützt dich.«

Die gefaltete Zeitung war so aufgeschlagen, dass man die Kolumne »Nachrichten von der Bühne« lesen konnte. Der Schreiber hatte Wind bekommen von Olives Aus- und meinem Einstieg und berichtete darüber unter dem markigen Titel: MUSICAL-KOMÖDIE VON ZU VIEL DRAMA BEDROHT: WRIGHT DRAUSSEN, WAS GEHT ALS NÄCHSTES SCHIEF? Beim Umblättern fiel mir ein Artikel über eine U-Boot-Schlacht im Nordatlantik ins Auge. Die Marine vermeldete Tote. Großartig. »Hat Garvaggio sonst noch irgendwas Interessantes gesagt?«, fragte ich.

Sie untersuchte ihre Fingernägel. Für den Abend mit Vinnie hatte sie sie mit Jungle Red lackiert, sie dann aber in der Eile oder aus Angst verschmiert, bevor sie ganz getrocknet waren. »Nicht wirklich. Ich habe ihn gefragt, was er so macht, wenn er nicht am Bernhardt ist. Darauf hat er nur gesagt, dass er eine ganze Reihe anderer Geschäfte laufen hat, die seiner Aufmerksamkeit bedürften.«

»Aber er hat dir nicht gesagt, welche?«

»Nö.« Sie knibbelte Lack von der Nagelhaut. »Vielleicht kommt man mit mir einfacher ins Gespräch als mit Gloria, deswegen war er aber trotzdem nicht gewillt, mich in irgendetwas einzuweihen. Was ist das hier überhaupt?« Jayne rutschte auf dem Sitz herum, und man hörte Papier rascheln. Dann langte sie in ihre Rocktasche und zog Rubys Brief hervor.

»Ein Brief, den ich für Ruby hätte einwerfen sollen.«

»Was du aber umgehend vergessen hast.«

»Das ist ihre Schuld: Sie weiß, dass man sich auf mich nicht verlassen kann.« Ich faltete den versiegelten Brief in der Mitte und steckte ihn in die Manteltasche.

»Und wie war dein Abend?«

Ich streckte die Beine aus. Nachdem ich den ganzen Tag geprobt und den ganzen Abend getanzt hatte, tat mir alles weh. »Während der letzten fünf Stunden habe ich in der Stage Door Canteen Geschirr gespült und mit einem Marinepiloten namens Pfirsich getanzt.«

»Süß?«

Süß? Ich konnte mich kaum noch erinnern. »Aufdringlich. Er rechnet mit mir am Samstag.«

»Deinem Tonfall nach wirst du nicht hingehen.«

Eigentlich hatte ich nicht vorgehabt, ihn zu versetzen, aber mit etwas Abstand betrachtet konnte ich mir gut vorstellen, genau das zu tun. »Wäre das unmöglich von mir?«

»Es wäre sicherlich keine deiner Meisterleistungen. Was wäre denn so schlimm daran, noch mal hinzugehen und mit ihm zu tanzen?«

Ich fuhr mit dem Finger eine Einkerbung in der Lehne des Vordersitzes nach. Jemand hatte ein Herz mit den Buchstaben E. F. in der Mitte hineingeritzt. »Ich will nicht, dass er einen falschen Eindruck bekommt.«

»Keine Sorge, er denkt bestimmt nicht, dass du eine gute Tänzerin bist.«

Ich stieß sie mit dem Knie an. »Sehr witzig. Du weißt, was ich meine.«

Für einen Moment war sie still. »Wenn du wirklich kein Interesse an ihm hast, solltest du ihm das sagen. Und falls du wegen Jack kein Interesse hast, solltest du ihm das auch sagen, finde ich. Es wird zurzeit überall schon genug gelogen.«

Schade nur, dass sie mir das nicht erzählt hatte, bevor ich ihm einen falschen Namen genannt hatte.

»Würdest du denn mitkommen?«, fragte ich.

Jayne sank der Kopf aufs Brustbein. »Rosie …«

»Ich habe dich heute gerettet, weißt du noch?«

»Du warst eine Viertelstunde zu spät.«

»Aber ich bin gekommen, oder? Ich kam, sah und weinte wie ein Baby.«

Sie hob den Kopf und verdrehte die Augen Richtung Decke. »Schon gut, ich komme mit. Ich wollte ja schon immer mal sehen, wie es in der Canteen wirklich zugeht.«

»Würdest du dann aber bitte dran denken, mich Delores zu nennen?«

24 Die Pferde des Königs

Eine Sache, die unsere Gesellschaft betrifft, werde ich nie verstehen: Uns wird glauben gemacht, dass Frauen Männern moralisch überlegen seien. Sogar das Office of War Information verteilte Propaganda an Nazifrauen, um sie so von ihrem Irrweg abzubringen. Wahrscheinlich ist ja auch etwas dran: Wir Frauen bringen Kinder zur Welt und sind die tragende Kraft an der Heimatfront. Wir nähren, erziehen und pflegen. Aber diese Theorie unterschlägt, dass Frauen auch zu großer Grausamkeit imstande sind. Manche begegnen ihren Kindern mit Ablehnung, erniedrigen ihre Liebhaber und brechen Freundschaften ab – oft sehr viel leichter, als Männer dies tun, vielleicht weil sowieso jeder denkt, es liege nicht in ihrer Natur. Besonders in Zeiten, in denen unsere Nation sich im Krieg befindet, wollen immer alle glauben, dass Frauen für Zusammenhalt sorgen, das Feuer im Kamin hüten und diesen ganzen Schwachsinn. Niemand will etwas davon wissen, dass Frauen auch Geschlechtskrankheiten übertragen, Diebstahl begehen oder ihre unangebrachten Eifersüchteleien dazu einsetzen, andere davon abzuhalten, Gutes zu tun.

So machte es nämlich Ruby Priest.

»Netten Abend gehabt gestern?« Am nächsten Morgen fing sie mich auf der Treppe ab, als ich mich gerade auf den Weg zur Probe machen wollte.

»Ich hatte schon schlechtere«, sagte ich.

»Du hast wahnsinnig viel Zeit mit diesem einen Mann verbracht.«

»Was soll ich sagen – er meinte, dass ich wie ein Engel tanze und dass es ihm das Herz brechen würde, mit irgendeiner anderen das Tanzbein schwingen zu müssen.« Ich versuchte, an ihr vorbei- und die Treppe hinunterzukommen, aber sie stemmte sich mir entgegen wie ein Abwehrspieler beim Football.

»Das glaube ich nicht so ganz. Ich hoffe, du hast nicht vor, ihn noch einmal zu treffen.«

Ich hätte gerne einen Weg gefunden, ihre ablehnende Haltung in eine Flasche abzufüllen, um einen Zug davon nehmen zu können, wann immer ich das Bedürfnis verspürte, meine Pläne zu ändern. »Habe ich noch nicht entschieden.«

Sie verschränkte die Arme, und ihre enormen Schulterpolster machten den Footballspieler-Effekt perfekt. »Du weißt, dass das gegen die Regeln ist.«

»Nur außerhalb der Canteen.« Wenn schon nicht sie, konnte ich vielleicht wenigstens das Thema umgehen. »Wie war denn dein Rendezvous?«

Obwohl sie sich geschminkt und tadellos gekleidet hatte, sah Ruby müde aus. Dunkle Augenringe schimmerten durch das helle Make-up, das sie zu deren Vertuschung aufgelegt hatte. Ihre Augen waren rot, aber nicht vom Weinen, sondern von einer langen Nacht in einem verrauchten Raum. Und trotz all dieser offensichtlichen Merkmale von Erschöpfung grinste sie nur auf meine Frage und stellte diese Souvenirs eines langen Abends stolz heraus, als ob sie Verdienstorden seien. »Ganz wunderbar. Danke der Nachfrage.« Ihre Hand lag auf einem Halsschmuck, den ich noch nie an ihr gesehen hatte. An einer feingliedrigen, filigranen Kette hing eine kleine Blüte aus Gold, in deren Mitte ein Diamant funkelte.

Ich versuchte wieder, an ihr vorbeizukommen, aber sie verfolgte jede meiner Bewegungen, und wir führten einen regelrechten Walzer auf.

»Ich würde mir das an deiner Stelle nicht antun«, sagte sie.

»Mir was antun?«

»Ihn noch mal zu treffen. Glaub mir, ich weiß, wie diese Männer ticken. Die haben es nur auf das eine abgesehen.«

»Das du anscheinend großzügig verteilt hast.«

Sie ging nicht auf mich ein. »Er wird darauf bestehen, sich außerhalb des Clubs mit dir zu treffen, und ehe du dich versiehst, schreibt er keine Briefe mehr und du fliegst wegen einer Regelverletzung aus der Canteen.«

»Wäre das wirklich so schlimm? Du weißt, was für eine armselige Brieffreundin ich bin. Abgesehen davon bin ich mir auch gar nicht sicher, ob ich wirklich Lust habe, jeden freien Abend mit Geschirrspülen und Schinkenschnippeln zu verbringen.«

»Die Theatergemeinde ist klein, Rosie. Du hast ja all die Persönlichkeiten gesehen, die gestern da waren. Und das war nur ein kleiner Prozentsatz jener, die regelmäßig dort arbeiten. Wir leben nicht in normalen Zeiten, und die Leute nehmen die Canteen sehr ernst. Ich wäre nicht im Geringsten überrascht, wenn es sich auf deine Karriere auswirken würde, falls du dort rausfliegst.«

Ihre Argumentation war so löchrig, dass man mit ihr hätte Spaghetti abgießen können. »Aber auf dich trifft diese Zwangsläufigkeit offensichtlich nicht zu?«

»Donald geht nicht mehr in die Canteen, und soweit ich weiß, ist er auch nie dort gewesen. Aber jeder hat dich gestern Abend mit deinem Marine-Captain tanzen sehen, und wenn du dich noch einmal mit ihm im Club triffst, führt das nur dazu, dass alle denken, ihr beiden stündet euch näher.«

»Worauf du die anderen bestimmt immer wieder gern hinweisen wirst.« In meinem Kopf drehte sich alles. Den Gedanken, dass Ruby und ich befreundet waren, hatte ich ebenso restlos aufgegeben wie den, dass die kranke Ruby die wahre Ruby gewesen und diese fiese Person vor mir nur eine Rolle war, die sie spielte, um sich zu schützen. Ruby war einfach kein netter Mensch; damit konnte ich umgehen. Aber ich kam nicht darauf, warum sie ausgerechnet um diese Sache ein solches Gewese machte.

»Was kriege ich hier gerade nicht mit?«, fragte ich sie.

»Was meinst du?«

»Seit wann ist mein Ruf dir ein Anliegen? Würde es dir etwa keine Freude bereiten, wenn ich aus der Canteen geworfen würde und deswegen bei jedem Theater in der Stadt auf der schwarzen Liste stünde? Du wolltest doch noch nicht mal, dass ich überhaupt hingehe.«

»Ich habe keine Ahnung, warum du so schlecht von mir denkst. Ich … mag dich einfach.« Sie würgte an diesen Worten, als ob sie in Brechwurzelsirup getränkt wären. »Du hast dich so rührend um mich gekümmert, als ich krank war, da ist das ja wohl das Mindeste, was ich im Gegenzug für dich tun kann.« Natürlich.

Und da begriff ich endlich. Ich hätte mich auch an den Höchstbietenden verkaufen und zur größten Skandalnudel dieser Spielzeit werden können – es wäre ihr egal gewesen. Was sie aber nicht vertrug, war die Tatsache, dass ich mich mit ihren Freundinnen gut verstand und dadurch bei ihnen noch beliebter wurde, dass ich in der Canteen arbeitete und mich mit einem Mann verabredete, in dessen Arme sie mich trieben. Es war schon schlimm genug für sie, dass sie mich auf der Bühne ebenbürtig behandeln musste, aber in Gesellschaft? Das war unentschuldbar!

»Ruby, ich weiß deine Bedenken zu schätzen. Zu wissen, dass jemand ein Auge auf meinen Ruf hat, ist ganz wunderbar, aber du wirst mir zustimmen, dass wir alle in Kriegszeiten Opfer bringen müssen. Ich bin gerne bereit, für eine Hure gehalten zu werden, wenn es dazu beiträgt, dass auch nur ein einziger Soldat den Tag übersteht.«

Garvaggio war wieder bei der Probe und starrte Jayne auf die gleiche Weise an wie eine Katze einen Goldfisch im Glas. Jayne gab ihr Bestes, um den Blickkontakt zu vermeiden, aber das musste sich anfühlen, als wäre sie ein Magnet und er der Norden: Sie konnte sich bemühen, so viel sie wollte – sie wurde immer wieder von ihm angezogen. Falls Gloria merkte, dass ihr Freund sich auf Abwegen befand, zeigte sie es nicht. Sie begrüßte Vinnie genauso gutgelaunt wie am Tag zuvor und stolperte mit demselben unangebrachten Enthusiasmus in die Schrittfolgen, den man bereits von ihr kannte. Trotz ihrer mangelhaften Leistung fand die Show langsam zu sich selbst. Mittlerweile waren wir alle textsicher, niemand glitt mehr aus und stürzte hin – das Ensemble wirkte insgesamt recht gut beieinander. Naturgemäß fand ich das irgendwie verdächtig. Es war genau wie die Ruhe, die einer weiteren Riesenkatastrophe vorausging.

Während unserer ersten Pause zog Vinnie Walter Friday zur Seite und beorderte ihn zu einem Gespräch im Foyer. Die meisten Ensemblemitglieder blieben im Saal, aber ich schützte ein plötzliches Bedürfnis vor und verschanzte mich in der Damentoilette, deren Tür ich leicht geöffnet ließ.

»Wann bist du hier fertig?«, fragte Garvaggio.

»Nicht vor acht. Wir haben noch viel Arbeit vor uns. Die Ballettgruppe ist ein einziges Desaster.«

»Wir kommen um sieben, und dann will ich hier keine Menschenseele mehr sehen.«

Fridays Stimme wurde um eine ganze Oktave höher. »Ich dachte, die nächste Lieferung kommt erst nächste Woche?«

»Der Zeitplan hat sich beschleunigt.«

»Ich habe hier gewerkschaftlich organisierte Tischler, die dringend mit den neuen Kulissenteilen anfangen müssen.«

Garvaggio redete durch ein Plastiklächeln hindurch. »Sie können ja woanders damit anfangen.«

»Wo denn?«

»Das ist dein Problem, nicht meins.« Garvaggio zog ab und ließ eine Ascheспur hinter sich zurück.

»Vinnie …« In Fridays Stimme lag pure Verzweiflung, sein Gesichtsausdruck war ein schlechtes Rührstück. Er wusste, dass er in der Zwickmühle saß. Weder bekam er Garvaggio dazu, ihn zu verstehen, noch seine Show dazu, wie durch ein Wunder besser zu werden. Eigentlich konnte er alles nur noch schlimmer machen. »Ich bitte dich. Du kannst nicht immer wieder die Proben einfach so abblasen. Wir haben noch nicht mal mehr zwei Wochen.«

Vinnie ging zu ihm zurück, und obwohl er das so

langsam tat, wie sein Körper dick war, wirkte er bedrohlich dabei. Er sprach mit leiser Stimme und legte Friday die Hand auf die Schulter, was wohl wie eine freundschaftliche Geste aussehen sollte. Dessen schmerzverzerrtes Gesicht aber sprach eine andere Sprache. »Du weißt, worauf du dich eingelassen hast, Walt. Ich habe meinen Teil der Abmachung bereits erfüllt.« Jemand steckte seinen Kopf durch die Foyertür. Vinnie nickte dem Mann zu und zog seinen riesenhaften Mantel an. »Der Lastwagen ist da. Sieben. Enttäusch mich nicht.«

Was Friday auch nicht tat. Um Punkt halb sechs erklärte er die Probe für beendet und entließ uns in den Abend.

»Fertig?« Jayne humpelte zu mir und lehnte sich für einen Augenblick mit dem ganzen Gewicht gegen den Bühnenrand.

»Wie geht's deinen kaputten Beinchen?«

»Hast du das denn nicht gesehen?« Ich schüttelte den Kopf. Es erschien mir mittlerweile einfacher, die Teile der Probe, die mich nicht direkt angingen, völlig auszublenden. »Während der letzten Nummer ist Gloria der Schuh vom Fuß geflogen, und wir sind alle umgekippt wie Dominosteine.«

»Autsch.«

Jayne zuckte mit den Schultern. Ihr war längst egal, was mit ihr passierte. »Ich werde Eis draufpacken, dann wird's morgen schon wieder gehen.« Zornig starrte sie Richtung Foyer, wo Gloria ihr seehundartiges Gackern hören ließ. »Dass sie bis zur nächsten Probe überlebt, kann ich allerdings nicht garantieren. Was dagegen, wenn wir ein Taxi nehmen?«

Der Inspizient löschte das Saallicht und schaltete die

Notbeleuchtung ein – eine einzelne Glühbirne, die die Bühne über Nacht anstrahlen würde. »Warum fährst du nicht schon mal ohne mich los«, meinte ich.

Sie hob die Augenbrauen. »Warum?«

»Ich glaube, jetzt wäre ein hervorragender Zeitpunkt, um den Dingen da unten auf den Grund zu gehen.«

»Du meinst, im Mordraum?!«, rief sie. Ich bedeutete ihr, leiser zu sprechen. »Ich komme mit.«

»Sei nicht blöd, Hinkefuß, da gibt's viel zu viele Treppen. Du würdest mich nur aufhalten. Vertrau mir: Es ist nicht gefährlich. Garvaggio wird um sieben hier sein. Bis dahin verstecke ich mich. In spätestens einer Stunde bin ich hier raus.«

»Und dann kommst du nach Hause?«

Ich spreizte drei Finger ab. »Ich schwöre bei meinem Leben.«

Auf Jaynes Gesicht zeichnete sich deutlich ab, was sie von meiner Wortwahl hielt.

Während der Inspizient das Gebäude abschloss, versteckte ich mich in der Damentoilette. Als ich sicher sein konnte, dass niemand mehr da war, huschte ich zu der geheimen Kellertreppe und schlich leise hinunter. Wie beim letzten Mal lief ich durch die Unterquerung und kam unter die andere Seite der Bühne, wo ich auf den blutigen Raum und die verschlossenen Türen gestoßen war. Noch war niemand da. Ich rückte ein paar ausrangierte Möbelstücke zu einer Art gemütlicher kleiner Hütte zusammen, in der mich niemand sehen konnte, aus der heraus ich aber freie Sicht auf alle hatte, die über die Laderampe hereinkamen. Für den beiläufigen Beobachter wäre ich nicht mehr gewesen als einer dieser Haufen von Theatergerümpel, der darauf wartet, einem neuen Verwendungszweck zugeführt zu werden.

Fünfundvierzig Minuten verstrichen, bevor ich Besuch bekam.

Ich wollte meine Hütte gerade aufgeben und nach Hause gehen, als am Tor des Lieferanteneingangs gerüttelt wurde. In der Gasse hinter dem Gebäude brummte ein Motor. Dann erstarb er. Dafür waren jetzt Stimmen zu hören, von denen mir keine bekannt vorkam. Garvaggios Männer waren da.

Ich rückte mich in meinem Versteck so zurecht, dass ich den bestmöglichen Blick auf den Eingang hatte. Ketten klirrten und ächzten, als sich die übergroßen Metalltüren vom Boden hoben. Der Lastwagenmotor stotterte sich wieder zurück ins Leben und schickte eine Abgaswolke in den Kellergang hinab. Sie stießen mit dem Wagen so weit wie möglich zurück, um möglichst nah am Theater abladen zu können. So würde kein zufälliger Passant sehen, was sie da machten.

Der Motor erstarb ein zweites Mal, die Männer kletterten aus dem Führerhaus und kamen in den Keller. Sie waren zu viert, alle groß, dreckig und offensichtlich wenig angetan von ihrer Aufgabe. Grobe Vertreter der Arbeiterklasse, mit losem Mundwerk und gewöhnungsbedürftiger Grammatik. Keiner nannte den anderen beim Namen.

Ein Mann mit einem Schnauzer und einer Stimme wie eine zerkratzte Schellackplatte war der Anführer der Gruppe. An seinem Gürtel hing ein großer Schlüsselring. Er bellte Befehle und stampfte durch den Keller, während er Türen aufschloss. »Wir nehmen sie uns eins nach 'm andern vor. So was wie beim letzten Mal können wir nich' brauchen.«

»Das wird ja die ganze Nacht dauern«, jammerte ein

Bursche mit einer Narbe von der Schläfe bis zum Kinn. Der Boss beachtete ihn nicht. Keine Zeit für Querulanten. Ein anderer öffnete die Ladefläche des Lastwagens. Der Schnauzer warf ihm eine Flinte zu und wies ihn an, in den Mordraum zu gehen. Meine Beine fingen so sehr zu zittern an, dass ich mir sicher war, jeden Moment mein Versteck einzureißen.

Der Schnauzer verstellte mir die Sicht auf den Lastwagen. Ich hörte, wie die Türen geöffnet wurden, dann gab die unsichtbare Fracht schleifende, wimmernde Geräusche von sich, aber das Gesicht des Opfers konnte ich nicht erkennen. Es kam stumm und mit schweren Schritten heran. Endlich ging der Mann einen Schritt zur Seite und gab den Blick frei. Ich keuchte, als ich den Gefangenen sah. Mitten im Keller stand ein Pferd.

Es war ein Mitleid erregendes Exemplar. Sein Rücken hing durch, sein Fell war von kahlen Stellen durchsetzt, es wog höchstens halb so viel wie es sollte. Der Mann mit den Schlüsseln führte es am Zügel. Diese Maßnahme war allerdings unnötig – das Pferd wirkte viel zu benommen, um nicht zu gehorchen.

Ich verstand überhaupt nichts mehr. Warum stand hier ein Pferd, und warum sah es so aus, als ob noch ein Dutzend andere auf dem Lastwagen waren? Sicher, ich wusste, dass die Mafia auch im Rennsport engagiert war, aber irgendwie hatte ich immer gedacht, so etwas würde in Belmont Park stattfinden und nicht im Keller eines Broadway-Theaters. Außerdem bräuchte man dafür doch bestimmt Tiere, die einen etwas gesünderen Eindruck machten, und nicht derart verlebte Viecher, die ohne Hilfe kaum gehen konnten.

»Ich glaub, auf den hier hab ich mal gesetzt«, sagte

einer der Männer. »Wegen dem Scheißvieh hab ich 'ne Stange Geld verloren.«

»Dann solltest du ihm vielleicht die Ehre erweisen«, sagte der Boss.

»Mit Freuden.«

Als das Pferd seinen Marsch in den Raum mit den blutverschmierten Wänden fortsetzte, klappte mir der Mund auf und blieb so. Seit meinem letzten Besuch war das Licht repariert worden. Ich konnte eine Reihe Werkzeuge sehen, die ich aus meiner Metzgerei an der Ecke kannte. So war das also. Die Pferde ... sie würden ... und dann würden sie ...

Ich atmete zu schnell, mir war schon ganz schwindlig.

Wusste Vinnie hiervon? War es möglich, dass seine Männer nicht merkten, dass sie da Pferde vor sich hatten und keine Kühe? Ich gebe ja zu, als Stadtmädchen war ich auch nicht sonderlich bewandert in der Unterscheidung von Huftieren, aber zumindest im Film mussten diese Männer doch mal ein Rind gesehen haben.

Nein, du Dummerchen. Natürlich wussten sie Bescheid. Das war es ja gerade.

Der Typ mit der Wumme ging in den Raum, in den sie das Pferd geführt hatten. Die Tür wurde geschlossen, dann hallte ein scharfer Knall durch den Keller. Darauf folgte ein lauter, dumpfer Schlag. Aus dem Lastwagen wieherte es mitleidsvoll im Chor. Die Pferde waren zwar nicht in der Lage, sich gegen ihr Schicksal aufzulehnen, aber sie waren auch nicht sehr glücklich darüber.

Ich hätte erleichtert sein müssen, dass die Ladung Pferd war und nicht Mensch, aber der durchdringende Geruch des Todes, der mir Nase und Kopf füllte, machte es schwer, zwischen beidem zu unterscheiden. Garvaggio war im Mordgeschäft, das konnte man drehen und wenden, wie man wollte.

Ich konnte mich noch so anstrengen, vernünftig zu bleiben und mir den Vorgang hier als natürlichen Lauf der Dinge zu erklären – ich kam nicht umhin, diese kaltblütige Exekution auf menschliche Umgangsformen zu übertragen. Erging es Kriegsgefangenen genauso? Hatten die Männer während des Todesmarschs von Bataan, kurz bevor ihr Schicksal sie ereilte, denselben leeren Gesichtsausdruck gehabt? Und die deutschen Soldaten? Leiden ist Leiden, egal für wen.

Je länger ich so dasaß, in umso dunklere Gefilde glitt ich ab, bis ich es mit der Angst bekam, den Keller nie mehr verlassen zu können. Das musste ich aber. Ein Dutzend Gewehrsalven, jeweils gefolgt von einem dumpfen, leblosen Aufprall, würde ich nicht aushalten. Und noch weniger würde ich die gleichgültige Zerteilung der Tiere durchstehen, wenn sie von einst anmutigen Geschöpfen zu Steaks, Koteletts und Hackfleisch verarbeitet werden würden.

Ich musste hier so schnell wie möglich raus, sonst würde ich mich übergeben.

Während die Männer sich daranmachten, das nächste Pferd in den Raum zu führen, kroch ich vorsichtig aus meinem Versteck. Ich hatte den Unterschlupf so gebaut, dass er sich zur Unterquerung hin öffnete, weswegen es ein Einfaches war, von den mit ihrem Tun beschäftigten Männern unbemerkt herauszuschlüpfen und in Richtung des dunklen Tunnels zu schleichen. Als ich ihn gerade erreicht hatte, scheute das zweite Pferd, und die Stimmen der Männer überschlugen sich mit Anweisungen, wie man es wieder beruhigen könnte. Ich fing an zu rennen. Den zweiten Schuss wollte ich nicht mehr mitbekommen. Wenn ich ihn nicht hörte, fiel er vielleicht gar nicht, und wenn er gar nicht fiel, traf mich vielleicht keine Schuld, weil ich nichts unternommen hatte, während zwei hilflose Tiere starben.

Ich verließ das Theater, bog in die Straße ein und beeilte mich wegzukommen, damit ich auch ganz sicher nicht mit anhören musste, was im Keller passierte. Schließlich blieb ich neben einem Mülleimer stehen und atmete tief die kalte Winterluft ein, die sich mit dem süßlichen Gestank faulender Lebensmittel mischte. Mir ging es gut. Es war nicht meine Schuld. Ich hätte nichts tun können.

Ich trat in den Eingangsbereich eines Herrenausstatters, wo ich mich unbeobachtet darauf konzentrieren konnte, meinen Atem wieder unter Kontrolle zu bekommen.

Auch wenn schon seit fast einem Jahr die Beleuchtung heruntergefahren wurde, hatte ich mich noch immer nicht daran gewöhnt, den Broadway so dunkel zu sehen. Es war zwar nicht stockfinster – abgeblendetes Foyerlicht sickerte hier und da auf die Straße und beleuchtete wenigstens den Raum unter den Vordächern ein kleines bisschen, aber das reichte kaum, um sich ausreichend zu orientieren. In dieser Düsternis sahen die Theater aus wie schwerfällige Dinosaurier und die Laternenpfähle wie dürre, blattlose Bäume. Die Leute spürten, dass die Dunkelheit die besondere Fähigkeit besaß, jedes Wort und jeden Schritt zu verstärken, und verhielten sich leise. Niemand sprach laut. Das hätte fast frevelhaft gewirkt.

»Haben Sie etwas Kleingeld, Fräulein?«

Überrascht drehte ich mich um und merkte, dass ich in meinem Türeingang nicht alleine war. Ein Mann hielt mir in der Hoffnung auf ein paar Münzen eine Büchse unter die Nase. Früher hätte er auf die erzählerische Kraft seiner Büchse vertraut und die Bitte stillschweigend geäußert, aber in dieser Dunkelheit, in der man kaum einen menschlichen Umriss erkennen konnte und in der jedes Schamgefühl von den Schatten überlagert wurde, die uns so vorsichtig werden ließen, näherte er sich etwas unverfrorener.

Ich gab ihm ein Fünfcentstück, weil ich dringend etwas Gutes tun musste – egal, wie klein die Geste auch war.

Ich ging weiter und schlenderte durch Straßen, die ich normalerweise mied. Ich wollte noch nicht nach Hause. Noch war mein Kopf zu voll.

Ich ging an einem Postamt vorbei, dessen Fenster mit Appellen zum Kauf von Kriegsanleihen zugekleistert waren. Daneben verlangte ein Metzger von den Passanten, »Teilen Sie Ihr Fleisch – der Krieg macht es notwendig!«, das Kleingedruckte erläuterte die gesetzlich vorgeschriebenen, altersabhängigen Fleischrationen. Ein Billigkaufhaus verhökerte pastellfarbene Osterkörbchen und Ostereier. Aber nicht die aus Schokolade – die waren ausgestorben –, sondern die aus gefärbtem Zuckerkonfekt, die sehr viel besser aussahen, als sie schmeckten. Letztes Jahr zur gleichen Zeit hatte Bugs Bunny Hitler eine Granate anstelle eines Ostereis geschenkt. Ich fragte mich, was er dieses Jahr für ihn hätte.

»Entschuldigen Sie, kennen wir uns nicht?«

Zum zweiten Mal schreckte mich eine Stimme auf und ließ mich zum Ladenfenster zurückweichen. Als mich aber niemand angriff, drehte ich mich um und blickte in ein mir vage bekanntes Gesicht, das mich unter einer Mütze in Luftwaffenfasson hervor anblickte. Es war Rubys Pilot, der große Kerl mit dem netten Lächeln.

»Ja, wir kennen uns«, sagte ich. »Ich bin Rosie Winter, eine Freundin von Ruby.« Was für eine Übertreibung das war, würde er hoffentlich nicht bemerken.

»Stimmt ja. Wie schön, Sie wiederzutreffen. Ich heiße Donald Montgomery.« Er hielt mir die Hand hin, ich reichte ihm meine kurz und zog sie schnell wieder zurück.

»Ist alles in Ordnung? Sie sehen aus, als ob Ihnen nicht gut ist.«

»Nein, mir geht's gut.« Ich rang mir ein Lächeln ab. Mit diesem Mann konnte ich unmöglich den Schrecken teilen, den die Pferdeexekution bei mir ausgelöst hatte. »Was machen Sie denn hier?«

»Ich bin auf einer kleinen Besichtigungstour, bevor ich mich später mit Ruby treffe. Ich habe bislang noch keine Gelegenheit gehabt, etwas von der Stadt zu sehen, und da dachte ich mir: Warum nicht jetzt. Sind Sie auf dem Heimweg?«

Ich nickte.

»Stört es Sie, wenn ich mich Ihnen anschließe?«

»Überhaupt nicht.« Zusammen gingen wir zur Subway-Station am Times Square. Sein Gang war locker und gemächlich – als wäre er, auch wenn er ein Ziel hatte, nicht in besonders großer Eile.

Ich dagegen konnte ein bisschen Ablenkung gut gebrauchen, irgendeinen unschuldigen Zeitvertreib, der meine Gedanken aus dem Keller holte. »Wohin führen Sie Ruby denn heute Abend aus?«, fragte ich ihn.

»Das weiß ich noch nicht genau. Es soll ein ganz besonderer Ort sein, wissen Sie? Fällt Ihnen da etwas ein?«

Ich versuchte, auf einen Laden zu kommen, der in seinen Ohren fabelhaft klingen, den sie aber entsetzlich finden würde. »Wie besonders?«

»Können Sie ein Geheimnis bewahren?«

»Dafür bin ich bekannt.«

Er klopfte seine Manteltaschen ab, bis seine Finger einen unsichtbaren Gegenstand ertastet hatten. »Ich mache ihr heute einen Antrag.«

»Was für einen Antrag?«

»Einen Heiratsantrag natürlich.« Seine Hand verschwand in der Manteltasche und kam mit einem schmalen Ring, auf dem ein winziger Diamant saß, wieder zum Vorschein.

Er reichte ihn mir, und ich gab ein paar unehrliche Ohs und Ahs von mir. Der Ring war hübsch, aber klein. Wie gerade Ruby damit stolz vor uns herumwedeln sollte, sah ich noch nicht. Das verlangte schon etwas Pompöseres.

»Er hat meiner Großmutter gehört«, sagte er. »Ich hatte überlegt, Ruby einen großen, neuen zu kaufen, aber ich glaube, der hier steht für mehr, immerhin ist er ein Familienerbstück. Sie erzählt mir ja dauernd, wie viel ihr Familie bedeutet.«

Um nicht in Lachen auszubrechen, biss ich mir auf die Lippen. Ruby hatte seit über einem Jahr keinen Kontakt mehr zu ihrer Familie gehabt. »Er ist sehr schön«, sagte ich. Je länger ich ihn anschaute, desto besser wurde er. Nicht, dass der Stein jetzt größer oder der Ring teurer aussah, aber ich hatte plötzlich das Bedürfnis, ihn mir auf den Finger zu stecken und die Hand zu schließen, so dass er ihn nicht wieder an sich nehmen konnte. »Finden Sie nicht, dass das ein bisschen schnell geht? Ich meine, Sie und Ruby haben sich doch gerade erst kennengelernt.«

»Wir haben uns doch geschrieben.«

»Aber doch höchstens einen Monat lang.«

»Fünf Wochen. Lange Briefe. Ich glaube, ich wusste so gut wie alles über sie, bevor ich sie zum zweiten Mal getroffen habe.«

Da hatte ich so meine Zweifel. Wenn dem nämlich so gewesen wäre, würde er ihr keinen Heiratsantrag machen.

Er steckte den Ring zurück in die Tasche. »Sie verstehen also, warum ich heute Abend einen besonders schönen Ort suche.«

»Vollkommen.« Der Ärger, den ich während der letzten Tage Ruby gegenüber empfunden hatte, kam wieder in mir hoch und wurde größer. Wie konnte sie sich einbilden, mir das Recht, jemanden zu treffen, abstreiten zu dürfen, während sie selbst mit dem Herzen dieses Piloten spielte? Sicher, sie hatte ganz schön dick aufgetragen, von wegen der Mann ihrer Träume, aber das war eindeutig nur Geschwätz. Wenn er aus dieser Beziehung jetzt mehr machen wollte, würde er Gelegenheit bekommen, die wirkliche Ruby kennenzulernen – die, die davon überzeugt war, es verdient zu haben, dass man ihr Sonne und Mond vom Himmel holte, und die es nicht dulden würde, dass sich ihr jemand dabei in den Weg stellte.

An der Station angekommen stiegen wir in unsere Bahn. Ich nannte ihm ein paar nette Läden, wo die Küche gut und die Atmosphäre angenehm war. So würde er, wenn Ruby ihm einen Korb gab, wenigstens ein leckeres Abendessen genossen haben.

Während der gesamten Fahrt pries er seine Königin: Er erzählte mir Dinge über sie, die definitiv nicht der Wahrheit entsprachen, die er aber im Katalog der vielen Gründe, sie zu lieben, führte. Stoisch hörte ich zu und war mir wundersamerweise im Klaren darüber, dass es nicht an mir war, ihm die Wahrheit zu sagen, so gern ich das auch getan hätte. Aus seiner Ruby-Beschreibung wurde dann langsam die Vorhersage ihrer gemeinsamen Zukunft. Nach Kriegsende und seiner Heimkehr würden sie zusammen ein Leben in Goshen beginnen, einer Kleinstadt anderthalb Stunden nördlich von New York. Er wünschte sich schleunigst Kinder, und zwar ein ganzes Haus voll. Für ihn waren Kinder der Sinn des Lebens.

Ich verbiss mir ein Prusten. »Das mit Rubys Engagements zu koordinieren wird eine Herausforderung. Am besten behalten Sie hier auch noch eine Wohnung.«

Er sah mich mit schiefgelegtem Kopf an. »Wie bitte?«

»Ruby wird doch weiter spielen wollen, oder?«

»Davon weiß ich nichts. Es gibt ja auch noch das Gemeindetheater. Aber ich kann mir nicht vorstellen, dass sie etwas in der Art macht, bis die Kinder größer sind.«

Die meisten Schauspieler werden zu dem, was sie tun, getrieben – so wie Künstler einfach malen oder Komponisten einfach Musik schreiben müssen. Theater ist kein zeitweiliger Platzhalter, bis etwas Beständigeres ins Leben tritt, es ist etwas, wofür man lebt und atmet. Alles, was man sonst noch tut, kann dieses Bestreben nur ergänzen. Ich kannte ein paar Frauen, die die Bühne verlassen, geheiratet und sich mit Nachwuchs niedergelassen hatten, aber ich bin mir hundertprozentig sicher, dass jede von ihnen einen stechenden, hungrigen Schmerz verspürte, wann immer sie eine Schauspielerin, die sie mal gekannt hatte, im Radio hörte oder auf einer Unterwäschewerbung in der *Brooklyn Daily Times* sah. Ich selbst hatte schon fast ein Dutzend Mal der Bühne den Rücken gekehrt, aber sogar ich wusste, dass sich das wie eine Amputation anfühlen würde. Sicher, man konnte sich daran gewöhnen, aber man will ja auch nicht ohne Not mit nur einem Arm durchs Leben gehen.

Ich schaffte es aber nicht, ihm das zu sagen. »Sie werden das schon deichseln«, meinte ich stattdessen. »Liebe überwindet jedes Hindernis.«

Als wir schließlich in die Station Christopher Street einfuhren, war die Aufführung von *Hundert Gründe, warum Ruby Priest die perfekte Frau ist* endlich vorbei. Vor Erleichterung seufzte ich auf, was ich noch mehrfach wiederholte, während wir die Treppen aus dem U-Bahnhof ins Village hochstiegen. Ich war zu Hause. Ich war in Sicherheit. Man hatte mir nicht in den Kopf geschossen und mich dann fürs Abendessen tranchiert.

25 Durch die Nacht schallt die Kunde

»Kannst du dir im Entferntesten vorstellen, was für Sorgen ich mir gemacht habe?« Jayne kam quer durchs Zimmer geschossen und stürzte sich auf mich. Ich brach unter ihrem Gewicht fast zusammen, hielt aber stand und ließ mich von ihr halb umarmen, halb strangulieren. »Mach das nicht noch einmal.«

»Bestimmt nicht.«

»Ich meine es ernst. Du warst zwei Stunden weg, Rosie. Ich dachte schon, du seist tot. Oder schlimmer.«

Was schlimmer sein sollte, fragte ich nicht. Musste auch nicht sein.

»Was ist passiert?«, wollte sie wissen.

»Es hat einfach nur länger gedauert.«

Jayne warf mir einen finsteren Blick zu. Sie kaufte mir nicht ab, was ich ihr anbot. »Ich hoffe, du hast mir noch mehr zu sagen als das.«

»Ich weiß, dir tut der Fuß weh, aber können wir irgendwo hingehen? Was ich dir erzählen muss, möchte ich nicht unbedingt hier loswerden.«

»Warum nicht?«

Darauf hatte ich keine Antwort. Wahrscheinlich wollte ich unser Zuhause rein und heilig erhalten, nicht überschattet von dem, wessen ich gerade Zeugin geworden war. Wenn wir nicht hier darüber redeten, konnte das Shaw House vielleicht ein Zufluchtsort bleiben vor all den schrecklichen Dingen, die Menschen so taten.

Wir gingen zu Rothco's All-Night Pharmacy, setzten uns eng nebeneinander an die mit roter Plastikfolie überzogene Theke und bestellten Milch-Shakes. Als

Ausgleich zu der Geschichte, die ich jetzt erzählen würde, brauchte ich etwas Süßes.

»Ich weiß, was Garvaggio im Schilde führt«, sagte ich schließlich.

»Was muss ich noch unternehmen, damit du endlich damit rausrückst?«, fragte Jayne. »Ich sterbe vor Neugier.«

»Ob du's glaubst oder nicht: Seine Männer haben im Keller ausgediente Rennpferde ausgeladen.«

»Er unterhält einen Rennstall? Im Bernhardt?«

»Nicht ganz.« Nachdem ich einen großen Schluck von meinem Shake genommen hatte, schob ich das Glas weg. »Er handelt auf dem Schwarzmarkt mit Fleisch.«

Sie kam nicht drauf. So viel war klar. »Dann kam das Blut, das du unten gefunden hast, also von Fleisch?«

»Sozusagen.« Ich wollte, dass sie es begriff, ohne dass ich es aussprechen musste. »Ich glaube, er benutzt das Bernhardt als provisorische Metzgerei. Seine Handlanger töten und zerstückeln die Tiere in der Kammer des Schreckens und werfen dann alles, was sie nicht brauchen können, in die Wasserkessel und verbrennen es dort. Sämtliche Beweisstücke gehen also in Rauch auf. Noch am selben oder folgenden Tag kommen die Leute und holen ihre Bestellungen ab.«

»Und das fällt niemandem auf?«

»Natürlich werden eine Menge Leute rein- und rausgehen, aber es ist ja ein Theater. Wer denkt da schon, dass sie dort Fleisch abholen?«

»Kein Wunder, dass es immer so nach Steak riecht.«

»Es ist eben nur kein Steak.«

Jayne trank erst ihren Black Cow aus, bevor sie die nächstliegende Frage stellte. »Wie meinst du das?«

»Ich habe doch gesagt, es waren ausgediente Rennpferde.«

Ihre Augenbrauen berührten den Haaransatz. »Nein!«

»Ich habe es mit eigenen Augen gesehen.« Dann erzählte ich ihr von der Metzelei, die ich in der vergangenen Stunde miterlebt hatte.

Sie schob ihr Glas zur Seite. »Das ist ekelhaft.«

»Das brauchst du mir nicht zu sagen.«

»Die armen Pferde. Wie kommt er bloß damit durch?«

»Jayne, es gibt einen Grund, warum man den Schwarzmarkt Schwarzmarkt nennt. Da gibt's keine Vorschriften. Und keine Richtlinien. Ich wette zehn zu eins, dass die Märkte und Restaurants, die er beliefert, so tun, als wüssten sie nicht Bescheid. Was aber nicht stimmt. Aber es ist wichtiger für sie, dass sie günstig und regelmäßig an Fleisch kommen. Sie heben dann den Preis kräftig an, und die Kunden kaufen und nehmen es so, wie es ist, weil sie im Lebtag nichts anderes vermuten würden.« Und ich würde das Honorar einer Woche darauf verwetten, dass einer dieser Läden Mancuso's Deli war.

»Ich glaube, mir würde es auffallen, wenn ich Pferd essen würde.«

»Glaub mir, die Menschen können sich alles Mögliche einreden. Besonders, wenn das letzte Mal, dass sie richtiges Rindfleisch auf dem Teller hatten, vor Pearl Harbor war.«

Jaynes bleiches Gesicht bekam einen hübschen Grünstich. »Aber wird einem davon denn nicht schlecht?«

»Von Pferdefleisch? Unwahrscheinlich. Bei der Lotterie, die festgelegt hat, welches Tier wir essen, hat die Kuh einfach nur verloren. Ich glaube, das größere Problem sind Garvaggios Schlacht- und Lagermethoden. Seine persönliche Hygiene ist zwar über jeden Tadel erhaben, aber ich habe so meine Zweifel, ob er seinem Fleisch den gleichen Standard angedeihen lässt.«

Jayne drehte sich auf ihrem Barhocker von der einen auf die andere Seite. »Aber warum will Garvaggio dann die Show dichtmachen?«

Ich suchte auf der Theke nach einer Antwort. Dabei fiel mein Blick auf eine Ausgabe der *Times*, die ein Gast liegengelassen hatte. Sie war voller aufgeregter Nachrichten über Schwarzmarktfleisch. Vielleicht gab es da einen Zusammenhang. »Also, Garvaggio handelt mit Fleisch, und das ist erst mal illegal.«

»Was ist schon legal.«

»Nein wirklich, die Regierung hat in Sachen Rindfleisch wirklich einen Vogel.«

Nach zwei Jahren Krieg bekam ich so langsam eine Idee davon, wie die Regierung tickte. Wenn sie uns etwas erzählten, dann nur aus dem Grund, weil sie es selbst schon eine ganze Zeit lang wussten und der Ansicht waren, dass man es jetzt der großen Öffentlichkeit gefahrlos mitteilen könnte. »Der Verfassungsschutz ergreift all diese Maßnahmen, um den Schwarzmarkthandel einzuschränken. Unter anderem veranstalten sie Razzien an Orten, die sie für Handelsplätze halten. Garvaggio verkauft nicht nur illegal Fleisch, er verkauft auch noch das falsche Fleisch. Deswegen ist er wahrscheinlich so nervös, dass er, um sie von seiner Fährte abzulenken, öfter mal die Örtlichkeit wechselt. Und wenn das gerade wieder mal ansteht, dann hat er keinen Grund mehr, *Nach Süden* noch weiter zu finanzieren.«

Jayne nickte in Richtung Theke. »Das leuchtet mir ein. Aber was hat das mit Paulette und Al zu tun?«

Schon wieder diese Frage. »Das weiß ich nicht genau. Die Logik sagt mir, dass einer von beiden herausgefunden hat, was ich mir gerade zusammengereimt habe. Und dann hat er oder sie damit gedroht, den Behörden alles zu verklickern.«

»Du glaubst also, dass Paulette die Pferde gesehen hat und Garvaggio sie deswegen hat ermorden lassen?«

Vielleicht hatte Paulette den Mut gehabt, den ich nicht aufgebracht hatte: Vielleicht hatte sie versucht einzuschreiten und hatte dafür mit dem Leben bezahlt. »Wäre doch möglich, oder?«

»Aber warum ist Al dann im Gefängnis?«

»So weit bin ich noch nicht.« Vielleicht lag ich falsch mit der Vermutung, dass Al ein Geständnis abgelegt hatte, um sich vor Tony in Sicherheit zu bringen. Vielleicht wollte er sich vielmehr vor Garvaggio schützen.

»Was machen wir denn jetzt?«, fragte Jayne.

»Was du machst, weiß ich nicht, aber ich esse eine Zeit lang kein Rindfleisch mehr.«

»Rosie ...«

Ich trank meinen Milch-Shake aus und durchsuchte die Handtasche nach ein paar Münzen fürs Trinkgeld. »Lass mich noch ein bisschen darüber nachdenken. Was mit den Pferden passiert, gefällt mir ganz und gar nicht, aber du weißt so gut wie ich, dass es nie gut ausgeht, wenn man sich mit der Mafia anlegt.« Wir mussten es hinbekommen, dass die Justiz von Garvaggios Umtrieben in Kenntnis gesetzt wurde und sie unterband, aber wir durften nicht das Risiko eingehen, dass Garvaggio herausfand, wer hinter der Sache steckte. Natürlich taten mir die Pferde leid, aber ich wollte uns nicht in die Gefahr bringen, einer seiner Vergeltungsmaßnahmen zum

Opfer zu fallen. Noch nicht. »Und was Al betrifft: Das Einzige, was wir tun können, ist, noch mal mit ihm zu reden versuchen.«

Wir wickelten uns in unsere Mäntel und traten auf die Straße hinaus. Im Gehen kehrten meine Gedanken immer wieder in den Keller des Bernhardt zurück, wo ein Dutzend Pferde gerade ihr Schicksal ereilte.

»Denk nicht mehr dran.« Jayne drückte meine Hand und hakte sich dann bei mir unter.

»Versuch ich ja.« Wir schritten im Rhythmus meiner Gedanken dahin: Denk nicht an die Pferde. Denk nicht an die Pferde. Denk nicht an die Pferde. Auch als ich den Kopf schüttelte, blieben diese Worte wie in einer Schleife hängen. »Ich habe dir ja noch gar nicht von meiner Eskorte nach Hause erzählt: Ich bin doch tatsächlich mit Rubys neuem Liebhaber gefahren.«

»Wenn sie das hört, wird sie sicher begeistert sein.«

»Sie hat keinen Grund, sich Sorgen zu machen. Der junge Mann ist ziemlich verliebt in Miss Priest. Er will ihr heute Abend einen Heiratsantrag machen.«

Jayne blieb stehen. »Sie haben sich doch gerade erst kennengelernt!«

»Auf diesen Sachverhalt habe ich ihn auch angesprochen. Mehrmals sogar. Aber er ist nicht so intelligent, wie ich gedacht habe, denn er wollte nicht davon ablassen. Er glaubt sogar, dass sie die Schauspielerei sein lässt, zumindest zeitweilig, damit sie sich um die Kinder kümmern kann.«

»Kinder? Ruby? Ich habe immer gedacht, dass sie ihren Nachwuchs gleich auffressen würde.«

»Wer dachte das nicht.«

»Sie wird niemals Ja sagen«, meinte Jayne.

»Das wissen wir beide, er aber nicht.«

»Meine Güte, ich wäre verdammt gern Mäuschen, wenn er ihr den Antrag macht.«

Das ging mir genauso. Es wäre eine unendlich erfreulichere Abendunterhaltung gewesen als über all den Toden zu brüten, die ich hätte verhindern müssen.

In dieser Nacht konnte ich nicht schlafen, gab mir aber auch nicht die allergrößte Mühe, weil ich Angst vor meinen Träumen hatte. Wieder einmal ging ich nach unten, fest entschlossen, meiner Schlaflosigkeit eine andere Nahrung zu geben als nur die unschönen Bilder in meinem Kopf.

Wie beim letzten Mal lag Minnie auf dem Sofa ausgestreckt und blätterte durch eine Ausgabe des *Time Magazine*, auf deren Titel Harry S. Truman abgebildet war.

»Hallöchen«, sagte ich. Lächelnd blickte sie auf und wirkte genauso wenig überrascht, dass ich wieder da war, wie umgekehrt. »Ist Ruby noch nicht zu Hause?«

»Nein.«

Es war erst kurz vor eins, nach den Maßstäben der meisten Menschen also noch recht früh, um einen Ausgehabend zu beenden. Ich setzte mich in den Lehnsessel am Kamin und starrte in die Flammen. Das ganze Haus roch nach brennendem Fleisch. »Da kannst du noch lange warten«, sagte ich zu ihr.

»Warum?«

Ich breitete eine rotweißblaue Afghandecke über meine Beine aus. »Ihr Pilot hat heute große Pläne mit ihr, das dauert sicher bis Sonnenaufgang.«

»Hat er sie denn immer noch nicht satt?«

Diese Frage versetzte mich in Erstaunen. Hätte ich

darauf angespielt, dass Rubys Verehrer sicher die Minuten zählte, bis er sich endgültig von ihr verabschieden konnte, wäre das kein Wunder gewesen, aber Minnie? Undenkbar. Kapierte sie vielleicht endlich, wie die wahre Ruby tickte? »Ehrlich gesagt habe ich den Eindruck, dass er sie alles andere als satt hat. Man könnte sogar sagen, er ist ihr verfallen.«

Mit hochgezogenen Brauen bat sie mich weiterzusprechen.

»Das muss aber unter uns bleiben: Ich weiß aus sicherer Quelle, dass er ihr heute Abend einen Antrag machen will.«

Minnie atmete scharf ein. »Hat Ruby dir das erzählt?«

Mir entfuhr ein prustendes Lachen. »Bestimmt nicht. Ich habe doch gesagt, es kam aus sicherer Quelle.«

Minnie senkte den Blick.

»Warum macht dir das eigentlich etwas aus, Minnie?«

»Sie haben sich doch gerade erst kennengelernt … und Ruby … sie ist …«

Es war kaum auszuhalten, wie sie um die Worte rang. »Deine einzige Freundin?« Minnie nickte. Ich würde mit Jayne sprechen müssen. Wenn Ruby keine Zeit mehr für Minnie hatte, dann hatten sie und ich sie ja vielleicht. »Mach dir keine Gedanken: So gut er es auch meint, aber Ruby wird sich nie im Leben darauf einlassen.«

Minnie hob den Kopf. »Warum nicht?«

»Hör mal, ich will hier sicher nicht die Oberlehrerin spielen, aber du solltest doch wissen, dass für Ruby das Liebste auf der Welt immer noch Ruby ist, und ich glaube keine Sekunde lang, dass sie freiwillig vom Ich zum

Wir wechselt. Vor allem nicht, wenn sie spitzkriegt, dass ihr Ehemann in spe erwartet, dass sie erst das Theater und dann ein paar Babys fallen lässt.«

Minnie lächelte, und ihre Unansehnlichkeit löste sich für einen Moment in Luft auf. Sie konnte ein hübsches Mädchen sein. Wer hätte das gedacht?

»Wie war's gestern in der Canteen?«, fragte sie dann.

»Ach da.« Ich fuchtelte durch die Luft, als ob ich eine um mich herumsummende Fliege ein für alle Mal zur Ruhe bringen wollte. »Es war nett.«

»Hast du jemanden kennengelernt?«

Ich war zu müde, um mich gegen dieses Gesprächsthema zu sperren. Außerdem war es sehr sehr viel angenehmer, als immer wieder den Tod des Pferdes zu durchleben. »Mit einem habe ich ein paar Mal getanzt. Ich bin eigentlich morgen wieder dort mit ihm verabredet.«

»Willst du nicht hin?«

Dieses Mädchen merkte aber auch alles. »Ob ich hingehe oder nicht, darüber werde ich mir noch den Kopf zermartern.«

»Warum denn gleich zermartern?«

Ich setzte mich anders hin und schlug die Beine unter. »Ich habe das Gefühl, er erwartet, dass daraus eine Affäre wird, aber ich glaube, dazu bin ich nicht bereit.«

Sie nickte wissend. »Wegen deinem vermissten Freund.«

»Wegen vielem, unter anderem, weil ich, anders als Ruby, glaube, dass zu einer Beziehung mehr gehört als ein paar Liebesbriefchen und eine Handvoll Begegnungen.« Jetzt hatte ich das Wort und beschloss, es mir nicht mehr nehmen zu lassen. »Ich finde einfach, dass wir wegen dem Krieg in einer hoffnungslosen Situation stecken. Schau dir doch diese ganzen Kriegsbräute mal an! Zugegeben, ein paar von denen haben sicher ihre langjährigen Liebsten geheiratet, aber die meisten kennen diejenigen, mit denen sie sich da verheiraten, so gut wie gar nicht. Warum bitte treffen wir nur wegen dem Krieg Entscheidungen, die wir sonst gar nicht fällen würden? Was soll das denn geben, wenn diese Männer nach Hause kommen und in ihren Betten lauter Fremde liegen haben? Was anderes sind sie nämlich nicht. Mir kommt das alles wie eine vorprogrammierte Katastrophe vor.«

Minnie starrte ins Feuer. »Du gehst davon aus, dass sie nach Hause kommen.«

»Das muss ich doch, oder?«

»Du vielleicht, aber das heißt nicht, dass diese Ehefrauen davon ausgehen.«

»Das ist ja mal eine optimistische Perspektive. Aber warum sollte man heiraten, wenn man sowieso nicht davon ausgeht, so lange zu überleben, dass man irgendwann zusammen sein kann?«

Minnie zuckte mit den Schultern. »Warum macht man überhaupt irgendwas?« Sie blätterte in dem Magazin herum. »Aber du hast natürlich Recht. Wegen der Canteen, meine ich. Ich bin mir auch nicht sicher, ob ich an deiner Stelle wieder hingehen würde.«

Das Gespräch starb eines natürlichen Todes, genau wie das Feuer im Kamin, das zu glimmender Asche zusammenfiel. Ich verließ Minnie und ging zurück ins Bett, wo der Gedanke an die Pferde der Frage wich, die sie gestellt hatte. Warum sollte man sich an jemanden binden, der morgen schon tot sein konnte? Vielleicht aus demselben Grund, der mich am kommenden Abend doch wieder in die Canteen treiben würde: einem Soldaten eine kleine Freude zu machen, um ihn über all die Schrecken hinwegzuhelfen, die ihm noch widerfahren mochten. Wahrscheinlich war ich zu zynisch, um wirklich an die leidenschaftliche Liebe auf den ersten Blick zu glauben, die nicht der langfristigen Pflege bedurfte. Es war aber auch sehr gut möglich, dass alles, was ich meiner Meinung nach über die Liebe wusste – das, was ich in meiner Beziehung mit Jack gelernt hatte –, überhaupt nicht stimmte, sondern ausschließlich das Ergebnis eines Experiments war, das von Anfang an nicht korrekt ausgeführt worden war.

26 Hochzeit eines Stars

Als wir am nächsten Morgen zur Probe kamen, stand schon das gesamte Ensemble auf der Bühne und schnatterte aufgebracht durcheinander. Ich versuchte herauszufinden, was der Grund für die ganze Aufregung war. War Friday ermordet worden? Hatte es erneut gebrannt? Hatte jemand entdeckt, was im Keller vor sich ging?

Izzie löste sich aus der Gruppe und kam auf uns zugestürzt. »Ruby ist verlobt! Ist das nicht wundervoll?«

Ich sah mich nach Minnie um, konnte sie aber nirgendwo ausmachen. Jayne und ich kletterten auf die Bühne und versteckten unsere fehlende Aufrichtigkeit unter einem antrainierten Lächeln, von dem nur Ruby wusste, dass es unsere wahren Gefühle verbarg. »Herzlichen Glückwunsch«, sagten wir wie aus einem Mund. Ruby streckte uns stolz die Hand entgegen, an der sie einen schmalen Weißgoldring mit einem Diamanten trug.

»Der ist nur für den Übergang«, sagte sie. »Ein Platzhalter, bis wir Zeit haben, uns um einen angemesseneren Ring zu kümmern.«

Wild durcheinanderplappernd bestürmten die anderen Mädchen Ruby, haarklein noch einmal über den Verlauf ihrer Romanze zu berichten sowie darüber, wie ihr Zukünftiger um ihre Hand angehalten hatte (auf der Tanzfläche des Rainbow Room, während »I'll Be Seeing You« gespielt wurde). Ruby entsprach diesen Bitten gern, sie begnügte sich aber nicht damit, die freudige Röte der Frischverlobten, die ihrem Glück kaum glauben kann, zur Schau zu stellen – ihre Geschichte davon, wie rasant sie sich von der Ehrenamtlichen in der Canteen zur zukünftigen Ehefrau gemausert hatte, klang eher wie die Beschreibung des Amerikanischen Traums. Sich zu verloben war für sie eine Leistung, mit der man angeben konnte, und kein Meilenstein in einer Beziehung, die ihr am Herzen lag.

Diese Beobachtung teilte ich mit Jayne, während wir uns hinter die Meute zurückzogen.

»Sie ist wahrscheinlich noch ganz fassungslos«, meinte sie. »Ich wäre es auf jeden Fall.«

Das war eine recht sachliche Bemerkung – ganz besonders im Bezug auf Ruby –, aber ich glaubte nicht daran. Ich kam einfach nicht darüber hinweg, wie wenig Donald Montgomery zu ihr zu passen schien. Trotz all seiner Arroganz hatte Lawrence Bentley immerhin noch Rubys zweitgrößte Leidenschaft geteilt: die fürs Theater. Auch wenn ich überzeugt davon war, dass Ruby sich einen Mann geangelt hatte, der wirklich etwas für sie empfand, beruhte dieses Gefühl offensichtlich nicht auf Gegenseitigkeit.

»Alle auf ihre Plätze!« Aus irgendeiner dunklen Ecke, in der er sich versteckt zu haben schien, kam plötzlich Walter Friday in den Saal. Wir stellten uns hinter der Bühne auf unsere Positionen und machten uns bereit für einen Durchlauf. Und da sah ich endlich auch Minnie. Sie saß mit unendlich langem und traurigem Gesicht auf dem Klappstuhl, auf dem derjenige sitzen sollte, der den Vorhang bediente. Ihre Augen waren von gerade erst versiegten Tränen verschmiert.

Ich ging zu ihr und reichte ihr mein Taschentuch. »Da habe ich wohl falschgelegen.«

»Sieht so aus.«

»Keine Sorge. Das hält nicht. Sie will ja jetzt schon einen neuen Ring; es wird nicht lange dauern, dann fordert sie auch einen neuen Mann. Ruby geht sicher nicht weg.«

»Oh, das ist es gar nicht, was mich aufregt.« Ihr Gesichtsausdruck behauptete das Gegenteil.

»Das ist sie nicht wert, Minnie. Sie hat sich doch in letzter Zeit dir gegenüber wahrlich nicht wie eine Freundin verhalten. Verschwende doch nicht deine Energie an ihr.«

Darauf hatte sie nur eine Antwort: Sie putzte sich die Nase.

»Wie wär's, willst du nicht mit Jayne und mir Mittag essen gehen?«

»Danke, aber ich glaube nicht, dass ich heute großen Appetit habe.«

Ich musste mir die Niederlage eingestehen – Minnie aufzuheitern war ein Ding der Unmöglichkeit. Mir war sowieso nicht ganz klar, warum ich mich um sie bemühte. Ich schätze, ich fühlte mich irgendwie seelenverwandt mit ihr. Wir trieben uns beide spätnachts im Salon herum, wir waren beide Frauen, die wegen ihrer Sorgen um unabänderliche Dinge nicht mehr schlafen konnten.

Der Durchlauf begann, und ich ging eine Zeitlang ganz in der Show auf. Es hakte zwar immer noch an vielen Stellen, aber alles in allem war es eindeutig besser geworden. Man konnte von uns zumindest nicht mehr als von einer vollkommenen Katastrophe sprechen.

Zumindest dachte ich das, bis die Tänzer ihren ersten Auftritt hatten. Die ganze Arbeit des vorigen Tages schien wie verpufft. Gloria führte sehr eigene Schrittkombinationen auf, die fürchterlich an einen die Straße hinabwankenden Betrunkenen erinnerten. Dieser Anblick war nicht auszuhalten, weswegen ich mich hinter die Kulissen verzog und mich plötzlich neben Ruby wiederfand.

»Du ziehst das doch nicht ernsthaft durch, oder?«, fragte ich sie.

»Wovon genau sprichst du?«

Ich nahm ihre Hand hoch und hielt sie ihr mitsamt dem Ring vors Gesicht. »Hältst du dich für Gloria Vanderbilt? Du kennst den Mann doch kaum.«

Sie machte sich los. »Man muss sich nicht unbedingt lange kennen, um zu wissen, dass man zusammengehört.«

Ich reckte meine Nase in die Luft und ahmte ihren Tonfall nach. »Ach, muss man nicht? Du weißt aber schon, dass er sofort mit der Familiengründung loslegen will und die feste Absicht hat, dich von der Bühne zu holen und mit dir in die quirlige Großstadt Goshen, New York, zu ziehen?«

»Woher weißt du das denn?«

»Hat er mir gesagt.«

Sie seufzte, und mir war klar, dass er einiges zu hören bekommen würde, weil er solcherlei Intimitäten mit jeder Dahergelaufenen teilte. »Erstens geht dich das gar nichts an. Und zweitens ist der Krieg noch nicht vorbei und wird vielleicht auch eine ganze Zeit nicht vorbeigehen. Wenn er dann irgendwann nach Hause kommen sollte, werde ich mich sicherlich sehr gern mit ihm niederlassen.«

Ich hätte mich freuen sollen. Wenn Ruby heiratete,

bedeutete das: größere Chancen für uns Übrige. Aber ihre Einstellung stieß mir auf. Die meisten mir bekannten Frauen sehnten das Kriegsende herbei, damit ihr Leben endlich wieder anfing, aber Ruby tat so, als sei der Krieg eine herrliche Unterbrechung, die sich hoffentlich noch lange hinzog, damit sie sich mit der Kehrseite der Medaille, die sie zu Tode langweilte, gar nicht erst befassen musste. Wenn das Liebe war, konnte ich gut und gern darauf verzichten.

Um Viertel vor fünf waren Jayne und ich in der Canteen und kippten den Inhalt von Gastronomiebehältern auf Serviertabletts. An diesem Abend waren nur wenige Hilfskräfte gekommen, und Elaine war froh, mich mit einem neuen Gesicht im Schlepptau zu sehen. Während wir schaufelten und schütteten, bereitete sich auf der Bühne im Hauptraum der adrette Artie Shaw auf seinen Auftritt vor und unterbrach unser Geklapper hin und wieder mit einem klagenden Posaunenton.

Als wir alles Essen auf Tabletts umgeschichtet hatten, nahm ich Jayne mit in den Club und setzte mich mit ihr in die dunkelste Ecke, die ich finden konnte. Man hatte die Männer bereits hereingelassen, und der Tanzabend wurde mit »Begin the Beguine« eröffnet.

»Das hat schon was, oder?«, fragte ich.

»Allerdings. Ich kann gar nicht glauben, dass wir nicht auch noch bezahlen müssen, damit wir hier sein dürfen.« Auch wenn ich es nicht für möglich gehalten hatte: Der Schuppen war diesmal noch voller als bei meinem ersten Besuch. Wie hatte mal jemand behaupten können, dass der Samstagabend der einsamste Abend der Woche sei?

Ein Matrose nahm Blickkontakt mit Jayne auf, und sie wirbelte zu mir herum und zeigte ihre perlweißen Zähne. »Irgendwo Lippenstift?«

»Nicht die geringste Spur.«

»Wie sind meine Haare?«

»Blond und seidig glänzend. Auf sie mit Gebrüll!«

Sie ging los und traf auf halbem Wege auf den Matrosen. Über den Lärm der Menge hinweg konnte ich sie nicht richtig hören, nur Teile einer unbeholfenen Unterhaltung sickerten zu mir durch, bevor sie schließlich gemeinsam zur Tanzfläche gingen. Der arme Junge wusste nicht, worauf er sich eingelassen hatte. Jayne konnte sich nicht zurückhalten und so tun, als sei sie ein ganz normales Mädchen, das ein paar nette Tanzschritte kennt. Von dem Moment an, wo sie auf die Tanzfläche trat, war sie eine Tänzerin – und zwar eine TÄNZERIN –, und er kämpfte darum, mit ihr Schritt zu halten. Ich hoffte nur für ihn, dass er vorher nicht mit seinen Künsten geprahlt hatte.

Jemand tippte mir auf die Schulter. »Sehen Sie, jetzt habe ich Geld verloren.«

Als ich mich umdrehte, stand Pfirsich hinter mir. Zumindest glaubte ich, dass er es war. So gutaussehend hatte ich ihn gar nicht in Erinnerung gehabt.

»Und, warum sind Sie den Zaster los?«, fragte ich.

»Ich habe mit einem Freund gewettet, dass Sie heute Abend nicht kommen würden. Er wollte mir die Stimmung nicht kaputtmachen und hat zehn Dollar dagegengewettet, dass Sie da sind und eimerweise gute Laune mitbringen.«

Ich hob meine leeren Hände. »Keine Eimer.«

»Die haben Sie sicher nur in der Küche abgestellt.« Er reichte mir die Hand. »Sollen wir?«

Wir traten auf die Tanzfläche, und für fünf atemberaubende Minuten war ich alle Zweifel los, die ich wegen des Wiedersehens mit ihm gehabt hatte. Ich hatte überreagiert. Ein braver Tanzabend mit einem Mann in der Canteen war wirklich nicht der erste Schritt in Richtung Hochzeit. Und wer sagte, dass Pfirsich mich überhaupt heiraten wollte? Es war ganz schön arrogant von mir, sich nicht mit jemandem treffen zu wollen, nur weil ich davon ausging, dass er sich unsterblich in mich verlieben und auf mehr dringen würde als auf einen zwanglosen Foxtrott.

»Ich gäbe was drum, zu wissen, woran Sie gerade denken.«

»Vorsicht«, sagte ich. »Jemand könnte Sie hören, und dann müssen Sie fünfzehn Prozent davon in Kriegsanleihen stecken.«

»Das Risiko würde ich eingehen.«

Ich biss mir auf die Lippe: »Ich habe gerade gedacht, dass das jetzt gar nicht so schlimm ist.«

»Mir war nicht klar, dass es das hätte sein können. Einige Frauen finden, dass ich eine Augenweide bin und ein Traum auf der Tanzfläche.«

»Wir haben doch letztens schon festgestellt, dass ich nicht einige Frauen bin. Aber ich wollte auch nicht, dass es sich wie eine Beleidigung anhört. Ich war nur …« Warum nicht einfach mal ehrlich sein? Jayne hatte auch gemeint, dass es nur fair wäre, aufrichtig mit dem Mann zu sein. »Ich hatte Angst, dass Sie sich sehr viel mehr von dieser Verabredung erwarten, als ich bereit bin zu geben.«

»Es gibt Mädchen, die ich für solche Sachen bezahlen kann.«

»Sie wissen, was ich meine – emotional.«

»Aber jetzt sind Sie sich sicher, dass ich nur für ein schnelles Tänzchen hier bin.«

»Sind Sie denn nicht?«

Seine Augen wurden weich, sein Lächeln schwächer, und ich begriff, dass vieles, was ich bislang von ihm hatte sehen dürfen, nur Fassade gewesen war. »Ich bin wegen allem da, was Sie bereit sind zu geben.«

Wir tanzten noch zwei weitere Stücke lang, dann bat ich um eine Pause und um etwas zu trinken. Pfirsich holte uns Punsch, und ich suchte nach einem freien Tisch.

»Du hattest also doch geplant, ihn noch mal wiederzusehen.« Zelda trommelte mit ihren roten Fingernägeln auf den Tisch und grinste mich von oben an. »Warum hast du mir denn nicht gesagt, dass du heute hier bist?«

»Ich wollte es nicht herumposaunen.«

»Habe ich da gerade Jayne beim Tanzen gesehen?«

»Die und keine andere. Und du? Bist du heute solo hier, oder ist Izzie auch da und lässt den Traum eines Soldaten wahr werden?«

»Ich bin alleine hier. Izzie war völlig erledigt nach dem Tag heute, also bin ich ohne Begleitschutz gekommen, um beim Ansturm auf das Abendessen zu helfen. Elaine war sicher überglücklich, dass ihr zu zweit zum Dienst erschienen seid. Samstags ist immer am meisten los.« Zelda schaute auf ihre Armbanduhr. »Ich will mich aber gerade verdünnisieren. Bin auch ziemlich erschöpft.«

»Mir geht's nicht anders. An deiner Stelle würde ich die Beine in die Hand nehmen, bevor das Lied zu Ende ist.«

»Du klingst schon wie ein alter Hase. Bis morgen, und sag Jayne einen lieben Gruß.«

Während die Band die letzten Takte von »Deep Purple« spielte, ging sie eilig hinaus.

»War das Zelda?« Jayne kam an und hockte sich auf den Hocker mir gegenüber. Ihr Gesicht war knallrot, ihr Haar ein blonder Tornado.

»Richtig. Sie hat aber gerade den Fluchtweg angetreten.«

»Wo ist Pfirsich?«

»Holt Punsch. Du kannst stolz auf mich sein: Ich habe ihm klargemacht, dass ich nicht mehr will als ein bisschen gute Unterhaltung.«

»Bravo. Hast du ihm auch deinen wirklichen Namen gesagt?«

»Daran arbeite ich noch. Und bei dir? Wie war dein Matrose?«

»Welcher? Ich habe mit vier davon getanzt, und es sieht so aus, als würde der Rest der Flotte auch noch auf ein Tänzchen warten.«

»Wenn Tony dich jetzt sehen könnte.«

»Das wäre ein Knaller.« Sie blickte auf den Tisch hinunter und malte mit dem Finger einen Kreis auf die Platte. »Sie sind wirklich süß. Ich hatte ganz vergessen, wie es ist, mit solchen Jungs zu tun zu haben.«

»Sie sind auch richtige Gentlemen«, sagte ich. »Ich glaube, hier drin gibt es niemanden, der auch nur daran denken würde, die Hand gegen dich zu erheben.«

Sie malte einen kleineren Kreis in den ersten hinein. »Einer von ihnen hat mich gefragt, ob ich ihm schreiben würde.«

»Das solltest du.«

»Ich denke noch darüber nach.« Sie hob den Kopf und runzelte die Stirn. »Warum kommt mir dieser Typ da bekannt vor?«

Ich folgte ihrem Blick. »Wer?«

»Der Rothaarige da neben der Tür. Ich könnte schwören, dass ich den schon mal gesehen habe.«

Ich rutschte zur Seite, um den Betreffenden besser sehen zu können. »Du hast ihn schon mal gesehen. Das ist George Pomeroy.«

27 Der ungebetene Gast

Paulettes Verlobter verschwand im Herrenklo. Ich versuchte gerade, mich durch die Menge zu schieben, als Pfirsich mir mit zwei Gläsern Punsch in der Hand in den Weg trat.

»Wo brennt's denn, Delores?«

»Ich habe einen alten Freund gesehen.«

»Einfach wegzugehen, obwohl Sie doch gerade einen neuen unterhalten, ist aber ziemlich unhöflich.« Er reichte mir ein Glas überzuckerten, lauwarmen Punsch.

»Glauben Sie mir – es ist nicht diese Art Freund.« Jayne knuffte mir gegen den Ellbogen und zerrte an meinem Kleid. »Das ist Jayne, meine Mitbewohnerin.«

Pfirsich schüttelte ihr die Hand. »Hallo, Mitbewohnerin Jayne.«

Sie lächelte zu ihm hoch. »Hallo Sie.«

Die Tür zur Herrentoilette ging auf, und George Pomeroy trat heraus. Er wandte sich nach links zur Garderobe.

»Sag mal, Jayne?«

»Ja, Delores?« Mein neuer Name kam ihr langsam über die Lippen, als wäre sie sich nicht sicher, wie sie ihn betonen sollte.

»Könntest du bitte dafür sorgen, dass unser Freund George nicht geht, ohne dass ich mit ihm gesprochen habe? Ich bin in einer Minute da.«

»Aber sicher.«

Sie verschwand in der Menge und erreichte in dem Moment die Garderobentheke, als George in seiner ledernen Pilotenjacke die Canteen durch den Haupteingang verließ.

Ich gab Pfirsich mein Punschglas zurück. »Es war wirklich nett, Sie wiederzusehen.«

»Warum gefällt mir nicht, wie sich das hier entwickelt?«

»Ich muss wirklich los. Glauben Sie mir: Das ist keine Abfuhr. Ich muss mich um etwas kümmern, das jetzt etwas wichtiger ist, als hier zu bleiben.«

Er stellte die Gläser auf dem Geländer ab und reichte mir die Hand. »Das bedeutet dann wohl: Auf Wiedersehen.«

»Langsam – wie wär's mit morgen Abend?«

Wie eben auf der Tanzfläche wich auch jetzt der Humor aus seinem Blick. »Das ist mein letzter Abend in New York, Delores. Für den Rest meines Urlaubs fahre ich nach Hause.«

»Oh.« Ich hatte vergessen, dass seine Zeit begrenzt war, dass ich ihn nicht einfach immer dann treffen konnte, wenn mir gerade der Sinn danach stand. *Falls* mir überhaupt der Sinn danach stand.

»Sie sehen ja tatsächlich ein bisschen traurig aus.«

Als ich merkte, dass Tränen mir den Blick verschleierten, war ich schockiert. »Das liegt daran, dass ich es bin.«

»In ungefähr einer Woche gehe ich von hier aus wieder aufs Schiff. Ich könnte einen Tag früher herkommen. Kann ich Sie dann treffen?«

»Ist die Erde eine Kugel?«

»Also abgemacht: Montag in einer Woche. Fünf Uhr, hier in der Canteen. Versprechen Sie mir, dass Sie kommen?«

Etwas in der Art, wie er seine Frage stellte, sagte mir, dass er nicht daran glaubte. Mein Gesicht brannte vor

Scham. Dass ich mit mir würde ringen müssen, ob ich auftauchte oder nicht, war eine Sache – aber ich wollte, dass er dachte, ich sei ganz aus dem Häuschen wegen der Aussicht auf ein Wiedersehen.

»Keine zehn Pferde werden mich abhalten können«, sagte ich. Wir reichten uns die Hand, um die Abmachung zu besiegeln. Bevor ich wusste, was ich tat, beugte ich mich vor und gab ihm einen leichten Kuss auf die Wange. »Gute Nacht, Pfirsich.«

»Gute Nacht, Delores.« Ich drängte mich durch die Menge und verlangte meinen Mantel. Jayne war nicht mehr im Haus. Draußen sah ich sie nervös hin und her laufen.

»Er ist Richtung Uptown gegangen. Er hat schon mindestens einen Block Vorsprung.«

»Keine Sorge – das holen wir auf.« Wir rannten los und sahen kurze Zeit später seinen Rotschopf einen halben Block vor uns auf und ab wippen. Dann hielt er ein Taxi an und verschwand darin.

»Mist!«, rief ich. Jayne fingerte in ihrem Portemonnaie herum und hielt schließlich eine Handvoll zerknautschter Scheine in der Hand. Wenige Sekunden später drängten wir in ein eigenes Taxi und wiesen einen überaus amüsierten Fahrer an, dem gelben Wagen vor ihm zu folgen.

Zwei Minuten und zwanzig Cent später ließ uns der Fahrer an der 57. Straße raus, wo wenige Augenblicke früher George aus seinem Taxi gestiegen und in einem Gebäude verschwunden war.

Wir standen vor einem frisch renovierten Sandsteinhaus, in dem man sich bei uns im Viertel für ein bisschen Kleingeld ein Zimmer hätte leisten können, aber in diesem Teil der Stadt kostete das ein Vermögen. Auf dem Treppenabsatz sah ich mich nach Türklingeln und Briefkästen um, konnte aber nur jeweils ein Exemplar entdecken. Wen auch immer George besuchte, er oder sie lebte alleine. Mitten in Uptown.

»Was jetzt?«, fragte Jayne.

»Wir klingeln«, sagte ich. »Ich gehe nicht eher weg, bis ich weiß, was er hier macht.«

Wir klingelten und versuchten noch schnell, die Spuren zu tilgen, die unser kurzer Sprint an unserem Erscheinungsbild hinterlassen hatte. Absätze klapperten durch eine für uns unsichtbare Diele. Durch die Milchglasscheiben in der Vordertür konnten wir einen blonden Kopf auftauchen sehen. Nach einmal Rasseln und zweimal Klirren ging die Tür auf.

»Rosie!« Vor mir stand in den Kleidern, die sie schon zur Probe getragen hatte, Izzie. »Was für eine schöne Überraschung. Was machst du denn in unserer Gegend?«

Ich zeigte auf Jayne und bezog sie mit ins Gespräch ein. »Wir waren in der Stage Door Canteen.«

»Das hat Zelda mir schon erzählt.«

»Wir hätten schwören können, dass wir Paulettes Verlobten dort gesehen haben. Ich will schon länger mit ihm sprechen, deswegen haben wir versucht, ihn einzuholen, aber da ist er auch schon in eurem Haus verschwunden.«

Ihr Gesichtsausdruck blieb unverändert. Falls George etwas Böses im Schilde führte, wusste sie noch nichts davon. »Warum kommt ihr nicht rein, und ich hole ihn runter?«

In der Diele begrüßte uns ein Phonograph, aus dem »Angels of Mercy« ertönte.

»Rat mal, wer da ist, Zel!«

Zu unserer Linken befand sich ein Wohnzimmer voller bunter Polstersofas, eines hässlicher als das andere. Auf diversen Tischen, Kaminsimsen und weiteren Stellflächen stand merkwürdiger Kriegsandenkennippes herum: V-förmige Vasen, Postkarten von polynesischen Tänzerinnen, eine Statuette von einem Hund, der auf Hitler pinkelt, ein rotweißblaues Radio und etwas, das wie ein Totenkopf aussah. Inmitten all dessen saß Zelda und blätterte durch einen Stapel Schallplatten.

»Na, dann kommt mal rein«, sagte sie, als ob es ihr Haus wäre.

Izzie verschwand über die Treppe nach oben, und wir betraten das Zimmer und legten die Mäntel ab. Rechts vom Wohnzimmer lag ein großzügiges Esszimmer, das mit einem Mahagonitisch und dazu passenden Stühlen ausgestattet war, die sämtlich aussahen, als stammten sie aus dem Möbelausverkauf von Heinrich dem Achten nach der Brandschatzung. An den Wänden hingen Gemälde, die um den Hauptpreis für die »Furchtbarste Darstellung einer historischen Szene« wetteiferten. Die Wände selbst waren mit schnörkeligen Dekortapeten bezogen, die mir in den Augen wehtaten. Die Vorhänge waren mit Blumenmustern bedruckt und wurden von goldfarbenen Quasten von den Fenstern zurückgehalten.

»Setzt euch, setzt euch«, sagte Zelda. »Möchtet ihr etwas trinken?«

»Einen Cola-Rum«, sagte Jayne.

»Einen Martini, wenn du weißt, wie man den macht«, sagte ich.

»Hast du das gehört?«, meinte Zelda zu Jayne. »Sie stellt meine Fähigkeiten als Barkeeperin in Frage. Ich bin in Null Komma nichts wieder da.« Sie ging hinaus, und Jayne und ich zwängten uns auf einen Mohair-Zweisitzer, der ganz von goldbefransten, mit Gedichten bestickten Sofakissen in Beschlag genommen war. Die Gedichte trugen Titel wie »An einen Freund« und »Meine Ehefrau«, die darunterstehenden kurzen Verse gerieten hochphilosophisch ins Schwärmen über Loyalität und Liebe.

Jayne stieß einen leisen Pfiff aus. »Nicht schlecht.«

»Hast du jemals etwas Geschmackloseres gesehen?«

»Geschmacklos? Hast du eine Ahnung, was der ganze Kram gekostet hat?«

Ich sah mich nach Preisschildchen um. »Mehr, als er wert ist?«

Jayne ging nicht auf mich ein. »Wie um Himmels willen können die sich eine solche Wohnung leisten?«

Bevor ich ihr eine Antwort geben konnte, war Izzie wieder da, mit einem vom Treppensteigen ganz geröteten Gesicht. »George ist jede Minute bei uns. Ihr kommt gerade zu seiner Badezeit.«

»Und warum badet George bei euch?«, fragte ich.

Izzie schnappte sich ihren eigenen, erst zur Hälfte geleerten Drink und benetzte sich die Kehle. »Er ist unser Gast. Er hatte ein schreckliches Hotel auf der Upper West Side gebucht, und wir dachten, es sei Blödsinn, ihn nicht hierher umziehen zu lassen, wenn wir schon so viel Platz haben. Paulette hätte es nicht anders gewollt.«

Jayne rutschte so lange auf dem Sofa herum, bis sie mit dem Rücken an die Lehne stieß. Ihre Schuhe baumelten einen halben Meter über dem Boden. »Das ist ja eine ganz schöne Wohnung, die ihr da habt.«

»Wie könnt ihr euch bloß so eine Bude leisten?«, fragte ich. »Mein Kleingeld würde in einem Stadtteil wie diesem noch nicht mal für eine Zeitung reichen.«

Mit unseren Drinks in der Hand kam Zelda wieder herein. Wir nahmen ihr jeweils ein zierliches Glas aus österreichischem Kristall ab, wobei wir den Atem anhielten, um es nicht zerspringen zu lassen. »Das Haus gehört Olive. Sie hat es von ihrem Ehemann.«

»Von ihrem *toten* Ehemann«, sagte Izzie.

»Oh.« Um meine Zunge im Zaum zu halten, nahm ich erst mal einen Schluck. »Das tut mir leid.«

»Muss es nicht«, sagte Zelda. »Konntest du ja nicht wissen.«

Mir kam ein früheres Gespräch in den Sinn. Hatte Olive bei unserer ersten Begegnung nicht gesagt, dass sie verheiratet sei? Hatte sie erneut geheiratet oder betrachtete sie sich immer noch als gebunden, auch wenn der entsprechende Herr schon unter der Erde lag?

»Sind die Kriegsandenken von ihm?«, fragte ich.

Zelda lachte. »Nein, das sind Geschenke.«

»Das ist der Nachteil von Brieffreunden«, sagte Izzie. »Sie schicken einem andauernd irgendwelches Zeug.«

Ich drehte eine kleine Runde durchs Zimmer und bewunderte die Souvenirsammlung. Es *war* ein Totenkopf. Ich würde definitiv einen weiteren Drink brauchen.

»Und warum genau wolltet ihr mit George sprechen?«, fragte Izzie.

Sollten wir Tacheles reden? Fragend schaute ich Jayne an.

»Wegen dem, was mit Paulette passiert ist«, sagte

Jayne. »Rosie und ich denken einfach immer noch darüber nach. Wir würden gern wissen, ob George nicht doch noch ein bisschen mehr Licht in die Geschehnisse dieser Nacht bringen kann.«

»Warum?«, fragte Izzie.

Diese Frage hatte ich nicht erwartet. Ich holte tief Luft. War es wirklich so schlimm, wenn sie erfuhren, dass ich mit Al befreundet war? »Ich kenne den Mann, der im Gefängnis sitzt.«

Das Eis in Izzies Glas klackerte wie die Würfel in einem Spielbecher. »Du kennst Paulettes Mörder?«

»Nein. Ich meine: Doch – er ist ein Freund von mir. Von uns beiden. Aber ich glaube, dass er unschuldig ist.« Sehnsuchtsvoll starrte ich auf meinen immer noch fast randvollen Drink. Ich hätte ihn vor diesem Gespräch austrinken sollen.

»Er hat gestanden«, meinte Zelda.

»Ich weiß. Glaubt mir, das weiß ich, aber es gibt einen Grund, warum er das getan hat … Aber den habe ich noch nicht herausgefunden. Und da dachte ich, dass George vielleicht mehr über das, was passiert ist, weiß. Eventuell kann er mir ein paar von den Fragen beantworten, die mich beschäftigen.«

Izzie ging zum Kamin hinüber. Auf dem Sims standen einige Fotografien, die allesamt Männer in Uniform zeigten. »Sollte man das nicht besser der Polizei überlassen?«

Natürlich sollte man.

»Rosie hat eine Zeit lang für einen Detektiv gearbeitet«, sagte Jayne. »Sie war diejenige, die das Rätsel über die Vorfälle am People's Theater gelöst hat.«

»Wirklich?«, fragte Zelda. Sie war beeindruckt, oder

zumindest so beeindruckt, wie Zelda überhaupt sein konnte. Sogar Izzies verspannter Gesichtsausdruck entspannte sich ein wenig.

»Wirklich«, sagte ich. »Und wenn ich aus dieser Erfahrung etwas gelernt habe, dann, dass die Polizei nicht ganz so auf Draht ist, wie man vielleicht denken könnte.« Und dass man von der Presse selten Anerkennung für das bekommt, was man so macht.

»Schaden kann's ja nicht«, sagte Zelda.

Izzie blickte ihr in die Augen und sah dann weg. »Letzten Endes muss George das selbst entscheiden.«

Zehn Minuten und zwei Drinks später kam George mit noch vom Duschen nassem Haar herunter. Unter einem dicken Frotteebademantel trug er einen Schlafanzug. Beide Kleidungsstücke waren ihm zu groß und schlackerten um seine Hände und Füße. Sie hatten wahrscheinlich einem von Paulettes Ehemännern gehört – oder dem von Olive.

Ich stellte uns noch einmal vor und kam dann gleich zur Sache. »Soviel ich weiß, waren Sie in der Nacht, als Paulette starb, bei ihr.«

Er schaute von Izzie zu Zelda und versuchte zu erkennen, welche von beiden diese absurde Behauptung aufgestellt hatte. »Wer hat Ihnen das denn erzählt?«

»Stimmt es denn nicht?«, fragte Izzie.

»Natürlich nicht.« Er ließ sich in einen Sessel direkt neben ihrem fallen. »Wie kommt ihr denn da drauf?«

»Paulette hatte uns erzählt, dass sie mit dir verabredet war«, sagte Zelda. »Deswegen ist sie an diesem Abend nicht mit in die Canteen gekommen. Logischerweise hat Izzie da angenommen, dass ihr euch auch getroffen habt.«

»Ich habe aber im Hotel die Nachricht bekommen, dass sie mich doch nicht treffen kann. Ich hatte noch versucht, sie zurückzurufen, habe aber niemanden erreicht.«

»Und Sie sind sich sicher, dass diese Nachricht von Paulette war?«, fragte ich ihn.

George zuckte mit den Schultern. »Ich hatte keinen Grund, das nicht zu glauben. Die Rezeptionistin hat mir nur gesagt, dass jemand angerufen und mir ausgerichtet hat, dass Paulette sich doch nicht mit mir treffen könne.«

»Dann hätte der Anrufer also sowohl ein Mann als auch eine Frau sein können«, meinte Jayne.

»Wahrscheinlich«, sagte George.

Ich setzte mich wieder auf mein Sofaeckchen. »Fanden Sie es denn nicht merkwürdig, dass sie abgesagt hat? Immerhin hatten Sie sich seit Monaten nicht mehr gesehen.«

George fuhr sich mit der Hand durchs nasse Haar. »Natürlich fand ich das merkwürdig.«

»Warum sind Sie denn dann nicht hierhergekommen, um nachzusehen, ob alles in Ordnung ist?«

»Ich habe gedacht, sie macht sich Sorgen, dass sie das mit uns in der Canteen herausbekommen. Sie hatte mal erwähnt, dass sie sich überwacht fühlte, und ich bin davon ausgegangen, dass sie Angst hatte, eines der anderen Mädchen könnte von unserem Treffen Wind bekommen haben.«

»Ja und?«, sagte ich. »Wenn man sich liebt, wenn man vorhat zu heiraten, dann ist einem die Stage Door Canteen doch egal.«

»Für sie war es wichtig«, meinte er. »Sie hat so viel

Zeit dort verbracht.« Er sah Izzie und Zelda an. »Wie alle Mädchen. In der Canteen gab es immer etwas zu tun, sie hatte das Gefühl, etwas Sinnvolles zu machen.«

»Wie haben Sie denn dann den Abend verbracht, wenn Sie nicht hierhergekommen sind?«, fragte Jayne.

»Ich bin im Hotel geblieben. Habe ein Buch gelesen. Bin ins Bett gegangen. Irgendetwas ohne Paulette zu unternehmen, erschien mir reizlos.«

Das musste ich einen Moment sacken lassen. »Als wir uns zum ersten Mal begegnet sind, haben Sie so getan, als wären Sie erst nach Paulettes Tod in die Stadt gekommen. Warum?«

Er schüttelte den Kopf und verschlang die Finger zu Knoten. »Keine Ahnung. Ich glaube, ich war nicht ganz klar im Kopf. Sie war tot. An etwas anderes konnte ich nicht denken.«

Jayne hatte Recht: Wenn sie trauerten, verhielten die Leute sich komisch. Aber mich beschäftigte noch etwas anderes. »Warum sind Sie immer noch in der Stadt? Ich dachte, Sie würden mit ihr nach Hause fahren, um sie zu beerdigen.«

Er schaute erst zu Zelda, dann auf den Boden. »Ich konnte das nicht. Ich wollte ja. Ich bin zum Bahnhof gefahren und alles, aber als der Zug eingefahren ist, hat mich der Mut verlassen. Der Trauergottesdienst war schwer genug, aber dann noch die Beerdigung … Die Endgültigkeit von alldem war einfach zu viel für mich.«

Ich hatte da so meine Zweifel.

»Kann es sein, dass wir auf dem falschen Dampfer sind?«, fragte Jayne später. Wir waren wieder zu Hause und versuchten, Zeldas unterirdischer Leistung als Barkeeperin mit eigenen Anstrengungen zu begegnen. Unser Gin war billig, unsere Gläser handfest – so, wie's sein sollte.

»Darüber denke ich seit einer geschlagenen Stunde nach. Aber irgendwas an George Pomeroys Geschichte ist faul. Und er weiß das. Man kann es seinem Gesicht ansehen, aber es ist, als ob er einfach nicht in der Lage sei, uns die Wahrheit zu sagen.«

»Ich vertraue ihm nicht.« Jayne saß am Frisiertisch und schmierte sich kühlende Creme ins Gesicht. »Und nicht nur ihm. Ich traue ihnen allen nicht.«

»Izzie und Zelda?«

»Und Olive. Nur, weil sie verletzt ist, heißt das nicht, dass sie aus dem Schneider ist. Wer weiß schon, ob nicht eine von ihnen Paulette umgebracht hat? Hast du mir nicht erzählt, dass sie die Leiche drei Stunden lang nicht entdeckt haben wollen? In der Zeit kann man alles Mögliche anstellen.«

»Olive und Izzie schon. Aber Zelda ist ja in der Canteen geblieben, als die beiden anderen nach Hause gegangen sind.« Ich mühte mich damit ab, ein frisches Glas Oliven zu öffnen. »Aber was bitte hätten sie denn für ein Motiv gehabt?«

Jayne legte sich aufs Bett und nippte vorsichtig an ihrem Drink, um die Creme nicht mit dem Glas in Berührung zu bringen. »Eifersucht? Paulettes Karriere entwickelte sich sehr viel besser als die der anderen.«

»Aber was sollte sich denn daran ändern, wenn man sie umbrachte?«

Jayne wischte einen Cremeklecks vom Glasrand. »Vielleicht wollten Olive und Izzie an ihre Rollen ran?«

»Sie sind doch ganz unterschiedliche Typen. Außerdem war Paulette schon seit geraumer Zeit ein Star.« Wenn wir Paulettes Tod einer eifersüchtigen Schauspielerin in die Schuhe schieben wollten, dann lag es sehr viel näher, Ruby zu verdächtigen. Oder sogar Minnie. »Und warum sollten sie sie gerade jetzt umbringen?«

»Vielleicht hatte die Eifersucht mit etwas ganz anderem zu tun. Paulette konnte ja offensichtlich ganz gut mit Männern.«

»Von denen die meisten gestorben sind.« Ich hatte das Olivenglas endlich aufbekommen und ließ in jedes unserer Gläser eine Frucht gleiten. »Außerdem war Olive verheiratet, und Izzie fehlt es auch nicht gerade an Tanzpartnern. Es kommt mir überhaupt so vor, als ob sie alle an jedem Finger einen Ring hätten.«

»Vielleicht wollte eine von ihnen einen, den Paulette an der Angel hatte.«

»Wen denn? George Pomeroy?«

Jayne leerte ihr Glas und vertilgte die Olive. »Du hast doch selbst gesagt, dass George und Zelda einen furchtbar vertrauten Eindruck gemacht haben.« Dazu kam noch: George wohnte bei ihnen und trug den Pyjama eines anderen.

»Ich kann mir nur einfach nicht vorstellen, dass Frauen, die so eng befreundet sind, so etwas tun – vor allem nicht wegen einem Mann wie George.«

Jayne warf die Arme in die Luft. Zum Glück war ihr Glas schon leer. »Ich gebe auf. Sie sind unschuldig. Allesamt.«

»Das habe ich nicht gesagt. Ich sage nur, dass wir kein eindeutiges Motiv entdeckt haben. Zumindest nicht für die Mädels. Aber im Fall von George …«

Jayne schnippte mit den Fingern. »Vielleicht wollte

er sie genau aus dem Grund umbringen, den wir anfangs Al unterstellt haben.«

»Bingo. Vielleicht wusste er, dass sie fremdgeht, und konnte den Gedanken, das noch länger erdulden zu müssen, nicht mehr ertragen.«

»Aber wenn wir eine solche Möglichkeit in Betracht ziehen, warum haben dann Izzie und Zelda noch nicht daran gedacht?«

»Weil sie nicht daran denken mussten«, sagte ich. »Sie wussten nur: Zwei Tage, nachdem sie Paulette gefunden hatten, wurde der Mörder verhaftet.«

28 Die Erpresser von New York

Am Sonntag gab Walter uns allen frei. Am Montag taten Jayne und ich unser Bestes, Izzie und Zelda bei der Probe so zu behandeln, als ob alles in Ordnung sei. Das war dann aber auch schon die überzeugendste schauspielerische Leistung, die das Bernhardt an diesem Tag sah. Die restlichen Darbietungen wirkten gewollt, unprofessionell und fürchterlich verstolpert.

»Finde nur ich, dass wir immer schlechter werden?«, fragte ich Zelda. Die Probe war vorbei, wir packten unsere Sachen und versuchten, uns nach Kräften zu bedauern.

»Besser wird's auf jeden Fall nicht.«

»Wir überlegen, ob wir noch rüber in die Canteen gehen. Kommt ihr mit?« Wenn wir Zelda und Izzie dazu bewegen würden, mit uns auszugehen, könnten wir ihnen möglicherweise noch ein paar Fragen zu George stellen.

»Gerne. Wollen wir Ruby auch noch fragen?«

Mir fielen eine Million Gründe ein, warum wir das nicht wollten, ich hielt aber den Mund.

Zu fünft trafen wir uns im Foyer und machten uns auf den Weg. Wir waren noch keinen halben Meter weit, als uns jemand ansprach.

»Ich habe dich gesucht, Jayne.«

Meine Freundin und ich drehten uns um: Tonys schwarzer Packard parkte am Bordstein. Er selbst lehnte an der Hintertür und rauchte eine Zigarre. Sein Fahrer wartete ungeduldig am Steuer.

Jaynes Freude über diesen Überraschungsbesuch

ging schnell in Beunruhigung über. »Tony. Was machst du denn hier?«

»Einer meiner Jungs hat mir erzählt, dass er dich gestern Abend mit Vinnie Garvaggio im Tap Room gesehen hat.«

Izzie bemerkte, dass dieses Gespräch eine unangenehme Wendung nahm, und bedeutete mir wortlos, dass wir uns in der Canteen wiedersehen würden. Zum Abschied lächelte ich gequält und blieb wie festgeklebt an Jaynes Seite.

Tony ließ die Zigarre zu Boden fallen. Er hatte sie nur zur Hälfte geraucht, und ich verkniff mir eine Rüge wegen der Verschwendung. »Machst du bei dieser Show mit, Jayne?«

Wenn er mir diese Frage gestellt hätte, hätte ich gelogen. Aber Jayne hatte Skrupel – Informationen zu unterschlagen war für sie eine Sache, Tatsachen absichtlich falsch darzustellen eine ganz andere. Sie heftete den Blick auf den Bürgersteig, wo sie mit ihrem rechten Fuß Halbkreise zeichnete. Es war der sehr kindische Versuch, das Gegenüber von dem, was gesagt wurde, abzulenken. »Ja.«

»Du machst in Vinnie Garvaggios Show mit?« Er hatte sie schon beim ersten Mal verstanden, wollte sie aber noch mehr leiden lassen, indem er sie zwang, die Wahrheit zu wiederholen.

»Es ist nicht seine Show«, sagte ich. »Es ist Walter Fridays Show.«

Er stieß mit einem seiner Wurstfinger in meine Richtung. »Du hältst dich da raus, Rosie.« Dann richtete er seine Aufmerksamkeit wieder auf Jayne. »Was hast du da mit ihm gemacht?«

»Nur etwas getrunken, Tony. Rosie war auch da. Nichts ist passiert. Ehrlich.«

»Das ist keine Antwort auf meine Frage.«

Ich sah den glitschigen Abhang, auf den Jayne zusteuerte. Wenn sie Tony die Wahrheit sagen wollte, musste sie zugeben, Garvaggio Hoffnungen gemacht zu haben. Damit würde er sicher nicht gut zurechtkommen.

»Es war meine Idee«, sagte ich. »Die ganze Sache. Dass sie den Job annimmt und einen mit ihm trinken geht.«

»Du denkst doch nicht, dass ich das glaube.«

»Glaub, was du willst, Tony. Mit Al wird irgendein übles Spiel gespielt, und es hat im Bernhardt seinen Anfang genommen. Das heißt, dass Garvaggio da wahrscheinlich mit drinhängt. Du bist ja anscheinend in der Lage, Al für einen Mord, den er nicht begangen hat, im Gefängnis verrotten zu lassen – ich bin das nicht.« Auf diese Enthüllung erwartete ich irgendeine Art von Reaktion, aber es kam keine. »Jayne hat die Idee, bei dem Ensemble einzusteigen, genauso wenig gefallen wie die, Garvaggio Informationen abzuluchsen, aber ich hatte sie gebeten, mir zu helfen. Sei also nicht auf sie sauer – es ist alles meine Schuld.«

Er wandte sich wieder an Jayne. »Stimmt das?«

»Größtenteils«, sagte sie. Ihre Schuhspitze beschrieb jetzt eine liegende Acht. »Sie musste mich nur nicht bitten. Ich wollte Al auch helfen.«

Man wusste nicht genau, was Tony mehr aufbrachte: die Tatsache, dass Jayne und ich hinter seinem Rücken herumgeschnüffelt hatten, oder die Vorstellung, dass einige seiner Geschäftspartner jetzt dachten, Jayne würde ihn betrügen.

Tony ließ die Faust gegen das Fenster des Packard krachen. »Lass uns abhauen«, sagte er zu seinem Fahrer, trat mit seinem schwarz-weißen Herrenschuh die immer noch glimmende Zigarre aus und wandte sich ein letztes Mal an Jayne. »Ruf an, wenn du wieder bei Verstand bist.«

Er stieg ein, und der Wagen fuhr mit quietschenden Reifen davon. Ich sah ihm hinterher, bis er verschwunden war. Als ich mich umdrehte, erwartete ich, Jayne in Tränen aufgelöst zu sehen. Das war sie nicht. Stattdessen war ihre bleiche Haut dunkelrot angelaufen, ihre kleinen Hände waren zu noch kleineren Fäusten geballt.

»Ist alles in Ordnung?«, fragte ich.

»Was für ein Heuchler! *Ruf an, wenn du wieder bei Verstand bist!* Nicht zu glauben!«

»Naja, er hatte dir gesagt, dass du dich von Garvaggio fernhalten sollst. Das muss ihm einen ganz schönen Stich versetzt haben, als er gehört hat, dass du mit ihm in der Stadt unterwegs bist.«

»Erstens: Er hat kein Recht, mir zu sagen, welche Jobs ich annehmen darf und welche nicht. Zweitens: Er hätte mich fragen können, was ich da gemacht habe. Habe ich ihn schon ein einziges Mal betrogen?« Hier war keine Antwort vonnöten. Auch wenn sie gerade zerstritten waren, war Jayne Tony so treu wie Lassie Timmy. Sie hielt eine Hand über Kopfeshöhe. »Mir stehen seine Anordnungen und Drohungen bis hier. Wann macht er denn mal, was *ich* sage, hm?« Wir gingen los Richtung Subway-Station. Wir würden den anderen wohl nicht mehr in die Canteen folgen. Jaynes Zorn war für einen öffentlichen Raum zu leicht entflammbar.

Die Sonne ging unter, und die Häuserspitzen auf der 57. Straße verschwanden langsam in der Dämmerung. Vor der Canteen würde die Horde junger Männer jetzt vor Aufregung summen. »Ich werde ihm schreiben«, sagte Jayne.

»Ich glaube nicht, dass man Tony mit einem Brief bezirzen kann.«

»Nicht dem. Billy.«

Eine Gruppe junger Frauen, die fürs Rote Kreuz warben, kam uns entgegen und bat uns, sie mit einem Beitrag für ihre Spendenaktion zu unterstützen. Mit einem höflichen Lächeln lehnte ich ab. »Jetzt komme ich nicht mehr mit.«

»Dem Matrosen von gestern Abend. Er heißt Billy DeMille.«

»Wie der Regisseur?«

Jayne nickte. »Ich muss mal wegen jemandem Aufwand betreiben, der das auch zu schätzen weiß.«

Dagegen hatte ich nichts einzuwenden.

An der Station stiegen wir in unsere Bahn. Über unseren Köpfen schalt uns ein Schild, zu viel Kaugummi zu kauen. Die Soldaten hätten es nötiger – wie so vieles, was wir ihnen vorenthielten.

»Warum will Tony eigentlich, dass du dich von Garvaggio fernhältst?«, fragte ich.

Jayne hob die Schultern und drehte sich zum Fenster, das von ihrem Atem beschlug. »Weil er gefährlich ist, wahrscheinlich.«

Die Hälfte der Männer, mit denen Tony geschäftlich zu tun hatte, hatten Einträge im Strafregister – Al eingeschlossen –, aber bislang war Jayne der Umgang mit ihnen nicht verboten worden. In diesem Fall musste »gefährlich« eine konkretere Bedeutung haben.

»Wie sehr steckt Tony im Schwarzmarkt?«

»Was meinst du?«

»Ich meine, was verkauft er eigentlich?«

Jayne wandte sich wieder mir zu. »Ich glaube, alles. Du weißt doch, dass er mir nichts erzählt.«

»Er könnte also auch mit Fleisch handeln?«

»Ich denke mal, ja.« Ihre Gesichtszüge erschlafften. »Aber nicht mit Pferden – das würde er nicht tun.«

»Das sage ich ja gar nicht. Das ist ja auch Vinnies Ding, nicht Tonys. Ich frage mich doch nur, warum die beiden sich hassen, gesetzt den Fall, das beruht auf Gegenseitigkeit. Wenn sie Konkurrenten sind, wäre das ein guter Grund.« Falls Garvaggio und Tony wirklich Rivalen waren, würde Tony natürlich nicht wollen, dass Jayne Teil eines einträglichen Geschäfts war, von dem sein Erzfeind profitierte. Wie würde es denn aussehen, wenn sich herumspräche, dass Tony B.s Mädchen bei einer Show mitmacht, die den Konkurrenzkampf zwischen ihnen unterstützte?

»Ich verstehe«, sagte Jayne. Wir erreichten Christopher Street und liefen von da aus nach Hause. Als wir um die Ecke des Shaw House bogen, ging gerade eine große, schlanke Gestalt die Treppe hoch und blieb vor den Briefkästen in der Diele stehen.

»Was macht die denn hier?«

Jayne kniff die Augen zusammen, um das Objekt meines Missfallens über die Entfernung zu identifizieren. »Ruby? Vielleicht wollte sie doch nicht mehr mit in die Canteen.« Vorsichtig näherten wir uns dem Gebäude. Anstatt ebenfalls die Treppe hochzugehen und uns zu erkennen zu geben, zog ich Jayne auf die andere Seite des Geländers und gab ihr zu verstehen, den Kopf unten zu halten. Von hier aus hatten wir freie Sicht auf den Eingang, wo Ruby wie erstarrt verharrte und etwas las, das sie aus ihrem Briefkasten geholt hatte. Schließlich drehte sie auf der Suche nach mehr Text das Blatt um. Dann runzelte sie die Stirn und knüllte das Papier zusammen.

»Was ist denn da los?«, flüsterte Jayne.

»Vielleicht ist ihr Soldat zur Vernunft gekommen. Los, komm.« Ich griff nach ihrem Arm und zog sie zurück zur Treppe. Ich nahm zwei Stufen auf einmal und grüßte Ruby in dem Moment, als sie gerade von der Diele in den Salon treten wollte. »Hallo du! Post bekommen?«

Ihr finsterer Gesichtsausdruck war wie gemeißelt. »Ich habe immer Post.«

»Von deinem Piloten?«

Sie beschäftigte sich mit dem Stapel Briefe, den sie sich unter den Arm geklemmt hatte. »Natürlich. Er schreibt mir täglich.«

»Hoffentlich keine schlechten Nachrichten.«

»Noch habe ich seinen Brief ja nicht gelesen, aber ich glaube kaum. Nett, dass du dir Sorgen machst.«

Sie drehte sich auf dem Absatz um und ging durch den Salon zur Treppe.

»Könntet ihr beiden nicht mal einen Waffenstillstand ausrufen?«, fragte Jayne.

»Ich habe nicht damit angefangen.«

»Trotzdem ...« Meine Mitbewohnerin sah müde aus. Ihr Zorn war verflogen und hatte der traurigen Erkenntnis Platz gemacht, dass zwischen ihr und Tony eventuell ein für alle Mal Schluss sein könnte. Binnen Sekunden würde sie in Tränen ausbrechen.

»Du hast Recht.« Knapp und fest lächelte ich sie an. »Ich werde mich bemühen. Aber wir beide gehen jetzt erst mal nach oben und überlegen uns, was wir Billy DeMille schreiben.«

Eine Stunde später hatte Jayne sich ausgeweint, ich war betrunken, und ein sorgfältig verfasster Brief an Billy DeMille konnte zur Post gebracht werden. Trotz des Alkohols war ich jetzt sehr viel klarer im Kopf. Tony wollte, dass Jayne sich von Garvaggio fernhielt, und Al reagierte ebenso heftig auf Garvaggios Namen wie darauf, dass Jayne ihn möglicherweise für schuldig hielt. Vor diesem Hintergrund war es naheliegend, dass er vor Schreck versteinern würde, wenn er erfuhr, dass Jayne und Garvaggio zusammen ausgegangen waren. Vielleicht könnte man ihn also mit dieser Geschichte aus der Reserve locken und endlich zum Reden bringen.

Das Dumme war nur, dass ich ihm das nicht erzählen konnte. Er wusste, dass ich ihm schon einmal einen Köder hingeworfen hatte, und er hatte gesagt, dass er nicht mehr mit mir sprechen würde, falls ich noch einmal auf Rikers Island auftauchen sollte. Zugegebenermaßen war ich bislang so subtil wie mit einem Vorschlaghammer vorgegangen. Jayne dagegen würde sicher ein für Al sehr viel willkommenerer Anblick sein. Und wenn sie es geschickt anstellte und ihn glauben machte, dass sie Tony wegen Vinnie verlassen würde, würde ihm das vielleicht so zu schaffen machen, dass er endlich mit der Wahrheit herausrückte.

»Jayne?«

»Hmmmm?« Ihre Tränen waren versiegt, und sie war dabei, in einen kummervollen, unruhigen Schlaf zu fallen. Sie schaute mich aus make-up-verschmierten Augen an und putzte sich die Nase mit dem letzten sauberen Taschentuch, das sie finden konnte.

»Ich glaube, ich weiß, wie wir herausbekommen können, was das mit Al auf sich hat. Aber dafür musst du mir noch einmal einen Gefallen tun.«

»Einen noch größeren als bei einer bescheuerten Show mitzumachen, mit einem Mann auszugehen, den mein Freund hasst, und ebenjenen Freund zu verlieren, weil er das rausfindet?«

Wir näherten uns dem Teil des Abends, in dem mir die Schuld an allen ihren Problemen zugeschoben wurde. Ich hätte das Thema erst am nächsten Morgen anschneiden sollen. »So ungefähr.« Ich erzählte ihr von meinem Plan und ging fest davon aus, dass sie erst einen Lachkrampf bekommen und mir anschließend ein atemloses »Nein!« um die Ohren hauen würde. Lachen musste sie, und zwar so heftig, dass ihr neue Tränen aus den Augen schossen und ihr Gesicht röter wurde als ein frisch versohltes Hinterteil. »Gehe ich recht in der Annahme, dass das ein Nein ist?«, fragte ich.

»Nein.«

»Sei's drum.«

»Nein.« Sie rang nach Luft. »Ich meine, es ist kein Nein.«

»Was ist denn dann so lustig?«

Sie lag auf dem Rücken und kicherte die Zimmerdecke an. »Ich stelle mir nur Tonys Gesicht vor, wenn Al ihm erzählt, dass ich ihn wegen Garvaggio verlasse. Das würde ihm recht geschehen.«

»Meinst du, er würde ihm das erzählen?«

»Ich rechne fest damit.«

»Immer mit der Ruhe«, sagte ich. »Du musst hier nicht die Helena von Troja spielen.«

Sie rollte auf die Seite. »Wen?«

»Die Schönheit, wegen der die Griechen tausend Schiffe losgeschickt haben? Die Frau, die den Trojanischen Krieg verursacht hat?«

»Ach, die Geschichte. Ich werde keinen Zweifel daran aufkommen lassen, dass ich zuerst nur hehre Absichten in Bezug auf Garvaggio hatte, dass mich Tonys Dummheit aber in seine Arme getrieben hat. Er soll sich das alles schön selbst in die Schuhe schieben müssen.«

Der Plan war nicht perfekt, aber wer war ich, eine beleidigte Frau zu kritisieren?

29 Sag ihr die Wahrheit

Nachdem in weniger als zwei Wochen Premiere sein würde, waren die Proben auf den frühen Abend verlegt worden, als ob Friday uns nicht nur an das Stück, sondern auch an die Tageszeit gewöhnen wollte, zu der wir es künftig spielen würden. Jayne und ich hatten uns von der Verschiebung das eine oder andere verlängerte Schläfchen versprochen, aber die Stadt hatte andere Pläne. Am frühen Dienstagmorgen wurden wir vom Sirenenheulen des Fliegeralarms geweckt. Es war zwar nur eine Übung, aber uns sprang trotzdem das Herz fast aus der Brust. Als Entwarnung gegeben wurde, waren wir viel zu aufgedreht, um wieder schlafen zu gehen. Ein ganzer Morgen lag vor uns – und mit ihm unendlich viele Dinge, die wir tun konnten. Zum Beispiel nach Rikers Island fahren und die Wahrheit aus einem Mafia-Schergen herausbekommen.

Auf mein Anraten hin brezelte sich Jayne für unseren Besuch bei Al ordentlich auf. Sie zog eine rote, erstaunlich biedere Seidenbluse an, die aber nichtsdestotrotz ihr Dekolleté unterstrich, und dazu einen Bleistiftrock, der sich um ihre Hüften schmiegte und ihre wohlgeformten Tänzerinnenwaden freigab. Während sie sich fertig machte, sah ich unten im Eingangsbereich nach der Morgenpost.

»Das ist nicht witzig.«

Ich wandte mich vom Briefkasten ab und bemerkte hinter meiner linken Schulter Ruby. »Was ist nicht witzig? Dass ich noch gar keinen Witz gemacht habe?«

»Du weißt, was ich meine.« Sie war bereits angezogen, sah aber aus, als hätte sie das Ankleiden mit verbundenen Augen in einem dunklen Wandschrank vollbracht. Die Bluse hing heraus und war zerknittert, auf dem Rock prangte direkt über dem Saum ein Fettfleck. Da Ruby sonst was ihr Äußeres betraf furchtbar penibel war, bekam ich beim Anblick ihrer gänzlich planlosen Erscheinung ein Gefühl, als ob die Erde sich in die falsche Richtung drehen würde.

»Ehrlich gesagt: nein. Es ist noch viel zu früh, als dass ich mein heutiges Komplott gegen dich schon geschmiedet hätte, aber gib mir noch ein, zwei Stunden.« Auch wenn ich nicht gerade erst aufgestanden wäre, hätte ich keine Ahnung gehabt, wovon sie sprach.

»Eifersucht steht dir nicht, Rosie.«

»Ich werde bei meinem nächsten Einkaufsbummel dran denken.«

»Schlagfertig bist du vielleicht, aber ich warne dich: Wenn du damit weitermachst, wirst du's bereuen.« Und damit trat sie durch die Tür auf die Straße.

Ich starrte ihr nach und versuchte, mir zu erklären, wie ich es geschafft hatte, sie schon so früh am Tag zu vergrätzen. Hatte das vielleicht mit unserem gestrigen Gespräch zu tun? Ich hatte wohl einen empfindlichen Punkt berührt, aber das war keine Absicht gewesen. Irgendetwas quälte Ruby, und es sah mehr und mehr so aus, als würde sie mir die Schuld dafür zuschieben.

Ich wollte gerade wieder nach oben gehen, um Jayne einzusammeln, als mir die liebliche Stimme von Belle ans Ohr drang und mich an Ort und Stelle verharren ließ.

»Bist du im Schweinestall groß geworden?«

»Nein, aber ich rolle trotzdem gern durchs Stroh.«

Sie beugte sich vor und hob ein zusammengeknülltes Blatt auf, das neben dem Papierkorb im Salon lag. Mit einem Grunzen, das besser zu jemandem gepasst hätte, der schon den ganzen Tag in praller Sonne Eisenbahnschienen verlegt, beförderte sie das Papier an seinen Bestimmungsort und richtete sich wieder auf.

»Pass beim nächsten Mal auf, wo du hinzielst.«

»Du bist an der falschen Adresse.«

Sie schüttelte den Kopf mit Nachdruck, um anzudeuten, dass sie mir nicht glaubte, und verschwand dann hinter der Schwingtür zur Küche.

»Bist du fertig?« Jayne erschien auf dem Treppenabsatz. Ergötzlich wie ein Varga-Girl.

»Vielleicht gehst du besser ohne mich. Irgendwie scheint das heute nicht mein Tag zu sein.«

»Was ist denn los?«

Ich zählte die Anschuldigungen auf, die bisher gegen mich erhoben worden waren. Um Belles Attacke zu veranschaulichen, ging ich zum Papierkorb. Das Knäuel des Anstoßes war noch da, und ich nahm es heraus, um zu beweisen, dass zwischen dem Blatt und mir keinerlei Verbindung bestand.

»Es ist von Ruby«, sagte ich. »Kein Wunder, dass ich das abbekommen habe.« Um den kompletten Text lesen zu können, faltete ich den zerknüllten Zettel auseinander. Da stand knapp und umstandslos: *Ruby, ich weiß, was du vorhast. Bleib weg von Donald Montgomery, sonst.*

Jayne las über meine Schulter hinweg mit und kniff dabei die Augen zusammen. »Von wem kommt das?«

»Wer so eine Mitteilung verschickt, will sich ja meistens kaum zu erkennen geben.« Im Papierkorb lag noch ein Briefumschlag. Ein Absender stand nicht darauf, aber der Poststempel war von gestern und aus New York.

»Den hätte man doch gleich persönlich vorbeibringen und sich das Porto sparen können«, meinte Jayne.

»Aber was würden unsere Benimm-Handbücher dazu sagen?« Ich stopfte den Brief in die Handtasche, und wir verließen das Haus. »Wenigstens weiß ich jetzt, warum Ruby so sauer ist: Sie denkt, dass ich dahinterstecke. Und ich verwette meine Mutter darauf, dass sie, als wir sie gestern Abend überrascht haben, schon so einen in den Händen hielt.«

»Warum sollte ihr denn jemand drohen?«, fragte Jayne.

»Warum denn nicht?«

»Du musst ihr sagen, dass du damit nichts zu tun hast.«

»Und den ganzen Spaß verderben?« Jayne wollte schon protestieren, aber ich schnitt ihr mit einer Handbewegung das Wort ab. »Dass Ruby wütend auf mich ist, ist ja nichts Neues. Außerdem: Wenn sie denkt, dass ich das war, dann wird derjenige, der wirklich hinter diesen Zetteln steckt, vielleicht ein bisschen unvorsichtiger. Alles mir anzulasten ist da sicher das Beste, was sie jetzt tun kann.«

Nach dreimaligem Umsteigen und einer Busfahrt quer durch die Stadt erreichten wir die Fähre nach Rikers Island. Eng aneinandergedrängt standen wir an der Reling und sahen zu, wie Manhattan im Nebel verschwand. Unsere wenigen Mitreisenden verhielten sich zurückhaltend – wahrscheinlich fürchteten sie die Rückkehr an einen Ort, den sie erst kürzlich verlassen hatten, oder sie hatten Angst vor einer bevorstehenden Begegnung. Flüsternd und immer wieder vom Hupen der Fähre unterbrochen gingen Jayne und ich durch, was sie zu Al sagen sollte. Sie musste gefühlsgeleitet und Mitleid erregend wirken und so tun, als ob Al eigentlich nichts davon wissen dürfe, sie aber eben niemand anderen zum Reden hätte.

»Vergiss nicht, ihm zu sagen, dass wir gerade nicht miteinander sprechen«, sagte ich. »Das wird ihn postwendend auf deine Seite bringen.«

»Und was, wenn er den Köder nicht schluckt?«

»Dann ist es vielleicht an der Zeit, ihm zu gestehen, welche Gefühle du schon lange für ihn hegst.«

Sie streckte die Hand aus wie ein Polizist, der den Verkehr regelt. »Du verlangst von mir, Al zu sagen, dass ich in ihn verliebt bin?«

»Ich möchte, dass du ihm einen überzeugenden Grund dafür lieferst, wieder frei sein zu wollen. Jayne, das ist unsere letzte Chance. Wenn du es nicht schaffst, ihn zum Reden zu bringen, wird er wahrscheinlich keine von uns jemals wiedersehen wollen. Dann verbringt er den Rest seines Lebens hinter Gittern.«

Als wir angekommen waren, dirigierte ich Jayne durch Tore hindurch und an Wachposten vorbei bis in den kleinen Aufenthaltsraum, in dem alle Familienangehörigen und Besucher sich erst anmelden und dann warten mussten. Al hatte offensichtlich Angst davor, Jayne zu sehen, denn es dauerte zehn Minuten, bis sie ins Besuchszimmer gebracht wurde.

Im Wartebereich stand eine Kanne Gratiskaffee. Ich goss mir eine Tasse ein (dünn wie Spülwasser, aber frei von Zichorie) und wandte meine Aufmerksamkeit dem *Life*-Magazin zu, insbesondere einem Artikel über die

Revuegirls des Versailles Club, die Armee-Pin-ups werden wollten. Eine Viertelstunde verstrich. Es musste gut laufen, sonst hätte Al schon längst darauf gepocht, dass die Zeit um sei, und sich von der Wache zurück in die Zelle bringen lassen. Endlich hatte ich mal etwas richtig gemacht. Wir würden die Wahrheit aus Al herauskriegen. Wir würden für seine Freilassung sorgen.

Ich hätte wissen sollen, dass mit dem Moment, in dem ich wieder neuen Mut geschöpft hatte, alles nur schiefgehen konnte.

»Das ist ja erstaunlich, Sie hier zu treffen.« Direkt vor meinem Stuhl lauerte Vinnie Garvaggio und versperrte mit seinem enormen Körperumfang die Sicht auf alles andere. Er trug einen Nadelstreifenanzug, und gebannt überlegte ich kurz, wie viel Stoff es wohl gebraucht hatte, um dieses Kleidungsstück herzustellen. War gestreifter Wollstoff seitdem auch Mangelware? War er schuld an der Rationierung von Kleidung?

»Hallo, Mr. Garvaggio. Sir.« Ich drehte und wendete das Magazin und rollte es schließlich zu einem Rohr, nur für den Fall, dass ich gegen ihn würde kämpfen müssen. Fünfzig Seiten Hochglanzpapier würden einen Mann seiner Größe ohne Weiteres zu Fall bringen.

»Was machen Sie 'n hier?«, fragte er. Die Zigarre war an ihrem angestammten Platz. Die Zähne drum herum hatten die Farbe von Mais.

»Ich besuche … einen … Verwandten.«

»Sie haben einen Freund, der im Kittchen sitzt?« Wie immer war seine Erscheinung auch jetzt wieder makellos. Ich laufe eigentlich nicht durch die Gegend und schnuppere an Männern, aber in seinem Fall kam man nicht umhin, einen süßen männlichen Geruch wahrzunehmen, der ihn umgab und den Zigarrengestank überdeckte.

»Tatsächlich, ja. Nicht direkt ein Freund – es ist mein Vater. Er ist jetzt seit zehn Jahren hier auf der Insel.«

Er runzelte die Stirn. »Zehn Jahre? Ich dachte, auf der Insel werden nur kurze Haftstrafen abgesessen.«

»Was soll ich sagen? Egal, wo er hinkommt, er hat immer gleich viele Freunde.«

Er zog einen Stuhl heran – zu seinem Glück einen ohne Armlehnen. »Warum ist er drin?«

Ich suchte die Wände nach einer Antwort ab. »Raub.«

»Was hat er mitgehen lassen?« Er unterstrich die Frage mit einer seiner gigantischen Pranken. Seine Nägel waren so hochpoliert, dass sie rosa glänzten. Ich hätte ihn liebend gern gefragt, wohin er zur Maniküre ging.

»Kunst. Top-Ware. Sie haben bestimmt darüber in der Zeitung gelesen.«

»Nein, von Kunst habe ich keine Ahnung.«

Das hatte ich gehofft. »Wie auch immer. Einmal im Monat komme ich her und plaudere ein bisschen mit ihm. Warum sind Sie hier?«

»Um einen Freund zu besuchen.«

Es stand außer Frage, dass ich mich mit dieser Antwort zufriedengeben musste. Von mir konnte man vielleicht Details fordern, aber von Vinnie Garvaggio niemals.

»Wissen Sie«, sagte ich, »ich habe gehört, dass Paulette Monroes Mörder hier einsitzt.«

»Tatsächlich?«

»Das hat mir eines der Mädchen aus der Show erzählt. Ich fand das auch ein bisschen komisch. Bei meinem Vater hat es sich immer so angehört, als ob sie keine Mörder nach Rikers bringen.«

Er nahm die Zigarre aus dem Mund und fuhr sich übers Kinn. »Zumindest nicht für länger. Manchmal bekommt jemand aber auch eine Spezialbehandlung, wie Ihr Vater.«

Ich sah auf die Uhr: Jayne war schon seit fünfundzwanzig Minuten weg. Viel länger konnte es nicht dauern. Noch nicht mal jemand, der seine Beziehungen spielen lassen konnte, bekam mehr Besuchszeit als dreißig Minuten. Mir lief die Zeit genauso davon wie der Gesprächsstoff. Und man musste nicht Kriegsminister sein, um sich denken zu können, dass es nicht gut wäre, wenn Garvaggio hier auf Jayne traf. Wenn sie von einem Wärter zurückgebracht würde, wüsste er, dass sie jemanden besucht hatte – und zu behaupten, dass wir beide am selben Tag Verwandte in Rikers besuchten, würde sicher nicht ziehen. Vinnie war clever genug, eins und eins zusammenzuzählen.

Ich würde für Ablenkung sorgen müssen, und zwar bald.

Ich nahm meinen lauwarmen Kaffee zur Hand und tat so, als würde ich einen Schluck trinken. Sobald die Flüssigkeit meine Lippen berührte, schrie ich vor Schmerz auf und schleuderte die Tasse von mir weg und gegen Garvaggios Brust. Über seinem Bauch bildete sich eine braune Pfütze, die sich kurz darauf niagarafallgleich über den Rest seines ehemals blütenweißen Hemdes ergoss.

»Ach du meine Güte! Das tut mir aber leid!«, rief ich.

Vinnie starrte auf die Sauerei, die da unter ihm zusammenfloss. Es war nicht so, dass er einfach nur finster auf sein Hemd blickte, nein, er sprang vor Entsetzen geradezu rückwärts.

»Das kann man ganz sicher wieder rauswaschen«, sagte ich.

Er hielt seine Hände so weit wie möglich vom Körper entfernt, als ob das Hemd nicht mit Kaffee, sondern mit Blut und Eingeweiden besudelt gewesen wäre. Sein Entsetzen wurde zur Panik. Vinnie Garvaggio war keiner, der es gut aushielt, ungepflegt auszusehen, vor allem nicht, wenn er gleich jemandem gegenübertreten sollte.

Wenn der Mord an Paulette auf sein Konto ging – und es sah immer weniger danach aus –, dann hatte er das sicher nicht selbst erledigt. Wie bei den Pferden auch, hatte er jemand anderen die Drecksarbeit machen lassen.

Neben dem Wartebereich war eine Toilette, und dorthin stürzte er jetzt, als könne seine Vergiftung nicht eine Minute länger auf das Gegengift warten. Sobald er hinter der Tür verschwunden war, ging ich zu der Dame an der Anmeldung und fragte gedämpft, ob sie wisse, wie lange es bei Jayne noch dauern würde.

Sie schaute erst auf die Uhr an der Wand und dann auf die Zeit, die Jayne auf das Klemmbrett gekritzelt hatte. »Sie hätte schon vor zehn Minuten wieder draußen sein sollen. Lassen Sie mich kurz durchrufen.«

Aber das erwies sich als unnötig. Mit einem Timing, für das Maureen den Amerikadeutschen Bund verkauft hätte, betrat Jayne den Warteraum. Die Wimperntusche rann ihr in Zebrastreifen die Wangen hinab. »Melde dich schnell ab«, drängte ich sie. »Wir müssen abhauen.«

»Warum so eilig?«

»Garvaggio ist hier.«

Jayne schmierte ihren Namen hin, und wir sausten durch die Tür. Als wir um die letzte Ecke vor dem Ausgang gebogen waren, schaute sie mich zum ersten Mal richtig an. »Was war los? Ist alles in Ordnung?«

»Mir ging's schon mal besser. Ich musste heute mit ansehen, wie ein Mann sein bestes Hemd verloren hat.«

Auf der Fahrt zurück in die Bronx wurde ich auf den Stand der Dinge gebracht. Mein Plan hatte sich als äußerst wirkungsvoll erwiesen.

»Als ich Al erzählt habe, dass ich mit Garvaggio zusammen bin, sah er aus, als hätte man ihn auf den elektrischen Stuhl gesetzt. Jedes Haar auf seinem Körper stand senkrecht.«

Dass Al reagiert hatte wie gehofft, hätte mich freuen sollen, aber ich fühlte mich fürchterlich schuldig. Hatte er nicht schon genug am Hals, ohne dass er sich auch noch um Jayne Sorgen machen musste?

»Ich sag dir, Rosie – ich möchte wirklich nicht dabei sein, wenn Garvaggio sich bei ihm blicken lässt. Ich könnte mir vorstellen, dass Al das nicht besonders gut verkraftet.«

»Darüber würde ich mir jetzt nicht den Kopf zerbrechen – ich habe so eine vage Vermutung, dass Vinnie seinen Termin abgesagt hat, nachdem wir weg sind. Er würde sich niemals mit dreckigem Hemd vor jemanden hinstellen. Er ist besessen davon, immer wie aus dem Ei gepellt auszusehen. Was hat Al dir denn erzählt?«

»Ach das.« Sie seufzte, und es war leicht zu erkennen, dass die vergossenen Tränen nicht nur eine Überredungstechnik gewesen waren. Sie hatte ganz schön die Fassung verloren. »Von dem Moment an, in dem ich ihm erzählt habe, dass ich mit Garvaggio zusammen bin, hat er nur noch versucht, mich davon abzubringen, ihn wiederzusehen. Erst hat er noch ziemlich schwammig gesagt, das mit Vinnie sei eine schlechte Nachricht und so. Ich habe gemeint, dass man über Tony doch das Gleiche sagen könnte, und das hat mich dann ziemlich aus der Bahn geworfen, wie du siehst.«

Ich grinste. Jayne konnte erstaunlich klarsichtig sein für jemanden, der immer sehr entschieden eine schlechte Wahl traf.

»Als ihm klar wurde, dass er mehr Details herausrücken musste, wenn er mich dazu bringen wollte, von Garvaggio abzulassen, hat er mir den wahren Grund dafür gestanden, warum er im Knast sitzt: Garvaggio hat einen Killer auf ihn angesetzt.«

Auch wenn ich dieses Szenario ja vorhergesehen hatte, stockte mir der Atem. »Warum das?«

»Al hat für Tony spioniert. Anscheinend hat Garvaggio Tonys Preise unterboten.«

Das war es also. Tony konnte Garvaggio nicht leiden – nicht, weil der ein fieser Typ war, sondern weil er sein Fleisch auf dem Schwarzmarkt günstiger anbieten konnte, was ihm mehr Umsatz und letztendlich mehr Profit bescherte.

»Garvaggio hat ein großes Stück vom Restaurantkuchen abbekommen, und das hat Tony überhaupt nicht gefallen. Al sollte herausfinden, wie Garvaggio das macht, und Al hat herausgefunden, was du herausgefunden hast: Garvaggio kann sein Fleisch so spottbillig verkaufen, weil es eben kein Rindfleisch ist. Das erzählt Al Tony, und Tony beschließt, Vinnie aus dem Rennen zu nehmen.«

Mein Blick fiel auf einen Mann uns gegenüber, der sich hinter einer Zeitung verschanzte. Ich kniff die Augen zusammen, um die Schlagzeilen lesen zu können. Ein Militärflugzeug war über dem Hofstra College abgestürzt, der Pilot war tot. Und ab dem 1. April würde die wöchentliche Fleischration eindreiviertel Pfund pro Person betragen.

Das war das fehlende Puzzleteilchen. Garvaggio wollte nicht wegen etwas, das bereits geschehen war, so dringend aus dem Bernhardt raus, sondern wegen etwas, das noch geschehen sollte. Ich tippte Jayne aufs Knie. »Aber Tony muss Garvaggio ja gar nicht mehr auflaufen lassen, ab April gibt es neue Vorschriften, und dann bringt es sowieso keiner mehr fertig, irgendwelches dubiose Fleisch als Rind zu verkaufen. Himmel, niemand wird mehr irgendwas verkaufen können – die neuen Verordnungen werden mit dem illegalen Fleischhandel ein für alle Mal Schluss machen. Warum also sollte Garvaggio Al deswegen noch ausschalten wollen? Auch wenn er gemerkt hat, dass er ausspioniert wird, muss er doch gewusst haben, dass sich zum Ende des Monats sowieso alles ändert.«

»Das ist es ja gerade«, sagte Jayne. »Vinnie hat einen Weg gefunden, die neuen Vorschriften zu umgehen: Er hat sich die Stempel beschafft, die die legalen Händler vom Landwirtschaftsministerium bekommen sollen.«

»Nein!« Ich hatte plötzlich ein flaues Gefühl im Magen. Ob ich jemals wieder Heißhunger auf Fleisch haben würde, stand sowieso in den Sternen, aber jetzt konnte man sich noch nicht mal mehr sicher sein, dass das staatlich geprüfte Zeug das war, was es zu sein vorgab. Und was war mit den Soldaten? Wer konnte garantieren, dass die Nahrungsmittel, die sie bekamen, keine Schweineteile, Pferdebeine oder unglückliche Hunde waren, die just an dem Tag in eine Fleischerei getrottet waren, als der Metzger die gesetzlich verordnete Tranche auszuhändigen hatte?

Jayne fuhr zügig mit ihrer Geschichte fort. »Vinnie wird also ab April nicht nur weiterhin im Geschäft, sondern auch der Einzige sein, der überhaupt noch mit Fleisch Geld verdient. Das konnte Tony nicht zulassen, deswegen hat er Al losgeschickt, um die Stempel zu entwenden. Das hat Garvaggio dummerweise herausgefunden. Und dann ist auch noch seine Stempelquelle ausgetrocknet. Das Fleisch ist aber sein lukrativster Geschäftszweig, und ohne die Stempel läuft die ganze Sache ab April nicht mehr.«

Ich schüttelte den Kopf. »Und da hat er sich gedacht, wenn er Al etwas zuleide tut, bekommt er die Stempel zurück.«

Jayne nickte. »Al hinter Gitter zu stecken war dann Tonys tolle Idee. Als man Paulettes Leiche gefunden hatte, hat er Al befohlen, das auf seine Kappe zu nehmen, und ihm versprochen, dass er sich um seine Freilassung kümmern würde, sobald Garvaggio sich beruhigt hatte.«

»Pustekuchen! Garvaggio hat Al doch offensichtlich so oft wie möglich hier besucht, um ihn unter Druck zu setzen.« Al tat mir unglaublich leid – nicht nur, dass er im Kittchen saß, er war auch noch Garvaggios ständigen Besuchen und Drohungen ausgesetzt. »Aber eins verstehe ich nicht: Wenn Vinnie immer noch Als Kopf auf einem Silbertablett serviert haben, Tony Al aber in Sicherheit wissen will, warum wäscht Tony dann nicht Als Namen wieder rein, holt ihn hier raus und versteckt ihn irgendwo, wo Vinnie ihn nicht finden kann?«

Und warum ließ man Garvaggio überhaupt ins Gefängnis? Wenn Al so viel Einfluss hatte, mich abweisen zu lassen, konnte er dann den Wärtern nicht sagen, dass er auch Vinnie nicht sehen wollte?

Jaynes Mund blieb offen stehen, aber es kam kein Ton heraus. Die Frage blieb unbeantwortet. Fürs Erste.

Ich schnipste mit den Fingern. »Weißt du, wer das wissen könnte? Vinnie Garvaggio.«

»Und was schlägst du vor, wie wir den dazu kriegen, auszupacken?«

»Genauso, wie du Al dazu gekriegt hast: Du erzählst ihm, dass du mit Tony zusammen gewesen bist, aber jetzt mit ihm Schluss gemacht hast. Du erzählst ihm, dass du es nicht mehr erträgst, wie Tony immer alles von dir fernhält.«

Jayne zog die Augenbrauen hoch. »Glaubst du nicht, dass das gefährlich ist?«

»Warum sollte es?«

Darauf wussten wir beide nichts zu sagen. Mir fiel erst sehr viel später auf, dass wir jetzt, da Al offiziell nicht mehr in Betracht kam, immer noch nicht sicher sagen konnten, wer Paulette umgebracht hatte.

30 Ein komischer Zufall

Wir kamen zehn Minuten zu früh zur Probe. Während Jayne mit den anderen Tänzern zum Aufwärmen ging, suchte ich nach einem stillen Plätzchen, um noch einmal in Ruhe mein Manuskript zu überfliegen. Leider hatte Izzie da andere Vorstellungen.

»Wir haben euch gestern Abend vermisst«, sagte sie.

»Das tut mir leid. Nachdem Jaynes Freund mit uns fertig war, war keine von uns mehr in Canteen-Stimmung.«

Sie fuhr sich mit der Hand durch die blonden Locken. »Jayne hat mir gesagt, dass Schluss ist.«

»Das sagt sie immer wieder. Hoffentlich ist es ihr diesmal ernst. Immerhin hat sie schon einem der Jungs, die sie vorgestern in der Canteen kennengelernt hat, geschrieben.«

»Schön für sie.«

Ich wollte mich wieder meinem Textbuch zuwenden, aber Izzie stand so nah über mir, dass sie einen Schatten darauf warf.

»Und wie steht's bei dir? Wie läuft's mit dem Kerl, den du kennengelernt hast?«, fragte sie.

Zelda war in Sachen Vertratschtheit wirklich nicht zu überbieten. Was man ihr erzählte, hätte man auch gleich Izzie erzählen können. Immerhin musste ich so nicht immer alles wiederholen. »Keine Ahnung. Vielleicht sehe ich ihn noch mal. In einer Woche ist er zurück.«

»Was heißt hier *vielleicht*?«

Ich war es langsam leid, mich von ihr derart ins Kreuzverhör nehmen zu lassen. An Pfirsich wollte ich jetzt nicht denken. Ich hatte andere, größere Sorgen. »Izzie, hör mal zu: Ich glaube, ich möchte nicht, dass diese Sache auf das hinausläuft, was er ansteuert. Er ist eindeutig auf eine Liebelei aus, aber ich will nicht mehr als die Stimmung eines Soldaten ein bisschen aufheitern.«

»Wegen deinem Ex?«

Auch wenn es Jack nie gegeben hätte, würde ich mich nicht wohl dabei fühlen, mich in eine Beziehung zu einem Mann zu stürzen, den ich erst zwei Mal getroffen hatte. Ich war keine Frau, die sich Hals über Kopf verliebte oder an die Liebe auf den ersten Blick glaubte; es kam mir einfach nicht richtig vor, weniger Zeit auf die Partnerwahl zu verwenden als auf die Bestellung eines Sandwichs.

Das erinnerte mich an etwas: Ich hatte Hunger. Und ich aß kein Fleisch mehr.

»Rosie, du weißt doch, dass es nicht schlimm ist, wenn du ihn wiedersiehst. Jack wird es nie erfahren, und ich glaube, der Auftrieb, den du deinem Piloten verpassen könntest, ist ein bisschen Unbehagen schon wert.«

»Aber wenn er wirklich auf eine Romanze aus ist, die große Liebe und Heirat? Das kann ich ihm nicht geben.«

»Aber du bist doch Schauspielerin, oder?«

Falsche Gefühle vorzuschützen, um mal eine Rechnung bezahlt zu bekommen, war eine Sache, aber das? Das war Betrug. Sicher, einem Menschen, der niedergeschlagen war, würde es besser gehen, aber war das wirklich fair? Wollten wir wirklich jeden Soldaten, Matrosen, Piloten und Marineinfanteristen davon überzeugen, dass zu Hause alles in bester Ordnung war, dass auf jeden von ihnen ein kleines Frauchen wartete? Vielleicht würde ihnen das ein Stück weit helfen, aber was würde passieren, wenn der Krieg vorbei war und sie entdecken mussten, dass die Träume, die ihnen nachts durch den Kopf gegangen waren, nichts anderes waren als silbern glänzendes Blech?

Mir blieb keine Zeit, Izzie all das zu fragen. Walter war inzwischen angekommen, und alle nahmen ihre Plätze hinter den Kulissen ein. Während wir zusammengekauert auf unseren Auftritt warteten, stieg mir ein beißender Geruch in die Nase. In dem dämmrigen Saal wurde es fast noch dämmriger, und endlich drang durch meine zusammenhangslosen, benommenen Gedanken zu mir durch, was ich da roch: Rauch.

Ich drehte mich zum hinteren Bühnenrand um, wo eine Wendeltreppe in die Eingeweide des Gebäudes hinabführte. Dort war der Rauch noch dicker. »Feuer!«, schrie ich endlich, überrascht von meiner langen Leitung. »Feuer!«

Alle rannten Richtung Ausgang und drängten durch die Türen nach draußen. Es dauerte keine dreißig Sekunden, und das vertraute Sirenenheulen der New Yorker Feuerwehr erfüllte die Nachmittagsluft. Ich zählte durch und stellte erleichtert fest, dass niemand fehlte. Wir waren gerettet.

Es erwies sich, dass der Brand sehr viel schlimmer gewirkt hatte, als er tatsächlich war. Jemand hatte in der Kostümwerkstatt eine glimmende Zigarre fallen lassen, aber das Feuer hatte sich nicht ausgebreitet, sondern vor sich hingeschwelt, wodurch mehr Rauch aufkam als Gefahr. Zwar waren die Kostüme grau, und es stank im Gebäude, ansonsten war aber alles in Ordnung. Hätte sich das Feuer schneller ausgebreitet, wären die Feuerwehrleute gezwungen gewesen, weiter in den Keller vorzustoßen – in diesem Fall hätte Garvaggios unlauteres Geschäft leicht entdeckt werden können, woran er sicher gedacht hatte, als er die Zigarre fallen ließ.

»Das muss aufhören«, sagte Friday. Es war Entwarnung gegeben worden, der Feuerwehrwagen fuhr wieder ab. Die Mädchen winkten den Männern nach, die uns vorgeblich gerettet hatten. Die winkten zurück und ermahnten uns, diese eklige Zigarrenraucherei doch sein zu lassen, bevor noch jemand ernsthaft zu Schaden kam. Friday wollte gerade ins Theater zurück, als der Inspizient verkündete, dass es das für heute gewesen sei. Kein Regisseur konnte erwarten, dass wir in einem raucherfüllten Saal probten – nicht einmal Walter Friday.

Während die anderen sich auf den Weg machten, schlichen Jayne und ich auf der Suche nach Friday zurück ins Gebäude. Wir fanden ihn in seinem Büro.

Ich klopfte an den Türrahmen. Er saß am Schreibtisch und starrte in ein mit einer klaren Flüssigkeit gefülltes Glas – es war mit ziemlicher Sicherheit kein Wasser. »Mr. Friday? Hätten Sie eine Sekunde für uns?«

Er lutschte an einem Zahn und fuhr sich mit der Hand durchs Haar. »Das ist jetzt nicht der beste Zeitpunkt, Schätzchen. Es soll doch niemand mehr im Haus sein.«

Jayne versuchte, mich am Ärmel von der Tür fortzuziehen. Aber ich war noch nicht so weit aufzugeben. Jetzt oder nie.

»Es tut mir leid, aber diese Sache duldet keinen Aufschub. Sonst wird noch jemand umgebracht.«

Friday hob das Glas, als wolle er uns zuprosten. »Was glauben Sie wohl, warum ich trinke?«

»Und das ist noch lange nicht alles. Es gab eine Überschwemmung und so viele Unfälle, dass man den Eindruck bekommen könnte, wir wären in Übersee sicherer als auf der Bühne.«

Mit einem lauten Knall setzte er das Glas ab. »Glauben Sie, das weiß ich nicht?«

»Sie müssen aufhören. Sagen Sie Garvaggio, dass Sie die Show dichtmachen.«

»Das kann ich nicht.«

»Warum nicht?«

Mit zitternder Hand versuchte er, das Glas aus einer Kristallkaraffe nachzufüllen. »Weil ich dann ruiniert bin, deswegen.«

»Bei allem Respekt, aber so großartig ist die Show nun auch wieder nicht. Ich glaube, es wäre besser für Sie, wenn sie nie anlaufen würde. Sonst wird sie spätestens zur Premiere von den Kritikern zerrissen.«

Er kippte seinen zweiten Drink und goss sich sofort wieder nach. »Das hat mit dem Stück nichts zu tun. Meinen Sie, diese Typen leihen einem Geld und begnügen sich dann mit den Zinsen? So läuft das nicht. Von Anfang an lautete das Geschäft mit Vinnie so: Wenn die Show nicht auf die Bühne kommt, bekommt er seine Investition doppelt zurück. Ich dachte, er will das als Sicherheit, damit ich mit dem Geld nicht irgendwas anderes anstelle. Mir ist nicht in den Sinn gekommen, dass er von Anfang an vorgehabt haben könnte, die Show nie zur Umsetzung kommen zu lassen.«

Das wäre Vinnie wahrscheinlich auch nicht in den Sinn gekommen, wenn sich die Behörden nicht eingemischt hätten. »Hat er auch Paulette umgebracht?«

»Warum sollte er?« Darauf hatte ich keine Antwort.

Wenn es wirklich Garvaggio gewesen wäre, dann hätte er sich im Anschluss sicher nicht mit kleinen Schikane-Aktionen begnügt, sondern die Gewalt eskalieren lassen, bis die Show so richtig vor die Wand gefahren wäre. »Da allerdings die Presse jetzt über die Vorgänge hier im Bilde ist, ist es sowieso unwahrscheinlich, dass Zuschauer kommen werden, auch wenn ich die Show zur Aufführung bringe. Man kann es drehen und wenden, wie man will: Ich bin am Ende. Das Geld, das ich Vinnie schulde, werde ich niemals einspielen.«

Walter tat mir leid. Auch wenn er ein Trinker war, der schlecht aus dem Mund roch und seine Hände nicht bei sich behalten konnte, hing er eben derart verzweifelt an seiner Karriere, dass er einen Pakt mit dem Teufel geschlossen hatte. Es musste ernüchternd sein festzustellen, dass er dafür ein Risiko eingegangen war, das für ihn viel zu hoch war.

»Jede Presse ist gute Presse«, sagte ich.

Er hielt mir die »Nachrichten von der Bühne« in der *Times* unter die Nase, wo es im Aufmacher hieß: »London hatte seinen Blitzkrieg, aber in New York schlägt Gerüchten zufolge eine Bombe mit noch verheerenderer Wirkung ein: Walter Fridays *Nach Süden.*«

»Davon werde ich mich nie erholen«, sagte Friday.

»Vielleicht können Sie ihn ja anzeigen«, schlug Jayne vor. »Die Polizei soll einfach noch vor unserem Stichtag eine Razzia veranstalten.«

»Dann weiß er, dass ich dahinterstecke. Er hat mir von Anfang an gesagt: Wenn ich gegenüber den Bullen auch nur ein Wort fallen lasse, werde ich mehr verlieren als nur Geld.«

»Und wenn nicht Sie es der Polizei stecken?«, fragte ich.

»Er würde auf jeden Fall davon ausgehen, dass ich es war.«

»Aber was, wenn vollkommen klar wäre, wer es war? Wenn dieser Jemand es offen zugeben würde und alles? Wenn Garvaggio im Knast sitzt, kann er sein Geld doch nicht mehr aus der Produktion ziehen, oder? Wir haben noch eine Woche, um die Show auf die Reihe zu kriegen – und ich wette, dass sie ohne weitere Unfälle oder Unterbrechungen doch noch Potenzial hat.«

Schwankend kam er auf die Füße. »Könnte sein. Aber Ihr Vorschlag ist Selbstmord. Niemand würde Garvaggio einen solchen Strich durch die Rechnung machen. Jeder, der das täte, wäre noch vor Montag ein toter Mann.«

Ich grinste ihn breit an. »Dann ist's ja gut, dass es kein Mann sein wird.«

»Rosie, ich weiß ja, wie sehr dir die Pferde leidtun, aber du willst nicht wirklich Garvaggio verpfeifen, oder?« Jayne und ich waren noch einen Block vom Shaw House entfernt. Wir hatten uns Zeit gelassen, bevor wir das weitere Vorgehen besprachen, um garantiert außer Hörweite jedes eventuell gespitzten Ohrs zu sein.

»Natürlich nicht.«

Jayne war gerade so lange erleichtert, wie eine Mücke zum Blinzeln braucht. »Willst du damit sagen, dass ich das machen soll?«

»Jetzt mach mal halblang – keine von uns wird das tun müssen.« Wir brauchten jemanden, der sich nicht vor Vinnies Rache fürchten musste. Mir fiel nur eine einzige Person ein, die ihn unter Druck setzen und dabei unversehrt bleiben konnte. »Ich denke da an jemand anderen, eine, die es sich verdient hat, ihre Ratte von Freund seiner wohlverdienten Strafe zuzuführen.«

»Gloria?«

»Genau. Vinnie hat mal für ihren Vater gearbeitet, er wird es also nicht wagen, ihr auch nur ein Haar zu krümmen. Er betrügt sie nicht nur, sondern erzählt ihr auch noch willentlich, dass sie Talent hat – nur, damit die Show den Bach runtergeht. Ich würde sagen, das schreit geradezu nach Vergeltung.«

»Aber wie willst du sie dazu kriegen?«

»Hier kommst wieder du ins Spiel.« Wir mussten uns ein Szenario ausdenken, das zwei Anforderungen erfüllte: Gloria musste ihrem nichtsnutzigen, zweigleisig fahrenden Freund auf die Schliche kommen, und Garvaggio musste ausspucken, warum Tony Al nicht aus Rikers herausholte. Ich hatte die Hoffnung, dass wir beides auf einen Streich schaffen konnten.

Im Shaw House angekommen durchquerten wir den Salon und waren auf halbem Weg zur Treppe, um oben unsere Strategie zu entwickeln, als Norma Peate uns ansprach.

»Ich dachte schon, ihr zwei wohnt hier überhaupt nicht mehr«, sagte sie.

Norma war eines der Mädchen, die ich schon ewig, aber eigentlich überhaupt nicht kannte. Sie wohnte fast so lange im Haus wie ich, aber unsere Gespräche hatten sich bislang auf Hallo und Tschüss beschränkt – und keine von uns schien Interesse daran zu haben, diese Beziehung auszubauen.

»Du weißt doch, wie es ist, wenn in einer Woche Premiere ist«, sagte ich und dachte, damit sei der Sache Genüge getan, wandte mich von ihr ab und ging die Treppe hoch.

»Hast du meine Nachricht bekommen?«

Ich blieb stehen und drehte mich um. »Welche Nachricht?«

»Die ich vor zwei Tagen an eure Tür geheftet habe.«

Jayne schaute mich an und schüttelte den Kopf. Entweder jemand hatte sie geklaut, oder der Kater hatte sie gefressen.

»Bei mir ist nichts angekommen«, sagte ich.

»Es hat jemand für dich angerufen«, sagte Norma. »Ein Paul irgendwas.«

»Ascot?«

Norma schnipste mit den Fingern. »Genau der.«

Mir rutschte das Herz in die Hose. Mein Kontaktmann aus Jacks Einheit hatte angerufen. Und ich war nicht da gewesen. »Hat er eine Nummer hinterlassen?«

»Er meinte, das würde sich nicht mehr lohnen, weil er in einer Stunde abfahren würde. Er hat auch gesagt, dass er schon mal angerufen hat, mehrmals sogar, und dass er enttäuscht ist, weil du nie zurückgerufen hast.«

»Und wer ist schuld daran?«

Norma streckte mir ihre bloßen Handflächen hin. »Schieß nicht auf den Boten. Ich bin seit Wochen nur dieses eine Mal ans Telefon gegangen. Er hat gesagt, dass er es wieder versuchen wird, wenn er das nächste Mal in der Stadt ist.«

»Er ist also weg?«

»So habe ich das verstanden.«

Ich kämpfte mit den Tränen. »Was hat er denn gesagt, wann er das nächste Mal Urlaub hat?«

»Dazu hat er nichts gesagt.«

Ich stampfte die Treppen hoch ins Zimmer. Mein Versuch, die Tür hinter mir heftig zuzuschlagen, scheiterte, weil das Holz so dünn war, dass es den von mir beabsichtigten befriedigenden Knall nicht hergab. Ich fiel aufs Bett, und die bislang zurückgehaltenen Tränen flossen heiß und zornig.

»Es tut mir so leid, Rosie.« Jayne schlich sich ins Zimmer und schloss die Tür sehr viel sanfter hinter sich, als ich es getan hatte.

»Ich hasse dieses Haus«, sagte ich.

Sie setzte sich neben mich und streichelte mir leicht übers Haar.

»Ich glaube es einfach nicht, dass ich ihn verpasst habe. Welche gemeine, selbstsüchtige Frau richtet mir denn meine Nachrichten einfach nicht aus?«

»Es konnte doch keiner wissen, wie wichtig es war. Und wir waren auch ziemlich viel unterwegs.«

»Und wer zur Hölle macht einfach so einen Zettel von unserer Tür ab?«, giftete ich gegen ihre Erklärungsversuche.

»Er könnte runtergefallen und dann weggeschmissen worden sein.«

Ich drehte mich auf den Rücken und starrte an die Decke. »Paulette hat es richtig gemacht, als sie ausgezogen ist. Hier bist du vollkommen auf dich allein gestellt.« Ich wusste, ich machte ein ganz schönes Drama daraus, aber das war mir in meiner Aufgebrachtheit egal. Jemand musste schuld haben – und das war dieses Mal nicht ich.

Jayne zog ein Taschentuch aus dem Nachttischchen und reichte es mir. »Du könntest einen Telefonnachrichtendienst beauftragen. Dann schickst du ihm die neue Nummer per Post und verpasst so ganz sicher nicht seinen nächsten Anruf.«

Ich putzte mir die Nase und wischte mir über die Augen. »Gesetzt den Fall, ich könnte mir so was leisten: Woher wissen wir, dass es einen nächsten Anruf geben wird?«

»Warum denn nicht?« Ich sah sie nur an, und sie ließ den Kopf sinken. »Oh.«

»Oh ist genau richtig. Ich glaube, wir können uns nicht wirklich darauf verlassen, dass irgendjemand es bis zum nächsten Urlaub schafft.«

31 Im Netz gefangen

Am nächsten Morgen war mein Zorn so weit verflogen, dass ich mich in der Lage sah, die Operation Gloria und Garvaggio anzugehen. Wir wollten mit der Mission nicht vor der Mittagspause beginnen. Der Inspizient hatte uns im Auftrag von Friday alle am Abend zuvor noch angerufen und uns für den Morgen ins Theater beordert – vorgezogener Probenbeginn. Wir müssten einiges nachholen, sagte er. Ich vermutete, Friday wollte mit dieser Verschiebung in letzter Sekunde jedweden von Garvaggio geplanten Überraschungen zuvorkommen.

»Du siehst aber traurig aus, Rosie.« Zelda setzte sich neben mich in den Zuschauerraum, von wo aus ich den Tänzern dabei zusah, wie sie zeigten, was sie nicht draufhatten.

»Mir geht's auch nicht so richtig gut.« Ich seufzte, und die Tränen des letzten Abends waren sofort wieder da. Sie zu verbergen hatte keinen Zweck. »Ich habe gestern erfahren, dass einer von Jacks Schiffskameraden angerufen hat. Er war in der Stadt und hatte versprochen, sich bei mir zu melden und mir zu erzählen, was er über Jacks Verschwinden weiß. Anscheinend war er sogar ein paar Tage hier, es hat sich nur niemand im Haus bemüßigt gefühlt, mir die Nachricht auszurichten, und jetzt ist er wieder weg. Wer weiß, wann er das nächste Mal Kontakt zu mir aufnehmen kann.«

»Gott, das tut mir leid. Da steckt aber doch sicher keine Absicht dahinter. Diejenige, die ihn am Telefon hatte, wusste einfach nicht, wie wichtig es war.«

»Du klingst wie Jayne. Ich denke vielmehr, dass diejenige, die dran war, einfach überhaupt nicht nachgedacht hat. Ich habe wirklich langsam genug davon, dafür zu bezahlen, irgendwo wohnen zu dürfen, wo jede meiner Bewegungen überwacht und meine Grundrechte beschnitten werden. Klar, die Miete ist günstig, aber heißt das, dass es mir nicht zusteht, Nachrichten zu erhalten?«

»Du kannst jederzeit in Olives Haus einziehen.«

Mit diesem Angebot hatte ich nicht gerechnet. So sehr ich Izzie, Zelda und Olive mochte, ich hatte immer gedacht, dass sie dieses Gefühl nicht erwiderten. »Danke, das ist nett.«

»Ich meine es ernst. Wir haben noch ein Zimmer frei.«

Vom Shaw House konnte ich mich trennen, sicher, aber von Jayne? Wir waren doch die beiden Unzertrennlichen. »Ich denk mal drüber nach. Wenn ich mich ein bisschen beruhigt habe. Ist gerade nicht der beste Zeitpunkt für einschneidende Entscheidungen.«

Als die Mittagspause herangerückt war, verbannte ich Zeldas Angebot aus meinem Kopf, um mich auf die anstehende Aufgabe zu konzentrieren. Von der anderen Seite des Saals zwinkerte und nickte mir Jayne bedeutsam zu, bevor sie ins Foyer entschwand, wo sie auf Vinnie Garvaggio zu treffen hoffte. Ich betete um Geduld und näherte mich einem Grüppchen aus Tänzern, die gerade Pullis und Röcke über ihre Gymnastikanzüge zogen.

»Hallo Gloria«, sagte ich.

Sie drehte sich zu mir um und lächelte. Rechts neben den Mund hatte sie sich einen Schönheitsfleck gemalt, der unter dem Schweißfilm, der ihr ganzes Gesicht überzog, breiter und länger geworden war.

»Hallo. Wo ist Jayne?«

»Ich dachte, das weißt du. Wir wollten dich fragen, ob du noch mal mit uns zum Mittagessen gehst. Das letzte Mal hat uns so viel Spaß gemacht.«

Die Einladung ließ sie vor Freude strahlen. Möglicherweise hatte sie mit den anderen Tänzern schon etwas ausgemacht (oder hatte sich, eingeladen oder nicht, in eine Gruppe gemogelt), aber das war natürlich langweilig, wenn man genauso gut etwas mit einer der Hauptdarstellerinnen und der besten Tänzerin der ganzen Show unternehmen kann. Für alle anderen waren wir natürlich auch nur Kleinvieh, aber für sie waren wir Königinnen.

»Aber natürlich, sehr gerne«, sagte sie in ihrer besten Shirley-Temple-Stimme. Ihre Ringellöckchen wurden von einem Haarband zurückgehalten, was mich an die Großmutter einer Freundin erinnerte, die irgendwann so vertrottelt war, dass sie darauf bestand, ihre überladenen Roben aus dem Sezessionskrieg zu tragen. »Ihr zwei könntet genau die Richtigen sein, um mir wegen meiner Karriere ein paar Tipps zu geben. Ich will nämlich nicht einfach nur eine Tänzerin bleiben – ich möchte auch schauspielern und singen. Wohin sollen wir Essen gehen?«

»Das darfst du entscheiden.« Ich lief durch den Mittelgang zur Tür. »Ach Mist, das habe ich vergessen. Ich weiß ja noch immer nicht, wo Jayne steckt. Wenn wir sie nicht mitnehmen, wird sie mir das nie verzeihen.«

»Vielleicht ist sie ja auf der Toilette.«

Ich tat so, als würde ich scharf darüber nachdenken, wo sie stecken könnte. »Weißt du was? Ich glaube, sie hat gesagt, dass sie irgendetwas in Walters Büro bringen muss.«

»Oh. Na dann warten wir eben im Foyer auf sie.«

»Ich glaube, wir sollten lieber hochgehen und sie holen. Als sie letztes Mal mit Walter allein war, hat er ihr ein Ohr abgekaut, und ich habe so das Gefühl, dass sie auch jetzt gern gerettet werden würde.«

Getrieben von dem Wunsch, Jayne beizustehen, oder auch von der Möglichkeit, Walter Friday über den Weg zu laufen und ihn an ihre Vorzüge zu erinnern, folgte mir Gloria ins Foyer und die Treppe hinauf. Gerade, als ich an Walters geschlossene Tür klopfen wollte, hörte man zwei Türen weiter Jaynes Lachen. Sie war bei Garvaggio, und ihr Timing war wie immer einwandfrei.

»Das ist ja komisch«, meinte ich zu Gloria. »Das ist doch Jayne, die da lacht.«

Das aufgekratzte Quietschen erklang noch einmal, gefolgt von »O Vinnie, du bist fürchterlich.«

Ich legte einen Finger an die Lippen und bedeutete Gloria, mir leise zu folgen. Sie streifte ihre Pumps ab, schaffte es aber in ihrer trampeligen, ungraziösen Art trotzdem, Lärm zu machen. Wir schlichen uns an die Tür heran, die praktischerweise einen Spalt offen stand. Zwar konnten wir nicht sehen, was drinnen passierte, hörten aber jedes Wort.

Garvaggios Zigarrenqualm nahm uns in Empfang, und ich hätte beinahe niesen müssen. Ich hielt mir die Nase zu, während wir ihn murmeln hörten: »So wahr mir Gott helfe. Sie kann nicht für einen Pfifferling tanzen. Und jetzt will sie noch Schauspielerin werden. Kannst du dir das vorstellen? Das können meine Socken ja besser. Aber sie wird's schon noch merken. Niemand wird mit ihr arbeiten wollen, es sei denn, jemand tut ihr einen Gefallen.«

»Wenn sie so schlecht ist, warum haben Sie sie dann ins Stück geholt?«, fragte Jayne.

»Weil ich sie glücklich machen wollte. So mache ich das mit meinen Mädchen: Wenn sie was wollen, egal was, gebe ich alles, um es ihnen zu ermöglichen.« Ich brachte nicht den Mut auf, Gloria anzusehen. Sie hatte keinen Piep mehr von sich gegeben, und ich hielt es nicht für ausgeschlossen, dass ihr noch nicht klar war, über wen hier gesprochen wurde.

»Das ist wahnsinnig süß«, sagte Jayne. »Und jetzt? Wollen Sie sie jetzt denn nicht mehr glücklich machen?«

»Gloria und ich sind zwei Schritte von der Ziellinie entfernt. Es wird Zeit, dass ich mal wieder ein anderes Mädchen glücklich mache.«

Gloria ließ die Schuhe zu Boden fallen, schubste mich aus dem Weg und marschierte in Vinnies Büro wie King Kong in die Fifth Avenue. Um zu verhindern, dass sie ihre Wut an der Falschen ausließ, lief ich ihr nach. Vinnie aschte seine Zigarrre gerade über einem Souveniraschenbecher aus dem Stork Club ab. Jayne saß mit übereinandergeschlagenen Beinen und hochgerutschtem Rock auf der Schreibtischkante, unerreichbar für seine dicken Arme. Ihre Darbietung war gerade noch zurückhaltend genug, um nicht die Filmzensurbehörde auf den Plan zu rufen.

»Wie kannst du es wagen!«, sprudelte es aus Gloria heraus. Shirley Temple hatte sich verabschiedet, an ihre Stelle war ein Mädchen aus der Bronx getreten. »Nach allem, was ich für dich getan habe!«

Jayne sprang genau in dem Moment vom Schreibtisch, als Gloria mit einer ausladenden Armbewegung den Aschenbecher auf den Boden fegte. Er zerbrach mit einem donnernden Scheppern, während sich Gloria auf Vinnie stürzte und ihm einen deftigen Stoß gegen die Schulter verpasste. Da er auf einem Stuhl mit Rollen saß, begann er, sich um seine eigene Achse zu drehen, was angesichts seiner Masse ein erstaunliches Bild abgab.

Kaum hatte er eine Umdrehung geschafft, ging er gleich in die nächste. »Gloria, Baby – immer mit der Ruhe. Du hast mich falsch verstanden …«

Gott sei Dank fiel sie darauf nicht herein. »Kein Talent. Du hast gesagt, ich habe kein Talent! Warum sollte ich …« Ich dachte schon, sie würde ihn mit einem Gürtel durchprügeln, und ich glaube, sie dachte auch daran. Stattdessen hielt sie den Stuhl mitten in der Drehung an, nahm ihm die Zigarre aus der Hand und drückte sie auf dem Ärmel seines 500-Dollar-Anzugs aus. »Wir sind fertig miteinander! Und ich sage dir eins, Vinnie Garvaggio: Ich werde groß rauskommen, und wenn es so weit ist, hörst du mich von Hollywood aus lachen.«

Sie stürmte aus dem Zimmer. Etwas wie der Brunftschrei eines Elchs ertönte, erst sehr laut, dann leiser werdend, je weiter sie die Treppe hinunterstapfte. Gloria weinte.

»Wir gehen ihr besser nach«, sagte ich. Garvaggio fand angesichts des Lochs in seinem angesengten Anzugärmel und der roten Brandblase darunter keine Worte. Ich sah zu Jayne hinüber, die mit den Schultern zuckte und hinter mir her durch die Tür verschwand.

Wir nahmen Glorias Schuhe mit und fanden die Frau selbst schließlich auf dem Damenklo im Foyer, wo sie so heftig weinte, dass sie sich an ihren eigenen Tränen verschluckte. Ich nahm eine Rolle Toilettenpapier aus der

Wandhalterung und gab sie ihr, während Jayne sich neben sie setzte und ihr den Rücken rubbelte.

»Es tut mir so unendlich leid«, flüsterte Jayne. »Ich wollte zu Friday, aber er war nicht in seinem Büro. Vinnie rief mich zu sich, und kaum dass ich mich versehe, sagt er all diese furchtbaren Sachen. Niemals würde ich einer anderen den Mann ausspannen. Ehrlich.«

Geräuschvoll putzte sich Gloria die Nase. »Stimmt das denn? Bin ich eine schlechte Tänzerin?«

Hilfesuchend blickten Jayne und ich uns an. Was sagte man in einer solchen Situation? Ich hatte gedacht, dass Vinnie Jayne anbaggern würde und Gloria das mitbekam, nicht, dass er sich Jayne gegenüber über ihre Träume lustig machte. Wenn wir sie jetzt anlogen, würden wir uns besser fühlen, wenn nicht …

»Du bist nicht schlecht«, sagte Jayne. »Du bist eben neu, das ist alles. Du hättest Rosie sehen sollen, als sie noch in der Tanzgruppe war.«

Ich lief rot an und senkte den Kopf. Aber es war nur gerecht, dass diese demütigende Erfahrung zu Anschauungszwecken diente, damit sich jemand, den ich gerade sehr verletzt hatte, besser fühlte.

»Sie war am Anfang fürchterlich schlecht, aber je härter sie trainiert hat, desto besser wurde sie. Das wird bei dir ganz genauso sein, du wirst schon sehen. Du stehst da immerhin mit Tänzern, die schon zwanzig, dreißig Revuen mitgemacht haben. Die meisten haben sich sogar durch jahrelangen Ballettunterricht gequält. Da kann es ja gar nicht anders sein, als dass du erst mal keine besonders gute Figur machst.«

Gloria schniefte. Oder hatte einen Schluckauf. Wie auch immer – es klang nicht besonders ansprechend. »Glaubst du wirklich, dass ich noch besser werde?«

Jayne biss sich auf die Lippen und warf mir erneut einen Blick zu. Wir wussten beide, was wir zu sagen hatten. »Absolut. Und ich werde dir dabei helfen.«

»Das werden wir beide«, sagte ich. »Ich meine, ich kann dir nicht beim Tanzen helfen, weil das eindeutig nicht meine Stärke ist, aber ich helfe dir gern mit der Schauspielsache.«

Gloria lächelte durch ihr völlig verschmiertes Make-up hindurch und seufzte schwer. »Danke.«

Wir waren doch keine so grauenvollen Menschen. Wir würden das für sie hinbiegen oder bei dem Versuch sterben. »Weißt du, Gloria«, sagte ich, »ich begreife immer noch nicht, wie er so über dich reden konnte. Wenn mein Freund das mit mir machen würde …«

»Schsch …«, sagte Jayne.

»Nein, sie soll das ruhig hören. Man muss für sich selbst eintreten. Wenn jetzt zwischen euch Schluss ist, ist das gut so, aber du hast es nicht verdient, dass er sich gleich an die Nächste ranschmeißt und ihr solche Sachen über dich erzählt. Wer weiß, ob er nicht sowieso schon, seitdem ihr euch kennt, durch die Stadt rennt und so was über dich verbreitet?«

Ihre Tränen versiegten, sie hob das Kinn. »Vielleicht habe ich deshalb bis jetzt noch nie einen Job bekommen.«

»Ganz bestimmt«, meinte ich. »Vinnie hat viel Macht, und das kombiniert mit seiner großen Klappe, da hat man ein Problem.«

Gloria hob das Kinn immer weiter, so lange, bis wir ihr direkt in die Nasenlöcher schauen konnten. »Das ist einfach nicht fair. Ich war immer gut zu ihm.«

»Er soll dafür bezahlen«, sagte Jayne jetzt. »Er muss

ein für alle Mal wissen, dass man eine Frau so nicht behandeln kann.«

Glorias Augen verengten sich, und sie nickte. »Ich sollte seine Ehefrau anrufen.«

Das war nicht die Spur, auf die wir sie setzen wollten. »Meinst du, das würde ihm etwas ausmachen?«, fragte Jayne. »Wahrscheinlich weiß sie ohnehin schon längst, dass er sie betrügt.«

»Was soll ich denn sonst machen?«

»Triff ihn da, wo es ihm weh tut«, sagte ich zu ihr. »Ziel auf sein Portemonnaie.«

Über unsere Eiersalat-Sandwiches gebeugt weihten wir Gloria im Mancuso's in das Geheimnis des Fleischhandels ein, der nach Betriebsschluss vonstattenging, und sagten ihr, wen sie anrufen solle, um die Sache auffliegen zu lassen. Der Gedanke, dass Pferdefleisch als Rind verkauft wurde, entsetzte sie genauso wie uns. Das Grausame daran machte ihr allerdings nicht so viel aus wie die Rücksichtslosigkeit. Und die anstehende Fastenzeit.

»Er hat mir immer tonnenweise Fleisch mitgebracht. Mir wird schlecht, wenn ich daran denke. Ich meine ja nur: Vinnie würde niemals zwei Mal das gleiche Hemd anziehen, aber er hat kein Problem damit, Pferde an Menschen zu verfüttern? Das sieht ihm ähnlich.«

Wir widersprachen ihr nicht, sondern hielten sie dazu an, die Polizei anzurufen, sobald sie zu Hause war. Aber sie war dermaßen wütend, dass sie nicht so lange warten wollte. Sie ließ ihr Sandwich einfach fallen und sagte zu Jayne, man sehe sich später.

»Hat Vinnie sonst noch etwas Brauchbares erzählt,

bevor Gloria und ich aufgetaucht sind?«, fragte ich Jayne, während ich mein Eiersalat-Sandwich untersuchte, um auszuschließen, dass sich etwas Fleischfarbenes darin versteckte. Nach vollendeter Inspektion legte ich Brothälfte auf Brothälfte und biss hinein.

Dass es fleischfrei war, hieß übrigens nicht, dass es essbar war.

»Kein Wort«, sagte Jayne. »Ich habe ihm erzählt, dass ich mit Tony zusammen gewesen bin, wie du gesagt hast. Aber bis auf ein paar ausgewählte Sätze über den großen Tony B. hat er nichts gesagt, und schon gar nicht über Al und dessen Verbleib im Rikers.«

Das war nicht gut. Vinnie wäre die zugänglichste Informationsquelle gewesen, aber wenn er nicht aus der Reserve kam (und das würde er nach Glorias Telefonanruf ganz sicher nicht mehr tun), blieben uns nur noch zwei gleichermaßen unangenehme Vorgehensweisen: noch einmal mit Al reden – oder mit Tony.

»Immerhin haben wir die Show gerettet«, sagte Jayne.

Ich kämpfte mich damit ab, einen Mund voll erstaunlich trockenem Eiersalat hinunterzuschlucken. »Das noch nicht, aber wir haben die Finanzierung gerettet. Die Show kann immer noch ein Flop werden, aber die Tage der zufälligen Unfälle sind zumindest gezählt.«

32 Die schreckliche Wahrheit

Später an diesem Abend ging dann alles seinen Weg. Die Polizei ertappte Vinnie bei der Razzia im Theater auf frischer Tat – seine Lakaien waren gerade dabei, eine neue Fuhre frisch geschlachtetes Pferdefleisch zu verpacken. Er wurde verhaftet, aber es war klar, dass er nicht länger als ein paar Wochen drin bleiben würde. Männer wie Vinnie hatten gute Anwälte, die dafür sorgten, dass sie eine weiße Weste behielten und lediglich die Mindeststrafe verbüßen mussten. Aber das reichte uns ja. Solange Vinnie zum Zeitpunkt der Premiere hinter Gittern saß, hatte Walter noch eine Chance, das geliehene Geld wieder einzuspielen.

Gloria jubilierte am nächsten Tag. Nachdem sie Vinnies Bestrafung erwirkt und von uns das Versprechen erhalten hatte, ihr dabei zu helfen, ihre Bühnenfertigkeiten zu verbessern, konnte für sie der nächste Lebensabschnitt beginnen. Wir mussten sie allerdings noch um einen weiteren Gefallen bitten: Vinnie musste erfahren, dass sie es war, die ihn verpfiffen hatte, und dass sie auch sofort vor Gericht aussagen würde, falls er Walter Friday noch einmal Schaden zufügen sollte. Sie versprach, Vinnie das wissen zu lassen. Auch wenn wir bei diesem Gespräch nicht dabei waren (sie bestand darauf, es ihm ins Gesicht zu sagen): Gloria kam wie verwandelt vom 19. Revier zurück. Vinnie Garvaggio würde zukünftig kein Problem mehr sein.

Obwohl Jayne und ich ziemlich zufrieden mit uns waren, hatten wir doch noch nichts erreicht, um Al wieder frei zu bekommen. Und es gab nur zwei Wege, dies zu erreichen: Tony dazu zu bringen, ihn rauszuholen, oder herauszufinden, wer Paulette wirklich umgebracht hatte, um den Bullen verklickern zu können, dass sie den Falschen hatten. Zwei Tage nach Garvaggios Verhaftung dachte ich mal wieder während einer Probe darüber nach, wie man das unlösbare Problem lösen könnte. Der plausibelste Tatverdächtige für den Mord an Paulette wäre weiterhin ein eifersüchtiger Freund oder Verlobter gewesen, aber dass George Pomeroy zu einer solchen Tat in der Lage sein sollte, konnte ich mir nicht vorstellen. Er war zu weich, sein Schmerz über den Verlust mit Händen greifbar, als dass er der geliebten Frau wirklich eine Lampe über den Schädel hätte ziehen können.

Die andere Möglichkeit war, dass eine Rivalin Paulette getötet hatte, um ihre eigene Karriere voranzutreiben. So ungern ich mir das eingestand, aber Mord war wirklich nicht Rubys Stil. Sie musste niemanden umbringen, um an eine gute Rolle zu kommen. Minnie dagegen könnte sich tatsächlich ausgemalt haben, dass sie nach Paulettes Tod deren Rolle abkriegen würde. Als das aber nicht passierte, könnte sie auch noch Ruby sabotiert haben, in der Hoffnung, sich den Part doch noch zu sichern. Vielleicht hatte sie aus denselben Beweggründen auch Olives Unfall herbeigeführt. Aber ganz so ehrgeizig war Minnie auch wieder nicht. Die Produktion schien ihr wenig am Herzen zu liegen, und sie hatte nie etwas von sich gegeben, das auf hochfliegende Ambitionen hindeutete.

Walter wies uns an, unsere Plätze einzunehmen, und ich stellte mich hinter den Kulissen rechts neben Ruby, die so tat, als läse sie in ihrem Manuskript. Da sie offensichtlich nicht mit mir zu reden wünschte und mir dieser Wunsch entgegenkam, hielt ich mich auf Abstand und versuchte, mich auf meine eigenen Zeilen zu konzentrieren.

Die Probe lief überraschend gut – bis zur ersten Musiknummer. Hier wurde, wie immer, die Wirkung der dichten schauspielerischen Leistungen, der starken Figuren und amüsanten Lieder von einer schludrig daher kommenden Tanzeinlage zu Fall gebracht. Ich sah von den Seitenkulissen aus zu und wusste nicht, ob ich lachen oder weinen sollte. Jayne blieb zwar Jayne und gab alles, um die Sache noch herauszureißen, aber der Rest der Truppe schien jede Hoffnung fahren gelassen zu haben, aus dieser Veranstaltung mehr machen zu können als eine Farce. Als die Tänzer die Bühne für die nächste Spielszene räumten, ließ ich Ruby allein auf ihren Auftritt warten und schlich nach hinten, um ein wenig mit Jayne zu lästern. Ich hatte es gerade bis zur Hinterbühne geschafft, als ich über mir ein schnappendes Geräusch vernahm. Ich schaute nach oben und wurde im nächsten Moment von dem herabrauschenden schweren, schwarzen Samtvorhang zu Fall gebracht, der über mir gehangen hatte. Ich strampelte mich gerade aus dem Stoff, als in einiger Entfernung etwas mit einem schweren Plumps auf den Boden fiel.

Ruby schrie auf. Ihrem gellenden Hilfeschrei folgte ein ungeheures metallisches Rasseln. Ich zappelte wie wild herum, dann sah ich endlich wieder Licht, wand mich vollends aus dem Stoffberg und stolperte mehr von der Bühne als dass ich rannte. Dort fand ich Ruby zwischen den metallenen Klappstühlen, die hier für uns aufgestapelt worden waren, auf dem Rücken liegen.

»Ist alles in Ordnung?«, fragte ich. Unsicher, was zu tun sei, scharten sich die anderen Schauspielerinnen um uns. Walter Friday kam zu mir, reichte Ruby die Hand und zog sie auf die Beine. Schweigend sahen wir zu, wie sie sich auf etwaige Verletzungen untersuchte. Sie hatte ein paar Prellungen davongetragen, so sah es zumindest aus, außerdem war ihr vor Schreck die Sprache abhandengekommen, ansonsten aber schien es ihr gut zu gehen.

Nachdem der Zustand des Opfers bekannt gegeben war, suchten wir alle nach einer Erklärung für das, was soeben geschehen war. Ich suchte den Schnürboden ab, um herauszufinden, woher das Geräusch gekommen und wieso der Vorhang so plötzlich herabgerauscht war. Während ich nach oben starrte, griff Jayne nach meinem Arm und lenkte meine Aufmerksamkeit nach unten. Links neben den Klappstühlen lag ein Sandsack, mit einem Stempel darauf: 120 PFUND. Beim Aufprall war er geplatzt, weswegen jetzt die ganze Bühne mit feinen weißen Körnchen übersät war.

Jayne zog so lange an meinem Arm, bis sich mein Ohr auf Höhe ihres Mundes befand. »Garvaggio?«

Ich schüttelte den Kopf. »Auf keinen Fall. Gloria hat ihn Gottesfurcht gelehrt.«

Wir ließen unsere Blicke über die kleine Menschenmenge schweifen, um den oder die Schuldige zu erspähen. Aber falls wirklich jemand dahinter steckte, der jetzt auf der Bühne stand, dann hob er oder sie nicht freiwillig die Hand. Alle sahen erschüttert aus, wohl weil ihnen bewusst war, dass jeder und jede von ihnen an Rubys Stelle hätte stehen können.

Der Inspizient tauchte mit Besen und Kehrblech auf.

Friday schloss für einen Moment die Augen und legte sich die Finger auf die Lider. Als er dann all seinen Mut zusammengenommen hatte, um weiterzumachen, klatschte er in die Hände und verkündete eine einstündige Pause.

Ruby fegte aus dem Saal, ich hinterher. Ging sie normalerweise selbstbewusst und aufrecht, lief sie jetzt tief gebeugt auf die regennasse Straße hinaus. Sie hatte weder Mantel noch Tasche dabei und suchte wie ein Hund mit irrem Blick ein sicheres Plätzchen, wo sie sich vor ihrem unsichtbaren Verfolger verstecken konnte.

»Ruby, warte!«, rief ich.

Beim Klang meiner Stimme wirbelte sie herum. »Ich will nicht mit dir reden.«

»Ist alles in Ordnung?«

»Ja.« Wild entschlossen, so viel Abstand wie möglich zu den Vorfällen im Theater zu gewinnen, drehte sie sich wieder um.

»Ich glaube, wir sollten über das, was da gerade passiert ist, mal sprechen.«

»Es war ein Unfall. Nur wieder ein Unfall.«

»Und was ist mit den Zetteln?«

Falls sie überrascht war, dass ich davon etwas wusste, ließ sie es sich nicht anmerken. Stattdessen entflammte ihr Gesicht in Schamesröte, als ob ich ihr gerade enthüllt hätte, dass ich von ihrer unerwiderten Liebe wüsste. »Jemand findet das lustig. Das ist alles. Bitte, lass mich allein.« Sie verließ den Schutz des Vordachs und rannte wieder in den Regen hinaus. Gerade als ich ihr folgen wollte, griff jemand nach meinem Handgelenk und hielt mich zurück.

»Lass sie«, sagte Izzie. »Das hat ihr einen mächtigen

Schreck eingejagt. Sie möchte alleine sein.« Sie zog mich zurück ins Foyer, wo Zelda in einer Ausgabe des *Liberty Magazine* las. Auf dem Titel prangte die Frage: »Wie stark ist Hitlers Luftwaffe 1943?«

»Diese Unfälle müssen ein Ende finden«, sagte Zelda, als ich hereinkam. »Jemand muss mal mit Friday darüber reden. Sie hätte tot sein können.«

»Das ist nicht Fridays Schuld«, sagte ich. »Und das ist auch nicht einfach nur ein neuer Unfall.« Ich erzählte ihnen alles über Vinnie Garvaggio und darüber, was wir während der letzten zwei Tage unternommen hatten.

»Vielleicht hat er ja jemanden geschickt«, meinte Izzie. »Es ist ja nicht so, dass niemand für ihn arbeitet.«

»Glaubt mir, dass Gloria über das, was hier abgelaufen ist, aussagt, ist das Letzte, was er brauchen kann. Wenn sie sich nicht als Zeugin meldet, kommt er frei. Friday weiter Steine in den Weg zu legen, lohnt sich für ihn nicht. Außerdem … hat Ruby Briefchen bekommen.«

Zelda und Izzie wechselten schnell einen Blick und senkten dann beide den Kopf. »Was für Briefchen denn?«, fragte Zelda.

»Drohbriefe. Wegen Donald Montgomery. Jemand findet es ganz und gar nicht toll, dass sie verlobt ist, und hat sehr deutlich gemacht, dass sie die Sache lieber jetzt als später beenden soll. *Sonst.* Ich glaube, was wir gerade erlebt haben, war das *Sonst.*«

Wieder tauschten die beiden einen Blick. Mich machte das langsam verrückt: Ich fühlte mich wie eine Ausländerin, die einem Gespräch folgen musste, ohne die Sprache zu verstehen.

»Wisst ihr zwei irgendetwas darüber?«, fragte ich.

»Nein«, sagte Izzie.

Zelda streckte Einhalt gebietend die Hand aus. »Vielleicht –«

Izzies Augen weiteten sich, ihre Stimme wurde lauter. »Nein. Wir müssen zuerst mit Olive reden.«

Ich stand kurz vor einem Schreikrampf. »Wenn ihr wisst, wer hinter Ruby her ist, dann müsst ihr es sagen. Falls sie verletzt wird oder etwas noch Schlimmeres passiert, dann seid ihr daran schuld.«

»Wir wissen nicht, wer sie bedroht«, sagte Izzie.

»Stimmt das?«, fragte ich Zelda.

Sie nickte. »Wir haben keine Ahnung. Aber wir alle haben von diesem Wemauchimmer Briefe bekommen.«

Zelda und Izzie waren einverstanden, nach der Probe mit mir zu Olive ins Krankenhaus zu fahren. Die verbleibenden Stunden zogen sich in die Länge, verstärkt durch das Gefühl drohenden Unheils, das mich plötzlich überfiel. Wenn alle von ihnen Briefe erhalten hatten, durfte man vermuten, dass auch Olives Unfall kein Unfall gewesen war. Und wenn es so war, dann wollte derjenige, der sie bedrohte, Ruby nicht bloß einen Schrecken einjagen. Sosehr ich mich auch bemühte, mich auf die Show, mit deren Rettung wir gerade befasst waren, zu konzentrieren – mein Blick wanderte immer wieder nach oben, wo noch mehr Sandsäcke hingen und nur darauf warteten, losgebunden zu werden. Auch Ruby sah immer wieder ängstlich hoch, um sicherzugehen, dass nichts über ihr schwebte, das plötzlich herunterfallen konnte.

Als die Probe um sieben zu Ende war, waren wir alle unversehrt geblieben. Ich ließ Jayne wissen, dass ich etwas später nach Hause käme, sagte ihr aber nicht wieso. So gern ich sie bei dem Gespräch mit Olive dabeigehabt hätte: Sie war einfach nicht vertraut genug mit den dreien, und ich konnte mich nicht darauf verlassen, dass sie in Jaynes Anwesenheit offen mit mir sprechen würden. Außerdem wollte sie sowieso Gloria noch eine private Trainingsstunde geben, was mindestens genauso wichtig war wie das, was ich an diesem Abend vielleicht noch in Erfahrung bringen würde, da biss die Maus keinen Faden ab.

Zelda, Izzie und ich fuhren mit dem Taxi zur 78. Straße und brachten die Fährüberfahrt nach Welfare Island mit oberflächlichem Gequatsche über die Show herum. Sobald wir aber da waren, ließ sich die bemüht lockere Stimmung nicht mehr aufrechterhalten, und mit langen Gesichtern trabten wir hoch auf Olives Etage.

Seit meinem letzten Besuch hatte man sie in ein Einzelzimmer verlegt. Wie sie sich eine solche Unterbringung leisten konnte, darüber ließ sich nur spekulieren (höchstwahrscheinlich hatte ihr verstorbener Ehegatte damit zu tun). Ihr Bein war nicht mehr aufgehängt, und sie konnte aufrecht sitzen. Gerade war das Abendessen vorbei, und die Reste von etwas, das wie Schweinekotelett aussah, glänzten auf ihrem Tablett.

»Was für eine schöne Überraschung!«, rief sie, als wir das Zimmer betraten. Als sie unsere ernsten Gesichter bemerkte, kochte sie ihren überschwänglichen Enthusiasmus schnell auf eine dezente Freude herunter. »Warum schaut ihr so traurig aus der Wäsche?«

»Ruby wäre heute um Haaresbreite deine Zimmernachbarin geworden«, sagte ich. »Sie bekommt seit Wochen Drohbriefe, und deine Freundinnen haben mir gerade erzählt, dass ihr alle genau die gleichen bekommen habt.«

Olive runzelte die Stirn und wandte sich an Zelda und Izzie. Izzie formte mit den Lippen eine lautlose Entschuldigung, Zelda aber trat mit erhobenem Kopf einen Schritt nach vorn. »Wir mussten es ihr sagen, Olive.«

»Das sind doch nur Drohgebärden«, meinte Olive. »Jemand will uns Angst einjagen.«

»Du hättest tot sein können«, sagte Zelda. »Und Ruby auch. Das hat nichts mehr mit Angst einjagen zu tun.«

»Das sind Zufälle«, entgegnete Olive. »Ich habe nicht geguckt, wo ich hinlaufe. Das habe ich mir selbst zuzuschreiben.«

»Und was ist mit Paulette?«, fragte ich. »Hat sie es auch sich selbst zuzuschreiben?«

»Paulette hat damit überhaupt nichts zu tun«, sagte Olive. »Der Mörder sitzt im Gefängnis.«

Zelda legte Olive eine Hand aufs Bein. »Sie haben den Falschen. Der Typ im Gefängnis hat Paulette nicht umgebracht.«

Olive öffnete und schloss ihren Mund so schnell, dass ich nicht verwundert darüber gewesen wäre, wenn sie an Marionettenfäden gehangen hätte.

»Was stand denn in den Briefen, die ihr bekommen habt?«, fragte ich jetzt.

Izzie und Olive schauten weg, als hätten sie Angst, dass ich die Wahrheit in ihren Augen lesen konnte. Zelda reagierte erst genauso, riss sich dann aber am Riemen. »Es geht darin um die Männer, mit denen wir uns treffen.«

»Zelda!« Izzie ging einen Schritt auf sie zu.

»Izzie, ganz ehrlich, es ist dämlich, nichts zu sagen. Vielleicht kann Rosie uns helfen.«

»Wie denn?«, fragte Olive.

»Ich habe bis vor kurzem für einen Detektiv gearbeitet«, erklärte ich. »Und Anfang des Jahres habe ich einen anderen Mord aufgeklärt, und zwar einen, den die Polizei schon als Selbstmord abgetan hatte. Ihr könnt euch entscheiden: Entweder ihr nehmt mit mir vorlieb, oder ihr greift zum Hörer und ruft die Polizei an. Bevor nicht eins von beidem passiert, verlasse ich nicht dieses Zimmer.«

»Können wir uns kurz besprechen?«, fragte Olive.

Ich war einverstanden, ließ die drei allein und ging im Krankenhausflur hin und her. Ab und an wurde eine von ihnen so laut, dass ich sie noch zehn Meter weiter hören konnte, obwohl ich nicht verstand, was genau verhandelt wurde. Meine Neugierde war schon fast in Langeweile umgekippt, als Zelda endlich den Kopf aus der Tür steckte. »Wir sind so weit.«

Izzie saß neben Olive und hielt ihre Hand. Zelda setzte sich ans Fußende des Bettes. »Wir möchten, dass du uns hilfst«, sagte Olive. »Wir glauben, dass die Polizei das nicht verstehen würde.«

Ich zog einen Stuhl heran und machte es mir bequem. »Bin ganz Ohr.«

»Wirst du alles, was wir dir sagen, vertraulich behandeln?«

»Absolut.«

Olive nickte Zelda zu und gab das Ruder an sie ab.

»Wir bekommen die Briefe, seitdem Paulette tot ist«, sagte Zelda.

»Und Paulette? Hat sie auch welche bekommen, bevor sie umgebracht worden ist?«

Zelda stand auf und ging zum Fenster. »Die ersten hat sie schon in Kalifornien bekommen. Wir wissen nicht, wie lange das vor ihrem Umzug schon ging, aber es waren mindestens ein paar Monate. Deswegen hat sie sich überhaupt erst entschlossen umzuziehen.«

»Aus Angst?«

»Sie wollte noch mal von vorn anfangen«, sagte Olive, »und dachte, durch einen Umzug diesen Brieffreund loswerden zu können.«

»Das ist ihr aber nicht gelungen?«

»Wir wussten bis nach ihrem Tod nichts davon … Und selbst dann dachten wir nicht …« Izzie verstummte. »Ein paar Tage, nachdem man sie ermordet hatte, haben wir ihr Zimmer aufgeräumt und dabei die Zettel und die dazugehörigen Umschläge gefunden. Von Kalifornien hatte sie uns erzählt, aber sie hat nie erwähnt, dass es hier weitergegangen ist. Aber da waren sie, abgestempelt in New York, und zwar nur wenig früher.«

»Und dann kamen die ersten bei uns an«, sagte Zelda.

Ich lief im Zimmer auf und ab und versuchte, in dem, was sie mir da erzählten, einen Sinn zu erkennen. »Bei Paulette kann ich das ja noch verstehen. Ich meine, soweit ich das bei der Trauerfeier richtig mitbekommen habe, gingen immerhin zwei tote Ehemänner, ein Verlobter und noch ein oder zwei Freunde auf ihr Konto.«

»Vier tote Ehemänner«, flüsterte Olive.

Ich zog eine Augenbraue hoch. »Man kann sich also vorstellen, dass ein derart gefragtes Mädchen irgendwann mal der falschen Person über den Weg läuft. Aber warum sollte diese Person hinter euch allen her sein?«

»Es geht noch weiter«, sagte Zelda.

»Das dachte ich mir schon.«

Zelda sprach mit ihren Ferragamo-Schuhen. »Wir alle haben Ehemänner, die tot sind.«

Durch die Art, wie sie das sagte, stellten sich mir die Nackenhaare auf. »Was für ein Pech. Lasst mich raten: Euer Brieffreund glaubt, dass ihr euren Freunden Unglück bringt. Er schreibt euch also, damit ihr sie in Ruhe lasst, weil er glaubt, so blieben sie am Leben.«

»Das ergibt nicht viel Sinn, oder?«, meinte Izzie.

»Überhaupt nicht«, sagte ich. »Ich bin abergläubisch wie nichts Gutes, aber ich würde doch denken, dass jemand, der Paulette um die Ecke bringt, einen besseren Grund dafür hat als die bloße Vermutung, dass ihr allesamt schwarze Witwen seid.«

»Wir leben in sinnlosen Zeiten.« Olives Augen schauten groß und unschuldig wie die Glasaugen einer Porzellanpuppe. »Menschen haben schon für sehr viel weniger gemordet.«

»So gern ich dir glauben würde, es gelingt mir nicht. Irgendetwas verheimlicht ihr doch vor mir.«

Zeldas sorgenvoller Blick schweifte zu Izzie und Olive hinüber. Keine von beiden machte Anstalten, ihr das Sprechen abzunehmen. Sie war auf sich allein gestellt. »Olive hat ihren Liebsten aus der Highschool geheiratet, kurz bevor er aufs Schiff ging. Zwei Wochen später war er tot.«

»Er hieß Bobby«, sagte Olive.

Bevor sie weitersprach, atmete Zelda tief durch. Die Geschichte wühlte sie auf, auch wenn es nicht ihre eigene war. »Als er starb, überschrieb ihr die Luftwaffe seine Rente und die Lebensversicherung.«

»Ich wollte das alles gar nicht«, sagte Olive. »Ich wollte nur, dass er wieder lebt.«

»Natürlich«, sagte Zelda. »Niemand behauptet etwas anderes.« Sie schluckte. »Nicht lange nach Bobbys Tod schrieb einer seiner Freunde an Olive. Es fing an als ein Beileidsschreiben, dann wurden die Briefe aber persönlicher, und Olive wusste, dass er mehr wollte als sich nur mit der Frau eines toten Freundes auszutauschen. Olive war hin- und hergerissen ...«

»Nein, Zelda, lass mich weitermachen.« Olive setzte sich in ihrem Bett noch aufrechter hin und ließ Izzies Hand los. »Ich wusste, dass dieser Mann wahrscheinlich auch sterben würde. Zu Kriegsbeginn gab es andauernd Artikel darüber, dass Piloten den gefährlichsten aller Jobs hätten, und man müsse davon ausgehen, dass in der Luftwaffe die Sterblichkeitsrate am höchsten sein würde. Mir hat dieser Mann leidgetan: Er hatte wahrscheinlich nur noch ein paar Monate zu leben und anscheinend niemanden, der ihm schrieb und ihm sagte, wie sehr er vermisst wurde. Er hatte Angst und war einsam und wünschte sich nichts sehnlicher als das, was Bobby gehabt hatte. Innerhalb weniger Wochen sprachen wir über Heirat. Ich habe ihn nicht geliebt, aber ich fühlte mich verantwortlich, und deswegen habe ich, als er auf Urlaub nach Hause kam, seiner Bitte entsprochen und bin mit ihm zum Standesamt gegangen. Einen Monat später war er tot.«

»Und wieder«, sagte Zelda, »gab es Geld.«

Die unschuldige Leere wich aus Olives Augen. Ihr Gesichtsausdruck war der einer um Verständnis Flehenden. »Damals habe ich mit Paulette und Izzie zusammengewohnt, und ich glaube, uns wurde langsam klar, dass wir das alle so machen könnten: sich mit diesen Männern anfreunden und ihnen geben, was sie brauchten, eine Ehefrau eingeschlossen. Wir haben dann angefangen, zu den Tanzveranstaltungen der United Service Organizations zu gehen oder in die Canteen – überall dorthin eben, wo man mit großer Wahrscheinlichkeit auf Piloten trifft. Wir boten uns an, Freunden, Brüdern oder Cousins Briefe zu schreiben, wir streuten einfach, dass wir auf Brieffreundschaften aus waren.« Sie hielt inne und befeuchtete sich die Lippen. »Du musst verstehen, wie hart es damals für uns alle war. Sogar Paulette konnte kaum von ihren Einkünften leben. Der Krieg war heftig auf die Theater zurückgeschlagen. Niemand wusste, wie lange er noch dauern würde und welche Vorstellungen die Leute überhaupt sehen wollten. Ich war bei zwei Shows engagiert, die schon vor der Premiere wieder abgesetzt wurden. Wir haben von der Hand in den Mund gelebt.«

Mir war übel. Nicht nur, dass sie Männer bloß des Geldes wegen heirateten, sie setzten auch noch auf deren Tod, um an dieses hart verdiente Geld zu kommen. »Wie bist du da mit hineingeraten?«, fragte ich Zelda.

Sie antwortete nicht. Es war allerdings nicht schwer, sich vorzustellen, was passiert war: ein paar Besuche in der Canteen, dazu Izzies gefühliger Sermon darüber, wie sehr die Männer sie brauchten, und schon wohnte man in einem Stadthaus, trug schicke Klamotten und predigte dasselbe wie die anderen.

»Und wenn sie nicht gestorben wären?«, fragte ich. »Was hättet ihr dann gemacht?«

»Einige sind ja noch nicht gestorben«, sagte Izzie. So also war das: Da man nicht voraussagen konnte, wer sterben würde, heiratete man so viele Männer wie möglich, um die Gewinnchancen zu erhöhen. Und ich hätte ein Vermögen darauf verwettet, dass sie sich noch nie die Situation ausgemalt hatten, dass einige ihrer Männer gleichzeitig nach Hause kommen würden.

Zu ihrem Glück sah es ja so aus, als hätten sie noch eine ganze Weile Zeit, bis sie sich darüber Gedanken machen mussten.

»Und was ist schiefgegangen?«, fragte ich.

»Alles lief eigentlich gut«, sagte Olive, »bis Paulettes Michael fiel.«

»Roger«, korrigierte Zelda. »Er hieß Roger.«

»Paulette war drüben in Kalifornien und hatte gerade eine Nebenrolle in *The Gang's All Here* bekommen, als der erste Brief ankam.«

»Was stand drin?«, fragte ich.

Nachdem sie beschlossen hatte, mir die Wahrheit zu sagen, brach diese in einem derartigen Wortschwall aus ihr heraus, dass Olives Mund schon ganz trocken war. Sie musste erst einen Schluck Wasser trinken, bevor sie weitersprechen konnte. »Dass sie beobachtet würde. Dass der Absender wusste, dass sie schon mal verheiratet war und dass sie vorhatte, es wieder zu tun. Es war offensichtlich, dass die betreffende Person sie schon eine ganze Zeit verfolgte. Sie drohte, der Presse zu stecken, dass Paulette Bigamistin sei, und ihre Karriere zu torpedieren, weil sie Geld annehme, das ihr rechtmäßig nicht zustünde. Als keine dieser Drohungen Paulette dazu bewegen konnte, Rogers Familie das Geld zurückzugeben, änderte sich der Tonfall der Briefe. Sie würde Schaden nehmen, wenn sie mit dem, was sie tat, nicht aufhörte. Sie würde vielleicht sogar sterben.«

Olive hielt inne, und während eines langen, stillen Moments dachten wir alle daran, was dann passiert sein musste.

»Sie ist dann hierher gezogen, um den Drohbriefen zu entgehen. Sie war sich sicher, dass es aufhören würde, wenn sie Kalifornien erst mal verlassen hatte. Das tat es auch, aber nur für ein paar Wochen. Dann entdeckte sie den nächsten Umschlag im Briefkasten.«

»Und schließlich«, sagte ich, »hat derjenige, der sie bedroht hat, seinen Worten Taten folgen lassen. Wie aber hat ihr Mörder von euch anderen erfahren?«

Izzie trat vor, um die Frage zu beantworten. »Wahrscheinlich ist er uns zur Canteen gefolgt, wer weiß.«

»Und warum hört ihr nicht einfach auf? Wenn ihr alle bedroht werdet, wenn Paulette schon ermordet und Olive überfahren wurde, warum macht ihr dann nicht, was diese Person will, und lasst euer Spiel einfach sein?«

Schweigen. Olive zupfte an ihrem Verlobungsring. Zelda schaute die teuren Schuhe an ihren Füßen an, die sie an dem Tag, als Olive angefahren wurde, gerettet hatten. Izzie knabberte an einem sorgfältig manikürten Nagel, der zweifellos erst am Morgen in einem Salon auf der Fifth Avenue poliert worden war, wo man Izzie »Madame« nannte und ihr Champagner reichte, während sie wartete. Geld. Sie taten das alles wegen des Geldes und waren nicht bereit, das aufzugeben – noch nicht mal aus Todesangst.

»Warum habt ihr Ruby da mit hineingezogen?« Es fiel mir schwer, diese Frage nicht boshaft klingen zu lassen. Ich wollte ihnen sagen, wie übel mir war, aber ich wusste, dass ich von der Sekunde an nicht mehr auf ihr Entgegenkommen hätte zählen können.

»Wir arbeiten als Gruppe«, sagte Olive. »Je mehr Frauen mitmachen, umso mehr Männern helfen wir.«

Und umso mehr Geld kam in die Kasse. Sie hatten wahrscheinlich ihre Pensionsanteile und Versicherungsleistungen in einen Topf geworfen, um auch dann ein gesichertes Einkommen zu haben, wenn der Mann ihrer Wahl die Nerven hatte, gesund und munter zu bleiben. Deswegen wohnten sie auch alle zusammen.

Ruby noch mehr zu verabscheuen, als ich es ohnehin schon tat, war fast ein Ding der Unmöglichkeit, aber jetzt fragte ich mich tatsächlich, ob man noch tiefer sinken konnte.

»Wir sind keine schlechten Menschen, Rosie«, sagte Olive.

»Natürlich nicht.« Jetzt konnte ich mit der Gehässigkeit nicht mehr hinterm Berg halten. Ich kam einfach nicht dagegen an.

»Die Männer wären so oder so gestorben, ob wir sie jetzt geheiratet hätten oder nicht. Sie waren froh, uns etwas zurückgeben zu können. Weil sie dankbar waren für das, was wir ihnen geschenkt haben.«

»Und was ist mit den Männern, mit denen ihr noch verheiratet seid, die, die sich bislang noch nicht die Mühe gemacht haben zu sterben? Was kriegen die von euch? Ein paar Briefe? Ein kleines Schäferstündchen, wenn sie mal hier sind? Die Huren in Hell's Kitchen sagen wenigstens offen, was sie tun und was sie kosten. Eure Männer dagegen wissen erst dann Bescheid, wenn sie schon unter der Erde liegen.«

»Das ist jetzt nicht fair«, meinte Izzie.

»Vielleicht nicht. Keine Ahnung. Ich glaube, ich gehe jetzt lieber.« Ich nahm meine Handtasche und ging zur Tür.

»Hilfst du uns denn?«, fragte Zelda. Ich drehte mich

noch einmal um. Sie hatte ihre Augen weit aufgerissen, und ich könnte schwören, dass ich ein ganz kleines bisschen Reue darin sah. Wovon würde sie sich wohl verabschieden? Davon, diese Männer hereinzulegen, oder davon, ihre Freundinnen weiter dazu anzuhalten, mit mir darüber zu sprechen?

»Frag mich das morgen noch mal«, sagte ich. »Im Moment bin ich versucht, euch ganze Bande von jedem, der will, abmurksen zu lassen.«

33 Unsichere Kantonistinnen

Für die Heimfahrt nahm ich ein Taxi. Ich war viel zu benommen, um in die Subway zu steigen und mich dem Feierabendgewühl auszusetzen. Und den Gedanken, gerade rekrutierte Männer auf ihrem letzten Weg vor der Abfahrt nach Gott weiß wohin zu begegnen, konnte ich auch nicht ertragen. Zu Hause angekommen stolperte ich wie betrunken durch den Salon und die Treppe hoch. Unter Rubys Tür hindurch war Licht zu sehen. Ich hatte nicht übel Lust, so lange dagegenzuhämmern, bis das gesamte Haus auf dem Flur versammelt war und mit anhören konnte, was sie vorgehabt hatte. Aber dann hatte ich doch keine Kraft dazu. Es würde sowieso keine Rolle spielen. Ruby war es egal, was andere Leute von ihr dachten, und nichts von dem, was ich zu sagen hatte, würde daran etwas ändern.

»Na, du Verschollene«, begrüßte mich Jayne. Eine ganze Minute lang blieb ich in der Tür stehen, während sie mich ansah. Als ich den Abstand zu ihr nicht mehr ertragen konnte, rannte ich auf sie zu und fiel ihr in die Arme. Die Schleusen öffneten sich in dem Moment, in dem ich sie berührte. »Schsch …«, machte Jayne. »Was ist denn los? Was ist denn passiert?« Ich brauchte zehn Minuten, um mich wieder so weit unter Kontrolle zu haben, dass ich ihr die ganze Geschichte erzählen konnte. Jayne hörte stumm zu und kommentierte meine tränenerstickten Sätze nur, indem sie mir übers Haar strich oder meine Hand drückte. »Das ist furchtbar«, sagte sie, als ich fertig war. »Aber es ist doch nicht deine Schuld. Du hast doch gar nichts verbrochen.«

Damit hatte sie exakt den Punkt angesprochen, der mich verzweifeln ließ: Fast wäre ich eine von ihnen geworden. Wenn ich weiter auf sie gehört hätte, wie lange hätte es wohl noch gedauert, bis ich den glitschigen Abhang zu einer lieblosen Ehe und entsprechenden Versicherungsleistungen hinuntergerutscht wäre?

»Ich habe die ganze Zeit gedacht, dass sie gute Menschen sind, dabei haben sie diese Männer nur ausgenutzt. Wie können sie bloß geglaubt haben, dass das in Ordnung ist?«

Diese Facette des Krieges wollte niemand von uns wahrhaben: Dass das Land, für das unsere Männer kämpften, ihr Opfer vielleicht gar nicht verdiente. Wir waren eben nicht alle gute Menschen. Wir verkauften gefälschte Kriegsanleihen, sammelten Geld für erfundene Wohlfahrtsvereine und infizierten Soldaten mit Geschlechtskrankheiten, und zwar in rekordverdächtigen Zahlen. Wir zogen mit überteuerten Beerdigungen Gewinn aus der Trauer und mit falsch etikettiertem Schwarzmarktfleisch Gewinn aus dem Hunger. Vielleicht waren wir schlimmer als der Feind – zumindest waren wir genauso grausam. Für uns hätte ich mein Leben ganz sicher nicht aufs Spiel gesetzt.

»Und was willst du jetzt machen?«, fragte Jayne.

»Wollen will ich gar nichts. Aber Al zuliebe muss ich herausfinden, wer der Mörder ist.«

Jayne stand auf und holte unsere Schnapsflaschen aus dem Schrank. Zwischendurch schaltete sie noch das Radio an: Die Verlustliste der Armee führte 434 neu als vermisst Gemeldete; in der ganzen Stadt standen die Metzgereien leer; und ein Priester, der 87000 Dollar in bar und Wertsachen von ungenanntem Wert geschmuggelt hatte, war während einer Zugfahrt gestorben. Noch nicht mal bei unseren Geistlichen konnte man sich darauf verlassen, dass sie gute Menschen waren.

»Weißt du …« Jayne unterbrach sich kurz, weil sie sich darauf konzentrieren musste, unsere Drinks zu mixen. »Am nächstliegenden ist, dass es ein Familienmitglied ist.«

»Wer ist was?«

Jayne reichte mir ein Glas. »Der Mörder.«

Wir waren also wieder beim Thema.

Jaynes Gin schwappte über, und ein Tropfen lief an ihrem Glas herunter. Sie fing diese Verschwendung sofort mit dem Finger auf. »Der gesunde Menschenverstand sagt uns erst mal, dass es eine eifersüchtige Exfreundin gewesen sein muss, oder? Aber überleg doch mal, was Paulette wirklich gemacht hat: Sie hat Männer wegen ihrem Nachlass und der Versicherungen geheiratet, für Geld also, das eigentlich deren Familien zustand. Wenn die auf dieses Geld angewiesen sind, dann ist es schwer zu schlucken, warum Paulette die ganze Kohle kriegen soll.«

Ich nickte so schnell, wie sie sprach. »Und es ist noch schwerer, wenn man dann erfährt, dass sie erneut heiratet.«

»Oder dass sie schon mal verheiratet war.« Jayne nahm einen tiefen Schluck. »Du hast gesagt, dass die ganzen Schwierigkeiten anfingen, nachdem einer von Paulettes Ehemännern gefallen war. Vielleicht ist jemand aus dessen Familie ausgerastet.«

»Glaubst du wirklich, dass die Lösung so einfach ist?«

Jayne prostete mir mit einem halbleeren Glas zu. »Es wäre mal an der Zeit.«

Es brauchte eine Weile, aber schließlich erinnerte sich Zelda wieder an einen Namen. »Er hieß Roger Armstrong. Er kam aus Norman in Oklahoma.«

Ich notierte den Namen auf dem Telefonblock. »Und Paulette hat nach seinem Tod zum ersten Mal Briefe bekommen?«

»Ja.« Zelda verstummte, und ich versuchte, im Rauschen der Leitung ihre Gedanken zu lesen. »Ich möchte, dass du weißt, dass ich nur einmal verheiratet gewesen bin. Und es ging auch nicht nur um Geld. Ich hätte mir durchaus vorstellen können, mit ihm zusammen zu sein.«

»Zum Glück musst du ja nicht mehr herausfinden, ob das stimmt.«

»Auch wenn ich ihn nur kurz gekannt hätte und wir ohne jeden Gedanken an ein Morgen einen leidenschaftlichen Flirt gehabt hätten, wäre trotzdem alles so gekommen, wie es kam. Keine von uns hat einen Mann eigenhändig umgebracht. Wir haben uns nichts genommen, was sie uns nicht haben geben wollen.« Ihre Stimme war tränenerstickt. Sie wollte mich genauso dringend überzeugen wie sich selbst.

Auf den ersten Blick hatte sie Recht. Wie die Unternehmer, die durch den Krieg fett wurden, oder die Schwarzmarkthändler, die so viel verdienten, dass sie in den Ruhestand hätten gehen können, hatten auch Zelda und ihre Freundinnen nicht mehr getan, als eine schreckliche Situation zu ihrem Vorteil zu nutzen. Aber mich schockierte, wie grausam sie dabei vorgingen, wie sie sich Männer in den gefährdetsten Positionen aussuchten und dann ihr Anrecht auf deren Geld nicht abgaben, sondern dieses Geld als Lohn für einen zufriedenstellend erledigten Job ansahen. Eine Ehe, wie tragisch auch immer, war einfach kein Job, und die einzige Bezahlung, die man am Ende einer Ehe annehmen durfte, war die Erinnerung an die gemeinsam mit einem geliebten Mann verbrachte Zeit.

Das war eben genau das Problem: Liebe kam in ihrer Gleichung nicht vor.

»Du hättest gar nichts annehmen müssen«, sagte ich zu ihr. »Hast du dir jemals überlegt, wo das Geld deines Ehemanns hingegangen wäre, wenn er dich nicht geheiratet hätte?«

Sie kam ins Stottern. »Nein.«

»Ich schätze, jemand anderes hat sich das sehr wohl überlegt. Vielleicht sogar derjenige, der Paulette ermordet hat.«

»Heißt das, du hilfst uns?«

»Ich werde jemandem helfen, dem glauben gemacht wurde, dass er etwas Schlechtes tun muss, damit am Ende etwas Gutes dabei herauskommt – aber euch ist, glaube ich, nicht zu helfen.«

Vier Anrufe und zwanzig Minuten später hatte ich die Nummer der Familie Armstrong in Norman, Oklahoma. Gott sei Dank gab es dort nur eine.

»Fertig?«, fragte Jayne.

Ich nickte und bat die Frau vom Amt, mich durchzustellen. Es würde alles andere als einfach werden, Belle die Kosten für die Fernverbindung zu erklären.

»Hallo?« Am anderen Ende der Leitung erklang die Stimme einer älteren Frau.

»Spreche ich mit Mrs. Armstrong?«

»Einen Moment, bitte.« Der Hörer wurde neben den

Apparat gelegt, jemand Zweites wurde gerufen. In der Art, wie die beiden miteinander sprachen, lag ein höflicher Abstand, wie er zwischen Verwandten ungewöhnlich, zwischen Angestellter und Dienstherrin aber üblich ist.

»Ja?«

»Guten Abend, Mrs. Armstrong. Entschuldigen Sie den späten Anruf. Mein Name ist Rosie Winter, und ich war vor einigen Jahren mit Ihrer Tochter befreundet. Ich hatte gehofft, dass Sie mir sagen können, wie ich sie erreiche. Wir haben uns aus den Augen verloren, aber es ist sehr wichtig für mich, wieder Kontakt mit ihr aufzunehmen.«

»Ich fürchte, Sie haben sich verwählt, meine Liebe. Ich habe gar keine Tochter.«

Daran hatte ich nicht gedacht. Vielleicht hatte ich Großmutter Armstrong am Apparat. »Aber Sie sind doch die Mutter von Roger Armstrong?«

»Ja, das bin ich. Das war ich.« Die Wunde war noch frisch, man hörte es ihrer Stimme an. »Roger ist nicht mehr unter uns.«

»Das weiß ich, und es tut mir sehr leid.« Meine Zunge war plötzlich zu dick für meinen Mund. »Wie geht es denn seinem Bruder?«

»Roger war ein Einzelkind, meine Liebe. Worum geht es denn?«

»Ich glaube, ich habe mich doch geirrt. Ich habe einmal eine Frau gekannt, die mit ihm verwandt zu sein schien – dachte ich zumindest.«

»Das könnte Paulette gewesen sein«, sagte sie. Obwohl die Trauer blieb, wurde ihre Stimme immer weicher. Ich sah sie vor mir, wie sie ein Foto von den beiden ansah und mit den Fingern sanft die Umrisse ihrer Gesichter nachfuhr. »Sie war seine Frau. Ein bezauberndes Mädchen. Sie sah aus wie eine aus unserer Familie. Mehr als einmal hat jemand gesagt, dass sie genauso gut aus der Verwandtschaft sein könnte.«

»Ja, das muss Paulette gewesen sein. Es tut mir leid, dass ich Sie belästigt habe.«

»Sie ist auch von uns gegangen. Ich habe den Eindruck, das widerfährt zurzeit allen jungen Leuten.«

Darauf fiel mir keine Antwort ein. Ich legte den Hörer auf die Gabel und hielt ihn fest – nicht, dass ihre Trauer ihn mit aller Gewalt wieder nach oben drückte.

»Was war los?«, fragte Jayne.

»Roger war ein Einzelkind, und jetzt darf sich seine Mutter meinetwegen die Nacht mit seinem Geist herumschlagen.«

»Rosie, ich glaube, das tut sie tagtäglich. Du weißt doch, wie es ist. Wenn du es nicht gewesen wärst, die sie heute an ihn erinnert hätte, wäre es ein Foto gewesen oder eine verlegte Socke oder sonst was.«

Ich folgte Jayne zurück ins Zimmer und sank aufs Bett.

»Vielleicht waren es ja weder Bruder noch Schwester«, meinte Jayne. »Vielleicht war es ja die Mutter.«

»Glaube ich nicht. Zuerst hatte ich eine Haushälterin am Apparat. Wenn Mrs. Armstrong genug Bares für Bedienstete hat, dann muss sie sich bestimmt nicht des Geldes wegen an jemandem rächen.«

»Vielleicht ging es ja auch nicht ums Geld, sondern ums Prinzip.«

»Nein, sie hat Paulette erwähnt. Und diese Art von ehrlicher Zuneigung kann man nicht vortäuschen.«

Churchill kam zu mir aufs Bett und wickelte sich mit seinem Körper um meinen Arm. »Ich hätte wissen müssen, dass es so einfach nicht sein kann.«

Jayne griff nach einer Ausgabe von *Screenland* mit Veronica Lake auf dem Titel und blätterte ziellos durch die Seiten. Vorne drauf wurde ein Artikel unter der Überschrift »Warum ich keine bin, die man im Fronturlaub heiratet« angekündigt. »Und wie geht's jetzt weiter?«, fragte sie.

»Wir könnten Olive und Izzie bitten, uns den Namen von jedem einzelnen Mann zu geben, mit dem Paulette jemals in Kontakt gestanden hat.«

Veronica schüttelte ablehnend den Kopf. Jayne war ihrer Meinung. »Vorausgesetzt, sie kennen überhaupt alle – das könnte ewig dauern.«

Churchill hatte genug von meiner Gesellschaft und wandte sich von mir ab. »Ansonsten können wir nur abwarten und sehen, was passiert. Offensichtlich hat, wer auch immer er ist, ja jetzt ein Auge auf Ruby geworfen.«

Jayne hielt mitten im Blättern inne. »Sollen wir ihr sagen, was Sache ist?«

Ich schloss die Augen und wünschte den ganzen schrecklichen Tag weit weg. »Warum sollten wir? Immerhin hat Ruby freiwillig bei diesem Komplott mitgemacht – soll sie sich ruhig eine Weile fürchten.«

34 Auf Wiedersehen, meine Liebe

Natürlich hatte ich nicht vor zuzulassen, dass Ruby ermordet wurde. So herzlos war ich auch wieder nicht. Während der nächsten beiden Tage beschattete ich sie, verließ mit ihr das Haus und blieb, wenn wir nicht gerade probten, immer einen Schritt hinter ihr. Im Theater prüfte ich ständig alle eventuell bestehenden Risiken. Friday, immer noch nervös durch den Sandsack-Vorfall, hatte für die Inspektion der Flugschienen einiges an Kleingeld ausgegeben. Trotzdem hatte ich während eines Großteils der Probe immer ein Auge himmelwärts gerichtet und ein Ohr gespitzt auf das verräterische Knarzen drohender Gefahr.

Nachdem Garvaggio im Gefängnis saß und Jayne Gloria die dringend notwendige Aufmerksamkeit zukommen ließ, formte sich die Produktion endlich zu einem Guss. Wir arbeiteten so hart wie noch nie, nicht, weil wir mussten, sondern weil in uns allen der Glaube aufkeimte, dass die Show tatsächlich eine Chance hatte, und niemand dafur verantwortlich sein wollte, dass *Nach Süden* unterging. Ich bemühte mich nach Kräften, während der Probe meine Gefühle gegenüber Izzie und Zelda nicht zu zeigen, ja, ich verbrachte sogar weiterhin die Pausen mit ihnen, um Rubys Sicherheit zu gewährleisten. Ich war gerade zu der Überzeugung gelangt, dass ich im So-tun-als-ob-alles-normal-ist einen verdammt guten Job machte, als Minnie mich zur Rede stellte.

»Habt ihr Krach gehabt?«

Es war ernüchternd, auf diese Art zu erfahren, dass

ich eine ganz so tolle Schauspielerin auch wieder nicht war. »Nein. Warum fragst du?«

»Alle sind so höflich zueinander. Deswegen dachte ich, dass etwas vorgefallen ist.« Auch wenn ihre Besorgtheit aufrichtig wirkte, lag doch auch ein Funken Hoffnung in ihren Augen. Vielleicht glaubte sie, dass Ruby ihren Umgang mit Izzie und Zelda einstellte, wenn auch ich nicht mehr mit ihnen befreundet war, und dass dann alles wieder so wäre wie vor einem Monat.

»Du weißt doch, wie das ist«, sagte ich. »Wenn man viel Zeit miteinander verbringt, bleibt es nicht aus, dass man sich ab und an auf die Nerven fällt. Hast du im Zusammenhang mit dem Stück noch irgendetwas Merkwürdiges beobachtet?«

»Meinst du so etwas wie Vinnie Garvaggios Fleischgeschäfte und seine Versuche, die ganze Sache vor die Wand zu fahren?«

»Ähm, ja. Genau so was.«

»Naja …« Sie sah sich einmal im Saal um, als müsste sie die gesammelten Informationen der letzten Wochen noch schnell systematisieren. »Debbie Ardo glaubt, schwanger zu sein, was ziemlich peinlich wäre, weil ihr Freund seit letztem Monat in Übersee ist. Judy Reeves schläft mit dem Inspizienten. Und Zelda sucht nach einer neuen Bleibe.«

Wow. Sie war gut. Mir war nichts davon bekannt gewesen. »Woher weißt du das mit Zelda?«

Minnie zuckte mit den Schultern. »Ich habe gehört, wie sie mit einer der Tänzerinnen gesprochen und gefragt hat, ob sie wüsste, wo man ein freies Zimmer mieten könne.«

Vielleicht wollte sie mich deswegen dazu bewegen, in

Olives Haus einzuziehen: Sie selbst wollte gehen. Aber warum? Hatte sie die Ränkespiele der anderen satt oder wollte sie aus einem anderen Grund etwas auf Abstand gehen? »Und was ist mit dem, was Ruby gestern passiert ist? Hast du irgendetwas gesehen, was damit in Verbindung stehen könnte?«

»Ich dachte, das war wieder nur ein Unfall.«

»Definitiv nicht. Garvaggio sitzt im Kittchen, und das Seil war durchtrennt.«

»Aber ...«

Ich unterbrach sie. »Kannst du etwas für dich behalten?«

Sie nickte.

»Jemand bedroht Ruby.«

»Warum?«, fragte sie.

Ich trat näher an sie heran und senkte meine Stimme: »Es steht mir nicht zu, das zu sagen. Kann es sein, dass du irgendetwas gesehen oder gehört hast, was uns helfen könnte, diesen Jemand zu finden?«

Ihre Wangen nahmen Farbe an. Bei dem Gedanken, Ruby helfen zu können, war sie ganz aus dem Häuschen. »Nein, aber ich halte meine Augen offen. Hat Ruby Angst?«

»Wie das Kaninchen vor der Schlange. Aber sprich sie nicht darauf an, ja? Auch ich dürfte das eigentlich alles gar nicht wissen.«

Sie nickte feierlich. »Mach dir keine Sorgen – meine Lippen sind versiegelt.«

Gerade, als Jayne und ich an diesem Abend das Theater verlassen wollten, rief Zelda nach mir. Da sonst niemand mehr da war, sparte ich es mir, mich künstlich darüber zu freuen, sie zu sehen. Stattdessen schenkte ich ihr einen strengen Blick, der von ihr verlangte, ohne weitere Umschweife zu sagen, was sie wollte.

»Danke, dass du niemandem etwas gesagt hast«, meinte sie.

»Woher weißt du, dass dem so ist?«

»Ich kenne dich, Rosie. Du hättest nicht zwei Tage lang so getan, als ob alles in Ordnung wäre, wenn du uns alle in die Pfanne hauen wolltest.«

»Ich tue das nicht für euch, sondern für Ruby. Sosehr ich verabscheue, was sie tut, möchte ich trotzdem nicht, dass sie deswegen sterben muss.«

»Kommst du mit in die Canteen?« Sie hatte sich ordentlich herausgeputzt – wie immer. Über einem Seidenkleid mit Blumenmuster trug sie einen schwarzen Pelzmantel, und an ihren Füßen steckten samtene Plateauschuhe von Palizzio, die ich bislang noch nicht an ihr gesehen hatte.

Ich schüttelte den Kopf. »Nein, ich fahre nach Hause. Ich glaube, mit der Canteen bin ich durch.«

Zelda seufzte. »Ich weiß, wir haben für ein ganz schönes Durcheinander gesorgt.«

»Das ist die Untertreibung des Jahres.«

Sie legte eine Hand auf meinen Arm. »Ich finde auch, dass es falsch war, seit einer ganzen Weile schon. Ich möchte es wiedergutmachen.«

»Dann geh heute Abend nicht in die Canteen. Und lass Izzie oder Ruby auch nicht hingehen.«

»Es ist Samstag. Man braucht uns dort.«

Ich schüttelte ihre Hand ab und ging zur Tür. »Natürlich, Zelda. Genauso dringend, wie du diesen Nerzmantel brauchst.«

Jayne und ich stiegen eine Station früher aus der Subway und gingen den Rest zu Fuß. Ich brauchte die kalte Luft, um einen klaren Kopf und meine Wut in den Griff zu bekommen. »Ich weiß gar nicht, warum mich das alles so aufregt«, sagte ich. »Wer auch immer Paulette umgebracht hat, hatte eigentlich genau die richtige Idee.«

Jayne mühte sich, mit mir Schritt zu halten. »Zelda hat aber trotzdem Recht. Wegen der Canteen. Der Ort ist vollkommen in Ordnung.«

»Dagegen sage ich ja gar nichts. Die Canteen ist großartig, aber ich kann mir einfach nicht vorstellen, nach dem, was sie daraus gemacht haben, noch einen einzigen Abend dort zu verbringen.«

Vor dem Schaufenster eines Schuhgeschäfts blieben wir stehen und bewunderten die Dinge, die wir uns auch dann nicht hätten kaufen können, wenn wir dafür keine Rationierungscoupons gebraucht hätten. Weiße Satinpantoletten prangten neben schwarzen, mit Perlen bestickten Plateauschuhen. Aber beim Anblick dieser lächerlichen Schaufensterdekoration wurde ich noch wütender. Männer starben, damit Izzie, Olive und Zelda Schuhe wie diese hier tragen konnten.

Zelda. Etwas stimmte nicht mit ihr, und zwar nicht nur, dass sie an Olives und Izzies Machenschaften beteiligt war. Sie war diejenige gewesen, die die anderen zum Geständnis gedrängt hatte, und sie hatte mir früher schon nahegelegt, standhaft zu bleiben, wenn Olive und Izzie mich zu etwas überreden wollten, womit ich mich nicht wohlfühlte. Fiel ihr der Lebenswandel der beiden anderen auf die Nerven, oder gab es einen anderen Grund, warum sie mir unbedingt beweisen wollte, dass sie nicht ganz so schlimm war?

»Ich wundere mich ein bisschen über dich«, sagte Jayne.

»Warum das denn?«

»Ich hätte nicht gedacht, dass du so schnell aufgibst.«

Ich ging weiter. »Wer gibt denn auf? Ich habe nur gesagt, dass ich Ruby beschütze, und das werde ich auch.«

Jayne griff nach meinem Arm und hielt mich fest. »Ich meine wegen der Canteen. Warum lassen wir zu, dass sie alles kaputtmachen? Warum erzählen wir Elaine nicht, was los ist?«

»Dann finden sie einen anderen Weg, um Männer kennenzulernen.«

»Aber ein Leck wäre dann doch gestopft, oder nicht? Das wäre auch schon etwas wert. Zumindest wüssten wir dann, dass den Männern, die die Canteen besuchen, nichts mehr passieren kann. Und da eine ganze Menge Männer dorthin gehen, wird sich die Geschichte bestimmt rasend schnell verbreiten. Wer weiß, wie viele andere man so vor ihrem Schicksal bewahren kann.«

Sie hatte Recht. So viel waren wir ihnen schuldig.

Um zehn nach acht waren wir in der Canteen. Auf der winzigen Bühne drängten sich Glenn Miller und sein Orchester, die mit den Ellbogen zusammenstießen, während sie »Goodbye, Little Darlin', Goodbye« spielten. Die Tanzfläche war gerammelt voll, sich im Takt wiegende Paare versuchten, sich davon zu überzeugen, dass sie sich vermissen würden »wie die Sterne den Himmel«. Ich hielt Ausschau nach Ruby und Zelda und konnte keine von beiden entdecken. Immerhin war Izzie da – sie tanzte Wange an Wange mit einem Mann in einer ledernen Fliegerjacke.

»Halt, Mädels.« Elaine stellte sich uns in den Weg. »Antrittszeit ist um fünf.«

»Wir sind nicht hier, um zu arbeiten«, informierte ich sie. »Wir müssen mit dir sprechen. Unter sechs Augen.«

Sie blickte prüfend in die Runde, ob auch alles seinen Gang ging. »Lasst uns rausgehen«, sagte sie dann. »Ich könnte etwas frische Luft gebrauchen.«

Wir traten in die Seitengasse. Sofort stoben die Pärchen auseinander wie die Mäuse – nicht dass Elaine sie bei etwas erwischte, was das Handbuch der Canteen verbot. »Lasst mich raten«, sagte Elaine. »Eine Frau, die ihr kennt, trifft sich mit jemandem auch außerhalb des Clubs.«

»Eine ganze Reihe Frauen«, sagte ich.

Sie holte eine Schachtel Zigaretten hervor und hielt sie uns hin. Ich lehnte mit einem Kopfschütteln ab, Jayne aber zog eine Kippe heraus und ließ sich Feuer geben. »Namen?«, fragte Elaine.

Ich fand eine weggeworfene Kiste und zog sie heran. »Vielleicht solltest du dich besser hinsetzen.«

Wir erzählten ihr alles, was wir wussten. Als wir von den gebrochenen Regeln zu den gebrochenen Herzen kamen, sank Elaine auf die Kiste und rauchte mit zitternden Händen eine Zigarette nach der anderen. »Von allen niederträchtigen ...«

»Ja«, sagte ich.

»Die bekommen lebenslanges Hausverbot, so viel sage ich euch.« Sie warf die letzte Zigarette zu Boden und trat sie mit ihrem flachen Arbeitsstiefel aus. »Und ich werde alles daransetzen, dass diese Geschichte schneller in Umlauf kommt als ein Betty-Grable-Poster. Habt ihr eine Ahnung, auf wen sie es in letzter Zeit abgesehen haben?«

»Nein – einmal von dem Piloten abgesehen, an dem Izzie gerade hängt«, sagte ich.

»Das finde ich schon heraus«, sagte Elaine. »Das muss doch auch anderen Mädchen aufgefallen sein. Das Schöne daran, dass der ganze Laden nur von Schauspielerinnen geschmissen wird, ist ja, dass sie keine Hemmungen haben, sich gegenseitig in den Rücken zu fallen.« Sie stand auf und strich sich die Schürze glatt. »Ihr entschuldigt mich, ich muss ein paar Freiwillige rauswerfen.«

»Dürfen wir bleiben?«, fragte ich. »Wir würden ganz gern zusehen, wenn die ganze Sache auffliegt.«

Sie blickte von Jayne zu mir, und für einen Moment wurde ihr hartes Matronengesicht, das sie im Laufe des letzten Jahres zur Perfektion gebracht hatte, weich. »Macht, was ihr wollt.« Der finstere Ausdruck kam zurück. »Seid aber nächstes Mal um Viertel vor fünf da.«

Sie ging, und Jayne übernahm ihren Platz auf der Kiste. »Hast du gut gemacht.«

»Das war doch deine Idee.«

»Trotzdem, es war richtig von dir.«

Ich legte den Kopf in den Nacken. »Warum fühle ich mich dann so schuldig?«

»Weil sie deine Freundinnen waren.«

»Bekannte.«

»Sie sind auch sicher nicht durch und durch schlecht. Das ist ja niemand.« Diese Tatsache in Kriegszeiten zu akzeptieren, war nicht leicht. Das reine Böse gab es nicht. Vielleicht steckte sogar in den Deutschen und den Japanern etwas Gutes.

Die Tür ging auf, und die Melodie von »Breakin' in a Pair of Shoes« wehte nach draußen.

Jayne konnte die Füße nicht ruhig halten. »Ich liebe dieses Lied.«

»Dann geh doch tanzen.«

»Das könnte ich wirklich einfach machen.« Sie ging zur Tür, hielt aber noch mal kurz inne.

»Kommst du auch?«

»In ein paar Minuten.«

Sie verschwand. Ich trat aus der Gasse und ging vor dem Gebäude auf und ab. Die Pärchen, die Elaine aufgestört hatte, waren wieder da. Einige unterhielten sich. Andere hielten Händchen und starrten in die Nacht. Und ein paar küssten sich, wobei ihnen egal war, dass die Verdunkelung nicht für vollkommene Intimität sorgte.

Eines dieser Paare kam mir sehr bekannt vor.

»Zelda?«, fragte ich.

Sie fuhr von ihrem rothaarigen Piloten zurück und sah mich aufgeschreckt an. »Ich dachte, du kommst heute Abend nicht.«

»Dass du das gedacht hast, sieht man«, sagte ich. »Hallo, George.«

George Pomeroy legte die Hand zum Gruß an seine Mütze und gab sich die größte Mühe, nicht so dreinzuschauen, als ob ich ihn gerade mit heruntergelassenen Hosen erwischt hätte.

»Der Junge muss ja ganz schön heiße Ware sein«, meinte ich. »Paulette *und* du? Hast du dick geerbt, George, oder hast du deine ganze Kohle in eine feiste Lebensversicherung gesteckt?«

»Es ist nicht so, wie du denkst«, sagte Zelda.

»Dann sag mir doch, wie es wirklich ist.«

Sie drückte den Rücken durch und versuchte, das

Schuldgefühl aus ihrem Gesicht zu tilgen. »Wir sind verliebt. Richtig verliebt. Oder, George?«

Er nickte.

»Und wie ist es dazu gekommen?«, fragte ich. »Habt ihr über eure Trauer wegen Paulette zueinandergefunden?«

»Es hat schon vorher angefangen«, sagte Zelda. »An dem Abend, an dem Paulette ermordet worden ist, war George bei mir.«

»Stimmt das?«, fragte ich.

Endlich fand George seine Stimme wieder. »Ja. Ich ... ich wollte nicht, dass das passiert.«

»Das wollte keiner von uns«, sagte Zelda.

»Deswegen schleichen Sie also immer noch in der Stadt herum und wohnen in Olives Haus?«

George nickte. »Ich mochte Paulette, und ich wollte sie auch heiraten. Aber als ich Zelda kennengelernt habe ...« Er verstummte.

Das war ja alles sehr romantisch, aber ganz ohne Kommentar konnte ich es nicht stehen lassen. »Wissen Sie denn, was sie getan hat – was sie alle getan haben?«

Ich rechnete mit einem Nein und der Bitte um eine Erklärung, bekam aber ein weiteres Nicken. »Sie hat es mir erzählt«, sagte George.

»Ich mache das nicht mehr«, sagte Zelda. »Schon eine ganze Weile nicht. Seitdem Andrew gefallen ist. Ich komme her und tanze, aber George ist der einzige Mann für mich.«

Ich hoffte, dass es stimmte. Wenn nicht, dann hoffte ich inständig, dass George lange genug lebte, um alles zu bereuen.

»Deine Freundinnen werden damit nicht besonders glücklich sein«, meinte ich.

»Sie wissen es nicht. Noch nicht.« Ich schaute sie fragend an, und Zelda sah kleinlaut weg. »Sie glauben, dass ich das mache, wovon auch du ausgegangen bist – mit George des Geldes wegen anbandeln. Deswegen lassen sie ihn im Haus wohnen. Ich will ihnen erst nach der Premiere die Wahrheit sagen, um des lieben Friedens willen. Ich such auch schon nach einer neuen Bleibe. Sie werden mich nicht mehr bei sich haben wollen, wenn ich nicht … mithelfe.«

Die Tür zur Canteen wurde geöffnet, und »Little Brown Jug« erfüllte kurz die Nachtluft. »Es tut mir ja sehr leid, aber ich habe euch sowieso gerade den Spaß verdorben. Ich habe Elaine in Kenntnis darüber gesetzt, was ihr vier hier getrieben habt.«

»Das haben wir wohl nicht anders verdient«, sagte Zelda.

»Stimmt. Und George, ich gehe sicher recht in der Annahme, dass doch Sie derjenige waren, der die Verabredung mit Paulette abgesagt hat?«

»Nein«, sagte er. »Dieser Teil der Geschichte ist wahr gewesen. Ich wollte an diesem Abend zwar mit ihr Schluss machen, aber ich habe tatsächlich eine Nachricht erhalten, dass die Verabredung nicht stattfinden würde. Ich bin dann in die Canteen gegangen.«

»Und haben sich, nachdem Izzie und Olive nach Hause gegangen waren, mit Zelda getroffen?«

George nickte so heftig, dass ihm die Mütze vom Kopf flog. »Exakt.«

»Warum waren Sie bei uns, um sich Paulettes altes Zimmer anzusehen?«, fragte ich ihn.

Während er sprach, beobachtete Zelda ihn mit einem Funken Eifersucht in den Augen. Auch wenn George jetzt ihr gehörte, konnte sie offensichtlich die Tatsache, dass er jemals geglaubt hatte, eine andere zu lieben, nur schwer ertragen. »Aus Schuldgefühlen, glaube ich. Ich war damals erleichtert, als sie abgesagt hat. Tief in mir drin bin ich wohl ein Feigling.« Er nahm Zeldas Hand in seine. »Wenn ich getan hätte, was ich vorgehabt und was ich auch Zel versprochen hatte, dann wäre Paulette vielleicht noch am Leben. Sie hat so oft über ihre Zeit im Shaw House gesprochen. Deswegen dachte ich, dass ich ihr dort nah sein und sie um Vergebung bitten könnte.«

»Das war wohl nicht unbedingt nötig«, sagte ich. »Wenn jemand Vergebung brauchte, dann war es Paulette selbst.«

»Das wusste ich da noch nicht.« Er sah Zelda an, sie erwiderte seinen Blick, und ihre Gesichter waren so voller Liebe und Sehnsucht, dass man sich unmöglich vorstellen konnte, dass beide einmal mit einer anderen Person liiert gewesen waren.

»An eurer Stelle würde ich mich verdrücken, bevor Elaine euch findet.« Ich ging zurück Richtung Canteen.

»Ich habe noch etwas für dich«, sagte Zelda.

Einen Fuß hatte ich bereits in der Tür. »Was denn?«

Sie zog ein kleines Päckchen aus der Manteltasche und reichte es mir. »Viel ist es nicht, aber vielleicht ist es ja eine Hilfe. Das sind die Briefe, die Paulette bekommen hat.«

»Danke.« Ich schloss die Finger um die Zettel und sah ihnen nach, wie sie die Straße hinuntergingen. Als ich sie nicht mehr sehen konnte, betrat ich das Treppenhaus der Canteen und versuchte, in dem fahlen, nackten Licht der Glühbirne, die dort hing, die Briefe zu lesen.

Dann ging ich wieder nach draußen und sah mich nach einer besseren Lichtquelle um.

»Rosie?«

Draußen auf dem Bürgersteig tauchte plötzlich Minnie neben mir auf.

»Das ist ja lustig, dich hier zu treffen«, sagte ich. »Brennt's irgendwo?«

»Ich wollte nur wissen, ob du Ruby gesehen hast.«

»Noch nicht mal von weitem. Warum?«

Minnie knotete die Finger zu Brezeln. »Ich glaube, ich habe etwas sehr Dummes gemacht.«

»Vielleicht lässt du mich das beurteilen.«

»Ruby hat mir heute Morgen erzählt, dass sie am Abend eine Verabredung hat. Als ich von der Probe nach Hause kam, hat jemand für sie angerufen. Ein Mann. Da sie nicht da war, hat er mich gebeten, ihr auszurichten, dass es eine Planänderung gebe und er sie um neun im Bernhardt treffen will.«

»War es Donald Montgomery?«

»Das ist ja das Problem: Ich weiß es nicht. Er hat seinen Namen nicht genannt, sondern nur gesagt, dass Ruby dann schon Bescheid wisse. Ich würde Captain Montgomerys Stimme aber sowieso nicht erkennen, weil ich noch nie mit ihm gesprochen habe. Wie auch immer. Ich habe ihr das alles ausgerichtet, und vor noch nicht allzu langer Zeit hat sie das Haus verlassen. Aber dann habe ich darüber nachgedacht, was du gesagt hast. Von wegen dass sie in Gefahr ist. Und ich habe das Gefühl, dass es nicht unbedingt die ungefährlichste Sache der Welt ist, sich mit irgendeinem Mann im Bernhardt zu treffen, vor allem kam es mir verdächtig vor, wie kurzfristig sie dorthin beordert worden ist.« Das war noch milde formuliert. »Und da dachte ich, ich mach dich lieber ausfindig und erzähle dir alles.«

»Gut gedacht. Wie spät ist es?«

Sie schälte sich den Handschuh vom Handgelenk und schaute auf die Uhr. »Viertel vor. Wir sollten hingehen, oder? Nur um sicherzugehen, dass alles in Ordnung ist.«

»Ja, das finde ich auch.« Ich erwog kurz, Jayne zu holen. Aber die Wahrscheinlichkeit, dass unser Ausflug vollkommen für die Katz sein würde, war recht hoch. Und nach allem, was mit Tony vorgefallen war, konnte Jayne etwas Spaß und Leichtsinn gut vertragen. Es hatte keinen Zweck, uns beiden den Abend zu verderben.

Am Bernhardt angekommen fanden wir den Haupteingang verschlossen und das Foyer unbeleuchtet vor. Ich nahm Minnie mit in die Seitengasse, wo wir uns gemeinsam an der Tür zum Liefereingang zu schaffen machten. Bingo – sie war nicht abgeschlossen und stand sogar einen Spalt breit auf.

Wir schlichen in den Keller hinab und wanden uns im Zickzack-Kurs durch die Katakomben. Hinter jeder dunklen Ecke vermutete ich Rubys niedergestreckten Körper, aber von uns abgesehen regte sich nichts. Der Raum, der Vinnie Garvaggio jüngst als Schlachthof gedient hatte, war mit Polizeiband abgesperrt worden. Auch die Türen der anderen feuchten Räumlichkeiten, die damals abgeschlossen gewesen, jetzt aber als Tatort gekennzeichnet waren, standen halb offen. Endlich konnte man sehen, was sich in ihnen befand: Großhandelskühlschränke nämlich, die vor sich hinbrummten. Hier also war das Fleisch gelagert worden, nachdem man die Pferde geschlachtet hatte.

Nach der Unterquerung kamen wir zu der Treppe, die zu Fridays Büro hochführte. Auf dem ersten Treppenabsatz hielten wir kurz inne – auf der Höhe des Erdgeschosses – und lauschten nach irgendwelchen Geräuschen, die auf weitere Personen im Gebäude schließen ließen. Ich legte den Finger auf die Lippen und gab Minnie ein Zeichen, unten zu bleiben. Langsam schob ich mich nach oben und linste durch das Fenster in der Tür auf den Büroflur. Nichts.

»Vielleicht kommt sie ja noch, aber bisher ist sie nicht da«, sagte ich, öffnete die Tür und trat in den Gang. Minnie machte Licht, und ich hockte mich hin, um mir die Zeit mit Paulettes Briefen zu vertreiben.

»Was hast du da?«

»Es sieht so aus, als ob Ruby nicht die Einzige ist, die bedroht wurde. Paulette, das Mädchen, das gestorben ist, hat auch solche Briefe bekommen.« Ich durchsuchte meine Manteltaschen nach dem Zettel, den Ruby hatte wegwerfen wollen.

»Wonach suchst du?«

»Vor ein paar Tagen ist mir eine von Rubys Nachrichten in die Hände gefallen. Ich will die Handschriften vergleichen.«

Minnie nickte ehrfürchtig. Ich erwischte ein Stück Papier in meiner Tasche und zog es heraus. Es war zugeklebt, aber ich knibbelte so lange an dem Siegel, bis es sich öffnen ließ.

»Und, stimmen sie überein?«, fragte Minnie.

Es war noch nicht mal das richtige Schreiben. Ich hatte gerade den Feldpostbrief aufgerissen, den ich nie für Ruby abgeschickt hatte. Die Neugierde überwältigte mich, und ich überflog den Text. Das, was ich für ein peinliches Sendschreiben gehalten hatte, das Captain Montgomery zu einer Heirat drängte, war etwas ganz und gar anderes: ein noch nicht mal halbseitiger Abschiedsbrief. Sie wollte ihn nicht wiedersehen und hatte ihn – das brachten die Sätze ziemlich gut auf den Punkt – auch nie wirklich geliebt. Sie gestand des Weiteren, dass ihre gesamte Beziehung nichts anderes als ein Spiel gewesen war.

Es hätte sich um einen ziemlich bewundernswerten Brief gehandelt, wäre er in Rubys Handschrift verfasst gewesen.

35 Bruder Ratte

Die Nachricht, die Ruby vor einigen Tagen weggeworfen hatte, fand sich schließlich in meiner Handtasche. Ich ließ meinen Blick zwischen den drei Blättern hin und her wandern. Rubys Drohbrief, Paulettes Drohbrief und Rubys Abschiedsbrief waren alle in derselben Handschrift verfasst worden. Als ich Rubys Feldpostbrief umdrehte, sah ich, dass Anschrift und Absender von einem anderen Verfasser stammten. Ein und dieselbe Person hatte also alle drei Texte geschrieben, aber jemand anderes hatte den Feldpostbrief adressiert. Das bedeutete, dass der oder die Täterin in der Lage gewesen war, Rubys Brief an Captain Montgomery auszutauschen und zu versiegeln, bevor Ruby die Adresse daraufschrieb.

Aber wer kam an ihre Post ran?

»Ist etwas nicht in Ordnung, Rosie?«, fragte Minnie.

Ich stopfte die drei Briefe zurück in die Tasche und stand auf. »Nein, alles klar. Ich glaube nicht, dass Ruby noch auftaucht. Vielleicht sollten wir es für heute Abend gut sein lassen.«

»Du weißt doch, dass Ruby immer zu spät kommt.«

»Das stimmt, aber wer weiß, was Jayne wieder alles anstellt, wenn sie merkt, dass ich weg bin.«

»Ich finde, wir sollten noch bleiben.«

Ich ging zur Treppe. »Und wenn du hier bleibst und ich schaue, ob ich Ruby abfangen kann, bevor sie hier ankommt, was meinst du?«

»Das ist keine besonders gute Idee, finde ich.« Minnie zog einen Revolver aus ihrer Tasche. Das Schießeisen war noch so neu, dass ich mich darin spiegelte.

»Schön, wie du willst.« Ich schnappte nach Luft. »Was soll das, Minnie?«

»Du kennst die Antwort selbst.«

»Meinst du, ich hätte gefragt, wenn es so wäre?«

Die Pistole zitterte. Sie war schwer, und Minnie konnte sie kaum halten. »Es ist einfach nicht fair. Es ist nicht recht, sie so auszunutzen.«

»Ich habe niemanden ausgenutzt.«

Über ihre Augen fiel ein lebloser Schatten. »Uns werden die Männer weggenommen, und anstatt sie in Ehren zu halten, suchst du nach Gelegenheiten, sie regelrecht ausbluten zu lassen. Das lasse ich nicht zu.«

Ich wich zur Tür zurück. »Minnie, du bist auf dem Holzweg. Ich bin mit niemandem zusammen. Ich mache bei diesen Betrügereien nicht mit. Ich bemühe mich doch sogar darum, dass das aufhört.«

Sie umschloss den Pistolengriff mit beiden Händen und legte einen Finger gefährlich nah an den Abzug. »Ich dachte auch, du wärest anders, aber dann bist du wieder in die Canteen gegangen, um diesen Mann zu treffen.«

»Pfirsich? Ich habe ihm klar zu verstehen gegeben, dass ich nichts weiter will als ein bisschen tanzen. Du kannst ihn fragen, wenn du mir nicht glaubst.«

Der Pistolenlauf schwankte hin und her, als ob er ein lebendiges, atmendes Wesen wäre. »Und dann war da noch dieser Mann, der immer wieder im Shaw House angerufen hat und mit dir sprechen wollte.«

Deswegen also hatte ich nichts von Paul Ascots Anrufen erfahren, deswegen hatte auch Ruby sich so aufgeregt, weil ihr niemand ausgerichtet hatte, dass Donald angerufen hatte. Minnie hatte die Anrufe abgefangen, genauso wie sie vermutlich auch dafür gesorgt hatte, dass ich Normas Nachricht an unserer Tür nicht bekommen hatte. »Du verstehst das alles falsch, Minnie. Keiner dieser Männer bedeutet mir irgendetwas.«

Sogar mir war klar, wie übel das klang.

Minnies Hände zitterten wieder, im Revolver brach sich das Licht der Flurlampen. »Und die ganze Zeit über wird dein angeblicher Freund vermisst. Es macht dich wahrscheinlich richtig fuchsig, dass er bis jetzt noch nicht für tot erklärt worden ist. Schließlich kommst du nicht an sein Geld ran, solange es keinen Totenschein gibt.«

Schlechter konnte es nicht mehr laufen. »Du verstehst alles falsch. Ich kann nachvollziehen, wie du dazu kommst, aber ich bin nicht wie die anderen. Du weißt doch, Jack und ich waren nicht verheiratet. Mir steht überhaupt kein Geld zu. Und selbst wenn es so wäre, würde ich es nicht wollen.«

»Natürlich würdest du. Du bist wie sie. Für sie ist das alles ein Spiel. Weißt du das eigentlich? Ich habe sie über ihre Eroberungen sprechen hören wie über Baseball-Sammelkarten. Und warum machen sie das alles? Um sich teure Kleider kaufen zu können und einen schicken Wohnsitz in Uptown zu haben. Mein toter Bruder hat für all das bezahlt. Und das Traurige daran ist, dass er ihr mit Freuden alles gekauft hätte, was sie sich wünschte – falls sie ihn jemals wirklich geliebt hätte und falls er gesund nach Hause gekommen wäre, um ein Leben mit ihr zu beginnen.« Das also war das Bindeglied. Paulette musste mit Minnies Bruder Mickey verheiratet gewesen sein.

»Aber sie hat ihn trotzdem nicht umgebracht. Das musst du doch begreifen, Minnie.«

Sie spannte den Hahn, und mein Herz rutschte mir in die Hose. »Verstehst du denn nicht, welche Hoffnung sie ihnen gemacht hat? Jeder dieser Männer hat die Welt in dem Glauben verlassen, dass er von ihr geliebt wurde. Glaubst du, mein Bruder wäre dasselbe Risiko eingegangen, wenn Paulette ihm nicht dauernd gesagt hätte, er solle mutig und stark sein für sie? Wir wollten nicht, dass er mutig und stark ist. Wir wollten, dass er wieder nach Hause kommt. Wir wollten, dass er noch einmal Weihnachten mit uns feiert.« Sie begann zu weinen. »Und dann mitzubekommen, dass sie danach gleich wieder heiratet. Einfach so, Mickey war einfach vergessen. Sie hat alle einfach vergessen.«

Die Treppentür flog krachend auf. Als Minnie sich nach dem Geräusch umdrehte, warf ich mich auf sie und griff nach der Pistole. Sie feuerte, und es regnete Putz von der Decke. Ich drückte ihre Arme auf den Boden und setzte mich mit meinem ganzen Gewicht auf sie, bis sie losließ. Sie schrie vor Schmerz auf, und ich schleuderte die Pistole zu der Person in der Tür hinüber. Ruby bückte sich und hob sie auf.

»Was machst du denn hier?«, fragte ich sie.

»Wahrscheinlich dasselbe wie du. Minnie hat mir gesagt, dass ich mich hier um neun mit jemandem treffen soll.«

Es war Viertel nach neun. Ruby hatte uns warten lassen, wie immer.

Minnie, die noch auf dem Boden lag, begann zu schluchzen. »Jemand muss sie doch aufhalten.«

Beklommen lockerte ich meinen Griff. Würde Ruby dazwischengehen, wenn Minnie mich noch einmal angreifen sollte? Oder wäre sie viel zu beschäftigt damit, ihr Spiegelbild auf der Pistole zu bewundern? »Es wird sie jemand aufhalten, Minnie. Ich habe schon der Canteen Bescheid gegeben, und keine von ihnen darf dort mehr arbeiten. Ich sorge dafür, dass sie damit nicht mehr durchkommen, versprochen.«

Minnie drehte mir ihr tränenüberströmtes Gesicht zu. »Das kannst du nicht versprechen.«

»Kann ich doch.« Ich fischte ein Taschentuch aus der Hosentasche und reichte es ihr. »Ich habe Freunde, die sehr überzeugend sein können. Ich könnte mir vorstellen, dass sie diese drei Damen zu fast allem bringen könnten.«

Noch am selben Abend wurde Minnie wegen Mordes an Paulette Monroe und wegen versuchten Mordes an Olive Wright verhaftet. Sie gestand außerdem, Rubys allergische Reaktion verursacht zu haben, behauptete aber, dass sie sie nicht habe umbringen wollen. Damit, ebenso wie mit ihren Versuchen, unsere Anrufe abzufangen und Briefe an Donald Montgomery zu fälschen, hatte sie Ruby und mich davon abhalten wollen, uns mit den betreffenden Männern zu verabreden. So glaubte sie, sowohl die Männer als auch uns retten zu können.

Ruby ging zusammen mit Jayne und mir nach Hause. Obwohl sie wissen musste, was ihr hätte zustoßen können, wenn sie zum ersten Mal in ihrem Leben pünktlich gewesen wäre, war sie viel zu sehr damit beschäftigt, die Heldin zu spielen.

»Ich vermute, ich bin dir ein Dankeschön schuldig«, sagte ich.

»Es wäre zumindest sehr nett.«

Meine Nägel gruben sich in meine Handflächen. Ruby zu Dank verpflichtet zu sein, war hart. »Wenn wir schon dabei sind, uns zu geben, was wir verdienen: Könntest du mir vielleicht erklären, warum du so fies zu mir warst?«

Ruby seufzte und starrte ins Kaminfeuer. Die verkohlten Scheite knisterten, während die Flammen sie umtanzten. »Ich wollte dich da raushalten. Ich habe gedacht, wenn du dich nicht willkommen fühlst und wenn ich dir ein schlechtes Gewissen mache, weil du dich mit einem anderen Mann verabredest, bleibst du vielleicht zu Hause. Aber da habe ich wohl falschgelegen.«

Meine Überraschung wäre nicht größer gewesen, wenn sie ihren Rock gelüftet und mir ein Holzbein präsentiert hätte. »Du wolltest mich beschützen?«

»Man könnte es wahrscheinlich so ausdrücken.« Seltsamerweise war ich gerührt. Ich hatte Ruby bisher immer für eine gehalten, der nichts tut, was ihr nicht selbst zugutekommt.

»Was ist mit deinem Ring passiert?«, fragte ich.

Ruby sah auf ihre nackte linke Hand hinunter. »Ich habe ihn zurückgegeben. Zwischen Donald und mir ist Schluss.« Sie legte die Hand in den Nacken und massierte sich. Die Kette, die Donald ihr geschenkt hatte, war auch weg. Das einzige Andenken an ihre Beziehung war die Vase voller einstmals gelber Rosen, die mitten auf dem Tisch im Salon vor sich hinfaulten. »Es war einfach zu verführerisch. Das Geld. Die Geschenke.«

»Aber warum hast du es dir dann anders überlegt?«, fragte ich.

»Weißt du, auch ich habe ein paar moralische Grundsätze.« Und Ehrgeiz. Im Unterschied zu Zelda und ihrer Truppe hatte Ruby sich nämlich ausgemalt, was passieren würde, wenn ihr Soldat zurückkäme. Und den Gedanken, ihre Karriere aufgeben zu müssen, hielt sie nicht aus.

Aber dass mir das klar war, brauchte ich ihr nicht auf die Nase zu binden. Ruby musste mit ihren Dämonen selbst fertig werden.

»Ich bin froh, dass du es dir mit Donald noch mal anders überlegt hast«, sagte ich. »Aber ich muss sagen: Ein bisschen enttäuscht bin ich schon, dass du dich heute Abend im Bernhardt gleich auf die nächstbeste Möglichkeit gestürzt hast, einen Mann zu treffen.«

Sie warf den Kopf zurück und lachte. »Da bist du lange nicht so enttäuscht wie ich.«

»Das verstehe ich jetzt nicht.«

Sie versuchte, ein Grinsen zu unterdrücken. »Der Anrufer, den Minnie abgefangen hat, war Lawrence Bentley. Er hat Fronturlaub und wollte sich unbedingt mit mir treffen.«

»Oh.«

»Er ist vielleicht arrogant, engstirnig und selbstverliebt, aber er hat mir noch nie verboten, das zu sein, was ich sein will.«

Für einen solchen Mann sprach natürlich eine ganze Menge.

36 Rohes Fleisch

Nach Minnies Verhaftung hatte die Polizei keinen Grund mehr, Al noch länger auf Rikers Island festzusetzen. Er wurde am selben Tag freigelassen, an dem die Fleischrationierung für die Bevölkerung in Kraft trat; ganz passend für jemanden, der im Knast saß, weil ein anderer die Gesetze der Preisaufsichtsbehörde verletzt hatte. Ich fuhr mit ihm auf der Fähre zurück in die Stadt und ließ ihn wissen, dass Garvaggio hinter Gittern und Jaynes Beziehung zu ihm nichts weiter als eine erfundene Geschichte war. Dafür erwartete ich so etwas wie Dankbarkeit – oder zumindest die Rückkehr des Al, den ich kannte –, aber er gab sich weiterhin grimmig und todernst.

»Was braucht es denn noch, Al? Was sollen wir denn noch tun?«

Er stützte die Unterarme auf die Reling und starrte auf den Fluss. »Es geht nicht um euch – es geht um Tony. Er wird über all das nicht glücklich sein.«

»Garvaggio sitzt hinter Schloss und Riegel. Sein Fleischhandel ist kaputt. Was will er denn noch?«

»Ich habe ihn hintergangen.« Um meiner Verwirrung Ausdruck zu verleihen, hob ich eine Augenbraue. »Tony wollte die Stempel auch haben, und weil ich mich geweigert habe, sie ihm zu geben, bin ich für ihn ein toter Mann.«

Darum also hatte Tony Al im Kittchen sitzen lassen. Er wollte ihn unter Druck setzen, um seinen eigenen illegalen Fleischbetrieb nach dem 1. April weiterlaufen zu lassen. »Ist das denn wirklich so wichtig?«

Er warf mir einen Blick von der Seite zu. »Tony steigt in der Geschäftswelt immer weiter auf. Er kommt immer näher an die Männer ran, die die Kontrolle haben. Wenn jemand ihm ins Gehege kommt, zählt für ihn nur das eine. Kannst ja Johnny Levane fragen.«

Johnny Levane, die Leiche, die man am Tag nach Als Verhaftung in einer Nebenstraße des Broadway gefunden hatte, war also kein Mord aus reiner Willkür gewesen. Tony hatte ihn umgebracht – oder zumindest umbringen lassen. Kein Wunder, dass Al Angst hatte.

Ich glaube, er sah mir an, dass ich seine Zwangslage verstand.

»Sag Jayne nichts davon«, meinte er.

»Mach ich nicht.«

»Sie muss ja nicht wissen, was da wirklich läuft.«

»Das finde ich auch.« Der Fluss war kalt und grau. Etwas so Deprimierendes hatte ich lange nicht gesehen. »Sie ist nicht mehr mit Tony zusammen.«

»Glaubst du, diesmal meint sie es ernst?«

Ich zuckte mit den Schultern. Al zündete sich eine Zigarette an und versuchte, sich an ihr die Hände zu wärmen.

»Warum hast du Tony die Stempel denn nicht einfach gegeben?«, fragte ich.

Er schwieg so lange, dass ich fast schon dachte, er hätte mich nicht gehört. »Diese anderen Geschichten, in denen wir drinstecken«, sagte er, »betreffen niemanden außer denen, die wissen, worauf sie sich einlassen. Aber das mit dem Fleisch ... Da geht's ja nicht nur darum, den Leuten zu viel Geld abzuknöpfen. Das weißt du.«

Ich dachte an die Pferde und die traurige Resignation, die ich in ihren Augen gesehen hatte. Aber das war nur die eine Seite des Problems. Die andere war, was passieren konnte, wenn man Fleisch aß, das nicht angemessen verarbeitet worden war. Hier lauerte eine Gefahr, die nicht nur uns an der Heimatfront bedrohte, sondern auch ein weiteres Risiko für unsere Soldaten darstellte.

»Du hast ja ein reges Gewissen.«

»Ich habe eben viel Zeit zum Nachdenken gehabt.«

Ich stützte mich neben ihm auf die Reling. »Trotzdem … Vielleicht solltest du Tony die Stempel einfach geben. Wenn damit zwischen euch wieder alles in Ordnung wäre und du in Sicherheit …«

Al zog an seinem Glimmstängel. »Auch wenn ich wollte, ich kann nicht.«

»Warum denn nicht?«

»Die Stempel sind weg.«

»Wie weg?«

Er aschte in den Fluss. »Sie waren in einem Schließfach im Grand Central. Den Schlüssel habe ich jemandem zur Verwahrung gegeben, und der hat ihn verloren.«

»Das ist ja mal ein Freund.«

Al zuckte mit den Schultern. »Vielleicht hat er mir einen Gefallen getan. Ohne den Schlüssel weiß ich die Schließfachnummer nicht. Ich komme also nicht mehr an sie ran.«

Wahrscheinlich war es einfacher, eine schwierige Entscheidung anderen zu überlassen. »Und was bedeutet das für dich? Was können wir machen, um dich zu beschützen?«

Er warf die Zigarette ins Wasser. »Ich habe eine Idee. Es gibt einen Ort, wo ich hin kann und wo Vinnie und Tony mich sicher nicht finden.«

»Wann willst du dorthin?«

Auf seinem Gesicht deutete sich ein halbes Lächeln an. »Bald, aber keine Sorge – ich sag dir Bescheid, bevor ich das mache.«

Für ein paar Minuten schwiegen wir und sahen zu, wie sich Rikers Island in der Ferne verlor. Ich merkte, wie ich bei dem Gedanken an Als Abschied richtig rührselig wurde. Wir hatten ihn doch gerade erst zurück.

Ich hakte mich bei ihm unter und lehnte mich an ihn. Es fühlte sich gut an, so nah bei jemandem so Großem und Warmem zu stehen. Vielleicht lag ich wegen Izzie, Olive und Zelda falsch. Vielleicht war es ihnen gar nicht nur um das Geld gegangen. Wenn man einsam war, machte man die merkwürdigsten Sachen. »Meinst du, du könntest mir noch einen Gefallen tun, bevor du gehst?«, fragte ich.

»Hängt davon ab. Was für einen Gefallen?«

»Ich habe ein paar Freundinnen, denen es guttäte, ein bisschen eingeschüchtert zu werden. Sie tun Dinge, mit denen sie meiner Meinung nach aufhören sollten, bevor noch jemand zu Schaden kommt.«

Al ließ die Knöchel knacken. »Es wäre mir eine Freude.«

Ich hielt Wort und erzählte Jayne nicht, was Al von Tony zu befürchten hatte. Stattdessen sagte ich ihr, dass Al darüber nachdenke, ein anständiges Leben zu führen. Über diese Vorstellung freute sie sich wie verrückt, obwohl sie augenscheinlich noch etwas anderes auf der Seele hatte.

»Irgendwie wirkst du abwesend«, sagte ich zu ihr. Wir saßen in unserem Zimmer und schlugen die Zeit nach der Probe tot.

»Naja.« Sie lächelte still in sich hinein. »Ich habe heute einen Brief bekommen. Von Billy DeMille.«

»Und was hat er zu erzählen?«

Sie zog den Brief unter ihrem Kissen hervor. »Dass er es kaum glauben konnte, einen Brief von mir zu erhalten. Dass er schon gedacht hatte, der Abend, an dem wir uns begegnet sind, sei nichts weiter als ein Traum gewesen.« Sie lief dunkelrosa an. »Hilfst du mir dabei, ihm zurückzuschreiben?«

»Ich kann mir nicht vorstellen, den Abend mit etwas Besserem zu verbringen.«

Jayne begab sich sofort auf die Suche nach Stift und Papier, hielt aber plötzlich mittendrin inne. »Ist heute nicht der Abend, an dem Pfirsich in die Stadt zurückkommt?«

Das hatte ich ganz vergessen. »Ich werde mich nicht mit ihm treffen.«

»Warum nicht?«

»Es kommt mir nicht richtig vor. Ohne Izzie und Zelda wäre ich ihm nie über den Weg gelaufen. Und nachdem ich jetzt weiß, was sie in Wirklichkeit getrieben haben, bin ich mir auch über meine eigenen Motive nicht mehr ganz im Klaren.«

Jayne runzelte die Stirn. »Du willst also einfach nicht hingehen?«

»Scheint mir das Einfachste zu sein.«

»Für dich bestimmt, aber was ist mit ihm?« Ich antwortete nicht. Sie tippte mit dem Zeigefinger mein Knie an. »Geh hin, Rosie. Sag ihm die Wahrheit. Erzähl ihm von Jack. Zeig ihm, dass du ihm eine gute Freundin sein willst.«

»Ich bin mir sicher, dass Freundschaft das Letzte ist,

worauf er aus ist.« Und ob dieses Modell für mich selbst das passende war, da war ich mir auch nicht zu hundert Prozent sicher.

»Trotzdem: Du bist es ihm schuldig, ehrlich zu sein. Denkst du nicht, Izzie, Zelda und Olive hätten das auch sein sollen?«

Verdammt, sie war gut. Ich ließ mich rücklings aufs Bett fallen und stöhnte. »Schon gut, ich gehe.«

Es klopfte an der Tür. Ich sprang auf die Füße, während Jayne Churchill in den Schrank stopfte.

»Mit euch habe ich noch ein Hühnchen zu rupfen.« Es war Belle – zumindest glaube ich, dass sie es war. Man konnte sich nicht ganz sicher sein, denn sie pfiff, während sie sprach.

Ich öffnete die Tür und sah, dass sie sich einen Eisbeutel gegen das Gesicht drückte.

»Was ist denn mit dir passiert?«

Sie entblößte ihr Gebiss und zeigte mir, dass einer ihrer Eckzähne fehlte. »Dein Steak ist mir passiert.« Sie öffnete die Hand und präsentierte einen rotweißen Klumpen sowie einen kleinen, goldfarbenen Gegenstand.

»Was zur Hölle ist das?«

Sie zeigte zuerst auf den Klumpen. »Das war mein Zahn, und das ist der Schatz, auf den ich mitten in dem zähen Fleisch gestoßen bin.« Sie ließ beide Gegenstände auf Jaynes Kommode fallen. »Soll ich meine Zahnarztrechnung auf deine Miete aufschlagen, oder möchtest du gleich bezahlen?«

»Lass uns das per Ratenzahlung machen.« Ich versuchte, mir ein Grinsen zu verkneifen. »Es tut mir wirklich leid, Belle.«

»Mir auch. Ach ja, es hat jemand für dich angerufen. Um drei bekommst du Besuch.«

»Von wem denn?«

»Hat sich als Paul Ascot ausgegeben.«

Es war Viertel vor drei. Sie ging aus dem Zimmer, während ich mir hektisch mit einem Kamm durch die Haare fuhr.

»Endlich«, sagte Jayne.

»Endlich.« Alles lief gut. Minnie war im Gefängnis, Al war frei, und ich würde endlich erfahren, was mit Jack passiert war.

»Soll ich mitkommen?«

»Nein, ich glaube, da muss ich alleine durch.«

Sie las den Zahn von der Kommode auf und warf ihn in den Müll. Mit dem Goldding wollte sie schon das Gleiche machen, aber ich konnte sie gerade noch daran hindern.

»Darf ich das mal sehen?« Es war ein Schließfachschlüssel aus Messing mit der Nummer 2194. Auf der Rückseite stand in Großbuchstaben G.C. »Ich glaube, den will ich aufbewahren.«

»Wie du willst.« Jayne nahm mir den Schlüssel aus der Hand und besah ihn sich aufmerksam. »Wie landet denn ein Schlüssel in einem Steak?«

»Wer weiß? Das ist wahrscheinlich der Grund, warum Fleischkontrollen so wichtig sind.«

Sie legte den Schlüssel auf meine Kommode. »Da wird sich jemand ganz schön ärgern, dass er den verloren hat.«

In dieser Hinsicht lag sie falsch. Da würde jemand hocherfreut sein, wenn er erfuhr, dass ich den Schlüssel doch noch nicht weggeworfen hatte.

Ich steckte ihn in die Hosentasche und ging nach unten, um Paul in Empfang zu nehmen.

Schon auf dem Treppenabsatz sah ich, dass bereits jemand auf mich wartete. Er war früh dran. Die letzte Person, die eine Verbindung zwischen Jack und mir herstellte, saß auf dem Sofa im Salon und würde gleich eine Menge zu erzählen haben.

Als ich ins Zimmer stürzte, stand er auf und drehte sich um.

»Pfirsich? Was machen Sie denn hier?« Ich hatte plötzlich einen Kloß im Hals. Jedes Problem hatte ich eben doch noch nicht gelöst. Ich hatte diesen Mann hängen lassen, und jetzt war er da und wollte eine klare Ansage.

»Eigentlich bin ich hier, um mich mit jemand anderem zu treffen.« Gut. Er hatte ein anderes Mädchen gefunden, eines, das ihm geben konnte, wonach er suchte.

»Oh.« Ich wusste nicht so recht, was ich sagen sollte. »Das freut mich sehr. Wie heißt sie denn?«

»Rosie Winter.«

Mein Unterkiefer klappte so weit runter, dass er fast den Boden berührte. »Sind Sie Paul Ascot?«

»Genau der.« Er sah genauso verwirrt aus, wie ich mich fühlte. »Hat Rosie mich erwähnt?«

Ich atmete so heftig aus, dass meine Haare in Unordnung gerieten. »Notgedrungen sozusagen. Weil, ich bin nämlich sie.«

»Sie sind Jacks …?«

Ich nickte. »Ich bin Jacks.«

Einen Augenblick lang stand meine Zugehörigkeit unkommentiert zwischen uns.

»Warum haben Sie gesagt, dass Sie Delores heißen?«

Ich rang mir ein Lächeln ab, nach dem mir überhaupt nicht zumute war. »Ich wünschte, ich könnte Ihnen das sagen.«

»Ich wünschte, ich hätte es gewusst.«

»Geht mir genauso.« Im Zimmer wurde es plötzlich sehr warm. Wenn ich nicht bald etwas unternahm, würde mein Kopf Feuer fangen. »Sollen wir woanders hingehen, irgendwo, wo wir mehr unter uns sind?«

»Das wäre gut«, meinte er.

Wir entschieden uns für ein Café zwei Blocks weiter. In einen Laden, der näher lag, wollte ich nicht. Dieses Gespräch benötigte eine unverbrauchte Umgebung.

»Es tut mir leid«, sagte ich. »Das mit dem falschen Namen. Und dass ich nicht ganz ehrlich zu Ihnen war.«

»Sie brauchen nichts zu erklären.« Sein Auftreten hatte sich gewandelt. Er hatte nichts mehr von dem schalkhaften, koketten Mann, mit dem ich in der Canteen getanzt hatte. Ich fühlte mich, als ob wir bereits eine Beziehung hinter uns hätten und uns jetzt trafen, um die Besitztümer aufzuteilen.

Was ich in einer solchen Situation normalerweise sagen würde, um einen falschen Eindruck richtigzustellen, kam mir unter diesen Umständen unangemessen vor. Wenn ich behaupten würde, meine Gefühle für ihn seien echt gewesen, würde ich Jack betrügen, und wenn ich zugab, dass ich nicht wusste, warum ich in der Canteen gewesen war und ihm so bereitwillig einen Abschiedskuss gegeben hatte, würde mich das nur noch mehr nach falscher Schlange aussehen lassen.

Zum Glück war Paul die Situation ebenso peinlich wie mir, er hatte aber keine Lust, unser Leiden unnötig in die Länge zu ziehen.

»Ich denke, ich sollte einfach zum Punkt kommen«, sagte er.

»Gut.«

Die Kellnerin brachte uns zwei Tassen Kaffee und nahm die Speisekarte wieder mit, es war klar, dass wir nichts bestellen würden. »Vor ein paar Monaten kam es zu gewissen ... Umständen. Nicht lange, nachdem wir in Richtung Salomonen aufgebrochen waren. Ein Boot mit zwölf Mann Besatzung verschwand einfach. Jack war dabei. Das Schiff wurde schließlich geborgen, aber nur zwei Männer hatten überlebt: Jack und sein befehlshabender Offizier. Dem Offizier zufolge waren die restlichen Männer über Bord gegangen. Jack schien diese Version zu bestätigen, aber eines Tages drehte er durch.«

»Er drehte durch?«

»Unser Offizier war eine harte Nuss, vor allem für diejenigen, die ihm nicht in den Kram passten. Wenn du schwarz, braun oder gelb warst oder er dich für eine Schwuchtel hielt, dann hatte er dich auf dem Kieker. Nachdem die Männer verloren gegangen waren, blieb alles erst mal ruhig. Der Offizier wirkte fast ein wenig zurückhaltender. Dann brüllte er eines Abends diesen Mexikaner zusammen. Lopez hieß er. Jack war dabei, als es passierte, und er geriet in das Handgemenge. Das ging so weit, bis er den Offizier plötzlich einen Mörder nannte. Der zog daraufhin die Pistole und hat auf Jack geschossen. Er hat ihn ins Bein getroffen. Jack wurde auf die Krankenstation gebracht, und am nächsten Morgen war er verschwunden.«

Ich vergaß fast zu atmen. »Woher wissen Sie das alles? Waren Sie dabei?«

»Nein, aber Charlie.«

»Charlie?«

»Corporal Harrington.«

Der kürzlich verstorbene Corporal Harrington. So also passte er in diese schreckliche Geschichte.

»Aber Charlie? Den Brief an mich hatte er mit ›M. Harrington‹ unterschrieben ...«

»Schon, aber er kam aus Charleston.«

»Ach so.« Zu erfahren, dass er einen Spitznamen gehabt hatte, machte seinen Tod irgendwie noch trauriger. Corporal Harrington war ein echter Mensch gewesen. »Und dann hat Charlie ...«

»Selbstmord begangen«, sagte Paul. »Zumindest steht es so in dem offiziellen Bericht. Er hat sich eine Kugel in den Kopf gejagt. Er hat noch ein paar Tage gelebt, das Bewusstsein aber nicht mehr zurückerlangt.«

Meine untere Körperhälfte begann zu zittern. »Und Jack?«

»Wir wissen es nicht. Entweder hat sich der Offizier später in derselben Nacht seiner noch angenommen, oder Jack war schlau genug, vorher aus dem Camp zu verschwinden.«

Ich stand vom Tisch auf. »Das muss man doch jemandem sagen. Jeder in der Marine muss doch wissen, was vorgefallen ist. Man muss Jack doch finden.«

»So einfach ist das nicht. Politisch steht diese Angelegenheit auf etwas wackeligen Füßen. Unser Offizier ist nicht irgendjemand. Er ist der Sohn eines Generals.«

Ich wickelte mir den Schal um den Hals und zog den Mantel an. »Und? Ein Hurensohn ist er auch. Der Armee wird doch wohl egal sein, wer sein Vater ist?«

»Leider Gottes nicht.« Er seufzte und studierte seine

Kaffeetasse. »Ich habe schon versucht, jemanden darauf anzusetzen, Rosie. Aber niemand reagiert. Beim Militär geht man weiter davon aus, dass Jack durchgedreht ist, dass Charlie sich umgebracht hat und dass unser Offizier alles richtig gemacht hat. Es gibt keinerlei Beweise, die Jacks Behauptung stützen würden, mit den auf See gebliebenen Männern sei etwas Unzulässiges passiert.«

»Und was haben Sie jetzt vor?«

Auf diese Frage hin warf er mir einen überraschten Blick zu. »Nichts.«

»Sagen Sie mir, dass ich Sie falsch verstanden habe.«

»Es gibt nichts, was ich tun könnte. Vor dem Absturz meines Flugzeugs war ich schon drauf und dran, mir einen Ruf als Unruhestifter einzuhandeln. Ich kann nicht riskieren, meinen Rang oder mein Leben zu verlieren.«

Bis jetzt hätte ich, wenn ich gefragt worden wäre, jederzeit zugegeben, dass Paul Ascot ein gut aussehender Mann war. In diesem Moment aber erschien er mir plötzlich weichlich und unförmig. »Warum wollten Sie sich dann überhaupt mit mir treffen?«

»Ich dachte, Sie sollten wissen, was passiert ist. Ich weiß, wie wichtig so etwas ist. Ich dachte, Sie sollten wissen, wie mutig Jack war und dass er versucht hat, das Richtige zu tun.«

Tränen brannten in meinen Augen. Meine letzte Hoffnung war umsonst gewesen. »War, war, war. So ist das also – sie haben ihn bereits aufgegeben.«

»Das müssen wir, Rosie. Niemand kann da irgendetwas machen.«

Wie viele Kriegsgeschichten betonten immer nur das Machtvolle, Kraftstrotzende: die Männer im Kampf, ihre

Ausrüstung, die Waffen unserer Feinde. Was aber den Krieg wirklich ausmachte, war Machtlosigkeit. Deswegen nämlich wurden Menschen zu Opfern, Frauen zu Witwen und Soldaten zu Vermissten. Nicht, weil die Gegner so viel besser aufgestellt waren als wir, sondern nur, weil wir, wenn man es mal auf den Punkt brachte, nicht die Kraft hatten, irgendetwas zu ändern. Wir waren ohnmächtig.

Aber so musste es doch nicht sein, oder?

Ich setzte den Hut auf, steckte ihn fest und klemmte mir die Handtasche unter den Arm. »Vielleicht können Sie wirklich nichts mehr machen, Paul, aber ich erkläre mich noch lange nicht für besiegt.«

Am nächsten Tag rief ich Tony an und bat um ein Treffen. Er war bereit, vor der Probe ins Bernhardt zu kommen.

»Dein Spezi hat es sich noch mal anders überlegt«, sagte ich.

»Jayne?«

»Dein anderer Spezi.«

Er hatte kapiert und nickte. »Mir hat er gesagt, dass es dafür zu spät sei.«

»Da hat er sich geirrt.« Ich hielt ihm den Schlüssel hin. Er griff danach, aber ich schloss fest die Hand um ihn und steckte ihn zurück in die Tasche. »Bevor ich dir gebe, was du haben willst, musst du mir ein paar Dinge versprechen.«

»Und wenn ich das nicht tue?«

»Werde ich zusehen, dass ich ihn wieder verliere.«

Für einen Augenblick war er still und dachte zweifellos darüber nach, ob er mich festhalten und mir den Schlüssel abnehmen konnte. »Was willst du?«

»Als Erstes musst du versprechen, Al in Frieden zu lassen. Sag mir, dass du auf ihn aufpasst.«

Tony senkte den Kopf. »Abgemacht.«

»Zweitens: Mach es korrekt. Ich habe kein Problem mit einem Mann, der ein bisschen Geld verdienen will, aber kümmere dich um eine ordentliche, saubere Lagerung und Abwicklung. Unsere Jungs in Europa bekommen dieses Fleisch zu essen. Jayne bekommt dieses Fleisch zu essen. Sei nicht zu habgierig.«

Ich bezweifle, dass er mir in diesem Punkt richtig zuhörte, aber es musste gesagt sein.

Er streckte die Hand nach dem Schlüssel aus. »Was glaubst du, wann kommt Jayne wieder zur Vernunft?«

»Ich fürchte, das ist sie schon.« Ich ließ den Schlüssel in seine Hand fallen. Er schob ihn in die Innentasche seines Jacketts und wollte weggehen. »Tony, ich habe noch mehr in der Hand.«

Mit dem Rücken zu mir blieb er abrupt stehen.

Ich schluckte schwer und presste die Zehen zusammen, um nicht zu zittern. »Ich weiß alles über Johnny Levane. Das bedeutet, mindestens zwei Leute wissen jetzt über diese Angelegenheit Bescheid, und ich werde wie ein Kanarienvogel singen, wenn ich herausfinde, dass du dein Wort nicht gehalten hast.«

Langsam drehte er sich wieder zu mir um, seine Glubschaugen verengten sich zu Schlitzen.

»Ich werde nicht gerne bedroht.«

Ich trat hoch erhobenen Hauptes auf ihn zu. »Das kann ja sein, aber ich werde in dieser Angelegenheit nicht klein beigeben. Und wenn du denkst, mich auf die Probe stellen zu müssen, werde ich dafür sorgen, dass auch Jayne alles erfährt.«

Er schüttelte den Kopf über mich, bevor er Fersengeld gab und zu seinem Wagen eilte. Ich atmete erst wieder aus, als er eingestiegen und weggefahren war.

Zwei Tage später war die Premiere von *Nach Süden*. Die Kritiker bemerkten zwar, auf welch schwachen Füßen das Manuskript stand, aber sie lobten die clevere Choreographie, eine ganze Reihe Tänzer und die insgesamt starken Darstellerinnen. Friday hätte nicht glücklicher sein können. Leider war seiner Freude ein kurzes Leben beschieden. Am selben Abend wie wir feierte im St. James eine Show namens *Oklahoma!* Premiere. Man hätte denken können, dass unser Märchen von einem Mädchen, das erst Funkerin und dann Kriegsheldin wird, eine kitschige Liebesgeschichte unter Landeiern um Längen schlagen würde. Aber zwei Namen – Rodgers und Hammerstein – sowie eine neuartige Ballettchoreographie von Agnes De Mille schienen Letzterer zu größerer Anerkennung zu verhelfen. *Oklahoma!* kam auf 2248 Vorstellungen und mehrere Millionen Umsatz. *Nach Süden* wurde nach dürftigen sechs Wochen wieder abgesetzt. Glücklicherweise hatte das gereicht, um zumindest Garvaggios Investitionen wieder einzuspielen.

Am Tag der Premiere trat auch die neue Fleischverordnung von Landwirtschaftsministerium und Preisaufsichtsbehörde in Kraft. Bürgermeister La Guardia versprach öffentlich, jeden, der mit ungeprüftem Fleisch erwischt wurde, postwendend ins Gefängnis zu stecken. Außerdem drängte er jeden Bürger und jede Bürgerin dazu, Vorfälle, bei denen die neuen Gesetze verletzt würden, sofort zu melden. Sogar die Theatergewerkschaft ließ sich einspannen, indem sie ein Stück finanziell unterstützte, in dem es um die wichtige Rolle von Lebensmitteln in Kriegszeiten ging. Es erklärte einerseits das neue Punktesystem der Rationierung und prangerte andererseits die amerikanische Verschwendungssucht sowie die Tücken des Schwarzmarktes an, und man plante schon, diese Elia-Kazan-Produktion in 2100 Theatern quer durch die Vereinigten Staaten zur Aufführung zu bringen.

Vinnie Garvaggios Freundin Gloria bekam eine winzige Rolle in der Verfilmung von *Stage Door Canteen.* Zwei Wochen später flog sie nach Hollywood und schaffte es tatsächlich, bei Louis B. Mayer höchstselbst einen Vertrag zu unterschreiben. Zelda zog in Harriet Rosenfelds Zimmer im Shaw House ein und arbeitete ehrenamtlich für Kriegsprojekte der Theatergewerkschaft, bei denen es nicht notwendig war, Zeit in Gesellschaft von Soldaten zu verbringen. George musste wieder an die Front, aber sie schrieben sich jeden Tag.

Sobald *Nach Süden* abgesetzt war, hörte ich nie wieder etwas von Olive und Izzie. Eine Weile suchte ich noch die Heiratsanzeigen nach ihren Namen durch, aber sie waren entweder schlau genug, ihr Treiben nicht auf diese Art öffentlich zu machen, oder sie hatten andere Mittel und Wege gefunden, sich weiter den Lebensstil leisten zu können, an den sie sich gewöhnt hatten.

Mir dagegen blieb nur noch, einmal mehr einen Brief zu schreiben.

Liebe Harriet,

ich hoffe, Dir geht es gut bei den Feldlager-Shows der United Service Organizations. Ich habe viel über unser

Gespräch kurz vor Deiner Abreise nachgedacht, und ich glaube, Du hattest Recht: Ich sollte mehr zu den Kriegsanstrengungen beitragen. Du hattest gesagt, dass Du mir vielleicht helfen könntest, falls ich je Interesse haben sollte, auch für die USO zu arbeiten. Jayne und ich würden unsere Männer im Ausland sehr gern unterstützen, indem wir bei einer dieser Tournee-Shows mitmachen. Ganz besonders interessieren würde uns der Südpazifik …

– Rosie Winter

Danksagung

Ich bin überwältigt, wie viele Menschen mir immer wieder Mut machen, Rosies Geschichten zu erzählen. Ich möchte mich bei meiner wundervollen Lektorin Sarah Durand, ihrer Assistentin Emily Krump und bei allen anderen so fähigen Mitarbeiterinnen und Mitarbeitern bei HarperCollins bedanken, die solche Bücher möglich machen. Des Weiteren bin ich meinem Agenten Paul Fedorko für seinen Rat und seine Klugheit sowie Greg Kulick für seine großartige Titelgestaltung zu Dank verpflichtet.

Ich könnte nicht schreiben ohne die schonungslose Kritik, den rasiermesserscharfen Witz und den billigen Wein, den ich von den begabten Mitgliedern der Gruppe SPEC bekomme, unter anderem von David Doorley (Wie du siehst, habe ich dieses Mal deinen Namen nicht vergessen!), Beverly Pollock, F.J. Hartland, Judy Meiksin, Carol Mullen, Jeff Protzman und Paula Martinac.

Ralph Scherder und meinem ersten Leser David White werde ich ewig dankbar sein für ihre tolle Kritik, ihre gute Laune und ihre Gewandtheit, mich immer wieder vom Fenstersims herunterzukriegen.

Zu Dank verpflichtet bin ich auch Mary Alice, Richard und der gesamten Belegschaft des Mystery Lovers Bookshop, die mich in allen Rosie-Belangen großzügig unterstützt haben. Große Anerkennung geht auch an The Six, ohne deren Hilfe, Rat und Gutmütigkeit ich nicht bei Verstand bliebe.

Eine Familie kann ein unberechenbares Monster sein, aber ich habe das Glück, eine zu haben, die mir unermesslich viel Liebe und Unterstützung gibt. Mein herzlichster Dank geht an die, mit denen ich blutsverwandt bin, aber auch an die, die das ohne Probleme sein könnten, vor allem an Loretta Miller, Stephen und Nancy Miller, Pamela und James Nicholson, Barb von der Haar, Larry Haines und Wendy Gressman.

Während ich über Schauspieler, die anderen in den Rücken fallen, monomane Regisseure und Diven aller Sorten und Größen schreibe, habe ich trotzdem das Glück, nicht mit ihnen arbeiten zu müssen. Mein Dank geht an die überaus begabten Randy »Bruno« Oliva, Steve Werber, Chris und Laura Bondi, Scot Rutledge, Randy Kirk, Carla »Shiny Object« Delaney und Barbara Williams, die mich nicht nur in meinen nichttheatralischen Vorhaben unterstützen, sondern mich immer wieder daran erinnern, warum ich das Theater und die Leute, die es machen, so liebe.

Außerdem gebührt meine Anerkennung Dan Vancini. Du weißt, was du getan hast, und ich danke dir.

Wie immer komme ich zum Abschluss nicht darum herum, meinen vierbeinigen Helfern Mr. Rizzo, Violet und Chonka meine Dankbarkeit auszudrücken. Auch wenn ihr keine Daumen habt und nicht in der Lage seid, euch im Wirtschaftsleben zu engagieren, seid ihr mir trotzdem eine große Hilfe.

Bühne frei für Rosie Winter

Um die Miete bezahlen zu können, bräuchte Rosie Winter – großes Talent und große Klappe – dringend mal wieder ein Engagement. Aber im Kriegsjahr 1942 sind die guten Rollen am Broadway schwer zu kriegen, und für die schlechten hat Rosie leider viel zu viel Temperament. So hält sie sich mit einem Job im Detektivbüro von Jim McCain über Wasser. Bis ihr eines Nachmittags die Leiche ihres Bosses in die Arme fällt.
Miss Winters Hang zum Risiko: ein Krimi mit Witz, Herz und Spannung.

Kathryn Miller Haines, Miss Winters Hang zum Risiko. Rosie Winters erster Fall. Aus dem Englischen von Kirsten Riesselmann. insel taschenbuch 4896. 488 Seiten. Auch als eBook erhältlich

NF 560/1/11.22

NF 478/1/3.19

**Ein perfektes Paar -
oder eine perfekte Lüge?**

Gemma und Danny sind ein perfektes Paar, das jedenfalls denkt Gemma. Gerade erst sind die beiden von London nach Bristol in ein hübsches Cottage am Stadtrand gezogen, um dem Lärm der Großstadt zu entfliehen. Alles scheint wunderbar. Aber als Gemma eines Abends nach Hause kommt, ist Danny nicht da, obwohl er versprochen hatte, an diesem Abend für sie zu kochen. Aber er hat nicht einmal eingekauft. Auch in der Nacht und am folgenden Tag taucht er nicht wieder auf.
Die Polizei nimmt die übliche Vermisstenanzeige auf, aber als sie dann ein Foto des Verschwundenen sieht, ist DCI Helena Dickens höchst alarmiert: Danny sieht genauso aus wie die zwei Männer, die kürzlich ermordet aufgefunden wurden. Ist er ebenfalls tot? Gemma beteuert zwar, dass sie keine Ahnung hat, was passiert sein könnte, doch je mehr Zeit vergeht ohne eine Spur des Vermissten, desto größer werden die Zweifel an Gemmas Glaubwürdigkeit und eine gnadenlose Jagd beginnt …

Jackie Kabler, Ein perfektes Paar. Roman. Aus dem Englischen von Werner Löcher-Lawrence. insel taschenbuch 4891. 429 Seiten. Auch als eBook erhältlich.

NF 535/1/3.22

Mord im Chianti

Nico Doyle zieht nach dem Tod seiner Frau in deren italienische Heimat, in ein kleines Dorf im Herzen der Toskana. In den idyllischen Weinbergen des Chianti will er, ein Ex-Cop des NYPD, noch einmal ganz neu anfangen. Er hilft im Ristorante seiner Verwandten, wo er sich bei Pasta, Pizza und regionalem Wein von der Einsamkeit abzulenken versucht.

Eines Morgens findet er unweit seines Hauses eine Leiche in den Hügeln – und der zuständige Kommissar Salvatore Perillo spannt Nico sofort in die Ermittlungen ein, denn das Opfer ist ebenfalls Amerikaner. Bald stellt sich heraus, dass der Tote kein Unbekannter in der malerischen Region ist. Unter all den Verdächtigen, seine eigenen Verwandten eingeschlossen, muss Nico auch das letzte Geheimnis des Dorfes aufdecken, um die Wahrheit herauszufinden.

Camilla Trinchieri hat mit *Toskanisches Vermächtnis* einen packenden Krimi geschrieben, der die Schönheit der Toskana, die italienische Lebensart und einen hochspannenden Mordfall in sich vereint.

Camilla Trinchieri, Toskanisches Vermächtnis. Kriminalroman. Aus dem amerikanischen Englisch von Sabine Hedinger. insel taschenbuch 4828. 364 Seiten. Auch als eBook erhältlich.

NF 534/1/3.22